教育部人文社会科学一般项目成果

（项目批准号：06JA75011－44007）

本书出版获

- 深圳大学教材建设基金
- 深圳大学"广东省高等学校教学团队"项目基金

资助

楚汉浪漫主义文学发展史

战国秦汉浪漫文学经典文本研究

李立 著

中国社会科学出版社

图书在版编目(CIP)数据

楚汉浪漫主义文学发展史:战国秦汉浪漫文学经典文本研究/李立著.
—北京:中国社会科学出版社,2013.9
ISBN 978 - 7 - 5161 - 3055 - 1

Ⅰ.①楚… Ⅱ.①李… Ⅲ.①浪漫主义—中国文学—古典文学研究—楚汉战争时代 Ⅳ.①I206.2

中国版本图书馆 CIP 数据核字(2013)第 170681 号

出 版 人	赵剑英
选题策划	张　林
责任编辑	张　林
特约编辑	金　泓
责任校对	韩海超
责任印制	戴　宽

出　　版	中国社会科学出版社
社　　址	北京鼓楼西大街甲 158 号(邮编 100720)
网　　址	http://www.csspw.cn
	中文域名:中国社科网　010 - 64070619
发 行 部	010 - 84083685
门 市 部	010 - 84029450
经　　销	新华书店及其他书店
印　　刷	北京君升印刷有限公司
装　　订	廊坊市广阳区广增装订厂
版　　次	2013 年 9 月第 1 版
印　　次	2013 年 9 月第 1 次印刷
开　　本	710×1000　1/16
印　　张	35
插　　页	2
字　　数	592 千字
定　　价	86.00 元

凡购买中国社会科学出版社图书,如有质量问题请与本社联系调换
电话:010 - 64009791
版权所有　侵权必究

叙述特点……………………………………………………（72）
　一　主体线条的主题叙述……………………………………（73）
　二　主体线条遭到遮蔽和干扰的主题叙述…………………（76）
　三　主体线条被强调和突出的主题叙述……………………（78）
　四　主体线条进行重复和组合的主题叙述…………………（82）
　五　主体线条发生变异的非典型性主题叙述………………（85）
　六　荆楚传统巫灵艺术叙述形式的意义与价值……………（88）

第二章　屈原的文学创作与荆楚古典浪漫主义文学的实践（上）……（90）
　第一节　从战国楚简卜筮祭祷简祷祠实践和楚器铭文看屈原
　　　　　对荆楚宗教文化传统的继承………………………（90）
　一　楚王族贵族尊祖敬宗传统与《离骚》开篇诗句意义解析……（91）
　二　楚王族贵族使命和责任传统与《离骚》开篇诗句意义
　　　解析……………………………………………………（102）
　第二节　从楚人葬俗和战国楚简卜筮祭祷简祷祠实践看屈原对
　　　　　荆楚宗教信仰传统的继承…………………………（106）
　一　从春秋战国楚墓埋葬形式看屈原相关文学创作对荆楚
　　　传统生命观的继承……………………………………（106）
　二　从战国楚简卜筮祭祷简所涉神祇情况看《九歌》诸神
　　　设置的根据……………………………………………（114）
　三　从战国楚简卜筮祭祷简祷祠实践看《九歌》所反映的
　　　神祇祭祷情况…………………………………………（123）
　第三节　从战国楚简卜筮祭祷简祷祠实践看屈原对荆楚宗教
　　　　　神祇传统的继承………………………………………（130）
　一　《九歌》"东皇太一"与战国楚简卜筮祭祷简"太"……（131）
　二　《九歌》"湘君"、"湘夫人"与战国楚简卜筮祭祷简
　　　"二天子"………………………………………………（136）
　三　《九歌》"大司命"、"少司命"与战国楚简卜筮祭祷简"司命"……（137）
　四　《九歌》"国殇"与战国楚简卜筮祭祷简"兵死"和"强死"…（146）
　第四节　从战国楚简卜筮祭祷简祷祠实践看屈原对荆楚宗教
　　　　　艺术传统的继承………………………………………（154）

目 录

绪论 …………………………………………………………（1）
  一 关于"荆楚古典浪漫主义文学及其于秦汉时期转型"
    诸问题的思考 ………………………………………………（1）
  二 楚文化发展的历史阶段与文化面貌 ……………………（14）

第一章 作为荆楚古典浪漫主义文学根基的荆楚传统巫灵文化
        与巫灵艺术 ……………………………………………（27）
  第一节 荆楚传统巫灵文化 ………………………………（27）
    一 传统巫灵文化与巫灵思维 …………………………（27）
    二 人的灵性化与灵的人性化 …………………………（29）
    三 冥想、梦境、幻觉与巫灵的意念 …………………（30）
    四 巫灵艺术与诗性思维方式 …………………………（31）
  第二节 荆楚传统巫灵艺术气质 …………………………（32）
    一 诗性与诗性特征 ……………………………………（32）
    二 诗性与诗性想象 ……………………………………（40）
    三 诗性与诗性情感 ……………………………………（45）
  第三节 从春秋战国时期楚墓随葬器物造型看荆楚传统
           巫灵艺术特征 ……………………………………（51）
    一 挺拔纤劲、大气朗俊 ………………………………（51）
    二 柔媚活泼、灵动飘逸 ………………………………（58）
    三 高挑优雅、舒展秀丽 ………………………………（64）
    四 繁缛壮阔、伟丽宏大 ………………………………（70）
  第四节 从春秋战国时期楚墓随葬器物纹饰看荆楚传统巫灵艺术

一　从战国楚简卜筮祭祷简祷祠实践看《九歌》整体叙述
　　　　框架 ……………………………………………………………（154）
　　二　从战国楚简卜筮祭祷简祷祠实践看《九歌》诗歌叙述
　　　　结构 ……………………………………………………………（159）
　　三　从战国楚简卜筮祭祷简祷祠实践看《九歌》诗歌祭祷
　　　　结构 ……………………………………………………………（162）

第三章　屈原的文学创作与荆楚古典浪漫主义文学的实践(下) …（166）
　第一节　《九歌》与诗人所感知的神祇世界的忧伤 ………………（166）
　　一　《九歌》神祇孤独、惆怅和忧伤预示着神对人的漠视和
　　　　远离 ……………………………………………………………（167）
　　二　《九歌·国殇》所隐含的英魂不能回归和飨祀的焦虑和
　　　　不安 ……………………………………………………………（171）
　第二节　《离骚》与诗人所面临的政治人生的痛苦 ………………（177）
　　一　包山楚简"卜筮祭祷记录"所透露出的"高丘"地理位置 ……（177）
　　二　新蔡葛陵楚简"祭祷文书"相关记录揭示了"高丘"内涵 ……（182）
　　三　包山楚简"卜筮祭祷记录""高丘"与《离骚》"高丘"的
　　　　联系 ……………………………………………………………（187）
　　四　《离骚》"哀高丘之无女"所预示的神女远逝与求女失败的
　　　　茫然和悲伤 ……………………………………………………（189）
　　五　《离骚》所表现的诗人源于君王疏离与同道背叛的窘境
　　　　和痛苦 …………………………………………………………（191）
　第三节　《天问》与诗人所反省的历史诠释的困惑 ………………（199）
　　一　楚帛书《四时》篇在文化属性上与荆楚传统文化相抵牾 ……（200）
　　二　楚帛书《四时》篇神祇关系和神话情节上存在紊乱现象 ……（203）
　　三　楚帛书《四时》篇是战国时期阴阳五行思想影响的产物 ……（206）
　　四　《天问》前二十二句与楚帛书《四时》篇神话的比较研究 ……（214）
　　五　《天问》后一百六十六句历史叙述的框架结构与邹衍五德
　　　　终始说 …………………………………………………………（221）
　　六　《天问》借历史叙述所表达的迷惘与困惑、希望与企盼 ……（230）

第四章　宋玉《高唐赋》、《神女赋》的创作与荆楚古典浪漫主义文学的发展 …… (236)

第一节　巫山之女神话为《九歌·山鬼》、《高唐赋》、《神女赋》创作提供了文学素材 …… (237)

一　巫山之女神话的地域背景是江汉地域的云梦 …… (237)

二　巫山之女神话是《山海经》武罗、帝女神话于江汉地域发展演变的产物 …… (240)

三　巫山之女神话为《九歌·山鬼》、《高唐赋》、《神女赋》创作提供了文学素材 …… (243)

第二节　巫山之女神话在《神女赋》爱情故事中的变异与《神女赋》创作目的的转向 …… (245)

一　屈原《九歌》山鬼形象的塑造与《九歌》诸篇爱情模式的特点 …… (246)

二　宋玉《神女赋》神人相恋情节的照搬与爱情模式的思索和反省 …… (248)

三　宋玉《神女赋》神话叙述传统的接续与文本形象神性本质的剥离 …… (249)

第五章　秦汉社会转型时期的世风移易与社会思潮变革 …… (252)

第一节　汉代以家族和小家庭为基础的社会生活：基于汉代丧葬制度"汉制"特点的认识 …… (252)

一　汉代丧葬制度"汉制"特点与湖北当阳岱家山楚汉墓考察 …… (253)

二　湖北当阳岱家山楚汉墓在社会形态和文化面貌上的典型意义 …… (258)

第二节　汉代社会转型时期的世风移易：以汉代考古资料与文献载记相结合的研究 …… (261)

一　以个体和家庭生活为重的世俗生活观 …… (262)

二　以财富占有攀比为核心的世俗价值观 …… (265)

三　以追逐财利为生活价值的世俗道德观 …… (271)

四　以寻求物欲享乐为宗旨的世俗生活观 …… (276)

五　以满足男女情欲为日的的世俗享乐观 …………………… (282)
　　六　以贪恋长生永视为目标的世俗生命观 …………………… (288)
第三节　汉代世风移易与社会思潮变革:以汉代忠孝观念、神仙
　　　　信仰、学风文风、阴阳哲学为对象的思考 …………………… (294)
　　一　孝道观念的强化与传统独立人格的消解 ………………… (295)
　　二　神仙信仰的泛滥与传统宗教情怀的消失 ………………… (305)
　　三　格物实学的兴盛与传统学风文风的转变 ………………… (312)
　　四　阴阳五行的流行与传统神祇体系的解构 ………………… (318)
第四节　社会思潮变革与艺术精神转向:以汉代庄园艺术为中心的
　　　　讨论 …………………………………………………………… (326)
　　一　汉代庄园经济生活与庄园艺术的表现形式 ……………… (326)
　　二　汉代庄园艺术以娱人功能为重的艺术转向 ……………… (346)
　　三　汉代庄园艺术对权贵垄断和等级制的僭越 ……………… (353)
　　四　汉代庄园艺术主体受众群体的变化与下移 ……………… (363)

**第六章　秦汉世俗浪漫主义文学的创作与荆楚古典浪漫主义
　　　　文学的转型** ………………………………………………… (374)
第一节　祀神乐歌传统的承续与送葬挽歌的世俗化演变和
　　　　变体式的发展 ………………………………………………… (374)
　　一　秦汉时期郊庙祭祀乐歌祀神传统的承续与汉郊祀
　　　　乐歌的创作 ………………………………………………… (375)
　　二　传统丧葬礼仪乐歌的演变与汉代送葬挽歌功用职能的
　　　　变化 ………………………………………………………… (380)
　　三　汉代墓葬碑铭附诗碑歌的出现与传统送葬挽歌的变体式
　　　　发展 ………………………………………………………… (388)
第二节　政治性文学叙事传统的强化与秦汉作家理想化和浪漫化的
　　　　文学实践 ……………………………………………………… (393)
　　一　汉晋辞赋作家为寻求人格自我改造和自觉提升的幽默而
　　　　浪漫的文学实践 …………………………………………… (394)
　　二　《列女传》秋胡故事试图在道德层面上确立善恶与美丑的
　　　　对立和不可调和 …………………………………………… (400)

三　《陌上桑》对《列女传》秋胡戏妻故事理想化和浪漫化的文学
　　　　　实践 ……………………………………………………………（403）
　第三节　神话性文学叙事传统的式微与秦汉历史叙事的故事化和
　　　　　传奇化的演变 …………………………………………………（409）
　　　一　秦汉时期"语"类历史叙事传统的发展与汉代论说散文
　　　　　创作 ……………………………………………………………（410）
　　　二　秦汉时期"传"类历史叙事传统的演变与故事化的历史
　　　　　叙事 ……………………………………………………………（415）
　　　三　秦汉时期"传"类历史叙事传统的演变与传奇化的文学
　　　　　叙事 ……………………………………………………………（420）
　第四节　神话英雄叙事传统的转向与传统"经典英雄"创作模式的
　　　　　突破和发展 ……………………………………………………（425）
　　　一　荆楚古典浪漫主义文学"英雄重构"的文学实践与"经典
　　　　　英雄"的诞生 …………………………………………………（426）
　　　二　"政治英雄"叙事传统的继承与传统"经典英雄"确立根据的
　　　　　多元化发展 ……………………………………………………（428）
　　　三　从《神乌赋》看秦汉世俗浪漫主义文学对"经典英雄"
　　　　　传统模式的突破 ………………………………………………（437）
　第五节　空间方位文学叙事传统的发展与汉代文学视域的拓展和
　　　　　新文本形式的运用 ……………………………………………（445）
　　　一　空间方位叙事的出现及在荆楚古典浪漫主义文学创作中的
　　　　　运用 ……………………………………………………………（446）
　　　二　空间方位叙事艺术的成熟与汉赋超视域、幻视域艺术手法的
　　　　　运用 ……………………………………………………………（451）
　　　三　空间方位叙事艺术在汉代墓葬画像及墓葬整体叙事中的
　　　　　体现 ……………………………………………………………（460）
　　　四　空间方位叙事艺术在汉代碑歌、题记文、镇墓文、镜歌等
　　　　　文本形式中的运用 ……………………………………………（470）
　第六节　后生命性文学叙事传统的嬗变与汉晋及后世生命复活
　　　　　故事的发展与演变 ……………………………………………（495）
　　　一　放马滩秦墓竹简《墓主记》志怪故事与《搜神记》生命复活

　　　　故事的比较 …………………………………………………… (496)
　二 放马滩秦墓竹简《墓主记》志怪故事与《搜神记》复活故事
　　　存在差异点的原因 ………………………………………………… (501)
　三 "南方类型"生命复活故事构成汉晋同类志怪故事发展
　　　演变的早期阶段 …………………………………………………… (512)
　四 从《搜神记》复活故事到唐代《传奇》地下探险故事的进一步
　　　演变 ………………………………………………………………… (516)

参考文献 ……………………………………………………………………… (527)

后记 …………………………………………………………………………… (539)

Contents

Introduction ··· (1)
I. Reflection on the Issues of the "Jingchu Classical Romantic Literature
   and Its Transition during Qin – Han Periods" ···························· (1)
II. The Historical Stages and Cultural Features of the Development of
    Chu Culture ·· (14)

**Chapter 1 Jingchu Wuling Culture and Art as the Basis of Jingchu
Classical Romantic Literature** ·· (27)
1. The Traditional Wuling Culture in Jingchu ································ (27)
1.1 The Traditional Wuling Culture and Mode of Thinking ··············· (27)
1.2 The Spiritualized Human and the Humanized Spirit ···················· (29)
1.3 Meditation, Dreamworld, Hallucination and the Wuling Notion ······ (30)
1.4 Wuling Art and Poetic Mode of Thinking ································ (31)
2. The Traditional Spirits and Attributes of Wuling Art in Jingchu ······ (32)
2.1 Poetic Quality and Poetic Characteristics ····························· (32)
2.2 Poetic Quality and Poetic Characteristics ····························· (40)
2.3 Poetic Quality and Poetic Imaginations ································ (45)
3. Jingchu Tradition As Revealed from the Patterns of the Burial Artifacts
   of Chu Tombs in Spring – Autumn and Warring States Periods ········· (51)
3.1 Standing Tall, Straight and Forceful, They Look Magnificently and
    Brightly Handsome ·· (51)
3.2 Standing Gentle and Lovely, They Appear Lively and Elegant ······ (58)
3.3 Standing Elegantly Tall and Graceful, They Stretch Their Figure
    Beautifully ·· (64)

3.4 Looking Overelaborate and Grandiose, They Appear Great and
    Grand ·· (70)
4. Narrative Features of Jingchu Traditional Wuling Art As Revealed from
   the Patterns of the Burial Artifacts of Chu Tombs in Spring – Autumn
   and Warring States Periods ··· (72)
4.1 The Thematic Narration in the Main Lines ···················· (73)
4.2 The Thematic Narration Exhibited in the Shaded and Interfered
    Way ·· (76)
4.3 The Thematic Narration Exhibited in the Emphatic and Prominent
    Manner ··· (78)
4.4 The Thematic Narration Exhibited in the Overlapping and Integrated
    Way ·· (82)
4.5 The Atypically ThematicNarration Exhibited in the Varied
    Main Lines ·· (85)
4.6 The Significance and Value of the Narrative Forms of Jingchu
    Traditional Wuling Art ·· (88)

Chapter 2 Qu Yuan's Literary Creation and the Practice of Jingchu Classical Romantic Literature (Part I) ··· (90)

1. Qu Yuan's Heritage of Jingchu Religious Cultural Tradition Revealed in
   the Prayer Shrine Practices of Jianbushi Jidaojian and Inscriptions on the
   Chu Tools in the Warring States Period ································· (90)
1.1 The Tradition of Chu Royal Clans' and Aristocrats' Respects to
    Ancestry and the Interpretation of the Opening Verse in *Lisao* ······ (91)
1.2 The Tradition of Chu Royal Clans' and Aristocrats' Mission and Responsibility
    and the Interpretation of the Opening Verse in *Lisao* ··············· (102)
2. Qu Yuan's Heritage of the Tradition of Jingchu Religious Beliefs Revealed
   in the Burial Practices of Chu People and the Shrine Prayer Practices of
   Jianbushi Jidaojian of Chu in Warring States Period ··············· (106)
2.1 Relevant Literary Works of Qu Yuan Marked His Heritage of the Jingchu
    Tradition of Outlooks on Life Based on the Funeral Customs of Chu People
    in Spring-Autumn and Warring States Period ························ (106)

2.2 Evidence for the Establishment of Gods of *Jiuge* Based on the Religious Practices in Jianbushi Jidaojian of Chu in Warring States Period ⋯ (114)
2.3 The Religious Prayer Descriptions Revealed in *Jiuge* Based on the Shrine Prayer Practices of Jianbushi Jidaojian of Chu in Warring States Period ⋯ (123)
3. Qu Yuan's Heritage of the Jingchu Religious Tradition Based on the Shrine Prayer Practices of Jianbushi Jidaojian of Chu in Warring States Period ⋯ (130)
3.1 "Donghuang Taiyi" in *Jiuge* and "Tai" in Jianbushi Jidaojian of Chu in Warring States Period ⋯ (131)
3.2 "Xiangjun", "Xiangfuren" in *Jiuge* and "Ertianzi" in Jianbushi Jidaojian of Chu in Warring States Period ⋯ (136)
3.3 "Dasiming", "Shaosiming" in *Jiuge* and "Siming" in J Jianbushi Jidaojian of Chu Warring States Period ⋯ (137)
3.4 "Guoshang" in *Jiuge* and "Bingsi" and "Qiangsi" in Jianbushi Jidaojian of Chu in Warring States Period ⋯ (146)
4. Qu Yuan's Heritage of the Tradition of Jingchu Religion and Art Based on the Shrine Prayer Practices ofJianbushi Jidaojian of Chu in Warring States Period ⋯ (154)
4.1 The Narrative Framework of *Jiuge* Based on the Shrine Prayer Practices of 3ianbushi Jidaojian of Chu in Warring States Period ⋯ (154)
4.2 The Narrative Structure of Poems and Songs of *Jiuge* Based on the Shrine Prayer Practices of Jianbushi Jidaojian of Chu in Warring States Period ⋯ (159)
4.3 The Memorial and Prayer Structure of Poems and Songs of *Jiuge* Based on the Shrine Prayer Practices of Jianbushi Jidaojian of Chu in Warring States Period ⋯ (162)

Chapter 3 Qu Yuan's Literary Creation and the Practice of Jingchu Classical Romantic Literature (Part II) ⋯ (166)
1. The Sorrow of God World Perceived by Qu Yuan and His *Jiuge* ⋯ (166)
1.1 The Indifference to People and Moving Away from People Predicted

by the Lonely and Melancholy World of God in *Jiuge* .... (167)
1. 2 The Facts that the Honored Souls Cannot Return and the Anxiety and Uneasiness Felt during Food Sacrificing Rituals Implied in *Guoshang-Jiuge* .... (171)
2. Lisao and Qu Yuan's Political Life Suffering .... (177)
2. 1 The Location of "Gaoqiu" Revealed in the "Recordings of Bushi Prayer Practices Based on the Baoshan Chu Jian .... (177)
2. 2 The Connotation of "Gaoqiu" Revealed in the Relevant Recordings in the "Memorial and Prayer Descriptions" in Chu Jian Unearthed in Xincai Geling Tomb .... (182)
2. 3 Connections between the "Gaoqiu" in the Recordings of the Memorial and Prayer in Baoshan Chu Jian and the "Gaoqiu" in *Lisao* .... (187)
2. 4 Being at a Loss and Sorrowful Caused by the Passing away of the Goddess and the Failure to Seek the Goddess Predicted in "*Sorrow for there being no woman in Gaoqiu* " in Lisao .... (189)
2. 5 The Plight and Grief Caused by the King's Alienation and the Betrayal among Men of the Same Line with the Poet Revealed in *Lisao* ...... (191)
3. Tianwen and the Perplex in the Interpretations of History Which the Poet had Introspected .... (199)
3. 1 The Contradictions between the Cultural Properties of *Sishi* of Chu Silk Books and Jingchu Traditional Culture .... (200)
3. 2 The Disorders between the God Relationships and Plots of Myths Revealed in *Sishi* of Chu Silk Books .... (203)
3. 3 Sishi of Chu Silk Books as the Result of the Thinking of Yin Yang Wu Xing in the Warring States Period .... (206)
3. 4 A Contrast between the First 22 Sentences of *Tianwen* and the Myths of Sishi of Chu Silk Books .... (214)
3. 5 The Frame Structures of the Historical Narration in the Latter 166 Sentences in Tianwen and the Doctrines ofZouyan Wude Starting and Ending .... (221)
3. 6 The Wishes and Expectations, the Perplex and Bewilderment

Expressed by Way of Historical Narration in Tianwen ············· (230)

Chapter 4 The Creation of *Gaotangfu*, *Shennvfu* by Song Yu and the Development of Jingchu Classical Romantic literature ············· (236)

1. The Myths of the Daughters of Wushan as the Literary Materials for *Shangui-Jiuge*, *Gaotangfu* and *Shennvfu* ························· (237)
  1.1 Yunmeng in Jianghan Area Verified as the Geographical Background for The Myths of the Daughters of Wushan ························· (237)
  1.2 The Myths of the Daughters of Wushan as the Result of the Development of Wuluo and Dinv Myths in *Shanhaijing* in Jianghan Area ········ (240)
  1.3 The Myths of the Daughters of Wushan as the Literary Materials for *Shangui – diuge*, *Gaotangfu* and *Shennvfu* ······················ (243)
2. The Variation of the Love Stories of Shennvfu Based on The Myths of the Daughters of Wushan and the Change of the Creation Purpose of *Shennvfu* ··· (245)
  2.1 The Portrayal of Mountain Ghosts in Qu Yuan's *Jiuge* and the Loving Modes in *diuge* ··· (246)
  2.2 The Copy of the Loving Plots among God Beings in Song Yu's *Shennvfu* and the Reflection and introspection of the Loving Modes ··········· (248)
  2.3 The Continuation of the Narrative Tradition of Myths in Song Yu' *Shennvfu* and the Stripping of the Nature of Gods in the Textual lmages ····································· (249)

Chapter 5 The Shifts of the General Trends of Society and the Changesin the Trends of Social Thought at the Turn of Qin and Han Dynasties ··· (252)

1. The Social Life Characterized of Family Clans and the Small Families in Han Dynasty: Based on the Understanding of the "Han System" of the Funeral System of Hah Dynasty ······························· (252)
  1.1 The Features of "Han System" of the Funeral System of Han Dynasty and the Investigation of the Daijiashan Chu Han Tombs in Dangyang, Hubei Province ·· (253)

1.2 The Typical Significance of Social Formations and Cultural Outlooks Revealed in the Daijiashan Chu Han Tombs in Dangyang, Hubei Province ……………………………………………………… (258)

2. The Shifts of the General Trends of Society During the Period of Social Transformation in Han Dynasty: Based on the Study of the Archaeological Findings and Documentary Records of Han Dynasty ……………… (261)

2.1 Common Social Outlooks on Life Characterized with the Focus on Individual and Family Life ……………………………………… (262)

2.2 Common Social Outlooks on Value Characterized with the Focus on the Competition of Wealth Possession ……………………………… (265)

2.3 Common Social Outlooks on Morals Characterized with the Pursuit of Wealth and Benefits ……………………………………………… (271)

2.4 Common Social Outlooks on Living Characterized with Aims at Pursuing Material Desire Enjoyment ……………………………………… (276)

2.5 Common Social Outlooks on Enjoyment Characterized with Aims at Satisfying Sexual Passion between Men and Women ……………… (282)

2.6 Common Social Outlooks on Life Characterized with Aims at Meeting an Insatiable Desire for Longevity and Forever Living …………… (288)

3. The Shifts of General Trends of Society and the Change in Social Trends of Thoughts during Han Dynasty: Based on the Reflection of Being Devoted to Filial Piety, Beliefs of the Celestial Being, Style of Study and Style of Writing and Yinyang Philosophy of Hah Dynasty ………………… (294)

3.1 The Strengthening in the Sense of Filial Piety and the Disappearance of the Independent Individuality ………………………………… (295)

3.2 The Unchecked Spreading of Supernatural Being Beliefs and the Disappearance of Feelings in Traditional Religions ……………… (305)

3.3 The Flourishing of Studying the Physical Nature and Real Learning and the Change of Traditional Styles of Studying and Writing …… (312)

3.4 The Popularity of Yinyang Wuxing and the Deconstruction of Traditional System of Deities ……………………………………… (318)

4. The Shifts of General Trends of Society and the Change in the Artistic Spirits: Based on the Discussion of the Focus of the Manorial Art of

Han Dynasty ··· (326)
4.1 The Life of Manorial Economy and the Expression Forms of the
　　Manorial Art ··· (326)
4.2 The Manorial Art of Han Dynasty Characterized with Focusing on
　　Pleasing People as the Shift of Art ································ (346)
4.3 The Monopoly of the Han Manorial Art for the Infiuential Officials
　　and the Oversteps of the Hierarchical System ···················· (353)
4.4 The Change and Downward Moving of the Mainstream Audiences of
　　the Han Dynasty Manorial Art ······································· (363)

Chapter 6 The Secular Romantic Literary Creations in Qin and Han Dynasties and the Change of Jingchu Classical Romantic Literature ·· (374)

1. The Heritage and Continuation of the Sacrificial Songs and Sacrificial
　Deities and the Secularized Evolution of the Funeral Dirges and Varied
　Development ··· (374)
1.1 The Heritage and Continuation of the Suburban Shrines' Tradition of
　　Sacrificial Musicals, Songs and Deities and the Creation of Hanjiao'
　　Sacrificial Musicals and Songs in Qin Han Dynasties ············ (375)
1.2 The Evolution of Traditional Funeral Rituals, Musicals and Songs
　　and the Functional Change in the Han Dynasty Funeral Dirges ··· (380)
1.3 The Excavation of Tombstones with Inscriptions of Songs and the
　　Development of Varied Versions of Traditional Elegies ············ (388)
2. The Consolidation of the Narrative Tradition of Political Literature and
　the Practice of Idealized and Romanticized Literature ················ (393)
2.1 Cifu Writers in Han and Jin Dynasties Seek Self Reformation and Self
　　Improvement as well as the Literary Practices of Integrating Humor with
　　Romance ··· (394)
2.2 The Story of Qiu Hu in *Lienv Zhuan* Attempts to Establish the Antagonism
　　and implacability between Good and Evil as well as Beauty and Ugliness
　　at Moral Level ·· (400)
2.3 Mo *Shang Sang* Attempts to Idealize and Romanticize the Story of

  Qiu Hu Playing with His Wife in *Lienv Zhuan* ……………… (403)
3. The Decline of the Narrative Tradition of Mythologizing Sex Literature and the Evolution of Narrating History in the Form of Story and Legendary ……………………………………………………… (409)
 3. 1 The Development of the Historical Narrative Tradition of "Language" Genre in Qin and Han Dynasties and the Prose Literary Creation in Han Dynasty ……………………………………………… (410)
 3. 2 The Evolution of the Historical Narrative Tradition of "Zhuan-History Novel" Genre in Qin and Han Dynasties and the History Narration in the Form of Stories …………………………………………… (415)
 3. 3 The Evolution of the Historical Narrative Tradition of "Zhuan-History Novel" Genre in Qin and Hah Dynasties and the Literary Narration in the Form of Legend ……………………………………………… (420)
4. The Shift of the Tradition of the Narration of the Mythological Heroes and the Breakthrough and Development ofthe Creative Mode of the Traditional "Classical Heroes" …………………………………………… (425)
 4. 1 The Literary Practice of "Reconstructing Heroes and the Making of the Classical Heroes" of Jingchu Classical Romantic Literature … (426)
 4. 2 The Heritage of Narrative Tradition of "Political Heroes" and the Multi-development of the Basis of Establishing the Traditional "Classical Heroes" …………………………………………… (428)
 4. 3 Qin–Han–Dynasty Secular Romantic Literature Broke though the Traditional Modes in Describing the "Classical Heroes" Based on *Shenniao Fu* ……………………………………………………… (437)
5. The Development of the Literary Narrative Tradition in Applying Spaceand Position and the Development of Literary Horizon and the Application of New Texts ……………………………………………………… (445)
 5. 1 The Emergence of the Narration in Applying Space and Position and Its Use in the Works of Jingchu Classical Romantic Literature …… (446)
 5. 2 The Maturity of Narrative Art in Applying Space and Position and the Use of Super and Illusory Literary Horizon in Hanfu Works ……… (451)
 5. 3 The Narrative Art of Using Space and Position was Noted to be Used

  in the Burial Portraits of Han Dynasty and the Integrated Narration in

  Burial Services ·· (460)

5.4 The Narrative Art of Using Space and Position Was Applied in Tombstone

  Songs, Topic Narration, Town Tomb Texts and Mirror Songs etc. ··· (470)

6. The Evolution of the Narrative Tradition of Post – life Sex Literature

  and the Development and Evolution of the Stories on Post-life

  Resurgence ·· (495)

6.1 A Contrast between the Stories of Zhiguai in *Muzhu Ji* in the Zhujian

  of the Qin Tombs in Fangma Tan and the Stories of Life Resurgence in

  Soushen Ji ·· (496)

6.2 The Reasons that Account for Differences in the Story of Zhiguai in

  Muzhu, Ii in the Zhujian of the Qin Tombs in Fangma Tan and the

  Story of Life Resurgence in *Soushen Ji* ··· (501)

6.3 The Early Stages of the Evolution of How "Southern Types" of

  Stories of Life Resurgence Constructed the Stories of Zhiguai in

  Han-Jin Dynasties ·· (512)

6.4 The Further Evolution from the Life Resurgence Stories in Soushen

  Ji to the Underground Adventure Stories in The *Legend* in Tang

  Dynasty ··· (516)

References ·· (527)

Postscript ·· (539)

绪 论

一 关于"荆楚古典浪漫主义文学及其于秦汉时期转型"诸问题的思考

　　繁荣时期的楚文化历经二百余年的发展,至战国晚期走向她的衰落。虽然衰落的楚文化在楚汉历史的演进中仍然时而呈现出独特的光辉,但毕竟已如落日余影,辉煌不再。当秦汉的政治寡头们粉墨登场的时候,就已经宣告了承载着繁荣时期楚文化的"古典时代"的结束和秦汉集权专制的"世俗社会"的开始。正是在这个意义上,我们试图将"楚汉浪漫主义文学"解析为两个部分,前者为"荆楚古典时代浪漫主义文学",后者为"秦汉世俗社会浪漫主义文学"。

　　这是一个伟大也是令人窒息的时代的开始。它需要新的经济制度为这种集权专制世俗政体作出强有力的支撑,也需要新的思想、文化和信仰为这种集权专制世俗政体服务,因此,当秦汉政体承担起时代开辟的重任的那一刻起,由社会转型而带来的社会变革也随即而来。影响所及,秦汉文化既已进入了世俗化的运行轨道,而秦汉集权专制社会之前的古典文化的世俗化沦陷也在所难免。"荆楚古典时代浪漫主义文学"的世俗化转型势所必然。显然,"古典"与"世俗"既刻印着"时间"的烙印,又表现着内涵与性质的差异。缘于此,我们试图进一步将上述两个部分的"楚汉浪漫主义文学"区别为"荆楚古典浪漫主义文学"和"秦汉世俗浪漫主义文学"。

　　"浪漫主义"是一个"舶来品"。以发生于 18 世纪末 19 世纪初代表欧洲资产阶级上升时期的美学意识形态的"浪漫主义",来评论或诠释中国古代楚汉时期的文学,或将这样一种创作方法和创作风格完全和不加辨析地"覆盖"楚汉时期的文学,都有可能导致相关文学研究的简单化和标签化，阻碍研究者对楚汉浪漫主义文学创作方法和创作风格的民族性与民族化的研究和探索。

我们认为，至少延续了二百余年的繁荣时期楚文化，是荆楚古典浪漫主义文学的孕育者和缔造者，而荆楚传统宗教信仰所培育而形成的荆楚传统巫灵文化和巫灵艺术，则构成了荆楚古典浪漫主义文学创作的基础。从这个意义上说，源自荆楚巫灵文化传统的巫灵艺术特征，构成了荆楚古典浪漫主义文学最为本质的特点。"荆楚古典浪漫主义"既是一种思维模式，也是一种艺术感知方式。"荆楚古典浪漫主义"依据荆楚传统宗教信仰而感知世界，也遵循荆楚传统巫灵艺术的基本原则而描述世界。从某种意义上说，以屈原的文学作品为代表的荆楚古典浪漫主义文学，并非作家运用"浪漫主义"创作方法的文学创作，而是那个时代的政治精英和文化圣哲在荆楚传统宗教信仰基础上秉承着高贵人格和崇高理念的文学性的自由叙述。

缘于此，我们能够从荆楚传统巫灵艺术的考察中，发现荆楚古典浪漫主义文学源自荆楚传统巫灵艺术的艺术特点。荆楚古典浪漫主义文学对荆楚巫灵艺术传统的继承，具有如下几个方面的表现：

（一）荆楚古典浪漫主义文学秉承荆楚传统巫灵艺术的诗性思维而感知世界。荆楚传统宗教信仰在巫的灵化与灵的人化过程中，始终伴随着诗性感知，带有巫灵艺术的诗性特征是这种互化过程的标志。巫的灵化过程，既是以"神"为根据和宗旨的巫与灵的互动和互化过程，也反映了以"人"为基础和目标的人与神的关系和联系。因此，所谓巫灵艺术的"诗性特征"，实际上也就是"人"于上述方面的"诗性化"展示。这种"诗性化"展示表现为两个方面，一个是巫觋所表现的"诗性化"的展示，一个是普通信众所表现的"诗性化"的展示。前者的"诗性化"展示是一种"诗人"性质的展示，展示者已经具备了"诗人"的条件；而后者的"诗性化"展示则是一种"诗性认同"和"诗性接受"性质的展示，展示者已经具有了"诗人"的气质和思维。荆楚巫灵艺术家都具有上述"诗性化"展示的能力，因此，荆楚巫灵艺术家也都具备"诗人"的条件和"诗人"的气质和思维，而荆楚巫灵艺术表现形式和艺术构成形式也成为诗性艺术思维的产物。荆楚传统巫灵艺术认知世界的过程是诗性的感觉过程，即通过直觉、感悟或冥想而获得对世界的认识。荆楚传统巫灵艺术是一种诗性感觉的产物，而以屈原的文学作品为代表的荆楚古典浪漫主义文学同样是诗性感觉的产物。从这个意义上说，荆楚古典浪漫主义文学"巫灵式"的"浪漫"，与其说是一种艺术手法，不如说是荆楚传统巫灵艺术的自然和自觉的表现。当"知觉"出现在巫灵艺术认知世界的诗性感知过程中的时候，由"感觉"而决定的"存在"便会受到理性的解析和质疑，于是，受到情感的烈火任意焚烧的荆楚古典浪漫主义文学，便有如安装了控制的阀门。而荆楚古典浪漫主义文学的热情被"理性"所控制，则是宋玉和他所创作的作品。我们从宋玉《高唐赋》、《神女赋》等文学作品的创作上，已经看到了荆楚古典浪漫主义文学走向嬗变的背影。

（二）荆楚古典浪漫主义文学运用荆楚传统巫灵艺术"双重构想"的特质、能力和资源而塑造世界。所谓"双重构想"的能力即表现为巫觋通神过程中所呈现的灵魂飞升式的冥想或凭灵式的构想。前者表现为灵魂凭借着不同的载体而飞升的冥想，后者则表现为神之灵凭依式的幻想或幻象，在上述幻想或幻象中，神灵的凭依以"原生命"的"结束"和"原生命"外在生命形式的变化或变异为标志和特征。上述情况意味着"构想者"（"巫灵艺术家"）同时具备"人"与"神"的双重"诗性想象"的特质、能力和资源，即人的世界的"诗性想象"和神的世界的"诗性想象"的特质、能力和资源，并源于"人的灵性化与灵的人性化"的"互化"而导致双重构想空间的出现和双重构想空间的联通，即现实与异域世界的同时存在，以及超越理性、经验与常识的跨越和切换。荆楚传统巫灵艺术的"双重构想"的特质、能力和资源，表现在艺术实践中，势必形成"于同一艺术构成中多重不同性质的艺术空间的塑造和表现"、"于同一艺术情境中超越时间与空间的跨越和切换"等艺术表现手法和艺术叙述方式的出现，并为以屈原为代表的荆楚古典浪漫主义作家所继承，成为荆楚古典浪漫主义文学创作最为独特的艺术表现手法和艺术叙述方式。

（三）荆楚古典浪漫主义文学承袭荆楚传统巫灵艺术的审美情趣和美学理想而观照世界。以"高"、"大"为美，追求"挺拔纤劲"、"大气朗俊"的视觉感受和"繁缛壮阔"、"伟丽宏大"的视觉体验，是荆楚传统巫灵艺术的美学理想和审美情趣，并呈现出"柔媚活泼"、"灵动飘逸"、"高挑优雅"、"舒展秀丽"的艺术气质和艺术风格。屈原《离骚》抒情主人公在申述自己异于"众人"的美德时，以"高余冠之岌岌兮，长余佩之陆离"为标志。这种以"冠之高"和"佩之长"作为美德象征的思想和意识，实际上包含了两个方面的特征，一个是形式上的"高"和"长"，一个是内涵上的"清隽"和"优雅"。显然，这种以"高"而"长"为美，追求"清隽"而"优雅"的艺术气质，是与荆楚传统巫灵艺术以"高"、"大"为美，追求"挺拔纤劲"、"大气朗俊"的审美情趣和美学理想相一致的。

（四）荆楚古典浪漫主义文学借助荆楚传统巫灵艺术独特的叙述形式与叙事风格而描绘世界。作为荆楚传统巫灵艺术载体的器物图案，其借助"有序的线条表达形式"而呈现出规律性的特征，既是一种富于荆楚地域色彩和群体风格的图案艺术表现形式，也是一种带有荆楚民族色彩和地域特点的艺术观照方式。春秋战国时期楚国器物图案在构图上"主题叙述"形式的出现、发展和成熟，证明荆楚传统巫灵艺术已经具备了进行多层次连续性复杂叙事的艺术表现能力，如：借助多个连续的"主题叙述"形式而表现和反映复杂的社会生活和思想情感的能力；在"主题叙述"中注重"非主题叙述"与"细节"的补充和衬托以增强艺术表现力的能力；在"主题叙述"中灵活而巧妙地改变传统叙述手法以增强艺术感染力的能力，等等。荆楚传统巫灵艺术于叙事意义上处于领先地位的艺术表现能力和独特的叙述形式与叙事风格，为荆楚古典浪漫主义文学准备和提供了叙事意义上的艺术表现的基础和条件。荆楚古典浪漫主义文学代表作品，其在一定的艺术构成中所展现的宏大的叙述架构、连续的主题叙述形式、架构中局部细节的或规律性或非理性的叙述等叙述形式和叙事意义上的特点，恰与荆楚传统巫灵艺术多层次连续性复杂叙事的艺术表现，形成异曲同工之妙。

综上所述，荆楚古典浪漫主义文学对荆楚传统巫灵艺术的继承，导致"荆楚古典浪漫主义"首先表现为一种地域文化色彩和地域传统宗教内涵都极为丰富和浓厚的艺术观和艺术精神，并在承传与发展中获得了超越地域与族群的带有普遍意义的认同和接受，而最终成为荆楚古典浪漫主义文学最核心也是最本质的艺术特点。从这个意义上说，屈原以他的伟大的浪漫主义文学创作实践，或许将荆楚古典浪漫主义文学创作推向了"高潮"甚或"顶峰"，并以其伟大的艺术成就而奠定了荆楚古典浪漫主义文学的艺术风格和艺术范式，然而绝不是荆楚古典浪漫主义文学的全部，也不能涵盖荆楚古典浪漫主义文学的多样风采和多重魅力。结合屈原伟大的浪漫主义文学创作实践，我们能够对荆楚古典浪漫主义义学的本质特征给出我们的描述：

（一）荆楚古典浪漫主义文学的基本精神和核心价值，是寻求和实现人类神话时代就已经确立的终极理想和崇高愿望，即和平、正义、善良、勇气、责任、爱情和欢乐。这种终极理想和崇高愿望并非"世俗社会"的产物，而是"神话时代"的硕果，并延续到"古典时代"而进一步发扬光大。她蕴藏在"古典时代"素朴的宗教信仰中，并借助天籁般的神话、传说、歌唱和舞蹈等一切艺术形式表现出来。

（二）如前所述，荆楚古典浪漫主义文学首先表现为一种地域文化色彩和地域传统宗教内涵都极为丰富和浓厚的艺术观和艺术精神。这种艺术观和艺术精神是不同的族群文化与不同的地域文化相互融合、发展与进步的产物。她代表着不同族群和不同地域文化的最为优秀的方面而具有超越地域、族群和阶层的意义、功能和活力，也具有强大的时空穿透力和影响力。这种艺术观和艺术精神具有着长久的生命活力和存在价值，具有着吸纳异域和异族文化而改造并融合的机制和力量，而不因时代的推演和文化的变迁而消失或灭亡。这就是这种艺术观和艺术精神在秦汉时期的包括文学在内的艺术创作中仍然具有强大生命力和影响力的原因所在，也是其成为中国古代文学浪漫主义文学创作仍然遵循和固守的基本观念和主体精神的原因所在。

（三）屈原和他的伟大的浪漫主义文学创作实践，是延续二百余年的繁荣时期楚文化的产物，也是战国晚期楚文化走向衰落的见证。战国时期楚王族贵族自觉秉承伟大祖先群体的高贵血统，以实现伟大祖先群体的政治理想为崇高使命和政治责任，但也强化规矩，固守传统，狷介孤傲，顽执僵化。面对时代进步与社会发展所出现的困难和问题，更多的是向神祇、祖先和历史寻求智慧、帮助和慰藉，缺少政治远见和改革魄力，亦为纷乱复杂的思想和观念所困扰迷惑，而无法洞彻历史，预见未来，显示着楚国政治精英所秉承的核心价值观的陈旧和落伍。屈原以他的伟大的浪漫主义文学创作实践，真实地描绘和再现了特定历史时期楚国政治精英上述心境状态和心路历程。

（四）屈原和他的伟大的浪漫主义文学创作实践，代表着战国晚期楚国高级权贵阶层或楚王族贵族于文学上的伟大成就。作为春秋战国繁荣时期楚文化之核心和主体的"高层楚文化"或"贵族楚文化"，体现着强烈的政治意识和国家利益高于一切的政治理念，奋发向上而积极作为，但其对传统和繁礼的固守，则伴随着繁荣时期楚文化走向衰落而引发更为复杂和激烈的矛盾与冲突。这是由"旧时代"行将结束而"新时代"即将到来而引发的"旧思想"与"新思潮"、"旧传统"与"新观念"的矛盾和冲突。正是上述矛盾和冲突培育和锻造了屈原和他的伟大的浪漫主义文学。屈原和他的伟大的浪漫主义文学创作实践忠实地表现和反映了这种矛盾和冲突。

屈原以他的伟大的浪漫主义文学创作实践，将荆楚古典浪漫主义文学创作推向了"高潮"甚或"顶峰"，但也源于他的伟大成就而使得其他作家相形见绌。当然，上述论断的前提是依赖于春秋战国时期荆楚故地考古没有发现新的伟大作家和伟大作品之前。荆楚古典浪漫主义文学在屈原的"高潮"甚或"顶峰"之后，出现转型和嬗变，也是文学发展与演变之必然，而宋玉则以他的文学创作成为荆楚古典浪漫主义文学走向转型和嬗变之路的开启者。宋玉的《高唐赋》、《神女赋》、《登徒子好色赋》等辞赋作品，是对诸如"物欲与情感"、"肉体与精神"等涉及思想、道德和哲学问题所作的文学阐释，其基于诗性感知的理性视域，开启了秦汉世俗浪漫主义文学创作之先河。

汉承秦续，社会转型，世风移易。当人类神话时代所确立的宗教和神祇、理想和愿望，不再具有与传统信仰共生的崇高价值和伟大力量的时候，对金钱财富、世俗生活和生命永恒的追求和渴望，便成为人们内心的宗教，而理性、务实和随俗也便成为秦汉社会转型时期的文化属性。当急剧变革的社会思潮也沿着这条道路一路狂奔的时候，艺术与文学又何尝能够独善其身。是故，荆楚古典浪漫主义文学经宋玉而被秦汉文学所继承并丰富和发展，并围绕着"个体"与"家庭"或"家族"的生活、情感、欲求和愿望，而开启了秦汉世俗浪漫主义文学创作的新篇章。

秦汉世俗浪漫主义文学绝非无源之水无本之木，在秦汉世俗浪漫主义文学发展演变之轨迹上，能够发现荆楚古典浪漫主义文学影响的痕迹，或催促其萌生的原初因素和原初动力。从这个意义上说，秦汉世俗浪漫主义文学是在荆楚古典浪漫主义文学基础上进一步发展、演变而来。基于此，我们试图对荆楚古典浪漫主义文学于秦汉时期世俗化转型与嬗变的文学发展与演变轨迹，给出我们的基本描述：

（一）秦汉世俗浪漫主义文学在继承荆楚古典浪漫主义文学"祀神乐

歌传统"的基础上,将送葬挽歌引入世俗生活并进一步对挽歌形式给予改造,而促成墓葬碑铭及碑铭附诗"碑歌"创作的发展和繁荣。荆楚古典浪漫主义文学擅长将"祀神性质的文学形式"进行文学再创作。在这样的文学再创作中,虽然往往以神祇形象、神祇事迹、神祇世界作为文学描写的主体、对象和内容,但在文学整体叙事中却出现了人的形象和人的世界;虽然人的媚神的情感和意愿、从人的世界出发而以神的世界为重并归向于神的世界的愿望和宗旨始终保持不变,但人的媚神的情感和意愿的加入,却为人与神的情感交流提供了文学叙述的空间,而人的世界的出现则为人与神的情感交流提供了文学叙述的平台。于是,在荆楚古典浪漫主义文学创作中,神不但以人的形象出现,而且以人的情感与人进行沟通和交流。显然,荆楚古典浪漫主义文学最为伟大和最为精彩的浪漫主义艺术构思和浪漫主义艺术手法,即在于此。

在秦汉世俗浪漫主义文学创作中,人的媚神的情感和意愿、从人的世界出发而以神的世界为重并归向于神的世界的愿望和宗旨,与荆楚古典浪漫主义文学是相同的,不同的是,在秦汉世俗浪漫主义文学创作中,神与人的世界出现了"隔断",虽然神祇仍然能够降临人的世界,但源于神与人的世界的"隔断"而导致神与人的"隔膜"。神祇高贵而冷漠的形象与人的虔诚而木然的情感,构成了汉代郊祀乐歌的独特风貌。汉《郊祀歌》的创作风格更倾向于囿于神祇祭祷仪式之框架内的叙述和描写,而远离了屈原《九歌》既囿于神祇祭祷环节的诗歌层次结构,又突破这种神祇祭祷环节而延展或扩大文学视域的创作风格。在神祇形象上,力求展现神祇的神秘性和神秘力量;在文学内容上,文本叙事中完全以神祇形象、神祇事迹、神祇世界作为主体、对象和内容,而人的形象和人的世界或被排除在外,或以被动而藐小的面貌出现;在艺术形式上,追求原始而古朴的构词与构句传统,形成典重、肃穆却又隐晦、古涩的特点。

另一方面,秦汉世俗浪漫主义文学对传统"挽歌"进行改革,使得作为"挽歌"抒发生命情怀的意义和功能得到突出和增强,促使"挽歌"由"送终之礼"而进入人的情感生活之中,从而导致"挽歌"的"内涵"扩大而"外延"延展,使得依托于"挽歌"的形式而突破"挽歌"单纯的"送死悼亡"的"樊篱"而抒发生命情怀的诗歌创作获得发展和流行。当"挽歌"进入更为广泛的世俗生活的时候,其所禀赋的独特的内涵和艺术特性,将会构成或营造出独具特色和特点的审美效果和情感慰藉力量:大喜大悲式的情感转换与强烈的审美对比;由喜而哀、再而狂的情感爆发与审美震撼。汉代墓葬碑铭尤其碑铭附诗是传统送葬"挽歌"的"变体"。"碑歌"在摆脱了"挽歌"送死悼亡内容的束缚的同时,更以浪漫的生命情怀,借助丰富的想象和幻想而对生命的最后旅程和生命的彼岸世界进行描绘和摹写,展示了秦汉世俗浪漫主义文学的独特魅力。从秦汉世俗浪漫主义文学创作的角度看,汉代"碑歌"创作所取得的艺术成就,在荆楚古典浪漫主义文学向秦汉世俗浪漫主义文学的转型和嬗变过程中,具有重大的意义与价值。

(二)秦汉世俗浪漫主义文学在继承荆楚古典浪漫主义文学"文学的政治性叙事传统"的基础上,呈现出幽默戏谑的风格并走上了理想化和浪漫化的文学创作道路。由屈原《九歌·山鬼》和宋玉《高唐赋》、《神女赋》所描述的神女爱情故事,为汉晋时期"俗文学"的传奇故事所继承。在上述以"神女爱情故事"为题材的文学创作中,神女形象所表现出的与异性好合的理想与愿望,既没有屈原《九歌·山鬼》中"山鬼"对爱情努力争取、痴情等待、永世不忘、万古相思的衷心真情,也不具备宋玉《高唐赋》中神女高贵的精神、典雅的气质和"愿荐枕席"的淳朴与自然,甚至连《神女赋》中神女在情爱面前不得不退缩和回避时的痛苦和忧伤的情感也都消失殆尽。神女对爱情的渴望和忠于爱情的高贵精神与圣洁情感,被"爱"和"情"甚至是"性"的大胆而率直的世俗追求所取代,其痛快淋漓的一见之缘、一夕之恋、一夜之情,表现了荆楚古典浪漫主义文学在汉晋时期的世俗化演变过程中对世俗欲望的赤裸裸的文学再现。

上述以"神女爱情故事"为题材的文学创作中的神女形象,在艺术性上虽然不能与《九歌·山鬼》、《高唐赋》、《神女赋》中的神女形象同日而语,但上述神女形象的世俗化演变,却构成了文本中神女性格的多样性和丰富性特征,使得这一形象还原到现实生活中,在一定意义上赋予了血肉、给予了生命、注入了情感、编织了性格。与《九歌·山鬼》、《高唐赋》、《神女赋》中的神女形象相比照,其源于不同的文学生态和演变轨迹而生成的不同的艺术形象、艺术效果、艺术审美特征和艺术感染力,见证了荆楚古典浪漫主义文学在汉晋时期世俗化演变过程中所呈现出的丰富性特征。

屈原《九歌·山鬼》和宋玉《高唐赋》、《神女赋》所描述的神女爱情故事，作为文学题材，亦为汉晋时期的文人辞赋创作所继承。上述汉晋时期文人所创作的《神女赋》，则完全抛弃了屈原《九歌·山鬼》和宋玉《高唐赋》神人相恋的传统情节，也与汉晋时期"俗文学"所描写的神女"一夕幸事"、"神人苟合"的艳情故事不同，而是直接承袭宋玉《神女赋》神女"爱情模式"的"路数"，并在借助"爱"与"情"的基础上而更加突出和强调"思"与"理"，从而构成对宋玉《神女赋》"爱情模式"的继承和发展，导致上述赋文中的"神女"形象变为一个"喻体"，一个带有着寓言式的审美特征的"符号"，一个具有着特定内涵的象征体。汉晋时期文人《神女赋》中的"思"与"理"，实际上是汉晋以来追求个体身心崇高价值的"尚雅"和"崇德"思想的反映。正是在这个意义上，我们看到了汉晋时期文人《神女赋》与"俗文学"所描写的神女艳情故事的区别，以及对《九歌·山鬼》、《高唐赋》、《神女赋》内容和思想的继承和发展。应该指出的是，这种继承和发展，早在西汉时期司马相如的辞赋创作中就已经出现了，并一直延续到魏晋时期。其根据，就是司马相如《美人赋》，阮瑀、陈琳《止欲赋》，应玚《正情赋》，阮籍《清思赋》等赋文的创作。上述赋文中的女主人公虽然不是"神女"，但作家们借"美人"的"爱"与"情"以表达作者"思"与"理"的赋文构思形式却没有发生变化。

当汉晋时期的文人为了追求个体身心崇高价值和尚雅崇德的人格，以荆楚古典浪漫主义文学传统"神女爱情"故事为题材，而掀起辞赋创作高潮的时候，以刘向为代表的汉代知识精英，却借助传统的"桑女爱情"故事，以自己现实而严肃的文学实践，在"移风易俗"的"社会运动"中积极参与和推波助澜，以及以上述题材为内容的民间歌诗于流传过程中，在思想和艺术上"自觉"地超越"生活真实"的理想化和浪漫化的文学实践。

（三）秦汉世俗浪漫主义文学在继承荆楚古典浪漫主义文学"神话性文学叙事传统"的基础上，在故事化甚至传奇化的历史叙述中寻求自己的文学表现。神话的历史化演变与历史事件的故事化发展，呈现出人类早期神话与历史互为发展演变的自然存在形态。然而，历史事件的故事化发展却经历了更为漫长的过程，当人类走过"神话时代"而将神话视为远古历史的存在的时候，历史事件的故事化发展却仍在继续。从某种意义上说，荆楚古典浪漫主义文学与秦汉世俗浪漫主义文学都不具备科学的历史观和神话观，而往往将人类早期的历史事件与神话传说等同看待，所不同的是，荆楚古典浪漫主义文学往往以神话传说或历史化的神话传说作为文学素材而构造情节，而秦汉世俗浪漫主义文学则擅长在故事化甚至传奇化的历史叙述中寻求自己的文学表现。

上述情况也就决定了荆楚古典浪漫主义文学与秦汉世俗浪漫主义文学在文学材料的占有、文学情境的构造、文学形象的描绘、艺术手法的使用，以及文学叙事的方式与风格等方面，既呈现出传承的关系，又形成了各自的特点并呈现出鲜明的差异。

荆楚古典浪漫主义文学依据传统巫灵信仰和传统巫灵艺术的基本原则而感知世界和描述世界的特点，决定了其对传统的神话传说历史化演变的自觉的认同和接受，因此，荆楚古典浪漫主义文学在文学情境的构造、文学形象的描绘、艺术手法的使用，以及文学叙事的方式与风格等方面，都极为鲜明地呈现出传统神话所独具的情感色彩和艺术精神。秦汉世俗浪漫主义文学在感知世界和描述世界的层面上，面临着更为庞杂的传统宗教信仰及传统宗教艺术形式，更为重要的是，还面临着阴阳五行学说和神仙信仰对传统宗教信仰与神话传说的解构与建构式的"破坏"和"重建"。上述情况都不可避免地对秦汉世俗浪漫主义文学在感知世界和描述世界方面构成影响，一方面导致传统的神话传说在秦汉世俗浪漫主义文学中失去其应有的尊严；另一方面导致在神话历史化演变过程中历史的传说化进程更为快捷，并进而呈现出历史叙事的故事化和传奇化的"泛滥"，从而为秦汉世俗浪漫主义文学提供了远非荆楚古典浪漫主义文学所能比拟的更为广阔的创作与发展空间。

神话包含两个方面的内容，其一是古代先民对自身以外的自然世界的认识和理解，这一类神话多以解释性的叙述为主，多以自然世界即自然物或自然现象为对象；其二是关于人和人类世界的认识和理解，这一类神话多以描述性的叙述为主，内容往往以人和人类世界为中心，涉及人或人类的诞生、成长、生活、婚姻、家庭，以及人与人、人与自然、人类不同群体之关系和联系的诸多内容。显然，神话的第二个方面的内容，其本质已经涉及历史叙述的问题了。因此，神话的历史化并非是神话发展、演变中一种无可奈何的选择，而是必然的趋势，因为神话本身就蕴含着历史的因素，而对历史叙述的早期形态的探求，也必然会追溯到神话。对于神话上述两个方面的内容来说,前一个方面构成了神话的主体,而后一个方面则更接近传说的性质,并且随着人类社会的发展而发展和繁荣。从这个意义上说,神话的传说性质,决定了人类早期神话必然包含着历史叙述的内容,而在上述神话的发展演变过程中,神话因素逐渐被减弱,进而演变成为借助神话或传说方式的历史叙述。

基于上面的认识,我们注意到了荆楚古典浪漫主义文学创作既擅长运用神话和神祇形象进行文学叙事,也擅长运用故事化的历史叙事构造文学情节和文学情境。相比较而言,秦汉世俗浪漫主义文学创作却在历史叙事的故事化过程中,成功地实现了文学意义上的转换,而将故事化的历史叙事升华为具有鲜明的传说或传奇色彩和特征的文学叙事,为荆楚古典浪漫主义文学于秦汉乃至明清时期的进一步繁荣和发展,开拓了一条更为宽广的道路。

(四)秦汉世俗浪漫主义文学在继承荆楚古典浪漫主义文学"神话英雄叙事传统"的基础上,对荆楚古典浪漫主义文学"经典英雄"创作模式有所突破和发展。荆楚古典浪漫主义文学与秦汉世俗浪漫主义文学都钟情于英雄形象的描绘和塑造,然而,荆楚古典浪漫主义文学更钟情于神话时代的神话英雄,并擅长运用神话英雄叙事而塑造神话英雄式的文化英雄,而秦汉世俗浪漫主义文学则钟情于现实生活中的世俗英雄,擅长运用传奇化和故事化的艺术手法塑造世俗英雄的形象,描绘世俗英雄的奇异事迹。

神话时代的神话英雄以民族文化的创造、建设和发展为己任,故而神话时代的神话英雄又是文化英雄。文化英雄的品格代表了民族的性格。荆楚古典浪漫主义文学所描绘和塑造的文化英雄,均以正面的形象出现,他们或是正义力量的化身,或是善良仁爱的代表,或是开拓进取的先行者,或是殚精竭虑思索未来的哲人。而现实生活中的世俗英雄或以群体的优秀代表而出现,或以世俗生活中的特异个体而现身,或即现实生活中的普通个人。他们之所以能够成为英雄,首先必须满足其所秉承和具备的正义与善良的品格,以及与之构成的对立面的斗争的勇气和力量。然而,世俗英雄的品格并非就是民族性格的表现,而世俗英雄的行为也并非都能以正义、善良和仁爱所匡衡。现实生活中的世俗英雄与神话时代的文化英雄相比,前者所面对的恰恰是丰富而复杂的社会生活,其在丰富复杂的社会生活中所展示的往往是世俗个体的多面性展现和多样性存在。

是故，秦汉世俗浪漫主义文学中的世俗英雄形象，既具有神话英雄勇于面对和挑战困难或邪恶势力以及异质力量的勇气和力量，但也显现出人性所具有的一切弱点和缺陷。其面对和挑战困难或邪恶势力以及异质力量的过程，也同时是面对和挑战自身弱点和缺陷的过程，因此，这一过程既有希望和欢乐，也充满了坎坷和艰辛、伤害和痛苦，甚或付出生命的代价。从另一个角度看，秦汉世俗浪漫主义文学中的世俗英雄形象，是凭借着人性和人的力量去面对神话英雄所面对的一切，包括所谓异质力量，因此，秦汉世俗浪漫主义文学中的世俗英雄也就必须付出更大的勇气和力量及至生命的代价。显然，这就决定了秦汉世俗浪漫主义文学中的世俗英雄面对和挑战困难或邪恶势力以及异质力量的过程，即是一个力量悬殊、困难重重而又胜负难定、前途未卜的过程。缘于此，秦汉世俗浪漫主义文学关于世俗英雄的英雄叙事，也就呈现出极具"张力"的美学特征，并以故事情节的波折与反复、情感落差的巨大与悬殊、矛盾对立的尖锐与不可调和、英雄命运的坎坷与悲剧结局而构成独具特色的艺术美。

（五）秦汉世俗浪漫主义文学在继承荆楚古典浪漫主义文学"空间方位文学叙事传统"的基础上，进一步发展完善进而推动文学视阈的拓展和新的文本形式的创作。空间方位文学叙事是指从空间视觉思维出发的文学叙事艺术。空间方位文学叙事既是描绘外部世界的艺术手段，也是观照外部世界的技术方式。它是以具有叙事性质的空间联结形式而展现的。这种带有叙事性质的空间联结形式并非简单意义上的平面或立体的方位联系，而是以叙事主体为中心或基点的前后、左右、上下、天地之间的视域意义上的联通，体现的是人与包括天地在内的周围世界在思想和情感上的融通和联系。

空间方位文学叙事艺术在荆楚古典浪漫主义文学创作中就已经出现，并形成"二元世界"的文学构想。"二元世界"所展现的实际上即是神祇所在的"天界"和人所存在的"人间"的组合或联通。荆楚古典浪漫主义文学所构造的"二元世界"是一切文学想象或幻想的基础和平台。虽然文学想象或幻想的视阈可以无限的延展，以至其想象和幻想的触角进入神的世界，但文学的叙述平台，却仍然回归到人的世界之中。

作为文学想象或幻想的基础和平台，荆楚古典浪漫主义文学所构造的"二元世界"也为秦汉世俗浪漫主义文学所继承,所不同的是,在上述"二元世界"构想的基础上,秦汉世俗浪漫主义文学的文学想象和幻想的视阈不但可以无限地扩大和延展,而且更在这种扩大和延展的基础上创造出"多重世界",并且能够在上述"多重世界"中完成独立的文学叙事。

秦汉世俗浪漫主义文学以现实世界为出发点而构造出的"多重世界",具有空间延展、多元独立和多重穿越的叙事特点。空间延展的叙事,可以表现为具有平面和立体叙事特点的"在视域"和"超视域"性质的文学叙事;多元独立的叙事,表现为具有平面和立体叙事特点的"幻视域"性质的异域空间的文学叙事;而多重穿越的叙事,则表现为叙述主体摆脱"时间"与"空间"的羁绊和超越"经验"与"理性"的束缚的文学叙事。

从上述意义上思考楚汉浪漫主义文学的发展与演变,荆楚古典浪漫主义文学主要表现的是对天上神祇世界的想往和接触,以及神祇从天上来到人间的经历,而秦汉世俗浪漫主义文学则在此基础上,其文学视域得到更为宽广和多样的开拓和延展,地下空间或地下神鬼世界就是一个最为令人瞩目的文学空间,它给秦汉及以后的中国古代浪漫主义文学创作带来了异常辉煌和别开生面的一页。因此,与荆楚古典浪漫主义文学相比,秦汉世俗浪漫主义文学所展示的叙述平台对浪漫主义文学创作更为有利,并能够在诸如文学情境的构造、故事情节的展开、人物形象的描述等方面,提供了更为广阔和多样的舞台。

(六)秦汉世俗浪漫主义文学在继承荆楚古典浪漫主义文学"后生命文学叙事传统"的基础上,进一步积淀写作经验并促成汉晋以来生命复活故事和地下探险故事创作的发展与繁荣。对于现实生命结束以后生命走向和彼岸世界的文学意义上的叙述或描绘,称为"后生命文学叙事"。"后生命文学叙事"依赖于有关生命信仰和生死观的"集体意识"的确立,而后者的变异,也将决定"后生命文学叙事"的发展与演变。

两汉时期的生命信仰和生死观与战国时期荆楚地域的生命信仰和生死观一脉相承,并最终得以完善。这种完善的生命信仰和生死观相信"人"的生命和生活在"现实世界"结束以后,还会延续到由"地下世界"所构建的"彼岸世界"之中,意味着在人们关于"后生命存在形式"的信仰中,与"现实世界"具有密切联系的"地下世界"的出现和构建,并将导致在人们的想象世界中开辟和建立"地下世界"的"空间"观念和"后生命"意义上的构想的能力,也为文学意义上的"后生命文学叙事"即"生命复活故事"的创作,提供了更为丰富多样的生活素材和经验,拓展了更为广阔的想象和幻想的空间。从此,这个神秘而又存在着太多未知的"彼岸世界",便成为所有人都必须面对而无法回避的"空间",并直接影响着秦汉世俗浪漫主义文学的创作。从以《庄子·至乐》髑髅故事髑髅复活内容为代表的生命复活故事,到近年发现的放马滩秦墓竹简《墓主记》,再到《搜神记》中众多的生命复活故事,再到唐宋明清传奇故事中的地下探险故事,我们能够看到战国秦汉以来"后生命文学叙事"的发展和繁荣。

需要指出的是,对于汉晋生命复活故事来说,"南方神话体系"中的颛顼生命复苏神话,是上述生命复活故事形成的神话源头。以《庄子·至乐》髑髅故事髑髅复活内容为代表的生命复活故事,产生和流传于战国时期的南方荆楚地域,并与以放马滩秦墓竹简《墓主记》志怪故事为代表的生命复活故事构成了"南方类型"与"北方类型"。而"南方类型"的生命复活故事源于生命信仰和生死观的变异,故事中对"死后世界"的叙述增多,形成了异于"北方类型"的情节特点和叙事内容。上述生命复活故事发展、演变之轨迹,在两汉时期发生了重大转折,至魏晋而步入成熟的发展轨道。引发上述生命复活故事重大转折的根本原因,是由汉代丧葬习俗上的变化而反映出的人们生命信仰和生死观的新变,并导致汉晋生命复活故事的叙述视域由"地上"而转入"地下"、由"人间"而转入"阴间";叙述内容则由"生命复活过程"而转入"灵魂回归经历",亦即灵魂由阴间回归阳世的"历险",夹杂着类似于生命历险的探奇意识和哀喜相伴的惊惧心情。

二 楚文化发展的历史阶段与文化面貌

楚文化作为一种文化形态,其存在与发展的历程呈现着鲜明的阶段性特征,而每一个历史阶段的楚文化,又体现出了不同的文化色彩、文化个性和文化风貌。同时,楚文化作为一种文化形态,其存在与发展又会受到诸如不同地域、不同人群团体、不同渊源的文化体系等多种因素的影响乃至制约,因此,处于同一历史阶段的楚文化,其本身又呈现出复杂与多样的特点。基于上述原因,将"楚文化发展之历史面貌"完整而清晰地概括或描述出来，将会遇到不可克服的困难。然而，作为一种文化形态的楚文化，其文化发展的每一个历史阶段，都应该呈现出某种相对稳定和相对一致的文化风貌，这样一种情况，也在考古学上的楚文化物质文化形态上面得到了印证。从这个意义上说，"楚文化发展之历史面貌"又是可以被概括或描述出来的。楚文化有其形成、发展和演变的历程。目前学术界对于楚文化形成、发展和演变的历程，大致形成了较为明晰的认识，楚文化的演变历程宜于分为四个阶段。

第一阶段，楚文化的渊源阶段。

处于渊源阶段的楚文化，其地域大致在长江中游，时间大致从新石器时代晚期至青铜时代初期。

长江中游地区在青铜时代早期存在着好几支文化，既含有承袭着当地新石器时代晚期文化的传统因素，又已大量渗入了黄河中游的二里头文化和二里岗、殷墟文化的因素，也含有很多来自长江以南的几何形印文陶遗存的因素，甚至某些从清江流域至长江三峡地区新发展来的早期巴人文化的因素。[①] 显然，早期阶段的楚文化是一种多种文化因素相互影响、渗透的文化。长江中游地区新石器时代晚期文化的"土著文化"应该是楚文化的基础，其与黄河中游的中原文化、东方的夷文化和南面的巴文化的交融，构成了早期楚文化的面貌。

上述观点也面临挑战。有学者认为"长江中游地区从新石器时代到商周时期，根本没有一脉相承的土著文化体系，特别是石家河文化之后，由于其他区域文化的冲击，导致土著文化多次大规模的文化迁徙，传统的文化格局完全被打破，文化分化的趋势日益加剧，商周时期各小区的所谓土著文化，相对于前一阶段来说，都是若干个文化冲突、融合后所形成的新文化。同一个文化也不是静态的，其早晚不同时期分布地域范围是有变化的。因此，从历史背景的角度考察，楚文化与江汉土著文化一脉相承说站不住脚。"[②]

[①] 参见俞伟超《楚文化中的神与人》，载俞伟超《古史的考古学探索》，文物出版社 2002 年版，第 155 页。

[②] 许天申：《楚文化研究的新进展》，引自王红星《关于探索早期楚文化的反思》，《华夏考古》1993 年第 1 期。

其实，所谓楚文化乃是一个复杂的概念，其确切的内涵，应该是楚文化成熟时期的文化形态，具有区别于其他地域或民族文化的独特的文化个性和独立的文化形式。于长江中游地区早期文化形态（土著文化）而言，楚文化必定是移民文化与土著文化的融合体。

屈原《离骚》有"帝高阳之苗裔兮，朕皇考曰伯庸"诗句，将自己的神圣血缘上溯至颛顼和祝融。《左传·昭公十七年》载："郑，祝融之虚也。"① 即今河南新郑县。如此推断，楚人神话先祖祝融在殷商以前曾经活动于今河南新郑一带。后，祝融族的芈姓季连一支从新郑一带沿河南禹县、叶县古道南迁至丹江流域和荆山地区，与当地土著居民结合，形成新的楚人，即商周文献中所说的"荆楚"、"荆蛮"。《史记·楚世家》又载："楚之先祖出自帝颛顼高阳。"② 《左传·昭公十七年》载："卫，颛顼之虚也。"③ 杜预注云："卫，今濮阳县，昔帝颛顼居之，其城内有颛顼冢。"④ 如此又可推断，楚人神话先祖颛顼在殷商以前曾经活动于今河南濮阳一带，后南下至南阳盆地并再至江汉流域，与当地土著居民融合而形成新的文化。

从上述楚人族源的讨论中知道，楚文化之渊源，至少应该由两部分组成，一是早期的中原文化，二是江汉流域的土著文化。典型而成熟的楚文化，应该是双方相互融合的产物。

第二阶段，楚文化的孕育阶段。

处于孕育阶段的楚文化大致从西周早期至春秋中期之前。

春秋中期之前楚文化的历史面貌并不十分清晰，有这样两个困难阻碍我们的研究：其一，楚人早期受封于"丹阳"是为史籍的确载，但"丹阳"之地的历史记载既有分歧，而"丹阳"之地的考古发掘也陷于困境，致使"丹阳"地望至今不能明确；其二，这一时期楚文化于考古上的收获极为贫乏，为这一时期楚文化历史面貌的认识带来困难。

《史记·楚世家》载："熊绎当周成王之时，举文、武勤劳之后嗣，

---

① （晋）杜预：《春秋左传集解》第二十三，上海人民出版社1977年版，第1424页。
② （汉）司马迁：《史记》卷四十，中华书局1959年版，第1689页。
③ （晋）杜预：《春秋左传集解》第二十三，上海人民出版社1977年版，第1425页。
④ 同上书，第1426页。

而封熊绎于楚蛮，封以子男之田，姓芈氏，居丹阳。"① 楚人早期都城丹阳地望有六说，即湖北枝江说、湖北秭归说、安徽当涂说、湖北南漳说、陕西商县说、河南淅川说。前三说证据支持不足，后三说则为目前学术界所重。许天申《楚文化研究的新进展》一文对此有较为全面的综述。② 姑且引述如下：

南漳说。主要依据有四：（1）《尚书·禹贡》载："荆及衡阳惟荆州，江汉朝宗于海。"又载："导嶓冢，至于荆山。"此荆山即南条山，在南漳与当阳之间，为沮水和漳水的发源地。楚人自称"辟在荆山"，商周文献中称楚为"荆楚"，说明楚人最早的活动地点必在荆山附近。（2）从文化的角度考虑，楚文化源于"沮漳"，然后逐渐向四周扩展。"沮漳"有自成体系的古老而发达的原始文化。楚在"沮漳"一方面继承了当地原始文化的优秀传统，另一方面又吸收了中原青铜文化的精华，才创造出具有独特风格的楚文化。"沮漳"的当阳、江陵一带的东周城址、墓葬出土了大量遗迹、遗物，内容广泛而丰富，系列清楚，一脉相承，属于典型的楚文化。其中墓葬中出土的陶器年代序列，可从西周晚期开始，分成七期十三段，说明该地区文化从未中断过。（3）从国家的角度考虑，楚国早年辟在荆山，文化落后，在当时强大的西周王朝统治下，很难想象有自身独立成体系的文化。作为一种考古学文化——楚文化体系形成的年代，也应该在春秋中期前后。根据考古发现的"沮漳"东周陶器和墓葬往前追溯，早期楚民族文化也在"沮漳"。（4）淅川下王岗新石器时代文化表明，"丹淅"是考古学文化的"交互作用区"，自古以来不存在独立的自成体系的文化发展序列。"丹淅"的东周文化，是受"沮漳"典型楚文化的影响，有一个逐渐"楚化"的过程。"丹淅"的楚文化也应来源于"沮漳"，可叫作"丹淅"类型或汉水中游类型。

商县说。主要依据有三：（1）熊绎所都之丹阳应在丹水之阳，即丹水经过的今商州至丹凤县的商丹盆地，从后世文献中亦可知道丹江流域确为楚国故土。（2）《水经注》丹水条记载商县一带有楚山、楚水之名，今商县境内尚有熊耳山、紫荆、大荆等山川地名，可能与楚人在商丹盆地活动有关。这些名称还见于《括地志》、《史记·苏秦列传》"正义"、《太

---

① （汉）司马迁：《史记》卷四十，中华书局1959年版，第1691、1692页。
② 许天申：《楚文化研究的新进展》，《华夏考古》1993年第1期。

平寰宇记》、乾隆《大清一统志》、乾隆《商州志》等书。（3）从丹水流域楚文化遗址出土遗物来看，虽具有典型楚文化色彩，但是它和中原地区同时期同类器物还具有很多相同之处。近年来，商丹盆地曾出土多批周代文物，与关中西周早期同类器形的特征接近，这些器物可能与楚人有关或许是楚人在丹江流域活动时遗留下来的。从地理环境方面来讲，商丹盆地河谷开阔，地势平坦，丘陵低矮，号称"百里州川"，适于农业耕种，楚国选择此地建都是具备条件的。

淅川说。主要依据有三：（1）清人宋翔凤认为鬻熊时的楚都丹阳即在今丹淅二水交汇处，并在《过庭录》中详加考证，认为："战国丹阳在商州之东，南阳之西，当丹水、淅水入汉之处，故亦称丹淅，鬻子所封，正在于此。"并进一步作出"鬻熊先封丹水之阳，熊绎始迁荆山之麓"的推断。（2）东汉时已经有丹阳在丹淅之会的说法。《史记·韩世家》载："二十一年，与秦共攻楚，败楚将屈丐，斩首八万于丹阳。"《史记·楚世家》载："十七年春，与秦战丹阳，秦大败我军。"《史记·屈原列传》载："怀王怒，大兴师伐秦，秦发兵击之，大破楚师于丹阳。"班固《汉书·地理志》注云："丹水，水出上洛冢岭上，东至淅水入匀水，其水盖在弘农丹水、淅水两县之间，武关之外也。秦楚交战，当在此水之阳，丹阳亦称丹淅。"（3）丹淅之会楚墓葬文化丰富。1978年在淅川县仓房乡下寺附近发掘了春秋中晚期大、中型楚墓9座，小型楚墓15座，出土文物数千件。1990年以来又在下寺附近的和尚岭发掘两座春秋中晚期楚墓，在徐家岭发掘了一批春秋战国之交的大中型楚墓及车马坑。另外，通过对丹江水库周围的初步调查，共发现春秋战国时期的楚墓群28处，总数达两千座以上。在香化乡杨河村发现了一座长、宽达40米的大型封土冢，很可能是楚王陵墓，同时还发现了十几处古城址。

综上所述，楚都丹阳在何处，各种观点都有自己的根据，众说纷纭，不能统一。在上述三说中，"南漳说"与"淅川说"都有文献依据和考古方面的佐证，但"淅川说"在考古学方面的佐证更为丰富。值得注意的是，从"丹淅之会"到"南漳"，直线距离在150公里左右，相距并不遥远。二地以汉水南北相连，都在楚文化覆盖之内。楚都丹阳或在"南漳"或在"丹淅之会"并向北或南继续扩展，都会是必然发生的事情。

在南阳地区发现的西周时期文化遗址中，以南阳十里庙、西峡邪地村和淅川下王岗最具代表性。① 值得注意的是，淅川下王岗西周文化层出土遗物在器形上明显受到传统周文化的影响。② 淅川下王岗西周文化层与陕西长安张家坡西周遗址在出土遗物器形上相似的事实，至少说明淅川下王岗西周文化层出土遗物所代表的文化，仍然受到传统周文化的强烈影响，而上述认识也似乎成为学术界的共识。"直到春秋早期，在周文化的大气候下，无论楚蛮文化和东来楚人文化，都受到了周文化既深且广的影响，尚在萌芽时期的楚文化尚未独具一格而自成一体。"③ "西周时期楚文化正值滥觞阶段，当时中原地区的楚文化还处于中原文化襁褓之中，特别是西周早期，很难将楚与中原文化之间划出一道鸿沟。"④

然而，从淅川下王岗西周文化层出土遗物的文化形态进行分析，下面的情况也是需要注意的：在淅川下王岗西周文化层出土遗物中，有一件制作相当精致的高柄黑陶杯，陶杯上部敞口，下附喇叭形高圈足，泥质黑陶，通体磨光，腹部饰曲折的压印纹，圈足上饰划纹和麻点纹。上述器形及纹饰所表现出的特点与中原地区呈现出较大差异。⑤ 上述情况是否意味着这样一个事实的存在：西周时期楚文化虽然脱胎于周文化并受到传统周文化的强烈影响，但其自身的文化属性、文化性格与文化特点也在形成之中，并已经呈现出了区别于传统周文化的特征。

上述情况能够说明，西周时期江汉地区似乎已经构成了一个区别于传

---

① 其中淅川下王岗西周文化层发现的主要遗迹，有房基两座，为圆形地面建筑，直径3.80—4.30米，居住面积11.30—15.20平方米。室内有支撑屋顶的中心柱，上架梁、檩、椽，墙面立的柱子是墙的骨架，上承屋顶。房顶可能为圆锥形。在遗址的中部和东北部，分布着16个灰坑，从坑口形制可分为圆形、椭圆形和不规则形三种。遗址中南部，发现墓葬三座，皆竖穴土坑，其中1座长方形，1座五边形、1座不规则形。3座墓中，单人墓2座，其中仰身直肢葬1座，侧身屈肢葬1座；多人合葬墓1座，内埋5人，其中仰身直肢葬2人，侧身屈肢葬2人，迁葬1人。淅川下王岗西周文化层共出土遗物623件，有石器、陶器、骨器、铜器和玉石器等。其中石器有斧、铲、锛、镰、刀、凿、镞、网坠、钻头、钺、磨石等；陶器有拍子、纺轮、网坠、鬲、甗、鼎、罐、杯、豆、盆、瓮等；骨器有凿、锥、镞、镖、匕；铜器有铃、鱼钩、镞、矛、戈、削等；玉石乐器及装饰器有石磬、玉璧、玉璜、松绿石耳坠等。

② 淅川下王岗出土遗物中的长方扁体和窄背宽刃梯形石锛、无孔石铲、石镰、长方带孔石刀、带铤骨镞、桥形握手陶拍、陶纺轮、燕尾状铜镞和铜削、矮足瘪裆陶鬲、浅腹平底陶盆、浅盘细柄陶豆等器物，均与陕西长安张家坡西周遗址出土的同类器物相似。

③ 徐士有：《当阳赵家湖楚墓头向的两点启示》，《江汉考古》1999年第2期。

④ 马世之：《中原楚文化研究》，湖北教育出版社1995年版，第90页。

⑤ 参见河南省文物研究所、长江流域规划办公室考古队河南分队《淅川下王岗》，文物出版社1989年版，第307—338页。

统周文化的区域性文化形态，将这一文化形态与西周时期楚文化联系起来，无疑具有极为重要的学术意义：一方面进一步印证了前文关于"西周时期楚文化虽然脱胎于周文化并受到传统周文化的强烈影响，但其自身的文化属性、文化性格与文化特点也在形成之中，并已经呈现出了区别于传统周文化的特征"的推断；更为重要的是，它能够从学术的角度促使我们对这一时期楚文化的属性、性格与特点即"面貌"，作出更进一步的研究和描述。

第三阶段，楚文化的发展与繁荣阶段。

处于发展与繁荣阶段的楚文化，从春秋中期直到战国晚期之前，至少延续了二百余年。

楚文化发展与繁荣的时期，也是楚国城邑构筑的鼎盛时期。发展与繁荣时期的楚文化，其载体是城邑文明。至西周晚期，楚地仍很狭小。《史记·孔子世家》载："楚之祖封于周，号为子男五十里。"① 《左传·昭公二十三年》载："无亦监乎若敖、蚡冒至于武、文，土不过同。"② 《左传·昭公十二年》亦载："昔我先王熊绎，辟在荆山，筚路蓝缕，以处草莽。跋涉山林，以事天子。唯是桃弧、棘矢，以共御王事。"③ 显然，楚虽定都丹阳，受封子男之田，建立国家，文化体系于酝酿中逐渐形成，但其活动范围及文化所及仍然有限，于丹阳筑城，亦必狭小简陋。即使对于楚城而言，"从西周初年至两周之际的三个世纪，楚国的城邑很少，正处于产生阶段。"④ 而从春秋中期到战国晚期的二百余年中，楚人在长江下游的安徽、江苏、浙江构筑了数量可观的城邑。在湖南的临澧牛形山、常德、长沙、资兴等地，发现了春秋晚期至战国时期数以千计的楚墓。⑤

---

① （汉）司马迁：《史记》卷四十七，中华书局1959年版，第1932页。

② （晋）杜预：《春秋左传集解》第二十五，上海人民出版社1977年版，第1504页。

③ （晋）杜预：《春秋左传集解》第二十二，上海人民出版社1977年版，第1356、1357页。

④ 陈振裕：《东周楚城初探》，载陈振裕《楚文化与漆器研究》，科学出版社2003年版，第50页。

⑤ 参见湖南省博物馆《湖南湘乡牛形山一、二号大型战国木椁墓》，《文物资料丛刊》(3)，文物出版社1980年版；湖南省博物馆《湖南常德德山战国墓葬》，《考古》1959年第12期；中国社会科学院考古研究所《长沙发掘报告》，科学出版社1957年版；湖南省博物馆《长沙浏城桥一号墓》，《考古学报告》1972年第1期；湖南省博物馆《湖南资兴旧市春秋墓》，《湖南考古辑刊》第1辑，岳麓书社1982年版；湖南省博物馆《湖南资兴旧市战国墓》，《考古学报》1983年第1期。

"因此，这个时期在湖南境内发现的长沙城、采菱城、白公城、中鸣城、鸡叫城、宋玉城、古城岗等18座楚城，应该是楚国疆域扩展到湖南后建置。这个历史时期，是楚国最强盛的时期，也是疆域最大的阶段，几乎占领南半个中国。"① "约在西周晚期的周夷王时，楚国已向东扩展，至公元前689年，楚文王迁都于郢，控制了江汉平原。春秋中期以后，进而扩张到淮河上游。至战国后期，又灭掉越国，势力扩张到长江三角洲。此时，楚国又已沿着长江向西进逼巴人，疆域西达长江三峡以西的重庆市涪陵县一带；向南则达到广西省北部，甚至一度进入广东、贵州两省之境，乃至云南省的滇池一带。"② "所以这个时期所设置的楚城也最多，有的楚城的规模更加宏大。"③

总的来看，楚文化的繁荣时期当在春秋晚期到战国时期。在这一时期，楚文化的典型特征和独特风格形成并成熟起来，其文化面貌与中原文化越离越远。有学者以河南淅川县境内丹江水库沿岸小型楚墓（即陶器墓）为例，从葬俗、葬式、陶器组合、器物形制等方面与中原地区同类型墓葬进行比较研究，以期发现春秋晚期到战国时期楚文化走向成熟的例证：淅川地区的小型楚墓有其自身的变化规律和特点，由于受到中原地区文化的强烈影响，在春秋中期还保留着相当多的中原文化因素，但一些器物已经具备楚文化特征。春秋晚期或春秋战国之际，中原文化因素逐渐减少，楚文化各方面的特征逐渐显露出来。到了战国时期，楚文化因素占了主导地位，明显地显现出了自己的特色，基本上已经从中原文化中分离出来逐渐成为一种比较纯粹的楚文化。④ "西周早期的楚文化与周边蛮夷小国文化接触不多，主要受周文化的熏陶和影响，同中原文化相比，缺少标新立异的特色，直到春秋中期，方才形成独特的文化体系，以一种完全崭新的姿态，呈现在历史屏幕

---

① 陈振裕：《东周楚城初探》，载陈振裕《楚文化与漆器研究》，科学出版社2003年版，第50页。

② 参见俞伟超《楚文化中的神与人》，载俞伟超《古史的考古学探索》，文物出版社2002年版，第156页。

③ 陈振裕：《东周楚城初探》，载陈振裕《楚文化与漆器研究》，科学出版社2003年版，第50页。

④ 许天申：《楚文化研究的新进展》，引自胡永庆《试论淅川县境内的小型楚墓》，《华夏考古》1993年第1期。

之上。"①

　　同时，我们也注意到春秋晚期至战国时期楚地墓葬，以及源于墓葬等级的不同而呈现出不同的特点。以湖北当阳赵家湖等地发掘的三百余座楚墓，江陵雨台山、九店砖瓦厂发掘的一千二百余座春秋战国时期的楚墓为例。"在这批墓中墓主为楚国下层贵族的随葬品主要有铜鼎、簠、铈等礼器和黑皮陶或黑光陶器，其文化特点是以中原文化为主体；墓主生前的社会地位大致相当于士这个阶层，其随葬品主要有黑皮陶鬲、盂、罐、豆等，其文化特点受中原文化的影响仍相当深刻；墓主为庶民这个阶层，随葬品主要有红陶鬲、盂、罐、豆等，其文化特点则以楚文化为主，同时也有中原文化的一些影响。这种情况，至春秋早期的墓中仍然存在。"②

　　上述楚地墓葬缘于墓葬等级的不同而呈现出的不同的特点，似乎能够视为一种文化意义上的特点，并进一步延展到文化意义上的文化形态与文化层次的高度。以此而论，处于发展与繁荣阶段的楚文化，可能存在着不同的文化层次，楚文化中的贵族文化层面以承续中原文化为主，楚文化中的士文化层面以接受中原文化之影响为特色，而楚文化的庶民文化层面，其不同于中原文化的特点和色彩似乎更为突出和鲜明。更为重要的是，上述认识将促使我们对"楚文化中的庶民文化层面"以及这一文化层面所呈现出的独特的文化形态与特点给予关注，并促使我们思考这样的问题：能否将楚文化中的庶民文化层面视为一种与楚文化贵族文化层面和士文化层面相区别甚至相对立的文化层面？能否将楚文化中的庶民文化层面视为一种推动楚文化最终摆脱中原文化影响和束缚的文化层面？能否将楚文化中的庶民文化层面视为一种构成典型楚文化的核心文化层面或基础文化层面？

　　第四阶段，楚文化的延续、衰落与变异乃至消失阶段。

　　处于这一阶段的楚文化，延至整个战国晚期乃至秦汉时期。

　　公元前278年，秦将白起攻占楚国郢都。《史记·秦本纪》载："（秦

---

　　① 许天申：《楚文化研究的新进展》，引自马世之《西周早期楚文化觅踪》，《华夏考古》1993年第1期。

　　② 陈振裕：《东周楚城初探》，载陈振裕《楚文化与漆器研究》，科学出版社2003年版，第50页。

昭襄王）二十八年，大良造白起攻楚，取鄢、邓，赦罪人迁之。二十九年，大良造白起攻楚，取郢为南郡，楚王走。"①《史记·楚世家》亦载："（楚顷襄王）十九年，秦伐楚，楚军败，割上庸、汉北地予秦。二十年，秦将白起拔我西陵。二十一年，秦将白起遂拔我郢，烧先王墓夷陵。楚襄王兵散，遂不复战，东北保于陈城。"② 陈城即今河南淮阳县。《史记·货殖列传》载："陈在楚夏之交，通鱼盐之货，其民多贾。"③ 显然，楚选陈做都城，一方面缘于陈地远离秦人，秦人若攻陈或需取道于韩、魏，危险系数过大，或需跋山涉水，穿越不毛之地；另一方面还源于陈地物产丰富，经济发达。

从楚顷襄王二十一年（公元前278年）被迫迁都于陈，到楚考烈王二十二年（公元前241年）再徙都寿春（今安徽寿县）并正式将寿春确立为"郢"，楚人以陈为都城的时间大约37年。《史记·楚世家》载："（楚考烈王）二十二年，与诸侯共伐秦，不利而去。楚东徙都寿春，命曰郢。"④ 楚最后的郢都寿春城的地望有三说：一说位于寿州县城；一说位于县西四十里；一说位于县西南四十里的丰庄铺。寿州县城说的文献根据是《汉书·地理志》注释与《水经注·淮水》条的记载。《汉书·地理志》"九江郡寿春邑"注文云："楚考烈王自陈徙此"。⑤《水经注·淮水》载："淮水又东流与颖口会。东南径苍陵城北，又东北流经寿春县故城西，县即楚考烈王自陈徙此。"⑥ 今安徽省文物考古研究所经过考古调查和遥感勘测，大致确定楚郢都寿春城遗址应位于今寿县城东南。寿春北临淮河，肥水南北贯通，土地肥沃，交通便捷。《汉书·地理志》载："寿春、合肥受南北湖皮革、鲍、木之输，亦一都会也。"⑦ 楚人以寿春为都城的时间大约18年。

这一时期的楚文化呈现出复杂的一面：一方面仍然是春秋战国时期繁荣阶段楚文化的延续，体现着繁荣阶段楚文化的基本特征和独特

---

① （汉）司马迁：《史记》卷五，中华书局1959年版，第213页。
② （汉）司马迁：《史记》卷四十，中华书局1959年版，第1735页。
③ （汉）司马迁：《史记》卷一百二十九，中华书局1959年版，第3267页。
④ （汉）司马迁：《史记》卷四十，中华书局1959年版，第1736页。
⑤ （汉）班固：《汉书》卷二十八上注释，中华书局1962年版，第1569页。
⑥ （后魏）郦道元：《水经注》卷三十，岳麓书社1995年版，第451页。
⑦ （汉）班固：《汉书》卷二十八下，中华书局1962年版，第1668页。

风貌。① 但从另一方面看，楚人东迁以后，国力与国势一直走着下坡路，已经不能与江陵时期同日而语。《史记·楚世家·索隐述赞》云："顷襄、考烈，祚衰南土。"②《战国策》载："（楚顷襄王）徙东北，保于陈城。楚遂削弱，为秦所轻。"③《史记·楚世家》云："考烈王元年，纳州于秦以平，是时楚益弱。"④《史记·春申君列传》云："楚顷襄王东徙治于陈县。……秦轻之，恐壹举兵而灭楚。"⑤ 与此同时，楚国的经济发展亦受到严重的阻遏。从1957年出土的《鄂君启金节》的记载看，鄂君启进行商贸的水陆交通共五条线路，其中四条水路、一条陆路。四条水路为："一、西北路从鄂城出发，经过今鄂州、武昌之间的吴塘、梁子、牛山、汤孙等湖，自鲇穿过长江，溯汉水北上，经唐白河，到达南阳盆地。二、东路从鄂城出发，顺江而下，可抵松阳（今安徽枞阳），通过濡江（今青弋江），可达爰陵（今安徽陵阳）。三、西南路自长江入湘水，可达今广西全县和湖南郴县。四、西路由长江西行，溯荆江可达郢都。"一条陆路为："从南阳盆地逾伏牛山口，折向东南经汝、颍下游平原，至居巢，接巢湖水系，沿流至江与水路会合。"⑥ 值得注意的是，由于秦师拔郢及楚

---

① 以寿县朱家集李三古堆大墓出土青铜器为例。李三古堆大墓两次盗掘出土的青铜器超过一千件，其中铜礼器达到一百余件，值得注意的是墓中随葬的铜鼎，完整者三十五件，加上残破的，达到四十余件，比著名的蔡昭侯墓、曾侯乙墓随葬鼎器的数量多出一倍。出土青铜礼器除鼎之外，还有簠、簋、敦、豆、瓶、镐、鬲、炉、俎、缶、鉴、壶、盘等，大多承袭春秋以后的新式形制。这样的认识，从寿县附近战国晚期楚墓埋葬形式上也能得到证明。上述"墓葬形制皆为土坑竖穴，靠近棺椁大都填以青膏泥或白膏泥，大中型墓葬一般有多级台阶和长斜坡墓道，地面上有巨大的封土堆，椁多室，棺多重。小型墓葬则无台阶、墓道、封土，不过有的亦有棺有椁。这些都同于江陵楚墓。""随葬品的礼器组合，大型楚墓青铜器组合为鼎、敦、簠、壶、缶、镐、鉴等。中小型楚墓大多出铜仿陶礼器，或铜、陶并存，组合为鼎、豆、壶、盒、罐，加盘、匜、或鼎、钫、盒、盘、匜。这种组合与长沙楚墓接近，而与江陵楚墓则小有区别。"（刘和惠：《楚文化的东渐》，湖北教育出版社1995年版，第221页）楚人东迁并定都寿春以后，国力似乎有所恢复，王室及各级贵族的生活，与动迁之前并无太大的区别，礼制风俗虽然有所变化，但大体上仍然沿袭旧的传统。

② （汉）司马迁：《史记》卷四十，中华书局1959年版，第1737页。

③ （汉）刘向集录：《战国策·秦四》，载范祥雍《战国策笺证》卷六，上海古籍出版社2011年版，第400页。

④ （汉）司马迁：《史记》卷四十，中华书局1959年版，第1736页。

⑤ （汉）司马迁：《史记》卷七十八，中华书局1959年版，第2387页。

⑥ 马世之：《中原楚文化研究》，湖北教育出版社1995年版，第224—225页。

之江南洞庭湖地区的失陷，上述水陆商贸交通除东路及陆路外其余全被切断。① 有学者亦从楚国后期大量铸造发行金币的情况而得出"郢爰金币并不是楚国经济发展的产物，而是经济危机的产物"的结论。②

值得注意的是，东迁以后的楚文化在某些因素上呈现出衰落的趋势，但是其他新的文化因素又萌生乃至繁荣起来，标志着这一时期的楚文化于某种程度的变异现象的出现。如玉石制品随葬现象便是江陵楚墓没有的现象。在1977年至1982年于安徽长丰县杨公乡发掘的11座楚墓中，出土80余件玉器。"其中2号墓出土最多，有璧36件，璜、佩、圭等近20件，共55件。这些玉器除两件玉圭置于死者两脚之间外，全部如鱼鳞般相交叠压平铺于尸体之上。这种葬俗在楚墓中尚属首见。"③再如大量漆器的随葬现象。这一时期漆器随葬较为普遍，不但大型墓葬有漆器随葬，而且小型墓葬亦有随葬。漆器的大量随葬，一方面反映出社会生活中漆器的普遍使用，另一方面从漆器复杂的制作工艺，器面图案丰富多彩的设计等方面，也反映出呈现衰落趋势的楚文化中新的文化因素的萌生和繁荣。

促成这种新的文化因素的萌生和繁荣的背后推力，既有中原文化的再度影响，也有东迁以后不同地域不同土著文化和相邻文化的渗入与影响。以玉敛尸是新石器良渚文化的遗风，而《周礼·春官·典瑞》亦有"驵圭、璋、璧、琮、琥、璜之渠眉，疏璧琮以敛尸"的记载，郑玄注云："驵读为组……以组穿联六玉沟瑑之中，以敛尸。"④《吕氏春秋·孟冬纪·安死》在谈到厚葬风俗时说："国弥大，家弥富，葬弥厚，含珠鳞施。"⑤ 这里的鳞施，当即《周礼·春官·典瑞》所载"驵圭、璋、璧、琮、琥、璜之渠眉"之礼，亦即郑玄"以组穿联六玉沟瑑之中以敛尸"的解释。上述情况能够说明，周人以玉敛尸的丧葬文化带有早期东夷文化色彩，并成为中原丧葬文化的有机组成部分，而战国晚期楚人的丧葬文化

---

① 马世之：《中原楚文化研究》，湖北教育出版社1995年版，第225页。
② 黄纲正：《出土楚金与楚国晚期经济关系试探》，载《楚史与楚国文化研究》，《求索》杂志社1987年版。
③ 刘和惠：《楚文化的东渐》，湖北教育出版社1995年版，第203页。
④ （汉）郑玄注，（唐）贾公彦疏：《周礼注疏》卷二十三，上海古籍出版社2010年版，第780页。
⑤ （汉）高诱注：《吕氏春秋》卷十，《诸子集成》（六），中华书局1954年版，第97页。

也受到了它的影响。再以河南淮阳平粮台十六号楚墓为例。平粮台十六号墓出土玉器 35 件，有璧、璜、佩、带钩、环、管、匕等，制作精致。根据墓葬的规模、形制和随葬器物，墓主人生前当有较高的地位，而随葬的玉璜、玉龙与辉县琉璃阁 60 号墓的玉璜、1 号墓的玉龙相近，说明战国晚期的楚人丧葬文化受到中原文化的影响。①

综上所述，楚文化作为一种文化形态，有其自身孕育、成熟、发展、演变乃至随着其社会载体的消失而延续和消亡的历程。楚文化的孕育，既离不开中原文化的基因作用，又离不开地域土著文化的影响。成熟阶段的楚文化，带有着多元与开放的特点，但更鲜明地呈现出区别于其他文化的形态特征和色彩。成熟阶段的楚文化，相对来说又是短暂的，这种辉煌的短暂，更增加了神秘而迷人的色彩。东迁以后的楚文化，其存在的形态漫长而复杂，但其逐渐衰落的态势并不能否定其文化形态的丰富和多样，也不能否定其文化生命力的顽强和文化影响力的深厚。因此，作为一种文化形态的楚文化，虽然其赖以承载的社会载体早已不复存在，但其在精神层面的影响或愈久而弥深。

---

① 曹桂岑、张玉石：《河南淮阳平粮台十六号楚墓发掘简报》，《文物》1984 年第 10 期。

第一章

作为荆楚古典浪漫主义文学根基的荆楚传统巫灵文化与巫灵艺术

以屈原及其所创作的文学作品为代表的荆楚古典浪漫主义文学，毫无疑问的是繁荣时期楚文化的产物，而荆楚传统巫灵文化和巫灵艺术，又是繁荣时期楚文化的思想基础、情感归宿和艺术表现方式，因此，荆楚古典浪漫主义文学，也就成为诠释和体现荆楚传统巫灵文化和巫灵艺术的最为典型的艺术表现形式。同时，我们也注意到，荆楚传统巫灵文化和巫灵艺术的艺术特征与艺术风格，必定还会在除文学、艺术（如舞蹈、绘画等）以外的其他艺术构成（如考古发现的器物）中体现出来，并同样鲜明而强烈地展现出其荆楚传统文化的艺术气质。显然，如果我们能够将上述两个方面联系起来，对荆楚传统巫灵文化和巫灵艺术的艺术特征与艺术风格进行综合的考察，势必会对荆楚古典浪漫主义文学的研究带来启发，并有助于荆楚传统文化的进一步研究。需要指出的是，这里所提出的"荆楚传统文化"是特指"繁荣时期的楚文化"，而"荆楚传统巫灵文化和巫灵艺术"也是以"繁荣时期的楚文化"作为其时间限定和文化背景的。

第一节 荆楚传统巫灵文化

对于荆楚古典浪漫主义文学的研究，荆楚传统巫灵文化与巫灵艺术是不能逾越的内容。对此，我们尝试从如下四个方面，对荆楚传统巫灵文化与巫灵艺术给予观照。

一 传统巫灵文化与巫灵思维

以"灵"名"巫"，带有荆楚南方地域色彩。《尚书·吕刑》云：

"苗民弗用灵，制以刑。"① 此"灵"或释为"巫"，即此。《说文》亦云："灵巫以玉事神。"② 又，《九歌·东皇太一》云："灵偃蹇兮姣服。"王逸注云："灵，谓巫也。"③《九歌·云中君》云："灵连蜷兮既留。"王逸注云："灵，巫也。楚人名巫灵子。"④《山海经·大荒西经》有"灵山"，乃"巫咸、巫即、巫盼、巫彭、巫姑、巫真、巫礼、巫抵、巫谢、巫罗十巫从此升降，百药爰在"。⑤ 袁珂《山海经校注》以为此灵山"疑即巫山"。⑥ 此说甚是。巫山为群巫采药与上天之处，与"巫"关系密切，故又称灵山。

其实，"灵"的原初意义，应该是指构想中的"神灵"即"神之灵"。巫师事神，以神灵附体为能事，而神灵附体之"巫"即是"灵"，故"巫"亦称"灵"或"灵子"。

远古时期，巫师以玉事神，相信"玉"能沟通人、神，就是相信"玉"有负载"神之灵"的能力。《九歌·云中君》"灵皇皇兮既降"句，即描写云神之灵附降巫身的情形。《九歌·东皇太一》"灵偃蹇兮姣服"句，则描写负载着"太一"天神之灵的巫师曼妙而舞的美丽情态。上述之灵，或可指"巫"，但一定是负载着"神之灵"的"巫"，而负载了"神之灵"的"巫"实际上已经被"灵"所取代了。

是故，"灵"者，即神之灵，而负载神之灵的"巫"，亦为"灵"。巫的上述"灵化"过程，既是以"神"为根据和宗旨的巫与灵的互动和互化过程，也反映了以"人"为基础和目标的人与神的关系和联系。

以"灵"名"巫"看似简单的命名的问题，实际上包含着古代荆楚地域的人们对神之灵的认识，人与神之灵的关系，以及人与神之灵如何联系等一系列问题。上述问题属于传统宗教信仰和传统宗教仪轨的范畴。正是在这个意义上，我们试图以"巫灵文化"来指称荆楚传统宗教信仰的独特的文化风貌；以"巫灵思维"来概括基于荆楚传统宗教信仰而形成的独特的思想和思维方式；以"巫灵艺术"来描述荆楚传统宗教信仰之

---

① （清）孙星衍：《尚书今古文注疏》卷二十七，中华书局1986年版，第520页。
② （汉）许慎：《说文解字》，中华书局1963年版，第13页。
③ （汉）王逸：《楚辞章句·九歌章句》第二，岳麓书社1994年版，第55页。
④ 同上书，第56页。
⑤ （晋）郭璞注：《山海经·大荒西经》第十六，岳麓书社1992年版，第166页。
⑥ 袁珂：《山海经校注·海经新释》卷十一，上海古籍出版社1980年版，第396页。

独特的艺术表现形式。

二 人的灵性化与灵的人性化

荆楚传统宗教信仰的基础，是人类早期万物有灵的生命意识和生命崇拜，而构成这种传统宗教信仰的宗教意识和宗教情感，是相信人具有感知万物之灵的能力，也具有与万物之灵进行联系与沟通的能力，相信"人皆可巫"，在某种特殊的场合并通过某种特殊的方式，人与灵，皆可联通，并形成精神、意识与情感的"互化"，即人的灵性化与灵的人性化。

其实，所谓"人的灵性化"与"灵的人性化"的对象都是"人"。皆指"人"于精神、意识、情感上的两个方面的变化，即"人"于精神、意识、情感上的"灵化"和"灵"于精神、意识、情感上的"人化"。

人的灵化过程是人对"自身"的"超人化"的升华，而灵的人化过程则是人对神及神的世界的"世俗化"改造。

"人皆可巫"的时代，一般被认为出现于人类社会的早期，或即原始宗教信仰的时期。在中国古史传说中也出现过"人皆可巫"的时代，且以南方荆楚地域最为典型。《国语·楚语下》云："九黎乱德，民神杂糅，不可方物。"[①] 所谓"民神杂糅"，或可释为人人具有感知神灵并与神灵联系与沟通的能力。人人皆可为巫，故而人人皆可通神。而"夫人作享，家为巫史"（《国语·楚语下》）的时代，结束于同样是古史传说中的"颛顼时期"。"颛顼"通过"绝地天通"而成功地阻止了"民神往来"的自由，结束了"民神杂糅"的局面，从此，人人皆可为巫的权利被剥夺。

然而，虽然"颛顼"通过"绝地天通"的手段，剥夺了人人皆可为巫的权利，但并没有否定人人具有感知神灵并与神灵联系与沟通的能力和灵性，而且，这种能力和灵性亦因"人皆可巫"的权利被剥夺，而走进了人们的精神、意识与情感的领域。

史载楚地信巫鬼，好淫祀。王逸《楚辞章句》云："昔楚国南郢之

---

① 上海师范大学古籍整理研究所点校：《国语》卷十八，上海古籍出版社1988年版，第562页。

邑，沅、湘之间，其俗信鬼而好祠。"① 楚地上述风俗，一方面反映了巫觋祀鬼礼神在人们生活中的重要性，另一方面也反映了楚人在精神、意识和情感领域对"灵"的认同和接受。

这样的认同和接受是所谓"人性"源于"灵性"的升华或改造。其结果，是升华或改造了的"人性"，能够在精神、意识和情感的领域与"灵"沟通并在上述领域获得"灵"的能力。

人与"灵"的联系与沟通，一方面以"人的灵化"为基础，另一方面也必须以"灵的人化"为前提。"灵的人化"是人对神及神的世界的"世俗化"的改造，这样的改造不是将高贵的神祇变为世俗的人鬼，而是在神祇的精神、意识与情感的领域中，增加"人性"的因素与成分，并借助"巫灵"的展示和表现，获得"人"的认同和接受。

三 冥想、梦境、幻觉与巫灵的意念

荆楚传统宗教信仰的核心是灵的崇拜。这种灵的崇拜源于人类早期的万物有灵观念，并与荆楚地域原始的多神信仰相联系。

荆楚传统宗教信仰相信生命以阶段性的变异为其存在的表现形式，而"灵"则具有生命永恒不变的本质，生命通过这种阶段性的变异而获得永恒存在。

荆楚传统宗教信仰相信生命的阶段性变异是以不同的存在空间为前提的，而不同的生命存在空间则在时间上保持着叙述的一致性特征。这种宗教信仰相信当人的生命发生阶段性变异时，其不变的"本质"就是"灵"；神的外在生命形式也是多变的，而其生命的"本质"也是不变的，其不变的"本质"也是"灵"。

荆楚传统宗教信仰相信存在于不同空间的生命是可以沟通和联系的，从现实生活中"人"的角度出发，这种沟通和联系的对象正是"灵"。这种宗教信仰相信人之灵与神之灵并非截然不同，也并非不能互通或互化，人之灵可以成为神之灵，如人间的英雄或领袖，而神之灵似乎也具有人之灵所禀赋的人性的特点。

荆楚传统宗教信仰相信"人"具有与"灵"沟通和联系的天然本领，普通的人与"灵"的沟通和联系往往依靠冥想、梦境、幻觉等精

---

① （汉）王逸：《楚辞章句·九歌章句》第二，岳麓书社1994年版，第53页。

神领域的特殊瞬间,所以这种沟通和联系属于意识的层面,而巫觋("巫灵")则可以超越普通的人与"灵"进行沟通和联系,而且这种沟通和联系既有意识的层面,也有外在的行为的层面;既可以是异域的世界,也可以是现实的空间;既可以是主动的接触,也可以是被动的降附。

荆楚传统宗教信仰相信不论普通的人还是巫觋("巫灵")与"灵"的沟通和联系,其方式和手段,不论是行为上的空间转换,还是意念上的空间切换,虽然沟通和联系的空间并不在同一叙述视域之中,但上述不同的叙述视域却具有相同的叙述时间,因此,上述行为上的空间转换和意念上的空间切换,都可以或能够即时的完成和实现。

四 巫灵艺术与诗性思维方式

荆楚传统宗教信仰所表现的对神之灵的认识、人与灵的关系以及人与灵如何联系等一系列问题的思考与认识,既属于传统宗教信仰和传统宗教仪轨的范畴,也可以纳入传统宗教文化的领域,表现为相关的思想意识和独特的思维形式,并延展到精神的世界和艺术的层面。也正是在这个意义上,我们试图将所有承载这种荆楚传统宗教信仰的艺术表现形式或艺术构成形式视为一种"巫灵艺术"。

荆楚传统巫灵艺术表现为"人"与"灵"沟通和联系时而形成的艺术表现形式和艺术构成形式,因此,荆楚传统巫灵艺术带有浓厚的巫灵文化色彩和巫灵思维特点。

荆楚传统宗教信仰表现为对神祇和神祇世界的主动的接触和认同,其思维方式是对神祇和神祇世界的诗性感知。因此,荆楚传统巫灵艺术的认知方式同样是感知世界,所以它的思维方式也是诗性的。荆楚巫灵艺术家都具有"诗人"的气质,而荆楚巫灵艺术表现形式和艺术构成形式也就自然成为诗性艺术思维的产物。

是故,荆楚传统巫灵艺术富于情感,更善于情感的表现和表达。荆楚传统巫灵艺术往往因为情感的饱满和充溢而使得每一个艺术形象乃至艺术要素都富有生命和活力。

荆楚传统巫灵艺术具有罕见的宏大叙事的魄力和能力,其叙事手法多样,叙事方式灵活,结构完整、周密、严谨、细致,视域开阔,色彩亮丽，又不失灵动与诡异。

荆楚传统巫灵艺术以其热烈而张扬的情怀，放逸而灵动的心智，伟丽而绝艳的色感，高远而奇诡的意境卓然特立。

第二节　荆楚传统巫灵艺术气质

巫灵艺术的认知方式是感知世界，所以巫灵艺术的思维是诗性的，巫灵艺术的思维依靠感觉和想象。繁荣时期楚文化为富于神秘色彩的巫灵艺术所弥漫，并表现为一种巫灵式的浪漫和巫灵式的艺术气质。以屈原为代表的荆楚古典浪漫主义作家、艺术家以及其他艺术形式的创造者和接受者，都具有这种巫灵式的古典浪漫主义艺术精神和艺术气质。

一　诗性与诗性特征

荆楚传统宗教信仰在巫的灵化与灵的人化过程中，始终伴随着诗性感知，带有巫灵艺术的诗性特征是这种互化过程的标志。如前所述，巫的灵化过程，既是以"神"为根据和宗旨的巫与灵的互动和互化过程，也反映了以"人"为基础和目标的人与神的关系和联系，因此，所谓巫灵艺术的"诗性特征"，实际上也就是人于上述方面的"诗性化"展示。这种"诗性化"展示表现为两个方面，一个是巫觋所表现的"诗性化"的展示，一个是普通信众所表现的"诗性化"的展示。前者的"诗性化"展示是一种"诗人"性质的展示，展示者已经具备了"诗人"的条件；而后者的"诗性化"展示则是一种"诗性认同"和"诗性接受"性质的展示，展示者已经具有了"诗人"的气质和思维。

这样一种"诗性化"的展示似乎很难在繁荣时期楚文化的文献中找到近乎清晰而明确的载记或描述，但却可以在繁荣时期楚文化的墓葬与墓葬随葬中发现更为直接和更为真切的印记和表现。以乐器随葬，实际上是荆楚传统巫灵信仰的一种反映，因此，从春秋战国时期楚墓随葬乐器情况，或可以发现这一时期宗教信仰的普通信众所表现的"诗性化"展示的具体情况。而对于上述问题的讨论，如下三个方面需要注意：

1. 乐器是繁荣时期楚文化墓葬中发现最多的随葬器物之一

河南淅川下寺楚墓为楚国贵族墓地，时间当在春秋中期后段至春秋晚期后段，正是繁荣时期楚文化之鼎盛时代。已知下寺楚墓随葬大批乐器，数量之多，制作之精，都在已发掘楚墓中极为罕见，能够说明音乐、舞蹈和歌诗等感官的愉悦和精神上的享受，在春秋战国时期楚国贵族的生活中占有着非常重要的地位。① 从乐器于墓葬椁室中的位置看，大多出于椁室中的头箱，而乐器置于头箱的原因，应该与祀神之事有关。② 河南信阳长台关 7 号楚墓随葬乐器虽然分别置于左侧室和右侧室，但却以左侧室为主，而与右侧室象征墓主饮酒休闲之所相区别，左侧室更像是一个与神祇祭祷相关联的乐舞表演的场所。王逸在《九歌章句》中认为屈原"出见俗人祭祀之礼，歌舞之乐，其词鄙陋，因为作《九歌》之曲。"以此，知

---

① 下寺楚墓所出编钟，保存完好，纹饰精美，音质纯正，音频准确，声律和谐，采用了七音声律，十二个半音齐备，能旋宫转调。特别是 1 号墓所出九件一组的钮钟，是历年来出土编钟中音响效果最好的。其中 M1：23 钮钟正鼓音基频为 882.5 赫兹，与国际标准音 A5（880 赫兹）只相差 2.5 赫兹。所出的石排箫，发音清晰，是迄今我国发现时代最早的石排箫。参见马世之《中原楚文化研究》，湖北教育出版社 1995 年版，第 192 页。

② 春秋战国时期楚墓随葬乐器摆放位置有头箱和边箱之别。如河南正阳苏庄 1 号楚墓随葬乐器皆置于头箱。湖北荆州纪城 1 号楚墓的椁室分为头箱、左边箱、右边箱，"头箱主要放礼器，左边箱放置乐器，右边箱放铜车马器和兵器。"（湖北省文物考古研究所：《湖北荆州纪城一、二号楚墓发掘简报》，《文物》1999 年第 4 期）上述情况说明，春秋战国时期楚墓随葬乐器既可置于头箱，也可置于边箱，置于头箱的乐器与礼器同列，而置于边箱的乐器则与铜车马器和兵器等生活用器同列。这也意味着随葬乐器既可以与礼器一起被置于头箱，也可以与兵器等生活用器一起被置于边箱。上述情况说明春秋战国时期楚墓随葬乐器具有礼器和生活用器两种性质和功能，前者在于通神和娱神，后者在于休闲和娱乐。当这种随葬乐器被分置于墓葬不同部位（头箱、边箱）的时候，乐器所内含和承载的上述两种性质和功能则源于头箱和边箱的不同而不同；反之，乐器所内涵和承载的上述两种性质和功能则会集于一身，既是休闲娱乐之器，也具有通神娱神之功能。河南正阳苏庄 1 号楚墓随葬乐器有木瑟、漆木鼓杖、漆木小鼓和大鼓，皆位于头箱，与上述乐器同在头箱的还有玉佩、玉璜、玉璧、木珠、漆木羽翣、漆木窝形器、漆木耳杯、木鸟形器等。上述随葬器物都不属于生活用器，而苏庄 1 号楚墓随葬生活用器皆位于边箱，如陶壶、漆木豆、陶豆、陶井、陶盉、陶钫、陶盘、陶敦、漆木案、陶盂等。玉乃祠神之物，楚人以为宝。《国语·楚语下》载楚王孙圉论"楚之所宝"云："玉足以庇荫嘉谷，使无水旱之灾，则宝之。"在屈原《九歌》所描绘的祠神歌舞中亦见有以玉献神的描写。包山楚简中有用玉祀神的简文。江陵秦家嘴 99 号墓楚简中以有以玉为"婴祭"的载记。（江陵秦家嘴 99 号墓楚简第 11 简、14 简，滕壬生：《楚系简帛文字编》，湖北教育出版社 1995 年版，第 908 页）以此观之，苏庄 1 号楚墓置于头箱的乐器似乎也与祠神之事有关。

屈原所作《九歌》虽已非楚俗祠神之乐歌，但仍然能够从《九歌》中看到楚俗祠神乐歌的大致情况。从这样的情况看，长台关7号楚墓左侧室存放随葬乐器具有祠神所用乐器的功能，左侧室既是表演乐舞之处，也与象征墓主歌舞祠神之所有关。①

2. 繁荣时期楚文化墓葬随葬乐器中的"鼓"往往与"鸟"存在联系

河南正阳苏庄1号楚墓摆放在头箱的随葬器物就有漆木鸟形器。② 上述鸟形器被置于头箱，显然不是生活用器，从鸟作展翅欲飞状，通体髹黑漆地并用红、银等色绘以变形卷云纹的情况看，这一鸟形器明显承载了某种宗教功能。再如1980年益阳羊舞岭农机厂3号楚墓出土一件木板座双飞鸟。③ 有学者认为"这可能与楚人的'信巫好鬼'的风尚有关。"④ 春秋战国时期楚墓中常有鸟形器或鸟与虎、鹿连体器出现。如楚墓中常有一种鸟背上插有两支真鹿角的漆木虎座飞鸟和鹿座飞鸟的明器。如江陵天星观1号墓、雨台山166号墓、荆门包山1号楚墓、江陵李家台4号墓等。⑤

---

① 信阳长台关7号楚墓椁室被分隔成主室、前室、左侧室、右侧室和左后室、中后室、右后室。值得注意的是，左侧室和右侧室的随葬品中都有乐器，其中左侧室的乐器最多，有漆木鼓架、木编钟、编钟架、木编磬及编磬架、木瑟，右侧室的乐器仅有漆木瑟。从右侧室随葬品摆放情况上看，其随葬品大致分为四组，一组是位于室内正中的复合式木质床榻，一组是位于床榻周边的漆木瑟和木人俑，一组是位于一隅的两套铜酒器，还有一组是小件玉器。右侧室随葬品上述摆放情况值得注意，室内正中是床榻，床榻周边是漆木瑟和木人俑，酒器则放置在室内一隅，而床榻周边还散置有竹笥，笥内可见铜镜和植物种子。从上述器物的性质、用途而推测，右侧室象征墓主休闲之处，墓主躺卧于室内正中的床榻上，可以边饮酒边欣赏床榻边漆木瑟和木人俑所演奏的音乐。如果右侧室象征墓主饮酒、休闲之所，那么以存放随葬乐器为主的左侧室又具有什么象征功能呢？从长台关7号楚墓左侧室的随葬品主要是木质乐器看，似乎左侧室是专门为存放上述乐器而设置的，所以左侧室更像是一个以乐舞表演为主的场所，在功能上应该与象征墓主饮酒、休闲之所的右侧室有所区别。

② 此鸟为立姿，昂首、垂尾，作展翅欲飞状，通体髹黑漆地，并用红、银等色绘以变形卷云纹、梅花点纹，从鸟身残断处看，可能为某一器物的附件。参见驻马店地区文化局、正阳县文化局《河南正阳苏庄楚墓发掘报告》，《华夏考古》1988年第2期。

③ 双飞鸟并立于一长方木板之上，飞鸟由冠、头、颈、身、翅、足几部分组合而成，亦作昂首展翅欲飞状。参见益阳地区文物工作队《益阳羊舞岭战国东汉墓清理简报》，《湖南考古辑刊》第2集，岳麓书社1982年版。

④ 高志喜：《楚文化的南渐》，湖北教育出版社1996年版，第175页。

⑤ 湖北省荆州地区博物馆：《江陵天星观1号楚墓》，《考古学报》1982年第1期；湖北省文物考古研究所：《江陵雨台山楚墓发掘简报》，《江汉考古》1990年第3期；荆沙铁路考古队：《包山楚墓》，文物出版社1991年版；荆州博物馆：《江陵李家台楚墓清理简报》，《江汉考古》1985年第3期。

对于上述鸟与虎、鹿连体器性质的认识,"有的学者认为漆鹿为祥瑞之物,还有的学者认为虎座飞鸟是风伯等等。在我们对镇墓兽用途的分析时得到启发,这三种木雕的动物明器,丧葬的用途也当是沟通人神的动物,即是引导墓主之魂升天的动物。"① 在楚人的观念中,"鸟"是魂灵的载体,既能够帮助逝者的魂魄回归生命彼岸,也可以载负神祇之灵来到人间。上述鸟与虎、鹿连体器当为通神之物,它能引导墓主的魂魄回归生命的彼岸世界。如在湖北随州曾侯乙墓出土鸳鸯漆盒一侧乐人敲击建鼓而舞者翩翩起舞画面(见图1—1),鼓似立于兽座之上,并没有鸟鼓架,但鼓者和舞者似乎均以鸟的形象装扮自己。② 1973年江苏省六合县出土一青铜匜,其内底所刻画面,有学者视为祭祀的场面(见图1—2)。③

图1—1

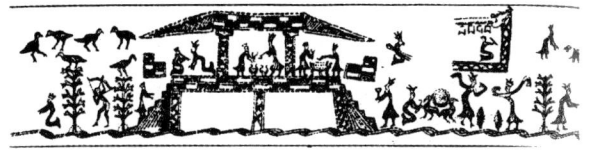

图1—2　　　　　　　　　　图1—2 局部

上述画面的左边是两棵大树,树上立鸟,树下亦有人张弓射箭(射鸟)。在湖南长沙楚墓出土的"人物御龙帛画"与"人物龙凤帛画"

---

① 陈振裕:《略论镇墓兽的用处和名称》,载陈振裕《楚文化与漆器研究》,科学出版社2003年版,第506页。
② 图片引自张道一《中华图案五千年》(第三辑)《春秋战国》图版289(4),(台湾)美工科技有限公司2001年版,第297页。
③ 图片引自张道一《中华图案五千年》(第三辑)《春秋战国》图版246(1),(台湾)美工科技有限公司2001年版,第254页。

中,"鸟"是被表现的主要对象之一。学术界虽然对上述帛画的性质意见分歧,但对其"通神"的性质和作用的认识则是较为一致的。"鸟"能通神,而"鸟"与"鼓"相连,致使"鸟"通神的能力在借助"鼓舞"或"乐舞"的帮助下达到更好的效果。从这个意义上看,春秋战国时期楚墓随葬乐器中的"鸟架鼓"应该就是"通神"的"法器"。①

3. "鼓"是春秋战国时期楚国"士"及以上级别的贵族或官员最基本的随葬乐器

在春秋战国时期楚墓中还存在只有鼓随葬的情况②。上述楚墓大都相

---

① 春秋战国时期楚墓随葬乐器中有"鸟架鼓"或"虎座鸟架鼓"的乐器,如湖北鄂城战国时期楚墓发现的鸟架鼓,鼓座为两鸟相背而立,鸟作昂首、细长颈,鸟身置于一长方体木块上,鼓框架于两鸟之间。(参见陈振裕《谈虎座鸟架鼓》,载陈振裕《楚文化与漆器研究》,第596、597、598、599页)此鸟架鼓与上海博物馆藏战国"刻纹燕乐画像桮"乐舞画面刻绘的鸟架鼓相类似。虎座鸟架鼓与鸟架鼓类似,只是两鸟立于虎座之上,鸟尾以榫卯相连,鼓框上有三个铜环,分别缚于鸟冠及鸟尾连接处,而鼓悬于两鸟之间。对于这种"鸟架鼓"或"虎座鸟架鼓"性质与作用的认识,学术界分歧较大,有学者认为其于墓中的作用类似于镇墓兽,是一种"山神像"。(王瑞明:《"镇墓兽"考》,《文物》1979年第6期)有学者认为它是"鼓"的一种,应该归入乐器类。陈振裕在《楚文化与漆器研究》一书中进一步认为这是一种"悬鼓",在江陵望山1号楚墓中其与漆瑟同放于边箱,因此它的用途是乐器。值得注意的是,陈振裕在《楚文化与漆器研究》一书中亦认为"虎座鸟架鼓"是在"鸟架鼓"基础上进行改造的产物,"鸟架鼓"是"虎座鸟架鼓"的早期形态,上海博物馆藏战国"刻纹燕乐画像桮"乐舞画面刻绘的鸟架鼓也说明了这一问题。(参见陈振裕《楚文化与漆器研究》,第599页)"鸟架鼓"或"虎座鸟架鼓"的性质是乐器已无疑。以此观之,楚人巫灵观念中鸟、虎、鹿等动物都具有"通神"的本领,而鼓声亦是召唤神灵的手段,因此,楚人将鼓与鸟、虎、鹿等动物相连。

② 如:湖南常德德山楚墓随葬乐器只有圆饼状的木鼓和圆杆形的棒。(湖南省博物馆:《湖南常德德山楚墓发掘报告》,《考古》1963年第9期)湖南长沙子弹库17号墓随葬乐器只有两个木鼓和两根木鼓棍。(周世荣、文道义:《57长·子·17号墓清理简报》,《文物》1960年第1期)湖南长沙浏城桥楚墓随葬乐器同样是一大一小的两个鼓。(湖南省博物馆:《长沙浏城桥1号墓》,《考古学报》1972年第1期)湖北荆门黄付庙楚墓随葬漆木器中也只有鼓一种乐器,即木鼓2件,一为A型(M19:4),一为B型(M4:6),厚胎、实心、圆形;有柄鼓2件;木鼓槌2件。(荆门市博物馆:《湖北荆门黄付庙楚墓发掘报告》,《江汉考古》2005年第1期)湖北荆门黄付庙楚墓仅有三座墓葬有鼓,即M4、M19、M24,其中M4墓葬情况,《发掘报告》没有描述,M24仅有头箱和棺室,两件有柄鼓置于头箱。M19的椁室有头箱、边箱和棺室三部分,其中边箱位于棺的西面,内放置兵器,木鼓槌和木鼓置于头箱。综上,M19和M24两座墓葬随葬的鼓皆置于头箱。

当于"士"或以上级别的墓葬。① 如果将上述情况视为一种带有普遍意义的乐器随葬礼制的话，那么上述情况或可说明"鼓"是春秋战国时期楚国"士"及以上级别的贵族或官员最基本的随葬乐器。春秋战国时期楚国"士"及以上级别的贵族或官员以"鼓"作为最基本的随葬乐器，说明"鼓"是通神的最基本的工具，当然也是祀神乐舞中最基本的乐器。《九歌》之《东皇太一》、《东君》在描述巫灵降神时均有"扬枹兮拊鼓"、"缒瑟兮交鼓"的描绘，所用乐器均有鼓，或鼓、瑟并重，而长台关7号楚墓左侧室存放随葬乐器也以鼓、瑟为基本乐器。② 湖北随州曾侯乙墓出土鸳鸯漆盒的两个侧面均有乐器演奏的画面，其中一面为兽头人身者撞击编钟，另一面为乐人敲击建鼓，一舞者随着鼓的节奏翩翩起舞。③

---

① 河南正阳苏庄1号墓除头箱和边箱外，主室有三层椁板，与《荀子·礼论》"天子棺椁七重，诸侯五重，大夫三重，士再重"记载的"大夫三重"相符合，故墓葬主人当为"大夫"级的人士。河南信阳长台关7号楚墓有"二椁二棺"，故墓葬主人当为"士"级的人士。（河南省文物考古研究所、信阳市文物工作队：《河南信阳长台关七号楚墓发掘简报》，《文物》2004年第3期）湖北荆门黄付庙楚墓群随葬陶器的分类、排序及组合"与湖北地区已发掘的楚国下等贵族墓葬的随葬器物相同或相近，其身份应属于楚国'士'级贵族"。（荆门市博物馆：《湖北荆门黄付庙楚墓发掘报告》，《江汉考古》2005年第1期）河南正阳苏庄1号墓随葬乐器有木瑟、漆木鼓杖、漆木小鼓和大鼓。河南信阳长台关7号楚墓随葬乐器较为丰富，有漆木鼓架、木编钟、编钟架、木编磬及编磬架、木瑟。河南信阳长台关楚墓群毗邻战国时期楚国重要城邑城阳城，"信阳长台关故城就是楚顷襄王'留掩'的城阳城旧址"。长台关7号墓所在地"根据历年来的考古调查和发掘，墓葬数量多达100余座，且不乏规模较大、等级较高者。而大量高等级大规模墓葬的存在，应与楚顷襄王北迁城阳以及此前楚国在此的经营有关"。（河南省文物考古研究所、信阳市文物工作队：《河南信阳长台关七号楚墓发掘简报》，《文物》2004年第3期）也许上述情况正是长台关7号墓随葬乐器较为丰富的原因。湖北荆门黄付庙M4、M19、M24墓则仅有鼓随葬。

② 屈原《九歌》之《东皇太一》、《东君》在描述巫灵降神时有"扬枹兮拊鼓"、"陈竽瑟兮浩唱"、"缒瑟兮交鼓"的描绘，所用乐器均有鼓、瑟并以鼓、瑟为基本乐器。长台关7号楚墓和苏庄1号楚墓鼓与瑟也均在随葬乐器之内。春秋战国时期楚墓中鼓、瑟伴出者还有：湖南长沙杨家湾6号墓，该墓除随葬乐俑外，还有竹管、木瑟和鼓槌。河南固始县白狮子地楚墓随葬漆器有琴、瑟、鼓等。（詹汉清：《固始发掘一座大型战国木椁墓》，《中国文物报》1988年3月8日）河南信阳长台关楚墓1号墓随葬漆木器中有瑟、鼓等乐器，其中鼓为大、小各一件，形制相近。2号墓随葬漆木器中同样有瑟、鼓等乐器，其中瑟3件，鼓2件，鼓杖两副。（河南省文物研究所：《信阳楚墓》，文物出版社1986年版；马世之：《中原楚文化研究》，湖北教育出版社1995年版，第208页）上述鼓、瑟伴出的情况，与屈原《九歌》巫觋以鼓、瑟降神的描绘，在使用乐器上相一致，以此推断上述鼓、瑟作为随葬乐器，其性质和功用亦当与祠神之事有关。

③ 陈振裕：《楚国漆器工艺》，载陈振裕《楚文化与漆器研究》，科学出版社2003年版，第375页。

上述画面中的乐人和舞者均呈"兽首人身"形象,显然是头戴面具的化妆式的表演,而这种形式的乐舞表演当与祀神之事有关。值得注意的是,上述画面出现的乐器只有三种,即编磬、编钟和建鼓,而编磬与编钟同在一个画面,建鼓单独在一个画面,再次说明"鼓"是通神或祀神乐舞最基本的工具和乐器。湖北荆门黄付庙楚墓随葬鼓分为木鼓和有柄鼓两类,后者当可以单手执持,而如湖南长沙浏城桥楚墓随葬的小鼓,亦可以挂于腰际。上述两种鼓都小巧灵活,便于击打,又可与舞蹈相合,形成一种"鼓舞"的艺术形式。由此尝试得出这样的判断:鼓是春秋战国时期楚人最基本最常用的乐器,春秋战国时期楚人的乐舞离不开鼓;鼓亦是楚人通神或祀神的最常用的法器,楚人通神或祀神同样离不开鼓。

综上所述,春秋战国时期楚国贵族墓葬大都随葬乐器这一现象,说明乐舞在春秋战国时期楚国贵族的生活中占有着非常重要的地位,之所以如此,既源于贵族日常生活的需要,也源于通神和祀神的需要。

根据春秋战国时期楚国贵族墓葬大都随葬乐器这一现象,是否可以认为只有具备一定级别者才有资格或能力以"乐舞"为手段而行通神或祀神之事。对此,湖北荆州纪城1号、2号楚墓乐器随葬情况或可为说明。纪城1号、2号墓墓主之间可能是主从关系。从墓主的等级身份上看,1号墓应为"上士墓",2号墓为"下士墓"。[①] 1号墓的随葬品中有乐器,而2号墓的随葬品中没有发现乐器。上述情况有可能是"下士"级别不具备独立通神或祀神这一资格或能力的反映。如果这样的推断符合事实的话,那么也就意味着"上士"及以上级别者,具有独立的通神或祀神的资格和能力;也意味着"上士"及以上级别者可能具有并承担着巫觋的身份和职责。

屈原《九歌》之《东皇太一》和《云中君》都有盛大的乐舞场面的

---

① 湖北荆州纪城1号、2号楚墓相距最近处仅有1.1米,两座墓葬皆一椁一棺,故上述两座墓葬应该存在某种联系。"一、二号墓紧邻而葬,却头向相反。一号墓头向南,朝向楚故都纪南城,而二号墓头向北,显然是朝向一号墓的。河北平山中山王譽墓是战国中晚期的中山国君墓,该墓东西两侧有6座陪葬墓,其头向一律朝向主墓——中山王譽墓。由此看来,纪城一号墓和二号墓似乎也存在着主从关系。""前者属于上士墓,后者属于下士墓。"参见湖北省文物考古研究所《湖北荆州纪城一、二号楚墓发掘简报》,《文物》1999年第4期。

描写。① 诗歌中的乐舞场面应该是一种综合的艺术表演形式，既有音乐演奏，也有舞蹈表演，还有歌诗献唱。鼓槌轻扬，乐声缓起，巫觋姣服偃蹇，身形妖媚，歌声飘荡。在这样一场歌乐舞蹈的表演中，巫觋身兼数职：首先是舞者，以舞蹈求得神灵的青睐和欢欣；其次是歌者，以歌献神，希冀神灵的感动和悦服；最后成为"灵"，狂歌劲舞以展示神祇的欢快和愉悦。

巫觋在上述歌乐舞蹈表演中，其身份的变化过程正是巫的灵化与灵的人化过程，而完成或实现这一过程的关键凭依，即在于精神、意识和情感上的感觉和想象。在这样一场歌乐舞蹈的表演中，巫觋完成或实现了这样的转化或变化，也完成了由舞者、歌者到诗人的转化或变化。

在这样一种歌乐舞蹈综合艺术表演形式中，虽然其娱乐的对象是神而不是人，但是其接受的对象却是人而不是神。如王逸《九歌章句》所述"屈原放逐"而"出见俗人祭祀之礼，歌舞之乐"，说明楚俗"祭祀之礼"、"歌舞之乐"是面向观者而开放的。《九歌·东君》亦云"观者憺兮忘归"，足见这种"祭祀之礼"、"歌舞之乐"如何震撼人心而使观者留恋忘归。而观者"忘归"，说明"观者"作为"受众"已经沉醉于其中。所谓"憺兮忘归"实已到了"忘我"的境地。说明在这样一场歌乐舞蹈的表演中，"观者"作为"受众"也已经完全融入了由歌乐舞蹈所构造的情境之中，而"观者"作为"受众"能够完成或实现这样的"融入"，同样凭依于精神、意识和情感上的感觉和想象。如此，"观者"作为"受众"也同样在精神、意识和情感上完成了由观者到诗人的转化或变化。

荆楚传统巫灵艺术的"诗性特征"注重"感觉"。在荆楚传统巫灵艺术的"诗性特征"中"感觉"即是"存在"，其过程是由"感"而"在"，过程中间并不需要"知"。因此，荆楚传统巫灵艺术认知世界的过程是诗性的感觉过程，即通过直觉、感悟或冥想而获得对世界的认识。缘于此，荆楚传统巫灵艺术是一种诗性感觉的产物，而以屈原作品为代表的荆楚古典浪漫主义文学同样是诗性感觉的产物。从这个意义上说，荆楚古

---

① 《东皇太一》："扬枹兮拊鼓，疏缓节兮安歌，陈竽瑟兮浩唱。灵偃蹇兮姣服，芳菲菲兮满堂。五音纷兮繁会，君欣欣兮乐康。"《东君》："驾龙辀兮乘雷，载云旗兮委蛇。长太息兮将上，心低徊兮顾怀。羌声色兮娱人，观者憺兮忘归。緪瑟兮交鼓，箫钟兮瑶簴，鸣篪兮吹竽，思灵保兮贤姱。翾飞兮翠曾，展诗兮会舞。应律兮合节，灵之来兮蔽日。"

典浪漫主义文学"巫灵式"的浪漫,与其说是一种艺术手法,不如说是荆楚传统巫灵艺术的自然和自觉的表现。当"知觉"出现在巫灵艺术认知世界的诗性感知过程中的时候,由"感觉"而决定的"存在"便会受到理性的解析和质疑,于是,受到情感的烈火任意焚烧的荆楚古典浪漫主义文学,也便有如安装了控制的阀门。我们在屈原的《天问》和《离骚》等诗篇中都看到了"知觉"的存在,而荆楚古典浪漫主义文学的热情被"理性"所控制,则是宋玉和他所创作的作品。我们从屈原《天问》、《离骚》和宋玉《高唐赋》、《神女赋》等文学作品的创作上,已经看到了荆楚古典浪漫主义文学走向终点的背影。

二 诗性与诗性想象

荆楚传统巫灵艺术的"诗性特征"注重感觉,而想象也是一种感觉。荆楚传统巫灵艺术的"诗性想象"同时具备"巫"与"灵"即"人"与"灵"的双重构想特质,即双重构想能力和双重构想资源。

屈原于《离骚》中曾数次提到"灵修"。一般认为这个"灵修"可能就是"楚怀王"。《汉书·郊祀志》载成帝时谷永奏言云"(楚怀王)隆祭祀,事鬼神"[①]。严忌《哀时命》则称楚怀王为"灵皇"。[②] 孙作云认为:"楚国的国王,在政治上称王,在宗教祭祀上称灵修,灵修也就是巫长的意思。"[③] 以此而论,不论是《离骚》中的"灵修"还是历史上的楚怀王,都是"巫灵"一类的人物,具有通神和祀神的资格和能力。《国语·楚语上》载史老为楚灵王设词拒谏云:"若谏,则君谓:余左执鬼中,右执殇官,凡百箴谏,吾尽闻之矣。"[④] 上述话语虽然出自史老之口,但却是以楚灵王的身份而拟设的,因此不但是真实的,也应该符合楚灵王的身份。韦昭注云:"执,谓把其录籍,制服其身,知其居处,若今世云能使殇矣。"[⑤] 从这样的情况看,楚灵王具有沟通神鬼的能力,的确是一

---

① (汉)班固:《汉书》卷二十五下,中华书局1962年版,第1260页。
② (汉)王逸:《楚辞章句·哀时命章句》第十四,岳麓书社1994年版,第256页。
③ 孙作云:《楚辞九歌之结构及其祠神时神巫的配置方式》,《文学遗产增刊》第8辑,中华书局1961年版。
④ 上海师范大学古籍整理研究所:《国语》卷十七,上海古籍出版社1988年版,第553页。
⑤ 同上书,第554页。

个"巫灵"一类的人物。

巫觋通神,亦谓"下神"。所谓下神,即神之灵能够"凭依"于巫觋之体。这种"凭依"是借助特殊的仪式并通过想象和象征来实现与完成的,而其实现和完成的过程,或以"巫"为出发点而呈现着"巫"与"灵"的双重的联系和沟通。《汉书·广陵厉王胥传》载有楚地女巫下神的情景,其云:"胥迎女巫李女须,使下神祝诅。女须泣曰:孝武帝下我。左右皆伏。"① 所谓"孝武帝下我"是武帝之灵凭依了女须之身,因此,这时的女须之身与武帝之灵构成了一种"巫灵合体"的状态。值得注意的是,武帝之灵能够凭依女须之身,需要女须作为巫觋具有与武帝之灵沟通和联系的本领,而这样的沟通和联系即呈现为一种"巫"与"灵"的双重的互通和互动的关系。《国语·楚语下》载左史倚相"能上下说于鬼神,顺道其欲恶,使神无有怨痛于楚国。"② 所谓"上下说于鬼神",或指"上"能与鬼神联通,而"下"能为鬼神所凭依。此而论,楚左史倚相应该是一个具有着特殊的通神能力的巫觋,他的特殊的通神能力即在于"能上下说于鬼神"。有学者指出原始萨满教巫师"萨满"可分为三种类型:其一,在昏乱中其灵魂脱离肉体上升天界或下入地界的脱魂型萨满;其二,在昏乱中神灵附体的凭灵型萨满;其三,两种类型兼存的脱魂、凭灵型萨满。③ 以此而论,楚左史倚相已经具备"脱魂型萨满"和"凭灵型萨满"两种通神的能力。

上述两种通神能力都依靠巫觋的构想,但在构想形式和方式上却存在着差异。脱魂式构想呈现为一种灵魂飞升式的冥想,在这种冥想的世界里,灵魂所依托的外在生命形式并没有发生变化,灵魂凭借着不同的载体而飞升;而凭灵式构想则表现为一种神灵凭依式的幻想或幻象,在上述幻想或幻象中,神灵的凭依以"原生命"的"结束"和"原生命"外在生命形式的变化或变异为标志和特征。

需要指出的是,这种"上下说于鬼神"的能力,正是构成荆楚传统巫灵艺术之"诗性想象"的基础和致使构想者同时具备"人"与"灵"

---

① (汉)班固:《汉书》卷六十三,中华书局1962年版,第2760、2761页。
② 上海师范大学古籍整理研究所:《国语》卷十八,上海古籍出版社1988年版,第580页。
③ 参见〔日〕吉田祯吾《宗教人类学》,王子今、周苏平译,陕西人民出版社1991年版,第12页。

双重构想特质即双重构想能力和双重构想资源的基础。

有学者认为屈原《离骚》中"吾将上下而求索"的"索"是所谓的"索祭"。① 视《离骚》中的"索"为"索祭",似还缺少必要的根据,但值得注意的是,荆楚传统巫灵艺术"诗性想象"的基本特征,即构想者同时具备人与灵的双重构想特质即双重构想能力和双重构想资源,则应该是《离骚》"吾将上下而求索"式的古典浪漫主义诗歌艺术创作手法形成的原因。正是在这个意义上,我们认为荆楚传统巫灵艺术"诗性想象"的基本特征,是构想者("巫灵艺术家")同时具备"人"与"灵"的双重"诗性想象"的特质和能力,即人的世界的"诗性想象"和神的世界的"诗性想象"的特质和能力,并源于"人的灵性化与灵的人性化"的"互化"而导致双重构想空间的出现和这种双重构想空间的联通,即现实与异域世界的同时存在,以及超越理性、经验与常识的跨越和切换。

显然,不论我们对《离骚》"吾将上下而求索"作如何诠释,其"上天入地"式的双重构想空间的出现和这种双重构想空间的联通,是不能否认的,而这恰恰是荆楚传统巫灵艺术"诗性想象"之基本特征于《离骚》创作上的艺术表现。

荆楚传统宗教信仰的生命意识强调生命的连续性和生命的多种存在形式,并相信生命可以超越这种"存在"而获得转化或变异。《山海经·大荒西经》载有颛顼变化的神话,其云:"有鱼偏枯,名为鱼妇,颛顼死即复苏。风道北来,天乃大水泉,蛇乃化为鱼,是为鱼妇。颛顼死即复苏。"② 此段文字殊难理解。对于"颛顼死即复苏"句,袁珂引郭璞注云:"言其人能变化也。"③ 这里的"死即复苏"表现为生命及生命外在形式的变化或转化。这种变化或转化或是对巫觋"凭灵"过程的描述,上述过程以巫觋"自身"生命的"死亡"为标志,即巫觋的生命在短暂的

---

① "'求索'的'索'本为祭名,殷人和周人都有索祭。殷人卜辞中云:'索于大甲于亦于祊。三牢。'这是殷人的索祭。《礼记·郊特牲》:'索祭祝于祊,不知神之所在,于彼乎?于此乎?或诸远人乎?祭于祊,尚曰求诸远者与。'注:'索,求神。'周人索祭与殷人索祭大致是一样的,是在庙门外祭祀诸神,欲求得到诸神所处的方位。楚人的索祭并不限于庙门外,而是巫灵的灵魂脱离身体上天下地搜寻诸神,这就是'上下求索'的最初语义。"参见徐文武《楚国宗教概论》,武汉出版社2001年版,第98页。
② (晋)郭璞注:《山海经·大荒西经》第十六,岳麓书社1992年版,第171页。
③ 袁珂:《山海经校注·海经新释》卷十一,上海古籍出版社1980年版,第416页。

"死亡"之后再次以"神之灵"的形式"复苏",而上引《大荒西经》那一段文字亦可能是对颛顼"凭灵"过程的神话式描绘。

颛顼的神话反映了荆楚传统宗教信仰强调生命的连续性和生命的多种存在形式,可以超越这种"存在"而获得转化或变异的生命意识。对这种生命意识的特征和内涵进行分析,不难得出如下认识:

其一,确信生命于时间上的连续性;

其二,确信不同生命形式的可通性;

其三,确信不同生命空间于时间上的同一性;

其四,确信生命于不同空间跨越和切换的自由性。

正是在这个意义上,我们发现荆楚传统巫灵艺术的"诗性特征"原来源于荆楚传统宗教信仰的生命意识。荆楚传统宗教信仰的生命意识之诸种特征和内涵,构成了荆楚传统巫灵艺术"诗性特征"所独具的艺术表现方式和艺术表现手法,并最终成为繁荣时期楚文化之古典浪漫主义艺术精神和艺术气质的标志。

对于上述问题,我们尝试以湖南长沙子弹库楚墓出土人物御龙帛画为例进行讨论。人物御龙帛画出土时置于椁盖板与外棺中间的隔板上面,画面向上。[1] 此帛画被置于椁盖板与外棺中间的隔板上面,且画面向上,与湖南长沙马王堆1号汉墓帛画于墓中的位置大体接近,其性质应该是铭旌。但也有学者提出了不同的意见:"楚国巫灵在祭祀、招魂等宗教活动中,都很讲究服饰的穿戴和法器的使用。湖南长沙子弹库楚墓出土的《人物御龙帛画》描绘一侧身直立的灵巫作法的情景。他身着'灵衣',头戴高冠,腰佩长剑,手执缰绳,神情潇洒地驾驭巨龙,这是典型的楚国灵巫的形象。"[2]

如前所述,巫觋"脱魂式构想"与"凭灵式构想"的区别在于前者呈现为一种灵魂飞升式的冥想,在这种冥想的世界里,灵魂所依托的外在生命形式并没有发生变化。因此,巫觋"脱魂式构想"所冥想的世界,与铭旌对逝者魂灵回归的生命彼岸或回归过程的描绘,在具体情境上应该是一致的。这就是有学者将长沙子弹库人物御龙帛画释为"灵巫作法图"的原因,但上述情况却引发我们这样的思考:在荆楚宗教信仰的生命意识

---

[1] 湖南省博物馆:《长沙子弹库战国木椁墓》,《文物》1974年第2期。

[2] 徐文武:《楚国宗教概论》,武汉出版社2001年版,第36页。

中，巫觋以"脱魂"的形式与神之灵"联通"即"通神"的过程，与人们构想的逝者魂灵回归生命彼岸世界的过程是一致的。这种一致性包括两个方面：其一，通神与回归的方式与手段相同；其二，通神与回归的目的地与终点相同。如此，也就意味着逝者魂灵回归生命彼岸的过程，也就是巫觋通神的过程中魂灵的游历和寻找的过程；逝者魂灵所回归的生命彼岸世界，也就是巫觋所构想的神祇的世界。

正是在这个意义上，人物御龙帛画在构图上所呈现出来的特点以及画面诸种艺术要素之间的关系和联系，为我们进一步认识上述两个"世界"提供了第一手材料。[①] 作为人物御龙帛画基本构图元素，除了站立的男子之外，还有如下几种：（1）华盖；（2）龙；（3）船；（4）鸟；（5）缰绳；（6）鱼；（7）卷云，等等。上述构图元素具有不同的物质属性：（1）"华盖"是车上遮蔽物，"缰绳"是御马的工具，两者皆与陆地交通工具"车"有关，而"船"则是水中的交通工具；（2）"龙"、"鸟"、"鱼"皆属于动物类，但"龙"是传说中的动物，属于构想的性质，"鸟"与"鱼"一在天上，一在水中，虽然同是动物，但属性不同。综上可见，上述基本构图元素来源纷繁，属性复杂，背景各异，但帛画则将上述元素整合于一个意义单纯的画面构图形式中，于是就形成了一种超越理性、常识与经验的画面构成：墓主人驾驭着龙舟在水中的鲤鱼和空中的飞鸟的陪伴下，依靠着卷云的承托而向前奔驰。显然，画面将"水中"、"陆地"和"天空"三个不同的空间"整合"在一起，也意味着将三个不同空间的生命形式"融合"在一起。

这样的画面所展示的不同空间的"整合"与不同空间之生命形式的"融合"，恰恰以画面构图的形式揭示了荆楚巫灵信仰之生命意识的独特内涵：生命于时间上的连续性、不同生命形式的可通性、不同生命空间于时间上的同一性、生命于不同空间跨越和切换的自由性。依此而论，人物御龙帛画揭示了"一个不被我们所了解的远古宗教信仰中的生命彼岸世

[①] 人物御龙帛画"长37.5厘米，宽28厘米，上端裹有一根细竹条，并系有棕色丝绳，可以悬挂。帛画用笔墨绘，单线勾勒，略施金白粉彩，平涂与渲染兼用。整幅画的内容是表示墓主人乘龙舟升天。墓主人为一有胡须的男子，位于画的正中，侧身而立，头戴切云之冠，身着长袍，腰间佩剑，站在一龙舟之上，龙舟尾有立鹤，龙舟前下有鲤鱼，舟上方有华盖，华盖飘带、人物衣着上的飘带等都由左向右飘动，龙舟和鲤鱼也均向左，看来是表示墓主人在乘龙舟急速前进飞升"。参见高志喜《楚文化的南渐》，湖北教育出版社1996年版，第187、188页。

界"的存在：这是一个比"人间世界"更为宽广和自由的空间，是一个将不同生命存在空间完全整合在一起的世界。在这个世界，所有的生命形式都可以超越自己的存在空间和存在方式而自由的存在。这个"世界"既不在人间，也不在天上。它存在于人的感觉和冥想之中，而不存在于人的视觉及视觉所及之内。这个"世界"带有"异域"的色彩和性质，但却与现实的世界相联通。这个"世界"凭借感觉和冥想而存在，但却具备现实世界的一切元素，并构成上述元素超越经验的存在与整合。

据此而论，荆楚传统巫灵艺术于同一艺术构成中多重不同性质的艺术空间的塑造和表现、于同一艺术情境中超越时间与空间的跨越和切换、具有巫灵式浪漫的艺术精神和艺术表现手法，源于荆楚传统宗教信仰的生命意识。

三 诗性与诗性情感

荆楚巫灵艺术"诗性特征"的核心是热烈而纯真、真诚而饱满的情感。

作为荆楚巫灵艺术"诗性特征"核心的热烈而纯真、真诚而饱满的情感，能够在楚人对色彩的使用上找到形象而真实的表现。

有学者总结楚国漆器花纹用色，得出如下结论："漆器花纹的用色，主要有红、黑、黄、褐、金、银、蓝、翠绿、银灰等九种，并以红、黑两色最多，金、银色最少。有彩绘花纹的漆器，大多以黑漆为地，并以红漆描绘的花纹居多，黄、红、蓝三色彩绘花纹也占有相当数量，金、黄色描绘花纹的极少。少数是以红漆为地，再用红、黄色描绘花纹；极个别的是在褐漆地上，用红、黄、蓝、银色彩绘花纹。""这些漆器的各种色彩搭配协调悦目，使其花纹更显得光彩夺目，有些漆色出土时艳丽如同新作。"[1]

不仅如此，在春秋战国时期楚墓随葬器物的用色上，红色往往成为一种主色调。"江南楚墓所随葬的物品，不论服装、漆器，大抵图案繁缛、色彩斑斓，以红色为主调。"[2] "（楚墓随葬）漆几用色绚丽多彩，如黑、

---

[1] 陈振裕：《楚国漆器工艺》，载陈振裕《楚文化与漆器研究》，科学出版社2003年版，第376页。

[2] 高至喜：《楚文化的南渐》，湖北教育出版社1996年版，第275页。

红、金、黄、绿、赭、灰等色，而以黑、红两色使用最多，一般以黑色发亮的漆为底色，上施楚民族最喜爱的红色为主的纹饰，再辅以其他色彩，黑、红两色对比强烈，十分醒目。"①"楚人尚赤之风，相沿不衰。……江陵的马山1号楚墓，相对年代是战国中期，出土了大量衣衾，图案繁缛，色彩艳丽，而以赤为主色。各地楚墓出土的漆器，黑底朱彩，绝少例外。淮阳的楚车马坑，相对年代是战国晚期，从中发现了多面战旗，全是火红的。"②有学者对江陵马山1号楚墓、包山2号楚墓、江陵九店楚墓、长沙楚墓出土丝织品用色情况进行统计，得出如下认识："一、红色、棕色、黄色、褐色在各墓出土丝织品的用色中均占有相当的比例；二、如果把四种色调在丝织品上使用的机会累计的话，棕色位居第一，接着依次为黄、褐、红色；三、棕色和黄色的地位突出。其中棕色在江陵九店楚墓和包山楚墓中都高居第一，在江陵马山一号墓和长沙楚墓中虽分别居于第二、第三位，但在名贵的锦上出现较多，黄色也分别位居第一、四、三、二位，主要出现在出土量较大的绢和锦上，而且往往是锦地的主要色调；四、红色并不是最多见、最普遍的色调。"值得注意的是，在楚墓随葬丝织品的用色上，"红色主要是施于锦绣之上，但在出土量最多的绢上出现得极少"。锦为名贵织物，绢为普通丝织品，"所以，红色比之于棕、黄色的特殊地位无法否认"。③

楚人缘何尚红，学术界究其原因，往往追溯到先楚与红色有关的太阳、火神和祖先崇拜。④红色作为一种普通的颜色，在楚人尚红的习俗中附加了多重内涵：其一，它是生命的颜色，承载着生命的活力、亢奋、激

---

① 聂菲：《楚墓出土漆几艺术略论》，《南方文物》1992年第2期。
② 张正明：《楚文化史》，上海人民出版社1987年版，第105页。
③ 夏晓伟：《从楚墓出土丝织品的色彩看楚人"尚红"》，《江汉考古》2003年第3期。
④ 《尚书·尧典》："修五礼、五玉、三帛、二生、一死贽。"郑玄注云："高阳氏之后用赤缯，高辛氏之后用黑缯，其余诸侯皆用白缯。"楚人崇祖、崇火、崇日，故尚红并以红色为贵。将楚人尚红的原因追溯至远古时期对太阳和火的崇拜，似乎并无不可，但是仍然不能说明春秋战国时期楚俗以红为贵的民族心理机制和内在风情因素。"如今昔日楚地，还以为红色属阳，寿衣必用红色，认为人死后要上剥衣亭，穿上红衣，剥衣鬼见到红色，就以为剥出了血，而停手不剥了。另一种说法，红色，鬼魅、神灵都怕它。"远古先民有崇尚红色的习俗，如北京周口店山顶洞人的遗骨旁即有赤色粉末的痕迹，当与早期巫术有关。红色与血液的颜色相同，是生命的象征，因此，红色是早期宗教的颜色，与神鬼崇拜关系密切，具有丰富的巫术意义。参见夏晓伟《从楚墓出土丝织品的色彩看楚人"尚红"》，《江汉考古》2003年第3期；高至喜《楚文化的南渐》，湖北教育出版社1996年版，第275页。

情和躁动；其二，它是神灵的颜色，代表着神祇的伟大、威严、佑护和惩罚；其三，它是巫觋的颜色，体现着巫灵通神的神秘、诡异、虔诚和热烈。

从楚墓随葬漆器用色的情况看，楚人以红色为贵，但并非单用红色，而是以红、黑两色搭配用色，即"黑漆朱绘"为常见，或再辅以黄、绿、褐、蓝、金、银、灰诸色。如江陵马山砖厂 2 号楚墓随葬漆案"案面髹黑漆，以红色绘有 15 个圆圈云纹，案边及案四侧皆以黑色为底，以红、金色绘出鸟纹"①。河南正阳苏庄楚墓随葬陶器"大部分器表饰有黑地，部分器物有朱绘图案，少数器表残留有银色金属物质的痕迹"。其朱色所绘多为卷云纹或鸟纹，如大鼓残片"鼓壁外表以黑漆为地，上下两端绘连续朱色三角云纹"。小鼓残片"鼓外壁以黑漆为地，两端用朱色绘变形云纹，中腰绘朱色宽带纹边框，内绘变形卷云纹、变形凤鸟纹"。鸟形器"通体髹黑漆地，并用红、银等色绘以变形卷云纹、梅花点纹。鸟尾的羽毛亦用银色绘制"。②

以黑漆为地，以朱漆绘卷云或飞鸟，实为突出和强调卷云和飞鸟形象所具有的生命的活力和生命的激情。湖北荆州纪城 1 号楚墓"木棺通体髹漆，内红外黑，在盖板南端用红漆画出一个'×'形符号"③。河南正阳苏庄楚墓木棺表面亦髹黑漆，内涂朱漆。④ 木棺外髹黑漆，表现的是死亡、拒绝和惩罚的巫术意义，而棺内髹红漆，则带有生命复生的亢奋和热烈。

值得注意的是，在河南正阳苏庄楚墓木棺表面所髹黑漆中"微含紫色"。⑤ 春秋时期或有以紫色为贵的习俗。《左传·哀公十七年》："紫衣

---

① 荆州地区博物馆：《江陵马山砖厂二号楚墓发掘简报》，《江汉考古》1987 年第 3 期。

② 驻马店地区文化局、正阳县文化局：《河南正阳苏庄楚墓发掘报告》，《华夏考古》1988 年第 2 期。

③ 湖北省文物考古研究所：《湖北荆州纪城一、二号楚墓发掘简报》，《文物》1999 年第 4 期。

④ 驻马店地区文化局、正阳县文化局：《河南正阳苏庄楚墓发掘报告》，《华夏考古》1988 年第 2 期。

⑤ 同上。另，此种现象似乎并非偶然或颜色自身变化之故。已知湖北随县擂鼓墩曾侯乙墓随葬器物即以紫色为主色调，其 E61 衣箱箱盖上有阴刻"紫锦之衣"四字，"紫锦"二字又出现在 42、48、50、53、54、55、59、60、65、66、67、88、106 简中；另有紫色物品：紫鱼（紫色鱼皮）、紫黄纺之绷、紫羊须之缳、紫翌（羽）之常、紫席、紫组之绥、紫鱼之聂、紫勒、紫鱼之靴等。据统计，涉及紫色器物的竹简共 96 支，相当于 215 支简中的百分之四十五。参见刘信芳《曾侯乙墓衣箱礼俗试探》，《考古》1992 年第 10 期。

狐裘。"杜预注云："紫衣，君服。"①《韩非子·外储说左上》云："齐桓公好服紫，一国尽服紫。"② 但紫色却遭到孔子的批评，《论语·阳货》云："恶紫之夺朱也。"③ 孟子也有同样的思想，《孟子·尽心下》亦云："恶紫，恐其乱朱也。"④ 孔、孟"恶紫"实因"其色不正"，应该与他们的政治主张有关，但"紫色"的"颜色本性"应该值得关注。紫色由红色与蓝色化合而成，既具有红色的火热，也具有蓝色的冷静，但紫色所内含的情感却比红色更强烈，并在这种强烈的情感中寓含着某种神秘和浪漫。

　　春秋战国时期楚墓随葬漆器画面（花纹）和丝织品于色彩方面的情况，也是楚人内在精神和情感世界的一种反映。有学者将春秋战国时期楚文化与其他地域文化进行了比较，其结论也颇能说明问题："在鲁地，则出现了孔子和孟子，是儒家学说的发祥地。孔孟之道以阐述人间的伦理道德为重，故此地的艺术行为就缺少神奇色彩。""在三晋，诞生了法家学说，强调法制而力主耕战。三晋的青铜器上所以多见表现等级制度的礼仪活动的图像。""在秦地，商鞅、韩非、李斯的法家思想则自战国中期以后一直占有统治地位。专制主义的控制远比其他诸侯国要严厉，至秦始皇时，更达到了顶峰。这除了表现为建造出超出一般想象的巨大规模的宫殿、陵墓等建筑以外，秦始皇陵墓区内随葬的大量兵马俑……几乎都具有一种沉重的情态。这当然就是那种严酷的专制主义精神的艺术体现。"⑤ 当春秋战国时期其他地域的文化走向理性与现实的时候，荆楚地域的巫灵文化却是最为繁荣与辉煌的时期，也是荆楚巫灵艺术最具活力、真情和浪漫的时期。如果说春秋战国时期楚墓随葬漆器画面（花纹）和丝织品用色丰富，色泽鲜艳，诸种色彩搭配协调悦目，说明楚人丰富而饱满的精神和情感能够实现一种有序且热烈、活泼、张扬、灵动的表达的话；那么楚人以红色为贵，"黑漆朱绘"的用色和尚紫风情的出现，则说明楚人的精神和情感还可以在有序且活泼、欢快的表达的同时，实现一种神秘氛围中的热烈、浪漫乃至狂放的表现。

---

① （晋）杜预：《春秋左传集解》第三十，上海人民出版社1977年版，第1827页。
② （清）王先慎：《韩非子集解》卷十一，《诸子集成》（五），中华书局1954年版，第210页。
③ （清）刘宝楠：《论语正义》卷二十，《诸子集成》（一），中华书局1954年版，第379页。
④ （清）焦循：《孟子正义》卷十四，《诸子集成》（一），中华书局1954年版，第607页。
⑤ 俞伟超：《楚文化中的神与人》，《民族艺术》2000年第1期。

作为荆楚巫灵艺术"诗性特征"核心的热烈而纯真、真诚而饱满的情感，可能缘于巫觋降神、通神时的恣肆和浪漫。

巫灵降神、通神，其手段通常有二：一曰香物，二曰歌舞。香物以飨神，歌舞以娱神，都在于近神而亲神。除此之外，还可能存在第三种，即与神"性"的交接相合。王逸《九歌章句》云"（楚）俗人祭祀之礼，歌舞之乐，其词鄙陋"，故屈原"作《九歌》之曲"①，而楚俗祭祀之礼、歌舞之乐何以"鄙陋"则没有明说。朱熹《楚辞集注》在论及荆楚巫觋祀神之俗时亦云："蛮荆陋俗，词既鄙俚，而其阴阳人鬼之间，又或不能无亵慢淫荒之杂。"② 显然，朱熹所谓"其辞之亵慢淫荒当有不可道者"，是针对王逸《九歌章句》"其词鄙陋"而言的，而"其辞之亵慢淫荒"，即在于神与巫的阴阳结合。瞿兑之于《释巫》一文中亦云："人嗜饮食，故巫以牺牲奉神；人乐男女，故巫以容色媚神；人好声色，故巫以歌舞娱神；人富语言，故巫以辞令歆神。"③ 弗雷泽《金枝》载记古希腊的埃莱夫西斯每年九月祭祀宙斯神的情景也能说明问题：由两名祭司装扮成宙斯和女神，在神灵降临的仪式上，当"所有火炬熄灭，这一对夫妻降临到一幽暗处，膜拜的人群在周围焦急地等待神人会合的结果，他们相信自己能否得救都取决于此"。④

楚俗巫灵降神、通神之情形，或可在楚墓随葬乐器上的画面构图中看到某种真实的形象再现。楚墓随葬乐器上的画面构图往往表现神祇的内容，可能与巫觋通神有关。湖北随州曾侯乙墓五弦琴神人图像，有学者以为是"夏后开得乐图"。⑤ 上述推断尚有待商榷。琴声通神，神应琴声而下，故图像所表现的应该是巫觋通神的内容。河南信阳长台关1号楚墓漆瑟上绘有"射猎、舞蹈、奏乐、宴饮、巫神等图案"。⑥ 有学者将上述图

---

① （汉）王逸：《楚辞章句》第二，岳麓书社1994年版，第53页。
② （宋）朱熹：《楚辞集注》卷三，《文渊阁四库全书》第1062册，台湾商务印书馆发行，第315页。
③ 瞿兑之：《释巫》，《燕京学报》1930年第7期，第1327页；徐文武：《楚国宗教概论》引，武汉出版社2001年版，第105页。
④ ［英］弗雷泽：《金枝》，徐育新、汪培基、张泽石译，汪培基校，中国民间文艺出版社1987年版，第212页。
⑤ 冯光生：《珍奇的夏后开得乐图》，《江汉考古》1983年第1期。
⑥ 马世之：《中原楚文化研究》，湖北教育出版社1995年版，第206页。参见河南省文物研究所《信阳楚墓》，文物出版社1986年版。

像中"巫神"画面释为"巫师作法图":"漆画画面共两幅,绘于瑟首面上。一幅位于左侧,共绘两位巫灵前后而立,前者头戴长冠,手持树叶形法器,后者则手持杖形法器,为了渲染巫师作法时的神秘氛围,在巫师的周围还绘有神秘的动物——龙。另一幅绘于瑟首面中端,巫师头戴三角平顶冠,手持树叶形法器,巫师的周围同样有腾跃的飞龙。"[1]《尚书·商书·尹训》云:"恒舞于宫,酣歌于室,时为巫风。"[2] 舞与歌都不能没有乐,歌舞娱神,乐以通神,是荆楚巫灵信仰之巫灵艺术最为重要的特色。曾侯乙墓五弦琴神人图像,神人跪坐于双龙之上,双龙龙头相对,躯体呈八字形缠绕,龙尾于左右回卷。龙体相缠,带有两性交合的寓意。神人圆脸、吊眼、月牙形大嘴,憨态可掬、乐态融融。巫觋通神,以琴声和两性交合而获得神的欢愉。画面中神人"乐态融融"的神态,似乎正是上述"欢愉"神情的再现。[3] 此琴"通体彩绘精细绚丽的花纹,首端为鳞纹、陶纹,两侧面和底部以菱形纹为框,而在细密的方格上绘变形凤纹等花纹,琴身的尾端绘变形鸟纹、变形龙纹和三角形雷纹"[4]。上述纹饰以变形的凤鸟纹和龙纹为主,辅以菱形纹边框,使得整个图案充满了诡异神秘的色彩和流动的视觉感受,与巫觋"娱神"时的恣肆和浪漫颇为吻合。

图1—3 曾侯乙墓五弦琴神人图像

---

[1] 徐文武:《楚国宗教概论》,武汉出版社2001年版,第38、39页。
[2] 蔡沈注:《书经集传》卷三,上海古籍出版社1987年版,第48页。
[3] 图片源自陈振裕《楚国漆器工艺》插图,载陈振裕《楚文化与漆器研究》,科学出版社2003年版,第379页。
[4] 陈振裕:《楚国漆器工艺》,载陈振裕《楚文化与漆器研究》,科学出版社2003年版,第374页。

香物以飨神，歌舞以娱神，阴阳交接以近神，这一方面是荆楚巫觋降神、通神的手段和方式，另一方面也是人与神在精神与情感上的沟通和联系。因此，能否取悦于神而得到神的青睐和佑护，即在于这种情感是否真诚和热烈。正是在这个意义上，荆楚巫灵艺术热烈而纯真、真诚而饱满的情感，与巫觋降神、通神时的恣肆和浪漫分不开。

综上所述，情感于荆楚传统宗教信仰中具有着重要的意义，生命能够彼此沟通和理解在于情感，情感上的联系和沟通也是生命的特征，而且任何生命形式都能够进行情感的联系和沟通。不论是荆楚巫灵艺术的花纹和图像，还是荆楚文学里的香花和芳草，都是充满着情感的生命，都可以通过情感而获得生命意义上的对话与沟通。值得注意的是，在荆楚巫灵艺术和文学作品中，这种情感的表达和表现方式是自然而多样的。它的意义在于这种无所不在的情感可以凭借任何艺术形式或艺术表现方式而存在和表达，是一种自在和自然的存在和表达，是没有受到钳制、约束、压抑、顾忌乃至污染的存在和表达。

第三节 从春秋战国时期楚墓随葬器物造型看荆楚传统巫灵艺术特征

我们注意到在荆楚传统巫灵艺术的讨论中，源于研究对象的特殊性，而导致上述问题的研究常常陷入无的放矢的空论之中。不可否认，从艺术的角度看，荆楚传统巫灵艺术应该具有丰富多彩的艺术表现形式，虽然我们对以舞蹈、歌唱、绘画等艺术表现形式为代表的荆楚传统巫灵艺术知之甚少，但是以"繁荣时期的楚文化"作为时间限定和文化背景的楚地墓葬随葬器物和器物上的花纹与图案，同样属于荆楚传统巫灵艺术的范畴，同样能够反映和表现出荆楚传统巫灵艺术的艺术特点和艺术风貌。缘于此，下面的研究对象将主要集中在楚地墓葬随葬器物之上，试图由随葬器物外在艺术构成和艺术表现，而延展至普遍意义上的荆楚传统巫灵艺术的审美追求、艺术特征和艺术风格的考察和研究。

一 挺拔纤劲、大气朗俊

河南淅川位于南阳平原的西部，淅水流经县域，旧淅川则位于今淅川西南,丹江、淅水在其东南汇合注入汉水。丹淅之会于唐属均州。《史记·韩世家》"二十一年,与秦共攻楚"句,司马贞《索引》云:"故楚都,在今均州。"① 今天学术界亦有楚都丹阳位于丹淅之会说,并得到了相当广泛的认同。淅川毛坪楚墓群、大石头山楚墓群、吉岗楚墓群和下寺楚墓群,皆位于今淅川县南,丹江水库区内,亦在丹淅之会地域之内。上述地域还分布着和尚岭、徐家岭、革家岭、郭家窑、九女冢、凤凰山、杏山、十二河岗、胡岗、界岗、南岗、泉岗、三官殿、灵官殿、魏营、太子山、郭庄、桑树庙岗、张弯、砀子口、垒山、葛庄、姚沟等20余处墓地,分布着上千座东周时期楚墓。由此可以推断,淅川毛坪楚墓群、大石头山楚墓群、吉岗楚墓群、下寺楚墓群所承载的文化,既具有历史的承传性,显示着文化发展演变的历史轨迹,又体现着历史的特殊性,显示着文化发展演变的历史断面的丰富和生动。上述楚墓群在随葬器物(陶青铜质器)造型所呈现出的特点和风格,既是在上述历史轨迹中发展演变而来,又是这种历史断面的丰富性和生动性的体现。

高挑纤丽清秀,是上述楚墓群随葬器物所呈现出的一个较为普遍和颇具典型意义的特点和风格。

第一,以河南淅川毛坪楚墓群为例。② 淅川毛坪楚墓分期较为明确,与时代的对应关系也能比较清楚地确定下来,第一期的时代可能在春秋中期或中期偏晚阶段,第二期的时代可能属于春秋晚期,第三期的时代可能在战国早期,第四期的时代可能在战国中期。从出土陶器遗物看,第一期明显受到中原周文化影响,自第二期始,地域文化特色开始出现和明显:首先,器物中出现了"长颈壶",而且与湖北江陵雨台山所出同类器物相仿;其次,豆柄较第一期为高。值得注意的是,这种"长颈"与"高柄"的现象,在第三期中仍然存在并有向其他器物发展的趋势,如第三期深腹鼎和细高足鼎的出现。③

---

① (汉)司马迁:《史记》卷四十五,中华书局1959年版,第1872页。
② 河南淅川毛坪楚墓群位于淅川县南35公里的丹江水库区内,这里在1974年和1975年共发掘楚墓27座,共出土遗物167件,其中铜器32件,陶器132件。
③ 参见淅川县博物馆、南阳地区文物队《淅川县毛坪楚墓发掘简报》,《中原文物》1982年第1期;黄运甫《略谈淅川毛坪楚墓的分歧及其特征》,《中原文物》1982年第1期。

第二，以河南淅川大石头山楚墓群为例。① 淅川大石头山楚墓随葬陶器除众多不同于毛坪楚墓特点之外，部分器形亦存在"长颈"与"高柄"的现象。其中 M12 出土盖豆，夹沙黑陶，竹节高柄。M13 出土陶壶，子母口，长颈。M8 出土陶壶，细长颈。②

第三，以河南淅川吉岗楚墓群为例。③ 上述墓葬皆为小型长方形竖穴土坑墓，大部被盗，仅 M70、M72、M73、M74、M75 保存尚好。④ 值得注意的是，在上述五座墓葬出土陶器中，同样存在"长颈"与"高柄"的现象。⑤

第四，以河南淅川下寺楚墓群为例。河南淅川下寺楚墓群亦位于丹江水库区内，已清理发掘大中型墓 9 座，小型墓 15 座，时间从春秋中期后段，经春秋晚期前段，到春秋晚期后段。其中淅川下寺 1、2、3 号墓出土铜鼎，表现出"纤丽清秀"的风格，器形上的同样风格，还在长颈壶的

---

① 河南淅川大石头山楚墓群与淅川毛坪楚墓同在丹江水库区内，共发现 51 座小型墓葬，已发掘其中保存完好的墓葬 15 座，出土遗物 143 件，其中陶器 137 件。上述墓葬随葬陶器组合有三种，第一种为鼎、豆、壶、敦；第二种为鼎、豆、壶；第三种为鼎、敦、壶。从随葬陶器组合看，与淅川毛坪楚墓非常接近，而作为仿铜礼器的 M10、M11 出土的 4 件平底鼎，在淅川所有春秋中晚期楚墓中都是常见的，由此推断淅川大石头山楚墓相对年代应该早于毛坪晚期而晚于毛坪早期，其时代当在春秋末到战国初期。参见河南省文物研究所、淅川县博物馆《河南淅川大石头山楚墓发掘报告》，《华夏考古》1993 年第 3 期。

② 河南省文物研究所、淅川县博物馆：《河南淅川大石头山楚墓发掘报告》，《华夏考古》1993 年第 3 期。

③ 河南淅川吉岗楚墓群亦位于丹江水库区内，分布于白岗岭的岗脊上，约 75 座墓葬。

④ 上述 5 座墓葬的时间当在战国中期或战国晚期之际。上述 5 座墓葬出土遗物 53 件，其中陶器 48 件，有鼎、豆、壶、敦、錐壶、罍，多为素面，火候较低，极易破碎。

⑤ 其中 M74 出土 A 型鼎皆为子口，方形附耳，蹄足有削痕，三足较高。M72 出土陶豆，圆方唇，弧腹，圜底，浅盘，圆柱状高柄，喇叭形圈足。M73 出土陶壶，方唇，侈口，颈较长。M74 出土陶壶，同样方唇，侈口，颈较长，且圈足较高。对此，《发掘简报》也注意到了上述情况："（上述 5 座墓葬）陶器的基本组合为鼎、豆、壶、敦或鼎、壶、敦，有些墓中还出土有錐壶和罍，且 5 座墓中的随葬器物的造型相同或相似，他们应该为同一时期的墓葬。从陶器的基本组合看，与湖南、湖北战国楚墓及淅川毛坪晚期楚墓的同类器相同或相似。如 A 型鼎为子口，附耳，浅腹，圜底近平，蹄足较高，并有削痕，与淅川毛坪 M25 出土的 IV 式鼎相似；豆为浅盘，斜弧腹或腹稍折，高柄，喇叭状圈足，与湖北江陵雨台山 M483 出土的 II 式豆（战国中期）相似；壶为方唇，侈口，长颈，鼓腹，圈足，与淅川毛坪 M25 出土的 II 式壶相似；敦与湖北江陵雨台山战国中期楚墓中的敦类同；II 式錐壶与淅川毛坪 M25 出土的 III 式鼎（应为錐壶）相似。"参见河南省文物研究所、南阳地区文物研究所、淅川县博物馆《河南淅川吉岗楚墓发掘简报》，《华夏考古》1993 年第 3 期。

形态上体现出来，鬲、豆、鼎足表现出由矮到高的演变趋势。

上述楚墓群随葬器物造型所呈现出的特点和风格，并非所谓"丹淅之会"所独具，而在湖北楚墓中同样存在。

以湖北当阳赵家湖楚墓群为例。湖北当阳赵家湖楚墓群地处沮水、漳水的下游，共发现297座楚墓。时间为西周晚期至春秋早期晚段的墓葬共18座，时间为春秋中期早段至战国晚期早段的墓葬共有147座。值得注意的是，当阳赵家湖时间为春秋中期早段至战国晚期早段墓葬的随葬陶器形态，"与中原相比则大异其趣，许多器物为中原所不见，如广肩、高足的陶鬲和凹圜底的盂罐即如此。至于颈甚长、腹特大、整个器形肥大长颈罐和粗长颈、瘦腹、整个器形瘦长的长颈壶，则更是楚地独秀"。[①] 另外，在当阳赵家湖时间为春秋中期早段至战国晚期早段墓葬铜礼器方面，"1件A型鼎与中原同型鼎无异，但3件B型Ⅱ式鼎，以束颈折肩为特征，为中原所不见。5件新出现的C型盖鼎，有凸棱型子母口，深腹，足由矮变高，与中原腹形由浑圆到扁圆，足由高到矮的鼎有别"。[②]

上述楚墓群随葬器物所呈现出的高挑纤丽清秀的特点和风格，反映了异于中原的楚地风貌，应该是独具特色的楚文化的反映。湖北楚墓"葬式以仰身直肢葬为主；头向以南向最多，次为东向，向西与向北的极少。随葬器物方面……铜、陶器的共同特点是高足、器身较细长，造型美观大方"[③]。而"在头向从南，从东的墓中，陶礼器和日用陶器面貌一致，显然他们的文化具有一致性。……与中原相比，陶礼器、日用陶器，以铜鼎为代表的铜礼器和镇墓兽等，都表现出明显的楚地风貌。随着时间的渐进，楚地文化风貌与中原越离越远。楚文化在江汉地区的楚蛮和东来楚人的共同创造下成熟了"[④]。

---

① 徐士友：《当阳赵家湖楚墓头向的两点启示》，《江汉考古》1999年第2期。其中长颈罐和长颈壶各6件，各分别出自6个墓葬，长颈罐为春秋中期晚段的郑家洼子23号墓，春秋晚期早段的金家山11号墓、金家山235号墓、金家山91号墓、金家山86号墓、李家洼子3号墓，长颈壶为战国中期早段的金家山198号墓、金家山199号墓、金家山183号墓、金家山145号墓、战国中期晚段的金家山16号墓、金家山136号墓。参见湖北省宜昌地区博物馆、北京大学考古系《当阳赵家湖楚墓》，文物出版社1992年版。

② 徐士友：《当阳赵家湖楚墓头向的两点启示》，《江汉考古》1999年第2期。

③ 陈振裕：《湖北楚墓综述》，载陈振裕《楚文化与漆器研究》，科学出版社2003年版，第64页。

④ 徐士友：《当阳赵家湖楚墓头向的两点启示》，《江汉考古》1999年第2期。

我们尝试将河南、湖北楚墓随葬陶（铜）器与中原地区东周时期随葬陶器，在形体数据的具体情况上进行比较，而对上述认识给予更为形象的说明。① 通过比较可以得出如下认识：河南、湖北楚墓随葬陶器"高

---

① （一）中原地区墓葬。鼎：（1）最大通高32厘米，最大口径为36厘米。（2）最小通高为9厘米，最小口径为12.8厘米。（3）通高在16厘米左右，一般口径在18厘米。豆：（1）通高在30厘米以下，口径一般在25厘米以下。（2）二里冈所出较小，通高不超过26厘米，口径均在20厘米以下。（3）中州路和琉璃阁所出个别较大，通高和口径均在25厘米以上。无盖豆：（1）高度为10—15厘米，口径一般为13—18厘米。（2）最大者通高18.6厘米，口径21.8厘米。壶：（1）最低者为15.2厘米。（2）最高者达51.1厘米。（张辛：《中原地区东周陶器墓葬研究》，科学出版社2002年版）（二）河南地区楚墓。1. 河南淅川大石头：鼎：（1）M1：3，通高16.2厘米，外口径16.5厘米。（2）M8：6，通高26厘米，内口径20.4厘米。（3）M6：6，通高23.2厘米，口径21.6厘米。（4）M10：7，通高29.4厘米，口径22厘米。豆：（1）M12：8，通高28厘米，口径15.6厘米。（2）M13：4，通高21.4厘米，口径19.8厘米。（3）M14：8，通高21.2厘米，口径21.6厘米。（4）M1：5，通高17.6厘米，口径15.8厘米。无盖豆：（1）M5：5，通高18厘米，口径13.6厘米。（2）M2：3，通高15.4厘米，口径13.4厘米。（3）M15：6，通高20厘米，口径14厘米。（4）M3：12，通高24厘米，口径16.6厘米。（5）M10：1，通高17.4厘米，底径19.8厘米。壶：（1）M6：2，通高33厘米，腹径13.6厘米。（2）M1：6，通高27.2厘米，口径11.6厘米。（3）M9：7，通高29.4厘米，腹径21厘米。（4）M13：1，通高33.4厘米，口径15.6厘米。（5）M7：3，通高32.8厘米，底径11.6厘米。（6）M7：4，残高30.2厘米，底径12厘米。（7）M7：5，通高36.6厘米，底径14.6厘米。（8）M7：1，通高34.8厘米，底径9.2厘米。平均值：鼎：平均通高23.7厘米，平均口径20.1厘米。豆：平均通高22.1厘米，平均口径18.2厘米。无盖豆：平均通高19厘米，平均口径15.5厘米。壶：平均通高32.2厘米。2. 河南淅川吉岗：鼎：M74：5，通高26.4厘米，口径17厘米。豆：M72：8，通高12.8厘米，口径13.8厘米。壶：M73：4，通高31厘米，腹径18.8厘米。3. 河南正阳苏庄：鼎：（1）M1：27，通高45.8厘米，口径45.6厘米。（2）M1：40，通高32.9厘米，口径24.5厘米。（3）M1：42，通高28.9厘米，口径23.3厘米。（4）M1：38，通高9.9厘米，口径12.7厘米。豆：（1）M1：14，通高23.4厘米，口径21厘米。（2）M1：4，通高27.7厘米，口径12.6厘米。（3）M1：32，通高29.6厘米，口径12.6厘米。（4）M1：36，通高31.8厘米，口径20厘米。（5）M1：11，通高31.8厘米，口径20厘米。（6）M1：12，通高31.8厘米，口径20厘米。（7）M1：6，通高31厘米，口径17厘米。壶：（1）M1：1，通高44.5厘米，腹径10.8厘米。（2）M1：47，通高44.5厘米，腹径10.8厘米。（3）M1：18—1，通高63厘米，腹径12厘米。（4）M1：18—2，通高63厘米，腹径12厘米。平均值：鼎：平均通高29.4厘米，平均口径26.5厘米。豆：平均通高29.6厘米，平均口径17.6厘米。壶：平均通高53.8厘米，平均口径11.4厘米。（参见河南省文物研究所、淅川县博物馆《河南淅川大石头山楚墓发掘报告》，《华夏考古》1993年第3期；河南省文物研究所、南阳地区文物研究所、淅川县博物馆《河南淅川吉岗楚墓发掘简报》，《华夏考古》1993年第3期；驻马店地区文化局、正阳县文化局《河南正阳苏庄楚墓发掘报告》，《华夏考古》1988年第2期）（三）湖北地区楚墓。1. 湖北荆门黄付庙：鼎：（1）M21：8，通高31.6厘米，口径20.5厘米。（2）M29：5，通高25.5厘米，口径18.4厘米。（3）M25：6，通高25.6厘米，口径17.6厘米。（4）M3：1，通高24.8厘米，口"高径15.6（转下页）

足、长颈、器身匀称细长，造型美观大方"的特点非常鲜明。再从随葬

（接上页）厘米。(5) M2：1, 通高23.2厘米，口径14.4厘米。(6) M10：1, 通高26.4厘米，口径15.6厘米。豆：(1) M11：3, 通高13.6厘米，口径13.2厘米。(2) M29：11, 通高14厘米，口径12.8厘米。(3) M28：2, 通高18.4厘米，口径12.4厘米。壶：(1) M21：1, 通高36.4厘米，口径11.2厘米。(2) M4：13, 通高31.2厘米，口径11.2厘米。(3) M2：3, 通高30厘米，口径11.2厘米。(4) M6：1, 通高32厘米，口径11.2厘米。平均值：鼎：平均通高26.2厘米，平均口径17.1厘米。豆：平均通高15.3厘米，平均口径12.8厘米。壶：平均通高32.4厘米，平均口径11.2厘米。2. 湖北荆州纪城：鼎：(1) M1：21, 通高26厘米，口径18.4厘米。(2) M1：6, 通高23.8厘米，口径17厘米。(3) M2：11, 通高23.8厘米，口径14.8厘米。豆：M1：5, 残高12.6厘米，口径11.8厘米。壶：M1：19, 通高27厘米，口径9.7厘米。3. 湖北荆门四冢村：鼎：M1：1, 通高26.6厘米，口径17.2厘米。4. 江淮地区（寿县蔡侯墓、长沙浏城桥一号墓、随州曾侯乙墓、江陵望山一号墓、二号墓、沙冢一号墓、江陵藤店一号墓、信阳长台关一号墓、寿县朱家集楚王墓）鼎（铜）：(1) AⅠ式（蔡侯墓），通高69厘米。(2) AⅡ式（曾侯乙墓），通高63.3厘米。(3) AⅢ式（朱家集楚王墓），通高147.2厘米。(4) BⅠ式（蔡侯墓），通高48.5厘米。(5) BⅡ式（曾侯乙墓），通高40厘米。(6) BⅢ式（望山M1），通高32厘米。(7) BⅢ式（长台关M1），通高39厘米。(8) BⅢ式（藤店），通高29.5厘米。(9) BⅣ式（望山M2），通高33厘米。(10) BⅤ式（朱家集楚王墓），通高44.2厘米。壶（铜）：(1) Ⅰ式（曾侯乙墓），通高102厘米。(2) Ⅱ式（望山M1），通高29.6厘米。(3) Ⅱ式（长台关M1），通高38.1厘米。(4) Ⅲ式（望山M2），通高36.2厘米。(5) Ⅳ式（朱家集楚王墓），通高43.3厘米。鼎（陶）：(1) AⅡ式（望山M1），通高57厘米，口径54厘米。(2) AⅡ式（长台关M1），通高35.1厘米，口径47.4厘米。(3) AⅡ式（藤店M1），通高48.5厘米，口径41.4厘米。(4) AⅢ式（沙冢M1：4），通高55.5厘米，口径45厘米。(5) BⅠ式（浏城桥M1），通高22厘米。(6) BⅡ式（望山M1），通高40厘米，口径32.5厘米。(7) BⅡ式（长台关M1），通高23.6厘米。(8) BⅡ式（藤店M1），通高23.2厘米。(9) BⅢ式（望山M2），通高36厘米。(10) BⅢ式（沙冢M1：13），通高34厘米。壶（陶）：(1) Ⅰ式（浏城桥M1），通高39厘米。(2) Ⅱ式（望山M1），通高37.5厘米。(3) Ⅱ式（长台关M1），通高42厘米。(4) Ⅲ式（望山M2），通高37.1厘米。平均值：鼎（铜）：平均通高54.6厘米。壶（铜）：平均通高49.9厘米。鼎（陶）：平均通高37.5厘米。壶（陶）：平均通高38.9厘米。5. 鄂东地区（鄂城、黄岗楚墓）：鼎（陶）：(1) AⅠ式（鄂城百子畈M4：1），通高42厘米，口径41.2厘米。(2) AⅠ式（鄂城百子畈M5：33），通高44厘米，口径43.4厘米。(3) AⅡ式（黄岗国儿冲M3：32），通高34厘米，口径25厘米。(4) AⅢ式（黄岗国儿冲M1：37），通高33.6厘米，口径27.2厘米。(5) BⅠ式（鄂城钢厂M106：15），通高24.2厘米，口径18.8厘米。(6) BⅡ式（鄂城钢厂M94：14），通高19.8厘米，口径18厘米。(7) CⅠ式（鄂城百子畈M5：5），通高30厘米，口径16.9厘米。(8) CⅡ式（黄岗国儿冲M3：4），通高26厘米，口径9.8厘米。(9) CⅢ式（黄岗国儿冲M1：4），通高17.1厘米，口径9厘米。壶（陶）：(1) Ⅰ式（黄岗国儿冲M3：14），残高50厘米，口径12.5厘米。(2) Ⅱ式（黄岗国儿冲M1：17），通高63.5厘米，口径13.5厘米。(3) Ⅲ式（鄂城钢厂M106：1），通高42.4厘米，腹径19.4厘米。(4) Ⅳ式（鄂城钢厂M95：6），通高47.7厘米，腹径18.6厘米。平均值：鼎：平均通高30.1厘米，平均口径23.2厘米。壶：平均通高50.9厘米，平均口径16厘米。

陶器形体数据的具体情况看，河南、湖北地区楚墓随葬鼎（铜鼎）、壶（铜壶）、无盖豆，在个体和平均值两方面，其高度（厘米）大都超过中原地区东周时期墓葬相同随葬品，而从数据上进一步支持上文的认识，如表1—1所示。

表1—1

地区	鼎	豆	无盖豆	壶
中原地区	16	30（以下） 26（以下、二里岗） 25（以上、中州路、琉璃阁）	10-15 18.6（最大）	15.2（最小） 51.1（最大）
河南淅川大石头	23.7	22.1	19	32.2
河南淅川吉岗	26.4（个体）	12.8（个体）		31（个体）
河南正阳苏庄	29.4	29.6		53.8
湖北荆门黄付庙	26.2	15.3		32.2
湖北荆州纪城	23.8（最小） 26最大）（个体）	12.6（残高）（个体）		27（个体）
江淮地区	37.5 54.6（铜鼎）			38.9 49.9（铜壶）
鄂东地区	30.1			50.9

春秋战国时期楚墓随葬陶铜质器在形态上所呈现的"高足、长颈、器身匀称细长"的特点，应该是这一时期楚人"视觉审美感受"和"视觉审美追求"的一种表现。安徽寿县蔡昭侯墓出土春秋晚期青铜器被认为"具有浓厚的楚风楚味"的礼器，而一种称为"乔鼎"的礼器，亦被认为是"既有南方的越文化因素，也有北方的中原文化因素"，是"南北风格相结合的产物"，亦是"楚人通南北文化之作"。[①] 上述礼器皆高足、深腹，其最显著的特点是器型瘦高，与中原地区的矮足鼎构成了极为鲜明的视觉差异。值得注意的是，楚人的这种"视觉审美感受"和"视觉审

---

① 刘和惠：《楚文化的东渐》，湖北教育出版社1995年版，第42页。

美追求"还一直延续到战国晚期。①

综上所述,春秋战国时期楚人的这种"视觉审美感受"和"视觉审美追求",应该是繁荣时期楚文化以"高"、"大"为美,追求"挺拔而纤劲"、"大气而朗俊"的艺术气质和艺术风格的体现。

二 柔媚活泼、灵动飘逸

漆几是春秋战国时期楚国贵族上流社会所使用的高档生活用具,其所承载的文化是繁荣时期楚文化的一种展示和反映。② 从漆几造型特点上看,春秋战国时期造型厚重的"H"形漆几与造型轻巧秀丽的漆几并存,但后者于战国中期的楚墓中大量出现,说明楚漆几艺术风格在战国中期发生了变化,在厚重古拙中孕生出轻巧秀美。③ 漆几艺术风格的变化是与楚文化由脱离传统中原文化而走向自身成熟与繁荣的发展轨迹相吻合的。

"H"形漆几中间的横板两端窄中间宽,而造型轻巧秀丽的漆几几面一般呈长条形,中间凹,现出弧形;尤其这一风格的Ⅱ式几,足部呈"S"形大曲线状,并有束腰。"整个造型显得细长柔媚而富于弹性"。④ 上述漆几"细长柔媚而富于弹性"的造型,当取决于这种漆几"轻巧秀丽"的几面与足部呈"S"形的"大曲线"和"束腰"。这种漆几于造型上所表现出来的形式上的美,的确能够衬托出其"清隽"而"优雅"的内在气质。

值得注意的是,这种"S"形"曲线"和"束腰"形式以及"轻巧

---

① "战国晚期的陶鼎,蹄足不断加高……如1954年长沙杨家湾6号墓所出陶鼎,彩绘菱形纹,蹄足直而瘦高;1986年长沙火把山4号墓出土的陶鼎足高而且直,都与陶盒和钫同出,应是典型的战国晚期楚式鼎。"位于安徽寿县朱家集的李三古堆大墓,为战国晚期楚国王一级的墓葬,其随葬青铜器大约超过1000件,其中铜礼器达到100余件,而完整的铜鼎则多达35件。在上述铜鼎中有一种"大鼎",即"铸客大鼎",又名"楚大鼎"。此鼎通高113厘米、口径87厘米、腹围290厘米、腹深52厘米、足高67厘米、耳高36.5厘米,重400公斤,在形体和重量上仅次于商代司母戊方鼎。此鼎器形高大,造型雄伟,挺拔又不失纤劲,雄浑中又见清朗。参见高至喜《楚文化的南渐》,湖北教育出版社1996年版,第126页。刘和惠《楚文化的东渐》,湖北教育出版社1995年版,第190页。

② 根据张正明《楚文化志》对楚墓出土漆器的统计,楚墓出土漆几以战国中期最为多见,墓葬所属地区主要以楚都江陵为中心,从出土漆几的墓葬形制上看,墓葬主人一般为大夫一级的贵族。参见张正明《楚文化志》,湖北人民出版社1988年版。

③ 参见聂菲《楚墓出土漆几艺术略论》,《南方文物》1992年第2期。

④ 同上。

秀丽"的造型,似乎已经成为繁荣时期楚文化的一种美的标志和象征,并构成这一时期楚文化"柔媚活泼"、"灵动飘逸"的艺术气质和艺术风格。

下面是春秋战国时期楚文化覆盖地区和春秋早期山东地区夔龙纹形象。

图1—4　湖南临澧

图1—5　安徽寿县

图1—6　山东泰安春秋早期　　图1—7　山东泰安春秋早期

图1—4夔龙纹来自湖南湘北临澧九里4号楚墓出土铜鼎的鼎盖与腹部。[①] 龙体呈平行的"S"形,龙头和龙尾回收,躯体的前半段和后半段基本平行并构成整齐的弯曲。线条硬朗而粗犷。将上述夔龙纹与图1—6山东泰安春秋早期夔龙纹进行比较,后者在线条的运用上颇为纤细柔和,龙头与龙尾上下相对,但夔龙躯体仍然呈平行的"S"形,在整体造型上与湖南临澧楚墓夔龙相一致,而图1—7夔龙纹在构图上仍然可以看作是图1—6的变体,只是线条的弯曲更为柔和。值得注意的是图1—5夔龙

---

① 湖南省博物馆:《临澧九里楚墓发掘报告》,《湖南考古辑刊》第三集,岳麓书社1986年版。

纹。上述夔龙纹来自蔡昭侯姬绅墓出土铜敦、铜盥缶、铜方鉴的腹部，龙体躯干的造型仍然呈平行的"S"形，与湖南临澧夔龙、山东泰安夔龙并无本质上的区别，但上述夔龙纹龙体呈现出由踞蹲到跳跃之前或跳跃落地后的瞬间状态，极富动感，龙爪前后虎踞，龙头扬起，龙眼圆睁，龙口大张，头上羽灵与身后龙尾舒展并自然弯曲，与湖南临澧、山东泰安夔龙纹造型相比，更显出一种活泼、灵动和飘逸的气质与风格。

下面是春秋战国时期楚文化覆盖地区和西周晚期与春秋早期山东地区蟠龙纹形象。

图 1—8

图 1—9　　　　　　　　图 1—10

图 1—11

图 1—8 为春秋战国时期楚国青铜器上的潘龙文图案。[①] 图1—9、图

---

① 图片引自陈振裕《楚国青铜器的装饰艺术》图一·4，参见陈振裕《楚文化与漆器研究》，科学出版社 2003 年版，第 113 页。

1—10 为山东曲阜出土春秋早期青铜器上的蟠龙纹图案、图 1—11 为山东临沂出土春秋早期青铜器上的蟠龙纹图案。[①]

上述图案之 1—9、1—10、1—11 的共同特征，是具有极强的装饰性，线条清晰而内敛，构图规整而对称，比例均匀而整齐。其"内敛式"线条行走是上述蟠龙纹图案最大的特点。图 1—11 以龙首为中心，龙身围绕着中心于图案周边构成双同心圆，中间空处填以卷云纹。图 1—9 双龙背向呈对称构图，龙身仍然以龙首为中心呈"内敛式"的缠绕，即使"龙须"和"龙头"上的"羽灵"，也同样以"内敛"的方式卷曲。图 1—10 的构图除双龙头呈对向式构图外，与图 1—9 具有相同的特点。

将上述蟠龙纹图案与春秋战国时期楚地蟠龙纹图案进行比较，其差异性是非常明显的。图 1—8 双龙依然呈对向式构图，但卷曲的龙身并不以龙首为中心而构成缠绕的形态，而是龙身与龙首以"S"形造型构成两个既相互联系又构成区别的圆形图案，且线条的运用在"内敛"的态势中蕴含着"飞扬"的走势，从而使得整个图案在规整与对称的形式中呈现出飘逸与灵动的特点和风格。

图 1—12 是湖南长沙浏城桥 1 号楚墓随葬铜鼎的蟠螭纹图案[②]。从整体构图上看，螭头前伸并上扬，螭体呈"S"形，前伸并上扬的螭头使得呈"S"形螭体具有腾跃与舞动的气势，而上扬的螭尾与尽力舒展的螭爪，则使得螭体腾跃与舞动的气势更具张扬的力度。

图 1—12　长沙浏城桥 1 号墓鼎盖兽纹

---

① 图片引自张道一《中华图案五千年》第三辑《春秋战国》图版 11，台湾美工科技有限公司 2001 年版，第 19 页。

② 湖南省博物馆：《长沙浏城桥 1 号墓》，《考古学报》1972 年第 1 期。

图1—13是湖北云梦睡虎地47号墓"云兽纹盘"图案。[①] 图案以内圆为中心描绘了一个以卷云纹构成的"兽首",围绕着"兽首"即在内圆和外圆之内以三角形对称的形式刻画了三个呈连续的"S"形卷曲形式的"兽身",而在"兽身"的不同部位又以多重卷云纹进行装饰。显然,上述"云兽纹"图案是以由卷云纹构成的"兽首"为叙述的"主题",以连续的"S"形卷曲形式的"兽身"为基本架构,以丰富的卷云纹为细节装饰而构成的。其图案构成方式,充分体现了兽形纹饰的卷云化艺术变异的特点。

图1—13

图1—14是湖南长沙咸家湖西汉墓"云龙纹漆耳杯"和湖北云梦睡虎地1号墓"龙纹耳杯"图案。[②] 图案中的龙体呈"S"形卷曲形式,龙身附以卷云或呈勾卷状的云纹。值得注意的是,上述呈"S"形卷曲形式的龙纹,在龙体的基本卷曲方式与形态上,与上文所引湖南湘北临澧九里4号楚墓出土铜鼎的鼎盖与腹部夔龙纹(见图1—4)并没有本质上的区别,只是源于漆器纹饰的特点而在卷曲形式上更为强烈和夸张,正是繁荣时期楚文化在秦汉时期进一步延展过程中兽形纹饰卷云化艺术变异的体现。

---

① 图片引自陈振裕《试论秦汉漆器的两种纹饰》图十二,参见陈振裕《楚文化与漆器研究》,科学出版社2003年版,第495页。
② 图片引自陈振裕《试论秦汉漆器的两种纹饰》图四、图五,参见陈振裕《楚文化与漆器研究》,科学出版社2003年版,第491、492页。

第一章　作为荆楚古典浪漫主义文学根基的荆楚传统巫灵文化与巫灵艺术　63

图 1—14

图 1—15 是湖北荆门白庙山 35 号墓 "龙纹椭圆奁" 和 "凤纹椭圆奁" 图案。① 上述图案中的龙体与凤身或 "S" 形卷曲形式，或呈连续的旋转形式，并以旋转或勾卷的云纹装饰龙体与凤身。从某种意义上说，上述龙纹与凤纹构图形式已经远离了写实性质，而带有了以线条的旋转与勾卷为主要特征的抽象意义，因此，上述龙纹与凤纹源于卷云化的艺术变异而在图案构图特点和风格上趋于统一。

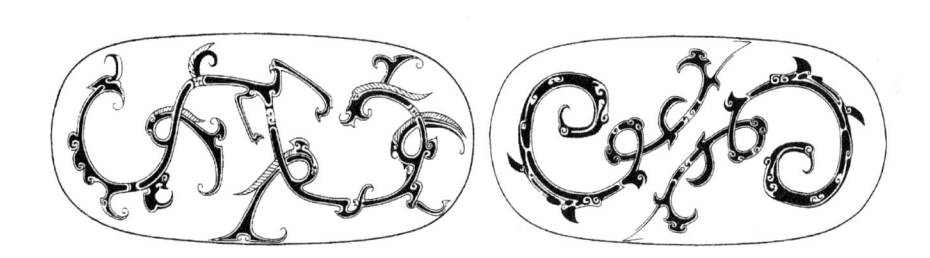

图 1—15

值得注意的是，如果将春秋战国时期楚国漆几与青铜器 "轻巧秀丽" 的造型作为一种活泼、灵动、飘逸的艺术气质和艺术风格来看的话，那么上述艺术气质和艺术风格在这一时期的楚人舞蹈艺术和楚系文字书写艺术上，同样能够充分地表现出来。在楚人舞蹈的艺术表现上，

---

① 图片引自陈振裕《试论秦汉漆器的两种纹饰》图六、图七，参见陈振裕《楚文化与漆器研究》，科学出版社 2003 年版，第 492、493 页。

不论舞者所呈现的"小腰秀颈"的"S"形"曲线"和"束腰"的身形特点，还是舞者所展现的"长袂拂面"的优美姿态，其艺术气质和艺术风格亦体现出了既纤丽清隽又优雅大气的艺术风貌。而从楚系文字的书写艺术上看，"楚系文字的特征主要是纤劲秀丽。表现为其笔画修长均细、多波折弯曲；其笔势柔韧劲健、圆转流畅；其结体崇尚奇诡，好用饰笔，因而导致鸟书的盛行和羡画及垂露状饰笔的随意使用。"①仅以安徽寿县春秋晚期蔡昭侯墓铜器铭文为例。上述铭文共 4 篇，其中 3 篇文字比较清楚，即《蔡侯钟铭文》、《吴王光鉴铭文》和《大孟姬盘铭文》。上述 3 篇铭文中以《大孟姬盘铭文》最长，连重文共 95 字。②从《大孟姬盘铭文》摹本字体书写情况看，笔画刚直圆润，字形高挑细长，间架疏朗大气，体现出了繁荣时期楚文化柔媚活泼、灵动飘逸的艺术风貌。

屈原《离骚》抒情主人公在申述自己异于"众人"的美德的时候说："高余冠之岌岌兮，长余佩之陆离。"这种以"冠之高"和"佩之长"而作为美德象征的审美思想，实际上包含了两个方面的特征，一个是形式上的"高"和"长"，一个是内涵上的"清隽"和"优雅"。显然，这种以"高"而"长"为美，追求"清隽"而"优雅"的艺术气质，是与繁荣时期楚文化柔媚活泼、灵动飘逸的艺术风貌相一致的。

三 高挑优雅、舒展秀丽

繁荣时期楚文化丰富多彩的动物纹饰中，龙凤（鸟）纹饰最值得关注。这一方面是因为繁荣时期楚文化动物纹饰中龙凤（鸟）的形象被刻画得最多，更为重要的是，这一时期龙凤（鸟）的形象在图像艺术表现上最具特色，其多姿多彩的艺术表现，从某种意义上能够成为繁荣时期荆楚传统巫灵艺术的代表。

早期楚文化中的鸟纹形象，就已经表现出了异于中原地区传统周文化的特点。有学者注意到了楚公豪甬钟所饰"鸟纹"在早期楚文化研究中的重要价值和意义，并将上述"鸟纹"与西周时期中原地区甬钟所饰"鸟纹"进行比较，在探讨二者异同的同时，对早期楚文化的某些特点作

---

① 陈松长：《楚系文字与楚国风俗》，《东南文化》1990 年第 4 期。
② 参见刘和惠《楚文化的东渐》，湖北教育出版社 1995 年版，第 41 页。

出了形象而鲜明的勾勒，为我们对西周时期楚文化的"属性、性格与特点"的认识提供了非常重要的帮助[①]。图1—16是西周时期中原地区、长江中下游地区楚甬钟侧鼓鸟纹[②]。图1—17是商至西周时期中原地区青铜器上的鸟纹[③]。

[①] 流行于西周时期的中原地区甬钟侧鼓纹饰，主要有立鸟纹和顾首夔龙纹，而以前者居多。这一时期中原地区甬钟侧鼓鸟纹，以勾喙、长尾下垂分作两股为主要特征，头上一般仅有一条冠羽，体态臃肿。按照甬钟侧鼓鸟纹颈、尾的不同，大致可以分为3个类型：A型，长颈，短尾下垂，尾部分作2股或3股；B型，短颈，长尾下垂，尾部分作2股；C型，长颈，长尾下垂，尾部分作2股。值得注意的是，陕西扶风县北桥出土一甬钟，其侧鼓鸟纹呈翘尾无羽状，与上述西周时期的中原地区甬钟侧鼓鸟纹造型不同。西周时期长江中下游地区出土甬钟中，有3件侧鼓纹饰为翘尾鸟纹，即湖南湘潭洪家峭西周墓地出土的2件和湘潭青山桥窖藏出土的1件。在目前所知传世的5件"楚公豦"甬钟中，有3件甬钟的侧鼓饰有鸟纹。"其共同特征是细长颈，短尾分为多股上翘。传世的两件楚公豦钟，鸟皆尖喙、仰首，有两条冠羽，冠下有3个小羽。颈细长，饰鳞形纹，前脖颈下犹有一支曲小羽，短尾分为3股，一鸟皆上卷，另一鸟两股上卷，一股下垂。周原出土的一件楚公豦钟，鸟嘴扁圆，有简明的小冠，无其他小羽，颈细长，饰3道弦纹。尾分为4股，其中3股上卷，一股下垂。"参见袁艳玲《楚公豦钟与早期楚文化》，《文物》2007年第3期；湖南省博物馆《湖南省博物馆新发现的几件铜器》，《文物》1966年第4期；袁家荣《湘潭青山桥出土窖藏青铜器》，《湖南考古辑刊》第一辑，1982年版。

[②] 其中图1为传世的楚公豦钟，图2为周原出土的楚公豦钟，图3为湖南湘潭洪家峭出土的甬钟，图4为陕西扶风北桥出土的甬钟乙，图5、图10为井叔采钟，图6为叔钟，图7为秦公钟丙，图8为晋侯稣钟丙，图9为豦钟，图11为梁其钟，图12为师丞钟。参见袁艳玲《楚公豦钟与早期楚文化》，《文物》2007年第3期。另见该文所引下面诸文及图片：中国社会科学院考古研究所《张家坡西周墓地》，图126、图125，中国大百科全书出版社1999年版；韧松、樊维岳《记陕西蓝田县新出土的应侯钟》，《文物》1975年第10期，图见中国青铜器全集编辑委员会《中国青铜器全集（西周2）》，图95，文物出版社1996年版；北京图书馆金石组《北京图书馆藏青铜器铭文拓片选编》，图10，文物出版社1985年版；宝鸡市博物馆等《陕西宝鸡县太公庙村发现秦公钟、秦公镈》，《文物》1978年第11期；北京大学考古系、山西省考古研究所《天马—曲村遗址北赵晋侯墓地第二次发掘》，《文物》1994年第1期，图见王世民、陈公柔、陈长寿《西周青铜器分期断代研究》钟12，文物出版社1999年版；北京图书馆金石组《北京图书馆藏青铜器铭文拓片选编》，图4，文物出版社1985年版；陕西省考古研究所等《陕西出土商周青铜器（二）》，图66、67、71、72，文物出版社1980年版；中国青铜器全集编辑委员会《中国青铜器全集（西周1）》，图187，文物出版社1996年版；王世民、陈公柔、陈长寿《西周青铜器分期断代研究》钟15，文物出版社1999年版。

[③] 其中图1—4为殷墟妇好墓出土青铜器上的鸟纹，图5为西周鄂叔簋上的鸟纹，图6为张家坡出土孟簋上的鸟纹，图7为西周丰尊上的鸟纹，图8为西周父庚觯腹部上的鸟纹，图9为西周凤纹尊颈部上的鸟纹，图10为平顶山应国墓出土青铜器上的鸟纹。参见袁艳玲《楚公豦钟与早期楚文化》一文所列，《文物》2007年第3期。

图 1—16

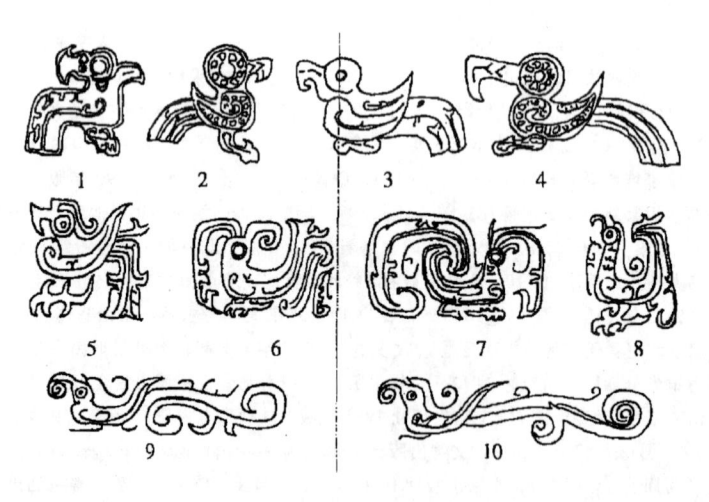

图 1—17

将上述鸟纹进行比较，对于楚公豪钟鼓饰鸟纹的造型特点，能够得出下面的结论：与中原地区甬钟侧鼓鸟纹相比较，楚公豪钟侧鼓鸟纹在造型上的最大特点，是细长颈、仰首、翘尾，呈现出高挑、舒展、秀丽的风格。①

楚公豪钟鼓饰鸟纹长颈、仰首、翘尾的造型特点和高挑、舒展、秀丽的艺术风格，其文化上的意义不仅仅体现在器物造型和由器物造型所呈现的艺术风格上，更为重要的是，我们能够从上述造型特点和艺术风格上看到西周时期楚文化的特点和风格，看到西周时期楚文化所内涵的审美特点和艺术追求，看到西周时期楚文化独特而鲜明的文化风貌和文化个性。同时，我们也注意到了这样一种事实的存在：这种造型特点和艺术风格并没有在楚文化接下来的发展和演变中消失或结束，相反，在春秋和战国时期的楚文化中得到了继承，而且还延续到秦汉时期并呈现出更为多姿多彩的

---

① 西周时期长江中下游地区出土甬钟侧鼓鸟纹"除了朝向相反外，其作风均同于楚公豪钟鼓饰鸟纹"，而西周时期中原地区甬钟侧鼓鸟纹，则"均与楚公豪钟之鸟纹大相径庭，单条冠羽也不见于楚公豪钟。特别是井叔采钟、秦公钟丙侧鼓的鸟纹，其足特别粗壮，与楚公豪钟鸟纹的秀丽风格不同"。（袁艳玲：《楚公豪钟与早期楚文化》，《文物》2007年第3期）需要指出的是，上述认识不能回避上述两种特点和风格鸟纹之"共源性"的问题，南方地区尖喙、翘尾鸟纹可能源于中原地区勾喙、垂尾鸟纹，或于某种因素的进一步发展。"南方地区尖喙、翘尾鸟纹可能是中原地区勾喙、垂尾鸟纹的影响而产生的。商至西周早中期，在南方地区出土的青铜器上，尚未见到尖喙、翘尾鸟纹，而在妇好墓出土的偶方彝上，就有尖喙、翘尾的鸟纹。当然，同在这件青铜器上，居于主体地位的仍是勾喙、垂尾的鸟纹，前者只是用来填补纹饰的空白。"同时，也不能回避上述两种特点和风格鸟纹在各自发展与演变过程中相互影响的问题。"自殷墟晚期开始流行的勾喙、垂尾鸟纹以及鸟形饰，曾经强烈地影响到南方地区的青铜器。在湘潭青山桥出土的觯、江苏母子墩西周铜器墓出土的簋、江苏丹阳出土的尊上，都有这种鸟纹。三星堆祭祀坑出土的青铜树，立鸟虽是翘尾，却是勾喙。此外，江陵望山M1出土的小座屏、沙冢M1出土的漆矢箙上，也有勾喙、垂尾的鸟饰。""商周时期，中原地区也曾经受到过尖喙、翘尾鸟形饰的影响。例如妇好墓出土的提梁卣以及尊上的立鸟，就是尖喙、直尾。西周时期，尖喙、翘尾的鸟形饰见于天马—曲村111M62出土的铜壶，以及天马—曲村111M31出土的铜盉，其盖上均有一只尖喙、短尾上翘的立鸟。春秋时期的鸟形饰见于礼县圆顶山一号秦墓出土的铜盉，其盖上有四只尖喙、翘尾的立鸟。此外，新郑郑公大墓出土的铜壶上，也有尖喙、垂尾的立鸟饰。"（袁艳玲：《楚公豪钟与早期楚文化》，《文物》2007年第3期）商周中原地区与南方地区两种不同形制鸟纹与鸟形饰的复杂联系，应该被视为中原地区地域文化进一步发展和演变的表现，这种情况说明，商周时期南方地区地域文化以及春秋时期楚文化覆盖地区的地域文化，并非是一种带有土著色彩的独立孕生和发展起来的文化，这种文化的"源头"和"始点"应该在商周时期的中原地区，但这样的认识并不能否认南方地区地域文化在其孕生之初其独特的文化因素就已经存在的事实，也不能否认这种独特的文化因素随母体文化之发展而发展并进一步成熟的事实。

艺术表现。图1—18是东周时期南方地区的鸟纹。① 图1—19是东周时期中原地区的鸟纹。② 图1—20、图1—21是湖北云梦睡虎地44号墓鸟云纹圆奁盖面与外壁图案和13号墓彩绘鸟纹卮图案。③

图1—18

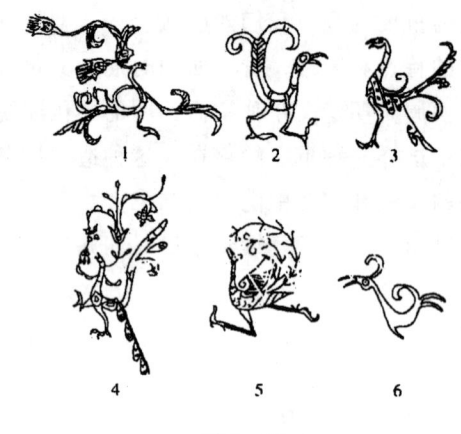

图1—19

---

① 图1—18中1—4为湖北江陵马山M1出土丝织品上的鸟形象，1—5为湖南长沙陈家大山出土帛画上的鸟形象，1—6为湖北江陵九店M33出土漆豆上的鸟纹。参见袁艳玲《楚公豪钟与早期楚文化》一文所列，《文物》2007年第3期。

② 图1—19中1—1为山西太原晋国赵卿墓出土高柄方壶上的鸟纹，1—2为河南辉县琉璃阁出土青铜器上的鸟纹，1—3为河南辉县出土陶壶上的鸟纹。参见袁艳玲《楚公豪钟与早期楚文化》一文所列，《文物》2007年第3期。

③ 图片引自陈振裕《试论秦汉漆器的两种纹饰》图10、图11，参见陈振裕《楚文化与漆器研究》，科学出版社2003年版，第494、495页。

图 1—20

图 1—21

由上面的比较不难得出这样的认识：楚公豪钟鼓饰鸟纹在造型方面的特点和所呈现出的风格，在春秋时期楚文化覆盖地区的鸟形纹饰中仍然存在，并继续与中原地区鸟形纹饰构成鲜明差异。上述情况一方面说明楚公豪钟鼓饰鸟纹在造型方面的特点和艺术风格于西周时期已经构成一种具有地域色彩的独具特色的艺术装饰形式，而且还体现出稳定而成熟的发展与承袭的状态。

综上所述，西周时期楚甬钟侧鼓鸟纹在基本线条走向上采取波浪形"～"曲线的形式，而在卷曲方式上主要有三种，一种是"U"形卷曲，第二种是"S"形卷曲，第三种是"m"形卷曲。值得注意的是，在"m"形卷曲形式上，呈现出以主线条卷曲为主而以次线条卷曲为辅的构图特点。东周时期南方地区鸟纹在基本线条走向上仍然采取波浪形"～"曲线的形式，但在卷曲方式上呈现出更多的变化，如在"m"形卷曲形式中，既出现了以多个主线条卷曲为主的构图形式，也出现了以多个次线条卷曲为辅的构图形式。湖南长沙狩猎纹漆卮上的变形凤纹，既有"U"形卷曲，也有"m"形卷曲，而图案凤纹头部呈"三角形"勾卷造型，即承袭了西周时期传统鸟纹波浪形"～"曲线的基本线条走向和"U"形卷曲与"m"形卷曲形式,以极富装饰性的简练线条再现了"凤鸟"的神韵。

秦汉时期漆器上的鸟纹在基本线条走向上仍然以波浪形"～"曲线的形式为主。如云梦睡虎地 13 号墓彩绘纹漆卮上的变形鸟纹、云梦睡虎地 44 号墓鸟云纹圆奁外壁上的变形鸟纹,其头部的造型直接承袭了湖南长沙狩猎纹漆卮上的变形凤纹头部造型。云梦睡虎地 13 号墓彩绘纹漆卮上作为主图案的鸟纹,其基本线条走向呈"S"形卷曲形式,而云梦睡虎地 44 号墓鸟云纹圆奁盖面和外壁上作为主图案的鸟纹和变形鸟纹,其基本线条走向同样呈"S"形卷曲形式,只是线条的卷曲形式更为夸张并注重局部的变化和辅助线条的装饰作用,使得上述鸟纹和变形鸟纹在整体构图上显得更具变化性和装饰性。

显然,由上述比较可以获得一个较为明确的认识,即西周时期楚甬钟侧鼓鸟纹"长颈、仰首、翘尾的造型特点"和"高挑、舒展、秀丽的艺术风格",不但在春秋和战国时期的楚文化中得到了继承,而且在秦汉时期的鸟形纹饰中仍然存在,并呈现出了更具变化性和装饰性的发展与变化。同时,我们也注意到西周时期楚甬钟侧鼓鸟纹"以波浪形曲线的形式为主"的基本线条走向和至少三种形式的卷曲方式,似乎都源于"卷云纹"的变化,而且这种"卷云纹"的变化一直伴随着繁荣时期楚文化的发展和演变。它既体现着繁荣时期楚文化的典型特征,也成为繁荣时期楚文化在秦汉时期进一步延展并走向艺术极致化的标志。秦汉时期漆器纹饰中鸟形纹饰与卷云纹的高度艺术整合,以及龙形纹饰与兽形纹饰的卷云化艺术变异,即可作为上述意见的根据。

四 繁缛壮阔、伟丽宏大

上文所讨论的对象,或为器物造型上的特点,或为器物纹饰的构图,其所表现的是一种视觉上的审美感受和审美追求。值得注意的是,作为一种视觉经验,这种审美感受和审美追求还能够转化为听觉上的审美感受和审美追求。

以繁荣时期楚文化的乐舞为例。

从曾侯乙墓乐器出土情况看,当时的演奏形式应该是大型乐队的合奏。曾侯乙墓出土乐器 115 件,其中编钟一套 65 件,编磬一套 32 件,建鼓1件，鼖鼓1件，有柄鼓1件，笙6件，篪2件，筑2件，排箫2件，瑟7件。上述乐器在墓内中室不是随意放置，而是有着明确的摆放位置，很有可能是按照正式演奏时的摆放位置而设计的，如果乐工实际操作上述乐器演奏，大约需要25人。[①] 再如河南信阳长台关1号墓出土锦瑟上所绘乐队为上下两列，由于画面有的部分残缺，不能全面反映乐队人员和乐器情况，仅从可见的画面来看，上列至少有7人，乐器有建鼓和笙，下列可见5人，乐器有笙、箫、瑟。[②]

显而易见，与这种大型乐队的演奏相配合的乐舞，可以是单人舞，但更适合具备一定规模的群舞。《大招》云："二八接舞，投诗赋只，叩钟调磬，娱人乱只。"[③] 傅毅《舞赋》描写楚"阳阿舞"，先为单人舞，接下来就是合舞。[④] 这种大型的乐队演奏和群舞表演，都需要与之相匹配的阔大场地和壮观背景，从而构成一种繁缛壮阔、伟丽宏大的听觉感受和视觉经验。

楚人的乐舞似乎必定有歌赋。《大招》云："讴和《扬阿》，赵箫倡只。""二八接舞，投诗赋只。""魂乎归徕，听歌譔只。"[⑤] 此处的"扬阿"正是乐舞的名称，而"投诗赋只"即在乐舞中演唱的"诗赋"。《襄阳耆旧记》云："玉识音而善文，襄王好乐而爱赋。"[⑥] 此等音与文、乐与赋并称，即说明了"文"与"赋"同"音"与"乐"的密切关系。"文"与"赋"以"音"与"乐"为载体，并与"舞"一起成为"乐舞"的表演形式，因此，对于楚人乐舞中的歌赋来说，不论其发而为声，还是赋而成形，那种"繁缛壮阔、伟丽宏大的听觉感受和视觉经验"应该同样是存在的。

---

① 参见陈振裕《曾侯乙墓的乐器与殉人》，载陈振裕《楚文化与漆器研究》，科学出版社2003年版。

② 参见陈振裕《东周乐器初探》、《曾侯乙墓的乐器与殉人》，载陈振裕《楚文化与漆器研究》，科学出版社2003年版。

③ （汉）王逸：《楚辞章句·大招章句》第十，岳麓书社1994年版，第216页。

④ 费振刚、胡双宝、宗明华辑校：《全汉赋》，北京大学出版社1993年版，第280、281、282页。

⑤ （汉）王逸：《楚辞章句·大招章句》第十，岳麓书社1994年版，第216页。

⑥ （晋）习凿齿：《襄阳耆旧记》卷一，张林川、舒焚校注，湖北人民出版社1999年版，第159页。

从春秋战国时期楚墓中所出土的乐器看，以钟、磬、鼓、瑟为最多，可见上述四种乐器是乐队中的常用乐器；其次是箫、篪、竽等。上述乐器中有打击乐器，如钟、磬、鼓；有吹奏乐器，如箫、篪、竽；还有弹拨乐器，如瑟。从目前考古发掘的情况看，属于打击乐器的编钟发现最多，约有 258 件；其次是编磬，共出土 126 件；再次是鼓，约有 67 面等；然后是瑟，出土 40 余件。① 显然，楚乐舞的常用乐器主要是打击乐器，其次是弹拨乐器，而鼓和瑟的使用频率应该是最大的。《九歌·东皇太一》云："扬枹兮拊鼓。"《九歌·国殇》云："扬玉枹兮击鸣鼓。"《九歌·礼魂》云："成礼兮会鼓。"《九歌·东君》云："缅瑟兮交鼓。"从一个侧面反映了楚人乐舞所使用的乐器主要是鼓和瑟的情况。

从上述乐器演奏方式和音质特点上看，鼓的作用主要在于节律，或可激昂热烈、或可舒缓顿挫；而瑟的作用则重于调情，音如流水、如凤鸣、如风行，乐声舒缓、轻柔、流畅，或可做娱情悦性之声，亦可为幽怨哀婉之曲。源于此，楚人乐舞中的歌赋也往往以抒情见长，或抒情与叙事相结合，致使叙述连绵，架构宏大。屈原《九歌》以十一章成篇，每一章既是一个完整而独立的叙述单元，又依靠十一章整体架构而形成叙述意义上的衔接。显然，那种"繁缛壮阔、伟丽宏大的听觉感受和视觉经验"在《九歌》中是同样存在的。

第四节　从春秋战国时期楚墓随葬器物纹饰看荆楚传统巫灵艺术叙述特点

对荆楚传统巫灵艺术进行美学或艺术学的研究，一直以来都是相关学术领域研究的重点和中心，并取得了令人瞩目的成果。但是，也不能否认的是，上述研究往往体现为以文本和造型艺术为对象，采用传统的文本解析、艺术分析或历史诠释的方法，在探求地域或族群的艺术特征和艺术风格的同时，归向于文学、艺术或历史的渊薮。需要指出的是，在方式和方法上，上述研究是不容怀疑和否定的，但上述研究长于宏观而弱于微观的事实似乎也是存在的，而在作为装饰艺术的器物图案的微观性的艺术分析

---

① 参见赵世刚《楚国乐舞研究》，《华夏考古》1990 年第 4 期；陈振裕《东周楚乐初探》，载陈振裕《楚文化与漆器研究》，科学出版社 2003 年版。

上面，似乎更显出方式和方法上的笨拙和不足。

  作为装饰艺术的器物图案，反映了古代先民的美学思想和审美情趣，还在一定程度上表现了古代先民对自身及自然世界的情感和认识，以及将这种情感和认识如何通过不同的形象组合或线条排列而实现有序的表达和富于鲜明的地域色彩和独特的群体风格的叙述。因此，对于某一时期某一地域古代先民器物图案的微观性的艺术分析和研究，将能够对这一文化共同体独特的文化形态和文化风格作出较为清晰的判断而提供帮助，并在与其他文化共同体的比较中，发现其带有民族色彩和特点的艺术观照方式和艺术叙述形式。正是在这个意义上，对作为荆楚传统巫灵艺术载体的器物图案进行微观的艺术分析和研究，对以屈原其及所创作的文学作品为代表的荆楚古典浪漫主义文学的研究或有帮助和启发，其学术价值和意义，或将值得期待。

  作为荆楚传统巫灵艺术载体的器物图案，在构图和艺术表现形式上呈现出极为丰富和复杂的特点，但是，这种情况并不意味着上述图案是由杂乱无章的构图和紊乱无序的线条所组成。事实上，这种丰富而复杂的构图和艺术表现形式，往往借助"有序的线条表达形式"而呈现出某种规律性的特征。我们认为这种"有序的线条表达形式"既是一种富于地域色彩和群体风格的图案表现形式，也是一种带有民族色彩和地域特点的艺术观照方式。这里，我们试图将这种富于民族色彩和地域特点的艺术观照方式称为"器物图案的线条叙述"，并通过对这种"线条叙述"的解析，而实现我们试图寻找一种与传统的文本解析和历史诠释方法有别的叙事意义上的图案解析的方法的目的。显然，这种带有尝试性质的研究，也将承担由此而带来的风险和问题。

一　主体线条的主题叙述

  河南正阳苏庄楚墓的年代略早于战国晚期。[①] 这里将采自该墓M1：11和M1：36有盖陶豆器身的卷云纹图案展示如下，并命名为"正阳1"、"正阳2"和"正阳3"。

---

  ① 驻马店地区文化局、正阳县文化局：《河南正阳苏庄楚墓发掘报告》，《华夏考古》1988年第2期。

（正阳 1）　　　（正阳 2）　　　（正阳 3）

图 1—22

　　上述卷云纹图案在构图上颇为相近，"正阳 1"与"正阳 2"均以"同心圆单卷云纹"作为最小的艺术元素，而"正阳 3"则以"同心圆对卷云纹"作为最小的艺术元素。前者在构图上以贯穿图案的多层连续而不规则的波浪纹构成图案整体"框架"，图案中每个"同心圆单卷云纹"都有一个"右向延伸"的"尾巴"，并进而"融入"图案整体框架之中。构成"正阳 3"整体"框架"的则是贯穿图案的规则的波浪纹，而作为最小艺术元素的"同心圆对卷云纹"则以"一正一反"的形式间隔出现在作为整体"框架"的波浪纹的"谷峰"或"谷底"。同理，虽然每个"同心圆对卷云纹"在图案中是"单体"的存在，但源于贯穿图案的规则的波浪纹的勾连，而导致各"同心圆对卷云纹"在连续波折起伏的"框架"内构成整体上的联系，形成一种以规则的波浪曲线为图案整体"框架"的连续的卷云纹构图形式。

　　这里，我们试图将上述图案局部构图艺术元素的线条走向和图案整体"框架"的艺术构成，视为一种具有某种意识和情感因素的"叙述"，那么，上述图案在叙事意义上的特点，则是可以归纳出来的：上述图案整体叙述包含两个方面，即寓于图案整体"框架"之内的"独立性单元叙述"和构成图案"框架"的"连续性整体叙述"。前者是作为一个叙述单元而存在的，图案整体叙述便是由上述相同的叙述单元而组成，并构成这种叙述形式的规律性和整一性特征。然而，上述具有规律性和整一性特征的叙述单元，又分别与作为图案"框架"即"连续性整体叙述"发生叙事意义上的联系，即通过这种联系而将上述"独立性单元叙述"融入"连续性整体叙述"之中，从而形成以"连续性整体叙述"为"架构"和以"独立性单元叙述"为"内容"的完整的叙述体。

　　值得注意的是，上述由"同心圆单卷云纹"与"同心圆对卷云纹"所构成的"独立性单元叙述"形式，在属于战国中期的湖北枝江姚家港楚墓出土铜器的图案纹饰中既已存在。如下面所展示的1984年湖北枝江姚家港楚墓出土金银错铜器图案纹饰。①

湖北枝江姚家港　　　　　　湖北枝江姚家港

湖北枝江姚家港
图1—23

上述图案的卷云纹形式同样是"同心圆单卷云纹"与"同心圆对卷云纹",但在图案整体构图上则依靠"单卷云纹"与"对卷云纹"丰富的变化而获得不同的同样也是丰富的艺术表现,如:除水平对卷之外,还有竖式、斜式对卷;除正向对卷之外,还有反向对卷;除单一对卷外之外,还有多重对卷;除单纯对卷之外,还有单卷云纹与对卷云纹的结合或混杂等形式。缘于此,我们试图将上文所讨论的河南正阳苏庄卷云纹图案称为"河南正阳类型",而将湖北枝江姚家港卷云纹图案称为"湖北枝江类型"。

显然,"湖北枝江类型"卷云纹图案在构图上已经摆脱了依靠单一的艺术元素("同心圆单卷云纹"或"同心圆对卷云纹")通过有序而整齐的排列而完成构图的这种艺术构成形式,是以"同心圆单卷云纹"和"同心圆对卷云纹"作为构图的基本艺术元素,并由上述艺术元素通过诸如"水平式与竖式、斜式对卷"、"正反向对卷"、"单一与多重对卷"、"单卷与对卷云纹的结合与混杂"等艺术形式而构成不同的艺术单元,再由上述不同的艺术单元构成不同形式的艺术组合,最后形成在构图形式上

---

① 图片引自张道一《中华图案五千年》(第三辑)《春秋战国》图版156(1、2、3、7),台湾美工科技有限公司2001年版,第164页。

更为复杂和丰富的艺术整体。

我们既注意到了"湖北枝江类型"卷云纹图案在构图上复杂而丰富的艺术表现形式,同时也注意到了上述复杂而丰富的艺术表现形式在艺术表现上的整一性与规律性特征。例如,其复杂而丰富的艺术表现形式("艺术单元")是以整一性的存在和规律性的出现为特征的,因此,不论是在图案整体还是图案局部的构图上,这种"以整一性的存在和规律性的出现为特征"的"艺术单元"总是能够得到突出和表现。如此,我们试图将呈现出上述特点的"艺术单元"视为具有"主题叙述"作用和意义的艺术单元。值得注意的是,"湖北枝江类型"卷云纹图案所展现的具有"主题叙述"作用和意义的艺术单元,亦即主题叙述形式,还能够在战国时期楚国器物图案中找到更多的例证,典型者如湖南湘乡出土的陶器云纹图案。①

图1—24　湖南湘乡云纹豆腹部图案

二　主体线条遭到遮蔽和干扰的主题叙述

湖北随州擂鼓墩2号楚墓出土铜器上面的蟠螭纹图案于构图上的特点值得关注。图1—25是湖北随州擂鼓墩2号楚墓蟠螭纹簠器身图案、图1—26是擂鼓墩2号楚墓勾连云纹升鼎腹部图案。②

图1—25　　　　　　　　图1—26

---

①　图片引自张道一《中华图案五千年》(第三辑)《春秋战国》图版225(5),台湾美工科技有限公司2001年版,第233页。

②　图片引自张道一《中华图案五千年》(第三辑)《春秋战国》图版153(1、6),台湾美工科技有限公司2001年版,第161页。

上述图案在构图上突破了各艺术元素"以整一性的存在和规律性的出现为特征"的构图原则，其"主体线条"于局部构图上所呈现出的"若隐若现、时断时续"和"延展模糊、走向不清"的特点，带有叙事意义上的"模糊性叙述"的性质，而"主体线条"于局部构图上被"修饰线条"所"遮蔽"和"干扰"的情况，又进一步加重了这种"模糊性叙述"的色彩。另一方面，上述图案"主体线条"于局部构图上的"错位勾连"和"异位衔接"，致使图案各艺术元素于局部"对称排列"的构图形式不能出现，遂导致具有"主题叙述"意义与作用的艺术单元被所谓的"模糊性叙述"所干扰，并"隐藏"于这种"模糊性叙述"之中。

下面是河南淅川下寺春秋晚期楚墓出土铜器上面的图案。①

图 1—27　河南淅川下寺 1 号楚墓蟠螭纹鬲腹部图案

图 1—28　河南淅川下寺 1 号楚墓窃曲纹奠缶腹部图案

将湖北随州擂鼓墩图案与河南淅川下寺图案进行比较，双方在纹饰上

---

① 图片引自张道一《中华图案五千年》（第三辑）《春秋战国》图版 68（1、2），台湾美工科技有限公司 2001 年版，第 76 页。

并没有本质意义上的区别，但在图案整体构图上却呈现出了截然不同的艺术表现。"蟠螭纹"图案通过相同艺术元素间接出现的形式而构成整齐而有序的排列，即各艺术元素之间并没有形成事实上的联系，而是通过在一个特定的艺术构成内的整齐排列而完成图案整体构图。"窃曲纹"图案在构图形式上虽然比前者复杂，各艺术元素之间通过线条的连接而构成了艺术上的联系，并通过这种联系而获得了图案各艺术元素的衔接，但从图案整体构图上看，线条于局部的"有序走向"同样构成了图案各艺术元素的"有序衔接"，各艺术元素于局部的"对称排列"同样构成了图案具有"主题叙述"意义和作用的艺术单元的有序构成。

显然，湖北随州擂鼓墩图案已经突破了"通过相同艺术元素间接出现而构成有序排列"的构图形式，并在"主体线条"于局部构图上呈现如下几个方面的特点：

（1）从图案整体构图上看，由"主体线条"所构成的网络状架构虽然仍然保持着作为图案整体架构之整一和稳定的特点，但"主体线条"于局部构图上的若隐若现、时断时续，则在图案整体构图上"破坏了"这种"整一性"和"稳定性"。

（2）"主体线条"于局部构图上被"修饰线条"所"遮蔽"和"干扰"，而且这种所谓的"遮蔽"和"干扰"在图案局部构图上呈现出一种"无序"的状态。

（3）"主体线条"虽然以"整一"与"稳定"的状态"支撑着"图案整体架构，但其于局部构图上所呈现的"错位勾连"和"异位衔接"，则导致其延展模糊和走向不清，并进一步在图案整体构图上呈现出"无序"的状态。

综上所述，湖北随州擂鼓墩图案整体上的"有序"已经湮没在局部的"无序"之中，并由局部的"无序"而导致"整体无序"的视觉感受的生成，又源于"主体线条"于局部构图上的"错位勾连"和"异位衔接"，而使得各艺术元素于局部"对称排列"的构图形式不能出现，从而导致具有"主题叙述"意义与作用的艺术单元同样"隐藏"于"整体无序"的视觉感受之中，而不能得到清晰的显现。

三　主体线条被强调和突出的主题叙述

图 1—29 是春秋战国时期楚国青铜器上的勾连云纹图案，图 1—30 是

该图案的"颠倒"形式。①

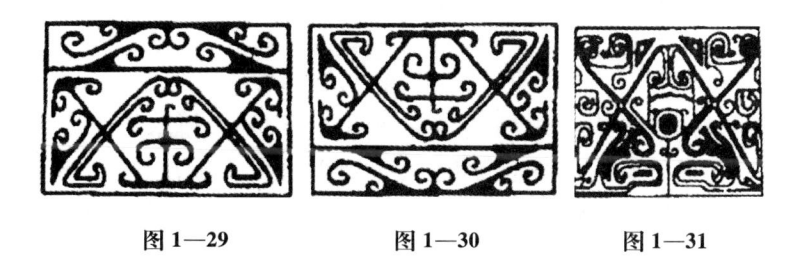

图 1—29　　　　　图 1—30　　　　　图 1—31

图案 1—29 在整体构图上可以分为上下两个部分。图案上面的部分只是下面部分的三分之一，其构图形式主要以线条的"对卷"、"反向对卷"和"对向对卷"等形式展开，显得简洁而明了，但上述线条的三种"对卷"形式在画面中却得到了颇为单纯而又极为艺术化的搭配和排列，并为图案重点表现部分亦即下面部分的构图作了艺术的衔接和铺垫。

图案下面部分同样以不同形式的"对卷云纹"构成画面，其具有"主题叙述"作用和意义的艺术单元被置于画面中间及下部：以一竖线串联的上下排列的两个"对卷云纹"为中心，下有起到承托作用的"托线"和呈反"八"字的"承线"，上有呈正"八"字的"双对卷云纹"的"围护"。与图案上面的部分相比，其"对卷云纹"的搭配和排列则更为巧妙和复杂。如图案反"八"字"承线"向上极度"伸张"而给画面带来的紧张感，则凭借正"八"字"双对卷云纹"的结实和稳重的造型所化解，而上述"对卷云纹"又与图案上面部分"反向对卷云纹"呈同向伸展，且顶部均为"反向对卷"的卷云纹形式，从而使上下两部分的衔接变得自然和顺利，并使图案整体构图获得了架构稳定、层次清楚、主题突出、细节鲜明、视觉愉悦的特点和感受。如果将上述图案整体构图形式"颠倒"过来，则上述构图特点和视觉感受将不会存在。

---

① 图片引自陈振裕《楚国青铜器上的装饰艺术》图六（1），载陈振裕《楚文化与漆器研究》，科学出版社 2003 年版，第 117 页。

图1—31是春秋战国时期楚国青铜器上的几何形纹图案[①]。图案中的几何形纹，显然是卷云纹的变体形式，采用具有"主题叙述"作用和意义的艺术单元进行构图的方式，故在图案整体构图上可以从中间分为左右两个部分，每个部分分别以反向的卷云线条相互交叉，形成两个"X"型几何纹，同时，左右两个部分的"X"型几何纹再在图案"中线"对接，从而又构成两个以相向的卷云曲线为装饰的正反"A"型几何纹。正"A"型几何纹在图案结构中的主架作用，能够使图案整体架构形成稳定的视觉感受，其与反"A"型几何纹的交叉组合，又使得图案整体架构开合相间，收放自然。再者，正"A"型几何纹顶部卷云曲线对向卷曲，形成流苏状下垂的卷云，反"A"型几何纹底部卷云曲线同样对向卷曲，构成对中间近似双圆形几何纹的护卫与承托，如此更加强调和突出了图案中间的艺术元素，从而使得由正反"A"型几何纹所构成的具有"主题叙述"作用和意义的艺术单元更为突出和鲜明。

值得注意的是，图1—31于构图上在空白处以对称的三角纹、卷云纹等艺术元素填涂，使得图案整体在架构稳定、主题突出、主辅分明、叙述清晰的同时，更在构图上彰显出繁缛而华丽的特点。

需要指出的是，图1—31于构图上所呈现的利用数个卷云线条相互交叉而构成正反"A"型几何框架作为"主体线条"，再以上述"主体线条"与其他艺术元素有机结合而构成具有"主题叙述"作用和意义的艺术单元的构图方式，已经在战国时期楚地多种类型图案构图（云纹、卷云纹、勾连云纹）中被采用。如上文所引：湖北枝江姚家港战国中期楚墓青铜器卷云纹图案、陈振裕《楚国青铜器上的装饰艺术》所录春秋战国时期楚国青铜器几何形纹图案、湖南湘乡陶器云纹图案、湖北枝江姚家港卷云纹错银矛镦器身展开图案（见图1—32）等。再如下文将要讨论的湖南湘北慈利城关石板村36号战国楚墓出土楚式戈B、C段彩绘图案（见图1—33）。[②]值得注意的是，体现上述特点的构图形式，还能够在战国时期其他青铜器图案中找到同例。如战国早期镶嵌三角云纹敦盖顶和口至腹部图案（见图1—35）、战

[①] 图片引自陈振裕《楚国青铜器上的装饰艺术》图5（1），载陈振裕《楚文化与漆器研究》，科学出版社2003年版，第116页。

[②] 图片引自张道一《中华图案五千年》（第三辑）《春秋战国》图版156（7）、225（1、2），台湾美工科技有限公司2001年版，第164、263页。

国中期镶嵌三角云纹壶腹部和肩部图案（见图1—34）等。①

图1—32　湖北枝江姚家港卷云纹错银矛镈器身展开图案

图1—33　湖南湘北慈利城关石板村36号战国楚墓出土楚式戈B、C段彩绘

图1—34　战国中期镶嵌三角云纹壶腹部和肩部图案

图1—35　战国早期镶嵌三角云纹敦盖顶和口至腹部图案

---

① 图片引自张道一《中华图案五千年》（第三辑）《春秋战国》图版109（1、2）、149（2、3），台湾美工科技有限公司2001年版，第161、117、157页。

上述情况似乎能够说明，在上述多种类型图案中已经形成了一个较为稳定和成熟的艺术表现形式。这不仅意味着构成上述多种类型图案的艺术表现手法和技巧的稳定和成熟，而且意味着构成上述多种类型图案的艺术表现理念与艺术表现精神的稳定和成熟，意味着某种艺术追求已经于上述多种类型图案的构图中形成了近于惯常的艺术表现。对此，我们认为体现着某种"叙述方式"和"叙事风格"的艺术表现形式，至迟在战国早、中期的楚国器物图案构图中就已经出现了。

四　主体线条进行重复和组合的主题叙述

下面是战国时期楚墓出土金属器、漆器图案。图1—36为湖南湘北慈利城关石板村36号战国楚墓出土木柄铍卷云纹图案、图1—37为湖北枝江战国楚墓出土错银镈卷云纹图案、图1—38为四川涪陵战国墓出土错银壶卷云纹图案。①

图1—36　　图1—37　　图1—36局部　　图1—37局部　　图1—38

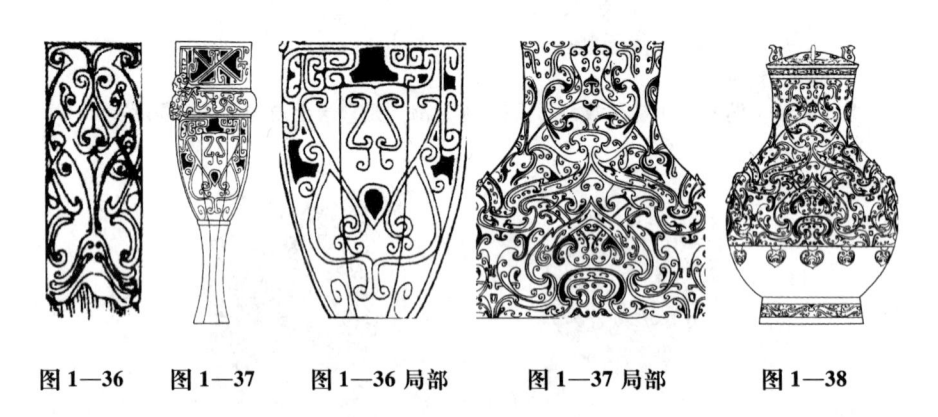

图1—36、图1—37、图1—38图案在构图上同样利用数个卷云纹线条相互交叉而构成正反"A"型几何框架，完成"主体线条"被强调和突出的"主题叙述"。然而，上述图案在构图上却突破了"单一"的"主体线条"被强调和突出而形成的"主题叙述"形式，并将"主体线条"进行更为复杂的重复与组合，从而形成了多个相同或不同的"主体线条"相互衔接的连续的"主题叙述"形式。不可否

---

① 图片引自张道一《中华图案五千年》（第三辑）《春秋战国》图版255（4）、215（6）、250（1），台湾美工科技有限公司2001年版，第263、223、258页。

认，从"器物图案的线条叙述"的角度看，这种在一个固定的艺术构成中多个相同或不同的"主体线条"相互衔接的连续的"主题叙述"形式，是"单一"的"主体线条"被强调和突出而形成的"主题叙述"形式的演变与发展。

图 1—39 是湖南湘北慈利城关石板村 36 号战国楚墓出土楚式戈 A 段彩绘上的纹饰。[①]

对此戈 A 段彩绘图案进行分析，其构图上的最大特点是首先确立图案整体架构，然后巧妙设计图案局部细节，使得图案整体架构疏朗大气，图案局部细节规整流畅。具体说来，A 段彩绘图案整体架构由五组呈正反向的"A"型"对卷云纹"构成，并形成上、中、下三个部分，即第一组反向"A"型"对卷云纹"及以上部分形成的上部画面，第二、

图 1—39

三、四组正反向"A"型"对卷云纹"形成的中间部分画面，第五组反向"A"型"对卷云纹"及以下部分形成的下部画面。如图 1—40、图 1—41 所示。

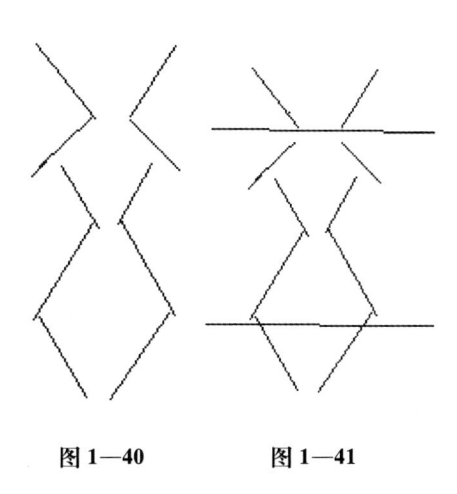

图 1—40　　**图 1—41**

[①] 此戈柲的部分为积竹，柲中心为一菱形木条，外包竹片 20 余根，缠以细线，再髹黑漆，然后分段（A、B、C）彩绘菱形纹和由云纹、几何纹组成的变形鸟兽纹。参见湖南省文物考古研究所《湖南慈利城关石板村 36 号战国楚墓发掘简报》，《文物》1990 年第 10 期。图片引自张道一《中华图案五千年》（第三辑）《春秋战国》图版 255（3），台湾美工科技有限公司 2001 年版，第 263 页。

值得注意的是，在上述上、中、下三部分画面中，都有可以构成"主题叙述"作用和意义的艺术单元存在，从而形成多个"主题叙述"艺术单元以纵向的形式排列组合的构图特点。显然，这种由多个具有"主题叙述"作用与意义的艺术单元纵向排列组合的艺术表现形式，比上文所讨论的"单一"的"主体线条"被强调和突出而形成的"主题叙述"形式更为复杂，意味着上述图案"多层次叙述"艺术功能的出现。

如果将湖南慈利楚式戈 A 段彩绘图案与马王堆帛画（见图 1—42）进行比较，马王堆帛画上部画面呈反向"A"型的构图形式，中部与下部画面利用龙体穿璧而形成的正反向"A"型的构图形式以及局部细节的处理等方面，都体现着与楚式戈 A 段彩绘图案构图颇为一致之处。

图 1—42

湖南慈利楚式戈 A 段彩绘图案与马王堆帛画上、中、下三个部分具有"主题叙述"作用和意义的形象构成的存在，以及这种多个"叙述点"相互衔接的连续的"主题叙述"艺术表现形式，显然是某种相同的艺术思维和艺术设计理念的产物。上述情况说明，战国时期楚人图像表现艺术已经具备了以画面构图的方式进行"多层次叙事"的艺术表现能力。

五　主体线条发生变异的非典型性主题叙述

河南淅川楚墓玉牌勾云雷纹图案，在艺术要素排列组合与线条走向及勾连等方面所呈现出的诸多方面的特点，已经构成了某种"非典型性叙述"，其所内涵的文化因子与情感因素更具独特性和排他性，更能体现出繁荣时期楚文化巫灵艺术叙事形式的独特风貌。

图1—43是河南淅川春秋时期玉牌所刻勾云雷纹。

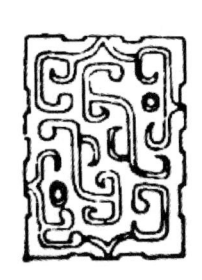

图1—43　河南淅川春秋时期勾云雷纹玉牌

上述勾云雷纹图案仍然以"单卷"或"对卷"云纹作为主要构图艺术要素，但上述艺术要素却在排列组合与线条的走向和勾连等方面表现出了不同以往的特征：

（一）图案中的云纹在"单卷"或"对卷"的状态上，虽然与上文所讨论的"河南正阳类型"和"湖北枝江类型"卷云纹并无本质意义上的不同，但在"卷曲"的方式上却表现出极大的差异性，即上述图案中"对卷"云纹的双边呈现非对称性的卷曲，而"单卷"云纹甚至在线条局部走向上呈"直线型"而非卷曲状。

（二）图案中的云纹在衔接与勾连上，同样呈现出了与上文所讨论的"河南正阳类型"和"湖北枝江类型"卷云纹图案不同的特点，即"单卷"和"对卷"云纹可以在"任何情况下"的"任何部位"实现衔接与勾连。值得注意的是，这种衔接与勾连方式已经造成了对"传统"卷云纹衔接与勾连方式的"颠覆"。

（三）图案中的卷云纹线条源于这种独特的衔接与勾连方式，而在线条整体走向上呈现出自己的特点，即线条整体走向基本遵循着"S"形式，但却以局部的"突然衍伸"与局部反方向的"突然勾卷"，而构成对上述线条整体"S"形式走向和既有韵律的"破坏"。

　　这里，如果我们将上文所讨论的"河南正阳类型"和"湖北枝江类型"卷云纹图案视为卷云纹图案的传统形式的话，那么，这里所讨论的河南淅川春秋时期玉牌所刻勾云雷纹在构图上（即在艺术要素排列组合与线条走向勾连等方面）所呈现出的诸多方面的特点，便具有了某种"非典型"的意义和性质。值得注意的是，体现着这种"非典型"的意义和性质的构图形式，还可以举出多例。

　　以春秋战国时期楚国云雷纹图案为例。战国早期楚国云雷纹图案的艺术单元由直线连续回折而形成的菱形构成，这种相同的艺术单元因直线于菱形边角的进一步延伸而构成相互之间的联系，并进而形成线条走向规范而清晰，艺术单元间排列整齐而对称的图案整体。在图案的艺术单元构成上，同样采用由直线连续回折而形成的菱形的构图方式的云雷纹图案，在战国中期楚国漆器几何形纹饰中亦存在。①

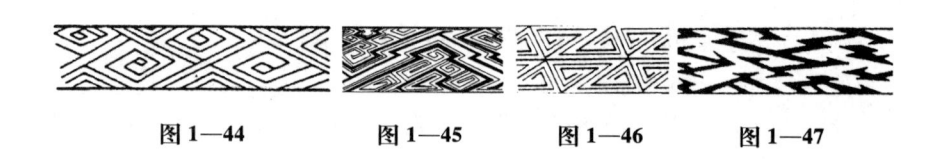

图 1—44　　　　图 1—45　　　　图 1—46　　　　图 1—47

　　上述战国中期云雷纹图案在构图上采用双直线连续回折的形式，在增加了线条的厚重感的同时，又突破了战国早期云雷纹图案"线条走向规范而清晰，艺术单元间排列整齐而对称"的艺术形式，从而形成一种流畅中见阻滞、规矩中见变化、整齐中见诡谲的艺术特点，而宽大的黑色线条的连续出现，更使这一云雷纹图案增添了一种神秘色彩。

　　再以春秋战国时期楚国勾连云纹图案为例。春秋战国时期楚国漆器勾连云纹图案，在艺术表现上比云纹和卷云纹图案更具有荆楚传统巫灵艺术风貌。②

　　图 1—48 勾连云纹图案在"云纹"作为基本构图艺术要素的表现上

---

　　① 图1—44为战国早期，图1—45、图1—46、图1—47为战国中期。图片引自陈振裕《楚国漆器工艺》"战国漆器纹饰"图1，载陈振裕《楚文化与漆器研究》，科学出版社2003年版，第377、378页。

　　② 图片引自陈振裕《楚国漆器的装饰艺术》图二（7），载陈振裕《楚文化与漆器研究》，科学出版社2003年版，第467页。

独具特色。作为基本构图艺术要素的"云纹"仍然是传统的"竖式背向对卷云纹",但在线条的局部走向(描绘)上富于变化:(1)以双曲线构成云纹的主线条;(2)云纹一端以"顺时旋转"为主,同时配以"逆时旋转",从而构成图案的上部(头端)形象,而下面的曲线只是回弯,并没有卷曲,从而构成图案的下部(尾端)形象;(3)反之亦然,位于中间顶部艺术单元的"主题"纹饰因反向构图,则将图案上部曲线加粗并延长,构成对下部卷云曲线的包裹与覆盖;(4)图案注重对云纹卷曲部分的细节的处理,云纹勾卷的部分圆润而流畅,"尾"的部分略显拘谨和羞涩,而"尖"的部分则明显地呈现出张扬与飞动的气质。

图1—48 春秋战国时期楚国漆器勾连云纹图案

总之,上述勾连云纹图案在云纹"单卷"或"对卷"的形式上,同样与上文所讨论的"河南正阳类型"和"湖北枝江类型"卷云纹并无本质意义上的不同,但上述图案中"对卷"云纹的"非典型性"卷曲、线条的"非典型性"衔接与勾连、线条走向的"非典型性"的"突然衍伸"与"突然勾卷"等现象,都不同程度的存在。因此,上述勾连云纹图案虽然在整体架构上仍然保持着疏朗、大气的特点,但源于局部细节的"非典型性"特点,使得这一勾连云纹图案形成了羞涩、灵动而又略带诡异色彩的独特风格。

河南淅川春秋时期玉牌勾云雷纹图案在构图上所呈现出的诸多方面的特点以及所具有的"非典型"的意义和性质值得关注。从叙事学的角度来看,上述勾云雷纹图案在艺术要素排列组合与线条走向和勾连等方面所呈现出的诸多方面的特点,实际上已经构成了某种主体线条的"非典型性叙述"。这种所谓"非典型性叙述"是指对"传统叙述方式"和"传统叙述形式"的"非典型性"的"变异",即其"变异"的方式和形式都呈现出"非典型"的意义和性质:对"传统叙述方式"和"传统叙述形式"的"颠覆"与"破坏"。因此，与"传统叙述方式"和"传统叙述形式"相比较，上述具有"非典型"的意义和性质的艺术叙事形式，往往具有更为重要的艺术价值，其所内涵的文化因子与情感因素更具独特性和排他性，更能体现出繁荣时期楚文化巫灵艺术叙事形式的独特风貌。

六 荆楚传统巫灵艺术叙述形式的意义与价值

综上所述，注重图案整体架构的搭建，由"主体线条"以整一性的存在和规律性的出现为特征的"主题叙述"的确立和构成，同时又注重图案架构内部细节的处理，如图案局部空白处的形象补充、线条末端独具特色的艺术走向、线条行走时非理性和规律性的变异等，并通过这种成功的细节处理而进一步丰富图案整体的独具风格的艺术表现力和艺术感染力，是战国时期楚国器物图案在构图上所呈现出的一个重要特点。以此为基础，春秋战国时期楚国器物图案在"主题叙述"上又呈现出三个方面的表现，其一为"主体线条"遭到遮蔽和干扰的"主题叙述"；其二为"主体线条"被强调和突出的"主题叙述"，并呈现出由多个"主体线条"相互衔接的连续的"主题叙述"；其三为"主体线条"变异的非典型性的"主题叙述"。上述"主题叙述"形式至迟在战国早、中期的楚国器物图案构图中就已经出现，并在战国中、晚期获得成熟和发展，进而成为体现着某种"叙事风格"的图案构图艺术表现形式。

春秋战国时期楚国器物图案在构图上"主题叙述"形式的出现、发展和成熟，说明处于楚文化繁荣时期的楚人的图像表现艺术，已经具备了以画面构图的方式进行多层次复杂叙事的艺术表现能力。上述情况意味着处于楚文化繁荣时期的楚人的图像表现艺术，有能力借助由多个"主体线条"相互衔接而形成的连续的"主题叙述"形式，表现和反映更为复杂的社会生活和思想情感。事实亦如此，在上述历史时期所出现的楚国图像艺术表现形式中，出现的反映社会生活场面和表现神话传说内容的画面构图，就是最好的证明，更为重要的是，这样的画面构图"目前还未在楚地以外的其他地区见到"。[①] 上述情况说明，就春秋战国时期各文化共同体而言，楚人以画面构图的方式进行多层次复杂叙事的艺术表现能力处

---

① 陈振裕：《中国古代漆器造型纹饰·序论》，载陈振裕《楚文化与漆器研究》，科学出版社2003年版，第321页。

于领先的地位，并且已经形成了以图像艺术表现为载体的独特的叙述形式和叙事风格。

楚文化繁荣时期楚人以画面构图的方式进行多层次复杂叙事的艺术表现能力，既是一种图案构图意义上的图像叙事艺术表现能力，也体现为一种叙事意义上的艺术表现能力。而上述艺术表现能力毫无疑问的应该是荆楚传统巫灵艺术的反映和表现。缘于此，当我们得出就春秋战国时期各文化共同体而言，楚人以画面构图的方式进行多层次复杂叙事的艺术表现能力处于领先地位这样的认识的时候，也就意味着下面的结论也是成立的：战国时期楚人传统巫灵艺术叙事能力同样处于领先地位，并同样形成了以不同的艺术构成为载体的独特的巫灵艺术叙述形式和叙事风格。

"器物"是人类创造和使用的工具，其出现的历史伴随着人类自身成长的历史。如前所述，作为装饰艺术的器物图案，反映了古代先民的美学思想和审美情趣，还在一定程度上表现了古代先民对自身及自然世界的情感和认识。从这个意义上说，由器物图案构图所反映的图像叙事艺术，不仅是人类所创造的叙事艺术的早期形态，而且也构成了人类叙事意义上的艺术表现能力的基础。如此而言，图案构图意义上的图像叙事艺术表现能力，是与人类叙事意义上的艺术表现能力联系在一起的，并成为人类艺术表现能力的基础而带来广义的叙事艺术的繁荣和发展。不可否认，上述认识也就能够为包括荆楚文学在内的战国时期楚国叙事艺术异于域外叙事艺术的异乎寻常的艺术表现，而追溯到了叙事意义上的根源。

如此而言，下面的认识也就顺理成章了：春秋战国时期荆楚传统巫灵艺术叙事意义上的处于领先地位的艺术表现能力和独特的叙述形式与叙事风格，为以屈原及所创作的文学作品为代表的荆楚古典浪漫主义文学，准备和提供了叙事意义上的艺术表现的基础和条件。事实也是如此，《离骚》、《天问》、《九歌》等荆楚古典浪漫主义文学代表作品，其在一定的艺术构成中所展现的宏大的叙述架构、连续的主题叙述形式、架构中局部细节的或规律性或非理性的叙述等叙述形式和叙事意义上的特点，恰与春秋战国时期荆楚传统巫灵艺术以画面构图的方式进行多层次复杂叙事的艺术表现，形成异曲同工之妙。

第二章

屈原的文学创作与荆楚古典浪漫主义文学的实践（上）

处于发展与繁荣阶段的楚文化，从春秋中期直到战国晚期之前，至少延续了二百余年。有学者这样描述这一时期楚文化的历史面貌："约在西周晚期的周夷王时，楚国已向东扩展，至公元前689年，楚文王迁都于郢，控制了江汉平原。春秋中期以后，进而扩张到淮河上游。至战国后期，又灭掉越国，势力扩张到长江三角洲。此时，楚国又已沿着长江向西进逼巴人，疆域西达长江三峡以西的重庆市涪陵县一带；向南则达到广西北部，甚至一度进入广东、贵州两省之境，乃至云南省的滇池一带。这几乎占有了今日的南半个中国。毫无疑问，在整个春秋至战国中晚期之际，楚国最强盛，也是楚文化最为辉煌的时期。"[1] 屈原主要活动于楚怀王和楚顷襄王时期，其文学创作也应该在这一时期。从春秋中期至战国晚期之前至少延续了二百余年的繁荣时期的楚文化，是屈原以及他所创作的伟大诗歌的孕育者和缔造者。屈原以及他的文学作品是繁荣时期楚文化于文学上的代表和典范。

第一节 从战国楚简卜筮祭祷简祷祠实践和楚器铭文看屈原对荆楚宗教文化传统的继承

祖先崇拜是战国时期荆楚传统宗教信仰中最为重要的崇拜形式，虽然战国时期楚人祖先崇拜与中原姬周文化中的祖先崇拜存在联系，但是，从毛坪楚墓"聚族而葬"的丧葬形式到包山楚墓"私家墓地"

---

[1] 俞伟超：《楚文化中的神与人》，《民族艺术》2000年第1期。

的存在所反映的楚人"生时聚族而居"而"死后亦不离先祖"的丧葬习俗，以及由这种丧葬习俗所表现的"尊祖敬宗"的文化传统和文化特征，却在战国时期荆楚传统文化中呈现出最为强烈和鲜明的色彩。

一 楚王族贵族尊祖敬宗传统与《离骚》开篇诗句意义解析

目前学术界在关于楚文化的研究中，已经注意到了由楚墓的葬制所反映出来的文化特征等问题的探讨。例如，在河南淅川毛坪楚墓的葬制研究中，就注意到了其作为"邦墓"的文化特征。[①] 毛坪楚墓作为"邦墓"其"聚族而葬"的丧葬形式，反映了楚人"生时聚族而居"而"死后亦不离先祖"的丧葬习俗，并见出春秋战国时期荆楚传统文化中"尊祖敬宗"的文化传统和文化特征。对此，有学者以包山楚墓为例，对这种"聚族而葬"的丧葬形式作了进一步的讨论，根据包山楚墓墓地完整、墓地布局按照年代先后和等级高下安葬，以及墓主的年龄、性别、随葬器物与葬具等方面的情况，认为"M1和M2、M4和M5分别为夫妻异穴合葬，M2和M4则为父子关系，是一处以核心家庭成员为主体的墓地"。从而得出"这种新型楚墓的出现意味着'族坟墓'制的解体，说明上层贵族已有了私家墓地"的结论。[②]

[①] 毛坪楚墓共27座，大都属于中小型的土坑竖穴墓，方向以南偏西和南偏东为主，葬式多为仰身直肢单人葬。葬具已经腐朽，仅存棺椁痕迹。27座墓中，3座无随葬品，1座仅在口中含玉玦1件，2座为铜器墓，21座为陶器墓，有的陶器墓中也随葬少量的铜兵器和玉石器。上述27座墓葬可以分为四期，其年代从春秋中期到战国中期，正是楚文化繁荣时期。值得注意的是，毛坪27座墓葬可分为两个墓葬群，即山坡东部由19座墓葬构成的墓葬群和山坡西部由8座墓葬构成的墓葬群。有学者注意到了上述两个墓葬群的性质和关系的问题，认为"这批楚墓在同一个山坡上分布在相距较近的两个区域，可能是同一宗族的二个相近支族的墓地"。并进一步认为毛坪楚墓应属于"邦墓"："中国古代族葬之墓有两种：一种为'公墓'，系国君、王室等贵族墓地；另一种为'邦墓'，是一般'国人'的墓地。'邦墓'内也有个别卿、大夫之墓。《周礼·春官》云：'墓大夫掌凡邦墓之域，为之图。令国民族葬，而掌其禁令，正其位，掌其度数，使皆有私地域。'所谓'度数'，是指其爵位之高低。贾公彦疏曰：'见有爵者，谓本为庶人设墓，其有子孙为卿大夫士，其葬不离父祖，故兼见卿大夫士也。'"参见马世之《中原楚文化研究》，湖北教育出版社1995年版，第182、183、247页；淅川县博物馆、南阳地区文物队《淅川县毛坪楚墓发掘简报》，《中原文物》1982年第1期。

[②] 参见王红星《包山楚墓墓地试析》，《文物》1988年第5期；王建苏《包山楚墓研究述评》，《华夏考古》1994年第2期。

对于上述观点，正如有学者所论："认为家庭墓地的出现意味着'族坟墓'的解体过于简单，因为'族坟墓'制在宗法制的中国社会存在的时间是相当长的，至于'族坟墓'制遭破坏则早在商周时期即已开始，此时已不是什么新鲜事。"① 然而，包山楚墓"私家墓地"的存在，则也是不能否认的事实。从毛坪楚墓"聚族而葬"的丧葬形式，到包山楚墓"私家墓地"的存在，说明楚人"生时聚族而居"而"死后亦不离先祖"的丧葬习俗，以及由这种丧葬习俗所反映的荆楚传统文化中"尊祖敬宗"的文化传统和文化特征，从春秋到战国这一历史时期，不但没有衰落或者消亡，反而越来越鲜明和强烈。包山楚墓"私家墓地"的存在，似乎能够表明荆楚传统文化中"尊祖敬宗"的文化传统和文化特征，有从"宽血缘"的"宗族"向"家族"乃至"家庭"倾斜与转向的趋势，也意味着荆楚传统文化中的"祖先崇拜"，在早期宗族祖先崇拜的基础上，出现了家族祖先与家庭直系祖先的崇拜。对此，望山、包山楚简"卜筮祭祷记录"所见"祖先神祇"即可为证。

望山、包山楚简"卜筮祭祷记录"所见"祖先神祇"由三类构成，即第一类，楚国的先祖，包括神话传说中的祖先和先公先王；第二类，本氏的祖先，包括本氏的始祖、远祖、近祖和直系祖先；第三类，同宗故去者，包括同宗的兄弟或没有子嗣的兄弟。② 如表2—1—表2—4所示。

表2—1　　望山、包山楚简"卜筮祭祷记录"所见"神话祖先"

祖先名称	望山楚简	次数	包山楚简	次数
禹			人禹（简198）	1
老僮	老僮（简120—121、122—123）	2	老僮（简217、237）	2
祝融	祝融（简120—121、122—123）	2	祝融（简217、237）	2
鬻熊	毓酓（简120—121）	1	毓酓（简217、237—238）	2
楚先	楚先（简124）	1		

---

① 王建苏：《包山楚墓研究述评》，《华夏考古》1994年第2期。
② 望山、包山楚简"卜筮祭祷记录"所见"祖先神祇"简文，参见陈伟等《楚地出土战国简册［十四种］》之《望山1号墓简册·卜筮祷祠记录》、《包山2号墓简册·卜筮祷祠记录》相关简文，经济科学出版社2009年版。

表 2—2　　　　望山楚简"卜筮祭祷记录"所见"先公先王"

先公先王	望山楚简	次数
柬大王	简王（简 10、28、106、107、108）	5
圣王	声王（简 10、88、109、110）	4
悼王	悼王（简 88、109、110）	3
折王	肃王（简 112）	1

表 2—3　　　　包山楚简"卜筮祭祷记录"所见"先公先王"

先公先王	包山楚简	次数
荆王	䄡王（简 246）	1
熊绎	酓鹿（简 246）	1
武王	武王（简 246）	1
邵王	邵王（简 200、205、214—215、240、243）	5

表 2—4　　　　望山、包山楚简"卜筮祭祷记录"所涉各级祖先

祖先名称	望山简	包山简	祖先类别
禹		●	神话祖先
老僮	●	●	
祝融	●	●	
鬻熊	●	●	
楚先	●		
荆王		●	先君先王
熊绎		●	
武王		●	
邵王		●	
柬大王	●		
圣王	●		
悼王	●		
哲王	●		

续表

祖先名称	望山简	包山简	祖先类别
东宅公	●		
新父（王孙枭）	●		
北子（王之北子）	●		
北宗	●		
二王□	●		
郚陵君	●		
新王父（亲王父司马子音）		●	
新父（蔡公子家）		●	
邵公子春		●	本氏祖先及同宗者
新母（夫人）		●	
文坪夜君子良		●	
东陵连嚣		●	
东陵连嚣子		●	
兄弟无后者邵良		●	
兄弟无后者邵乘		●	
兄弟无后者縣狢公		●	
无后者		●	
	14	19	3

根据望山、包山楚简"卜筮祭祷记录"所涉各类祖先列表，在"神话祖先"类别中，"老童"、"祝融"、"鬻熊"均在望山、包山楚简"卜筮祭祷记录"中出现，说明上述三位"神话祖先"是望山、包山楚墓墓主共同祭祀的对象。在"先公先王"类别中，望山、包山楚简"卜筮祭祷记录"中均有祷祠对象，说明望山、包山楚墓墓主均有资格祭祀"先公先王"。① 包山楚简"卜筮祭祷记录"所涉"先公先王"在年代上都

---

① 上述情况说明望山、包山楚简所属墓葬墓主具有楚王族的身份。"1978 年在江陵发掘的天星观一号墓，出土的竹简中也有一组是为墓主筮占和祭祀的记录，墓主番勒虽然位至邸旸君，但在祭祀祖先时却没有祭祀楚国先王，只祭祀其先君章公、惠公等人。它说明战国时期的楚国，只有王族的人在祭祀祖先时才能祭祀楚国先王。"参见陈振裕《望山一号墓的年代与墓主》，载陈振裕《楚文化与漆器研究》，科学出版社 2003 年版，第 88 页。

比望山楚简要早，而且包山楚墓墓主祷祠的"熊绎"与"武王"，前者筚路蓝缕，初开疆土，后者前仆后继，壮大楚国，均是楚国历史上最为著名的人物。包山楚墓墓主有资格祭祀"熊绎"与"武王"，似乎不但与墓主"王族"身份有关，而且还与墓主"王族"身份基础上的更高的等级和地位有关。望山、包山楚墓墓主在上述方面显然存在差异。值得注意的是，在望山、包山楚简"卜筮祭祷记录"所涉各类祖先之"先公先王"与"本氏祖先及同宗者"类别中，望山、包山楚墓墓主没有共同祷祠的对象，这种情况应该与祷祠者与上述祷祠对象不同的血缘有关。

根据上文的讨论与分析，尝试得出如下意见：（1）祖先崇拜是战国时期荆楚传统宗教信仰中最为重要的崇拜形式。在战国时期楚人祖先崇拜体系中，构成崇拜的祖先群体颇为庞大，有"楚先"即"神话祖先"，亦有"先公先王"，还有"本氏祖先及同宗者"。同宗之先辈及同辈死后，都会归于这个祖先体系之中而成为"祖先神"受到祭祀。（2）战国时期楚人祖先崇拜之对象，根据崇拜者身份与地位的不同而有所区别。楚王族贵族有资格祭祀"楚先"即"神话祖先"及"先公先王"，非楚王族贵族似乎只能祭祀"本氏祖先及同宗者"。除"楚先"即"神话祖先"之外，楚王族贵族祭祀的"先公先王"当与"本氏祖先"具有血缘上的联系，并非所有的"先公先王"都是祭祀的对象。

值得注意的是，在战国时期楚人祖先崇拜体系中，"楚先"即"神话祖先"与"本氏祖先"是这一体系中主要组成部分。"楚先"与"本氏祖先"皆因涉及"族群"与"本氏"的肇始而受到尊崇，但"本氏祖先"尤其"祖父"与"父亲"却受到格外的重视，他们受到祭祀的次数最多，说明他们逝后仍然在楚人的日常生活中发挥着重要的作用和影响，也说明对他们的祭祀是战国时期楚人祖先崇拜最为重要的内容。

望山、包山楚简"卜筮祭祷记录"所载对"本氏祖先及同宗者"进行祷祠的形式可以分为"罷祷"、"举祷"、"赛祷"和"其他形式"四类，具体情况将用下列诸表展示出来。

表 2—5　　望山、包山楚简"罷祷"祭祀的本氏祖先及同宗者

祭祀形式	本氏祖先及同宗者	望山楚简	包山楚简
罷祷	东邔公	简 112	
	王孙喿	简 119	
	文坪夜君		简 200、203—204、206
	邵公子春		简 200、203—204、206
	司马子音		简 200、203—204、206
	蔡公子家		简 200、203—204、206
	夫人		简 200、203—204
数量	所涉祖先数：7	所涉简：2	所涉简：14

表 2—6　　望山、包山楚简"举祷"祭祀的本氏祖先及同宗者

祭祀形式	本氏祖先及同宗者	望山楚简	包山楚简
举祷	二王口	简 54—55	
	东邔公	简 113—114	
	北子	简 116	
	北宗	简 125、126	
	东陵连嚣		简 202—203、
	新王父（亲王父司马子音）		简 222、224、240、248
	东陵连嚣子		简 225、243
	兄弟无后者邵良		简 227
	兄弟无后者邵乘		简 227
	兄弟无后者縣㹼公		简 227
	文坪夜君子良		简 240
	邵公子春		简 240、248
	蔡公子家		简 240、248
	无后者		简 250
数量	所涉祖先数：14	所涉简：5	所涉简：16

表 2—7　望山、包山楚简"赛祷"祭祀的本氏祖先及同宗者

祭祀形式	本氏祖先及同宗者	望山楚简	包山楚简
赛祷	王孙巢	简 89	
	东陵连嚣		简 210
	新母		简 214—215
数量	所涉祖先数：3	所涉简：1	所涉简：2

表 2—8　望山、包山楚简"其他形式"祭祀的本氏祖先及同宗者

祭祀形式	本氏祖先及同宗者	望山楚简	包山楚简
其他形式	新父	简 77—79、80	
	东邡公	简 109、110、115	
	王之北子	简 115、117	
	郚陵君	简 116	
	新父蔡公子家		简 202—203、202（反）
	新母		简 202—203、202（反）
数量	所涉祖先数：6	所涉简：8	所涉简：4

在此基础上，对望山、包山楚简"卜筮祭祷记录"所载"本氏祖先及同宗者"四类祭祀情况作进一步分析，下面的意见值得关注：

（一）将望山、包山楚简"卜筮祭祷记录"所载"本氏祖先及同宗者"按照四类祷祠形式中出现次数之多寡统计，则得出如下结果：首先"举祷"所涉"本氏祖先及同宗者"最多，达 14 位；其次为"其他形式"，达 6 位；再次为"罷祷"，涉及 7 位；最后为"赛祷"，涉及 3 位。如果将望山、包山楚简分别进行统计，则得出如下结果：（1）在望山简关于"本氏祖先及同宗者"之四类祷祠形式中，"举祷"与"其他形式"所涉"本氏祖先及同宗者"最多，都是 4 位；其次为"罷祷"，涉及 2 位；再次为"赛祷"，涉及 1 位。（2）在包山简关于"本氏祖先及同宗者"之四类祷祠形式中，"举祷"所涉"本氏祖先及同宗者"最多，达 10 位；其次为"罷祷"，达 5 位；再次为"赛祷"与"其他形式"，涉及 2 位。值得注意的是，在望山、包山楚简"卜筮祭祷记录"所载对"本氏祖先及同宗者"四类祷祠形式中，最后一类"其他形式"最为复杂。以望山简为例。简 110 之"东邡公"为"馈祭"。简 117 之"王之北子"为"荐

祭"。祷祠形式不明者，只有简 115 之"北子"和简 116 之"鄎陵君"。以此观之，望山楚简"卜筮祭祷记录"所载四类祷祠形式中，"其他形式"所涉"本氏祖先及同宗者"只有"北子"与"鄎陵君"祷祠形式不明。以此，望山楚简"卜筮祭祷记录"所载四类祷祠形式中，同样以"举祷"所涉"本氏祖先及同宗者"最多。

（二）将望山、包山楚简"卜筮祭祷记录"所载"本氏祖先及同宗者"四类祷祠形式依"祷祠次数"进行统计，则得出如下结果：（1）望山简中祷祠次数最多者是"东邟公"与"柬大王"，同为 5 次；其次是"圣王"与"王孙巢（枭）"，同为 4 次；再次为"北子"与"悼王"，同为 3 次。（2）包山简中祷祠次数最多者是"新王父"与"新父"，同为 7 次；其次是"邵王"、"邵公子春"与"新母"，同为 5 次；再次为"文坪夜君子良"，4 次。从望山、包山楚墓墓主与被祷祠者关系上看，望山楚简排在第一位的是墓主的"祖父"，第二位是"父亲"；包山楚简排在第一位的是墓主的"祖父"与"父亲"，第二位是"曾祖父"与"母亲"，第三位则是"太祖父"。

具体情况即如下表所示：

表 2—9　望山、包山楚简"本氏祖先及同宗者"四类祷祠形式排续表

祭祀形式	简文中祖先总数	排序
举祷	14	1
䎽祷	7	2
其他形式	6	3
赛祷	3	4

表 2—10　　　　　　　　望山楚简排续表

祭祀形式	望山楚简	排序
举祷	4	1
其他形式	4	1
䎽祷	2	2
赛祷	1	3

表 2—11　　　　　　　　包山楚简排续表

祭祀形式	包山楚简	排序
举祷	10	1
罷祷	5	2
赛祷	2	3
其他形式	2	3

表 2—12　　　望山楚简"本氏祖先及同宗者"祷祠次数排续表

与墓主关系	本氏祖先及同宗者	举祷	赛祷	罷祷	其他形式	祭祀次数
祖父	东邸公	1		1	3	5
父	新父（王孙巢）		1	1	2	4
同宗者	北宗	2				2
同宗者	北子（王之北子）	1			2	3
同宗者	二王□	1				1
同宗者	郢陵君				1	1
总数		6	5	1	2	8	16

表 2—13　　　包山楚简"本氏祖先及同宗者"祭祀次数排续表

与墓主关系	本氏祖先及同宗者	举祷	赛祷	罷祷	其他形式	祭祀次数
祖父	新王父（亲王父司马子音）	4		3		7
父	新父（蔡公子家）	2		3	2	7
曾祖父	邵公子春	2		3		5
母	新母（夫人）		1	2	2	5
太祖父	文坪夜君子良	1		3		4
叔祖	东陵连嚣	1	1			2
同宗兄弟	东陵连嚣子	2				2
同宗者	兄弟无后者邵良	1				1
同宗者	兄弟无后者邵乘	1				1
同宗者	兄弟无后者縣貉公	1				1
同宗者	无后者	1				1
总数	11	16	2	14	4	36

根据上文的讨论与分析，尝试得出如下意见：（1）在战国时期楚人祖先崇拜体系中，"楚先"与"本氏祖先"是这一体系中主要组成部分。"楚先"与"本氏祖先"皆因涉及"族群"与"本氏"的肇始而受到尊崇，但"本氏祖先"尤其"祖父"与"父亲"却受到格外的重视，他们受到祭祀的次数最多，说明他们逝后仍然在楚人的日常生活中发挥着重要的作用和影响，也说明对他们的祭祀是战国时期楚人祖先崇拜最为重要的内容。（2）战国时期楚人祖先崇拜涉及多种祷祠形式，以"举祷"最为多见，说明"举祷"是楚人祭祀祖先时最常使用的祷祠方式，这与《周礼·天官·膳夫》中"王日一举"的记载相符，进一步说明战国时期楚人祖先崇拜与中原姬周文化中的祖先崇拜存在联系。"举祷"的对象最为复杂，包括各类祖先、人鬼及各种神祇，并可以将多个神祇同时作为祷祠对象来祭祀，表明"举祷"的使用功能最强，且说明"功利的目的与要求"是战国时期楚人祖先崇拜的基础与核心。

综上所述，在望山、包山楚简"卜筮祭祷记录"所见神祇体系中，数量最为庞大的是祖先神，而且在祖先神系统中，有关部族肇始的"楚先"最为尊崇，而以"祖父"与"父亲"为代表的"本氏祖先"最为重要，受到最多的祭祀。上述情况能够说明：荆楚传统宗教信仰当以祖先崇拜为主，祈求祖先神的佑护和赐福是荆楚传统宗教信仰的核心。祖先神群体是荆楚传统宗教信仰神祇体系的主体。对于部族肇始神话祖先与远祖的尊崇行为，是楚人对自己的"族群"所具有的强烈的自豪感、高度的认同感和归属感的表现，而这种自豪感、认同感与归属感的"另一极"，则是"宗族"与"家庭"。这说明，荆楚传统宗教信仰中的祖先崇拜，已经将"宗族"与"家庭"的直系血缘关系，与部族肇始的神话祖先的神圣血缘关系联系在一起，也意味着将"部族"的肇始及远古的历史与"宗族"及"家庭"的存在与发展紧密联系在一起，并构成一种以"族群—宗族—家庭"为核心和纽带的强固的凝聚力量与责任意识。

在此基础上，联系屈原《离骚》开篇"帝高阳之苗裔兮，朕皇考曰伯庸"诗句，则可以明确地说，上述诗句并非简单或单纯地自述身世之语。屈原作为"楚之同姓"，当与望山、包山楚墓墓主一样，有资格祭祀"楚先"与楚之"先公先王"等祖先神。《离骚》开篇二句上称颛顼高阳，下道父祖伯庸，其一"上"一"下"，完全符合荆楚传统宗教信仰祖先崇拜"尊楚先重父祖"之"尊祖敬宗"的传统。

第二章 屈原的文学创作与荆楚古典浪漫主义文学的实践(上) 101

这种"尊楚先重父祖"之"尊祖敬宗"传统，在战国晚期楚"郊陵君铜鉴"铭文中亦被表现出来。① 铭文有"郊陵君王子申"诸语，说明此鉴为"郊陵君王子申"之物。② 从"郊陵君铜鉴"铭文看，此鉴当为祭器。"郊陵君王子申"的"王子"身份，使他有资格祭祀"楚先"与楚之"先公先王"等祖先神，因此，铭文中"以祀皇祖"之"皇祖"，当指"楚先"或"先公先王"等祖先神，而"以会父兄"之"父兄"，当指以"祖父"与"父亲"为代表的"本氏祖先"与本氏"同宗兄弟"。值得注意的是，在河南淅川下寺楚墓2号墓出土鼎鼎铭文中，亦出现"皇祖"之称，其云："唯正月初吉丁亥，王子午择其吉金，自作鼎鼎，用享以孝于我皇祖文考。"③ 淅川下寺楚墓1号墓出土钮钟铭文中则出现"父兄"之称："唯王正月初吉庚申，□□□□自作永命，其眉寿无疆。敬事天王，至于父兄，以乐君子。江汉之阴阳，百岁之外，以止（之）大行。"④

从淅川下寺楚墓钮钟、鼎鼎、郊陵君铜鉴铭文所反映的祖先祭祀情况看，其与望山、包山楚简"卜筮祭祷记录"所反映的祖先祭祀情况相符，亦体现了荆楚祖先崇拜"尊楚先重父祖"之"尊祖敬宗"的传统。上述情况说明，由望山、包山楚简"卜筮祭祷记录"所反映的祖先崇拜

---

① "郊陵君铜鉴"于1973年出土于无锡前洲，铭文刻于铜鉴沿下颈部外壁，一行30字，释文如下：郊陵君王子申，攸（修）兹造金监（鉴），攸（修）立（莅）岁尝，以祀皇祖，以会父兄。兼（永）甬（用）之，官攸（修）无疆。参见李零、刘雨《楚郊陵君三器》，《文物》1980年第8期。

② "郊陵君王子申"为何人？于文献已无考。"据《史记·春申君列传》记载，考烈王十五年（公元前248年），春申君黄歇请封江东，故城吴墟。苏州、无锡一带当是黄歇的封地。此后未见再有封君的记载。这批铜器是农民挖塘泥时取出，未见墓葬遗迹。是窖藏，还是墓葬，现在已无法搞清楚了，所以也不能肯定铜器出土地一带就是郊陵君的封地。"以《史记·春申君列传》载"春申君请封江东"为据，"郊陵君"当生活于春申君同代或之前。同时，有学者认为"王子申"可能是"楚幽王之子"或"其弟"。亦有学者认为"王子申"可能就是"王子负刍"。上述观点虽然出入较大，但相距时间并不遥远。如果将"郊陵君王子申"的时代确定在楚考烈王至楚幽王之间，那么，这一时间范围与屈原生活的时间范围亦构成了重合的地方。参见刘和惠《楚文化的东渐》，湖北教育出版社1995年版，第216页；李学勤《从新出土青铜器看长江下游文化的发展》，《文物》1980年第8期；何浩《郊陵君与春申君》，《江汉考古》1985年第2期。

③ 河南省文物研究所、河南省丹江库区考古发掘队、淅川县博物馆：《淅川下寺春秋楚墓》，文物出版社1991年版，第190页。

④ 同上书；亦可参见马世之《中原楚文化研究》，湖北教育出版社1995年版，第185页；邹芙都《楚系铭文综合研究》，四川出版集团巴蜀书社2007年版，第90页。

以及"尊楚先重父祖"之"尊祖敬宗"传统，直到战国末期还在发挥着影响和规范的作用。我们无法否认屈原即是在这样一种祖先崇拜文化的熏陶和影响中成长起来的事实，他的人格与人性，思想与情感，应该带有由这种熏陶和影响而打下的烙印。

二 楚王族贵族使命和责任传统与《离骚》开篇诗句意义解析

屈原的爱国之情源于其作为楚王族贵族而具有的使命感和责任感，这种使命感和责任感表现在《离骚》开篇"帝高阳之苗裔兮"的自述中。对于楚国的热爱是每一个楚王族贵族的使命和责任，他们都迫切希望获得君王的青睐和信任，从而参与国事，为楚国的存在与发展贡献力量，在这一点上，屈原并非特殊的人物。

对于上述问题的讨论，不能忽视望山、包山楚简"卜筮祭祷记录"所存在的一种现象。望山、包山楚简"卜筮祭祷记录"主要有三个方面的内容：其一，关于能否获得爵位；其二，关于疾病的吉凶；其三，关于"出入侍王"的事情。在上述三个方面的内容中，以"关于疾病的吉凶"的简文最多，其次则是"出入侍王"的简文，最后才是"能否获得爵位"的简文，而且"关于疾病的吉凶"与"出入侍王"的简文，在数量上大体相当。上述情况能够说明，作为楚王族贵族的望山、包山楚墓墓主，他们对自己"身体的健康"与政治上能否"出入侍王"这两个方面是同等看待的。"身体健康"与"出入侍王"是战国时期楚王族贵族生活中最为重要的事情。

何为"出入侍王"？《史记·屈原列传》言屈原"入则与王图议国事，以出号令；出则接遇宾客，应对诸侯"[①]。此一"入"一"出"，前者是"国内"政事，后者乃"外交"要务，皆为协助、辅佐君王尽人臣的责任。显然，望山、包山楚简"卜筮祭祷记录"在内容上所体现的特点，显示出战国时期楚国王族贵族对国家政事的关心和参与国家政事的热情，而且这种热情，恰恰源于作为王族贵族的使命感和责任感。

楚王族贵族的这种使命感和责任感，在河南淅川下寺楚墓2号墓出土

[①] （汉）司马迁：《史记》卷八十四，中华书局1959年版，第2481页。

鼎升鼎铭文中亦有鲜明而激切的表现。① 铭文大意如下："楚康王某年元月月初丁亥这天，王子午选择了精美的铜，铸造了礼器胥鼎用来祭祀祖先文王；用来祈求长寿；又恭恭敬敬，小心翼翼地用来进行盟祀，永远受到福泽。我不畏惧，也不软弱，既给人民施以德政，又以身作则，作出榜样，保卫楚国，因而作为令尹的子庚，受到了楚国人民的敬重。希望子孙后代，永远按照上面的话，作为自己行动的准则。"②

铭文中的"王子午"当即楚庄王的儿子"午"。《左传·襄公十二年》载："秦嬴归于楚。楚司马子庚聘于秦，为夫人宁，礼也。"③ 杜预注云："子庚，庄王子午也。"④ 王子午仕于楚共王与楚康王时，楚共王时为司马，楚康王时为令尹。《左传·襄公十五年》载："（楚康王二年）楚公子午为令尹。"⑤ 铭文云"命尹子庚，畋民之所亟"，知此"鼎升鼎"乃王子午任令尹之职以后所铸，因此，铭文中"余不畋不差，惠于德政，恁于威仪，阑阑兽兽。命尹子庚，畋民之所亟"诸句，应该是王子午担任令尹职务以后的心得与感慨。

从上述言论中可以看到，王子午以楚文王的直系后裔自居，并希望通过对"祖先文王"的祭祀而获得"长寿"和"福泽"。同时，铭文中还显示出了王子午源于楚王族贵族尤其是楚文王直系后裔而具有的自负和高贵的人格精神、责任意识与"畋民之所亟"的使命感。

"王子午铭文"中所表现的王子午作为楚王族贵族的责任意识和使命感，与望山、包山楚简"卜筮祭祷记录"中"出入侍王"所显示的对国家政事的关心和参与国家政事的热情，在本质上应该是一致的。王子午为官的时代，当在楚共王与楚康王时。《左传·襄公二十一年》载："夏，楚子庚卒。"⑥ 知王子午卒于公元前552年，此时已至春秋晚期前段。由

---

① 下寺楚墓2号墓出土鼎升鼎铭文：隹正月初吉丁亥，王子午择其吉金，自作濕彜遵鼎，用言以孝，于我皇祖文考，用祈眉寿，函龏獸犀，畋戤趠趠，敬厥盟祀，永受其福。余不畋不差，惠于德政，恁于威仪，阑阑兽兽。命尹子庚，畋民之所亟，万年无諆，子孙是制。参见河南省文物研究所、河南省丹江库区考古发掘队、淅川县博物馆《淅川下寺春秋楚墓》，文物出版社1991年版；邹芙都《楚系铭文综合研究》，四川出版集团巴蜀书社2007年版，第77页。
② 马世之：《中原楚文化研究》，湖北教育出版社1995年版，第185—186页。
③ （晋）杜预：《春秋左传集解》第十五，上海人民出版社1977年版，第893页。
④ （晋）杜预：《春秋左传集解》第十五杜预注，上海人民出版社1977年版，第893页。
⑤ （晋）杜预：《春秋左传集解》第十五，上海人民出版社1977年版，第922页。
⑥ （晋）杜预：《春秋左传集解》第十六，上海人民出版社1977年版，第970页。

此可知，由望山、包山楚简"卜筮祭祷记录"所反映的战国时期楚王族贵族对国家政事的关心和参与国家政事的热情，在春秋时期的楚王族贵族中就已经存在，而且这样的人格精神已经成为楚王族贵族"整体"的精神遗产而被他们的后代子孙所继承。

如前所述，对于楚国的热爱是每一个楚王族贵族的使命和责任，他们都迫切希望获得君王的青睐和信任，从而参与国事，为楚国的存在与发展贡献力量，在这一点上，屈原并非特殊的人物。但屈原创作《离骚》诗篇，并在《离骚》开篇"帝高阳之苗裔兮，朕皇考曰伯庸"的诗句中，上称颛顼高阳，下道父祖伯庸，则又表现出了与众不同之处。对此，王逸已有所领悟。《楚辞章句》云："高阳，颛顼有天下之号也。"① 又引《帝系》进一步说："颛顼娶于腾隍氏女而生老僮，是为楚先。其后熊绎事周成王，封为楚子，居于丹阳。周幽王时，生若敖，奄征南海，北至江、汉。其孙武王求尊爵于周，周不与，遂僭号称王。始都于郢，是时生子瑕，受屈为客卿，因以为氏。"② 王逸以楚"族群"肇始的历史作为"帝高阳之苗裔兮"一句的注释，其目正是揣摩屈原以"帝高阳之苗裔兮"为全诗开篇的目的和意义，故接下来又说："屈原自道本与君共祖，俱出颛顼胤末之子孙，是恩深而义厚也。"③ 此论甚为精当。然，王逸所论，还没有切中问题的要害。

根据望山、包山楚简"卜筮祭祷记录"所见祖先祷祠之体制，屈原以"王族贵族"的身份所祭祀的祖先，当包括"楚先"、"先公先王"与"本氏祖先及同宗者"三个级别，而在上述三个级别中，"楚先"与"本氏祖先"应该是最为尊崇和重要的神祇。然而，在《离骚》开篇所谓"上陈氏族"而"下列祖考"的叙述中，却跨过"先公先王"和"楚先"而将自己的"神圣血缘"延伸到更早的"颛顼"身上。

以望山、包山楚简"卜筮祭祷记录"所见祖先祭祀体制，楚王族贵族自认出自"老僮、祝融、鬻熊"，并尊称三人为"楚先"，这里不见"颛顼"。淅川下寺楚墓1号墓出土钮钟铭文云"敬事天王，至于父兄"。前者"天王"当指"楚先"及"先公先王"。淅川下寺楚墓2号墓出土

---

① （汉）王逸：《楚辞章句·离骚章句》第一，岳麓书社1994年版，第3页。
② 同上。
③ 同上。

鼽鼎铭文云"用亯以孝于我皇祖文考"。其"皇祖文考",同样上溯至作为"先公先王"的"楚文王"。前引楚"邨陵君铜鉴"铭文亦云"以祀皇祖,以会父兄"皆上溯"楚先"或"先公先王"而下逮"父祖"及"同宗兄弟",并不涉及"颛顼"这样的神话祖先。从这个角度看,屈原在《离骚》中自称"帝高阳之苗裔兮",当有更深层的目的和意义。

望山、包山楚简"卜筮祭祷记录"所见祖先崇拜体系,因为有"老僮"、"祝融"、"鬻熊"之"楚先"系列,而与神话中"黄帝—颛顼"所构成的神话性质的血缘体系相吻合。《国语·楚语下》中载有"颛顼"的事迹,又载有观射父关于"颛顼绝地天通"的谈话,证明楚人是清楚也是承认"黄帝—颛顼"这个血缘关系与"老僮—祝融"之"楚先"的联系的。之所以"颛顼"不在望山、包山楚简"卜筮祭祷记录"所见祖先体系之"楚先"系列,恰恰是因为由"颛顼"所构成的血缘关系的"神话"的性质。"颛顼"是神话中的祖先。从《国语·楚语下》观射父关于"颛顼绝地天通"的谈话中可以发现,这个祖先的"事迹"留存在"族群"的"神话记忆"之中。

从望山、包山楚简"卜筮祭祷记录"所见祖先体系之"楚先"的角度看,"颛顼"是神话中的"楚先"。从楚民族的"根"的角度看,"黄帝"是楚民族源于"中原"的最初的"根",而"颛顼"则是"老僮"、"祝融"、"鬻熊"之"楚先"的"根",因此,"颛顼"作为一个"根"的符号,才是楚人"主体族群"血统之源的最为正宗、高贵和神圣的代表。

缘于此,"颛顼"便不可能出现在楚人某个王族贵族后裔为了自身的"私事"或"私利"而进行祭祀的"楚先"之列,而屈原《离骚》开篇自述"帝高阳之苗裔兮",越过"老僮"与"祝融"而直接溯源至"颛顼",并以楚人"主体族群"血统之源的颛顼的苗裔自居,正是希望借助《离骚》的诗句而向世人表明自身"血统"之最为正宗、高贵和神圣之实,从而表明自己的思想与言行,源自神圣祖先的意志,符合楚人"主体族群"存在与发展的利益。

不可否认,屈原如此而行,更明显的带有向楚国君王、贵族和人民进行"宣示"的味道,并表现出了某种急切和愤激的情绪。联系司马迁《史记·屈原列传》所言:"屈平疾王听之不聪也,谗谄之蔽明也,邪曲之害公也,方正之不容也,故忧愁幽思而作离骚。""屈平正道直行,竭忠尽智以事其君，谗人间之，可谓穷矣。信而见疑，忠而被谤，能无怨乎？"① 便可明了这种情绪产生的必然，便可明了屈原在《离骚》中搬出"颛顼"并以"颛顼"的"苗裔"自居的某种委屈乃至伤感。故而，《离骚》的创作，源于诗人作为楚王族贵族所禀赋的崇高而神圣的使命和责任，由爱之深、爱之切，而至爱之伤、爱之痛。

第二节　从楚人葬俗和战国楚简卜筮祭祷简祷祠实践看屈原对荆楚宗教信仰传统的继承

有学者对战国秦汉时期南北学术传统传承与载记的问题作过这样的描述："汉兴以后，惠帝时除《挟书律》，晚周各地的百家思想得以复兴。《史记》、《汉书》所载学术传流，多侧重北方，对南方楚地的文化史涉及较少。"②《史记》有《屈原贾生列传》，但屈原的部分则颇为简单，更为重要的是，司马迁对屈原的描述，偏重政治和道德层面的肯定和颂扬，而较少生平事迹方面的介绍和描述。由此而知，关于屈原及其家族的相关信息，西汉时人已所知甚少。《史记》屈原传对屈原任"左徒"时的宗教职能与相关事迹没有任何载记，但屈原所创作的《离骚》、《九歌》、《天问》等篇章，或充满神鬼之事、爱慕之情，或展示灵巫与神鬼沟通、交接之能，说明屈原对荆楚地域传统的神话传说、神祇崇拜、巫鬼之事极为熟悉和了解，对荆楚地域传统巫灵信仰有着虔诚的膜拜和尊崇。

一　从春秋战国楚墓埋葬形式看屈原相关文学创作对荆楚传统生命观的继承

楚国社会或有"政治人物"与"宗教领袖"一而兼之的传统风俗。对此，孙作云先生早有所论："楚国的国王，在政治上称'王'，在宗教祭祀上称'灵修'，'灵修'也就是巫长的意思。"③《国语·楚语上》载

---

① （汉）司马迁：《史记》卷八十四，中华书局1959年版，第2482页。
② 李学勤：《简帛佚籍与学术史》，江西教育出版社2001年版，第19页。
③ 孙作云：《楚辞九歌之结构及其祠神时神巫的配置方式》，《文学遗产增刊》第8辑，中华书局1961年版，第22页。

楚灵王"若谏，则君谓：'余左执鬼中，右执殇宫，凡百箴谏，吾尽闻之矣。'"① 韦昭注云："执，谓把其录籍，制服其身，知其居处，若今世云能使殇矣。"② 依韦昭的解释，楚灵王掌握着人的"录籍"，能够知人生死，损寿降灾。以上言论虽是"史老"为楚灵王"设词止谏"之语，但其出发点却是楚灵王，说明楚灵王具有沟通神鬼的能力，既是国王，又是巫长。史载楚怀王之行事，也离不开巫。《汉书·郊祀志》载："楚怀王隆祭祀，事鬼神，欲以获福助，却秦师。"③

楚君即王即巫的传统，在楚人神话祖先的传说中亦有所反映。《山海经·大荒西经》载："颛顼生老童，老童生重及黎，帝令重献上天，令黎邛下地，下地是生噎，处于西极，以行日月星辰之行次。"④ 这就是颛顼绝地天通的神话。神话描述了楚人神话先祖颛顼与老童使天地分离，并创建天地管理体系的事迹。相同的神话内容在《史记·太史公自序》中亦有记载："昔在颛顼，命南正重以司天，北正黎以司地。唐虞之际，绍重黎之后，使复典之，至于夏商，故重黎氏世序天地。"⑤ 在上述神话中，颛顼绝地天通，并使专门人员负责天地各自的事物和相互之间的联系，神话中的颛顼已经成为楚人巫觋及宗教信仰体系的创建者。其实，在有关颛顼的神话中，其善于形变化身的神性，就已经显示出其作为"神巫"的异于常人的独特本领。《山海经·大荒西经》载："有鱼偏枯，名曰鱼妇。颛顼死即复苏。风道北来，天乃大水泉，蛇乃化为鱼，是为鱼妇。颛顼死即复苏。"⑥ 神话中颛顼可以"死"，说明他具有人的生命；颛顼死后又能"复生"，说明他又具有某种"超人"的能力。神话中颛顼由生而死、由死而生的过程，又伴随着北来的狂风、天上的大水和蛇与鱼的互化，这一切神秘而怪异的现象，恰恰反映出了颛顼作为"灵巫"的神性和特异的功能。

从上文所引颛顼神话中可以发现，楚人宗教信仰具有着渊源深远的历史传统。《国语·楚语上》所载楚灵王自通神鬼两道、《汉书·郊祀志》

---

① 上海师范大学古籍整理研究所《国语》卷十七，上海古籍出版社1988年版，第553页。
② 同上书，第554页。
③ （汉）班固：《汉书》卷二十五，中华书局1962年版，第1260页。
④ （晋）郭璞注：《山海经·大荒西经》第十六，岳麓书社1992年版，第168页。
⑤ （汉）司马迁：《史记》卷一百三十，中华书局1959年版，第3285页。
⑥ （晋）郭璞注：《山海经·大荒西经》第十六，岳麓书社1992年版，第171页。

所载楚怀王隆祭祀以事鬼神，正是这种传统的体现。于屈原而言，已有学者注意到了"左徒"的宗教职能。裘锡圭在《谈谈随县曾侯乙墓的文字资料》一文中，认为曾侯乙墓竹简中的"左𠯑徒"即"左徒"。① 有学者据此进一步认为左升徒的宗教职能当与升祭有关②。《仪礼·士冠礼》载："若杀，则特豚，载合升。"③ 郑注云："煮于镬曰烹，在鼎曰升，在俎曰载。"④ 目前发掘的楚墓中亦见"升鼎"⑤。以河南淅川下寺春秋时期楚墓群2号墓出土"升鼎"为例，此鼎自名为"鼎鼎"，确可与《仪礼·士冠礼》郑注"在鼎曰升"相印证。⑥ 而此鼎腹部铭文亦可说明问题⑦。从铭文中可知，制作此鼎的目的至少有两个，一是祭祀祖先文王，二是"用祈眉寿"。以此观之，升鼎的功用的确与祭祀之事有关，故有学者得出如下结论："楚国的左徒、登徒是掌祭祀之官，其职能相当于周人的'宗伯'。《周礼》中宗伯为春官之长：'大宗伯掌建邦之天神、人鬼、地祇之礼，以佑王建保邦国。'楚国左徒（登徒）同周人的宗伯一样，负有'佑王建保邦国'的政治使命，直接参与国家大事。屈原曾任左徒一职，他任左徒时，'入则与王图议国事，以出号令，出则接遇宾客，应对诸侯'，是楚王宠幸的大臣。"⑧

综上所述，虽然上述认识还有待进一步讨论，但以"左徒"为"左

---

① 裘锡圭：《谈谈随县曾侯乙墓的文字资料》，《文物》1979年第7期；徐文武：《楚国宗教概论》引，武汉出版社2001年版，第29页。

② 参见徐文武《楚国宗教概论》，武汉出版社2001年版，第29页。

③ 陈戍国点校：《仪礼·士冠礼》第一，岳麓书社1989年版，第138页。

④ （汉）郑玄注，（唐）贾公彦疏，陆德明音义：《仪礼注疏》卷一，《文渊阁四库全书》第102册，台湾商务印书馆发行，第35页。

⑤ 如曾侯乙墓出土9件、寿县楚王墓出土9件、淅川下寺春秋时期楚墓群中的2号出土7件。参见湖北省博物馆《曾侯乙墓》，文物出版社1989年版；湖北省文物考古研究所《江陵望山沙冢楚墓》，文物出版社1996年版；河南省文物研究所、河南省丹江库区考古发掘队、淅川县博物馆《淅川下寺春秋楚墓》，文物出版社1991年版。

⑥ 下寺楚墓"升鼎"最大者通高68厘米，口径66厘米，最小者通高61.3厘米，口径58厘米，均器型高大。此型鼎颈内收束腰、腹微鼓、平底、蹄足。鼎身附有怪兽6个，并有浮雕蟠螭纹。鼎的腰部和尾上饰有饕餮兽面。鼎足粗大，上部饰兽形扉棱。参见河南省文物研究所、河南省丹江库区考古发掘队、淅川县博物馆《淅川下寺春秋楚墓》，文物出版社1991年版。

⑦ 关于此鼎腹部铭文，参见马世之《中原楚文化研究》，湖北教育出版社1995年版，第185页；邹芙都《楚系铭文综合研究》，四川出版集团巴蜀书社2007年版，第77页。

⑧ 徐文武：《楚国宗教概论》，武汉出版社2001年版，第30页。

莅徒"的简称，并与宗教祭祀的职责联系起来，则不失为精当的意见。如果上述认识符合历史事实，那么屈原作为"左徒"的"政治身份"中当包含着"宗教职能"。如此，屈原对荆楚地域传统神话传说、神祇崇拜、巫鬼之事应该极为熟悉和了解，对楚国传统宗教信仰必定有着虔诚的膜拜和尊崇，而屈原所创作的《离骚》、《九歌》、《天问》等篇章，或充满神鬼之事、爱慕之情，或展示灵巫与神鬼沟通、交接之能，也就不足为奇了。

荆楚传统宗教信仰是一种朴素而具有实用功能的宗教信仰形式，其生命观的特点是相信世俗生命结束以后，可以通过转化而获得另一种形式存在，并能够以佑护或侵害的形式作用于人，这表现在荆楚巫灵信仰具有着极其丰富和复杂的与神鬼连通或交接的渠道和形式。对此，屈原应该是熟悉和精通的，他的作品带有浓厚的巫灵色彩，从某种意义上说是这种巫灵信仰的产物。

需要指出的是，根据目前所能掌握的包括考古方面的各种资料来看，荆楚传统宗教信仰中的生命观呈现出复杂的情况，很难以某一种单一的形式或模式来概括。屈原《九歌·国殇》云："身既死兮神以灵，子魂魄兮为鬼雄。"身体之质，名之曰形。身死而形销，然魂魄不灭，是为灵。《九歌·国殇》的这种人死之后魂魄不灭而化为神鬼（灵）的观念，正是荆楚传统宗教信仰中的生命观的反映，但我们还发现了与上述生命观不同的生命信仰形式，如相信人的世俗生命结束之后保持"肉身不灭"而"转生"的思想的存在。对此，我们尝试根据考古方面的资料而对上述问题给予讨论。

在楚国墓葬发掘中发现随葬明器与实用器并存的现象，应该是楚人复杂的生命观的反映。对此，有学者认为："丧礼用明器，为了使神、人异道互不相伤。明器为'鬼器'，是死者带到幽都阴世去的礼器，因人肉体已死，仅存魂魄，故器物不必实用，聊表尊心而已；实用器为'人器'，是阳世之人祭祀死者之器。"[①] 这就涉及对随葬实用器等随葬物品如何认识的问题。"不少楚墓都随葬着品类齐全的物品，衣食住行几乎无所不有。如长沙、湘乡、常德等地较大的楚墓中，工具、兵器、车马、漆器等都有出土。楚墓中还常随葬食物，如1958年长沙烈士公园3号墓出土

---

① 高至喜：《楚文化的南渐》，湖北教育出版社1996年版，第264页。

了肉脯26条，属猪肉类，长沙广济桥5号墓出土了数量相当多的肉脯，呈长条形，每块脯肉夹有一根细小的篾片，这些可能都是为了祭祀死者而用的食品，即'祭菜'。"① 显然，如果将上述随葬生活实用品视为祭祀逝者的物品而不是供逝者使用的物品，则说明上述墓葬丧葬形式所反映的生命观，是与屈原《九歌·国殇》所反映的人死之后魂魄不灭而化为神鬼（灵）的观念相一致的。

同时，我们也注意到，上述生活实用器的使用功能仍然存在，其中实用乐器的随葬情况尤其值得注意。以曾侯乙墓随葬乐器为例。其随葬的65件青铜编钟，皆为"真器"，至今尚可演奏乐曲。据考证，曾侯乙墓乐器主要置于墓葬椁室的中室与东室之内，中室的乐器应当是祭祀与宴请宾客的雅乐或作为宴飨的燕乐乐器，而东室的乐器应是房中乐或内庭之乐的燕乐所使用的乐器。上述乐器应当都是"当年曾侯乙使用"的乐器，而且，"中室的南部则放置九鼎、八簋等青铜礼器，当为曾侯乙当年祭祀与宴请宾客之用。"② 因所葬乐器为"真器"，再以"曾侯乙"的身份地位，演奏上述乐器的乐工就不可能用"俑"来代替了，故"东室的8个殉人的身份是演奏'房中乐'的姬妾"，而"西室的13个殉人的身份也应相当，即为演奏'雅乐'的姬妾"，而且上述"13个殉人中，还应包括歌舞这方面的姬妾"。③ 上述情况说明，曾侯乙墓随葬乐器承载着名副其实的使用功能，而这种使用功能的存在，说明与上述功能相联系的乐与舞的欣赏功能和愉悦功能也是存在的，意味着曾侯乙墓的墓主人能够通过上述随葬乐器而获得如世俗生活一样的乐与舞的愉悦和享受。

曾侯乙墓随葬乐器的情况，在一定意义上也是楚人生命观的表现和反映。它说明人们相信人的世俗生命结束以后，还会以另一种生命形式存在，而且还会具有与世俗生命一样的生命功能。这一过程即表现为同一生

---

① 湖南省博物馆：《长沙浏城桥1号墓》，《考古学报》1972年第1期；高至喜：《长沙烈士公园3号木椁墓清理简报》，《文物》1959年第12期；湖南省文物管理委员会：《长沙广济桥第5号战国木椁墓清理简报》，《文物参考资料》1957年第2期。参见高至喜《楚文化的南渐》，湖北教育出版社1996年版，第263、264页。

② 陈振裕：《曾侯乙墓的乐器与殉人》，载陈振裕《楚文化与漆器研究》，科学出版社2003年版，第591页。

③ 同上书，第594页。

命形式借助某种方式的转化过程，而且，人的肉体始终伴随在这一生命转化的过程中，不曾消失或抛弃而仅仅以"魂"或"灵"的虚无形式存在，只是"人的世界"与"神鬼的世界"并不在同一个视觉世界里，两个世界的联通也只有具有特殊功能的"人"即"巫觋"才能做到，神鬼则可以通过各种方式来到"人的世界"并作用于"人的世界"，人也可以在精神或情感的层面上感知神鬼的存在，或以巫觋为媒介而与神鬼联通或交接。

对此，楚人在丧葬方面的独特习俗还可以对上述认识给予证明。

以玉随葬的现象在楚墓中很普遍，所反映的葬俗和目的也不尽相同。河南淅川和尚岭楚墓2号墓"玉器放置在棺内墓主人身上及头部"。① 安徽寿县长丰杨公楚墓2号墓随葬璧、璜、佩、圭等玉器55件，其中两件玉圭置于逝者两脚之间，其余皆平铺于逝者身体之上。②

对此，有学者认为"用众多的玉器殓尸，固然表现死者的身份，同时，也反映当时人们有以为玉能保护尸体使之不腐的迷信观念。《吕氏春秋·节丧》：'国弥大，家弥富，葬弥厚，含珠鳞施'。'含珠'即以珠、玉或贝放入死者口中，葬仪中称'琀'，实例多见。'鳞施'，前人多以为即'玉匣'，但玉匣见于汉代帝王之墓，先秦未见其例。长丰杨公2号墓将玉器交相叠压平铺于尸体之上可能就是所谓'鳞施'的流变"③。这样的推断是有道理的。楚人将玉置于逝者身体之上的做法，与汉代王侯墓葬的玉衣相当，其目的是希望玉能保护逝者身体而使之不朽，并借助"玉"的神性而获得生命的转化。

显然，"含珠鳞施"的葬仪即是楚人传统生命观的一种表现，人们相信在逝者生命转化的过程中"肉身不灭"并仍然承载着"灵魂"而"再生"。这种"生命再生"的企盼，在楚人葬仪中的表现是多方面的，"含珠鳞施"只是其一，而且根据不同地域、不同等级和地位而采用不同的方式和方法。江南楚墓中以"笭床"承载逝者的做法，即是这种葬仪方

---

① 河南省文物研究所、南阳地区文物研究所：《淅川和尚岭春秋楚墓的发掘》，《华夏考古》1992年第3期。
② 杨鸠霞：《长丰战国晚期楚墓》，《文物研究》1988年第4期；安徽省文物工作队：《安徽长丰杨公发掘九座战国墓》，《考古学集刊》第2集，中国社会科学出版社1982年版。
③ 刘和惠：《楚文化的东渐》，湖北教育出版社1995年版，第205页。

式之一。①

　　有学者认为"笭床"的作用在于"引魂升天"，其云："在墓主人躺卧的'笭床'上刻绘龙、凤图案，无疑具有一定的巫术意义，它旨在导引死者的灵魂升天。在楚人心目中，只要借助龙或凤的力量，才无所不达。"② 其实"灵魂升天"是生人与神鬼联通或交接的一种巫术形式，而逝者的灵魂是否"升天"的说法则过于模糊，因为楚人所构想的"彼岸世界"并没有明确是在"天上"还是在"地下"。逝者承卧于笭床之上，是生命转化并再生的一种巫术形式，"承卧于笭床之上"的过程本身，即是"生命转化并再生"的结果（象征）。这与长沙子弹库楚墓"人物御龙帛画"及马王堆1号汉墓T形铭旌帛画所表现的构图意义是一致的，不是逝者灵魂的升天，而是逝者"往生"彼岸世界的实现（存在）。如此，楚人葬俗中才会出现以坟墓象室屋的传统。《荀子·礼论》云："故圹垅，其貌象室屋也；棺椁，其貌象版盖斯象拂也。"③ 从楚墓发掘情况看，楚人的确将棺椁视为房屋，根据是棺外壁往往绘有门窗。"楚墓中多见饰门窗结构的现象，曾侯乙墓发掘后，我们确信，先秦时在棺外是有饰门窗习俗的。就连曾侯乙墓的一些陪葬棺的棺档也画有窗。"④

　　门窗是房屋的象征，棺外壁绘上门窗的做法，说明楚人相信故去的人还要在这个"象征性"的"房屋"中生活。依照这样的习俗，坟墓中所展示的才是楚人所构想的"彼岸世界"，而且是消解了"时间"和"地点"等人文要素的"彼岸世界"。在这个世界中，逝者可以如生人一样自

---

　　① "笭床"于江南楚墓中多有发现。其雕刻的纹饰主要有三种：一种是龙纹或凤纹笭床，而以龙纹为多，如1951年长沙124号和257号墓中出土的龙纹笭床、1953年长沙仰天湖25号墓中出土的龙纹笭床；一种是雕花笭床，如湖北江陵马山砖厂2号楚墓"内棺底有朱红漆雕花笭床"；一种是几何纹笭床，如湖北江陵雨台山323号墓和169号墓出土的几何纹笭床。参见中国科学院考古研究所《长沙发掘报告》，科学出版社1957年版，第63页；湖南省文物管理委员会《长沙出土的三座大型木椁墓》，《考古学报》1957年第1期；荆州地区博物馆《江陵马山砖厂2号楚墓发掘简报》，《江汉考古》1987年第3期；湖北省荆州地区博物馆《江陵雨台山楚墓》，文物出版社1984年版，第35、38页。

　　② 高至喜：《楚文化的南渐》，湖北教育出版社1996年版，第270页。

　　③ （清）王先谦：《荀子集解》卷十三，《诸子集成》（二），中华书局1954年版，第245页。

　　④ 黄凤春：《试论包山2号楚墓饰棺连璧制度》，《考古》2001年第11期；王立华：《论楚墓中的门窗结构及反映的问题》，《楚文化论集》第三集，湖北人民出版社1994年版。

由而愉快的生活，而现实世界的人则可以通过意念的感知或借助实体的负载等方式，与逝者实现沟通或交接。所以，在楚墓棺椁之上，经常能够发现供逝者灵魂往来于"彼岸世界"与"现实世界"的"通道"。如湖北荆州纪城1号墓葬具为一棺一椁，木棺通体髹漆，内红外黑，而在棺盖南端则用红漆画出一个"×"形符号。① 此墓呈南北向，墓主仰身直肢，头朝南。棺盖上的"×"形符号与墓主头向相一致，而且其位置就在墓主头部上方，应该就是墓主"灵魂"出入通道的"标记"。再者，据《发掘简报》，"一号墓头向南，朝向楚故都纪南城"。② 显然，棺盖上的"×"形符号同样指向楚故都纪南城，说明逝者的"灵魂"能够由这个通道返回故都。上述现象在包山2号墓中同样存在，只是以白色的"+"形符号绘于墓中棺椁档处。③

值得注意的是，于棺档处设置饰物（玉器）的做法，在楚墓中多有发现，其葬俗上的意义当与棺盖或棺档处涂以"×"或"+"形符号相同。④ 对此，有学者亦指出："棺外附璧在楚国极为流行"，"至春秋战国时期饰棺用璧可以肯定的是以楚地为多见"，"在一些楚墓和楚系墓葬的棺档处还有镶嵌或残留有玉石的璜和环的现象"，上述于棺档处所设置的饰物（玉器）"从其位置和功能看，极有可能就是供死者灵魂出入的门或窗"。⑤

---

① 湖北省文物考古研究所：《湖北荆州纪城一、二号楚墓发掘简报》，《文物》1999年第4期。
② 同上。
③ 湖北省荆沙铁路考古队：《包山楚墓》，文物出版社1991年版。
④ 如当阳赵家湖楚墓棺头向一端椁内有一玉璧、江陵九店楚墓乙组D型M295棺档外有一石璧、包山2号墓内棺东档板上有一用组带悬挂的玉璧、沙冢3号墓内棺与外棺头档正中部位有一玉璧、江陵天星观1号墓内棺头档处有5件玉璧、湖北钟祥冢十包5号墓的头部有一石璧、湖北钟祥冢十包1号墓头端有一石环、曾侯乙墓内棺棺档内的正中部位有一玉璜、江陵九店楚墓乙组D型M774棺档处有一石环、河南淮阳平粮台16号墓档处有一玉环。参见湖北省宜昌地区博物馆、北京大学考古系《当阳赵家湖楚墓》，文物出版社1992年版；湖北省文物考古研究所《江陵九店东周墓》，科学出版社1995年版；湖北省荆沙铁路考古队《包山楚墓》，文物出版社1991年版；湖北省文物考古研究所《江陵望山沙冢楚墓》，文物出版社1996年版；荆州地区博物馆《江陵天星观1号楚墓》，《考古学报》1982年第1期；湖北省文物考古研究所等《湖北钟祥市冢十包楚墓的发掘》，《考古》1999年第2期；湖南省博物馆《曾侯乙墓》，文物出版社1989年版；河南省文物考古研究所等《河南淮阳平粮台十六号楚墓发掘简报》，《文物》1984年第10期。
⑤ 黄凤春：《试论包山2号楚墓饰棺连璧制度》，《考古》2001年第11期。

综上所述，于墓葬所见证的楚人在丧葬方面的习俗，能够反映出楚人复杂的生命观，而且这种生命观很难以某一种单一的形式或模式来概括，屈原《九歌·国殇》"身既死兮神以灵，子魂魄兮为鬼雄"等诗句，只是这种复杂的生命观的一个方面的表现和反映。然而，值得注意的是，这种生命观所体现的生人与逝者彼此沟通或交接的形式和方式却是相同的。简而言之，楚人相信逝者可以如生人一样在"彼岸世界"愉快的生活，而现实世界的人则可以通过意念的感知或借助实体的负载等方式，与逝者实现沟通或交接。这就形成了楚人宗教信仰中人与神鬼在思想、意识、情感与身体层面上沟通和联系的两种方式，即人与神鬼意念上的感知与实体上的互动。屈原在《离骚》的创作中便体现了对前者的继承，而《九歌》中人神怨恋的情节，恰是后者于文学上的表现。

二　从战国楚简卜筮祭祷简所涉神祇情况看《九歌》诸神设置的根据

屈原《九歌》所涉神祇与荆楚传统宗教信仰所固有的神祇体系是否存在联系？《九歌》所涉神祇是否源于这一神祇体系？对上述问题作出回答，必须首先解决"荆楚传统宗教信仰中的神祇体系到底呈现一个怎样的状态"这一问题，然而，上述问题的解决因相关材料的缺乏而困难重重。令人欣慰的是，目前考古发现的战国时期楚简中涉及众多神祇祭祷情况，其所祭祷的神祇，当与"荆楚传统宗教信仰神祇体系"存在联系，或囿于这一体系之中，故战国楚简所提供的材料，能够在一定程度上帮助我们解决这一问题。

战国楚简卜筮祭祷简首次发现于江陵望山 1 号楚墓。[①] 卜筮祭祷简一般包括前辞、命辞、占辞、祷辞和第二次占辞等部分。前辞是简文的起首部分，包括进行卜筮祭祷的时间、贞人名、卜筮用具的名称和请求贞问者的姓名。命辞即贞问的事由。占辞是根据卜筮的结果所作的判断。祷辞是为了解除忧患而向鬼神祈祷，请求保佑和赐福之词，以及可以解脱忧患的

[①] 陈振裕：《湖北楚简概述》，载陈振裕《楚文化与漆器研究》，科学出版社 2003 年版，第 108 页。

办法。① 从卜筮祭祷简内容看，卜筮的内容主要包含三个部分，即出入侍王的情况、能否获得爵位、关于疾病的吉凶。以包山2号墓卜筮祭祷简为例，在上述三个部分中，以"出入侍王"和"疾病吉凶"的简文数量最多，而后者又略多于前者。故卜筮祭祷简所见神祇主要集中在上述两部分简文中。

卜筮祭祷简中出现的祭祷种类有罷祷、举祷和赛祷三种。以包山2号墓卜筮祭祷简为例，"罷祷的对象只限于墓主邵佗本氏的近祖和直系先人，包括楚昭王和墓主的高祖、曾祖、祖父、父等人。罷祷即举祷，《周礼·天官·膳夫》：'王日一举'，郑注：'杀牲盛馔曰举'，举祷就是杀牲盛馔举行祭祀。举祷的对象有先祖、父母、兄弟以及山川和各种神祇。一般是同时有多个祭祀对象，个别情况下只祭祀一神或一位先人。赛祷又称塞祷，《韩非子·外储说右下》：'秦襄王病，百姓为之祷，病愈，杀牛塞祷。'《史记·封禅书》：'冬赛祷祠'，索隐：'赛，今报神福也。'赛祷即对神灵赐予的福佑给予回报。……简文中所见赛祷的对象，归纳起来大致分作鬼神和先人两大类。鬼神包括各种神祇、山川、星辰等……先人包括远祖与近祖。"因为赛祷是对神祇福佑的感谢，故赛祷所见神祇似乎更为丰富，而且赛祷"一般是同时有多个祭祀对象"，亦即多个神祇一并感谢，故赛祷的神祇很可能又具有涵盖面广的特点。②

望山与包山楚墓皆位于今湖北荆门地域。"目前已发现的战国时期的楚国竹简，以湖北出土的数量最多，内容最丰富，对于研究楚国的历史具有重要的学术价值。"③ 从湖北战国楚墓出土竹简情况看，竹简出土数量"以多重棺椁大型墓的数量最多，多重棺椁中型墓次之，单椁单棺墓与单棺墓的数量较少"④。上述情况说明随葬竹简数量的多少与墓葬主人生前的身份和地位存有密切关系，简牍以及简牍所承载的文化，被少数权贵以及他们所代表的阶层所掌握和拥有。从这样的认识出发，望山、包山楚简"卜筮祭祷记录"所见神祇，毫无疑问是战国时期楚国权贵以及他们所代

---

① 参见荆沙铁路考古队《包山楚墓》，文物出版社1991年版，第12页。
② 同上书，第12、13页。
③ 陈振裕：《湖北楚简概述》，载陈振裕《楚文化与漆器研究》，科学出版社2003年版，第105页。
④ 同上书，第106页。

表的阶层所信仰和崇拜的对象。

包山楚墓 2 号墓出土有五块形状奇特的小木牌，上面分别写有"户"、"灶"、"室"、"门"、"行"等字，被认为是墓主人祭祀"五祀神"的"木主"。五祀之祭由来已久。《礼记·祭法》曾详述五祀之祭的等级及名称。① 以《礼记·祭法》"五祀之礼"观之，包山 2 号墓的墓主人是没有资格立五祀的，但《礼记·曲礼下》亦云"大夫祭五祀"。② 郑玄注云："五祀，户、灶、中霤、门、行。"③ 其祭祀的对象与《礼记·祭法》诸侯所立五祀稍有差异，但与包山楚墓 2 号墓出土"五祀神"相同。说明包山楚墓 2 号墓墓主"五祀神"祭祀，或当源于周礼"大夫祭五祀"的传统。

表 2—14　《礼记》祭法"七祀"、月令"五祀"、包山 2 号墓"五祀"一览表

来源	祭祀者	祀名	神名					
礼记祭法	周王	七祀	司命	中霤	国门	国行	太厉	户	灶
礼记祭法	诸侯	五祀	司命	中霤	国门	国行	公厉		
礼记祭法	大夫	三祀			门	行	族厉		
礼记祭法	适士	二祀			门	行			
礼记祭法	庶士庶人	一祀						户	灶
礼记月令		五祀		中霤	门	行		户	灶
包山	上大夫	五祀		室	门	行		户	灶

包山楚墓 2 号墓出土"五祀神"之"木主"的存在，能够说明在战国时期的楚国，同样存在着神祇祭祀的对象、形式、规模与祭祀者的身份、地位紧密相连的情况。以包山楚墓 2 号墓墓主等级身份大约相当于周制的"上大夫"级别来看，战国时期楚国"大夫"一级的官员或贵族，

---

① 《礼记·祭法》云："王为群姓立七祀，曰司命、曰中霤、曰国门、曰国行、曰泰厉、曰户、曰灶。……诸侯为国立五祀，曰司命、曰中霤、曰国门、曰国行、曰公厉。……大夫立三祀，曰族厉、曰门、曰行。适士立二祀，曰门、曰行。庶士庶人立一祀，或立户、或立灶。"（清）孙希旦《礼记集解》卷四十五，中华书局1989年版，第1202页。
② （清）孙希旦：《礼记集解》卷六，中华书局1989年版，第 152 页。
③ 同上书，第 151 页。

有资格进行"五祀"诸神的祭祀。再以包山楚墓 2 号墓墓主有资格进行"五祀"诸神的祭祀为例,似可以作出进一步推断:望山、包山楚简"卜筮祭祷记录"所见神祇,应该都是与墓主身份和地位相适应而能够被墓主有权祭祷的神祇。

上述情况可以作为进一步讨论的根据。

根据《礼记·祭法》所述"五祀"祭祀等级,应该呈现如下对应情况:第一等级:周王,七祀;司命、中霤、国门、国行、泰厉、户、灶。第二等级:诸侯,五祀;司命、中霤、国门、国行、公厉。第三等级:大夫,三祀;族厉、门、行。第四等级:适士;二祀;门、行。第五等级:庶士庶人,一祀;户或灶。

表 2—15　　　　《礼记·祭法》"七祀"排列一览表

等级	祭祀者	祀名	神名					
第一等级	周王	七祀	司命	中霤	国门	国行	太厉	户	灶
第二等级	诸侯	五祀	司命	中霤	国门	国行	公厉		
第三等级	大夫	三祀			门	行	族厉		
第四等级	适士	二祀			门	行			
第五等级	庶士庶人	一祀						户	灶

第一等级所祭祀的神祇,涵盖其他四个等级所祭祀的神祇,第二等级所祭祀的神祇是除第一等级外涵盖神祇最多的,但最后一个等级即第五等级所祭祀的神祇,则不在中间三个等级所祭祀的神祇之中。

上述情况说明:(1)在上述五个等级中,只有第一个等级祭祀的神祇最多,涵盖面最广;(2)其他等级所祭祀的神祇只能是第一等级所祭祀的神祇的一部分,而因为递减的原因,第二等级在祭祀神祇的数量上仅次于第一等级;(3)最后一个等级即第五等级所祭祀的神祇,有可能不在中间三个等级所祭祀神祇的范围之内。

如果将上述情况视为一种祠神礼制的话,那么将意味着如下事实的存在:(1)"诸侯"、"大夫"等权贵阶层是这种"祠神礼制"的主要践行者,他们在神祇崇拜与祭祀等方面的行为,能够代表某一历史时期"祠神礼制"的基本的内容、原则与情况,但不是全部。(2)在社会等级中最低层次的"庶士庶人"阶层,在"祠神礼制"方面所享有的权利和地位最低,其所祭祀的神祇又可能不在"诸侯""大夫"等权贵阶层所祭祀神祇的范围之内。

以此而论,望山、包山楚简"卜筮祭祷记录"所反映的祷祠实践,当在一定程度上反映了战国中晚期前后楚国"祠神礼制"的基本情况,而望山、包山楚简"卜筮祭祷记录"所见神祇,则应该是战国中晚期前后楚地传统宗教信仰之神祇体系的一部分。这样,根据望山、包山楚简"卜筮祭祷记录"所反映的祷祠实践,即可描绘出战国中晚期前后楚国相当于周制"上大夫"级别的贵族于日常生活中神祇祭祷的情况,并由此而对这一时期楚地传统宗教信仰之神祇体系给出一个大致的描述。

下面是对望山、包山、天星观楚简"卜筮祭祷记录"所见自然类神祇进行分类统计的情况。①

---

① (一)望山楚墓1号墓"卜筮祭祷记录"与神祇有关的简文:简10、简28、简54、简56、简77—79、简80、简88、简89、简90、简96、简106、简107、简108、简109、简110、简112、简113—114、简115、简116、简117、简118、简119、简120—121、简122—123、简124、简125、简126、简127、简128、简129、简130、简131、简132、简133、简134、简135、简136、简176。简文原文,见湖北省文物考古研究所、北京大学中文系《望山楚简》,中华书局1995年版;陈伟等《楚地出土战国简册[十四种]》之《望山1号墓简册》,经济科学出版社2009年版。(二)包山楚墓2号墓"卜筮祭祷记录"与神祇有关的简文:简198、简200、简202—203、简202(反)、简205、简206、简207—208、简210、简213、简214—215、简217、简219、简222、简224、简225、简227、简229、简233、简237、简240、简241、简243、246、简248、简250。简文原文,见湖北省荆沙铁路考古队《包山楚简·包山2号楚墓简牍释文与考释》,文物出版社1991年版;陈伟等《楚地出土战国简册[十四种]》之《包山2号墓简册》,经济科学出版社2009年版。(三)天星观楚墓竹简与神祇有关简文的辑录:第1,八月归佩玉于巫丁。(晏昌贵《天星观卜筮祭祷简释文辑校》,《简帛数术与历史地理论集》第147页。)第2,归玉玩折车马于悲中。(滕壬生《楚系简帛文字编》第121页,湖北教育出版社1995年版)第3,赛祷夜□戠豢,乐之。("夜光"?月神。天星观楚简,徐文武《楚国宗教概论》第131页,武汉出版社2001年版)第4,赛祷太一牂。(滕壬生《楚系简帛文字编》第29页)第5,□豣、酒食存之于宫室。(滕壬生《楚系简帛文字编》第618页)第6,赛于行一白犬。(滕壬生《楚系简帛文字编》第168页)第7,举祷大水一牂。(滕壬生《楚系简帛文字编》第805页)第8,縈于大波一牂。(徐文武《楚国宗教概论》235页)第9,由攻解于不辜、弘死者。(滕壬生《楚系简帛文字编》第726页)第10,由攻解于明祖与弘死者。(滕壬生《楚系简帛文字编》第726页)第11,解于二天子与云君以佩珥。(徐文武《楚国宗教概论》第245页)

表 2—16　望山楚墓 1 号墓"卜筮祭祷记录"所见自然类神祇分类表

排序	神祇名称	"卜筮祭祷记录"中神祇名称（以出现先后排列）
1	土地神	后土、句土、句土、宫地主、社、社、宫室、宫□
2	司命神	司命、司命、司【命】、司命
3	行神	宫行、行、行
4	水神	大水、大水
5	湘水神	二天子
6	山川神	山川
7	太一	太

表 2—17　包山楚墓 2 号墓"卜筮祭祷记录"所见自然类神祇分类表

排序	神祇名称	"卜筮祭祷记录"中神祇名称（以出现先后排列）
1	土地神	宫地主、宫地主、野地主、地主、宫后土、宫后土、宫室、宫室、后土、后土、后土、社、社、宫、宫
2	行神	明祖、祖、行、行、行、行、行
3	太一	太、太、太、太、太、太
4	水神	大水、大水、大水、大水、大水
5	湘水神	二天子、二天子、二天子、二天子、二天子
6	山神	峗山、峗山、峗山、五山、峗山
7	山丘神	高丘、高丘、下丘、下丘
8	司命神	司命、司命、司命、司命
9	司祸神	司褙、司褙
10	门神	大门
11	岁星神	岁
12	日月神	日月

表 2—18　天星观楚墓"卜筮祭祷记录"所见自然类神祇分类表

排序	神祇名称	"卜筮祭祷记录"中神祇名称（以出现先后排列）
1	太一	太
2	土地神	宫室
3	行神	行
4	水神	大水
5	波神	大波
6	湘水神	二天子
7	云神	云君
8	其他	悲中、夜□

表 2—19　望山、包山、天星观楚墓"卜筮祭祷记录"所见自然类神祇出现次数统计表

神祇名称	土地神	行神	太一	水神	湘水神	山神	司命神	司祸神	丘神	岁星	日月	门神	波神	云神	
包山楚简	16	7	6	5	5	5	4	4	2	1	1	1			出现次数
望山楚简	6	8	1	2	1	1	4								出现次数
天星观楚简	1	1	1	1	1								1	1	出现次数

表 2—20　　望山、包山、天星观楚墓"卜筮祭祷记录"所见
自然类神祇类别一览表

天神	地祇
太一	土地神
岁星神	行神
日月神	水神
云神	山神
	丘神
	门神
	司命神
	司祸神

从对望山、包山、天星观楚墓"卜筮祭祷记录"所见自然类神祇进行分类统计的情况看，其自然类神祇大致可以分为两类，即：

（一）天神类，有"太一"、"岁星神"、"日月神"、"云神"四种。

（二）地祇类，有"土地神"（包括"地主"、"后土"、"宫地主"、"野地主"、"宫后土"、"宫室"、"社"、"宫"等）"行神"、"水神"（包括"大水"、"二天子"、"大波"诸神）、"门神"、"山神"（包括"峗山"、"山川"）、"丘神"（包括"高丘"、"下丘"）、"司命神"、"司祸神"等八种，其中"司命"、"司祸"天神地祇之神祇属性尚存争议。

上述神祇中"土地神"和"行神"出现的次数最多，如在包山楚简中"土地神"达16次，在望山楚简中"行神"达6次，其他如"水神"、"二天子"、"太一"、"山神"、"司命（司祸）"等皆在6—5次，其中出现次数排在前五位的神祇是：土地神（22次）、行神（16次）、水神（8次）、司命神（8次）、湘水神（7次）、太一神（7次），其次是山神（6次）、司祸（4次）。

上述情况或可说明：自然类神祇在望山、包山、天星观楚简"卜筮祭祷记录"所反映的"祠神礼制"中占有重要地位；而在上述神祇所构成的神祇体系中，地祇类神祇比天神类神祇占有更为重要的地位；其中土地神、行神、水神、司命神、湘水神、太一、山神和司祸神，是这一神祇

体系中最为重要的神祇。

如果将望山、包山、天星观楚简"卜筮祭祷记录"所见自然类神祇与屈原《九歌》神祇进行比照，具体情况如表2—21、表2—22、表2—23所示。

表2—21　　《九歌》神祇与"卜筮祭祷记录"神祇比照表

神祇名称	土地神	行神	太一	水神	湘水神	山神	司命神	司祸神	丘神	岁星神	日月神	门神	大波	云神
包山	●	●	●	●	●	●	●	●	●	●	●	●		
望山	●			●	●	●	●							
天星观	●												●	●
九歌			●		●		●				●			●

表2—22　　《九歌》神祇与"卜筮祭祷记录"相同神祇比照表

神祇名称	土地神	行神	太一	水神	湘水神	山神	司命神	司祸神	丘神	岁星神	日月神	门神	大波	云神
包山			太		二天子		司命							
望山			太		二天子		司命							
天星观			太											云君
九歌			东皇太一		湘君湘夫人		大司命少司命							云中君

表2—23　　《九歌》神祇与"卜筮祭祷记录"相近神祇比照表

神祇名称	土地神	行神	太一	水神	湘水神	山神	司命神	司祸神	丘神	岁星神	日月神	门神	大波	云神
包山						岷山					日月			
望山						山川								
天星观														
九歌						山鬼					东君			

根据望山、包山、天星观楚简"卜筮祭祷记录"所见神祇与屈原《九歌》神祇比照而反映出来的情况,尝试作出如下分析:

《九歌》之《东皇太一》(太一神)、《云中君》(云神)、《湘君》、《湘夫人》(湘水神)、《大司命》、《少司命》(司命神)、《东君》(日神)、《山鬼》(山神)等八个神祇,皆寓于望山、包山、天星观楚简"卜筮祭祷记录"所见自然类神祇之中。包山楚简"卜筮祭祷记录"之大水,《包山楚简·考释》释云:"大水,即天水。大、天二字古通。《史记·封禅书》:'梁巫祠天地、天社、天水、房中、堂上之属。'"[1] 刘信芳《包山楚简神名与〈九歌〉神祇》一文认为:"简文中仅'太'、'大水'有特祀之例,以先祖配祀。这些情况说明,在楚人所祀诸神中,'大水'的位置是很崇高的,几乎与太一匹配,此种神格,自非'天汉'莫属。"而"由楚简所祀'大水'之神为天汉,亦可推之《九歌》之'河伯'亦为天汉之神。"[2] 据此而论,屈原《九歌》除《国殇》"兵死"之外,其他九个神祇,都能与望山、包山、天星观楚简"卜筮祭祷记录"相关神祇相互应对。望山、包山、天星观楚简"卜筮祭祷记录"相关神祇与《九歌》诸神之间"所具有的整体同一性则是毋庸置疑的"。[3]

三 从战国楚简卜筮祭祷简祷祠实践看《九歌》所反映的神祇祭祷情况

屈原《九歌》所描写的神祇形象的佩饰、神祇祭祷与歌舞献祭场面,具备如下要素:(1)神祇祭祷时献给神祇的美玉与美石。如:《东皇太一》中的"璆"、"琳琅"、"瑶席"、"玉瑱"、"琼芳"等。(2)神祇祭祷时献给神祇的香肉与美酒。如:《东皇太一》中的"蕙肴"、"桂酒"等。(3)神祇祭祷时娱神的音乐与歌舞。如:《东皇太一》中的"扬枹"、"拊鼓"、"缓节"、"安歌"、"竽瑟"、"浩倡";《东君》中的"缅瑟"、"交鼓"、"鸣篪"、"吹竽"、"箫钟"、"展诗"、"会舞"等。(4)神祇自身佩戴的玉饰。如:《湘君》中的"玦"、"佩";《湘夫

---

[1] 湖北省荆沙铁路考古队:《包山楚简·包山2号楚墓简牍释文与考释》,文物出版社1991年版,第56页。

[2] 刘信芳:《包山楚简神名与〈九歌〉神祇》,《文学遗产》1993年第5期。

[3] 同上。

人》中的"白玉";《大司命》中的"玉佩"、"瑶华"等。

屈原《九歌》对神祇形象的佩饰、神祇祭祷与歌舞献祭场面的描写,应该是作者根据荆楚传统宗教神祇祷祠和歌舞献祭仪式的再创作。对于这一点,王逸《楚辞章句》早已作出过明确的表述,其云:"屈原放逐,窜伏其域,怀忧苦毒,愁思沸郁,出见俗人祭祀之礼,歌舞之乐,其词鄙陋,因为作《九歌》之曲。"① 今考包山楚简"卜筮祭祷记录"所见神祇祭祷情况,知王逸于《楚辞章句》所言大体相符,而能够进一步明确的则是,屈原创作《九歌》时所"参照"的"祭祀之礼",并非所谓"俗人祭祀之礼",而应该是楚人相当于周制的"大夫"或"上大夫"级别的官员或楚王族贵族的"祭祀之礼"。

对此,由《九歌》神祇所佩玉饰、祭祷场面中的玉石祭品和祭神歌舞中所使用的乐器情况,与包山、望山、新蔡葛陵楚简"卜筮祭祷记录"相关材料及包山、望山楚墓随葬乐器情况进行比较,即可获得一个较为清晰的认识。②

(一)《九歌》神祇所佩玉饰、祭祷场面中的玉石祭品,与包山、望山、新蔡葛陵楚简"卜筮祭祷记录"相关记录材料的比较。根据包山楚简"卜筮祭祷记录"的载记,玉是献给自然类神祇的主要祭品,如环、少(小)环、珏、璧、琥等。简文中上述玉石饰品献祭的对象是太、后土、司命、司祸、大水、二天子和峗山。值得注意的是,上述玉石饰品在包山楚简"卜筮祭祷记录"中未见用于人鬼的实例。根据望山楚简"卜筮祭祷记录"的载记,作为祭品的玉,在种类上与包山楚简大致相同,但作为祭品所献祭的对象,除了太、大水、后土、司命之外,还有人鬼。新蔡葛陵与望山楚简"卜筮祭祷记录"的载记大体一致,只是在玉祭品的种类上出现了"璧"和"璜"。

将《九歌》神祇所佩玉饰、祭祷场面中的玉石祭品与包山、望山、新蔡葛陵楚简"卜筮祭祷记录"相关材料进行比较,如表2—24所示。

---

① (汉)王逸:《楚辞章句·九歌章句》第二,岳麓书社1994年版,第53页。
② 相关简文,参见湖北省文物考古研究所、北京大学中文系《望山楚简》,中华书局1995年版;湖北省荆沙铁路考古队《包山楚简·包山2号楚墓简牍释文与考释》,文物出版社1991年版;陈伟等《楚地出土战国简册[十四种]》之《望山1号墓简册》、《包山2号墓简册》、《葛陵1号墓简册》,经济科学出版社2009年版。

表 2—24

玉石祭品或饰品	包山神祇	望山神祇	新蔡葛陵神祇	《九歌》神祇
包山、望山：佩玉一环、少环	太、大水（212—215）、后土、司命、司祸、二天子（212—215）	大水（54）、后土、司命（54）、柬大王（28）、圣逗王、悼王、东宅公（109）、北宗（125）		
（1）葛陵：佩玉、玉 （2）九歌：佩、玉佩			太（甲三111）、大水（乙四43）、地主（甲三52）、融、穴熊（乙一24）、□（甲三170）、□（甲二10）、□（甲三137）、平夜文君（甲三121）	湘君、大司命
（1）包山：玦 （2）九歌：玦	岷山（212—215）			湘君
九歌：璆				东皇太一
九歌：琳琅				东皇太一
九歌：瑶、瑶华				东皇太一、大司命
九歌：瑱				东皇太一
九歌：琼				东皇太一
葛陵：璧、璧玉、佩璧、珪璧			□（零371）、□（零57）、□（零727）、□（甲三142—1）、□（零188）、北方（甲一11、乙四14）、司命（乙四97）、荅夫人（乙一13）、□（甲三137）、□（零397）、二天子（甲一4）、□（甲三163）、□（甲三99）、□（零207）、□（乙三32）	
葛陵：璜			郙山（乙三44、45）	

注：表中"□"为原简文缺字。

下面尝试对上述比较作出如下分析：（1）包山楚简"卜筮祭祷记录"中有"佩玉一环"的描述。① 望山楚简"卜筮祭祷记录"中有"举祷太佩玉一环"之称。② 则在包山、望山楚简"卜筮祭祷记录"中，"佩玉一环"似为固有名称。望山2号墓竹简第50号简有"一革缔（带），備（佩）"的简文，"即一套附于革带的佩玉"。③ 则"佩玉一环"又可简称为"佩玉"。望山2号墓竹简第50号简又有"一峕睘（环），一缔缔（带），一双璜，一双虎（琥），一玉句（钩），一睘（环）"简文。④ 则"佩玉一环"（"佩玉"）与"环"或"少环"并不相同，前者是"附于革带的佩玉"，而后者只是单独的"环"或"少环"。新蔡葛陵楚简"卜筮祭祷记录"中又有"佩璧"（甲一11）简文，所谓"佩璧"当指附于革带上的璧。则"佩玉"或可为环，或可为璧。如新蔡葛陵楚简"□玉一璧"（零57），当即"佩玉一璧"，简文"举祷佩玉，各□璜"（甲三137）、"归佩玉于二天子各二璧"（甲一4）、"佩玉，于郤山一琔璜"（乙三44、45），是所献祭品在"佩玉"之外，再加"璧"和"璜"。⑤ 屈原《九歌·湘君》有"遗余佩兮醴浦"诗句，《大司命》有"玉佩兮陆离"诗句，诗句中的"佩"与"玉佩"当与楚简中的"佩玉"相同。《洹子孟姜壶》即有"玉备一□"铭文，又有"备玉二□"铭文，二者意义相同，"玉备（佩）"即"备（佩）玉"。（2）如前所述，在以玉为祭品的祭祷对象上，包山楚简未见用于人鬼的实例，而望山和新蔡葛陵楚简则涉及人鬼，但在自然类神祇的祭祷方面，包山、望山楚简与新蔡葛陵楚简则趋于一致。首先，在包山楚简中"峞山"的祭品是"玦"，而在《九歌·湘君》中"湘君"的饰品也是"玦"；其次，在包山、望山楚简中"太"、"大水"是"佩玉一环"，在新蔡葛陵楚简中是"佩玉"，而在《九歌》之《湘君》、《大司命》中"湘君"与"大司命"的饰品也是

---

① 参见包山楚简"卜筮祭祷记录"第213简，湖北省荆沙铁路考古队《包山楚简·包山2号楚墓简牍释文与考释》，文物出版社1991年版，第34页。
② 参见望山楚简"卜筮祭祷记录"第53、54简，湖北省文物考古研究所、北京大学中文系《望山楚简》，中华书局1995年版，第72、73页。
③ 湖北省文物考古研究所、北京大学中文系：《望山楚简》，中华书局1995年版，第96页。
④ 同上书，第112页。
⑤ 参见《葛陵1号墓简册·卜筮祭祷》，载陈伟等《楚地出土战国简册[十四种]》，经济科学出版社2009年版。

"佩"或"玉佩";再次,在包山、望山楚简和新蔡葛陵楚简中,以玉为祭品的自然类神祇大致趋同,如包山有太、大水、后土、司命、司祸、二天子、峚山,望山有太、大水、后土、司命,新蔡葛陵有太、大水、地主,而《九歌》中以玉献祭的神祇("东皇太一")和以玉为饰品的神祇("湘君"、"大司命")则都在上述神祇之中。

(二)《九歌》使用乐器情况与望山、包山楚墓随葬乐器情况的比较。歌舞是荆楚传统宗教中神祇祭祷仪式的重要内容,也是神祇祭祷仪式中娱神的重要手段。《九歌》既然是屈原"出见俗人祭祀之礼,歌舞之乐"而创作,荆楚传统宗教祀神时歌乐鼓舞的情境,必然会成为诗歌描绘的内容。①

将《九歌》之《东皇太一》、《东君》使用乐器情况与包山、望山楚墓随葬乐器情况进行比较,如表2—25所示。

表2—25

乐器	包山1	包山2	包山4	望山1	望山2	东皇太一	东君
鼓	●	●	●	●	●	●	●
瑟	●	●		●	●	●	●
竽	●					●	●

---

① 值得注意的是,《九歌》在整体叙述结构上可以分为三种类型:(1)既有祭祷场面的描写,又有巫人降神情景的描绘的诗篇,如《东皇太一》、《东君》;(2)没有祭祷场面的描写,只有巫人降神情景的描绘的诗篇,如《云中君》、《湘夫人》、《大司命》、《河伯》;(3)既没有祭祷场面的描写,也没有巫人降神情景的描绘的诗篇,如《湘君》、《少司命》、《山鬼》、《国殇》。因为第一种类型的《东皇太一》和《东君》都有神祇祭祷场面的描写,而且上述神祇祭祷场面又是全诗叙述的重点,全诗围绕上述神祇祭祷场面进行叙述,所以在《九歌》诸篇中,只有《东皇太一》和《东君》涉及"歌乐鼓舞"场面的描绘,而考察《九歌》神祇祭祷场面中使用乐器的情况,以及与望山、包山楚墓随葬乐器情况的比较,也只有以《东皇太一》和《东君》的相关描绘为主要"参照"了。在《九歌·东皇太一》中出现的乐器有鼓、竽和瑟,《东君》中出现的乐器有鼓、竽、瑟、钟和篪。根据陈振裕《东周楚乐初探》所提供的材料,包山楚墓1号墓出土乐器有瑟、竽、鼓和虎座鸟架悬鼓;包山楚墓2号墓出土乐器有瑟、鼓和铜钲;包山楚墓4号墓出土乐器有虎座鸟架悬鼓和有柄鼓。望山楚墓1号墓出土乐器有瑟、虎座鸟架悬鼓和竹相;望山楚墓2号墓出土乐器有瑟、虎座鸟架悬鼓和木号角。参见陈振裕《东周楚乐初探》,载陈振裕《楚文化与漆器研究》,科学出版社2003年版,第577页。

续表

乐器	包山1	包山2	包山4	望山1	望山2	东皇太一	东君
铜钲		●					
竹相				●			
钟							●
篪							●
木号角					●		

根据陈振裕《东周楚乐初探》所提供的材料，对春秋战国时期115座楚墓出土乐器进行统计，各类乐器总计203批，达470多件，其中"钟"最多，达105件；其次是"鼓"，共89件；"瑟"，共67件；"磬"，共59件；"铃"，共33件；"笙"，共18件。[①] 如表2—26所示。

表 2—26

乐器	件数	排名
钟	105	1
鼓	89	2
瑟	67	3
磬	59	4
铃	33	5
笙	18	6

下面尝试对上述比较及相关数据作出如下分析：（1）在《东皇太一》、《东君》歌乐鼓舞场面中作为伴奏乐器的"鼓"，在包山1号、2号、4号和望山1号、2号楚墓中都存在，说明"鼓"是上述墓葬最为常见的随葬乐器，也是《九歌》歌乐鼓舞场面中最常使用的伴奏乐器。（2）在《东皇太一》、《东君》歌乐鼓舞场面中作为伴奏乐器的"瑟"，在包山1号、2号和望山1号、2号楚墓中存在，说明"瑟"是上述墓葬仅次

---

① 陈振裕：《东周楚乐初探》，载陈振裕《楚文化与漆器研究》，科学出版社2003年版，第577页。

于"鼓"的常见随葬乐器,也是《九歌》歌乐鼓舞场面中最常使用的伴奏乐器。(3)在《东君》歌乐鼓舞场面中作为伴奏乐器的"钟",虽然在包山1号、2号、4号和望山1号、2号楚墓中没有出现,却是春秋战国时期楚墓随葬乐器中数量最多者。(4)在《东皇太一》、《东君》歌乐鼓舞场面中作为伴奏乐器的"鼓"和"瑟",既是包山1号、2号、4号和望山1号、2号楚墓中最为常见的随葬乐器,也是春秋战国时期楚墓随葬乐器中在数量上仅次于"钟"的随葬乐器,而从"钟"往往出现在王侯级大墓的情况看,"鼓"和"瑟"应该是春秋战国时期楚墓中最为常见和最为普遍的随葬乐器。

综上所述,根据上文关于《九歌》神祇所佩玉饰、神祇祭祷场面中的玉石祭品、歌乐鼓舞场面中使用乐器情况,与包山、望山、新蔡葛陵楚简"卜筮祭祷记录"相关材料和包山、望山楚墓随葬乐器情况的比较及分析,尝试得出如下认识:

(一)《九歌》在神祇所佩玉饰、神祇祭祷场面中的玉石祭品、歌乐鼓舞场面中使用乐器情况等方面,与战国时期楚人相当于周制的"大夫"或"上大夫"级别官员或楚王族贵族神祇祭祷礼制大体一致。在《东君》歌乐鼓舞场面中使用的乐器中有"钟",似乎超出战国时期楚国"大夫"或"上大夫"级别使用乐器的礼制,但包山楚墓2号墓出土有"铜钲",同样属于"乙类墓"的河南信阳长台关1号墓则随葬有青铜钮钟。上述情况或为战国时期楚国贵族在祀神礼制上的"僭越"情况的反映,但也进一步说明《九歌》使用乐器情况基本符合战国时期楚人相当于周制的"大夫"或"上大夫"级别官员或楚王族贵族神祇祭祷礼制。据此而论,王逸《楚辞章句》言屈原"出见俗人祭祀之礼"而作《九歌》的成说,在等级上似乎"低估"了屈原《九歌》的创作。屈原是按照战国时期楚国"大夫"或"上大夫"级别官员或楚王族贵族神祇祭祷礼制而创作《九歌》的。

(二)虽然能够明确《九歌》在神祇所佩玉饰、神祇祭祷场面中的玉石祭品等情况,与战国时期楚人相当于周制的"大夫"或"上大夫"级别官员或楚王族贵族神祇祭祷礼制大体一致,但不能否认的是,《东皇太一》神祇祭祷场面所用玉器的描写极尽奢华与夸张。包山楚简赛祷"太"仅有"玉一环",望山楚简亦"佩玉一环",而《东皇太一》中不但涉及"璆"、"琳琅"、"玉瑱"等玉石饰品,还以"瑶席"譬喻美玉的丰盛,以"琼芳"

譬喻"玉枝"的高贵和芳香。对于上述情况，我们试图以《九歌》的文学性质来看待。如此，则能够说明：屈原在《东皇太一》、《东君》的创作中，在以现实生活作为创作基础的同时，还注意到了文学性的描摹与展现，注意到了情感的热烈与浪漫的文学理念和艺术理想的展现。

（三）乐器是音乐的载体，不同乐器的独特的音质与音乐个性又是与独特的旋律和富有个性的歌舞紧密相连的，因此，由《东皇太一》、《东君》伴奏乐器与包山、望山楚墓随葬乐器的相同性，而推断由其所"承载"的音乐与舞蹈的联系性的存在。基于此，根据《东皇太一》、《东君》作为伴奏乐器的鼓和瑟，既是包山1号、2号、4号和望山1号、2号楚墓中最为常见的随葬乐器，也是春秋战国时期楚墓中最为常见和最为普遍的随葬乐器这一认识，而判断《东皇太一》、《东君》歌乐鼓舞场面，也当是战国时期楚国大夫阶层或楚王族贵族神祇祭祷仪式中的歌舞娱神情景的文学式的描写。

第三节　从战国楚简卜筮祭祷简祷祠实践看屈原对荆楚宗教神祇传统的继承

望山、包山楚简"卜筮祭祷记录"所反映的神祇祭祷情况，涉及战国时期楚国神祇崇拜和神祇祭祀制度等问题，因此，研究屈原《九歌》、《天问》、《离骚》等作品与荆楚传统宗教神祇传统的联系和关系，望山、包山楚简"卜筮祭祷记录"确为珍贵的第一手资料。[①] 如前所述，屈原

---

① 上述比较研究的基础，是屈原与望山、包山楚墓墓主存在诸多方面的可比性：首先，望山、包山楚墓墓主与屈原同在一个历史时期，他们生前从政的时间大致与屈原同时或相前后。从望山1号墓随葬简文判断，墓主邵固去世的时间当"在怀王前期为最合适。不过，略为错前或错后的可能性都还是存在的"。如果墓主邵固去世的时间在怀王前期，此时当是屈原从政的前期；如果墓主邵固去世的时间在怀王后期，则当是屈原从政的中后期；如果墓主邵固去世的时间在怀王之前，此时的屈原当处于25岁左右的青年时期。总之，墓主邵固从政的时间，大致与屈原从青年到中年的人生轨迹相重合。学术界关于包山楚墓的时间及墓主下葬的时间存有不同意见。《包山楚墓》一书认为其绝对年代约为公元前290年前后。徐少华《包山2号墓的年代及有关问题》认为包山2号墓的绝对年代应为公元前303年。王红星《包山2号墓的年代与墓主》认为包山2号墓的下葬之日当在公元前316年楚历6月25日。相同意见还见于陈伟《包山楚简初探》一书。以公元前316年为包山2号墓下葬之年为限，则包山2号墓墓主邵舵的从政时间主要在怀王前期之前及威王时期，此时期的屈原亦处于青年时期，并且这一年限（前316年）与（转下页）

《九歌》神祇都能与望山、包山楚简"卜筮祭祷记录"相关神祇相互应对,并且能够断定望山、包山楚简"卜筮祭祷记录"相关神祇与《九歌》诸神之间具有某种"整体同一性"的关系。然而,不能否认的是,屈原《九歌》毕竟是一部文学作品,望山、包山楚简"卜筮祭祷记录"所反映的神祇祭祷情况,只是屈原创作《九歌》的生活基础和内容来源,而不是《九歌》内容的全部。因此,在将《九歌》与望山、包山楚简"卜筮祭祷记录"相关神祇相互应对的比较研究中,既看到双方之间密切的关系,又能注意到双方之间的区别和不同,而保持《九歌》之独特的文学性特点,则是望山、包山楚简"卜筮祭祷记录"相关神祇与《九歌》之比较研究中需要注意的。

一　《九歌》"东皇太一"与战国楚简卜筮祭祷简"太"

作为祭祷对象的"太",在天星观、新蔡葛陵、望山、包山楚简"卜筮祭祷记录"中均有出现。以包山楚简"卜筮祭祷记录"中的"太"为考察对象,源于对简文中该字的释读存在异议,故根据对该字不同的认识,而影响到对该字所指示的神祇的认识,总结起来,大致有如下五种意见:(1)简文中的字即"太"字,应即"太一",而简文中的"太"当

(接上页)屈原担任"左徒"官职的怀王十一年(前318年)相接近。其次,望山、包山楚墓墓主在生前的政治身份和社会身份上与屈原存在可比性。望山1号墓墓主卲固是以悼为氏的楚国王族,而包山2号墓墓主卲㐌,官居左尹,等级身份大约相当于周制的"上大夫"级。望山1号墓与包山2号墓"卜筮祭祷记录"中都有"出入侍王"的内容,表明二位墓主生前都曾经接近过楚王,并随王出入。上述情况一方面说明二人与楚王及王室的关系较为密切,既有宗族上的血缘联系,亦有个人方面的私交关系;另一方面说明二人都曾参与"王事"即国家政事的处理。显然,上述情况亦与屈原的贵族身份及担任"左徒"时"入则与王图议国事以出号令"、"出则接遇宾客应对诸侯"的政治经历相同。更为重要的是,望山1号墓与包山2号墓墓主与屈原同为楚国王族,在等级身份上也大致相当,这意味着他们有可能在荆楚传统巫灵文化与传统宗教信仰及神祇崇拜等方面,有着相近或相同的嗜好与修养,并遵守着相近或相同的传统与习俗。参见湖北省文物研究所、北京大学中文系《望山楚简》,中华书局1995年版,第136页;荆沙铁路考古队《包山楚墓》,文物出版社1991年版;徐少华《包山2号墓的年代及有关问题》,《江汉考古》1989年第4期;王红星《包山2号墓的年代与墓主》,载《楚文化研究论集》第二集,湖北人民出版社1991年版;陈伟《包山楚简初探》,武汉大学出版社1996年版,第19页。

即楚人崇拜的"太一",并可以进一步断定简文中的"太"亦即屈原《九歌》中的"东皇太一"。① (2)简文中的字即"太"字,但并非"太一",疑为楚人"太阳神"的专字。② (3)简文中的字或为"天"字,是祭祷中"天"的专字。③ (4)简文中的字可能是一个从"大"从"卜"声的字,或读为"春秋祭酺"(《周礼·地官·族师》)的"酺"。而"酺"或作"步"、"布",乃是裁害之神。④ (5)简文中的字应从"大"声而读为"厉",此"厉"即指"厉鬼"。⑤

简文中的字释为"大"当无误,而"大"、"太"古本一字,故将简文中的字释为"太"字,应即"太一"的观点,颇为中肯。联系望山与包山楚简"卜筮祭祷记录"涉及"太"的简文,"太"总是排在"后土"、"司命"之前,而且在所享祭品的情况上,"太"也比"后土"、"司命"的等级高。上述情况说明,在神格与神祇等级上,"太"都要高于"后土"、"司命"以及"大水"、"二天子"、"峗山"诸神。值得注意的是,望山、包山楚简"卜筮祭祷记录"中源于"太"与诸神的关系而构成的"太"位于诸神前位的位序,与屈原《九歌》中《东皇太一》位于诸篇前位的位序是相同的。这样,望山、包山楚简"卜筮祭祷记录"中的"太"与《九歌》中的"东皇太一"正可以构成互为关联的根据,也说明望山、包山楚简"卜筮祭祷记录"中的"太"与《九歌》中的"东皇太一"应为同一神祇。

虽然说《九歌》中的"东皇太一"与望山、包山楚简"卜筮祭祷记录"中的"太"应为同一神祇,但屈原在"太一"前冠以"东皇"二字,又说明《九歌》中的"东皇太一"与望山、包山楚简"卜筮祭祷记录"中的"太"还存在不同之处,而这种不同之处似乎不是体现在"太一"作为至上神的神性上,而是"东皇太一"比"太一"融含了更多的

---

① 参见刘信芳《包山楚简神名与〈九歌〉神祇》,《文学遗产》1993年第5期;李零《包山楚简研究(占卜类)》,《中国典籍与文化论丛》第一辑,中华书局1993年版;陈伟《包山楚简初探》,武汉大学出版社1996年版,第161、162页。
② 参见滕壬生《楚系简帛文字编》,湖北教育出版社1995年版,第45页。
③ 参见于成龙《释䄈——新蔡楚简中的䄈礼》,《故宫博物院院刊》2004年第4期。
④ 李家浩:《包山卜筮简218—219号研究》,载《长沙三国吴简暨百年来简帛发现与研究国际学术研讨会论文集》,中华书局2005年版,第185—191页。
⑤ 董珊:《楚简中从"大"声字的读法》(二)简帛网2007年7月8日。

文化属性。

　　较早触及"东皇太一"文化属性的是周勋初先生。他在《九歌新考》中认为"太一"是"齐地新兴的至上神",并认为"韩非把太一看作位于齐地上空,齐人则认为此星正在他们的天顶之上。燕齐方士把占有文化高峰地位的齐国作为活动基地,承袭了齐居天下之中的共通观念,提出了齐国都城位处地之腹脐的学说,并且构拟了齐地正对天之腹脐的学说。他们又构拟出新兴的至上神太一,并把他的影子投掷到天上。这就是太一在方士中流传的经过"。[①] 而"太一"之前冠以"东皇"二字,则是因为"秦国上帝称'西皇',则齐国上帝也可以称为'东皇';而齐国上帝原名'太一',至是乃重床叠屋复称'东皇太一'"。[②]

　　上述讨论极具启发性,但最大的问题是,"东皇太一"并没有出现在与"齐"有关的文献记载中,如果"东皇太一"是齐地带有政治色彩的至上神,缘何又会得到屈原的歌颂?《九歌》诸神被认为来自楚地楚人祠神之礼,缘此,齐地齐人的"东皇太一"又何以成为楚人的至上神并出现在楚人所祷祠的神祇之中?显然,根据周勋初先生关于"东皇太一"的认识,上述问题是难以解释的。

　　有学者指出,从文献记载上看,"太一"有三种含义:"作为哲学上的终极概念,它是道的别名;作为天文学上的星官,它是天极所在,斗、岁游行的中心;作为祭祀崇拜的对象,它是天神中的至尊。"[③] 值得注意的是,《老子》中有"大"与"一"的哲学概念,郭店楚简《太一生水》则"大"、"一"连用,而包山楚简"卜筮祭祷记录"则将作为神祇的"太"置于诸神的前列。上述情况说明,作为哲学概念的"太一"和作为神祇名称的"太一",都与荆楚文化存在密切关系。"中国古代的宇宙论有'太一'、'太极'两种表达,过去注意较多的主要是《系辞》'太极说',现在看来,文献中的'太一说'也值得发掘。此说不仅与《老子》有关,也见于《庄子·天下》和《鹖冠子》,显然是道家的重要概念。"[④] 而《老子》、《庄子》、《鹖冠子》皆与荆楚文化存在密切关系。"《鹖冠

[①] 周勋初:《九歌新考》,上海古籍出版社1986年版,第47页。
[②] 同上。
[③] 李零:《郭店楚简校读记》,中国人民大学出版社2007年第1版,第267页。
[④] 同上书,第278页。

子》为楚人所撰，今本可能包括了《汉书》中道家的《鹖冠子》和纵横家的《庞煖》两书。""《鹖冠子》成书甚晚，在汉文帝时的长沙，鹖冠子一派道家正在流传。贾谊所作《鵩鸟赋》和马王堆帛书的性质，都说明了这一点。也就是说，以楚国为中心的南方道家传统，在当地继续存在。"① 以此联系"太"在包山楚简"卜筮祭祷记录"所反映的神祇祭祷实践中存在的情况，说明在战国及至秦汉时期荆楚地域传统文化中，对"太一"的哲学阐释与神祇崇拜是同时存在的。同时，"太一"也构成了这一时期荆楚地域传统文化中南方道家思想的重要概念和荆楚传统神祇祷祠制度中的至上神。

如此而言，至少能够明确，望山、包山楚简"卜筮祭祷记录"中的"太"和《九歌》中的"东皇太一"，是荆楚传统神祇祷祠制度中的至上神，而不是齐地的"太一"或源于齐王的政治目的而冠名的"东皇太一"。

《九歌·东皇太一》开篇云："吉日兮辰良，穆将愉兮上皇。"《楚辞章句》云："上皇，谓东皇太一也。"② 则"东皇太一"或谓"上皇太一"。显然，"太"或"太一"作为至上神，称其为"上皇"最为恰当。"太"或"太一"是"正名"，而"上皇太一"则应该是"尊称"。望山、包山楚简"卜筮祭祷记录"中多次出现"太"，但新蔡葛陵楚简"祭祷文书"则不见。望山、包山楚墓墓主皆为楚王族，后者相当于周制的"上大夫"级别，而新蔡葛陵楚简"祭祷文书"则是一些地方官吏或贵族或里人的祷祠记录，其在社会地位和等级上，不能与望山、包山楚墓墓主的楚王族或上大夫身份同日而语。依此，望山、包山楚简"卜筮祭祷记录"中"太"或《九歌·东皇太一》所谓"上皇太一"，应该是楚王族或"上大夫"级别者有资格祷祠的神祇。在此反观"东皇太一"一名，汉以前古籍仅此一见，故"东皇太一"之名，或为屈原于《九歌》之独创。

学术界在关于楚文化渊源问题的探讨中，有一种较为成熟的观点，即认为楚文化的渊源在中原地区，即中原东部地区。"很多学者认为楚国的公族是来自中原东部的芈姓季连的后人。"③ "学术界在探讨楚文化的渊源时，多引用屈原在《离骚》中所云：'帝高阳之苗裔兮，朕皇考曰伯庸'。

---

① 李学勤：《简帛佚籍与学术史》，江西教育出版社2001年版，第21、25页。
② （汉）王逸：《楚辞章句·九歌章句》第二，岳麓书社1994年版，第54页。
③ 徐士友：《当阳赵家湖楚墓头向的两点启示》，《江汉考古》1999年第2期。

认为楚人系颛顼、祝融的后裔。又据《左传·昭公十七年》载：'郑，祝融之虚也'。此郑指河南新郑县。根据这些记载推论楚的祖先祝融部落在商代之前曾生息、活动在今新郑一带。后祝融部落的一个分支芈姓季连部族迫于商的威慑，从今新郑一带沿禹县、叶县这条古代的通路逐步南迁到丹江流域和荆山地区。"《史记·楚世家》亦载：'楚之先祖出自颛顼高阳'。《左传·昭公十七年》：'卫，颛顼之虚，故为帝丘'。杜预注：'卫，今濮阳县，昔帝颛顼居之，其城内有颛顼冢'。……据此认为楚之祖先原活动在今河南濮阳一带。夏王朝灭亡以后，他们才逐渐南移，来到南阳盆地的南部边缘地区和江汉流域。"①

上述观点又被相关学者在湖北楚墓头向的规律中找寻到佐证。"上古任何民族，墓葬的头向通常都是一致的，不会因其墓主身份的高低贵贱而不同，缘由是任何一个民族成员都不会数典忘祖。芈姓的楚人来到江汉地区不会入乡随俗而改变墓葬头向。迄今已发现的可以确定墓主为公族的大型楚墓，头向皆从东，唯有天星观1号墓头向从南，其墓主是'番'姓的少数民族，非楚国的公族。""从中原东部到江汉地区，是从东北方向到西南方向，既可以说是北来，也可以是东来。可是，在楚国公族及其部众的观念中，他们是东来的，死后墓葬头向朝东就是明确的证据。"而"江汉地区土著楚蛮，墓葬头向从南。他们也不因受东来楚人的统治而把自己的墓葬头向改为从东。"② 有学者对湖北已发现的比较重要的楚墓如随州擂鼓墩1、2号墓、江陵望山1、2号墓、沙冢1号墓、天星观1号墓、藤店1号墓、马山1号墓、雨台山墓群、九店墓群、八岭山和纪山有冢大墓群、岳山漾伯铜器墓、当阳赵家湖墓群、襄阳山湾墓群、蔡坡墓群、鄂城楚墓、黄岗国儿冲楚墓、麻城白骨墩楚墓等墓葬的文化特征进行综合考察，发现其"葬式以仰身直肢葬为主；头向以向南最多，次为东，向西与向北的极少"。③ 而楚高级贵族墓一般东向，小型墓葬则以南向居多，似乎暗示以楚王族等贵族为核心的楚主体民族来源于东方，而土著楚

---

① 徐天申：《楚文化研究的新进展：湘、鄂、豫、皖四省楚文化研究会第六次年会综述》，《华夏考古》1993年第1期。

② 徐士友：《当阳赵家湖楚墓头向的两点启示》，《江汉考古》1999年第2期。

③ 陈振裕：《湖北楚墓综述》，载陈振裕《楚文化与漆器研究》，科学出版社2003年版，第64页。

蛮"原是来自南方的客户"。①

以楚地大型墓葬或贵族墓葬头向以"东向"居多，而作为楚主体民族"族源"之根据的做法，在考古学和历史学的早期楚文化研究上还存在诸多问题，但"楚地大型墓葬或贵族墓葬头向以'东向'居多"这一现象，却不能否认和忽视。故而"东方"作为一种具有某种特殊内涵的文化因素，对于以楚王族等贵族为核心的楚主体民族来说，或有可能成为一种"传统归属"、"精神溯源"与"文化寻根"的思想或情绪的载体和依托。以此联系《九歌》之《东皇太一》的创作，其诗篇中谓"上皇"，而歌名却冠以"东皇"，其用意或是突出作为方位词的"东"字而与其他地域之"太一"构成区别，从而达到以楚王族等贵族为核心的楚主体民族以及作为作者的屈原自己对于古老的"东方之根"的尊崇和承继的目的。

二 《九歌》"湘君"、"湘夫人"与战国楚简卜筮祭祷简"二天子"

《山海经·中山经》中所载"帝之二女"神话当是"二湘"神话的早期形态，而且上述神话在《水经注·湘水》中亦有载，说明上述神话在后世亦有流传。神话中的帝或为天帝，而非确指。对此，郭璞在注释中有很明确的论述："天帝之二女而处江为神，即《列仙传》江妃二女也。《离骚》、《九歌》所谓湘夫人称帝子者是也。"② 上述意见极为中肯。"湘水流域之中原有两个女神。这是天帝的女儿，与帝尧、帝舜都无关系。她们的形象，尚还原始，与娥皇、女英无共通处。"而"舜与二妃的故事，战国之时流传甚广，舜葬南方之说既起，二妃传说定会随之入南，而湘水之间原来就有帝之二女在，至是二妃故事乃与楚地原有神话结合起来。"③

再看包山楚简"卜筮祭祷记录"之"二天子"。刘信芳《包山楚简神名与〈九歌〉神祇》释为"帝之二女"。④ 陈伟《包山楚简初探》认为"帝可训天，子亦指女。……由见刘说可从。"并"依《山海经》原文，帝之二女应是山神。郭璞以为江神，恐不可据。"⑤

---

① 宋公文：《楚墓的头向与葬式》，《考古》1994年第9期。
② （晋）郭璞注：《山海经》，岳麓书社1992年版，第109页。
③ 周勋初：《九歌新考》，上海古籍出版社1986年版，第93页。
④ 参见刘信芳《包山楚简神名与〈九歌〉神祇》，《文学遗产》1993年第5期。
⑤ 陈伟：《包山楚简初探》，武汉大学出版社1996年版，第169、170页。

以"帝之二女"为"山神"之说，存在问题。《中山经》"帝之二女"神话，言二女居于洞庭之山，但又"常游于江渊"。又说："澧、沅之风，交潇、湘之渊，是在九江之间，出入必以飘风暴雨。"知神话中"帝之二女"居于山而游于江，既是山神，又具有水神的神性，而"常游于江渊"之说，又说明"二女"的神格似以水神之神性为主。然而，将战国楚简"卜筮祭祷记录"之"二天子"释为"帝之二女"并与《山海经·中山经》"帝之二女"神话联系起来，则甚为精当。如此，《九歌》之"湘君"、"湘夫人"与"卜筮祭祷记录"之"二天子"应该存在某种联系的结论，则可以明确。如果说上述认识还存在什么问题的话，那就是《九歌》所描写的是楚地原有的"帝之二女"神话，还是"舜与二妃"传说，还是"帝之二女"与"舜与二妃"相互融合以后的神异故事，仍无法定论。

三 《九歌》"大司命"、"少司命"与战国楚简卜筮祭祷简"司命"

在望山、包山楚简"卜筮祭祷记录"中都有"司命"。可以肯定的是，望山、包山楚简"卜筮祭祷记录"中的"司命"应该是同一个神祇，根据有二：其一，从与司命并祭神祇的排列情况看，双方基本一致；其二，从以玉器作为祭品的祭祷情况上看，双方完全一致。

如表2—27、表2—28所示。

表2—27

简号	神祇					
望山第54简	太	后土	司命		大水	
望山第55简		后土	司命		大水	二天子
包山213—214	太	后土	司命	司禍	大水	二天子	峗山
包山215	太	后土	司命	司禍	大水	二天子	峗山
包山236—238	太	后土	司命		大水	二天子	危山
包山242—243	太	后土	司命		大水	二天子	危山

表 2—28

神祇	望山 54 简	包山 213 简
太	佩玉一环	佩玉一环
后土、司命	各一少环	各一少环
大水	佩玉一环	佩玉一环

然而，《包山楚简》与《望山楚简》在对"司命"具体考释时，则有不同的意见。《包山楚简·考释》云："《周礼·春官·大宗伯》：'以槱燎祀司中、司命'，注：'司中、司命，文昌第五、第四星'。古人以为，司命'主知生死，辅天行化，诛恶护善也'。"① 考《周礼》"大宗伯"之职，"掌建邦之天神、人鬼、地祇之礼"，至于具体叙述，则以天神、地祇、人鬼的顺序排列，其中"司命"则为天神之属。显然，《包山楚简》以为"司命"为天神，即所谓文昌第四星。《望山楚简·考释》云："司命，神名。《礼记·祭法》：'王为群姓立七祀，曰司命，曰中霤，曰国门，曰国行，曰泰厉，曰户，曰灶。'《楚辞·九歌》有大司命、少司命。《史记·封禅书》记汉初祭祀，晋巫、楚巫所祠之神中皆有司命。"② 显然，《望山楚简》以为"司命"乃是《祭法》"七祀"或"五祀"诸神之一，属于地祇，并认为其与《九歌》之"司命"和《史记·封禅书》所载晋巫、荆巫所主祀之"司命"存在联系。

根据望山、包山楚简"卜筮祭祷记录"所提供的关于"司命"的卜筮情况和祷祠环境的了解和认识，望山、包山楚简"卜筮祭祷记录"中的司命应为地祇。

包山楚简"卜筮祭祷记录"中"司命"共四见，其中与后土共享祭品者二见，与后土、司禑共享祭品者一见，与后土、司禑、大水、二天子、夕山并列者一见。③ 望山楚简"卜筮祭祷记录"中"司命"亦四见，其中与后土共享祭品者二见，与后土并列者一见，单出者（竹简有缺字）一见。

由上述情况可知，在望山、包山楚简"卜筮祭祷记录"所见神祇祭

---

① 湖北省荆沙铁路考古队：《包山楚简》，文物出版社 1991 年版，第 56 页。
② 湖北省文物考古研究所、北京大学中文系：《望山楚简》，中华书局 1995 年版，第 97 页。
③ 刘信芳：《包山楚简神名与〈九歌〉神祇》释为"骨"、"夕"，《文学遗产》1993 年 5 期。

祷制度中，司命与后土往往共享祭品，证明在神祇等级上，司命与后土相当；司命与后土、大水、二天子、夕山等山川、土地一类的神祇并列，并构成一个较为独立的神祇组合体系，说明上述神祇在类别上具有相同的特点。再者，在由司命所构成的神祇组合体系中，作为天神的"太"总是位于诸神祇的首位，并单独享受祭品，而后土、司命位于其后，且所享祭品的规格低于"太"。上述情况已经表明"太"作为天神位于首位，而"后土"作为地祇位于次位。那么，与后土共享祭品的司命，也应该与后土相同，是地祇无疑。"简书中的神祇排列大致以类相从。太为天神，后土为地祇，已如上述。司命列于后土之后，似不致又是天神。"[①]

由此可以断定，望山、包山楚简"卜筮祭祷记录"中的司命是地祇而非天神。这样，能否援引《周礼·大宗伯》"文昌第四星"的注语而诠释望山、包山楚简"卜筮祭祷记录"中的司命，也就值得商榷了。

基于此，将望山、包山楚简"卜筮祭祷记录"所反映的司命神崇拜与祭祀情况，同古代文献中有关司命神的各种记载联系起来考察，或许能够对秦以前（包括荆楚地域）司命神以及司命神崇拜与祭祀情况，作出一个大致明晰的判断。

（一）司命是先秦时期各地普遍存在的一个神祇，存在于不同地域及族群宗教信仰及神祇祭祷制度中的司命，其作为神祇的地位和等级，似乎存在差异。《史记·封禅书》所载荆巫所"主祀"的司命，就是一个在地位和等级上较为低级的神祇，在这方面与望山、包山楚简"卜筮祭祷记录"中所反映的司命祷祠情况大体一致。

司命是先秦时期各地普遍存在的一个神祇，确知者有齐地"司命"、晋巫和荆巫所祀"司命"[②]。而其他先秦典籍所涉"司命"则更多，如《周礼·春官》、《庄子·至乐》、《韩非子·喻老》、《孙子·作战》、《管子·法法》、《隋巢子》（《艺文类聚》卷十引）等文献记载中所涉及的司命，或为泛指，但也不排除具有某种地域性特点的可能。

被不同地域的人们所崇拜的司命，是否为同一个司命，不好定论，但有一点能够肯定的是，存在于不同地域和族群宗教信仰与神祇祭祷制度中

[①] 陈伟：《包山楚简初探》，武汉大学出版社1996年版，第166页。
[②] 《洹子孟姜壶》铭文所载"司命"当为齐地司命；《史记·封禅书》晋巫、荆巫所祠司命，当为晋和荆楚司命。

的司命，其作为神祇的地位和等级，似乎存在差异。

　　根据《史记·封禅书》的记载，汉初于长安置祠祝官、女巫，有梁巫、晋巫、秦巫、荆巫等主持祠神之礼，其中晋巫与荆巫所祀诸神中皆有司命。从《史记·封禅书》所载晋巫、荆巫所"主祠"之诸神看，除"司命"之外，并无重复，故而推断，由晋巫和荆巫所主祀的司命，虽然同为"司命"，但二者之间似乎还存在不同之处。荆巫所主祀诸神中有"堂下"，而梁巫所主祀诸神中有"堂上"。对此，《索隐》云："《礼乐志》有《安世房中歌》，皆谓祭时室中堂上歌先祖功德也。"① 故"室中"即"堂上"，则"室外"或谓"堂下"。《九歌·少司命》云："秋兰兮麋芜，罗生兮堂下。"王逸《章句》云："言己供神之室，空闲清净，众香之草，又环其堂下，罗列而生。"② 知"堂下"确可与"室中"相对。《汉书·郊祀志》颜师古注亦云："堂下，在堂之下"。③ 观《史记·封禅书》荆巫所主祀诸神，"堂下"之下，并有"巫先"、"司命"、"施糜"诸神。其中"巫先"，《索隐》谓"古巫之先有灵者"④。《汉书》颜师古注："巫之最先者也。"⑤ "施糜"，《索隐》引郑氏云："主施糜粥之神。"⑥ 反观梁巫所主祀者，则有"天"、"地"、"天社"、"天水"、"房中"诸神。两相比较，梁巫所主祀者，或为天神，或为地祇，等级较高；而荆巫所主祀者，皆为神祇中等级低下者。以此观荆巫所主祀之司命，其地位等级亦当列入"堂下"诸神。以此推之，以"堂上"与"堂下"诸神系列而论，望山、包山楚简"卜筮祭祷记录"之司命，当属于后者。如此而言，《史记·封禅书》所载荆巫所主祀的"司命"与包山楚简"卜筮祭祷记录"中的"司命"，在神祇地位与等级上，都列于"小神"之位。

　　（二）司命在神祇地位与等级上所表现出的高低之别，取决于司命作为祷祠对象的不同的神性。这方面的情况，在纬书和占星家关于文昌第四星和上台二星神性的论述中是很清楚的。在神祇地位与等级上，"主寿"

---

① （汉）司马迁：《史记》卷二十八司马贞《索隐》，中华书局1959年版，第1379页。
② （汉）王逸：《楚辞章句·九歌章句》第二，岳麓书社1994年版，第69页。
③ （汉）班固：《汉书》卷二十五上颜师古注，中华书局1962年版，第1211页。
④ （汉）司马迁：《史记》卷二十八司马贞《索隐》，中华书局1959年版，第1379页。
⑤ （汉）班固：《汉书》卷二十五上颜师古注，中华书局1962年版，第1211页。
⑥ （汉）司马迁：《史记》卷二十八司马贞《索引》，中华书局1959年版，第1379页。

的司命"高"而"主灭不详"的司命"低"。而"后者"又能够与望山、包山楚简"卜筮祭祷记录"中所反映的司命祭祷情况联系起来。

关于文昌第四星的神性,《开元占经》引《黄帝占》:"司命主灭不详。"① 又引《元命苞》:"司命举过,灭除不详。"② 与文昌第四星"主灭不详"的神性不同,上台二星则"主寿"。《开元占经》引《春秋纬元命苞》云:"上台,为司命,主寿。"③ 又引《荆州占》云:"司命司中禄星,天子定见安危之府也,万民寿之主也。"④

显然,"主寿"与"主灭不详"的司命,在神性上存在差异,而这种差异又可能导致其在祷祠行为中受到不同的"待遇"。在春秋晚期的齐国青铜器《洹子孟姜壶》铭文中,即出现了"大司命"的称谓,"壶名因丧事而祭祀大司命,所以大司命是指主寿的上台二星。"⑤《洹子孟姜壶》铭文中的"大司命"指"上台二星"之说,并无根据,但根据铭文中因丧事而祭祀"大司命"的事实,而判断铭文中的"大司命"具有"主寿"的神性,则是正确的。齐人以"主寿"的"司命"为"大",说明对"大司命"更尊重之,故在具体的祷祠行为中对"大司命"的礼遇也会更高。

以此而论,"主灭不详"的司命自然要低其一等了。《开元占经》引《黄帝占》云:"司命主灭不详。"⑥ 又引《元命苞》:"司命举过,灭除不详。"⑦ "过"与"不详"或人之常有,并表现在生活的诸多方面,包括与自身有关的疾病或灾咎,而这些都与"祟"有关,故《开元占经》引"郗萌"云:"司命主百鬼。"⑧ 包山楚简"卜筮祭祷记录"在"疾病贞"简文中经常出现"祝"字,《包山楚简·考释》释云:"读如祟。"⑨ "古人往往认为疾病与祟有关,因而发病时有卜祟之举。如《左传》哀公六

---

① (唐)瞿昙悉达:《开元占经》卷六十七,岳麓书社1994年版,第696页。
② (唐)瞿昙悉达:《开元占经》卷六十八,岳麓书社1994年版,第730页。
③ (唐)瞿昙悉达:《开元占经》卷六十七,岳麓书社1994年版,第691页。
④ 同上书,第692页。
⑤ 李学勤:《简帛佚籍与学术史》,江西教育出版社2001年版,第173页。
⑥ (唐)瞿昙悉达:《开元占经》卷六十七,岳麓书社1994年版,第696页。
⑦ (唐)瞿昙悉达:《开元占经》卷六十八,岳麓书社1994年版,第730页。
⑧ 同上。
⑨ 湖北省荆沙铁路考古队:《包山楚简·包山二号楚墓简牍释文与考释》,文物出版社1991年版,第56页。参见陈伟等《楚地出土战国简册[十四种]·包山2号墓简册·卜筮祭祷记录》"注释",经济科学出版社2009年版,第110页。

年记：昭王有疾，卜曰：河为祟。《战国策·东周策》赵取周之祭地章云：及王病，使卜之，太卜谴之曰：周之祭地为祟。简书所见正与这些记载相类。"① 从包山楚简"卜筮祭祷记录"有关司命的三条简文看，在"贞问因由"方面，主要是"腹心疾"，且病状明确，久治不愈。显然，简文中的"司命"作为"赛祷"或"举祷"的对象，是与上述"贞问因由"具有直接联系的。由此可知，包山楚简"卜筮祭祷记录"中出现的司命，在神性上主要表现为"主灭不详"。如果与《洹子孟姜壶》铭文中的"大司命"联系起来，简文中的司命与其在神性上并不相同。上述情况说明，在神祇地位与等级上，包山楚简"卜筮祭祷记录"中的司命，应该低于《洹子孟姜壶》铭文中的"大司命"。

（三）根据不同的祷祠目的，司命的神性出现了"分化"，而司命神性的分化，又会带来司命作为神祇的"分裂"，亦即司命"自身"的"析化"。其结果，是导致两个司命，即大、小（少）司命的出现。对于望山、包山楚简"卜筮祭祷记录"中的司命来说，既然其在神祇地位与等级上低于《洹子孟姜壶》铭文中的"大司命"，自然也就是"小（少）司命"了。

春秋晚期齐国青铜器《洹子孟姜壶》铭文中，即出现了"大司命"的称谓，但从铭文所列神祇看，此"大司命"并非天神。从《洹子孟姜壶》铭文所列神祇祷祠情况看，明显分为三个层次，即第一层次是"上天子"，所用祭品是"璧"和"佩玉"；第二层次是"大巫"、"司折"、"大司命"，所用祭品是"璧"、"两壶"、"八鼎"；第三层次是"南宫子"，所用祭品是"璧"、"佩玉"、"鼓钟"。显然，在祭祷制度上所呈现的三个层次，实际上是由上述神祇的地位与等级所决定的，即"上天子"为天神，故排在首位；"大巫"、"司折"、"大司命"为地祇，排在次位；而"南宫子"为"人鬼"即祖先，列于最后。这种由神祇地位与等级所决定的神祇于祭祷制度上的位序，在包山楚简中最为典型，即作为天神的"太"总是位于神祇位序之首，而地祇、人鬼位于其后。

据此而论，至迟在春秋晚期，齐地所崇拜的"司命"便出现了"析化"的情况，出现了"大司命"和"小（少）司命"，但司命神仍然属于地祇而非天神，而"司命"的星宿化附会，亦当在春秋晚期以后。"司

---

① 陈伟：《包山楚简初探》，武汉大学出版社1996年版，第155页。

命"在齐地出现的"析化"情况，是否也在楚地出现过？根据屈原《九歌》之"二司命"，答案应该是肯定的。望山、包山楚简"卜筮祭祷记录"中的"司命"，在神祇地位与等级上低于《洹子孟姜壶》铭文中的"大司命"，应该属于"小（少）司命"。

在此基础上，讨论《九歌》之《大司命》、《少司命》的创作，与望山、包山楚简"卜筮祭祷记录"所反映的神祇祭祷制度中的司命神崇拜之联系的问题，也就有的放矢了。

屈原《九歌》虽然是文学作品，但从《九歌》对"大司命"、"少司命"的文学性描绘中，仍然能够发现其根植于文学形象之中的传统的神性本质和神祇特征。《九歌》之《大司命》开篇云："广开兮天门，纷吾乘兮玄云。令飘风兮先驱，使涷雨兮洒尘。"描写"大司命"乘驾云车从天门而下，说明"大司命"居于"天庭"，属于天神。《九歌》之《少司命》开篇云："秋兰兮麋芜，罗生兮堂下。绿叶兮素枝，芳菲菲兮袭予。"描写"少司命"所居处之"堂"的美好，说明"少司命"居于"人间"，属于地祇。

《九歌》之《大司命》描写"大司命"自述云："纷总总兮九州，何寿夭兮在予。"《补注》云："此言九州之大，生民之众，或寿或夭，何以皆在于我？以我为司命故也。"[1] 而诗篇结尾二句之"主体"是大司命还是诗人，尚有不同理解，但"固人命兮有当，孰离合兮可为"诗句中仍然出现"人命"这一词语，并与开篇的"寿夭"相互应对，说明"大司命"是掌管人命寿夭的天神。《九歌》之《少司命》云："孔盖兮翠旍，登九天兮抚彗星。"《章句》云："言司命乃升九天之上，抚持彗星，欲扫除邪恶，辅仁贤也。"[2]《补注》云："《左传》曰：天之有彗，以除秽也。"[3] 说明"少司命"具有"除秽"的神性。《九歌》之《少司命》又云："竦长剑兮拥幼艾，荪独宜兮为民正。"《章句》云："幼，少也。艾，长也。言司命执持长剑，以诛绝凶恶，拥护万民长少，使各得其命也。"[4]

---

[1] （汉）王逸：《楚辞章句·九歌章句》第二洪兴祖《补注》，岳麓书社1994年版，第67页。

[2] （汉）王逸：《楚辞章句·九歌章句》第二，岳麓书社1994年版，第71页。

[3] （汉）王逸：《楚辞章句·九歌章句》第二洪兴祖《补注》，岳麓书社1994年版，第71页。

[4] （汉）王逸：《楚辞章句·九歌章句》第二，岳麓书社1994年版，第71页。

显然，此二句上承"登九天兮抚彗星"而来，说明少司命"除秽"的目的，是使"幼艾"各得"其命"，即所谓"民正"。"'为民正'即为民折中。盖少司命为守护'躬身'之神，'幼艾'易于夭折，需特别拥护之；若有鬼怪作祟于躬身，少司命当为民作正。"① 故，相较而言，《九歌》之"大司命"主管的对象是"躬命"，而"少司命"主管的对象则是"躬身"，二者神性之差异即在此。

综上所述，屈原《九歌》之《大司命》所描写的"司命"是天神，其神性是掌管人命寿夭；而《少司命》所描写的"司命"则是地祇，其神性是为人除秽祛祟。将《九歌》所描绘的"大司命"、"少司命"与望山、包山楚简"卜筮祭祷记录"中的"司命"联系起来考察，则《九歌》之"少司命"与"卜筮祭祷记录"中的"司命"存在更多的可比性。

包山楚简"卜筮祭祷记录"第 213—215 简所录神祇"司命"、"司褐"并列。② 关于后者，《包山楚简·考释》仅云"神祇名"。③ 李零《包山楚简研究（占卜类）》认为："褐"即楚文字中的"祸"字，可读为"过"。《开元占经》引《黄帝占》云文昌第五星司中"主司过诘咎"，故疑此神与司命有关，或即小司命。④ 如果"司褐"为"小司命"，则与之并列的"司命"也就是"大司命"了，恰与《九歌》之大司命、少司命相应。刘信芳《包山楚简神名与〈九歌〉神祇》一文将《九歌》之大司命、少司命与"卜筮祭祷记录"之司命、司褐相对应，认为《周礼》之"司中"，楚简之"司骨"，可与"少司命"相互发明，《周礼》之司中、楚简之司骨与《九歌》之少司命乃一神之异名。而其神"则为守护'躬身'之神，'幼艾'易于夭折，需特别拥护之；若有鬼怪作祟于躬身，少司命当为民作正"⑤。显然，上述两种观点基本相同，皆以文昌第五星之司中与简文"司褐"相应，认为二者应为同一神祇，也即《九歌》之少

---

① 刘信芳：《包山楚简神名与〈九歌〉神祇》，《文学遗产》1993 年第 5 期。
② 湖北省荆沙铁路考古队：《包山楚简·包山二号楚墓简牍释文与考释》，文物出版社 1991 年版，第 34 页。
③ 同上书，第 56 页。
④ 李零：《包山楚简研究（占卜类）》，《中国典籍与文化论丛》第 1 辑，中华书局 1993 年版，第 438 页。
⑤ 刘信芳：《包山楚简神名与〈九歌〉神祇》，《文学遗产》1993 年第 5 期。

司命。

战国楚简中司命、司祸并祀确为常例,除包山楚简之外,在新蔡葛陵"祭祷文书"中亦存在,如:"公北、堃(地)主、司命、司褐(祸)"(乙一:15)、"□折、公北、司命、司褐(祸)"(零:266)。但亦有例外,如:"司褐(祸)、司裰、司骷"(乙三:5);还有第三种情况,如:"太、司戠、司折"(甲一:7)。① 关于"司折",有学者以为即《楚辞》之"少司命"。② 如此而言,在楚简中可能与《九歌》少司命构成对应关系的神祇,至少有包山楚简"卜筮祭祷记录"的"司褐(祸)"和新蔡葛陵"祭祷文书"中的"司折"。值得注意的是,在新蔡葛陵"祭祷文书"中有"□折、公北、司命、司褐(祸)"简文(零:266)。③ 简文中"折"字之前为竹简残断之处,显然,"折"字之前亦当有字,而根据"祭祷文书"中"司折"的成例,则不排除"折"前之字是"司"的可能。如果在新蔡葛陵"祭祷文书"中存在"司折"与"司褐(祸)"并列(并祀)的情况,则意味着"司折"或"司褐(祸)"与《九歌》少司命构成对应关系的认识,必有一方是难以成立的。

综上所述,在望山、包山楚简"卜筮祭祷记录"所涉神祇中,"司命"只有一个,即所谓的"小(少)司命",而所谓的"大司命"并没有出现。《九歌》之《大司命》、《少司命》是以战国时期荆楚地域司命神崇拜和祭祀情况为其创作的生活基础和宗教背景的事实是毋庸置疑的,但其毕竟是文学作品,在诗歌内容上与战国时期荆楚地域司命神崇拜及祭祀情况应该存在一定的距离。关于这一点,王逸在《九歌章句》中已经有所认识,如果再依其"上陈事神之敬,下见己之冤结,托之以讽谏,故其文意不同,章句杂错,而广异议焉"的论断,则这种距离似乎还要扩大。望山、包山楚简"卜筮祭祷记录"的意义与价值,则在于其在一定程度上揭示了《九歌》之《大司命》、《少司命》创作的现实的生活基

---

① 参见陈伟等《楚地出土战国简册[十四种]·葛陵1号墓简册·卜筮祭祷》,经济科学出版社2009年版。

② 晏昌贵:《楚卜筮简所见神灵杂考(五则)》,《简帛》第1辑,上海古籍出版社2006年版。

③ 参见陈伟等《楚地出土战国简册[十四种]·葛陵1号墓简册·卜筮祭祷》,经济科学出版社2009年版。

础和真实的宗教背景。

四 《九歌》"国殇"与战国楚简卜筮祭祷简"兵死"和"强死"

《国殇》之"殇"为"兵死"的认识，渊源甚远。① 由《国殇》之"殇"为"兵死"的认识，势必得出《国殇》即"兵死"之"祭祷辞"的结论，而既然《国殇》之"殇"为"国殇"，那么，《国殇》作为"祭祷辞"的宗教背景，也就是由"国家"的名义所举行的"国殇祭"了。随着近年来简帛学和民俗学研究的深入和发展，上述意见在《国殇》研究中得到了更为充分的肯定和阐发。② 显然，战国楚简的发现，为《九歌》研究带来了新的契机，也为《国殇》的研究提供了新的启发。然而，能否将战国楚简"兵死"与《九歌·国殇》所描绘的对象联系起来，尚

---

① 蒋骥《山带阁注楚辞》云："怀襄之世，任谗弃德，背约忘亲。以至天怒神怨，国蹙兵亡，徒使壮士横尸膏野，以快敌人之意。原盖深悲而极痛之。"此说将《国殇》创作背景置于"怀襄之世"，未免确切，但其言《国殇》之"殇"为"兵亡"之"壮士"，则切中要害。又云："虽当战败，其气弥锐。而天方盛怒，必使尽杀而止，固非战之罪也。国殇所祀，盖指上将言。观援枹击鼓之语，知非泛言兵死者矣。"［（清）蒋骥：《山带阁注楚辞》，中华书局 1973 年版，第 66 页］显然，虽然《国殇》之"殇"与普通的"兵死"不同，但还是属于"兵死"之类。而蒋骥"兵死"之说，实乃源于王逸。王逸《楚辞章句》虽然没有对《国殇》之"殇"作出解释，但在首句及以后诸句的释读中说道："国殇始从军之时，手持吴戟，身披犀甲而行"，明确《国殇》之"殇"是从军出征的战士，并在后来的战事中"适遭天时，命当堕落"而为国牺牲。［（汉）王逸注，（宋）洪兴祖补注：《楚辞章句》，岳麓书社 1994 年版，第 79 页］于此，后世学者多从上说。刘永济《屈骚通笺·九歌》云："按此歌之辞，乃吊为国战死之士甚明。"（刘永济：《屈骚通笺》卷三，中华书局 2010 年版，第 90、91 页）汤炳正《楚辞类稿》云："凡不终其天年而牺牲的战士，皆得谓之殇。"（汤炳正：《楚辞类稿》，巴蜀书社 1988 年版。陈伟《包山 2 号墓简册·卜筮祷祠记录》引，参见陈伟等《楚地出土战国简册［十四种］》，经济科学出版社 2009 年版，第 112 页。）

② 刘信芳《包山楚简神名与〈九歌〉神祇》："今核之楚简，知楚人亦称先祖强死者为殇，则《国殇》之题旨，应理解为由国家举行的祭祀强死亡灵的仪式。"（刘信芳：《包山楚简神名与〈九歌〉神祇》，《文学遗产》1993 年第 5 期）晏昌贵《天星观卜筮祭祷简释文辑校》："九店楚简《日书·祷武夷》有'命尔司兵死者'，《楚辞·国殇》即其祭祷辞。"（晏昌贵《简帛术数与历史地理论集》，商务印书馆 2010 年版，第 149 页）林河《论〈九歌·国殇〉的民族文化基因兼评前人研究〈国殇〉的失误》："楚军当然要在每次血战之后举行'国殇祭'，《国殇》便是'国殇祭'的祭辞。""它是在有政治或军事首领在场亲自主祭和三军参加的国家级盛大祭典上的祭辞。"（林河：《国魂颂——论〈九歌·国殇〉的民族文化基因兼评前人研究〈国殇〉的失误》，《文艺研究》1990 年第 3 期）

须进一步讨论。①

包山楚简"卜筮祭祷记录"第241简有"由攻解于禩与兵死"简文。② 简文"由攻解"或作"思攻解"。③ "攻"或即"责让"。④ 有学者据包山简第224、225简"攻尹之䢶执事人"及231简"思攻祝归佩取冠

---

① 天星观简有"思攻解于盟诅与强死"简文。关于"强死",有学者认为"指非正常死亡,如'兵死'之类。"包山简有"思攻解于诅与兵死"简文。关于"兵死",或释为"死于战事";或释为"死于战争的人"。从"死于战事"或"死于战争的人"的角度看,《国殇》之"殇"的确可以与包山简"兵死"联系起来。显然,战国楚简关于"兵死"的祷祠实践,能够为《国殇》题旨问题的研究提供帮助。然而,也正是战国楚简相关祷祠实践和由上述祷祠实践所反映的神祇祭祷礼制,又使我们发现了《国殇》题旨问题的上述研究中所存在的问题:(1)战国楚简中的"兵死"是"攻解"的对象,而"攻解对象中,均是非正命而死的厉鬼。对这些作祟的外鬼,古人大多不予祭祷。"显然,上述情况与《国殇》对"殉国将士"予以"褒扬"的做法,存在性质上的不同,如此,《国殇》即"兵死"之"祭祷辞"的说法,尚须进一步商榷。(2)依据包山简关于"殇"的祷祠实践而得出"楚人亦称先祖殇死者为殇"的认识,或有战国楚简祷祠实践上的根据,然而,战国楚简关于"殇"的祷祠实践皆以"本宗"为基础,是宗族内部的宗教行为,而《国殇》中"兵死"属于"外鬼"之类,所以《国殇》以"兵死"为"殇",或有诗人的某种意图或考量,尚须进一步研究。(3)核之于战国楚简,尚无法证明战国时期的楚国存在"国殇祭",而依据传世文献,上述问题也难以厘清。故而"《国殇》便是'国殇祭'的祭辞"的认识,尚须进一步讨论。参见晏昌贵《天星观卜筮祭祷简释文辑校》"辑文",载晏昌贵《简帛术数与历史地理论集》,商务印书馆2010年版,第149页;《包山2号墓简册·卜筮祷祠记录》,载陈伟等《楚地出土战国简册[十四种]》,经济科学出版社2009年版,第95页;湖北省荆沙铁路考古队《包山楚简》,文物出版社1991年版,第58页;李家浩《释文与考释》,湖北省文物考古研究所、北京大学中文系《九店楚简》,中华书局2000年版,第105页;于成龙《释䚔——新蔡楚简中的䚔礼》,《故宫博物院刊》2004年第4期;陈伟《楚地出土战国简册[十四种]》之《包山2号墓简册·卜筮祭祷记录》引,经济科学出版社2009年版,第99页。

② 湖北省荆沙铁路考古队:《包山楚简》,文物出版社1991年版,第36页。

③ 关于"由",《包山楚简》释云"借鬼",并引《广雅·释天》"鬼,祭先祖也"及《周礼·地官·鼓人》"以路鼓鼓鬼享"注"享宗庙也"以为说明。如此,"鬼攻"乃"祭祀先祖及鬼神的总称"。然而,简文中的"禩"和"兵死"均非"先祖",故"由"释为"鬼"有待商榷。包山简文书简第128简中的"由"字,《包山楚简》释云:"借作畀。《尔雅·释诂》:'畀,予也。'"或读作"思",意义同于"尚"。或读作"思",为发语词。或读作"式",是"应"或"当"的意思。或读作"思",为"使"的假借。在上述诸种意见中,似以最后一种意见为长。依此,上文所引包山简第241简"由攻解"或为"思攻解"。参见陈伟《包山2号墓简册·文书》注释,载陈伟《楚地出土战国简册[十四种]》,经济科学出版社2009年版,第62页。

④ 参见李学勤《竹简卜辞与商周甲骨》,《郑州大学学报》1989年第2期。

带于南方"，而认为此"攻"当为专掌解除的人。① 此说甚确。"解"即"解除"，亦即禳解，以巫术祛灾除邪。包山简中与"解"类似的还有"叙"和"祝"。"叙"当是叙述或陈述的意思，"祝"或同样是陈述，但可能偏重于感谢。②

包山简"解"共9例，其他"祝"、"叙"各1例。望山简"解"共1例。天星观简"解"共5例。③ 下面是根据上述简文所作的统计：表2—29是"解除方式"的统计；表2—30是以"解"为"解除方式"的统计。

表 2—29

解除方式	对象	数量
解	人禹、盟诅（诅、祖祉、累褐）、不辜（不辜、不辜、不辜）、岁、兵死、水上、溺人、下之人不壮死（下之人不壮死）、渐木立、强死（强死、强死者）、日月、二天子、云君	22
祝	南方	1
叙	宫室	1

---

① 陈伟等：《楚地出土战国简册〔十四种〕》，经济科学出版社2009年版，第99页。

② 关于"祝"存在不同的认识，参见于成龙《包山二号楚墓卜筮简中若干问题的探讨》，《出土文献研究》（第5集），科学出版社1999年版；李家浩《包山祭祷简研究》，《简帛研究二〇〇一》，广西教育出版社2001年版；陈伟等《楚地出土战国简册〔十四种〕》，经济科学出版社2009年版，第114页。

③ 包山、望山、天星观简所见"攻解"、"攻祝"、"攻叙"、"解"简文：（1）"思攻解于人禹"（包山198简）（2）"思攻解于累（盟）褐（诅）"（包山211简）（3）"思攻解于不辜（辜）"（包山217简）（4）"思攻解于祓（岁）"（包山237简）（5）"思攻解于褐（诅）与兵死"（包山241简）（6）"思攻解于水上与溺人"（包山246简）（7）"思攻解日月与不辜"（包山248简）（8）"思攻解于下之人不壮死"（望山176简）（9）"思攻祝归繢（佩）珥冠带于南方"（包山231简）（10）"思攻叙于宫室"（包山229简）（11）"命攻解于渐木立"（包山250简）（12）"思攻解于下之人不壮死"（望山176简）（13）"思攻解于盟诅与强死者"（天星观简）（14）"思攻解于不辜、强死者与祖祉"（天星观简）（15）"思攻解于不辜"（天星观简）（16）"思攻解于强死"（天星观简）（17）"解于二天子与云君以佩珥"（天星观简）。上述简文录自：《包山2号墓简册·卜筮祭祷记录》，载陈伟等《楚地出土战国简册〔十四种〕》，经济科学出版社2009年版；湖北省文物考古研究所、北京大学中文系：《望山楚简》，中华书局1995年版；晏昌贵：《天星观卜筮祭祷简释文辑校》，载晏昌贵《简帛术数与历史地理论集》，商务印书馆2010年版。

表 2—30

解除方式	对象 类型	对象 名称	数量	所占比例（%）
解	非正常死亡者	不辜、兵死、水上、溺人、下之人不壮死、强死	12	54.5
	自然神祇	岁、日月、二天子、云君、渐木立	5	22.7
	其他	禨、人禹	5	22.7

根据上述统计，尝试得出如下认识：（1）在"解"、"祝"、"叙"三种形式中，"解"所涉及的对象占有绝对多数，说明"解"所"使用"的频率最高；（2）"解"的"对象"具有较广的涵盖面，但以"非正常死亡者"为主，而"兵死"即属于"非正常死亡"之列。天星观简"强死"也当属于"非正常死亡"之类，或与"兵死"相当。

"兵死者"或以武犯禁而死，或征伐格斗而亡，本身自带有豪强厉杀之气，故在不同民族中，有尊敬和畏惧两种传统风俗。尚武的民族对"兵死"报以尊敬，以"兵死"为荣。①《淮南子·说林训》则云："战兵死之鬼憎神巫。"② 高诱注云："憎，畏也。"③ 从这个载记上看，"兵死"能够致人不利，故而人人畏之，需要"神巫"为之解除。高诱注语还说："兵死之鬼善行病人，巫能祝劾杀之。"④《淮南子》的载记或是南方楚地关于"兵死"解除风俗的反映。"祝"通"咒"，"祝劾"即谴责和攻击的咒语，以此咒语"杀死""兵死"，此"祝劾杀之"或与简文"解"的解除方式相类。以此观之，在战国楚简祷祠实践中，以"解"的方式对待"兵死"的做法，与《淮南子》"祝劾杀之"的载记相应，或为战国时期楚地风俗的反映。

如果将战国楚简关于"兵死"的祷祠实践与《国殇》联系起来考察，

---

① 《后汉书·乌桓传》载："（乌桓人）俗贵兵死……肥养一犬，以彩绳缨牵，并取死者所乘马衣物，皆烧而送之，言以属累犬，使护死者神灵归赤山。"（南朝宋）范晔：《后汉书》卷九十，中华书局 1965 年版，第 2980 页。
② （汉）高诱注：《淮南子》卷十七，《诸子集成》（七），中华书局 1954 年版，第 294 页。
③ 同上。
④ 同上。

则《国殇》即"兵死"之"祭祷辞"的认识,至少存在三个方面的问题:(1)在战国楚简祷祠实践中,"解"是责让或解除的巫术形式,与对神祇的"祭祷"并不相同。(2)从战国楚简祷祠实践看,"解"、"祝"、"叙"具有不同的"性质",《国殇》的题旨与"祝"或"叙"相近,而"兵死"恰是"解"的对象。(3)在战国楚简祷祠实践中,"兵死"是责让或解除的对象,而在《国殇》中"兵死"则是赞赏或褒扬的对象,以此观之,《国殇》"兵死"与战国楚简"兵死"不能等而论之。

总之,《国殇》对"殉国将士"予以褒扬的做法,与战国楚简关于"兵死"的祷祠实践相抵牾,而《国殇》以"兵死"为"殇",说明屈原于《国殇》的着眼点是"殇"而非"兵死",所以《国殇》以"兵死"为"殇",就很有可能体现着诗人的某种意图或考量,或是诗人"主观故意"的产物,而这种意图或考量是否存在,还需要回到战国楚简关于"殇"的祷祠实践中来讨论。

包山简中"殇"共三见[①]。其中的"殇"当为"东陵连嚻"[②]。"东陵连嚻"或为包山2号墓墓主的叔父或伯父[③]。作为祖先类人鬼,"东陵连嚻"称"殇",必有其缘故。我们尝试通过"东陵连嚻"何以称"殇"之缘由的探求,为《国殇》以"兵死"为"殇"问题的研究提供参照。

有学者认为"东陵连嚻为官职,这个人死的时候应有一定的年纪。《礼记·丧服小记》以'殇与无后者'并列,《小尔雅·广名》则说:'无主之鬼谓之殇'"。故"东陵连嚻称'殇'大概是因为无子嗣后"[④]。上述意见值得商榷。《礼记·丧服小记》云:"殇与无后者从祖祔食。"《集解》云:"殇与无后者既祔于祖,自后祭祖之时,则其神依祖而食,

---

[①] 包山简第222简"又祝见新王父殇","殇因其常生"。第225简"與祷于殇东陵连嚻子发"。上述简文见《包山2号墓墓册·卜筮祭祷记录》,载陈伟等《楚地出土战国简册[十四种]》,经济科学出版社2009年版,第94页。

[②] 有学者根据包山简第222简"殇因其常生"和225简"與祷于殇东陵连嚻子发"文例,认为222简"又祝见新王父殇"将"新王父"与"殇"连读为误。故简文所述"殇"者当为"东陵连嚻"。参见陈伟《包山楚简初探》,武汉大学出版社1996年版,第167、168页。

[③] 彭浩:《包山二号楚墓卜筮和祭祷竹简的初步研究》,载《包山楚墓》附录22,文物出版社1991年版。陈伟等:《楚地出土战国简册·包山2号墓墓册·卜筮祭祷记录》注释引,经济科学出版社2009年版,第103页。或参见陈伟《包山楚简初探》,武汉大学出版社1996年版,第167、168页。

[④] 陈伟:《包山楚简初探》,武汉大学出版社1996年版,第167、168页。

此即殇之祭也。"①"殇"一定无后，而"无后者"并不一定是"殇"。二者皆"从祖祔食"，故谓"无主"。古代"无后"与"未成年"而逝者，皆由"宗子"祭祀，故"殇"与"无后者"往往并称。《礼记·丧服小记》云："庶子不祭殇与无后者。"而"殇"与"无后者"并举，恰恰说明二者的内涵各自清楚。包山简中"无后者"共三见，其名有二，一为"兄弟无后者"，一为"继无后者"。②知"无后者"或"继无后者"已成为包山简固定名称。说明在包山简中"殇"与"无后者"也是同时存在的，"殇"与"无后者"并非同指。故简文中"东陵连嚣"称"殇"并非"无后"的缘故。

有学者据秦简《日书》"庚辛有疾，外鬼伤死为祟"，以为殇、禓、伤所指皆为殇鬼，故包山简中的"殇"即"外鬼"。③从战国楚简祷祠实践看，对于"本宗"逝于外者，称为"外丧"。④指逝于远地或他国的"同宗"。《礼记·杂记下》云："有殡，闻外丧，哭之他室。"孔疏："外丧谓兄弟丧在远者也。"⑤孙希旦《集解》云："外丧，谓兄弟不同国者之丧。"⑥故"外丧"又称"远兄弟之丧"。⑦显然，"外丧"皆限于同宗，非是，不在祭祷之内，即《礼记·檀弓上》所说"非兄弟，虽邻不往"⑧。以此观之，将包山简中的"殇"释为"外鬼"并不正确。

基于此，"东陵连嚣"称"殇"，或有如下两种可能，其一即"未成年而逝"，其二即"强死"。"未成年而逝"为"殇"之本义，已无须多论。有学者认为"东陵连嚣为官职，这个人死的时候应有一定的年纪"⑨。

---

① （清）孙希旦：《礼记集解》卷三十二，中华书局1989年版，第870页。
② 参见包山简第227简、249简、249简反，《包山2号墓简册·卜筮祭祷记录》，载陈伟等《楚地出土战国简册［十四种］》，经济科学出版社2009年版，第94、96页。
③ 刘信芳：《秦简（日书）与楚辞类征》，《江汉考古》1990年第1期。
④ 葛陵简关于"外丧"简文："行，又（有）外巂（丧）"（乙四52）、"亡（无）敓（祟），见（几）中又（有）外巂（丧）"（甲三270），见《葛陵1号墓简册·卜筮祭祷》，载陈伟等《楚地出土战国简册［十四种］》，经济科学出版社2009年版，第399页。
⑤ （清）孙希旦：《礼记集解》卷四十一，中华书局1989年版，第1085页。
⑥ 同上书，第1086页。
⑦ 《礼记·檀弓上》："有殡，闻远兄弟之丧，虽缌必往。"《礼记·檀弓下》："有殡，闻远兄弟之丧，哭于侧室。"（清）孙希旦：《礼记集解》卷九、卷十，中华书局1989年版，第234、248页。
⑧ （清）孙希旦：《礼记集解》卷九，中华书局1989年版，第234页。
⑨ 陈伟：《包山楚简初探》，武汉大学出版社1996年版，第168页。

以此观之,"东陵连嚣"称"殇",非为"未成年而逝"。《包山楚简》释"殇"云:"殇,借作禓。《礼记·郊特牲》:'乡人禓'。注:'禓,强鬼'。"① 天星观简"强死",或即宗族内"强鬼",而"兵死"即属"强死"之类,则"东陵连嚣"称"殇",抑或与"兵死"有关。葛陵简有"大殇坪夜之楚褶(稷)"(东甲三 271)简文。② 其中"殇"或读为"禓",则"殇"之对象或即"强死"者,即如所谓"三碟(世)之殇"(乙四 109)。"坪夜之楚褶"当为"坪夜君"封地内祭祀"稷神"的场所。简文称"稷"为"楚稷",当为"楚地五谷之神"。葛陵简中有"社"、"芒社"、"社稷"之称,故此处之"稷"当单指祭祀稷神之处。《礼记·曾子问》云:"祭殇必厌。"孙希旦《集解》云:"厌祭,谓无尸而以饮食饫神。"③ 知所谓厌祭,是指仅以食物供神,而葛陵简"殇坪夜之楚褶(稷)"颇为类同,亦可证"东陵连嚣"称"殇"或与"兵死"有关。

在包山简关于"东陵连嚣"祷祠实践中,"东陵连嚣"具有"祖先"和"殇"双重身份,当其作为祖先类人鬼时,不称"殇",祷祠形式是"赛祷"和"舆祷";而"殇"仅出现在其单独或与"新(亲)王父"并祀时,祷祠形式是"舆祷"。④ 如此,以包山简"东陵连嚣"祷祠实践为参照,试将"东陵连嚣"于祷祠实践中的身份称为"宗教身份",将其于生活中的"辈分"称为"伦理位置",将其"生命终结"的形式称为"生命定位",则能够看到如下情况:"东陵连嚣"不同的"宗教身份"是与不同的"祷祠形式"和不同的"神祇组合"相联系的,但是"东陵连嚣"的"伦理位置"却是不变的。这说明在具体祷祠实践中,虽然"东陵连嚣"具有不同的"宗教身份",但上述"宗教身份"却受制于其"伦理位置",其"固定不变"的"伦理位置"决定了其"宗教身份"的"性质",如表 2—31 所示。

---

① 湖北省荆沙铁路考古队:《包山楚简》,文物出版社 1991 年版,第 57 页。
② 简文引自《葛陵 1 号墓简册·卜筮祭祷》,载陈伟等《楚地出土战国简册[十四种]》,经济科学出版社 2009 年版。
③ (清)孙希旦:《礼记集解》卷十九,中华书局 1989 年版,第 542 页。
④ 参见包山简第 222 简、225 简、243 简,《包山 2 号墓简册·卜筮祭祷记录》,载陈伟等《楚地出土战国简册[十四种]》,经济科学出版社 2009 年版,第 94、95 页。

表 2—31

祷祠对象	伦理位置	宗教身份	祷祠形式	生命定位（拟）	神祇组合
连嚣东陵	叔父或伯父	祖先类：人鬼	赛祷、舉祷	未成年而逝	太、后土、司命、大水、二天子、危山、邵（昭）王（包山243简）
				强死（兵死）	
		祖先类：殇	舉祷	未成年而逝	新（亲）王父（包山222简）
				强死（兵死）	

基于上文的讨论，联系《国殇》以"兵死"为"殇"的做法，尝试得出如下认识：战国楚简关于"殇"的祷祠实践，皆以"本宗"为基础，是宗族内部的宗教行为。从这个意义上说，战国楚简祷祠实践中的"殇"或可谓之"族殇"。葛陵简有"歔（就）祷三牒（世）之殇"（乙四109）简文。[①] 所谓"三牒（世）之殇"，或为族中"三代"之"殇"。[②] 正可以用"族殇"称之，故"楚人亦称先祖强死者为殇"的认识是正确的。《国殇》中"兵死"的"宗教身份"是"外鬼"，故其"伦理位置"也就无法从"本宗"的角度定位。所以，《国殇》以"兵死"为"殇"，也就意味着《国殇》中"兵死"的"宗教身份"已经发生改变，即由"非正常死亡"的"外鬼"而归入祖先类人鬼之列。

如前所述，我们尝试通过"东陵连嚣"称"殇"之缘由的探求，为《国殇》以"兵死"为"殇"问题的研究提供参照，则《国殇》以"兵死"为"殇"，使得"兵死"摆脱了作为"外鬼"的"强死"的身份和地位以及"解"的遭遇。据此而论，《国殇》以"兵死"为"殇"并列入《九歌》诸神之中，实际上已经为那些战死沙场的"孤魂野鬼"争得了"名分"。屈原于《国殇》创作中以"兵死"为"殇"的意图或考量，或即此。

[①] 简文引自《葛陵1号墓简册·卜筮祭祷》，载陈伟等《楚地出土战国简册［十四种］》，经济科学出版社2009年版，第412页。

[②] 有学者认为上引"三世之殇"有两种可能：一种可能是指父辈、子辈、孙辈；一种可能是同曾祖以下所出之殇。参见陈伟《楚人祷祠记录中的人鬼系统以及相关问题》，载宋华强《新蔡葛陵楚简初探》注引，武汉大学出版社2010年版，第421页。

第四节　从战国楚简卜筮祭祷简祷祠实践看屈原对荆楚宗教艺术传统的继承

王逸《楚辞章句》关于《九歌》的论述，透出如下信息：其一，《九歌》乃屈原对楚俗祠神歌辞之改编；其二，《九歌》文辞杂以屈原讽谏之意；其三，《九歌》文意复杂，颇为隐晦。依此而论，《九歌》之于《离骚》，实乃等而下之。王逸所见，只是一家之言。《九歌》是荆楚宗教艺术传统与艺术精神之最充分、最精湛、最成功的展现，是前无古人后无来者的创作。《九歌》与《离骚》、《天问》都堪称屈原代表作，更是荆楚古典浪漫主义文学的典范。

一　从战国楚简卜筮祭祷简祷祠实践看《九歌》整体叙述框架

屈原《九歌》十一篇将《东皇太一》列为首篇，当源于"东皇太一"作为天神之"贵者"或"天之尊神"的地位，而其他九位神祇在等级和地位上要比"东皇太一"低，故列于其后。云君、东君、大司命属于天神，少司命、湘君、湘夫人、河伯、山鬼皆为地祇山川之神，《国殇》中的兵死者是为国而战死的英魂，已属人鬼系列。显然，屈原《九歌》首述天之尊神东皇太一，中述天地普通神祇，最后以人鬼结束，涵盖天地、兼及尊卑、囊括神人，显示出《九歌》整体视域开阔，结构完整，架构宏大的特点。

屈原《九歌》以东皇太一为首，中及天地普通神祇，最后以人鬼结束的整体叙述结构和涵盖天地、兼及尊卑、囊括神人的叙述框架，源于荆楚传统宗教信仰神祇祭祷形式所固有的程序。

首先，根据包山楚简"卜筮祭祷记录"中以"太"为诸神位序之首的神祇祭祷程序，《九歌》将《东皇太一》作为"组歌"第一篇的整体叙述结构，与上述神祇祭祷程序相符合。

包山楚简"卜筮祭祷记录"中有四组简文记录太、后土、司命等神祇。① 简文中的"太"即为"太一"。简文记录"太"的祭祷形式有两种，一种为"赛祷"，一种为"举祷"。与"太"同时祭祀的还有"后土"、"司命"、"司禑"、"大水"、"二天子"、"峚山"等神祇，但祭祀"太"的祭品与祭祀其他神祇的祭品不同，而且"太"单独享受祭品，这些都说明"太"的地位与神性要高于其他神祇。《史记·天官书》云："中宫天极星，其一明者，太一常居也。"② 《正义》引刘伯庄云："泰一，天神之最珍贵者也。"③ 洪兴祖《补注》引《汉书·郊祀志》云："天神，贵者太一。太一佐曰五帝。古者天子以春秋祭太一东南郊。"④ 郭店楚简有《大一生水》简文，言"大一生水，水反辅大一，是以成天"。此"大一"即"太一"。⑤ 在这里，"太一"成为天地万物的本源，已是一个哲学概念。由此亦可看出楚人"太"或"太一"崇拜具有着颇为悠久的历史。西汉马王堆帛画《神祇图》有一个呈"大"字的神人形象，其位居画面上部正中，戴鹿角状头饰，面部与上身赤红，张口吐舌，头部一侧题有"太一将行"等字。此呈"大"字的神人形象，当是楚人崇拜的"太一"形象。⑥ 上述情况说明，至迟在战国时期，"太一"就已经分化成为两个形象，即哲学概念上的"太一"和神话及祭祷中的"太一"，但不论哪一个"太一"，其哲学上"太一"的"大"和"一"与神话中"太一"的"尊"与"贵"都是相互联系的。屈原《九歌》以《东皇太一》为第一篇，并在《九歌》整体叙述形式中位于首位，意味着在《九歌》所描绘的神祇中，"东皇太一"的地位与神性同样要高于其他神祇。

其次，根据包山楚简"卜筮祭祷记录"中以"山神"为诸神位序之

---

① 包山楚简"卜筮祭祷记录"中记录太、后土、司命等神祇的四组简文：（1）赛祷太備玉一环，后土、司命、司禑各一少环。大水備玉一环，二天子各一少环，峚山一环。（包简213）（2）太、后土、司命、司禑、大水、二天子、峚山既皆城。（包简214—215）（3）墼祷太一耫，后土、司命各一牂；墼祷大水一膚，二天子各一牂，佺山一牯。（包简237）（4）墼祷太一膚，后土、司命各一牂；墼祷大水一膚，二天子各一牂，佺山一牯。（包简243）。参见湖北省荆沙铁路考古队《包山楚简》，文物出版社1991年版；陈伟等《楚地出土战国简册［十四种］》之《包山2号墓简册》，经济科学出版社2009年版。
② （汉）司马迁：《史记》卷二十七，中华书局1959年版，第1289页。
③ （汉）司马迁：《史记》卷二十七张守节《正义》，中华书局1959年版，第1290页。
④ （汉）王逸注，（宋）洪兴祖补注：《楚辞章句》，岳麓书社1994年版，第56页。
⑤ 参见李零《郭店楚简校读记》，中国人民大学出版社2007年版，第41—55页。
⑥ 参见李零《郭店楚简校读记》附录三《读郭店楚简〈太一生水〉》、附录四《再读郭店楚简〈太一生水〉》，中国人民大学出版社2007年版。

后的神祇祭祷程序，《九歌》将《山鬼》列为"组歌"后部的整体叙述结构，与上述神祇祭祷程序相同。

在包山楚简"卜筮祭祷记录"所载以"太"为首的神祇组合体系中，"山"总是列于"二天子"之后，位于诸神最后部，如表2—32所示。

表2—32

简号	以"太"为首的神祇组合						
包山213—214	太	后土	司命	司祸	大水	二天子	峗山
包山215	太	后土	司命	司祸	大水	二天子	峗山
包山236—238	太	后土	司命		大水	二天子	侄山
包山242—243	太	后土	司命		大水	二天子	圣山

关于简文中的"山"的名字，存在不同的释文，《包山楚简》分别释为"峗"、"侄"、"圣"。① 陈伟《楚地出土战国简册［十四种］》之《包山2号墓简册·卜筮祭祷记录》释为"嶡"、"佹"、"危"。② 关于"峗山"，《包山楚简》云："山名。裘锡圭先生释圣为坐，马王堆帛书《杂占》'坐易'也作'圣易'。"③ 陈伟《包山楚简初探》释为从"危"之字。其《包山2号墓简册·卜筮祭祷记录》释为"危"，并认为："楚简中的'危山'、'嶡山'可指三危山。"④

如果将简文中的"危山"释为"三危山"，则此"三危山"当与古史传说中"窜三苗于三危"之"三危"同。⑤ 此"三危"当在西方。《史记·五帝本纪》云："迁三苗于三危，以变西戎。"⑥《正义》引《括地志》云："三危山有三峰，故曰三危，俗亦名卑羽山，在沙州敦煌县东南

---

① 参见湖北省荆沙铁路考古队《包山楚简·包山2号楚墓简牍释文与考释·释文·卜筮祭祷记录》，文物出版社1991年版。
② 参见陈伟等《楚地出土战国简册·包山2号墓简册·卜筮祭祷记录》，经济科学出版社2009年版。
③ 湖北省荆沙铁路考古队：《包山楚简·包山二号楚墓简牍释文与考释·考释》，文物出版社1991年版，第56页。
④ 陈伟等：《楚地出土战国简册［十四种］》，经济科学出版社2009年版，第109页。
⑤ （清）孙星衍：《尚书今古文注疏》卷一，中华书局1989年版，第56页。
⑥ （汉）司马迁：《史记》卷一，中华书局1959年版，第28页。

三十里。"① "三危山"于《山海经》中亦有载,其地理位置亦在西方。《山海经·西山经》云:"三危之山,三青鸟居之。"②《山海经·大荒西经》又载有"西王母之山",其云:"有西王母之山,有三青鸟。"③ 则"三危之山"或名"西王母之山",是"西王母"居处之地。《山海经·海内北经》云:"西王母梯几而戴胜(杖),其南有三青(鸟)乌,为西王母取食。在昆仑虚北。"④ 则"三危之山"当位于西方的昆仑。又,《山海经·西山经》"三危之山"前四条载"长留之山",云"白帝少昊居之"⑤。又云"实惟员神磈氏之宫。是神也,主司反景"⑥。《西山经》"三危之山"后三条载"泑山",云"神蓐收居之"⑦。"是山也,西望日之所入。"⑧ 显然,《山海经·西山经》"三危之山"前条、后条所载之山与山神,皆位于西方并且是西方山神。

　　古代山川之神的祭祀,地域性是其最大的特点,不在其地者,不在祭祀之列。《国语·楚语下》云:"诸侯祀天地、三辰及其土之山川。"⑨《礼记·祭法》云:"诸侯在其地则祭之,亡其地则不祭。"⑩《礼记·王制》亦云:"诸侯祭名山大川之在其地者。"⑪ 古者诸侯如此,如包山2号墓墓主"上大夫"级别者,亦当如此,故包山楚简"卜筮祭祷记录"中出现位于遥远的西方的神山并祷祠其山神,则于理不通。

　　古史传说中尧与"有苗"的战争发生在"丹水"。《吕氏春秋·召类》:"尧战于丹水之浦,以服南蛮。"⑫《水经注·丹水》云:"《吕氏春

---

① (汉)司马迁:《史记》卷一张守节《正义》,中华书局1959年版,第29页。
② (晋)郭璞注:《山海经·西山经》第二,岳麓书社1992年版,第31页。
③ (晋)郭璞注:《山海经·大荒西经》第十六,岳麓书社1992年版,第166页。
④ (晋)郭璞注:《山海经·海内北经》第十二,岳麓书社1992年版,第140页。
⑤ (晋)郭璞注:《山海经·西山经》第二,岳麓书社1992年版,第30页。
⑥ 同上。
⑦ (晋)郭璞注:《山海经·西山经》第二,岳麓书社1992年版,第32页。
⑧ 同上。
⑨ 上海师范大学古籍整理研究所:《国语》卷十八,上海古籍出版社1988年版,第567页。
⑩ (清)孙希旦:《礼记集解》卷四十五,中华书局1989年版,第1194页。
⑪ (清)孙希旦:《礼记集解》卷十三,中华书局1989年版,第347页。
⑫ (汉)高诱注:《吕氏春秋》卷二十,《诸子集成》(六),中华书局1954年版,第262页。

秋》曰：尧有丹水之战，以服南蛮。即此水也。"① 依《水经注》，丹水出京兆上洛县西北冢岭山，东南又与淅水合，又东南入于汉水。丹淅之会是目前楚墓葬文化最为丰富之地，上述地域疑为早期楚文化发祥之地，而江汉地域即在其东，《史记·五帝本纪》记载"三苗"本在"江淮、荆州"，其地理位置大体相合。如此而言，将简文中的"危山"释为"三危山"，或有误，或此"危山"即在包山2号墓所在江汉地域，其山神崇拜和相关祭祀，或与古史传说中的"有苗"有关。

再次，根据包山楚简"卜筮祭祷记录"中天神、地祇、人鬼的神祇祭祷程序，《九歌》将《国殇》列为"组歌"最后的整体叙述结构，与上述神祇祭祷程序相同。

根据包山楚简"卜筮祭祷记录"所见神祇祷祠制度，其神祇祭祷程序以天神、地祇、人鬼为序。"简书所记祷祠诸神祇，大致正是按照天、地、人的顺序展开的。"② 考察《九歌》诸篇，《国殇》之前或为天神，或为山川神祇，只有《国殇》属于"人鬼"的范畴。则屈原将《国殇》列为"组歌"最后而收尾的整体叙述结构，正与包山楚简"卜筮祭祷记录"所揭示的天神、地祇、人鬼的神祇祭祷程序相一致。

王逸《楚辞章句》言："国殇，谓死于国事者。"③ 蒋骥《山带阁注楚辞》云："怀襄之世，任谗弃德，背约忘亲。以至天怒神怨，国蹙兵亡，徒使壮士横尸膏野，以快敌人之意。原盖深悲而极痛之。"④ 虽然《国殇》之"殇"与普通的"兵死"不同，但仍属于"兵死"之列。《国殇》之"殇"与包山楚简"卜筮祭祷记录"中的"殇"，在内涵上存在差异。问题在于，屈原将上述"兵死"之"殇"作为"国"之"殇"而列于《九歌》诸神之后，表现出《九歌》在整体叙述结构和叙述框架上遵循着荆楚传统神祇祭祷制度以天神、地祇、人鬼为序的神祇祭祷程序，只是《国殇》中的"殇"已经超越了楚人传统家族乃至部族的局限，而上升到了民族与国家的层面。如此而言，屈原创作《九歌》而将《国殇》列为"组歌"最后而收尾的做法，还具有着强烈的民族精神和鲜明的政治意义。

---

① （后魏）郦道元：《水经注》卷二十，岳麓书社1995年版，第305页。
② 陈伟等：《楚地出土战国简册[十四种]》，经济科学出版社2009年版，第174页。
③ （汉）王逸：《楚辞章句·九歌章句》第二，岳麓书社1994年版，第80页。
④ （清）蒋骥：《山带阁注楚辞》卷二，中华书局香港分局1973年版，第66页。

二 从战国楚简卜筮祭祷简祷祠实践看《九歌》诗歌叙述结构

新蔡葛陵楚简有"乐之,百之,赣(贡)之"(甲三298)简文。① 对于葛陵简"乐之,百之,赣(贡)之"简文来说,"无论以怎样的方式和顺序搭配组合,此三者总是放在一起","其间从不夹杂确定是祭祷行为的词语"。从而推测"'乐之'、'百之'、'赣'三者所表示的行为很可能是自成一系的,而与记在它们前面的祭祷行为有别。"故推断简文"乐之,百之,赣(贡)之"所反映的"是作为'祭礼余兴'的娱乐降神活动。"② "葛陵简'百之'表示的应该就是某种把神灵'请下来'的仪式。"③ 包山简第225简"與祷于殇东陵连嚻子发,肥冢,蒿祭之"中的"蒿"或读为"犒",即以酒食馈犒鬼神。④ 有学者认为,葛陵简的"赣"与包山简的"犒"词义相近,用法相同。⑤ 则简文"乐之,百之,赣(贡)之"所反映的即是"娱神"、"降神"、"犒神"的祭祷程序。而包山简"與祷于殇东陵连嚻子发,肥冢,蒿祭之"简文亦反映了"族殇"祭祷过程中"與祷"与"犒神"的祭祷程序。

值得注意的是,战国楚简祷祠实践中"娱神"、"降神"、"犒神"等祭祷程序,在《九歌·东君》中同样有所表现。《东君》在内容上可以划分为五个叙述单元,如:

第一叙述单元:日出的壮观场面;

第二叙述单元:观者观看日出兴奋快乐的景象;

第三叙述单元:巫觋歌舞娱神的场景;

第四叙述单元:"神之灵"降临人间的情景;

第五叙述单元:太阳神继续东行的景况。

---

① 陈伟等:《楚地出土战国简册·葛陵1号墓简册·卜筮祭祷》,经济科学出版社2009年版。
② 宋华强:《新蔡葛陵楚简初探》,武汉大学出版社2010年版,第252、253页。
③ 同上书,第256页。
④ 参见《包山2号墓简册·卜筮祭祷记录》注释,载陈伟等《楚地出土战国简册〔十四种〕》,经济科学出版社2009年版,第107页。
⑤ 沈培:《殷墟花园庄东地甲骨"貞"字用为"登"证说》,《中国文字学报》第1辑,商务印书馆2006年版,第47页;宋华强:《新蔡葛陵楚简初探》引,武汉大学出版社2010年版,第251页。

如果将上述五个叙述单元与神祇祭祷仪式联系起来，则上述五个叙述单元能够与祭祷仪式的不同环节构成对应，如：

《东君》第一、二叙述单元：请神

《东君》第三叙述单元：娱神

《东君》第四叙述单元：下神

《东君》第五叙述单元：送神

值得注意的是，《东君》上述"请神"、"娱神"、"下神"等环节在《九歌·东皇太一》中同样有所表现。

《东皇太一》第一叙述单元：请神

《东皇太一》第二叙述单元：娱神、犒神

《东皇太一》第三、四叙述单元：下神

总的来说，与《东君》一样，《东皇太一》也有请神、娱神和下神情景的描写，第三叙述单元"灵偃蹇兮姣服，芳菲菲兮满堂"描绘了神之灵来到人间的情景，与《东君》第四叙述单元在内容上完全一致，但《东皇太一》犒神场面则是《东君》所没有的，同时，《东君》第五叙述单元对降临人间的神祇进一步描绘和神祇继续行程情景的描写，《东皇太一》则没有涉及。总之，如果将《东皇太一》与《东君》综合起来考察，上述诗歌在内容上已经涉及"请神"、"娱神"、"犒神"、"下神"、"送神"等神祇祭祷场面或情景的描写。

考察战国楚简祷祠实践所反映的神祇祭祷程序，应该包括两个部分，即类似于"舆祷"等祭祷行为的部分和以"乐之，百之，赣（贡）之"为表现形式的娱神活动。这样，如果将《东皇太一》、《东君》诗歌内容与战国楚简祷祠实践所反映的神祇祭祷程序进行比较，在"请神"、"娱神"、"犒神"、"下神"、"送神"等神祇祭祷场面或情景的描写中，《东皇太一》与《东君》虽然存在差异，但却都有"请神"、"娱神"、"下神"的内容，与战国楚简祷祠实践所反映的神祇祭祷整体程序相符合。上述情况说明，《东皇太一》与《东君》诗歌内容均涵盖了神祇祭祷仪式的全过程。

这里尝试将上文对《东皇太一》和《东君》的分析方法运用到《九歌》其他篇章（除《礼魂》外）的分析中，首先以"神的出现与人的迎接"、"歌乐鼓舞的场面"、"神的降临与神的活动"、"神的远行"四个方面，来考察《九歌》诸篇（除《礼魂》外）内容，则《九歌》上述十篇诗歌在内容上呈现出如表2—33所表示的状况。接下来，再将《九歌》上述十篇诗歌在内容上所呈现的状况与神祇祭祷仪式中的"请神"、"娱神"、"下神"、"送神"等环节进行比照，则《九歌》上述十篇诗歌内容在神祇祭祷仪式上呈现出如表2—34所表示的状况。

表2—33

九歌	神的出现与人的迎接	歌乐鼓舞的场面	神的降临与神的活动	神的远行
东君	●	●	●	●
东皇太一	●	●	●	
云中君			●	
湘夫人			●	
大司命			●	
河伯			●	
国殇			●	
湘君			●	
少司命			●	
山鬼			●	

表2—34

九歌	请神	娱神	下神	送神
东君	●	●	●	●
东皇太一	●	●	●	
云中君			●	
湘夫人			●	
大司命			●	
河伯			●	
国殇			●	
湘君			●	
少司命			●	
山鬼			●	

据此,《九歌》上述十篇诗歌在内容上与神祇祭祷仪式的联系,或可归纳为如下两种类型:(1)第一种类型,如《东皇太一》、《东君》,都有"请神"、"娱神"、"下神"等神祇祭祷场面或情景的描写,与战国楚简祷祠实践所反映的神祇祭祷整体程序相符合,而依据战国楚简祷祠实践所反映的神祇祭祷整体程序,呈现出诗歌内容完全涵盖神祇祭祷仪式全过程的情况。(2)第二种类型,如《云中君》、《湘君》、《湘夫人》、《大司命》、《少司命》、《山鬼》、《河伯》、《国殇》诸篇,依据"神的出现与人的迎接"、"歌乐鼓舞的场面"、"神的降临与神的活动"、"神的远行"四个方面的内容来考察,其中"神的出现与人的迎接"、"歌乐鼓舞的场面"两个方面的内容在上述诗歌中并不存在,而"神的远行"内容在上述诗歌中无法作出明确的判断,相比较而言,"神的降临与神的活动"内容在上述诗歌中的存在情况,都能够获得较为明确的认定。有鉴于此,与"第一种类型"相比,依据战国楚简祷祠实践所反映的神祇祭祷整体程序,上述诗歌内容("神的降临与神的活动")是否与神祇祭祷仪式"下神"环节存在联系,或上述诗歌内容("神的降临与神的活动")是否神祇祭祷仪式"下神"环节的文学性描述等情况,则无法得出明确的答案。

据此而论,根据《九歌》"第一种类型"所反映的情况,能够明确《东皇太一》与《东君》应该是对相关神祇祭祷仪式的整体过程的描写和表现,而与"第一种类型"相比,"第二种类型"在诗歌内容上的"单一性"特征,使得上述诗歌与相关神祇祭祷仪式之关系的判断变得困难。然而,"第二种类型"最为重要的特点也在于此,即诗歌内容在"神的降临与活动"上的"单一性"。上述情况说明,上述诗歌仍然以"神"和"神的活动"作为诗歌主要的或者是唯一的表现内容。从这个意义上说,"第二种类型"亦有可能是诗人文学创作"自主性"的表现和反映。

三 从战国楚简卜筮祭祷简祷祠实践看《九歌》诗歌祭祷结构

我们尝试将上文提出的《九歌》(除《礼魂》外)诸篇四个方面的内容,还原到神祇祭祷仪式中的"请神"、"娱神"、"下神"、"送神"诸环节之中,并从"祭祷结构"的角度对《九歌》(除《礼魂》外)诸篇进行分析,则同样发现《九歌》(除《礼魂》外)诸篇在"祭祷结构"

上呈现出两种类型。如果将《九歌》上述两种类型在诗歌祭祷结构上作一比较，便会发现《九歌》上述两种类型在诗歌祭祷结构上呈"递减"的特征。亦即第一种类型诗歌祭祷结构齐全、完整；第二种类型"请神"、"迎神"、"送神"祭祷结构缺失，诗歌祭祷结构不完整。即如表2—35 所示。

表 2—35

《九歌》	诗歌叙述结构与类型		诗歌祭祷结构与层级				诗歌祭祷结构情况
			请神	迎神	下神	送神	
东皇太一 东君	第一种类型	第一、二叙述单元	请神				诗歌祭祷结构齐全
		第三叙述单元		迎神			
		第四叙述单元			下神		
		第五叙述单元				送神	
云中君 湘夫人 大司命 河伯 湘君 少司命 山鬼	第二种类型	第一叙述单元	缺失				诗歌祭祷结构不完整
		第二叙述单元		缺失			
		第三叙述单元			下神		
		第四叙述单元				缺失	

《九歌》诗歌叙述结构和诗歌祭祷结构，都是神祇祭祷仪式之祭祷过程于诗歌创作上的体现和反映，因此，诗歌祭祷结构于诗歌中的存在情况，能够反映出诗歌创作与神祇祭祷仪式的关系和联系。《九歌》第一种类型诗歌祭祷结构诸层级齐全，诗歌祭祷结构完整，说明《九歌》之《东皇太一》、《东君》的创作与相关神祇祭祷仪式关系密切、联系紧密，而《九歌》第二种类型出现祭祷层级缺失，诗歌祭祷结构不完整的情况，说明上述诗歌创作与相关神祇祭祷仪式的关系和联系等方面出现了变化。

《九歌》第二种类型"请神"、"迎神"、"送神"祭祷结构缺失，是否"诗歌叙述主体"的有意省略，反映的是"诗歌叙述主体"于叙事意义上的艺术考虑或某种艺术追求，还不能明确，但是源于上述祭祷结构的缺失，势必导致诗歌创作与相关神祇祭祷仪式之关系的模糊不清，而一旦"诗歌叙述主体"在叙述对象和叙述视域上面"抛开"祭祷仪式的束缚和制约，诗歌叙述对象和叙述视阈不但会完全集中于"神"和"神的事迹（神话）"的上面，更为重要的是，"诗歌叙述主体"还会发生转化，即由诗人而转化为巫觋或相关的神祇，而诗歌的叙述方式也会发生转化，即由以诗人为主的"场外叙述"而转化为以巫觋或神祇为主的"场内叙述"。

值得注意的是，我们在研究《东君》五个叙述单元的作用时也谈到，《东君》一诗五个叙述单元清晰地呈现出两个方面的内容：即第一、四、五叙述单元描写的是太阳神东升继而东行的内容，而第二、三叙述单元描写的则是观者观看日出和巫觋娱神的内容。前者的叙述主体是"太阳神"，而后者的叙述主体则是"观者"和"巫觋"；前者的叙述视阈是"神的世界"，而后者的叙述视阈则是"人的世界"；前者的叙述空间呈现出了由"神的世界"到"人的世界"再到"神的世界"的转换，而后者的叙述空间则始终停留在"人的世界"。

上述情况说明：诗歌祭祷结构之祭祷层次的缺失，即意味着与之相应的诗歌叙述结构之叙述单元的不完整，而在诗歌整体叙述框架内，上述叙述单元的不完整，则意味着诗歌叙述对象、叙述视阈的变化，也意味着诗歌叙述方式和叙述内容的变化，还意味着在诗歌整体叙述框架不变的情况下，某些叙述单元"叙述量"的增加。

以此研读《九歌》第二种类型诸篇，诗歌"请神"、"迎神"、"送神"祭祷结构的缺失，则意味着"神"和"神的事迹（神话）"将成为上述诗歌主要叙述对象和叙述内容，意味着"诗歌叙述主体"的叙述视域将完全停留在"神的世界"，"诗歌叙述主体"必须依靠神的行为和神的事迹（神话）才能完成叙述任务，"诗歌叙述主体"将会更充分地发挥和运用"想象"与"幻想"的叙述方式进行更富于浪漫色彩的叙述。

《九歌》诗歌祭祷结构实际上是神祇祭祷仪式之祭祷程序的反映。因此，势必受到神祇祭祷仪式之祭祷程序诸多环节的制约和影响，祭祷程序诸多环节于祭祷意义上的内在特性和祀神要求，将制约和影响诗歌祭祷结构诸环节的艺术表现，并进而构成诗歌本身的艺术手法和艺术特点。《九歌》诗歌祭祷结构从"请神"开始，以"送神"告终，是神祇祭祷仪式之祭祷程序的全过程的展示。《九歌》诸篇只有《东皇太一》和《东君》具有完整的诗歌祭祷结构，在这个意义上，《九歌》诸篇中只有《东皇太一》和《东君》两篇诗歌完整地反映或再现了神祇祭祷仪式之祭祷程序的全过程。其他诸篇"下神"祭祷结构的存在,仍然能够说明上述诗歌创作与相关神祇祭祷仪式存在着密切联系,但是其他祭祷结构的缺失,导致上述诗歌较少受到神祇祭祷仪式诸多环节的制约和影响,其艺术价值应该更值得关注。《东皇太一》和《东君》的诗歌内容基本覆盖了神祇祷祠仪式的全过程,故上述诗歌是作者对神祇祷祠仪式全过程进行"全景式"表现和反映,而《九歌》"第二种类型"恰恰构成与"全景式"表现和反映不同的具有"特写"特点的"近景式"表现和反映的特征。

如果将《九歌》上述两种类型视为一种文学意义的创作实践的话,那么《九歌》上述两种类型在诗歌结构与叙事方面所体现出来的特征,也就成为《九歌》在描绘荆楚传统宗教神祇祭祷仪式的文学创作中所体现出来的文学特点,说明屈原在创作《九歌》时并不拘泥于神祇祭祷仪式的束缚和限制,一方面擅长将不同的神祇祭祷环节转换成诗歌不同的层次结构,另一方面又擅长将不同的神话情境转换成诗歌不同的文学视域,并以此为基础,根据具体的神祇和神祇祭祷情况而采用"全景"或具有"特写"特点的文学表现手法,在结构变化、视域转换、情境构造、神祇活动等方面创造出巨大的文学描绘、文学想象和艺术表现的空间,锻造出极富荆楚古典浪漫主义艺术特点的伟大诗篇。

第三章

屈原的文学创作与荆楚古典浪漫主义文学的实践(下)

从春秋中期至战国晚期之前至少延续了二百余年的辉煌时期的楚文化，是屈原以及他所创作的伟大诗歌的孕育者和缔造者。屈原以及他的文学作品是繁荣时期楚文化在文学上的代表和典范。然而，屈原所生活的时代，又是楚文化和楚国国势由盛而衰的转变时期。屈原的政治生活和文学创作，不可能不受到这一时期楚国社会现实的影响，不可能不打上现实生活的烙印。正是在这个意义上，我们认为，以屈原和他的文学创作为代表的荆楚古典浪漫主义文学，既是繁荣时期楚文化的产物，也是繁荣时期楚文化走向衰落和变异的见证。

第一节 《九歌》与诗人所感知的神祇世界的忧伤

屈原作品中充溢着一种源于荆楚传统宗教信仰和宗教精神的大爱情怀和圣洁情操，并表现为一种宗教式的艺术气质。以《九歌》为例，《九歌》诸篇中的"情感主体"都体现着这种宗教式的艺术气质，这种艺术气质表现为诗歌的"情感主体"饱含着丰富而饱满的情感，具有着热忱的赤子真情，往往因为多情而敏感，因为敏感而多思和惆怅，而且这种情感又习惯于以一种忧伤的方式表达。

一 《九歌》神祇孤独、惆怅和忧伤预示着神对人的漠视和远离

当人所感知的神祇世界也缺少自然、安适、和谐的氛围和情调的时候，说明人与神的关系已经出现了裂痕，更说明人与人的和谐关系早已受到了破坏。神祇的孤独、惆怅和忧伤，意味着神对人的漠视和远离，屈原似乎有意因《九歌》的创作来表达其对楚国传统宗教神人关系的忧虑和担心。

《东皇太一》是对祭祀太一神的描绘，而全诗的情感基调则在诗歌开篇"吉日兮良辰，穆将愉兮上皇"两句中表现出来。诗歌描写人们选择一个吉日良辰，庄严而恭敬地祭祀"上皇"，希望"上皇"愉快、欢乐。诗歌接下来的九句，是对"穆将愉兮上皇"即娱神（祠神）场面的描绘：巫人们手持长剑，腰间佩玉锵锵；琼瑶为席，美玉为瑱，玉枝为香；蕙草蒸出的香肉，佐以桂酒椒浆；这时候，巫人们扬起鼓槌，鼓声舒缓，徐歌相和，竽瑟声扬。

诗歌所描绘的娱神（祠神）场面豪华而高贵、典雅而肃穆、热烈而欢快。即使今天的读者以虔诚而卑微的情思"进入"诗人所描绘的情境时，也会感受到上述情境中所充溢的赤子般的纯洁无瑕的真诚和热忱。如此，伟大的"上皇"何以能够安居天上而无动于衷。于是灵神安翔，巫灵承降；妖服繁盛，偃蹇而舞；芬芳菲菲，馨香满堂；五音繁会，东皇乐康！

从诗歌的"情感主体"的角度看，《东皇太一》的情感主体有一明一暗的两个，明的是"君"，即娱神（祠神）的对象"上皇"；暗的则是诗歌的叙述者，或即诗人自己。诗中之所以能够描绘出豪华而高贵、典雅而肃穆、热烈而欢快的娱神（祠神）场面，恰恰是因为诗人自己所怀抱的赤子般的情怀，这种情怀带有荆楚传统宗教信仰所特有的艺术气质，并表现为一种纯洁无瑕的真诚和热忱。然而，《东皇太一》中所表现出来的热烈和欢快的情感却是短暂的，自《云中君》开始，郁闷、焦虑、孤独、惆怅、忧伤，都一一表现出来。

《云中君》对"云君"的描绘极为真切而形象，其"灵连蜷兮既留"、"灵皇皇兮既降"、"猋远举兮云中"、"览冀州兮有余"、"横四海兮焉穷"等等，都带有"云君"悠然自得、飘忽不定、往来倏忽的自然特征，但诗人却将"云君"的这种自然特征以"拟人"的方式表现出来，从而使得"云君"的上述自然特征带有了人的因素和人的情感特征，并

在诗篇独特的叙述中生成了一种缘自爱慕和思恋的惆怅和忧伤。

这种惆怅和忧伤之情,在《湘君》和《湘夫人》中被越发委婉而缠绵地表达出来。《湘君》和《湘夫人》在叙述上有一个共同之处,就是在诗的结尾,即最后一个叙述单元,均采用了基本相同的叙述形式和叙述语言。[①] 上述两个叙述单元的叙述主体并不相同,但却表达了相同的情感和愿望,那就是希望"湘君"和"湘夫人"找到相爱的伴侣,不要犹豫和拖延,尽快享受那"逍遥而容与"的时光。而上述情感与愿望是有感而发的,《湘君》描绘了一个"期不信"的约会,而《湘夫人》则构拟了一个与"远者"即"公子"不能聚首的故事。前者是所爱的人"心不同"而"恩不甚",后者则是"思公子兮未敢言"。因此,虽然两篇诗歌最后一个叙述单元的叙述主体不同,但却表达了相同的愿望:既然"心不同"而"恩不甚",那就更求他人("采芳洲兮杜若,将以遗兮下女");既然"思公子兮未敢言",那就大胆追求,不再犹豫("搴汀洲兮杜若,将以遗兮远者")。

需要指出的是,发出这种情感和愿望的主体不论是"湘君"还是"湘夫人",应该都与诗歌的作者屈原有关,都应该是作者屈原的情感与愿望。从诗歌中我们似乎能够感受到屈原内心隐晦的难言之情:流光飞逝、时不我待的焦急和小心谨慎、多情却又孤独的处境。这是屈原于现实生活中的真实处境,还是作为诗人在诗歌创作中所设定的虚幻情境,似乎很难分辨清楚,但有一点却是可以肯定的,就是屈原借助诗歌而对"湘君"和"湘夫人"的关爱和对他们那种处境和遭遇的同情。

《湘君》和《湘夫人》中的忧伤和惆怅之情,在《大司命》和《少司命》中却以另一种形式表现出来。《大司命》中表现了"大司命"那种不能被人理解的苦恼。诗中写道"纷总总兮九州,何寿夭兮在予!""壹阴兮壹阳,众莫知兮余所为。"诗中的"大司命"因为不能被人理解而苦恼,因为苦恼而惆怅。"结桂枝兮延伫,羌愈思兮愁人。"而《少司命》中"少司命"的苦恼则颇为隐晦,诗中写道:"夫人自有兮美子,荪何以兮愁苦!"显然,"少司命"的"愁苦"是因为"人自有美子"而不能在

[①] 《湘君》最后一个叙述单元:"捐余玦兮江中,遗余佩兮醴浦。采芳洲兮杜若,将以遗兮下女。时不可兮再得,聊逍遥兮容与。"《湘夫人》最后一个叙述单元:"捐余袂兮江中,遗余褋兮醴浦。搴汀洲兮杜若,将以遗兮远者。时不可兮骤得,聊逍遥兮容与。"

这方面更多地造福人间。既然如此，诗中的"少司命"也就"入不言兮出不辞，乘回风兮载云旗"，"荷衣兮蕙带，儵而来兮忽而逝。"或飘忽不定，或远走高飞了。

司命神在荆楚传统宗教信仰中占有着颇为重要的地位，是楚人祭祀较多的神祇。春秋战国时期楚国贵族所铸铜器铭文，在内容上值得注意。如河南淅川下寺楚墓2号墓出土鼎鼎铭文表达了三个愿望：其一"用祈眉寿"，希望生命常在；其二"永受其福"，希望福佑多多；其三"万年无期，子孙是制"，希望子子孙孙直到永远。[①] 从上述铭文所表达的愿望中可以看到，楚人最关心的事情有三个，第一是健康和寿命的问题，这是对自身生命状况的关注；第二是神祇的降福和佑护的问题，这是对自身生活状况，包括政治生活状况的关注；第三是家人与后代的问题，这是对家族和子孙生命状况与生活状况的关注。在上述三个关注的事情中，健康与寿命是排在第一位的。上述情况在楚国其他铜器铭文和望山、包山楚简"卜筮祭祷记录"中同样有着颇为一致的表现。[②]

以此联系《九歌》之《大司命》、《少司命》的创作，司命神的惆怅和忧伤，与其说是两个司命神的情感，还不如说是诗歌作者屈原的惆怅和忧伤。从屈原在上述诗歌中所表述的思想和情感上面，可以看到屈原所怀抱的那种圣洁的大爱情怀：诗人希望人与神能够和谐相处，希望神祇能够佑护人类，希望疾病能够远离人间，希望以神的惆怅和忧伤而换来人的美好和欢乐。

屈原在《东君》中对"东君"作为太阳神的描绘远远超过了"东皇太一"。诗歌首先描写了太阳神从东方升起时的壮观景象，接着描绘了巫人降神时歌舞相应、鼓乐齐鸣的盛大场面，然后以饱含深情的笔触再现了太阳神神骏而英武的形象。诗歌所表现的是对"光荣"、"伟大"、"辉煌"、"崇高"的太阳神的赞叹和崇敬。然而，诗歌中"长太息兮将上，

[①]　河南淅川下寺楚墓2号墓出土鼎鼎铭文，参见河南省文物研究所、河南省丹江库区考古发掘队、淅川县博物馆《淅川下寺春秋楚墓》，文物出版社1991年版；邹芙都《楚系铭文综合研究》，四川出版集团巴蜀书社2007年版，第77页。

[②]　如河南淅川下寺楚墓3号墓出土青铜匜铭文、淅川下寺楚墓出土钮钟铭文。参见河南省文物研究所、河南省丹江库区考古发掘队、淅川县博物馆《淅川下寺春秋楚墓》，文物出版社1991年版；陈振裕《湖北楚简概述》，载陈振裕《楚文化与漆器研究》，科学出版社2003年版，第108、109页。

心低徊兮顾怀"、"撰余辔兮高驼翔,杳冥冥兮以东行"等诗句,却也夹杂了太阳神的一厢愁绪和那种不易被觉察的一丝无奈。

《河伯》中"河伯"或"美人"的愁绪似乎与《东君》中的"太阳神"一样,同样显得隐晦和无奈,而直到《山鬼》,忧伤和惆怅的情怀,才又得以明朗的宣泄出来。诗中对山鬼的描绘充满了遗憾和忧伤,因为诗从一开始就告诉读者这是一场没有结果的爱恋:"余处幽篁兮终不见天,路险难兮独后来。"诗篇中山鬼的述说,既是对"后来"原因的解释,也是对失去"爱情"的深深自责,后句中的"独"字已经凄楚地表达了山鬼"此时"的遗憾和忧伤。

从诗篇的描绘中可以看到,山鬼的遗憾和忧伤大都是自责和自遣,而没有对"对方"即"君"的抱怨和失望。虽然有"怨公子兮怅忘归"的感慨,但这个"怨"也很难与"恨"联系起来,况且这个"怨"中还包含着"爱",而包含着"爱"的"怨",则是对"爱"的更大的期盼和等待。所以,诗篇接下来相继出现了两个"君思我"的呼唤,最后是"思公子兮徒离忧"的无尽感伤。

从诗篇的上述描绘中,我们看到了一个情感真挚纯洁得有如赤子般的心灵,但是这个"心灵"却因多情而敏感,因敏感而躁动不安。而这种"躁动"和"不安"却是由那种已经近似神经质的"赤子之情"带来的,内心的"躁动"使得山鬼明明知道"君"已离去,却还要"表独立兮山之上"而漫长的等待,还要"采三秀兮于山间"而期待着再见;内心的"不安"使得山鬼意绪恍惚、情志迷离,导致猜疑顿生,离忧惆怅。

综上而言,我们发现在《九歌》诸篇中弥漫着一种情绪,这种情绪时而焦虑不安、时而惆怅忧伤、时而苦闷彷徨、时而无奈孤独,因无法排解而挥之不去;这种情绪的表现,或浓烈、或浅淡、或张扬、或隐晦,因不能被化解而令人压抑和不快。

值得注意的是,王逸读《九歌》似乎同样感受到了诗中所弥漫的这种情绪,故认为《九歌》乃"上陈事神之敬,下见己之冤结,托之以讽谏"之作。以《九歌》为讽谏或寄托之作,尚有不同见解,但诗歌中所弥漫的上述情绪却是不能否定的,且《九歌》前九篇(除《东皇太一》之外)所述神祇事迹和境遇,都缺少自然、安适、和谐之感。屈原《九歌》中所弥漫的情绪,在他的另一篇作品《离骚》中有着更为清楚、真实和更为鲜明、强烈的表现。从这个意义上说,王逸《九歌章句》中关于《九歌》创作时间的认识是不无道理的。如果我们坚持《九歌》是屈原早年作品这一观点的话，那么我们相信屈原寓于《离骚》中的情感，也就绝非于屈原政治生涯的后期才形成。

当人所感知的神祇世界也缺少自然、安适、和谐的氛围和情调的时候，说明人与神的关系已经出现了裂痕，而人与神和谐的关系出现裂痕，则说明人与人的和谐关系早已受到了破坏。因此，从《九歌》中我们能够感受到屈原敏感的宗教情感和政治嗅觉，使他过早地感悟到了楚国宗教生活和社会政治生活中的裂痕，也敏锐地意识到了这种宗教生活和政治生活的裂痕对传统宗教信仰和神祇崇拜所带来的影响。神祇的孤独、惆怅和忧伤，意味着神对人的漠视和远离。屈原似乎有意因《九歌》的创作来表达其对楚国社会宗教生活和政治生活的忧虑和担心。

二 《九歌·国殇》所隐含的英魂不能回归和飨祀的焦虑和不安

关于《九歌·国殇》题旨，蒋骥《山带阁注楚辞》有着颇为精当的议论，其云："怀襄之世，任谗弃德，背约忘亲。以至天怒神怨，国蹙兵亡，徒使壮士横尸膏野，以快敌人之意。原盖深悲而极痛之。"① 然而上述意见仅仅揭示了《国殇》题旨的一部分，更为重要的是，《国殇》以殉国将士为"殇"，意在使"兵死"摆脱作为"外鬼"的"强死"的身份、地位以及"解"的遭遇，而受到祖先类人鬼的飨祀。

从战国楚简祷祠实践所反映的神祇祭祷礼制上看，楚人有祭祷"族殇"的传统。战国楚简关于"殇"的祷祠实践，皆以"本宗"为基础，是宗族内部的宗教行为。从这个意义上说，战国楚简祷祠实践中的"殇"或可谓之"族殇"。葛陵简有"敚（就）祷三殜（世）之殇"（乙四109）简文。② 所谓"三殜（世）之殇"，或为族中"三代"之"殇"。③ 上述"殇鬼"正可以用"族殇"称之。

---

① （清）蒋骥：《山带阁注楚辞》，中华书局1973年版，第66页。
② 简文引自《葛陵1号墓简册·卜筮祭祷》，载陈伟等《楚地出土战国简册［十四种］》，经济科学出版社2009年版。
③ 有学者认为上引"三世之殇"有两种可能：一种可能是指父辈、子辈、孙辈；一种可能是同曾祖以下所出之殇。参见陈伟《楚人祷祠记录中的人鬼系统以及相关问题》，宋华强《新蔡葛陵楚简初探》注引，武汉大学出版社2010年版，第421页。

根据战国楚简祷祠实践中"族殇"的祭祷传统，并不能得出战国时期楚国的神祇祭祷礼制中存在着超越"族殇"的"国殇"和"国殇祭"的结论。根据如下：(1) 战国楚简祷祠实践和神祇祭祷礼制是建立在"宗族"基础上的，"殇"的属性隶于"宗族"，故对"殇"的祭祷由"宗子"主持，其性质与"本宗"相连。从这个意义上说，脱离"宗"的"殇"的祭祷行为，是与神祇祭祷礼制相违背的。(2)《礼记·丧服小记》云："殇与无后者从祖祔食。"① 《礼记·曾子问》云："凡殇与无后者，祭于宗子之家。"② 《礼记·祭法》云："王下祭殇五：适子、适孙、适曾孙、适玄孙、适来孙。诸侯下祭三，大夫下祭二，适士及庶人祭子而止。"③ 由此而论，自天子以下，皆祭"本宗"之"殇"。(3) 从"国家"的层面看，对获得"战功"者确有褒扬，但并非以"殇"的身份出现。《周礼·夏官·司勋》云："战功曰多。"又云："凡有功者，铭书于王之大常，祭于大烝，司勋诏之。"④ 所谓"铭书于王之大常"，即生则书于王旌，死则于烝先王祭之。⑤ 显然，《国殇》中所描写的"兵死"是战死沙场的普通将士，并不具备"配食于先王"的资格。(4)《礼记·祭法》所载"七祀"、"五祀"、"三祀"中，皆有"厉"，或为"泰厉"、"公厉"、"族厉"。⑥《集解》引《春秋传》："鬼有所归，乃不为厉。"⑦ 则"厉"为"外鬼"而"无所归依"者。依此，"兵死"于"外"而"无所归依"者，亦当为"厉"。然，此"厉"在《礼记》之《月令》、《曲礼下》、《王制》、《仪礼·既夕礼》、《周礼·春官·小祝》之五祀中均无，亦不在包山2号墓所出"木主"五祀之中。或有云："《祭法》七祀不见于其他记载，又划出森严的等级，恐怕出于后人的杜撰。"而《月令》及包山2号墓"木主"五祀，才是"战国时最为流行的说法。"⑧ 再者，此"厉"的含义众说纷纭，或为"无后者"。⑨ 显然，"七祀"或

---

① （清）孙希旦：《礼记集解》卷三十二，中华书局1989年版，第870页。
② （清）孙希旦：《礼记集解》卷十九，中华书局1989年版，第544页。
③ （清）孙希旦：《礼记集解》卷四十五，中华书局1989年版，第1204页。
④ 陈戍国点校：《周礼》，岳麓书社1989年版，第80页。
⑤ （唐）杜佑：《通典》卷五十，中华书局1988年版，第1408页。
⑥ （清）孙希旦：《礼记集解》卷四十五，中华书局1989年版，第1202页。
⑦ 同上书，第1203页。
⑧ 陈伟：《包山楚简初探》，武汉大学出版社1996年版，第167页。
⑨ （清）孙希旦：《礼记集解》卷四十五，中华书局1989年版，第1203页。

"五祀"其他神祇皆为与人日常生活相关者,"厉"并入其中,确有"隔阂"、"抵牾"之处,而"厉"又独为"人鬼",也与"类"不符。《说文》:"厉,旱石也。"① 或云"厉"之繁文,像"蝎"在石中活动,表示蝎毒剧烈,故有烈、猛、严、虐等意。②《左传·宣公三年》载夏时"铸鼎象物"而"使民知神奸",其所象"鬼神百物"中,即有"螭魅罔两",皆为山川精怪。③ 以此观之,"厉"为"山神"之说,应有渊源,而"厉"为"无后者"或"无所归依"之"外鬼"说法,当为后出。

总之,《国殇》以"兵死"为"殇",其超越"族殇"而升华为"国殇"的做法,应该并不具备传统宗教仪轨和神祇祭祷礼制上的根据,其于神祇祷祠方面的背景,仍然是战国楚简关于"族殇"的祷祠实践和由上述祷祠实践所反映的神祇祭祷礼制。

正是在上述意义上讨论《国殇》以"兵死"为"殇"的意义,则《国殇》以作为"兵死"的"殉国将士"为"殇"的做法和行为,至少具有如下三个方面的意义:(1)《国殇》以"兵死"为"殇",也就意味着《国殇》中"兵死"的"宗教身份"发生改变,即由"强死"的"外鬼"而归入宗族意义上的祖先类人鬼"族殇"之列。(2)《国殇》以"兵死"为"殇"并以"国殇"名之,其"族殇"的"宗教身份"被进一步弱化,而其超越"族殇"的"政治身份"却得到增强,并以这种"政治身份"而成为国家和民族的祭祷对象。(3)源于此,《国殇》以"兵死"为"殇"并以"国殇"名之,也就成为突破传统神祇祭祷制度的创举,意味着对上述作为"兵死"的"殉国将士"的宗教祭祷礼遇的破格和升华,并在宗教仪轨之上确立和植入了政治的内涵而具有了鲜明的政治意义。

从战国楚简祷祠实践所反映的神祇祭祷礼制上看,关于《国殇》性质的考量,或应该与"族殇"祭祷仪式上的"祝"联系起来。

新蔡葛陵楚简有"乐之,百之,赣(贡)之。祝"(甲三298)简

---

① (汉)许慎:《说文解字》第九下,中华书局1963年版,第193页。
② 康殷:《文字源流浅说》,荣宝斋1979年版,第363页。
③ (晋)杜预:《春秋左传集解》第十,上海人民出版社1977年版,第546页。

文，又有"虖"（甲三295）简文。① "虖"或读为"号"，将二简缀合，即为"乐之，百之，赣（贡）之。祝号"②。值得注意的是，对于葛陵简"乐之，百之，赣（贡）之"简文来说，"无论以怎样的方式和顺序搭配组合，此三者总是放在一起"，"其间从不夹杂确定是祭祷行为的词语"。从而推测"'乐之'、'百之'、'赣'三者所表示的行为很可能是自成一系的，而与记在它们前面的祭祷行为有别"。故推断简文"乐之，百之，赣（贡）之"所反映的"是作为'祭礼余兴'的娱乐降神活动"。③ 上述推断极具价值，但以"娱乐降神"为"祭礼余兴"则未必准确，而应视为祷祠活动的一部分，而"祝"或"祝号"当是祷祠活动中对神祇的"告"或"告号"。"祝"或"祝号"是与"乐之，百之，赣（贡）之"的祷祠活动联系在一起的。"葛陵简'百之'表示的应该就是某种把神灵'请下来'的仪式。"④ 从这个意义上看，"祝"或"祝号"之前是"娱神"、"降神""犒神"，它们是祷祠活动中存在关联的"程序"，相互之间有可能互为"前提"或"条件"。包山简第225简"與祷于殇东陵连嚣子发，肥豢，蒿祭之"中的"蒿"或读为"犒"，即以酒食馈犒鬼神。⑤ 有学者认为，葛陵简的"赣"与包山简的"犒"词义相近，用法相同。⑥ 而按照"娱神"、"降神""犒神"、"祝"或"祝号"诸"程序"所存在的关联性来看，推断包山简"蒿祭之"亦反映了"族殇"祷祠过程中的"娱乐降神"活动。

值得注意的是，"降神"的神祇祭祷环节亦能从《国殇》诗句中找到佐证。《老子》有关于"神"与"灵"的论述。⑦ 此"灵"或谓神祇所表现出的神秘的应验，这种应验是神祇的"生命"，也是检验神祇是否"下

---

① 《葛陵1号墓简册·卜筮祭祷》，载陈伟等《楚地出土战国简册［十四种］》，经济科学出版社2009年版，第418页。

② 宋华强：《新蔡葛陵楚简初探》引，武汉大学出版社2010年版，第243页。

③ 同上书，第252、253页。

④ 宋华强：《新蔡葛陵楚简初探》，武汉大学出版社2010年版，第256页。

⑤ 参见《包山2号墓简册·卜筮祭祷记录》注释，载陈伟等《楚地出土战国简册［十四种］》，经济科学出版社2009年版，第107页。

⑥ 沈培：《殷墟花园庄东地甲骨"叀"字用为"登"证说》，《中国文字学报》第1辑，商务印书馆2006年版，第47页；宋华强：《新蔡葛陵楚简初探》引，武汉大学出版社2010年版，第251页。

⑦ （晋）王弼：《老子注》，《诸子集成》（三），中华书局1954年版，第25页。

神"的"标准"。神的应验可能有诸多方面的表现。《山海经·海内北经》载:"舜妻登比氏生宵明、烛光,处河大泽,二女之灵能照此所方百里。"① 郭璞以为此"二女之灵"即"神光"。② 此"神光"亦即神的应验。袁珂《山海经校注》引罗泌《路史》(后纪十一)亦云:"宵明烛光,处河大泽,灵照百里,是谓湘之神。"③ 灵光即是神的应验,神亦以"光"的形式来到人间,即所谓的"下神"。《九歌·云中君》:"灵皇皇兮既降。"王逸云:"言云神下来,其貌皇皇,而美有光明也。"④ 据此而联系《国殇》"身既死兮神以灵"诗句,洪兴祖《补注》引《左传》"人生始化曰魄,既生魄,阳曰魂,用物精多则魂魄强"诸语,以"神"即"魂魄"。⑤ 则"神以灵"或谓"国殇"的"魂魄"能够化为"灵"或以"灵"的形式"重生"。显然,不论是化为"灵"还是以"灵"的形式"重生",在神祇祷祠实践上都应该表现为"下神"。如此,按照"娱神"、"降神""犒神"、"祝"或"祝号"诸"程序"所存在的关联性,推断《国殇》的宗教背景当与战国楚简"族殇"祷祠过程中"娱乐降神"活动存在关联。

《周礼·夏官·大驭》"驭下祝"孙诒让《正义》云:"祝为祝号以告神。"《说文·号部》云:"号,乎也。"《礼记·礼运》载:"后圣有作……以事鬼神上帝……故玄酒在室,醴、醆在户,粢醍在堂,澄酒在下。陈其牺牲,备其鼎、俎,列其琴、瑟、管、磬、钟、鼓,修其祝、嘏,以降上神与其先祖。"⑥ 上述降神仪式与战国楚简祷祠实践所反映的"娱乐降神"活动未免相合,但在"娱神"、"犒神"和"祝"等环节上却表现出一致的方面。《集解》云:"祝,谓飨神之辞。""先祖,谓死者之精气也。"⑦《国殇》以"兵死"为"殇",则《国殇》中"兵死"的"宗教身份"已经归入祖先类人鬼之列,故其作为"祖先之精气"的"灵"而接受"飨祀"和"祝",正与《礼记·礼运》的载记

---

① 袁珂:《山海经校注》,上海古籍出版社1980年版,第320页。
② (晋)郭璞注:《山海经》,岳麓书社1992年版,第143页。
③ 袁珂:《山海经校注》,上海古籍出版社1980年版,第320页。
④ (汉)王逸注,(宋)洪兴祖补注:《楚辞章句》,岳麓书社1994年版,第57页。
⑤ 同上书,第80页。
⑥ (清)孙希旦:《礼记集解》卷二十一,中华书局1989年版,第588页。
⑦ 同上书,第589页。

相合。

《国殇》或作"祠国殇"。洪兴祖《楚辞补注》引："一本自《东皇太一》至《国殇》上皆有'祠'字。"① 或云："自《东皇太一》以下至《国殇》，皆所以祠祀之乐歌，宜旧有'祠'字。《文选》卷二八鲍照《出自蓟北门行》'身死为国殇'，李善注引《楚辞·祠国殇》。其所据本有'祠'字。"②《周礼·春官·小祝》云："掌小祭祀将事侯、禳、祷、祠之祝号。"以包山简关于"东陵连嚣"的祷祠实践看，"殇"在祖先类人鬼中的地位和等级较低，故关于"殇"的祭祷行为当是所谓"小祭祀"，而与之相联系的则应该是"小祝"所执掌的"祠"之"祝"。故《国殇》的创作，或可与战国楚简"族殇"祷祠仪式中的"祝辞"相联系。

《国殇》的创作或与战国楚简"族殇"祷祠仪式中娱乐降神活动的"祝"或"祝号"存在关联，而关于《国殇》性质的考察，或可与战国楚简"族殇"祷祠仪式中的"祝辞"或"祝号辞"相联系，但将《国殇》与"祝辞"或"祝号辞"对号入座式的比附或等同，则存在困难。在对包山简"东陵连嚣"称"殇"或有两种可能之推断的前提下，《国殇》以"兵死"为"殇"，符合战国楚简"先祖强死者为殇"的祷祠实践和神祇祭祷礼制，但《国殇》以"兵死"为"殇"，则意味着"兵死"的"宗教身份"将由"非正常死亡"的"外鬼"归入祖先类人鬼之列的事实，也与战国楚简相关祷祠实践和神祇祭祷礼制相抵牾。从这个意义上说，《国殇》以"兵死"为"殇"，或是屈原的"主观故意"，其最为主要的意图或考量，似乎是在改变"国殇"的"宗教身份"的同时，而在上述"宗教身份"之上，确立和植入"政治身份"，从而使得作为"兵死"的"殉国将士"，在摆脱作为"外鬼"的"强死"的身份和地位以及"解"的遭遇而受到祖先类人鬼的飨祀的同时，而以这种"政治身份"成为国家和民族的祭祷对象。

根据目前所能掌握的材料，《国殇》将作为"兵死"的"殉国将士"称为"殇"并超越"族殇"而升华为"国殇"的做法，并没有传统宗教仪轨和神祇祭祷方面的根据，缘于此，《国殇》以"兵死"为

---

① （汉）王逸注，（宋）洪兴祖补注：《楚辞章句》，岳麓书社1994年版，第53页。
② 黄灵庚：《楚辞集校》卷三，上海古籍出版社2009年版，第373页。

"殇"并以"国殇"名之,也就意味着是突破传统神祇祭祷制度的举措,其"政治意图"和"政治意义"已经远远超过了"宗教意义"。正是从这个意义上看,《九歌·国殇》的创作带有着某种"宣言"或"宣示"的味道和意图,是屈原"知其不可为而为之"的"政治行为"。《九歌·国殇》所描写的是为国而战死者的英勇和无畏,但诗中所表现的却是上述战死者的英魂不能回归而得到飨祀的现实,故而诗中隐含着对上述战死者的英魂不能回归和飨祀的焦虑和不安,诗中充溢着一种刚烈、昂扬和激愤的情绪。在英灵回归的问题上,《国殇》并没有《招魂》、《大招》般的劝勉和利诱,而是不容置疑、不能拖延的坚定和决绝。

第二节 《离骚》与诗人所面临的政治人生的痛苦

屈原在《离骚》中塑造了一个伟大却又孤独的战士。他所面临的是神灵的离逝、君王的疏远、同道的背叛和亲人的批评,可谓上天无门,求神无路,寻人无助。《离骚》中表现的诗人所面临的窘境和痛苦,实际上是屈原于现实政治生活中所面临的窘境和痛苦。这样的窘境和痛苦在现实政治生活中无法破除和消解,诗人只好在诗篇中表现出来,并再一次回首过去,遥望历史,无奈地将自己茕独而芳洁之躯托于古人。《离骚》中"哀高丘之无女"诗句能够成为上述问题讨论和解答的钥匙。

一 包山楚简"卜筮祭祷记录"所透露出的"高丘"地理位置

根据《离骚》"哀高丘之无女"诗句判断,"高丘"原本有"女",而且《离骚》"哀高丘之无女"是在诗人"相下女之可诒"之前,说明"高丘女"与"下女"并不相同,"高丘女"是所谓的"神女"。"哀高丘之无女"是屈原于《离骚》中的悲叹。诗人何以哀叹"高丘无女"?"高丘无女"又蕴藏着哪些令诗人悲叹的内涵?上述问题是解读屈原创作《离骚》时的情感和心路历程的钥匙。然而,关于《离骚》"高丘"的研究，历来论者纷纭。① 包山楚简"卜筮祭祷记录"之"高丘"研究，或为《离骚》"高丘"诸多问题的解决提供帮助。

包山楚简"卜筮祭祷记录"两见"高丘"。② 其与"大水"、"二天子"等山川神祇和"老僮"、"祝融"等"楚先"并列，说明上述"高丘"可能既是地名，又是某一神祇的指代。

关于包山简"高丘"地理位置，大致有三种意见：（1）《包山楚简》释云："高丘，地名，见于《鄂君启节》。"③ 而《鄂君启节》"高丘"地理位置，于省吾先生认为"应在今安徽省的西北部或靠近其西北部之河南境内"④。另一种观点与于省吾先生相近，认为"高丘"当"位于楚国的东北境"，"其地望可能在今安徽省亳州市附近豫皖交界处，为通宋、齐、鲁之道，亦一边关。"⑤（2）再有一种观点认为包山简"高丘"当在《汉书·地理志》所载的"竹邑"，即今安徽宿县北的符离集附近。⑥（3）第三种观点认为"屈宋赋与包山简可以互证"，故包山简"高丘""应在三峡之中"。⑦

上述三种意见中，前二者在地域范围上较为接近，"高丘"位于楚国东北境的地理位置较为明确。后者基本承续《楚辞章句》旧说，而以屈

---

① 王逸《楚辞章句》云："楚有高丘之山。……高丘，阆风山上也。……旧说；高丘，楚地名也。"以王逸注语观之，高丘或为楚高山之名，或为地名，或为阆风山。《楚辞章句》云："阆风，山名。在昆仑之上。"关于《离骚》"高丘"的研究，后世学者多依王逸《楚辞章句》所言，几无新意，直至《鄂君启节》铭文的出现，才为《离骚》"高丘"研究带来转机，但仍然存在诸多问题。参见（汉）王逸注，（宋）洪兴祖补注《楚辞章句》，岳麓书社1994年版，第29页；于省吾《泽螺居楚辞新证》，《社会科学战线》1979年第3、4期；谭其骧《鄂君启节铭文释地》，《中华文史论丛》第二辑；刘和惠《楚文化的东渐》，湖北教育出版社1995年版，第141页。

② 其一在"卜筮祭祷记录"第237—238简，其二在"卜筮祭祷记录"第240—241简。其简文如下："罿祷太一辖，后土、司命各一牂；罿祷大水一膚，二天子各一牂，峗山一𦍋；罿祷楚先老僮、祝融、鬻熊各两𦍋，亯祭；䈞之高丘、下丘各一全豢。""罿祷五山各一牂；罿祷邵王戠牛，馈之；罿祷文坪夜君子良、邵公子春、司马子音、蔡公子㬊各戠豭，馈之。由攻解于禩与兵死。……䈞之高丘、下丘各一全豢。"参见湖北省荆沙铁路考古队《包山楚简》，文物出版社1991年版；陈伟等《楚地出土战国简册·包山2号墓简册》，经济科学出版社2009年版。

③ 湖北省荆沙铁路考古队：《包山楚简》，文物出版社1991年版，第58页。

④ 于省吾：《泽螺居楚辞新证》，《社会科学战线》1979年第3、4期。

⑤ 刘和惠：《楚文化的东渐》，湖北教育出版社1995年版，第145页。

⑥ 李家浩：《鄂君启节铭文中的高丘》，《古文字研究》第22辑，中华书局2000年版。

⑦ 何琳仪：《包山楚简选释》，《江汉考古》1993年第4期。

宋赋与包山简互证，则"高丘"地理位置的确定势必以"巫山"为坐标。

然而，上述意见仍存在可商榷之处：

（1）前者关于"高丘"地理位置的明确，皆以《鄂君启节》"高丘"为归结点，故上述意见是以包山简"高丘"与《鄂君启节》"高丘"同为一地为前提的。值得注意的是，"丘"在楚地已是固有地域概念，这一情况在新蔡葛陵楚简《簿书》中反映得颇为清楚，楚地名为"丘"或"某丘"的地名较多，故作为地名的"高丘"在楚地可能并非独一，包山简"高丘"与《鄂君启节》"高丘"是否同指，尚难定论。

（2）出土于安徽寿县楚怀王时期的《鄂君启节》铭文有地名"高丘"一词，其《车节》云"适繁阳，适高丘，适下蔡"，则"高丘"当与"繁阳"、"下蔡"存在联系。如果《车节》所载地名是一条路线，那么从"鄂"至"郢"比较清楚，而"高丘"的地理位置也就容易确定了。既然"高丘"在《车节》所载地名中位于"繁阳"之后，而其路线的终点又是"郢"（今安徽寿县城东南），那么"高丘"当在"繁阳"与"郢"之间。再进一步，《车节》云"适高丘"后，又云"适下蔡"。知"高丘"当在"下蔡"之前，或离"下蔡"不远，而"下蔡"的地理位置是明确的。先秦时蔡的都城当在淮南，楚灭蔡（楚惠王四十二年，公元前447年）后，称下蔡，后又改称郢。秦灭楚后，改郢为寿春县，又在淮北设立下蔡县，即今凤台县境内，而"高丘"当位于"繁阳"与"下蔡"之间，或即今安徽临泉至凤台之间的地区。然而，《鄂君启节》之《车节》所载货运路线是一条还是多条，学术界的意见并不统一。如果《车节》所载地名是多条路线，则情况就变得复杂起来。有学者认为："节文中的地名无疑均在交通线上，但并非依次表示为同一条交通线路，而是鄂君启'府商'贸易范围的交通网。"[①] 据此，节文所显示的水路和陆路交通都分为几条线路，其中陆路交通分为四条线路，即北线、西北线、东北线和东线。北线至"方城"始分为西北线和东北线，至"繁阳"后则为东线，下蔡在东线之上，而高丘则在北线之上。如此，"高丘"与"下蔡"不在同一条线路之上，且一北一南，二者相距较远，已不

---

① 刘和惠：《楚文化的东渐》，湖北教育出版社1995年版，第141页。

属于同一地域或相邻地域。显然,《鄂君启节》"高丘"于释读上还存在相当大的歧义和问题。

(3) 讨论包山简"高丘"地理位置,屈宋赋尤其宋玉《高唐赋》所提供的线索不能忽视,从宋玉《高唐赋》赋文看,"高丘"与"云梦"和"巫山"是联系在一起的,而《鄂君启节》"高丘"地理位置与"云梦"和"巫山"相距遥远,亦与包山简所属的包山 2 号墓所在地湖北荆门相距遥远。在包山简有关"高丘"的两则简文中,"高丘"作为祷祠对象位于"二天子"、"大水"等山川神祇和"楚先"之后,且所享祭品等级也低于上述神祇。包山 2 号墓墓主的等级身份大约相当于周制的"上大夫"级别,依《礼记·祭法》"有天下者祭百神,诸侯在其地则祭之"的祀神礼制,包山 2 号墓墓主以远在"楚东"的神格低级的"高丘"为祭祷对象,与礼有违。

(4) 在包山简"高丘"与《鄂君启节》"高丘"是否同指的问题上,后者持否定态度,其明确认为《鄂君启节》"高丘"为地名,而包山简"高丘"为山名。但后者仅以"屈宋赋与包山简可以互证"为据而判断"高丘"地理位置,尚缺乏说服力。

包山楚简"卜筮祭祷记录"关于"高丘"简文共两条。从简文"享祭箮之高丘、下丘,各一全豢"构文形式上看,"箮之高丘、下丘"构成一个偏正词组,"享祭"是动词,其对象是上述偏正词组中的"高丘、下丘"。这里,"箮"与"高丘"、"下丘"在词性上都是名词,但"高丘"、"下丘"是中心词,而"箮"则具有限制中心词的作用。上述构词形式在包山楚简"卜筮祭祷记录"所涉及的具体神祇人物的行文中尚属孤例,但却能够在新蔡葛陵楚简《簿书》中找到同例。① 其简文中"之"前的词语是地名,表示一个固定的地域概念,并限定"之"后的"里"的所属。以此观之,包山简"箮之高丘、下丘"中的"箮"也应该是一个表示地域概念的名词,"高丘"、"下丘"即在其所限定的地域范围内。

---

① 如"缰子之里一豢"(甲二 27)、"□夜之里一豢"(零 91)、"□鼙(?)之里一豢"(乙三 23)、"中春竽我之里一豢"(甲三 179)。参见《葛陵 1 号墓简册·簿书》,载陈伟等《楚地出土战国简册 [十四种]》,经济科学出版社 2009 年版,第 449、450 页。

如此，知道"箮"所限定的地域范围，也就能够知道"高丘"、"下丘"的地理位置。"箮"字或读为"筑"。① 古有"筑水"。《水经·沔水》有"（沔水）南过筑阳县东，筑水出自房陵县，东过其县，南流注之"句，郦道元注云："沔水又南径筑阳县东，又南，筑水注之。"②《汉书·地理志》颜师古注："今襄州有谷城县，在筑水之阳。"③ 谷城，地本春秋时穀国，又因筑水而名筑阳。据《汉书·地理志》，筑阳属南阳郡，古属荆州。筑水南流入沔处，古谓之"筑口"。显然，筑水流经之地，有以"筑"命名之俗，说明"筑"既是"筑水"的简称，也是筑水流经地域的泛指。包山楚简卜筮简"筑之高丘、下丘"中的"筑"，或即"筑水"的简称"筑"，如此，"高丘"、"下丘"当位于筑水流经地域。

对此，尚有如下因素能够对上述认识提供颇为有利的支持：（1）筑水地域古属襄州，襄州属《禹贡》豫、荆二州，春秋时为楚地。《水经注》亦云："筑水又东径筑阳县故城南，县故楚附庸也。"④（2）筑水入沔处的北面，即丹水、淅水与汉水交汇处，或称"丹淅之会"，东汉时已有楚都丹阳即在"丹淅之会"的说法。⑤（3）丹淅之会楚墓葬文化丰富，证明"丹淅之会"确为春秋战国时期楚人故居之地。⑥（4）以包山楚简卜筮简所属包山楚墓2号墓所在地荆门为中心，方圆一百五十公里内，其北即筑水流经地域，西为巫山、秭归，南接湘澧洞

---

① 沈培：《从战国简看古人占卜的'蔽志'》，《古文字与古代史》第一辑，台北：中研院历史语言研究所，2007年。

② （后魏）郦道元：《水经注》卷二十八，岳麓书社1995年版，第422、423页。

③ （汉）班固撰，（唐）颜师古注：《汉书》卷二十八上，中华书局1962年版，第1565页。

④ （后魏）郦道元：《水经注》卷二十八，岳麓书社1995年版，第423页。

⑤ 参见许天申在《楚文化研究的新进展》中关于"楚都丹阳的地望"的综述，《华夏考古》1993年第1期；马世之关于"楚都丹阳在淅川"的讨论，载马世之《中原楚文化研究》，湖北教育出版社1995年版，第65—80页。

⑥ 1978年在淅川县仓房乡下寺附近发掘了春秋中晚期大、中型楚墓9座，小型楚墓15座，出土文物数千件。1990年以来又在下寺附近的和尚岭发掘两座春秋中晚期楚墓，在徐家岭发掘一批春秋战国之交的大中型楚墓及车马坑。另外，通过对丹江水库周围的初步调查，共发现春秋战国时期的楚墓群28处，总数达2000座以上。在香化乡杨河村发现了一座长、宽各达40米的大型封土冢，很可能是楚王陵墓，同时还发现了十几处古城址。

庭，东临江汉交汇处，上述地域即是江汉流域，也是春秋战国时期楚文化的中心地带。

综上所述，包山楚简"卜筮祭祷记录"关于"高丘"简文中的"筑"，或即"筑水"的简称"筑"，如此，"高丘"、"下丘"当位于筑水流经地域，即江汉流域北部地区。

二 新蔡葛陵楚简"祭祷文书"相关记录揭示了"高丘"内涵

河南新蔡葛陵平夜君城墓出土一批战国楚简，其中大部分内容与包山楚简卜筮简相似，但还有一类简文属于某一区域祭祷神祇情况的登记记录，被称为"祭祷文书"，即《簿书》。在上述《簿书》中有众多包含"丘"的简文，而且简文中作为地名的"某丘"与包山简"高丘"、"下丘"极为相近，故在包山简"高丘"研究中引入新蔡葛陵《簿书》相关材料，或具启发意义。①

新蔡葛陵"祭祷文书"中"丘"有三种称法：第一种，称"某丘"；第二种，单称"丘"；第三种，称"某之丘"。新蔡葛陵"祭祷文书"中"丘"之三种称法中的第一种，与包山楚简"卜筮祭祷记录"之"高丘"、"下丘"相同。在这种称法中，"丘"是主词，"丘"前之字是副词，具有修饰主词的作用和意义。在新蔡葛陵"祭祷文书"中，"丘"前之字"多从草木"，具有标示主词"丘"的自然特性的作用，而包山楚简"卜筮祭祷记录"之"高丘"、"下丘"在构词特点上同样如此，"丘"前的"高"和"下"同样具有标示主词"丘"的自然特性的作用，"高"与"下"为意义关联词，在这里，前者特指位势高

---

① 河南新蔡葛陵平夜君城墓的年代相当于战国中期前后。有学者根据葛陵楚简"王徙于鄩郢之岁"的载记，认为这一年即楚肃王四年（公元前377年）。亦有学者进一步明确墓葬年代的下限当在楚悼王元年（公元前401年）至七年（公元前395年）。显然，葛陵平夜君城墓与包山2号墓在时间上相距并不遥远。再者，葛陵平夜君城墓所在地河南新蔡位于淮河上游地区，上述地区约于春秋时期既已并入楚国版图，并成为楚人聚居之地，与葛陵相近的正阳、信阳、罗山、固始，以及位于新蔡西北汝河上游的汝南、上蔡等地，都曾发现战国时期颇具规模的楚墓。缘于此，将新蔡葛陵《簿书》中有关"丘"的简文与包山简"高丘"联系起来考察，有理可据。参见李学勤《论葛陵楚简的年代》，《文物》2004年第7期；刘信芳《新蔡葛陵楚墓的年代以及相关问题》，《长江大学学报》2004年第1期；宋华强《新蔡楚简的初步研究》，北京大学博士学位论文，2007年。

峻，而后者的意义有二，或以"高"为基准而特指位势低下，或以"高"为基准而特指方位于后。值得注意的是，类似包山简"高丘"、"下丘"之构词特点者，在新蔡葛陵"祭祷文书"中也同样存在。① 说明从地名的角度看，包山简"高丘"符合楚地对于相互关联的地域进行命名的习俗。

既然包山简"高丘"在称法和构词特点上与新蔡葛陵《簿书》中的"某丘"具有相同性，又能够在《簿书》所出现的众多地名中找到命名形式上的同例，那么《簿书》中"某丘"作为地名的情况，或将有助于包山简"高丘"内涵的考察。

据统计，在新蔡葛陵楚简中"社"凡52见，在可以确定的"祭祷文书"简中有47例，而"稷"仅6例。② 新蔡葛陵《簿书》内容大致可以分为三类：第一类简文应该是"当时的一些地方官吏或贵族，在其域内祭祷社稷的记录"，第二类简文应该是"里人祷社的记录"，第三类简文则"涉及官方颁布的有关邑、里祭祷社稷的命令和用牲标准，以及对祭祷情况的统计"。③ 既然《簿书》主要是地方官吏或贵族在其域内祭祷社、稷的记录，那么，于"丘"祭祷的对象也应该是社或稷，而考虑到稷在新蔡简中仅6例的情况，故推断于"丘"祭祷的对象应该主要是社。

值得注意的是，在新蔡葛陵《簿书》中存在某一地名后有"后缀"的情况，而且后缀地名"多相同"，上文所讨论的"丘"既是一个属于这种情况的后缀地名，而其他后缀地名还有"虚"、"父"、"寺"、

---

① 如"上猷"（甲三：343）、"下猷"（甲三：326—1）；"上郊"（甲三：409）、"下郊"（甲三：413）；"上蓄"（甲三：411、415）、"下蓄"（甲三：410）；"櫟丘"（甲三：357、325—1）、"上櫟丘"（甲三：400）；"姑瘍"（零：340）、"下姑瘍"（甲三：314）；"南邶"（甲三：393）、"北邶"（零：346）。参见贾连敏《新蔡葛陵楚墓中的祭祷文书》，《华夏考古》2004年第3期，陈伟等《楚地出土战国简册》之《葛陵1号墓简册》，经济科学出版社2009年版。

② 关于"社"、"稷"在新蔡简文和祭祷文书中出现的具体情况，参见贾连敏《新蔡葛陵楚墓中的祭祷文书》，《华夏考古》2004年第3期。

③ 参见贾连敏《新蔡葛陵楚墓中的祭祷文书》，《华夏考古》2004年第3期；《葛陵1号墓简册·簿书》，载陈伟等《楚地出土战国简册》，经济科学出版社2009年版，第446页。

"江"等。① 上述后缀地名内涵颇为明确，"丘"应指丘陵；"虚"读为"墟"，即旧址；"父"读为"阜"，古音相近通假，或为土山；"寺"当指官舍；"江"指长江。②

上述后缀地名之前，往往是表示祭祷形式的字，最多的是"勻"字。如果在上述后缀地名进行祭祷的对象也是社的话，那就意味着新蔡葛陵《簿书》中除了一般的社之外，还有丘社、墟社、阜社、寺社、江社等种类的社。显然，这样的认识存在问题。新蔡葛陵《簿书》中地名之后又缀以"丘"、"虚"、"父"、"寺"、"江"等特殊称谓，则是对这一"特殊称谓"所指称的"特殊地域"祭祷情况的记录，其祭祷对象与这一"特殊地域"有关，如"丘"即"丘神"、"江"即"江神"，上述神祇虽不是社，但都属于"地祇"的范畴，仍然与"社"有关。

据统计，在新蔡葛陵《簿书》后缀地名中，"丘"出现次数最多，达 19 次；其次为"虚"，7 次；再次为"阜"，5 次；"江"仅 1 例。③"丘"于《簿书》中出现的次数几乎占到所有后缀地名的一半的情况，说明"丘"所指称的"特殊地域"是《簿书》中颇为重要的祭祷场所，其祭祷对象颇受重视，而"丘"前之字"多从草木"，又说明每一个"某丘"作为一个"特殊地域"都是与众不同的，具有自己的特殊性。既然"丘"应指丘陵，那么于"丘"所祭祷的对象便应该与丘陵有关。丘陵确为古人祭祀的对象。《仪礼·觐礼》云："礼山川丘陵于西门外。祭天，燔柴；祭山、丘陵，升。"④《礼记·祭法》云："山林川谷丘陵能出云，为风雨，见怪物，皆曰神。"⑤ 这里，丘陵与山、川并列，皆

---

① 简文例如下：(1) 甸尹宋之述。勻于上粟丘（甲三：400）(2) 固二社一豭、一豕。勻于邵思虚一豬。（甲三：353）(3) 寺二社二豕。勻于高寺一豬，祷一豕。（甲三：387）(4) 藕丘一豬，经寺一豬，祷一豕。（甲三：390）(5) 萌泉一豕，勻于栗溪一豬，祷一豕。（甲三：355）(6) 筮一豬，勻于旧虚、幣父二豬（甲三：350）(7) 蒧一豢。勻于霜丘、桐寨二豬。（甲三：325—1）(8) 潭溪一豬，勻于翾丘、某丘二。（甲三：403）(9) 勻于江一豬，祷一豕。（甲三：180）参见陈伟等《楚地出土战国简册》之《葛陵 1 号墓简册》，经济科学出版社 2009 年版。

② 贾连敏：《新蔡葛陵楚墓中的祭祷文书》，《华夏考古》2004 年第 3 期。

③ 同上。

④ 陈戍国点校：《仪礼》，岳麓书社 1989 年版，第 217 页。

⑤ （清）孙希旦：《礼记集解》卷四十五，中华书局 1989 年版，第 1194 页。

为山神之属。

新蔡葛陵"祭祷文书"中涉及的祭名与祭法有刉（刏）、害（割）、祷三种。据统计，"祷"于简文中出现的次数最多，共72例；其次是"刉（刏）"，共65例；"害（割）"仅2例。① 在与"丘"相关联的祭祷中，涉及的祭名与祭法就有"刉（刏）"。简文中的"刉"从刀，既声，当读为"刏"。② "刏"的祭祀方式当是割牲血祭。古代"血祭"的对象主要是社稷、五祀、五岳。《周礼·春官·宗伯》云："以血祭祭社稷、五祀、五岳。"③《管子·小问》载"桓公践位，令衅社塞祷。"尹注云："杀生以血浇落于社，曰衅社。"④ 新蔡葛陵"祭祷文书"中于"丘"祭祷的对象为丘陵之神，乃山神之属，显然与《周礼》相合。值得注意的是，新蔡葛陵"祭祷文书"中祭祷用牲有牛、豕两种，"从用法和场所看，祭祷稷用牲皆为牛，社则多用豕。极少数用牛牲的社或为'大邑'之社。"⑤ 上述用牲情况也见于包山楚简"卜筮祭祷记录"中，且包山楚简"卜筮祭祷记录"祭祷"高丘"、"下丘"所用之牲"豨"，亦见于新蔡葛陵"祭祷文书"用牲，且皆为豕类。上述用牲实例反映了战国时期楚国"大夫"及以下级别祭祷山川神祇的用牲情况，说明战国时期楚国"大夫"及以下级别祭祷山川神祇时，亦使用"血祭"之礼，与《周礼·春官·宗伯》"以血祭祭社稷五祀五岳"并不冲突。

新蔡葛陵"祭祷文书"中涉及的地域概念有"述"、"国"、"邑"、"里"等名称，根据简文"甸尹宋之述，刉于上粜丘"的记载，其"丘"即在"述"之内。新蔡葛陵"祭祷文书"中"'述'前的人名，从其称谓看，应该是一些官吏或贵族。其中一些是地方官吏，'述'后记录了一些祭祷用牲的地名，多为两处。由此可知'述'的范围应该不会太大。……可能是这些官吏或贵族的采邑"。"从简文看，这些官吏多为地方官吏，贵族的地位也不会太高，所以采地可能也只有两三

---

① 贾连敏：《新蔡葛陵楚墓中的祭祷文书》，《华夏考古》2004年第3期。
② 同上。
③ 陈成国点校：《周礼》，岳麓书社1989年版，第53页。
④ （清）戴望：《管子校正》卷十六，《诸子集成》（五），中华书局1954年版，第276页。
⑤ 贾连敏：《新蔡葛陵楚墓中的祭祷文书》，《华夏考古》2004年第3期。

地。从其用牲的数量和种类看，这些地名可能为'邑'类。"① 据此，新蔡葛陵"祭祷文书"中作为祭祷山神（丘神）的祭祷场所"丘"，当位于上述官吏或贵族采邑之中，亦可能属于其负责的行政区域如"邑"或"里"之内。上述情况能够说明，新蔡葛陵"祭祷文书"中"某丘"所代表的山神（丘神），只是楚地某些官吏或贵族的采邑或某行政区域之内的神祇。

综上所论，以新蔡葛陵"祭祷文书"中"某丘"所代表的山神（丘神）的性质和特点，作为考察包山简"高丘"、"下丘"的根据或参照，作为山神（丘神）之属的"高丘"、"下丘"，当包含三个层次的意义：（1）地名；（2）神祇祭祷场所；（3）高丘神和下丘神。作为地名的"高丘"、"下丘"表示着两个相互关联的"丘"，"高丘"特指位势高峻之"丘"，而"下丘"则相反或地理位置在"高丘"之后，二者相距并不遥远。作为神祇祭祷场所的"高丘"、"下丘"同样表示着两个相互关联的祭祷场所，只是前者位于位势高峻之处，而后者相反或地理位置在"高丘"之后。作为神祇的"高丘"、"下丘"当是山神之属。②

---

① 贾连敏：《新蔡葛陵楚墓中的祭祷文书》，《华夏考古》2004 年第 3 期。
② 从包山楚简"卜筮祭祷记录"第 237—238、240—241 简记录祭祷对象情况看，其祭祷对象皆可分为四个层次：（1）第 237—238 简：第一层次"太"、"后土"、"司命"、"大水"、"二天子"、"佹山"；第二层次"老僮"、"祝融"、"鬻熊"；第三层次"高丘"、"下丘"和第四层次"岁"。（2）第 240—241 简：第一层次"五山"；第二层次"邵王"、"文坪夜君子良"、"郚公子春"、"司马子音"、"蔡公子家"；第三层次"禂"、"兵死"和第四层次"高丘"、"下丘"。由此可以明确：（1）包山简"高丘"、"下丘"不在"太"、"后土"、"司命"、"大水"、"二天子"、"佹山"、"五山"等"自然神祇"之列。（2）与"神话祖先"和"直系祖先"无关。（3）往往位于简文所列神祇最后，至少是位于"自然神祇"和"祖先神祇"之后。据此可以明确：包山简"高丘"、"下丘"的神格，应该低于"大水"、"二天子"、"佹山"、"五山"等山川神。包山 2 号墓墓主的等级身份大约相当于周制的"上大夫"级，望山 1 号墓墓主生前的社会地位也相当于"大夫"这一等级，而包山、望山楚简"卜筮祭祷记录"所见神祇，亦当与墓主"大夫"身份和地位相适应。由此能够进一步明确：包山简"高丘"、"下丘"当是楚国"大夫"一级官员或贵族祭祀的对象。然而，"高丘"、"下丘"没有出现在望山楚简"卜筮祭祷记录"之中，或可说明"高丘"、"下丘"虽然是楚国"大夫"一级官员或贵族祭祀的对象，但源于其神格的低微而可祭可不祭。其原因在于，在贵族等级和政治身份上，望山 1 号墓和包山 2 号墓墓主比新蔡葛陵"祭祷文书"中的贵族或官吏要高出许多。以此而论，包山简"高丘"、"下丘"与新蔡葛陵"祭祷文书"中的"某丘"或"丘"，在神祇的地位与等级上应该不同，后者应该是更低一级的山神（丘神）。作为山神之属，"高丘"、"下丘"当处于"二天子"、"佹山"、"五山"与新蔡葛陵"祭祷文书"的"某丘"或"丘"之间。源于此，将作为地名的包山楚墓"卜筮祭祷记录"所载"高丘"、"下丘"归入包山楚墓 2 号墓墓主领地之内的认识，恐难成立。

三 包山楚简"卜筮祭祷记录""高丘"与《离骚》"高丘"的联系

根据《离骚》"哀高丘之无女"诗句判断,"高丘"原本有"女",而且《离骚》"哀高丘之无女"是在诗人"相下女之可诒"之前,说明"高丘女"与"下女"并不相同,"高丘女"是所谓的"神女"。《高唐赋》言瑶姬("巫山神女")"妾在巫山之阳、高丘之阻",说明"高丘女"即是"巫山神女",同为瑶姬神话。瑶姬神话的地域背景是江汉地域,故《离骚》"高丘"的地域背景不应该离开江汉流域。

值得注意的是,古代传世文献所载楚地"高丘"亦位于江汉地域的云梦。司马相如《子虚赋》在描述云梦地域时,言其南部有"平原广泽",当即"云梦泽"。《史记·货殖列传》载:"江陵故郢都……东有云梦之饶。"① 《史记·河渠书》载:"于楚,西方则通渠汉水、云梦之野。"② 《水经注·禹贡山水泽地所在》云:"云梦泽在南郡华容县之东。"③《水经注》所说与《史记·货殖列传》所载一致,华容故城在今湖北潜江县西南,其西为江陵,西北即荆门。《水经注·沔水》云"《禹贡》所谓云土梦作乂,故县取名焉。"④ 文中云梦,当指云梦泽。汉之云杜县所辖,包括今湖北京山、应城和天门,都在汉水以北,其南隔汉水与潜江相望,其西隔汉水与荆门相对。这说明,先秦时期的云梦泽当包括汉水以北地域。《艺文类聚》引《淮南子》云:"所谓乐者,游云梦,陟高丘,耳听九韶六茎,口味煎熬芬芳,驰骋夷道,钓射鹔鸘,之谓乐乎。"⑤ 上述引文在《淮南子·原道训》"所谓乐者"之后,还有"岂必处京台、章华"诸语。⑥ "京台"、"章华"为楚国"高台"式建筑,"高丘"与"京台"、"章华"当同在云梦之中。颜延之《始安郡还都与张湘州登巴陵城楼作诗》有"却倚云梦林,前瞻京台囿"句,而岳阳古称巴陵,

---

① (汉)司马迁:《史记》卷一百二十九,中华书局1959年版,第3267页。
② (汉)司马迁:《史记》卷二十九,中华书局1959年版,第1407页。
③ (后魏)郦道元:《水经注》卷四十,岳麓书社1995年版,第595页。
④ (后魏)郦道元:《水经注》卷二十八,岳麓书社1995年版,第432页。
⑤ (唐)欧阳询:《艺文类聚》卷二十八,上海古籍出版社1999年版,第499页。其中"游云梦,陟高丘"句,今本《淮南子·原道训》作"游云梦沙丘"。参见《诸子集成》(七)《淮南子》(高诱注)卷一,中华书局1954年版,第13页。
⑥ (汉)高诱注:《淮南子》卷一,《诸子集成》(七),中华书局1954年版,第13页。

巴陵城楼当即岳阳楼。以此观之，京台当在今岳阳附近。关于楚国章华台地理位置，有湖北、湖南、安徽、河南诸说，而以"湖北说"最为可信。"湖北说"又有三地，即潜江、荆州、监利，学术界又因潜江龙湾镇发现东周时期楚国离宫遗址，而倾向于章华台即在潜江。然而，潜江、荆州、监利三地，皆在云梦之中，京台所在地岳阳，亦在云梦之中。以此观之，《艺文类聚》所引《淮南子》之"高丘"，当同样位于云梦之中，而所谓"处京台、章华"、"陟高丘"，正是"游云梦"的内容。

　　从上文的分析看，在具体地理位置上，包山楚简"高丘"位于江汉地域北部的筑水流域，而《离骚》、《高唐赋》"高丘"则位于江汉地域的云梦，二者在具体地理位置上并不相同，但从地域背景上看，包山楚简"高丘"与《离骚》、《高唐赋》"高丘"都与江汉地域有关。这说明包山楚简"高丘"与《离骚》、《高唐赋》"高丘"以及瑶姬神话应该存在某种联系，这种联系或即表现为：《离骚》、《高唐赋》"高丘"是"帝女神话"向"瑶姬神话"演变过程中，源于"江汉地域"之地域背景而形成的具有特殊地域属性的神话形象（神话元素），而包山楚简"高丘"则是《离骚》、《高唐赋》"高丘"赖以形成的"原型"。如此而言，包山楚简"高丘"与《离骚》、《高唐赋》"高丘"的联系，便表现为现实存在的神祇祭祷制度与以上述神祇祭祷制度为基础而形成和变异的神话传说之间的联系。

　　综上而言，包山楚简"高丘"与《离骚》"高丘"内涵有三："高丘"是一个以江汉地域为背景的特殊地名；还是一个神祇祭祷场所；还指代在上述场所祭祷的神祇（高丘神）。将上述情况与《山海经·中山经》"帝女神话"演变联系起来，则能够看出包山楚简"高丘"在这一神话演变过程中的作用和意义：（1）"帝女神话"向"瑶姬神话"演变过程中，经历了"姑媱之山"与"高丘"、"帝女神话"与"高丘神话"相互融合的过程，其结果是新的神话的产生，即以江汉地域的云梦为地域背景的"瑶姬神话"的形成，而"高丘"则既是"高丘神"的祭祷之所，又在新的神话中成为"巫山神女"的居处之地。（2）"帝女神话"是人与植物互化的神话，但"姑媱之山"的属性和"䔄草"服之媚于人的特性，则为"帝女神话"与"高丘神话"融合而设置了必须遵循的原则，即山神神话的性质和神女"媚于人"的神性特征，并从而进一步构成

"瑶姬神话"的"情爱"主题,则"高丘"又由神祇祭祷和居处之地而成为神话中神人相恋与欢会的浪漫之所。上述神话传说为《离骚》"求女"情节提供了文学素材。

四 《离骚》"哀高丘之无女"所预示的神女远逝与求女失败的茫然和悲伤

从《离骚》诗篇的内容结构上看,"哀高丘之无女"处于诗歌的后部。女媭"詈予"之后,诗人"济沅湘而南征,就重华而陈词",然后"驷玉虬以乘鹥兮,溘埃风余上征"。诗人首先来到昆仑,但天门不开;然后回望高丘,但高丘无女;最后周游求女,但无功而返。显然,从《离骚》诗篇内容结构上看,"哀高丘之无女"在"天门不开"之后、"求女无果"之前。因此,"哀高丘之无女"既是"天门不开"的结果,又是"求女无果"的原因。诗歌上述内容结构,反映了诗人心路历程:诗人想要进入天宫,但天门不开,只好回望高丘,希冀高丘神女的帮助,但高丘已无神女。正是在这种情况下,诗人才"相下女之可诒"。从这个意义上看,诗人"寻女"与"求女"是寻求帮助而非寻找知音或同道。

那么,高丘何以无女?

包山楚简"卜筮祭祷记录"能够证明,屈原生活的战国后期,"高丘"还是楚人祭祷的对象,说明"高丘女"还在"高丘",而宋玉描写"巫山神女"与"楚王"爱情故事的《高唐赋》、《神女赋》的创作,也能证明这一点。因此,《离骚》"哀高丘之无女"似另有原因。这里,我们不妨从《离骚》中"相下女之可诒"的"下女"入手,探寻"高丘何以无女"的原因。

从《离骚》诗句看,"相下女之可诒"的对象有三:一曰宓妃、二曰有娀氏女、三曰有虞氏女,而诗人"求女"皆无果而终,其中原因并不相同:追求宓妃的失败,源于宓妃的"无礼",而宓妃"无礼"的表现,实为对诗人所"求"不感兴趣,有娀氏女和有虞氏女似乎并没有宓妃般的"无礼",但仍然失败,原因在于既没有恰当的媒者代为沟通,又碍于礼节不能自荐。

关于上述"下女"的事迹,都带有神话或传说的成分,而且在有关上述"下女"的神话或传说中,她们或与神、或与人都已经婚配,所以诗人于诗中只能设计了一个"假设",即"恐高辛之先我"和"及少康之未家"。这说明,诗人于诗中有意将时间回溯至"下女"还没有婚配的时候,诗人于诗中所追求的"下女",其时还是"未婚之女"。

据此而论,如果"高丘女"同样是"未婚之女",诗人亦当有所求;如果"高丘女"是"已婚之女",诗人亦当于诗中有意将时间回溯至没有婚配之时而求之。上述情况在诗中都不曾出现,而只是"哀高丘之无女",说明"高丘神女"已经不在"高丘",已经远离"高丘"而去,"高丘"已无"神女"。

然而,从宋玉《高唐赋》、《神女赋》"瑶姬"与"楚王"的爱情故事看,"高丘神女"并没有"远离",是故,《离骚》中"神女"的"远逝"于诗中只是一种象征。"神女"的"远逝"象征着"神"的远逝,象征着"神"不再眷顾这块土地和土地上的人民。因此,当"反顾"而见"高丘无女"的时候,诗人涕泗横流,发出了一个"哀"字,悲叹"神"对他的信众的抛弃。

如此而言,屈原在《离骚》中构拟了一个"天门不开"、"神女不在"、"下女不应"的局面。天门不开,说明诗人无路上天。无路上天,说明诗人已经不再具备直接与神沟通的能力。于是,诗人转而"求女",希冀获得"神女"的帮助。然而,神女不在、下女不应,进而说明诗人谋求其他与神沟通渠道的希望也已落空,预示着通过"高丘女"和"下女"的通神途径也已经不存在或被阻隔。这就是《离骚》中诗人"济沅湘而南征,就重华而陈词"以后所面临的窘境和痛苦。

值得注意的是,"高丘无女"和诗人"哀高丘之无女"式的悲叹,早在《九歌》的创作中就已经初露端倪。如前所述,《九歌》中弥漫着一种情绪,这种情绪时而焦虑不安、时而惆怅忧伤、时而苦闷彷徨、时而无奈孤独,因无法排解而挥之不去。这种情绪的产生,源于诗人对神祇世界的感知,源于神祇的困惑、孤独和忧伤,而神祇的困惑、孤独和忧伤,则预示着神对人的漠视和远离。显然,神的这种漠视和远离,在《离骚》中已经出现了。正如《九章·哀郢》开篇所云"皇天之不纯命兮,何百姓之震愆?"诗人感叹"皇天"何以不再福佑楚国的百姓,恰与"哀高丘之无女"一样。

五 《离骚》所表现的诗人源于君王疏离与同道背叛的窘境和痛苦

屈原在《离骚》中所构拟的窘境和痛苦实有三：首先是君王的疏远与不信任，其次是同道的疏离与背叛，最后才是神祇的远逝与无法沟通。

（一）君王的疏远与不信任

屈原在《离骚》中反复地表现了源于君王的疏远和不信任而带来的忧伤和痛苦，可以说，这种忧伤和痛苦是对诗人最大的折磨和打击，而个中原因，研究者大都归于屈原对"美政"理想的坚守和对君王的忠诚与对祖国的热爱。然而，参照望山、包山楚简"卜筮祭祷记录"所反映的情况，上述认识不免显得虚空迂阔。对于楚国的热爱，是每一个楚王族贵族天然的使命和责任。屈原的爱国之情源于其作为楚王族贵族的使命感和责任感。这种使命感和责任感表现在《离骚》开篇"帝高阳之苗裔"的自述中，其作为一个政治家的核心价值观，源于以"颛顼"的"苗裔"而自居的最为正宗、高贵和神圣的血统情结。缘于此，希望获得君王的青睐和信任，从而参与国事，就成为每一个楚王族贵族的人生目标和生活愿望。因此，屈原作为楚王族贵族，当这种人生目标不能实现或遇到挫折和打击的时候，其巨大而强烈的痛苦和忧伤就会始终缠绕心灵而不能释怀。

望山、包山楚简"卜筮祭祷记录"在内容上主要有三个方面，一是关于能否获得爵位，二是关于疾病吉凶，三是关于出入侍王问题。值得注意的是，在上述三个方面的内容中，以关于疾病吉凶的简文最多，其次则是出入侍王的简文，最后才是能否获得爵位的简文，而且关于疾病吉凶的简文与出入侍王的简文，在数量上大体相当。上述情况能够说明，作为楚王族贵族的望山、包山楚墓墓主，他们对自己的身体健康与仕途上的出入侍王两个方面是同等看待的，身体健康与出入侍王是楚王族贵族生活中最为重要的事情。

下面是包山楚简"卜筮祭祷记录"祭祷原因统计表。

表 3—1

章节	原因	简文序号
一	出入侍王	197—198
二	有咎	199—200
三	出入侍王	201—204
四	致福	205
五	致福	206
六	有咎	207—208
七	出入侍王	209—211
八	出入侍王	212—215
九	出入侍王	216—217
十	心疾	218—219
十一	心疾	220
十二	心疾	221
十三	新王父殇	222
十四	心疾	223
十五	至命	224
十六	至命	225
十七	出入侍王	226—227
十八	出入侍王	228—229
十九	出入侍王	230—231
二十	出入侍王	232—233
二十一	出入侍王	234—235
二十二	心疾	236—238
二十三	心疾	239—241
二十四	心疾	242—244
二十五	心疾	245—246
二十六	心疾	247—248
二十七	瘴疠	249—250

包山楚简"卜筮祭祷记录"祭祷原因大致有"出入侍王"、"有咎"、"致福"、"心疾"、"至命"、"瘴疠"等六种，其中"出入侍王"共十次，

"有咎"二次,"致福"二次,"心疾"九次,"至命"二次,"瘴疠"一次。

表3—2

原因	次数	排序
出入侍王	10	1
心疾	9	2
有咎	2	3
致福	2	3
至命	2	3
新王父殇	1	4
瘴疠	1	4
7	27	

由上面的统计可知,包山楚简"卜筮祭祷记录"祭祷原因及祭祷次数,以"出入侍王"最多,其次是属于自身疾病的"心疾",如果将"瘴疠"也归入"疾病"一类,则对自身疾病的祭祷次数亦达到十次,与"出入侍王"相当,而且"出入侍王"、"疾病"与其他祭祷原因在祭祷次数上差距较大,上述情况说明"出入侍王"与"疾病"对于墓主人来说是最为重要的事情。

望山楚简"卜筮祭祷记录"祭祷原因比较复杂,再加上望山楚简"卜筮祭祷记录"比较散乱,统计起来颇为困难。根据望山楚简"卜筮祭祷记录"实际载录情况,其祭祷原因大致如表3—3所示:

表3—3

序号	祭祷原因	简文序号
1	瘥	九
2	瘥	十三
3	出入侍王	十四
4	心疾	十八
5	走趋事王	二十二
6	得事	二十三

续表

序号	祭祷原因	简文序号
7	忧	二十四
8	得事	二十五
9	于志	二十六
10	于事	二十七
11	志事	二十八
12	出入侍王	二十九
13	入侍	三十一
14	心疾	三十六
15	心疾、胸疾	三十七
16	心疾	三十八
17	足骨疾	三十九
18	瘥	四十
19	首疾	四十一
20	首疾	四十二
21	瘥	四十四
22	□死	四十七
23	□死	四十八
24	有祟	四十九
25	有祟	五十
26	不见福	五十一
27	胸疾	五十二
28	有祟	五十三
29	死	五十七
30	不死	五十八
31	不死	五十九
32	瘥	六十
33	瘥	六十四
34	瘥	六十五
35	疾	六十六
36	瘥	六十七
37	有瘳	六十九

续表

序号	祭祷原因	简文序号
38	有忧	七十三
39	有忧	七十四
40	有忧	七十五
41	有祟	八十一
42	瘥	一五〇
43	瘥	一五一
44	瘥	一五二
45	瘥	一五三

将望山楚简"卜筮祭祷记录"祭祷原因进行归类,试分为"侍王"、"疾病"、"忧祟"、"忧死"、"祈福"五类,则各类所见祭祷次数如表3—4所示。

表3—4

原因	次数	排序
疾病	22	1
侍王	9	2
忧祟	8	3
忧死	5	4
祈福	1	5
5	45	

由上可知,在望山楚简"卜筮祭祷记录"中能够明确的45个记录单元中,其祭祷原因及祭祷次数最多者是"疾病"类内容,达22次之多;其次是"侍王"类内容,达9次;再次为"忧祟"类内容,达8次;复次为"忧死"类内容,有5次;最后是"祈福"类内容,仅1次。

将望山、包山楚简"卜筮祭祷记录"祭祷原因作一比较,望山楚简"卜筮祭祷记录"在祭祷原因上面显得较为复杂,且关于"疾病"的祭祷次数最多,"侍王"的祭祷次数与包山楚简基本相当。值得注意的是,望山1号墓墓主是25—30岁的男性,死时还很年轻。① 从望山楚简"卜筮祭祷记录"疾病类祭祷次数最多的情况看,墓主生前身体情况较差,似患有"心疾"、"胸疾"、"骨疾"、"足疾"、"首疾"、"痈疮"等多种疾病,并多次导致生命危险,故在包山楚简中不曾出现的"忧死"类祭祷原因,在望山楚简中出现并有五次之多。从这个意义上看,望山楚简疾病类祭祷次数最多的情况是可以理解的。另一方面,从望山楚简看,墓主有资格祭祀楚先公先王,说明其出身于楚王族,"卜筮祭祷记录"中有"侍王"类祭祷内容并达九次之多,说明其与楚王关系较为密切,但"卜筮祭祷记录"中有祈求"爵位"和"得事"的内容,说明墓主生前尚无爵位和职位,也可能与其年轻早逝有关。值得注意的是,即便如此,在望山楚简"卜筮祭祷记录"中"侍王"类内容在祭祷次数上仍然与包山楚简"卜筮祭祷记录"基本相当,说明"侍王"、"得事"、"于志"、"于事"、"志事"一类"与王亲近"、"得王信任"、"为王所用"等内容,对于墓主来说仍然是重要之事。

据此,尝试得出如下结论:"出入侍王"与"自身疾病"是战国时期楚王族贵族最为关心的事情,比较而言,"与王亲近"、"得王信任"、"为王所用"等与王事、国事有关的政治内容,更是战国时期楚王族贵族苦心积虑的事情。如此而言,对于楚王族贵族来说,"不得侍王"、"遭王疏离"、"不为王用"恐怕将是生活或人生中最为痛苦的遭际。

望山1号墓墓主是楚悼王的曾孙,可能逝于楚威王时期或楚怀王前期。② 以包山2号墓的绝对年代为公元前316年看,包山2号墓墓主当生活于楚怀王时期。望山1号墓墓主生活的时代或早于屈原,亦有可能其逝世的时间与屈原青年时期相重叠,而包山2号墓墓主生活的时代,则与屈原青年、壮年时期相重叠。望山1号墓墓主生前仅是楚王的亲近侍从,而包山2号墓墓主则官居左尹。左尹,是楚国中央政府主管司法的官员。包山2号墓出土竹简中,涉及较多楚国官职,如中央政府一级官职有令尹、左尹、左司马、右司马、大莫敖、工师、大司败等,左尹的职位可能仅次

---

① 陈振裕:《望山一号墓的年代与墓主》,载陈振裕《楚文化与漆器研究》,科学出版社2003年版。

② 同上。

于令尹。《史记·屈原列传》载屈原为"楚怀王左徒"。① 张守杰《正义》云:"盖今左、右拾遗之类。"②《史记·楚世家》载:"楚考烈王以左徒为令尹,封以吴,号春申君。"③ 这是说春申君黄歇由左徒而升为令尹,则左徒的职位亦当仅次于令尹,似并非"左、右拾遗之类"。有学者认为楚之左徒即"征尹",相当于"行人"一职,主管外交事务。④ 曾侯乙墓竹简有"左升徒"、"右升徒"之官名,"升"当即"登","左升徒"、"右升徒"当即"左登徒"、"右登徒",亦即"左徒"、"右徒"。《战国策·齐策》载:"孟尝君出行(五)国,至楚,献象床。郢之登徒直使送之,不欲行。见孟尝君门人公孙戍曰:臣,郢之登徒也。"⑤ 显然,登徒的职责范围亦包括外交事务,但官职的级别似乎较低。

据此而论,屈原作为楚王族贵族,与望山1号墓和包山2号墓墓主是相同的;屈原作为楚之左徒,其职位或可能仅次于令尹,或仅是主管外交事务的中央政府官员,与包山2号墓墓主生前亦大体相当,而且屈原任楚之左徒之时,包山2号墓墓主亦可能为官左尹。如此,望山1号墓和包山2号墓墓主最为关心的"出入侍王"和"自身疾病"之事,以及"与王亲近"、"得王信任"、"为王所用"等与王事、国事有关的政治考量,也应该是屈原最为关心的事情。也正是在这个意义上,我们才能够充分理解屈原在《离骚》中所表达的源于君王的疏远与不信任而带来的痛苦和悲伤之情。

(二) 同道的疏离与背叛

君王的疏远与不信任,只是《离骚》中诗人所面临的窘境和痛苦的一部分,而同道的疏离与背叛,则更令诗人伤心和遗憾。

屈原在《离骚》中以"党人"形容结党营私的政治小人。诗人对"党人"充满了怨恨和恐惧,但尽管如此,面对"党人",诗人并没有退缩或合流,而是坚决地站在了"党人"的对立面,并以试图建立相同操守和信念的群体相抗衡。《论语》有云"党而不群",屈原似乎在反对

---

① (汉)司马迁:《史记》卷二十四,中华书局1959年版,第2481页。
② (汉)司马迁:《史记》卷二十四张守节《正义》,中华书局1959年版,第2481页。
③ (汉)司马迁:《史记》卷十,中华书局1959年版,第1735页。
④ 赵逵夫:《"左徒"新考》,《荆州师范学院学报》2003年第1期。
⑤ 《战国策·齐三》,载范祥雍《战国策笺证》卷十,上海古籍出版社2011年版,第605、606页。

"党人"的同时,也着手建立这样的同道群体。诗云:"余既滋兰之九畹兮,又树蕙之百亩。畦留夷与揭车兮,杂杜衡与芳芷。"然而,诗人所试图建立的同道群体,却随着流俗而变化,背叛了操守和信念,也背叛了苦心孤诣的诗人。

当诗人所试图建立的同道群体随着流俗而变化,背叛了所秉持的操守和信念,也背叛了苦心孤诣的诗人的时候,诗人的伤心、遗憾和痛苦可想而知,因为诗人所面临的便是"孤家寡人"式的窘境。从此,诗人变成了一个孤独的战士,所有的人都成了他的对立面,他所面对的,是流俗、是众人、是全社会。似乎只有遥远历史中的伟大的祖先和贤者,才能够理解他,才是他的同志。

屈原在《离骚》中对这种"孤家寡人"式的窘境的描写有多处,其用词尤为值得注意。诗云:"众皆竞进以贪婪兮,凭不厌乎求索。羌内恕己以量人兮,各兴心而嫉妒。"诗句中的"众"字,已经将所有的人都涵盖在内。诗云:"虽不周于今之人兮,愿依彭咸之遗则。"诗句中将"自己"与"今之人"对立起来,又将"自己"与"古贤"联系起来,强调"自己"的操守不合于流俗,却愿意向古之贤人看齐。诗人这种不合于"今之人"的感叹,又习惯于以"众女"来形容。诗云:"众女嫉余之峨眉兮,谣诼谓余以善淫。"

屈原在《离骚》中所表述的这种"孤家寡人"式的窘境,诗中的"女媭"看得很清楚,而且在"女媭"的"申申詈予"中,包含着对诗人的劝勉,也包含着对诗人的批评。在"女媭"的劝勉和批评中,我们看到了诗人自身所存在的问题。诗云:"鲧婞直以亡身兮,终然殀乎羽之野。""女媭"以"鲧"为例,首先指出"鲧"的"婞直"的性格是导致其失败的主要原因。"婞直"或以为"刚直"。《说文》云:"婞,很也。"① 故释"婞直"为"刚直"并不确切。洪兴祖云:"鲧盖刚而犯上者耳"。② 神话中鲧不得帝命而窃息壤以湮洪水,似有刚愎自用之嫌,不知变通之误。知"女媭"以"鲧"为例,重在指出诗人不能变通的性格缺憾。故"女媭"又说:"汝何博謇而好修兮,纷独有此姱节。薋菉葹以

---

① (汉)许慎:《说文解字》十二下,中华书局1963年版,第263页。
② (汉)王逸:《楚辞章句·离骚章句》第一洪兴祖《补注》,岳麓书社1994年版,第18页。

盈室兮，判独离而不服。"而"众不可户说兮，孰云察余之中情。世并举而好朋兮，夫何茕独而不予听"诸语，再一次指出诗人没有友人，孤立无援，孤身奋战的窘境。显然，在"女媭"看来"不善变通"是一种性格上的缺憾，但在诗人看来却是道德和操守的问题。

值得注意的是，《离骚》中"女媭"的"申申詈予"，实际上应该是诗人对自身的反省以及反省的过程中内心矛盾和痛苦斗争的反映。这说明，诗人也看到了自己"不善变通"的问题，也试图将这个问题引到"性格"或"个性"的层面，并试图在这样的层面上加以解决。但遗憾的是，诗人坚信这种"不善变通"是由道德和操守所决定，改变这种性格，也就意味着改变道德和操守。显然，诗人不会为了改变性格而丧失自己坚守的道德和操守，但诗人也清楚坚守这样的道德和操守的代价。

第三节 《天问》与诗人所反省的历史诠释的困惑

《天问》是屈原最为重要的诗作，也是为接受者最难理解的诗篇。王逸《楚辞章句》言："屈原放逐，忧心愁悴，彷徨山泽，经历陵陆。嗟号昊旻，仰天叹息。见楚有先王之庙及公卿祠堂，图画天地山川神灵，琦玮谲诡，及古贤圣怪物行事。周流罢倦，休息其下，仰见图画，因书其壁，何而问之，以渫愤懑，舒泻愁思。"① 依此，《天问》与《离骚》并无不同，仍然是抒发愤懑忧愁之作。对此，蒋骥在《山带阁注楚辞》中颇为赞同，称为"其言是矣"②。然而，《九歌》、《离骚》、《天问》当各有题旨。《九歌》描写了诗人所感知的神祇世界的忧伤，《离骚》描绘了诗人所面临的政治人生的痛苦，而《天问》则表现了诗人所反省的历史诠释的困惑。《天问》上述问题的梳理和研究，源于湖南长沙子弹库楚帛书研究的深入而变得日渐明晰和可能。

---

① （汉）王逸注，（宋）洪兴祖补注：《楚辞章句》，岳麓书社1994年版，第82页。
② （清）蒋骥：《山带阁注楚辞》卷三，中华书局香港分局1973年版，第68页。

一　楚帛书《四时》篇在文化属性上与荆楚传统文化相抵牾

《天问》所述，一般以为"问天"，则"何不言问天？天尊不可问，故曰天问。"[①] 但是《天问》以"问天"起笔，却以"人事"结构全篇，故《天问》实为"人事"视域下的历史观照，并试图在这种历史观照中求解历史诠释过程中的困惑，而上述"历史诠释的困惑"才是屈原创作《天问》的动因，也是屈原试图通过《天问》而力求解决的问题。但令人遗憾的是，上述"历史诠释的困惑"在《天问》中并没有得到解决，疑问与困惑仍然存在。

值得注意的是，虽然上述"历史诠释的困惑"在《天问》中是"人事"视域下的历史观照，但"人事"或"历史"只是表象的存在，透过"人事"或"历史"的表象，则渐露出哲学的本性。因此，屈原于《天问》中的历史的困惑，实为源于时代演变而随之发生的包括地域与民族的传统的世界观、自然观、人生观等在内的哲学观的嬗变而带来的困惑。对于《天问》上述问题的梳理和研究，源于湖南长沙子弹库楚帛书研究的深入而变得日渐明晰和可能。[②] 而楚帛书研究给予我们最大的启发和启示，则是楚帛书《四时》篇天地开辟与宇宙秩序建立的神话，在文化属性上与荆楚传统文化相抵牾。

（一）楚帛书《四时》篇以包牺为宗的古史观与战国时期楚王族贵族自认出自黄帝系统的古史观相左

帛书《四时》篇以包牺神话开篇，又及炎帝、祝融、共工，说明在帛书《四时》篇所述神祇中，包牺、炎帝、祝融、共工自成一系，而且上述神祇都是以祖先神身份出现的，说明帛书《四时》篇以包牺为宗的古史观是清楚和明确的。然而在望山、包山楚简"卜筮祭祷记录"所见祖先神中，只有祝融在帛书《四时》篇中出现，不涉包牺、炎帝和共工。在望山、包山楚简"卜筮祭祷记录"所见祖先神祇体系中，均将老僮、

[①] （汉）王逸注，（宋）洪兴祖补注：《楚辞章句》，岳麓书社1994年版，第82页。
[②] 关于长沙子弹库楚帛书释文及相关研究，参见李零《长沙子弹库战国楚帛书研究》，文物出版社1985年版；高志喜《楚文化的南渐》第五章第六节关于楚帛书的介绍与讨论，湖北教育出版社1996年版；李学勤《楚帛书研究》之《楚帛书中的天象》、《楚帛书中的古史与宇宙论》、《再论帛书十二神》、《楚帛书与道家思想》诸篇论述，载李学勤《简帛佚籍与学术史》，江西教育出版社2001年版。

祝融、鬻熊作为神话祖先。屈原《离骚》开篇将自己的神圣血缘追溯到"帝高阳"即颛顼的身上,而《史记·楚世家》亦载"楚之先祖出自帝颛顼高阳",则又将祝融与颛顼联系起来。这样一来,望山、包山楚简"卜筮祭祷记录"中老僮、祝融、鬻熊的神话祖先体系,又可以上溯至颛顼。《山海经·大荒西经》载:"有北狄之国。黄帝之孙曰始均,始均生北狄。有芒山。有桂山。有榣山,其上有人,号曰太子长琴。颛顼生老童,老童生祝融,祝融生太子长琴。"① 此段文字明确颛顼、老童、祝融乃黄帝裔。《山海经·海内经》又载:"黄帝妻雷祖,生昌意,昌意降处若水,生韩流。韩流擢首谨耳,人面豕喙,麟身渠股豚止。取淖子曰阿女,生帝颛顼。"② 上述神系在《史记·楚世家》中被以"正史"的形式描述出来:"楚之先祖出自帝颛顼高阳。高阳者,黄帝之孙,昌意之子也。高阳生称,称生卷章,卷章生重黎。重黎为帝喾高辛居火正,甚有功,能光融天下,帝喾命曰祝融。"③《集解》引谯周云:"老童即卷章"。④ 以《楚世家》、《山海经》所载楚人神话祖先世系为本,再佐以望山、包山楚简所见"楚先"世系,则可以肯定楚人自认出自黄帝系统并以颛顼、老童、祝融为神话祖先。《山海经·大荒西经》载:"颛顼生老童,老童生重及黎,帝令重献上天,令黎邛下地。"⑤ 此"帝"当指"颛顼"。这段文字即涉及有名的"颛顼绝地天通"的神话。此神话在《国语·楚语下》中有载。⑥ 观射父乃春秋末楚大夫,《国语·楚语》中还载有其论述楚巫觋的著名言论,说明他通晓楚国相关神话及远古历史。从观射父关于"颛顼绝地天通"的谈话中能够判断,其对上文所述"颛顼—老童—祝融"所构成的神话祖先体系应该是清楚和认同的。

---

① (晋)郭璞注:《山海经》第十六,岳麓书社1992年版,第165页。
② 同上书,第180、181页。
③ (汉)司马迁:《史记》卷十,中华书局1959年版,第1689页。
④ (汉)司马迁:《史记》卷十裴骃《集解》,中华书局1959年版,第1689页。
⑤ (晋)郭璞注:《山海经》第十六,岳麓书社1992年版,第168页。
⑥ 其云:"颛顼受之,乃命南正重司天以属神,命火正黎司地以属民。"(《国语》卷十八,上海古籍出版社1988年版,第562页)又云:"昭王问于观射父曰:《周书》所谓重、黎实使天地不通者,何也?若无然,民将能登天乎?对曰:非此之谓也。古者民神不杂。……及少皞之衰也,九黎乱德,民神杂糅,不可方物。……颛顼受之,乃命南正重司天以属神,命火正黎司地以属民,使复旧常,无相侵渎,是谓绝地天通。"(《国语》卷十八,上海古籍出版社1988年版,第559、560、561、562页)

上述情况说明，帛书《四时》篇所涉包牺、炎帝、祝融、共工神祇系统，与战国时期楚人神话祖先体系是不同的。楚帛书将包牺、炎帝、祝融、共工作为神话祖先的神祇祖先体系，与战国时期楚王族的神祇祖先系统存在较大出入。更重要的是，帛书《四时》篇以包牺为宗的古史观与战国时期楚人自认出自黄帝系统的古史观相左。

（二）楚帛书《四时》篇神祇人物驳杂的文化属性与文化背景无法被荆楚传统文化所覆盖

帛书《四时》篇所涉神话之楚文化或南方文化色彩，一直是帛书研究者所秉持的观点，但上述观点的成立还存在一定障碍。如帛书《四时》篇中"禹为夏族之祖神，离和相土是商族的祖神，本来都不属于南方神话系统。帝俊也很难说与南方有直接关系"①。因此，有学者不得不认为，如果"把上述人物除去，帛书这一部分的楚国色彩就更清楚地呈现出来了"②。显而易见，楚帛书《四时》篇上述神祇人物的存在，已经导致《四时》篇神祇人物在文化属性与文化背景上的复杂化现象的产生，说明帛书《四时》篇内容在文化属性与文化背景上，已经无法被荆楚传统文化所覆盖。

（三）楚帛书《四时》篇关于天地开辟与宇宙秩序建立的神话与荆楚传统神话中相关神话并不相同

颛顼"绝地天通"神话载于《尚书·吕刑》、《国语·楚语下》之中。③ 从《国语·楚语下》的载记看，颛顼"绝地天通"只是"回复"天地的"常态"，即"使复旧常"。这说明颛顼"绝地天通"之前，宇宙的"常态"曾经遭到破坏，导致天地混淆，民神杂糅。颛顼"绝地天通"，使天地各居本位，神人各安所属，宇宙秩序才又建立起来。根据相关文献的记载，颛顼在"绝地天通"的同时或前后，还对日月星辰有所安排。即如《国语·周语下》所云"星即日辰之位，皆在北维。颛顼之所建也"。④ 显然，在上述文献材料中所涉及的有关颛顼的事迹，已经牵涉到宇宙秩序遭到破坏和再创立的过程。既然在宇宙秩序遭到破坏以后，

---

① 陈斯鹏：《楚帛书甲篇的神话构成、性质及其神话学意义》，《文史哲》2006 年第 6 期
② 李学勤：《简帛佚籍与学术史》，江西教育出版社 2001 年版，第 48、53 页。
③ 《尚书·吕刑》："帝……乃命重黎绝地天通，罔有降格。"载蔡沈注《书经集传》卷六，上海古籍出版社 1987 年版，第 133 页。
④ 上海师范大学古籍整理研究所：《国语》卷三，上海古籍出版社 1988 年版，第 138 页。

颛顼能够"使复旧常",意味着神话中天地开辟的内容也是存在的。只是相关文献对宇宙秩序遭到破坏以后再创立的过程描述的比较充分,而关于天地开辟的内容则没有涉及罢了。

上述情况说明,在楚人传统神话中有关天地开辟和宇宙秩序建立的神话是存在的。虽然上述神话在天地开辟和宇宙秩序遭到破坏以后再创立等情节上,与楚帛书《四时》篇所述存在相同之处,但是在更多的情节和内容上存在差异,更为重要的是,作为以祖先神身份而参与其中的神祇人物完全不同。

二 楚帛书《四时》篇神祇关系和神话情节上存在紊乱现象

楚帛书《四时》篇天地开辟与宇宙秩序建立的神话,不但在文化属性上与荆楚传统文化相抵牾,而且还在神祇关系和神话情节方面存在更为严重的紊乱和错乱的现象。

(一) 关于神话中包牺与其配偶的问题

帛书《四时》篇第一段中"女"后之字辨认不清,有学者将此字释为"填"。[①] 亦有学者认为"现在根据新出的楚简文字资料,可以证明释'填'是正确的"。并进一步认为"女填即传世文献中的女娲","帛书称女娲为女填,可能与语音的转变有关,也可能得名于女娲的填补苍天和填塞洪水的事迹"。[②] 将帛书《四时》篇第一段中"女"后之字释为"填",尚缺乏足够的根据,以"女填"为"女娲"之音转,或因女娲填补苍天、填塞洪水而名"女填",均为猜测。李学勤《简帛佚籍与学术史》认为,"包牺妃偶之名'女'字下一字不识,或读为'娲',或释为'皇',都没有确据。包牺、女娲兄妹相婚之说,在载籍中出现较晚,多数记载并不以女娲为包牺之妻。从《四时》篇看,帛书作者认为包牺所娶是另一人,不是女娲。""帛书有关的字很难读为'娲'或'皇',因而与女娲及其别号女皇氏恐无关系。"[③]

---

① 李零:《李零自选集》,广西师范大学出版社1998年版,第68、254页。
② 陈斯鹏:《楚帛书甲篇的神话构成、性质及其神话学意义》,《文史哲》2006年第6期。
③ 李学勤:《简帛佚籍与学术史》,江西教育出版社2001年版,第48、53页。

《易·系辞》中已见伏羲，屈原《天问》中已有女娲，说明伏羲、女娲及相关神话出现的时间与楚帛书或为重合或为先后，但不能回避的问题是，伏羲、女娲被连载的时间较晚。较早载记伏羲女娲者是《风俗通义·皇霸·三皇》。①《鲁灵光殿赋》亦涉及。②然而，上述载记虽然将二者并列，但并未明言婚配之事。这一神话在西南地区其他民族中亦有流传，而且情节更为丰富，故神话学界亦有这一神话带有西南地域民族属性的认识，从这一点来看，这一神话被载记的时间不能等同于产生的时间，但是即便如此，亦没有充分根据将这一神话上溯至两汉或更早的时期。汉画像中确多人首蛇身（或龙身）交尾状画像，或以为伏羲女娲、或以为羲和常羲、或以为东王公西王母，意见并不统一。即便认定为伏羲女娲形象，也还是以文献载记的伏羲女娲兄妹婚姻的神话内容为主要根据，故相同的问题仍然存在且无法解决。③

　　总之，从已知神话的角度来考察，帛书《四时》篇第一段"女"后之字所指，最应该是"娲"，但帛书中的这一字又"很难读为娲"。这说明帛书《四时》篇第一段所述包牺与其配偶神话与已知伏羲女娲神话尚不能简单等同。

　　（二）关于神话中包牺与其配偶化生禹、契的问题

　　如果认定禹、契在帛书《四时》篇第一段中存在，则禹、契与包牺及其配偶的关系即是"化生"的关系，然而，此种化生关系在已知伏羲乃至伏羲与女娲的神话中都从未出现过。

---

①　（汉）应劭：《风俗通义》第一，天津人民出版社1980年版，第10页。
②　费振刚、胡双宝、宗明华辑校：《全汉赋》，北京大学出版社1993年版，第529页。
③　有学者将汉画像伏羲女娲蛇身交尾状画像与曾侯乙墓漆箱盖面上所绘双首人面蛇缠绕形象联系起来，认为"双首人面蛇漆画的形象，较之汉石画的伏羲女娲像，显然要原始得多，但推测为后者的前身是很有可能的。然则伏羲女娲崇拜的年代似仍可继续上溯。楚帛书四周所绘图像中也有作二蛇相交者，或许也与此有关。该图像旁注'余取女'三字，'余'为四月别名，见《尔雅·释天》，'余取女'盖言四月适宜娶妇，正与伏羲女娲始制婚姻等传说相合。"（陈斯鹏：《楚帛书甲篇的神话构成、性质及其神话学意义》，《文史哲》2006年第6期）龙或蛇交尾或相互缠绕的画像在汉画像中极为多见，从二龙或蛇到多龙或蛇交尾或相互缠绕，其繁育吉祥的象征意义是没有问题的。上述图像表现形式可能渊源深远，至战国及秦汉，则受到阴阳哲学的影响，作为"阴阳和合"的符号而具有繁育生长的象征意义，但将上述图像与伏羲女娲联系起来或看作伏羲女娲制婚姻的早期表现形式，仍然没有实在的根据。

古代生命观认为生命有两种形式,一为生命的繁殖,即"产";一为生命的转变,即"化"。① 依此而论,在帛书《四时》篇第一段中"是生子四"是"产",而"参化法逃"则是"化"。问题是,帛书《四时》篇中包牺与其配偶何以能够既"产"又"化"?"是生子四"的"产"是包牺与其配偶共同的行为,而"参化法逃"的"化"则不可能也是包牺与其配偶共同的行为,那么"化生"禹、契的是包牺还是其配偶?帛书《四时》篇第一段中既描述包牺与其配偶孕生四子,又交代包牺与其配偶化生禹、契,即使从神话的角度来看,也未免过于荒诞。②

(三) 关于神话中禹、契的问题

如果认定禹、契在帛书《四时》篇第一段中存在,则禹、契与包牺及其配偶的关系即是"化生"的关系,而禹、契之间的关系亦可明确。然而,在已知禹的神话中,契曾佐禹治水,但仅此而已,且时间靠后,故帛书《四时》篇以禹、契相连,实为难解,故有学者说"主体无疑应是禹,卨不过是被拉来作陪衬而已"。③ 显然,这样的解释无法将问题说清楚。

在已知神话中,鲧禹治水神话最为著名,而且被载记的时间较早。《尚书·洪范》载:"我闻在昔,鲧陻洪水,汩陈其五行。帝乃震怒,不畀洪范九畴,彝伦攸斁。鲧则殛死,禹乃嗣兴。"④《山海经·海内经》所载与《洪范》大致相同,其云:"洪水滔天,鲧窃帝之息壤以堙洪水,不待帝命。帝令祝融杀鲧于羽郊。鲧复生禹,帝乃命禹卒布土,以定九州。"⑤ 以此观之,鲧禹治水神话当渊源深远,而其被载记的时间,当不晚于楚帛书。在《洪范》所载鲧禹治水文字中,并没有涉及其父子之关

---

① 《周礼·春官·宗伯》"以礼乐合天地之化、百物之产,以事鬼神,以谐万民,以致百物"。郑玄注云:"能生非类曰化,生其种曰产。"参见(汉)郑玄注,(唐)贾公彦疏《周礼注疏》卷二十,上海古籍出版社2010年版,第691页。《荀子·正名篇》:"状变而实无别而为异者,谓之化。"(清)王先谦《庄子集解》卷十六,《诸子集成》(二),中华书局1954年版,第279页。

② 楚帛书《四时》篇"参化法逃"释文,见高至喜《楚文化的南渐》之"楚帛书释文",湖北教育出版社1996年版,第336页。"化生"之说,参见陈斯鹏《楚帛书甲篇的神话构成、性质及其神话学意义》,《文史哲》2006年第6期。

③ 陈斯鹏:《楚帛书甲篇的神话构成、性质及其神话学意义》,《文史哲》2006年第6期。

④ (清)孙星衍:《尚书今古文注疏》卷十二,中华书局1986年版,第293、294页。

⑤ (晋)郭璞注:《山海经》第十八,岳麓书社1992年版,第186页。

系,但"鲧则殛死,禹乃嗣兴"句,则明确鲧死之后,禹继承其事业,其父子关系已明。《山海经·海内经》所载与《洪范》大致相同,但已经明确"鲧复生禹"的父子关系,且《海内经》所载更带有这一神话的原初形态。上述情况说明,目前已知的鲧禹治水神话为一古老的神话传说,神话一直保持着较为稳定的发展、演变的态势,其基本情节并无大的变异,而且在早期的鲧禹治水神话中并无"契"的参与。依此而论,帛书《四时》篇第一段中将禹、契与包牺及其配偶的关系明确为化生关系的文字及禹、契疏浚山川的神话,与传统鲧禹神话中鲧禹之父子关系及这一神话之基本情节不相符合。

根据上文的讨论,我们尝试探寻其中的缘由,并试图得出如下认识:楚帛书《四时》篇神话所存在的问题,表面上看是神祇关系与神话情节上的问题,实际上则是传统宗教信仰与传统神祇祭祷体制的缺失的问题。楚帛书《四时》篇神话在神祇关系和神话情节上所存在的问题,不但有悖于传统神话普遍存在的内在合理性和逻辑性原则,亦有失传统神话的严肃性和崇高性,恰恰说明楚帛书《四时》篇神话的"背后"不存在与其相应的传统宗教信仰体系和神祇祭祷体制的支撑。民族传统宗教信仰体系的稳固性和传统神祇祭祷体制的有序性,是与神话中神祇关系的合理性原则和神祇形象所承载的文化的整一性原则联系在一起的。神话中神祇关系的紊乱和神祇形象所承载的文化的多歧与破碎,必然表现为缺乏有序的民族传统宗教信仰体系的承传和传统神祇祭祷体制的支撑,也必然导致神话神祇关系和神话情节方面的紊乱和错乱等现象的出现。

三 楚帛书《四时》篇是战国时期阴阳五行思想影响的产物

阴阳五行学说在战国中晚期的楚地颇为流行,当是其时楚地的显学,而长沙子弹库楚帛书即是战国中晚期之际阴阳五行学说在楚地传播的产物。帛书《四时》篇所涉思想以五行学说为主,还能看到早期道家思想的影响,而且帛书整体之诸多学术概念亦能在春秋或战国早期相关学术著作或思想体系中发现相近或相关的论述或表述,对于上述情况的认识显得尤为重要,它将直接关系到帛书《四时》篇所述神话的评估和定性问题。楚帛书《四时》篇神话是一篇披着创世神话外衣的关于宇宙开辟与宇宙秩序建立的哲学论说，其以阴阳思想为内核，以五行学说为架构的特点清晰而明确，而且其哲学意义与神话意义同时存在，甚至前者比后者还要重要。

（一）楚帛书《四时》篇有关包牺四子的内容，是帛书《四时》篇作者依据五行思想对未知世界进行认识的产物，上述成说所遵循的是战国时期流行的五行相配的思维模式。

帛书《四时》篇"包牺四子"虽然在目前所知神话中没有出现过，但并不陌生。《尚书·尧典》载有羲和四子的事迹。[①] 将《尚书·尧典》羲和四子的事迹与帛书《四时》篇"未有日月，四神相弋（代），乃止以为岁，是惟四时"的记载进行比较，可发现二者存在相通之处。羲和四子分居"嵎夷"、"南交"、"西"、"朔方"四方，观察太阳在一日的出入轨迹和一年的运行规律，从而制定一年的四季和四季的具体节候；帛书《四时》篇包牺四子则以身相代，而四子以身相代，即意味着春、夏、秋、冬四季的形成和轮回。显然，虽然羲和四子与包牺四子具体身份不同、行为方式不同，但最终结果却是一样的。

表3—5　　　《尚书·尧典》羲和四子与四时、四方相配情况

羲和四子	居处之地	居处之名	日出入	日运行	节候	方位	四季
羲仲	嵎夷	旸谷	出日	东作	日中（春分）	东	春
羲叔	南交	明都		南讹	日永（夏至）	南	夏
和仲	西	昧谷	纳日	西成	宵中（秋分）	西	秋
和叔	朔方	幽都		朔易	日短（冬至）	北	冬

---

① 《尚书·尧典》所载"羲和四子"事迹："分命羲仲，宅嵎夷，曰旸谷。寅宾出日，平秩东作。日中，星鸟，以殷仲春。厥民析，鸟兽孳尾。申命羲叔，宅南交。平秩南讹，敬致。日永，星火，以正仲夏。厥民因，鸟兽希革。分命和仲，宅西，曰昧谷。寅饯纳日，平秩西成。宵中，星虚，以殷仲秋。厥民夷，鸟兽毛毨。申命和叔，宅朔方，曰幽都。平在朔易。日短，星昴，以正仲冬。厥民隩，鸟兽氄毛。"参见（清）孙希旦《尚书今古文注疏》卷一，中华书局1986年版，第13—22页。

表 3—6　　　帛书《四时》篇包牺四子与四方、四时相配情况

包牺四子	四子四色	四子方位	四子相代
青□榦	青	东	春
朱□兽	朱	南	夏
□黄难	黄	西	秋
□墨（黑）榦	黑	北	冬

值得注意的是，将《尚书·尧典》羲和四子的事迹与帛书《四时》篇"未有日月，四神相弋（代），乃止以为岁，是惟四时"的记载进行比较，又会发现二者存在不同之处。在帛书《四时》篇"四子"的名字中，都有一个表现颜色的字，即青、朱、黄、黑，上述四种颜色成为"四子"名字的组成部分，显然是以"四色"命名的体现。"四子"分别代表一种颜色，而帛书《四时》篇说四神相代而成一岁（四时），则意味着一岁（四时）是由上述"四色"组成的，四种颜色相互"替代"而表现了"四时"的轮替和一岁的构成。显然，这是五行学说中五行与四时相配思想的表现。

帛书《四时》篇又说当"九州不平，山陵备侧"时，四神以五木之精为之"捍蔽"，使之"复天旁逴（动）"。上述五木之精为青木、赤木、黄木、白木、墨木，五行中青、赤、黄、白、黑代表木、火、土、金、水。显然，五木之精实为五色之精，而五色之精又实为五行之精。帛书《四时》篇"四子"以"四神"的身份，运用五木之精作为"捍蔽"而使"复天旁逴（动）"的文字，正是以"五行"重新确立或恢复宇宙秩序的意思，同时也昭示了帛书《四时》篇作者关于"宇宙由五行构成"的思想。不可否认，帛书《四时》篇上述思想，在《尚书·尧典》中是不存在的。

从帛书《四时》篇所载包牺四子事迹与《尚书·尧典》羲和四子"历象日月星辰"的行为存在相通之处看，二者应该存在渊源，而帛书《四时》篇所载包牺四子事迹充满五行思想，又可以看作是五行学说宇宙秩序论的反映。总之，帛书《四时》篇所载包牺四子事迹，既与《尚书·尧典》羲和四子存在渊源，又比前者更具五行创世思想，故后者晚出的认识应该颇为明确。

《左传·昭公二十九年》载晋太史蔡墨说："少皞氏有四叔，曰重，曰该，曰修，曰熙，实能金木及水。使重为句芒，该为蓐收，修

及熙为玄冥。"① 重为句芒，即木正；该为蓐收，即金正；修及熙为玄冥，即水正。句芒木正即春，蓐收金正即秋，玄冥水正即冬，与四色相配，分别代表青、白、黑三色，与四方相配，分主东、西、北三方。根据云梦睡虎地秦简《日书》（甲种）将金胜木、火胜金、水胜火、土胜水之五行相胜与东方木、南方火、西方金、北方水之五行方位相比照和关联的做法，蔡墨"金木及水"之说，恰是对五行相胜的概括；而接下来"使重为句芒，该为蓐收，修及熙为玄冥"的描述，正与五行方位相符合。显然，《左传·昭公二十九年》所载晋太史蔡墨关于"使重为句芒，该为蓐收，修及熙为玄冥"的描述，在五行上仍然遵循着以木、春、东为始的轮替原则。

表 3—7　　　　帛书《四时》包牺四子与其他典籍所载四神情况

包牺四子	少暤四叔	社稷五祀	海外经四神	管子四神	礼记四神
青□榦	重	句芒	句芒	奢龙	句芒
朱□兽		祝融	祝融	祝融	祝融
□黄难	该	蓐收	蓐收	大封	蓐收
□墨（黑）榦	修、熙	玄冥	玄冥	禺强	后土	玄冥

表 3—8　　　　《礼记·月令》四神与五行相配情况

四帝	四神	十干	四季	五行	四方
太暤	句芒	甲乙	春	木	东
炎帝	祝融	丙丁	夏	火	南
少暤	蓐收	庚辛	秋	金	西
颛顼	玄冥	壬癸	冬	水	北

表 3—9　　　　帛书《四时》篇四色与五行相配情况

帛书《四时》四色	四季	五行	四方
青	春	木	东
朱	夏	火	南
黄（白）	秋	金	西
黑	冬	水	北

---

① （晋）杜预：《春秋左传集解》第二十六，上海人民出版社 1977 年版，第 1576 页。

上述情况说明，虽然在蔡墨的言论中没有涉及五行创世思想和五行学说宇宙秩序论的内容，但其"金木及水"的论述，实际上仍然是五行生克思想的表现。如果将"使重为句芒，该为蓐收，修及熙为玄冥"的描述与五行生克思想联系起来，蔡墨言论所表述的，仍然是在五行框架内四季相代、四时轮替的思想。显然，上述思想与帛书《四时》篇"未有日月，四神相弋（代），乃止以为岁，是惟四时"的记载并不矛盾或抵牾。如此而言，对帛书《四时》篇所载包牺四子事迹形成的时间的考察，《左传·昭公二十九年》晋太史蔡墨言论或可作为参照。

蔡墨所言"少皞氏四叔"事迹源于社稷五祀之官。蔡墨又说："颛顼氏有子曰犁，为祝融，共工氏有子曰句龙，为后土，此其二祀也。"[①] 依蔡墨的说法，少皞氏时期，只有三祀，至颛顼、共工，遂成五祀。社稷五祀实乃五行之官。依五行配五官，可能是一种假说，但将五行与四时、五方、五色等诸种事物相配而发现事物内在关系和共同性的做法，则是一种依据五行思想认识事物的思维方式和认知世界的思维方法，而且，上述思维方式和思维方法在东周时期似已普遍存在。

（二）楚帛书《四时》篇为《天象》与《月忌》所建构的阴阳数术操作系统提供了哲学性质的学理依据，而从"神话"的角度看，帛书《四时》篇则为《天象》、《月忌》所建构的阴阳数术操作系统提供了传说性质的历史依据。

关于楚帛书《四时》篇神话性质的认识，仅局限于《四时》篇相关文字的讨论是不够的。如果将《四时》篇神话"还原"到帛书整体中，考察帛书《四时》篇神话在帛书"整体构成"中的地位与作用，或许有助于对帛书《四时》篇神话的认识。

帛书图文大致呈方形，中心是书写方向互相颠倒的两段文字，即《四时》与《天象》二篇，四周是作旋转状排列的12段边文，其中每三段居于一方，四方交角用青、赤、白、黑四木相隔，每段各附有一种神怪图形。从帛书"整体构成"的角度看，帛书中间的两段文字即《四时》与《天象》篇构成一个方形，四周的12段边文即《月忌》篇、四方交角的四木与十二神怪图像则构成一个圆形。前者方形于"内"，后者圆形于

---

① （晋）杜预：《春秋左传集解》第二十六，上海人民出版社1977年版，第1576页。

"外",形成内方与外圆相组合的框架结构。

帛书内方与外圆相组合的框架结构,于《尚书·尧典》和《礼记·月令》中都有大致相同的表现。[1] 从帛书整体构成的角度看,帛书有图有文,且图文的置放具有明显的设计上的意义,因此,帛书在整体构成上所呈现的内方与外圆相组合的框架结构,应该同样具有设计上的意义。值得注意的是,帛书与《尚书·尧典》、《礼记·月令》相同的框架结构,很有可能是相同的思想和思维模式的产物。如此,则不能排除在性质与功用上相同或相近的可能,也不能排除具有某种同源性的可能。[2] 这样说来,

---

[1] 《尚书·尧典》羲和四子分居"嵎夷"、"南交"、"西"、"朔方"四方,观察太阳在一年中的"东作"、"南讹"、"西成"、"朔易"的移动,前者呈东、南、西、北四方,并在此基础上以太阳的移动而成春、夏、秋、冬四时的循环。《礼记·月令》则以四神分主春、夏、秋、冬四时,而春、夏、秋、冬四时又分别涵盖孟、仲、季十二月,故十二月的变化亦是春、夏、秋、冬四时的循环,正是以此为基础和前提,衍出时节上的推移变迁与物候上的表征变化以及各种宜忌之事。显然,《尚书·尧典》羲和四子分居四方与《礼记·月令》四神分主四时,同楚帛书一样,都呈现出内方与外圆相组合的框架结构。

[2] 有学者认为帛书《月忌》"虽和传世文献中各种月令有相似之处,但并不属于月令的范畴。'月令',如《管子·幼官》、《幼官图》、《吕氏春秋·十二纪》、《礼记·月令》、《淮南子·时则》之类,其根本在于政令与天时间的配合呼应。因此,这些文献都讲到时节的推移变迁,在物候上的表征,君主如何施行适当的政令,以及如违反天时,会出现怎样的灾异,等等。这种思想假如付诸实施,只能由君主推行,和供一般使用的数术书籍有明显的区别"(李学勤:《简帛佚籍与学术史》,江西教育出版社2001年版,第61、62页)。上述认识是正确的,但也不能否认帛书《月忌》与传世文献中各种月令存在相同之处的事实。"月令"所反映的时节上的推移变迁而在物候上的表征,皆源于农事经验上的总结,至于宜忌之事,更有普通生活经验杂于其中,在这一点上是与帛书《月忌》相同的。同时,帛书《月忌》也并非以"忌讳"为主,而是与月令之类相同,宜忌兼具。上述情况似可说明,古时"月令"一类的东西可能有不同的使用版本,从君主到民间,根据使用者的不同,其宜忌的内容也就存在差异,如《礼记·月令》之类,只是君主或最高政府于"政治"或"国家"层面的参考书罢了。帛书《月忌》第一章有"不可以杀"句,上述语句在云梦睡虎地秦简《日书》(甲种)中亦存在,如"春三月甲乙不可以杀,天所以张生时;夏三月丙丁不可以杀,天所以张生时;秋三月庚辛不可以杀,天所以张生时;冬三月壬癸不可以杀,天所以张生时。此皆不可杀,小杀小央(殃),大杀大央(殃)"。(睡虎地秦墓竹简整理小组:《睡虎地秦墓竹简·日书甲种》,文物出版社1990年版,第222页)上述语句在《墨子·贵义篇》中则以"肯定式"的形式出现,其云:"帝以甲乙杀青龙于东方,以丙丁杀赤龙于南方,以庚辛杀白龙于西方,以壬癸杀黑龙于北方。"[(清)孙诒让:《墨子闲诂》卷十二,《诸子集成》(四),中华书局1954年版,第270页]《墨子·贵义篇》之甲乙、丙丁、庚辛、壬癸,与五行为木、火、金、水,与四时为春、夏、秋、冬,与五色为青、赤、白、黑,与四方为东、南、西、北,是十干与五行相配的结果。《墨子·贵义篇》所载"帝以今日杀黑龙于北方"之说,即是"日者"所言,而墨子"帝以甲乙杀青龙于东方,以丙丁杀赤龙于南方,以庚辛杀白龙于西方,以壬癸杀黑龙于北方"的反驳,也是运用"日者"所习用之语。(转下页)

帛书在整体构成上所呈现的内方与外圆相组合的框架结构及性质，对于帛书《四时》篇神话的认识也就变得至关重要了。

　　位于帛书中间的《四时》与《天象》两段文字呈互相颠倒之状，缘何如此？论者莫衷一是。从帛书《四时》与《天象》两篇内容看，《四时》篇述神祇人物开辟宇宙以及确立宇宙秩序的事迹，而《天象》篇则主要论述天象灾异的事情，内容相差较大，如果以"天"与"地"的范畴来划分，《四时》所述主要属于"地"的范畴，而《天象》所论则主要属于"天"的范畴。天与地又是阴与阳的代表，或呈上与下的态势，故在帛书整体构成所呈现的框架结构中，《四时》与《天象》两段文字于"内方"中以左右或上下颠倒之状，呈天地阴阳之象。从另一个角度看，帛书《天象》所论虽然主要属于"天"的范畴，但其天象灾异的出发点和归结点都是"人事"，帛书《天象》中的"天"呈现出人所感知的自然的天的状态，而非神话中天神所居处的世界，故亦可这样认为，帛书《四时》与《天象》篇所述仍然都属于"地"的范畴，只是《四时》篇述宇宙开辟与秩序之建立，而《天象》篇述天象灾异与天人感应，但即便如此，帛书《四时》与《天象》在内容上仍然具有阴与阳的性质。帛书《四时》与《天象》两段文字于"内方"中左右颠倒的设计，很有可能是阴阳思想的反映。有学者即认为帛书《天象》篇与阴阳家颇有关系。

（接上页）上述情况说明，帛书《月忌》具有"日书"的性质。以此观《礼记·月令》所言，其云：春之月"毋覆巢，毋杀孩虫、胎、夭、飞鸟，毋麛，毋卵"。（（清）孙希旦：《礼记集解》卷十五，中华书局1989年版，第419页）夏之月"继长增高，毋有坏堕"。（（清）孙希旦：《礼记集解》卷十五，中华书局1989年版，第444页）或云"树木方盛……毋有斩伐"。（（清）孙希旦：《礼记集解》卷十五，中华书局1989年版，第458页）《礼记·月令》所说的"春之月"，即"其日甲乙"。"夏之月"，即"其日丙丁"。依此类推，"秋之月"，即"其日庚辛"。"冬之月"，即"其日壬癸"。以"春之月"为例，高诱注云："甲乙，木日也。"（（清）孙希旦：《礼记集解》卷十五高诱注，中华书局1989年版，第403页）孙希旦亦云："日以十干循环为名，十干分属五行，而甲乙为木，故日之值甲乙者属于春。"（（清）孙希旦：《礼记集解》卷十五，中华书局1989年版，第403页）显然，《月令》上述思想与云梦睡虎地秦简《日书》"春三月甲乙不可以杀"、"夏三月丙丁不可以杀"等语并无差异，但《月令》"秋之月"与"冬之月"则颇有不同，而是完全按照五行与诸种事物相配和生克的思想原则和思维模式的路数。显然，这才是《礼记·月令》与帛书《月忌》等"日书"性质的东西不同的地方，但是这种不同，似乎并不能否定它们在性质和功用上的相同或相近，同时，也说明《礼记·月令》与帛书《月忌》等"日书"性质的东西可能具有同源性。

"帛书《天象》篇的内容，在若干点上接近于《洪范五行传》。""帛书虽不使用《洪范》特有的名词，其内容强调天人感应，同时提到'五正'，有明显的五行说色彩，均与《五行传》相近。""从思想史的角度考察，帛书与《五行传》无疑有共同的渊源。"① 这种观点或可为上述认识提供帮助。

既然帛书《四时》与《天象》两段文字于"内方"中左右颠倒的设计很有可能是阴阳思想的反映，那么帛书《四时》篇神话与阴阳思想毫无关系，似乎是不可能的。有学者认为"楚帛书《四时》不会早过马王堆帛书《经》篇的《观》章"②。马王堆帛书《经》篇《观》章在谈到宇宙秩序初始建立时说："今始为两，分为阴阳，离为四时。"上述言论所包含的思想与帛书《四时》篇所述包牺与其配偶孕生四子、四子又以四神的名义相代为岁而成四时的神话并无差异，只是前者是基于道家思想的哲学论说，而后者则是所谓的神祇事迹。然而，上述哲学论说与神祇事迹在各自的"旨归"上具有如此相同的表述，以前者是基于后者的"形上"的产物的认识恐难成立，而后者是前者以"神话"形式的"附会"的意见到颇具合理性。

《春秋繁露·阴阳义》云："天道之常，一阴一阳。"③ 以阴阳家的认识，阴阳是涵盖一切事物发展变化的恒常之理，阴与阳的各自属性与相互关系，构成了事物发展变化的形式和规律，这其中当然包括宇宙的开辟和宇宙秩序的建立与维系。阴阳五行思想对中国古代神话构成的最大影响，是中国古代神话传统的神祇系统与神话体系源于阴阳五行思想而"解构"并以此为基础又进一步基于阴阳五行思想而"重构"。从这个意义上说，帛书《四时》篇神话最应该值得关注的问题，应该是神话中"包牺"源于阴阳五行思想而必然走向两性相偶的阴阳格局的问题，以及这一神话源于阴阳五行思想而必然形成的阴阳五行哲学架构的问题。从帛书《四时》篇神话看，包牺与其配偶孕生四子，四子又以四神的名义相代为岁而成四时，上述神话情节正是

---

① 李学勤：《简帛佚籍与学术史》，江西教育出版社2001年版，第44页。
② 同上。
③ （汉）董仲舒：《春秋繁露》卷十二，（明）程荣《汉魏丛书》，吉林大学出版社1992年版，第133页。

诸如"今始为两，分为阴阳，离为四时"、"天道之常，一阴一阳"这一类阴阳思想的形象说明，而帛书《四时》篇接下来所描述的四神以五木重建宇宙秩序的神话情节，又是神话以阴阳五行思想作为主体架构的有力说明。

在帛书整体构成上所呈现的内方与外圆相组合的框架结构中，"内方"是"外圆"的前提和基础，而"外圆"又是"内方"的目的和旨归，如果将二者割裂，则双方于整体上的意义与价值将受到破坏，如果孤立地考察某一方，则某一方于整体上的性质或将遭到误释。依此，从帛书各篇内容看，帛书《四时》篇述宇宙开辟与秩序之建立，应该是《天象》篇的前提和基础，《月忌》篇以十二神兼十二月名，构成一年四时的循环和宜忌，故帛书《四时》篇又是《月忌》篇的前提和基础，反过来，帛书《天象》和《月忌》又构成了《四时》篇的"目的"和"旨归"。帛书《四时》篇构建了一套关于宇宙开辟与秩序建立的"理论体系"，而《天象》与《月忌》则属于建立在上述理论体系之上的阴阳数术之"操作系统"。从"形上"的角度看，帛书《四时》篇为《天象》与《月忌》所建构的阴阳数术操作系统提供了哲学性质的学理依据；而从"神话"的角度看，帛书《四时》篇则为《天象》与《月忌》所建构的阴阳数术操作系统提供了传说性质的历史依据。

综上所述，从思想史的意义上说，楚帛书《四时》篇当是战国时期阴阳数术家为了帛书《天象》与《月忌》所建构的阴阳数术操作系统，而以阴阳思想为内核，以五行学说为架构，以来自不同神话体系的神祇和神话片段为构成要素而编撰的关于宇宙开辟和宇宙秩序的哲学论说。长沙子弹库楚帛书的存在，说明阴阳五行学说在战国中晚期的楚地颇为流行，当是其时楚地的显学，而长沙子弹库楚帛书即是战国中晚期之际阴阳五行学说在楚地传播的产物。

四 《天问》前二十二句与楚帛书《四时》篇神话的比较研究

依据阴阳五行思想认识事物的思维方式和认知世界的思维方法，在春秋时期形成而在战国时期得到更为广泛的认同甚至追捧。阴阳五行思想涵盖社会与人生、物质与宇宙的存在、变化与发展的理论性、实践性与规律化、模式化的原则和特点，使得这种思想具有无法想象的渗透力和破坏力。阴阳五行思想在战国中晚期楚地的流行，势必构成对这一时期楚国传统宗教信仰体系以及建立在上述宗教信仰体系基础之上的神祇和神话的渗透和影响，并可能导致荆楚传统神话之传统神祇系统与神话体系因阴阳五行思想的渗透和影响而遭到"解构"甚至"重构"。以上述情况作为"时代背景"而进一步研究屈原《天问》的创作，其研究视域之新颖和开阔令人振奋。

《天问》在内容上可以分为两个部分，这在学术界早有共识。如有学者所论："《天问》的一百八十八句中明显地分为两大段落。自'遂古之初谁传道之'至'羿焉彃日乌焉解羽'这五十六句是问天地的，也就是问有关大自然形成的传说；自'禹之力献功降省下土四方'至'何试上自予忠名弥彰'这一百三十二句是问人事的，也就是问有关人间盛衰兴亡的历史传说。"① 今天看来，上述划分仍然存在问题。《天问》从开篇至"角宿未旦曜灵安藏"二十二句应为一段，而后面的一百六十六句为一段。《天问》所涉，第一段是"天"，第二段是"地"。"天"的部分言天地开辟和宇宙秩序的建立，"地"的部分言人力作用下的自然变化与历代兴衰。

《天问》第一段论天地开辟和宇宙秩序之建立，虽然以疑问的形式提出，但所论问题的实质与长沙子弹库楚帛书《四时》篇的内容并不矛盾，将《天问》第一段与长沙子弹库楚帛书《四时》篇内容进行比较，可发现二者存在诸多相互一致之处。

（一）二者开篇的形式存在相同之处。《天问》开篇云："曰遂古之初谁传道之。"楚帛书《四时》开篇云："曰故□龟䖒虐。"上述形式的语句在先秦古籍中多有存在，如《史墙盘》："曰古文王。"《尚书·尧典》："曰若稽古帝尧。"《尚书·皋陶谟》："曰若稽古皋陶。"可知上述开篇形式"是古人追述往史的常用体裁"。②

（二）二者对天地开辟之前宇宙混沌状态的描述存在相同之处。《天问》开篇四句以问语成句，而抛开疑问的成分，则是对天地开辟之前宇宙混沌状态的描摹，其"遂古之初"、"上下未形"、"冥昭瞢

---

① 林庚：《天问论笺》，人民文学出版社1983年版，第3页。
② 参见李学勤《简帛佚籍与学术史》，江西教育出版社2001年版，第47、48页。

暗"、"冯翼惟像"的描述，与楚帛书《四时》篇"梦梦墨墨，亡章弼弼"的形容相一致。上述天地开辟之前宇宙混沌状态的描摹，在其他典籍中亦有大致相同的描写，如《淮南子·精神训》："惟像无形，窈窈冥冥。"①

（三）二者对天地开辟以后宇宙秩序建立情况的描述存在相同之处。《天问》说："明明暗暗惟时何为。"王逸《章句》云："言纯阴纯阳，一晦一明。"② 这里阴即晦，阳即明。阴阳与晦明，表示着夜晚与白昼；而阴阳相代、晦明轮替，则形成一日的时间演进和一年的四时变化。故《补注》说得更为清楚："此言日月相推，昼夜相代，时运不停。"③ 楚帛书《四时》载："泷汩幽漫，朱又日月，四神相弋，乃步以为岁，是惟四时。"帛书上述文字讲述了包牺在天地开辟以后又进一步创立宇宙的时间秩序的事情，"包牺登陟山陵，见四海浩漫，日月出入其间，四神相代，于是加以推步，定其时间为一岁即一年，也就是四时。"④ 显然，《天问》"明明暗暗惟时何为"的疑问，在楚帛书《四时》中以神话的形式给予了回答。

（四）二者对天地开辟以后"九天"的描述存在相同之处。《天问》说："九天之际安放安属。"王逸《章句》云："九天，东方皞天，东南方阳天，南方赤天，西南方朱天，西方成天，西北方幽天，北方玄天，东北方变天，中央钧天。"⑤《补注》则补充说："九天之际曰九垠；九天之外曰九陔。"⑥ 此言所谓九天，皆言天之广，而非天之高。楚帛书《四时》云："非九天则大侧，则毋敢睿天灵（命）。"帛书此句言"即使九天倾侧，也不敢违背（？）天命"⑦。帛书所言"九天倾侧"，还是从"天之广"的意思着眼的。帛书于此段文字前面还提到"九州不平"的事情，此"九州"当与"九天"相对，"九

---

① （汉）高诱注：《淮南子》卷七，《诸子集成》（七），中华书局1954年版，第99页。
② （汉）王逸注，（宋）洪兴祖补注：《楚辞章句》，岳麓书社1994年版，第83页。
③ 同上。
④ 李学勤：《简帛佚籍与学术史》，江西教育出版社2001年版，第49页。
⑤ （汉）王逸注，（宋）洪兴祖补注：《楚辞章句》，岳麓书社1994年版，第84页。
⑥ 同上。
⑦ 李学勤：《简帛佚籍与学术史》，江西教育出版社2001年版，第51页。

天"是覆盖于九州之天,故九州为地之广,而九天为天之广,上下相对。以此观之,屈原《天问》与楚帛书《四时》篇关于"九天"的描述是一致的,帛书"非九天则大侧"之"句意是九天即使大为倾侧,其观念和《天问》讲九天安放安属显然是有关的"。①

(五)二者对天地开辟以后日月运行以及十二辰会的描述存在相同之处。《天问》说:"天何所沓十二焉分,日月安属列星安陈。"前句所谓十二分,王逸《章句》谓十二辰。②《补注》则引《左传·昭公七年》"日月所会谓为辰"以及杜预注"一岁日月十二会,所会谓之辰"来进一步补充。③ 上述二句,前一句说"天",涉及"十二分";后一句说"日月和列星",涉及安属安陈。上述二句所述对象主要是日月星辰,故前一句"天何所沓十二焉分"所指,仍然是日月运行之事,说明《天问》上述二句所问,正是关于"日月运行而致十二辰会"的问题。楚帛书《四时》篇描述祝融奉炎帝之命以四神降,奠三天、四极,并承诺"非九天则大侧,则毋敢睿天灵(命)。"以后,炎帝则"帝允,乃为日月之行"。于是宇宙秩序重又恢复,日月运行,有宵有朝,有昼有夜,十二辰会的确立也就顺理成章了,故帛书接下来的《月忌》便主要描述了十二神与相应之月的宜忌之事。帛书十二神与十二辰存在联系,"从《月忌》有十二神来看,与所谓六壬有相近之出,或许有一定的渊源关系。"④六壬是一种使用式盘的数术,其上"刻十二神,下布十二辰"⑤。式盘十二神"比较系统的叙述,见于隋代萧吉所著《五行大义》第二十《论诸神》所引《玄女试(式)经》。……根据此书,十二神相当子至亥十二辰"⑥。

---

① 李学勤:《简帛佚籍与学术史》,江西教育出版社2001年版,第51页。
② (汉)王逸注,(宋)洪兴祖补注:《楚辞章句》,岳麓书社1994年版,第84页。
③ 同上书,第84、85页。
④ 李学勤:《简帛佚籍与学术史》,江西教育出版社2001年版,第62页。
⑤ 李学勤:《简帛佚籍与学术史》之"再论帛书十二神"引《唐六典》,江西教育出版社2001年版,第62页。
⑥ 李学勤:《简帛佚籍与学术史》,江西教育出版社2001年版,第63页。

表 3—10　　　　屈原《天问》第一段与楚帛书《四时》篇内容
　　　　　　　　　　大致相同的诗句与文句

楚帛书《四时》		屈原《天问》	
文句	内容	诗句	内容
梦梦墨墨，亡章弼弼。	天地开辟以前宇宙混沌状态。	遂古之初，谁传道之。上下未形，何由考之。冥昭瞢暗，谁能极之。冯翼惟像，何以识之。	天地开辟以前宇宙混沌状态。
泷汩幽漫，朱又日月，四神相弋，乃步以为岁，是惟四时。	天地开辟以后宇宙秩序建立情况。	明明暗暗，惟时何为。阴阳三合，何本何化。	天地开辟以后宇宙秩序建立情况。
非九天则大侧，则毋敢睿天灵（命）。	天地开辟以后"九天"的情况。	九天之际，安放安属。	天地开辟以后"九天"的情况。
奠三天。奠四极。乃为日月之行。惟十又二辰（?）惟孛侧匿。（《月忌》）	天地开辟以后日月运行而致十二辰会的情况。	天何所沓，十二焉分。日月安属，列星安陈。	天地开辟以后日月运行而致十二辰会的情况。

　　综观上述五个方面"相同之处"，试可以概括为两个方面的一致性：（1）《天问》第一段与帛书《四时》篇都运用了传统的"追述往史的常用体裁"，这种"追述往史的常用体裁"实际上是一种追述往古历史的叙述方式。（2）《天问》第一段与帛书《四时》篇都是围绕着天地开辟及宇宙秩序建立情况的描述。

　　根据上述两个方面的一致性特点，如下三个方面的情况值得关注：

　　（一）楚帛书《四时》篇关于天地开辟与宇宙秩序建立的神话，同样在《天问》第一段中存在，意味着楚帛书《四时》篇所描述的内容，也是《天问》第一段所讨论的内容。上述情况说明楚帛书《四时》篇关于天地开辟与宇宙秩序建立的神话，屈原不但清楚和了解，而且也非常关注。

　　（二）楚帛书《四时》篇关于天地开辟与宇宙秩序建立的神话，是以祖先的神圣事迹和历史功业的面目出现的，故其"历史的出发点和历史的视角"异常鲜明而强烈。《天问》同样以传统的"追述往史的常用体裁"开篇，表明这种"历史的出发点和历史的视角"在《天问》第一段以及《天问》全篇中也同样存在，而在诗歌创作形式中采用"追述往史的常用体裁"开篇，应该是诗人有意为之。

（三）楚帛书《四时》篇关于天地开辟与宇宙秩序建立的神话，具有鲜明的阴阳五行色彩，上述神话内容在《天问》第一段中被从"反面"以"诘问"的形式表现出来，一方面说明上述神话内容在战国中晚期的楚国曾经广为流行，而且影响巨大，另一方面也说明这种"反面诘问"的诗歌形式同样是诗人有意为之。

据此而论，尝试得出如下认识：

（一）《天问》第一段与帛书《四时》篇虽然在具体的书写性质（体裁）上不同，但却运用了相同的叙述方式，这种相同的叙述方式的运用，意味着由这种叙述方式所承载的叙述对象与叙述内容在性质上的关联性的存在，而这种关联性即表现在《天问》与帛书《四时》篇的作者，都是从"历史"而不是"神话"的视域出发并从"人事"而不是"神祇"的角度来描述或讨论叙述对象的。

（二）《天问》第一段与帛书《四时》篇在运用传统的"追述往史的常用体裁"的基础上，又进一步探讨了关于"天地开辟与宇宙秩序建立"这一相同的问题，不同的是，帛书《四时》篇是从"正面"描述天地开辟和宇宙秩序建立的情况，而《天问》第一段则是从"反面"以"诘问"的方式来"考问"天地开辟和宇宙秩序建立的情况。二者所针对的对象是相同的，只是描述和讨论的方式相异。

（三）故而明确，《天问》第一段从"反面"以"诘问"的诗歌创作形式，描述了天地开辟与宇宙秩序建立的神话，而且在神话架构和主干情节等方面，与楚帛书《四时》篇相一致，虽然在《天问》第一段中没有出现神祇人物，但仍然有理由相信《天问》第一段所涉及的神话与帛书《四时》篇神话，在神话的本质意义及诸多方面存在联系。这种情况说明，上述具有阴阳五行思想色彩的天地开辟与宇宙秩序建立的神话，在战国时期的荆楚地域曾广为流传。

根据上述认识，尝试得出如下结论：

（一）阴阳五行思想对帛书《四时》篇神话的影响，导致帛书《四时》篇神话中神话属性的消解和关于天地开辟与宇宙秩序建立的宇宙论哲学论说属性的增强和确立，意味着战国时期阴阳家的五行哲学对包括荆楚传统神话在内的不同地域传统神话的"解构"与"重构"。《国语·周语下》"星即日辰之位皆在北维，颛顼之所建"的文字，就已经现出了阴阳五行思想影响的痕迹。《国语·周语下》所言涉及两个方面的内容，其一是颛顼对"日辰之位"作了安排，其二是"日辰之位"建在天宇之北。上述内容涉及两个方面的问题，一方面是神话中方位与神祇的配置问题，另一方面是神话中方位与星宿的配置问题。将天地按照东西南北中进行划分，然后再将天地所涵盖的事物配置其中，构成一种有序的方位运转体系，正是阴阳五行象征系统和阴阳数术操作系统的反映。《国语·周语下》所云"星即日辰之位皆在北维"而"颛顼之所建"，恰是将颛顼配在"北方"而成北方之帝，将辰星配在"北方"而成北方之神的思想的反映。《礼记·月令》"孟冬之月……其帝颛顼"的描述和马王堆3号墓出土《五星占》"北方水……其神上为辰星"的载记，则证明这种阴阳五行象征系统和阴阳数术操作系统的完善和成熟。之后，诸如此类的载记不断出现。[①] 上述情况能够说明，楚人传统神话中以颛顼为主导的天地开辟和宇宙秩序建立的神话，最迟在战国时期就已经呈现出阴阳五行思想影响的痕迹。

（二）祖先崇拜是荆楚传统宗教信仰的核心，也是荆楚传统宗教信仰神祇体系的主体。"颛顼—老僮—祝融—鬻熊"所构成的神圣血缘系统，是春秋战国时期楚王族贵族所秉承的祖先崇拜体系，而《国语·楚语》所载观射父所述以"颛顼"为主导的天地开辟与宇宙秩序建立的神话，也是春秋战国时期楚王族贵族所秉承的祖先创世神话。在楚人"尊祖敬宗"传统影响下，上述祖先崇拜体系和祖先创世神话，除非在民族历史进程中民族传统文化受到"异文化"之强烈渗透和影响，则不会发生动摇或改变。然而，长沙子弹库楚帛书的存在，却意味着如下尴尬的局面：阴阳五行思想的流行，将动摇楚人传统祖先创世古史传说赖以存在的文化基础，楚人传统祖先创世神话也会在阴阳五行思想的渗透和影响下发生变异，或最终被阴阳五行思想所"解构"。

（三）基于上面的认识而有理由认为，流行于战国时期楚地的阴阳五

---

① 《淮南子·天文训》："北方，水也，其帝颛顼。"《淮南子·时则训》："北方之极，自九泽穷夏晦之极，北至令正之谷。有冻寒积冰，雪雹霜霰，漂润群水之野。颛顼玄冥之所司者。"《尚书·考灵曜》："辰星，黑帝之子。"《河图·着命》："黑帝颛顼。"《史记正义》引《天官占》："辰星，北水之精，黑帝之子。"《春秋·元命苞》："北方辰星，水，生物布其纪。故辰星理四时。"

行思想，其无法想象的渗透力和破坏力，已经作用于楚人传统的神话和古史传说，并导致上述神话和古史传说遭到"解构"和"重构"。面对如此严峻的现实问题，疑惑、矛盾以及由此而带来的迷茫和困惑，在屈原的思想和情感中出现并形成痛苦而深沉的思索，应该是不可避免的。如此，则不难发现：《天问》第一段从"反面"以"诘问"的创作形式本身，就已经包含了诗人的情感因素、哲学论辩、历史思考和政治论争等方面的用意，反映了屈原对上述哲学论说（神话）以及相关思想体系，于情感上的抵触和哲学上的困惑以及由此而带来的迷茫和苦闷。

五 《天问》后一百六十六句历史叙述的框架结构与邹衍五德终始说

一种新的学术思潮的兴起，代表了思想者寻求社会新变的愿望和理想，也意味着社会存在新变的内在要求和动力。阴阳五行思想涵盖社会与人生、物质与宇宙的存在、变化与发展的理论性、实践性与模式化、规律化的原则和特点，又使得这种思想具有无法想象的渗透力和破坏力。从这个意义上看，长沙子弹库楚帛书的存在，证明阴阳五行思想于战国中晚期楚地的流行，也意味着战国中晚期楚文化的新变。而由这种新变而产生的意识形态上的矛盾、斗争、迷惑，乃至苦闷，可能一直延续到楚国的灭亡或汉初时期，屈原《天问》的创作，就潜伏着这种因素和影响。

《天问》第一段从"反面"以"诘问"的形式行文，带有某种哲学论辩、历史思考和政治论争的味道，而其情感上的抵触、哲学上的困惑和古史传统上的迷茫，则同样贯穿于《天问》第二段的创作之中。《天问》第二段在内容上可以划分为四个相对独立的单元，我们姑且称之为"叙述单元"，即：第一叙述单元，鲧禹治水与平定九州；第二叙述单元，启获天下与夏桀失国；第三叙述单元，成汤立国与殷纣灭亡；第四叙述单元，后稷诞生与周道衰微。上述四个叙述单元之间既构成纵向的时间联系，又各自呈现出横向的以时间为依托的叙述平台，而在上述叙述平台中，又充实着大量历史人物以及与上述历史人物相关联的历史事件。[①] 即如表3—11所示：

[①] 所引《天问》文本，以林庚《天问论笺》之"《天问》笺释"为本，参见林庚《天问论笺》，人民文学出版社1983年版。

表 3—11

时代	单元	历史人物与事件
夏	鲧禹治水平定九州	（1）鲧与禹（"不任汩鸿师何以尚之"至"康回凭怒地何故以东南倾"） （2）九州（"九州安错川谷何洿"至"羿焉彃日乌焉解羽"） （3）禹与涂山女（"禹之力献功降省下土四方"至"胡为嗜不同味而快鼌饱"）
	启获天下夏桀失国	（4）启与益（"启代益作后卒然离蠥"至"何勤子屠母而死分竟地"） （5）后羿与河伯（"帝降夷羿革孽夏民"至"何献蒸肉之膏而后帝不若"） （6）后羿与寒浞（"浞娶纯狐眩妻爰谋"、"何羿之射革而交吞揆之"二句） （7）浇与少康（"惟浇在户求于嫂"、"何少康逐犬而颠陨厥首"二句） （8）女岐与浇（"女歧缝裳而馆同爰止"至"覆舟斟寻何道取之"） （9）璜台（"厥萌在初何所亿焉"、"璜台十成谁所极焉"二句） （10）女娲（"登立为帝孰道尚之"、"女娲有体孰制匠之"二句） （11）舜与父、舜与弟、舜与尧（"舜闵在家父何以鳏"至"孰期去斯得两男子"） （12）夏桀与妹嬉、夏桀与商汤（"桀伐蒙山何所得焉"至"何条放致罚而黎服大说"）
商	成汤立国殷纣灭亡	（13）简狄与帝喾（"简狄在台喾何宜"、"玄鸟致贻女何喜"二句） （14）王亥与有易（"该秉季德厥父是臧"至"击床先出其命何从"） （15）王恒与有易（"恒秉季德焉得夫朴牛"至"何变化以作诈后嗣逢长"） （16）成汤与伊尹（"成汤东巡有莘爰极"至"何卒官汤尊食宗绪"） （17）武王伐商（"会晁争盟何践吾期"、"苍鸟群飞孰使萃之"二句） （18）武王与周公（"列击纣躬叔旦不嘉"、"何亲揆发定周之命以咨嗟"二句） （19）殷得天下又何失之（"授殷天下其位安施"至"何恶辅弼谗谄是服"） （20）比干、雷开、梅伯、箕子（"比干何逆而抑沉之"至"梅伯受醢箕子佯狂"）
周	后稷诞生周道衰微	（21）后稷（"稷维元子帝何竺之"至"既敬帝切激何逢长之"） （22）周文王、周武王（"伯昌号衰秉鞭作牧"至"载尸集战何所急"） （23）管叔（"伯林雉经维其何故"至"受礼天下又使至代之"） （24）昭王、穆王、幽王（"昭后成游南土爰底"至"周幽谁诛焉得夫褒姒"） （25）齐桓公（"天命反侧何罚何佑"、"齐桓九会卒然身杀"二句） （26）吴王阖庐（"勋勋梦生少离散亡"、"何壮武厉能流厥严"二句） （27）彭祖（"彭铿斟雉帝何飨"、"受寿永多夫何久长"二句） （28）蜂蛾（"中央共牧后何怨"、"蜂蛾微命力何固"二句） （29）采薇女（"惊女采薇鹿何佑"、"北至回水萃何喜"二句） （30）秦伯与弟针（"兄有噬犬弟何欲"、"易之以百两卒无禄"二句） （31）楚平王（"薄暮雷电归何忧"、"厥严不奉帝何求"二句）； （32）楚昭王（"伏匿穴处爰何云"至"吴光争国久余是胜"二句） （33）令尹子文（"何环闾穿社以及丘陵"至"何诚上自予忠名弥彰"）

对于《天问》上述四个叙述单元作进一步分析：第一叙述单元包括"鲧禹治水"和"平定九州"等内容，上述内容上承《天问》第一段，又下启《天问》后面三个单元，在内容上具有承上启下的作用。第二叙述单元包括"夏启立国"、"少康中兴"、"后羿灭亡"、"女娲尧舜"以及"夏桀失国"等历史人物和事件，主要论及古史传说中夏代的史实。第三叙述单元包括"玄鸟生商"、"王亥被害"、"成汤立国"、"武王伐商"及"殷纣灭亡"等历史人物和事件，主要论及殷商民族的兴起、发展、壮大，直到衰微的历史。第四叙述单元所囊括的历史人物与事件最为复杂，其中"后稷诞生"、"周族兴起"、"周道衰微"等内容，与第三叙述单元殷部族兴亡的描写大致相同，但后半部分还涉及"齐桓公"、"吴王阖闾"、"彭祖长寿"、"秦伯"以及"楚平王"、"楚昭王"和"令尹子文"等历史人物，叙述视域似乎发生了转移，然而上述历史人物皆不过春秋时期，故《天问》第二段这一部分的"主线"仍然是"周"，只不过由"周族兴起"而转为"周道衰微"罢了。

由此不难看出，《天问》在整体架构上存在一个"坐标系"，即以天地开辟而至夏、商、周三代承续为"纵轴"，以天地开辟、夏、商、周三代各自兴亡盛衰为"横轴"。纵横交错，即构成《天问》历史叙述的框架结构：以"天地开辟"作为历史叙述的时间起点而由"古"至"今"的纵向叙述主轴和以"天地开辟"、"鲧禹治水"、"夏商周三代各自兴亡盛衰"作为断面的横向叙述平台。

从纵向叙述看，《天问》第二段以"夏商周三代兴废与承续"为主旨的叙述意图清晰明确，对此，早有学者在相关研究中有过明确的阐述："自'禹之力献功降省下土四方'至'何诚上自予忠名弥彰'共四大段，一百三十二句。前五十句以夏王朝之建立至少康中兴，以及夏桀之亡为中心。中三十六句以殷民族之初兴至成汤建立殷商王朝，以及殷纣之亡为中心。后三十句以周民族之初兴至武王、成王之奠定周王朝，以及西周之亡为中心。末十六句乃以秦楚之兴亡为结尾。……总之，凡所涉及皆为历史兴亡故事，而夏、商、周三代为中心。"[①] 上述意见颇为中肯，但"后三十句以西周之亡为中心"、"末十六句乃以秦楚之兴亡为结尾"的认识

---

① 林庚：《天问论笺》，人民文学出版社1983年版，第90、91页。

则值得商榷。

《天问》第二段第四单元在内容上可以分为两个部分，即"稷维元子帝何竺之"至"周幽谁诛焉得夫褒姒"部分，和"天命反侧何罚何佑"至"何诚上自予忠名弥彰"部分。前一部分线索清晰，从周族兴起到周幽败亡，而后一部分则内容复杂，既涉及齐、吴、秦、楚等诸国之事，也涉及彭祖、蜂蛾、采薇女的故事，故后一部分似乎与前一部分在内容上存在很大隔阂。然而，如果从第四单元整体叙述时间上看，这一单元的时间结点是"周幽败亡"，说明从"天地开辟"到"周幽败亡"，是屈原在《天问》中所设定的历史的纵向时段，而齐、吴、秦、楚等国之事及彭祖、蜂蛾、采薇女的故事，都在上述历史时段之中并构成一个完整的历史范畴，故而将上述两个部分截然分开或将后一部分从前一部分所构成的"历史范畴"中抽取或独立出来，似乎都与诗意有违。

《天问》第二段以夏、商、周三代承续为"纵轴"，以三代各自兴亡盛衰为"横轴"的历史叙述框架，实际上是一种"历史观"的反映，这种历史观清楚而鲜明地表现出了以夏、商、周三代为"宗"并承认其历史承续的正统地位的思想。

值得注意的是，上述思想与两汉典籍中所提出的"正统"的历史概念的内涵颇为一致。《汉书·王褒传》引王褒《圣主得贤臣颂》云："记曰：共惟《春秋》法五始之要，在乎审己正统而已。"① 张晏注云："要，《春秋》称'元年春王正月'，此五始也。"② 颜师古注云："元者气之始，春者四时之始，王者受命之始，正月者政教之始，公即位者一国之始，是为五始。"③ 《春秋》开篇言"元年春，王正月。"《传》则云："元年春，王周正月。"注云："言周以别夏、殷。"④ 此谓周继夏、殷而来，于夏、殷是承，于周则为始，即为"正统"。显然，此"正统"包含着两个方面的内涵，其一是夏、商、周的纵向的承续性，其二是有周一代的横向的发展性。

由这种"纵向的承续"与"横向的发展"相结合而构成的正统历史观，是战国时期邹衍学说的思想基础。《史记·孟子荀卿列传》云："邹

---

① （汉）班固：《汉书》卷六十四下，中华书局1962年版，第2823页。
② （汉）班固：《汉书》卷六十四下张晏注，中华书局1962年版，第2824页。
③ （汉）班固：《汉书》卷六十四下颜师古注，中华书局1962年版，第2824页。
④ （晋）杜预：《春秋左传集解》第一，上海人民出版社1977年版，第5页。

衍睹有国者益淫侈，不能尚德，若《大雅》整之于身，施及黎庶矣。乃深观阴阳消息而作怪迂之变，《终始》、《大圣》之篇十余万言。"① 又云："先序今以上至黄帝，学者所共术，大并世盛衰，因载其机祥度制，推而远之，至天地未生，窈冥不可考而原也。"② 又云："称引天地剖判以来，五德转移，治各有宜，而符应若兹。"③ 以此推之，邹衍的学说以"有国者"为对象，以"尚德"为旗号，以"阴阳消息"为手段，在天地开辟至黄帝以来历史发展的纵向进程上，据"符应若兹"而推演运命之变化，五德之转移。许维遹《吕氏春秋集释》云："马国翰据《文选·魏都赋》李注引《七略》云'邹子终始五德，从所不胜，木德继之，金德次之，火德次之，水德次之'。"④《吕氏春秋·有始览·应同篇》所云，可谓邹衍"五德终始说"的注脚："凡帝王之将兴也，天必先见祥乎下民，黄帝之时，天先见大螾大蝼，黄帝曰：土气胜。土气胜，故其色尚黄，其事则土。及禹之时，天先见草木秋冬不杀。禹曰：木气胜。木气胜，故其色尚青，其事则木。及汤之时，天先见金刃生于水。汤曰：金气胜。金气胜，故其色尚白，其事则金。及文王之时，天先见火，赤鸟衔丹书集于周社。文王曰：火气胜。火气胜，故其色尚赤，其事则火。代火者必将水，天且先见水气胜。水气胜，故其色尚黑，其事则水。水气至而不知，数备将徙于土。"⑤

基于上面的讨论，我们能够发现屈原《天问》的历史叙述与邹衍"五德终始说"存在诸多可比性。首先，《天问》以"天地开辟"与"厘定九州"作为历史叙述之起点的构思，与邹衍学说"推而远之，至天地未生，窈冥不可考"的历史视域颇为一致。其次，《天问》以夏、商、周三代承续为"纵轴"的历史叙述，与邹衍学说"先序今以上至黄帝，学者所共术，大并世盛衰"的历史演进脉络基本吻合。再次，《天问》以三代各自兴亡盛衰为"横轴"的历史叙述，与邹衍学说以"有国者"为对象而"治各有宜，而符应若兹"的思路基本相同。最后，《天问》以夏、

---

① （汉）司马迁：《史记》卷七十四，中华书局1959年版，第2344页。
② 同上。
③ 同上。
④ 许维遹：《吕氏春秋集释》，《新编诸子集成》，中华书局2009年版，第285页。
⑤ （汉）高诱注：《吕氏春秋》卷十三，《诸子集成》（六），中华书局1954年版，第126、127页。

商、周三代为"宗"并承认其历史承续的正统地位的思想,与邹衍学说"五德转移"的五行德运变迁之理论并无矛盾。

屈原《天问》的历史叙述与邹衍"五德终始说"存在诸多可比性的事实,说明屈原对邹衍学说以及战国晚期流行的阴阳五行思想有着较为充分的了解和认识。

邹衍与屈原同为战国晚期人,但早于屈原,邹衍没世时,屈原当在青壮年时期,故屈原对邹衍的学说理应有所了解。《史记·孟子荀卿列传》言邹衍以其说游于梁、赵、燕,说明邹衍没有到过楚国,但又说邹衍"重于齐",而屈原多次出使于齐,不可能对"重于齐"的邹衍和他的学说一无所闻。《史记·孟子荀卿列传》又言:"邹衍与齐之稷下先生,如淳于髡、慎到、环渊、接子、田骈、驺奭之徒,各著述言治乱之事,以干世主。"① 上述诸人或为法家、道家、阴阳家,而以道家和阴阳家为主,故邹衍学说起于齐,有其社会背景。马王堆帛书《皇帝书》和《老子》以及长沙子弹库楚帛书的发现,证明战国时期的楚地黄老之学和阴阳数术学说同样颇为兴盛。有学者认为:"《史记》、《汉书》所载学术传统,多侧重北方,对南方楚地的文化史涉及较少。70年代考古发现的几批珍贵简帛,在一定程度上弥补了这一缺环。""帛书《皇帝书》的发现,证明了战国直至汉初一直流行的黄老之学,其根源实出于楚国。""黄老道家的渊源实在楚地。"② 如此而言,在道家和阴阳家独盛齐地"稷下"的时候,黄老之学和阴阳数术学说也在楚地流行。更为重要的是,目前尚无充分的根据证明独盛齐地"稷下"的道家、阴阳家与流行于楚地的黄老之学和阴阳数术学说毫无干系。战国时期的齐楚于政治上的联系颇为密切,而文化与思想上的互为影响亦当如此。战国时期尤其战国晚期诸家学术思想已臻成熟,更非固守一隅之狭隘,齐地"稷下之学"以齐地之独盛,而影响到中原诸国,南方楚国恐怕"难于幸免"。

如此而言,屈原于《天问》中的历史叙述与邹衍"五德终始说"及战国晚期流行的阴阳五行思想的关系,就不仅仅是了解和认识的问题。是否可以这样认为:不论是有意,还是无心或偶然,《天问》以"反面诘问"的形式所进行的历史叙述,都对上述学说和思想构成了反思乃至拷问。

---

① (汉)司马迁:《史记》卷七十四,中华书局1959年版,第2346页。
② 李学勤:《简帛佚籍与学术史》,江西教育出版社2001年版,第18、19页。

尝试具体分析如下:

《史记·孟子荀卿列传》言邹衍游于梁、赵、燕等国,受到欢迎。"适梁,惠王郊迎,执宾主之礼。适赵,平原君侧行撇席。如燕,昭王拥彗先驱,请列弟子之座而受业,筑碣石宫,身亲往师之。"① 邹衍何以"游诸侯见尊礼如此"?即在于他的学说"称引天地剖判以来,五德转移,治各有宜,而符应若兹"。战国中晚期以来,天下重归一统的认识,已经深入人心,诸侯各国相互兼并,各蓄实力,皆具统一天下的决心。依"五德终始说",火克金,代金。汤金德,文王火德,故周代商而主火运。问题是接下来"代火者必将水,天且先见水气胜"。而如果"水气至而不知,数备将徙于土"②。依据此说,战国诸侯国谁能够"主水运",谁就能够代周而王,而一旦"水气至而不知",则时过运迁,"水运"就会转为"土运"。能够在这种五行运命的变化转移中知其机巧而掌握主动者,恰是邹衍一类的阴阳家。故《史记》所言邹衍游于梁、赵、燕等国而受到欢迎的原因,即在于此。

五行学说的本质是试图依据五种典型事物的内在本性及相互之间的联系,而进一步认识和探寻自然事物与自然世界之发展变化的特点和规律。五德终始说的认知对象已经超越了自然事物与自然世界,而进入了人类社会自身延续与发展的范畴,即人类历史的领域,并最终上升到政治统治与政权更迭的层面。因此,与五行学说的本质相同,五德终始说的目的同样是认识和探寻人类历史发展变化的特点和规律,或即政治统治与政权更迭的规律,即通过自然事物和人类自身生活的客观存在("治各有宜而符应若兹"),而找寻或总结出一套可以涵盖人类历史与社会发展变化(或即政治统治与政权更迭)的特点和规律的政治公式。

《吕氏春秋·有始览·应同篇》云:"天为者时而不助,农于下。类固相召,气同则合,声比则应。鼓宫而宫动,鼓角而角动。平地注水,水流湿。均薪施火,火就燥。山云草莽,水云鱼鳞,旱云烟火,雨云水波,无不皆类其所生以示人。故以龙致雨,以形逐影。师之所处,必生棘楚。祸福之所自来,众人以为命,安知其所。"③ 上述言论恰恰为邹衍学说的

---

① (汉)司马迁:《史记》卷七十四,中华书局1959年版,第2345页。
② (汉)高诱注:《吕氏春秋》卷十三,《诸子集成》(六),中华书局1954年版,第127页。
③ 同上。

五行根基作了说明。所谓"类固相召,气同则合,声比则应",即是从"类"的角度来认识或了解万事万物,并总结出"类"同则"质"相通而"性"相连的认知方式,昭示事物之间的联系和变化,皆非事物各自偶然之"命"的表现,而是由内在的"质"或"性"的相互作用和影响所使然。由此可知,阴阳五行思想所关注的不仅仅是事物的客观存在,更重要的是客观存在的事物之间的联系和变化,是在将事物进行"类"的模式化的过程中探寻事物之间的联系、发展与变化的规律。

以此联系《天问》第二段内容。《天问》第二段在以"夏商周三代各自兴亡盛衰"为"横轴"而构成的横向历史叙述中,采用了以人物(历史或传说)为纲的叙述方法,按照历史的发展脉络而选择人物(历史或传说)以展开叙述。更为重要的是,其所涉及的历史人物都不是孤立的存在,而是将两个或多个具有历史关联的人物作为叙述对象,或将历史人物置于具体历史事件之中并在与其他历史人物的关联中展开叙述。

如此一来,我们就能够在《天问》第二段中看到以"组对"的形式出现的历史人物,或给诗中"独立"出现的历史人物找到历史事件的关联者。诚如在《天问》第二段中所出现的如表3—12所列出的34组历史人物(其中第30组"歧首之蛇与蜂蛾"有不同的解释):

表3—12

叙述单元	历史人物与事件
第一单元	(1)鲧与禹 (2)禹与涂山女
第二单元	(3)启与益 (4)后羿与河伯 (5)后羿与寒浞 (6)浇与少康 (7)女岐与浇 (8)舜与父 (9)舜与弟 (10)舜与尧 (11)夏桀与妹嬉 (12)夏桀与商汤

叙述单元	历史人物与事件
第三单元	（13）简狄与帝喾 （14）王亥与有易 （15）王恒与有易 （16）成汤与伊尹 （17）武王与周公 （18）纣王与比干 （19）纣王与雷开 （20）纣王与梅伯 （21）纣王与箕子
第四单元	（22）天帝与后稷 （23）文王与武王 （24）周公与管叔 （25）昭王与穆王 （26）幽王与褒姒 （27）齐桓公与竖刁易牙 （28）吴王阖庐与伍子胥 （29）彭祖与天帝 （30）歧首之蛇与蜂蛾 （31）采薇女与鹿 （32）秦伯与弟针 （33）楚平王与楚昭王 （34）楚成王与令尹子文

《天问》第二段在以"夏商周三代各自兴亡盛衰"为"横轴"而构成的横向历史叙述中，采用上述叙事方法的动机和目的，虽然无法给予准确的判断，但是诗歌在"横向历史叙述"中，以"组对"的形式描述历史人物，或给诗中"独立"出现的历史人物找到历史事件的关联者的创作形式和创作思路，却能够或已经显现出它的意义和作用，即通过上述历史人物之间的联系、矛盾乃至争斗，能够找寻出推动或促成事件成因与发展的动因和根源，能够探寻到隐藏在事件背后的联系和规律。即如阴阳家所说"事物"之"类固相召，气同则合，声比则应"而"无不皆类其所

生以示人"。(《吕氏春秋·有始览·应同篇》) 故"祸福之所自来",普通人视为不可预见和掌握之"命"所使然,而阴阳家却能够从引发"福"与"祸"的各种事物的身上看到其中的关系和联系,并通过这种关系和联系而窥探其背后的动因和规律,进一步预见事物发展的结果。

六 《天问》借历史叙述所表达的迷惘与困惑、希望与企盼

从《天问》第二段的历史叙述中看到,那种"推动或促成事件成因与发展的动因和根源"以及"隐藏在事件背后的联系和规律"并不存在,而透过"历史人物之间的联系、矛盾乃至争斗"所呈现的,仍然是无从预见和掌握的"命"。

如在《天问》第二段第四单元描述"周道衰微"的时候,诗人反问道:"皇天集命,惟何戒之?受礼天下,又使至代之?"对此,《章句》释读极为精辟:"皇天集禄命而与王者,王者何不常畏慎而戒惧。""王者既已修行礼仪,受天命而有天下矣,又何为至使异性代之乎。"[1] 依此而论,屈原于《天问》上述诗句的反问中,包含了"天命何保"以及"天命无常"的认识和结论。

又如诗云:"天命反侧,何罚何佑?齐桓九会,卒然身杀?"[2]《章句》言:"天道神明,降与人之命,反侧无常,善者佑之,恶者罚之。"[3] "齐桓公任管仲,九合诸侯,一匡天下。任竖刁、易牙,子孙相杀,虫流出尸。"[4]《章句》言"善者佑之,恶者罚之"实为定性之论,而这样的定性之论与《天问》的反问或疑问的写作形式是矛盾的,因此,上述定性之论实为《章句》所引申和附加,而非诗句所示。即如"齐桓九会,卒然身杀"二句承上而来,齐桓或九合诸侯,一匡天下,或子孙相杀,虫流出尸。其于"天命"而言,真是变化反复,何以惩罚?何以佑护?

又如《天问》如下诗句:"彭铿斟雉,帝何飨?受寿永多,夫何久长?中央共牧,后何怒?蜂蛾微命,力何固?惊女采薇,鹿何佑?北至回水,萃何喜?兄有噬犬,弟何欲?易之以百两,卒无禄?"[5] 对上述诗句

---

[1] (汉)王逸注,(宋)洪兴祖补注:《楚辞章句》,岳麓书社1994年版,第110页。
[2] 同上书,第107页。
[3] 同上。
[4] 同上。
[5] 同上书,第111、112页。

的释读存在诸多歧义，依《章句》而言，上述诗句涉及"彭祖长寿"、"歧首之蛇"、"蜂蛾之虫"、"采薇之女"、"秦伯与弟"等人物与事件。[①] 蒋骥《山带阁注楚辞》基本遵从《章句》所言，唯以为"经传多书蚁作蛾"[②]。蜂蛾即蜂蚁。"惊女采薇鹿何佑"指夷齐不食周薇之事。"北至回水萃何喜"指齐桓北伐孤竹而遇山神之事。闻一多《天问疏证》则认为"中央共牧后何怒"句指"共伯和摄位"和"厉王降灾"之事，而"蜂蛾"则喻叛乱的民众。"秦伯"句则指"赵桓子事"。[③] 林庚《天问笺释》以为"中央共牧后何怒"、"蜂蛾微命力何固"、"惊女采薇鹿何佑"、"北至回水萃何喜"、"兄有噬犬弟何欲"、"易之以百两卒无禄"诸句，皆指早期秦民族与周人在渭水一带的事迹，是"问秦民族在艰难困苦中的创业史"。[④]

综观诸家对《天问》上述诗句的解析与释读，则以王逸《章句》和蒋骥《山带阁注楚辞》为优，原因在于二家的解析和释读抓住了屈原于《天问》中所要表达的思想，并与《天问》第二段整体思想与精神相一致。以"蜂蛾之虫"、"采薇之女"、"秦伯与弟"三事为例。"蜂蛾"句：蒋骥《山带阁注楚辞》云："蜂居如台，蚁居如楼。《抱朴子》：蜂有兼弱之智，蚁有攻寡之计。""蜂蚁至微，犹有战守之方，而人反不如乎。""言天意之不可知也。""采薇"句：《章句》云："昔者有女子采薇菜，有所惊而走，因获得鹿，其家遂昌炽，乃天佑之。""女子惊而北走，至于回水之上，止而得鹿，遂有禧喜也。"蒋骥《山带阁注楚辞》云："《章句》：昔有女子采薇，有所惊而走，北至回水之上，止而得鹿，家遂昌炽。不知何据。按谯允南《古史考》：夷齐采薇，有妇人谓之曰，子不食周粟，此亦周之草木也，于是饿死。《类林》：夷齐弃薇不食，有白鹿乳之。《列士传》：夷齐隐首阳山，采薇而食。有王摩子入山难之曰：君不食周粟而食周薇，奈何？二人遂不食薇。七日，天遣白鹿乳之。此问夷齐采薇，惊闻女子之言，甘心饿死，何以得鹿而佑之乎？""秦伯"句：《章句》："秦伯有啮犬，弟针欲请之。""秦伯不肯与弟针犬，针以百两金易

---

① （汉）王逸注，（宋）洪兴祖补注：《楚辞章句》，岳麓书社1994年版，第111、112页。
② （清）蒋骥：《山带阁注楚辞》卷三，中华书局香港分局1973年版，第106页。
③ 闻一多：《天问疏证》，生活·读书·新知三联书店1980年版，第115—121页。
④ 林庚：《天问论笺》，人民文学出版社1983年版，第82—85页。

之，又不听，因逐针而夺其爵禄也。"对此，蒋骥论云："二节，言或以无意而遇之，或有意求之而不获。人事之不可料之也。"

蒋骥"或以无意而遇之，或有意求之而不获，人事之不可料"之言，可谓直指屈原于《天问》中所确立的思想。即如《天问》"天命反侧何罚何佑"句所表达的思想，在《天问》第二段四个单元34组历史人物（第30组"歧首之蛇与蜂蛾"有不同的解释）于特定历史时间所发生的历史事件，似乎都可以归结为"天命反侧"而"人事难料"的最好注脚。自天地开辟以来，人间世界，芸芸众生，或父子反目、夫妻相怨，或兄弟相争、异性相残，或仁君贤相、忠臣隐士，或昏君无道、奸佞淫巧，甚或采薇绝世、多福多寿、虫蛾微贱、蝼蚁渺小，其相互之间的关系与联系、行为与结果，则不可谓不明白，不可谓不清楚，但其背后的原因与规律、动因与根源，却无法探查和窥测，无法总结和归纳，遂构成吉凶不定、福祸无常的人生图画和历史表象。

据此而论，《天问》第二段试图通过历史人物之间的联系、矛盾乃至争斗找寻推动或促成事件成因与发展的动因和根源，探寻隐藏在事件背后的联系和规律，但结果却是无法探查和窥测，无法总结和归纳，其给诗人带来的只能是迷惘和困惑。

一种新的学术思潮的兴起，代表了思想者寻求社会新变的愿望和理想，也意味着社会存在新变的内在要求和动力。阴阳五行学说于战国中晚期之际的楚地流行，标志着战国中晚期楚文化的新变，而由这种新变而产生的意识形态上的迷惘和困惑，可能一直延续到楚国的灭亡。从这个意义上说，这种迷惘和困惑带有"时代"的色彩和特点。屈原《天问》的创作似乎就潜伏着这种因素和影响，而《天问》历史叙述中所表现的迷惘与困惑，也应该是这种"时代"的迷惘和困惑的反映。

《天问》第二段在以夏、商、周三代承续为"纵轴"的历史叙述中，其历史的结点选在"周幽败亡"，说明屈原有意将"周幽败亡"前后的"历史"区别开来。《天问》在以夏、商、周三代承续为"纵轴"的历史叙述中，其历史的脉络和走向都是清晰而明确的。说明屈原与邹衍一样，也看到了"周室败亡"已无可挽回，而"王朝更替"则势在必成的历史发展趋势。但是，这种"历史发展趋势"将呈现出怎样的表征？邹衍以为"五德转移"而必有"治各有宜，而符应若兹"的表象，而屈原则通过夏、商、周三代兴亡存废的历史变革中各种历史人物之间的联系、矛盾乃至争斗的历史事实，提出自己的怀疑甚至否定。这种怀疑和否定，既是屈原于历史思考的产物，也是屈原于现实感知的结果。更确切地说，这种"历史思考"是建立在"现实感知"基础之上的，是借助于"历史"而对"现实"的进一步思考。其间，既引发了诗人的迷惘与困惑，似乎也夹杂着诗人的某种希望与企盼。

对此，《天问》最后十句似乎能够说明问题。

《天问》最后十句颇难理解。王逸《楚辞章句》以为最后十句乃是《天问》之尾章，是诗人于篇终的自我感叹。[①] 蒋骥《山带阁注楚辞》云："旧说直以为原之自序，不复作诘问古先语。"[②] 然，蒋骥否定了上述意见，其云："自伏匿穴处至此，盖推究楚之故实以寓意之辞。"[③]

《天问》最后十句的释读最为困难，争议颇多，如果排除具有各种争议的诗句，在意义上似乎只有"吴光争国，久余是胜"与"何环间穿社以及丘陵，是淫是荡爰出子文"二句最为明确。上述诗句，前二句言吴公子光杀王僚争得王位，而后征伐楚国，楚国屡败之事；后二句言楚令尹子文出生之事。以此联系楚国的历史，知前二句所言之事当在楚昭王时期，而后二句所言之事则在楚成王时期。后者的时间在前，而前者的时间在后。楚昭王时期，楚国与吴国征战频繁，楚国屡败，困顿不堪，而探寻前因，则在于楚灵王的无道和楚平王的内乱，而楚成王以子文为令尹，在位四十六年，国势日盛，至楚庄王，遂为五霸之一。

对于屈原在《天问》最后十句中述及楚国上述历史的缘由或目的，归于"讽谏"或"兴亡之感"，或仅仅揭示了诗人复杂情感的一个方面，是远远不够的。"屈原在问过楚国先王的事情之后，最后以问楚国先代的贤臣作结，也隐有与自己的抱负和遭遇对照的意思。"[④] 然而，这种"对照"的目的并非仅仅因"哀今王之信谗而多忌"（蒋骥《山带阁注楚辞》）而表达自己由此而生成的怨愤。作为贤臣忠良的令尹子文，是在楚国最为艰难的时刻"自毁其家以纾国难"（《左传·庄公三十年》）的，

---

① （汉）王逸注，（宋）洪兴祖补注：《楚辞章句》，岳麓书社1994年版，第112、113、114页。
② （清）蒋骥：《山带阁注楚辞》卷三，中华书局香港分局1973年版，第109页。
③ 同上。
④ 林庚：《天问论释》，人民文学出版社1983年版，第151页

"这兴亡的转折关键,正是令尹子文所扭转奠定的"①。屈原于《天问》最后十句中由近及远,回溯楚国昭王时期的困顿和成王时期兴亡的转折,以史为鉴,进而以史为证的用意已经显露出来:楚民族的伟大在于有过转危为兴、称霸诸侯的荣耀历史,楚民族的伟大还在于有着"自毁其家以纾国难"的贤臣忠良。《天问》在最后十句中由这种"直面历史"的叙述而得出的"忠名弥彰"的感叹,既是诗人寓于诗歌中的希望与企盼,也应该就是《天问》的"点题"之处了。

春秋战国时期,天子式微,王纲解纽,诸侯力政,大夫专权。然而,天下大乱,或为天下大治的开始。夏、商、周三代相承续的历史事实已经告诉人们,历史发展的趋势不会改变,而历史演进的脉络也不会割断,因此,人们关注的是由"谁"来承续的问题。② 对于这一点,邹衍清楚地看到了,"这也恰恰是五德终始说出现的直接契机。邹衍创造五德终始说,凭借的就是这个历史条件。"③ 而可以推断的是,促使邹衍创立"五德终始说"的"历史契机",屈原也应该同样注意到了,其根据就是《天问》的创作以及在《天问》历史叙述中所表现的诗人的迷惘与困惑、希望与企盼,皆缘于对上述"历史契机"的思考。

综上所述,由上面的讨论或可得出这样的认识:传统祀神体制的有序性是与神话中神祇关系的合理性和神祇形象所承载的文化的整一性联系在一起的。楚帛书《四时》篇神话在神祇形象和神话情节上诸多荒诞、离奇乃至错愕之处的存在,楚帛书《四时》篇关于天地开辟与宇宙秩序建立的哲学论说(神话),在古史观念、文化传统等方面与战国时期楚王族

---

① 林庚:《天问论释》,人民文学出版社 1983 年版,第 90 页

② 对此,有学者指出:"以地处东部的齐国为例。出土的《陈侯因齐敦》铭文提到:'皇考孝武桓公恭哉,大谟克成。'这里的桓公是战国时期的齐国君主桓公田午,他所祈望'克(能)成'的'大谟'是什么?下文有个交代,那就是:'高祖黄帝,迩嗣桓文,朝问诸侯',也就是说,他要仿效黄帝和齐桓晋文,成为诸侯的霸主,甚至帝王(天下共主)。他的后代齐宣王曾向孟子透露自己有'大欲',这个'大欲'被孟子说破,那就是'欲辟土地,朝秦楚,莅中国而抚四夷也';到了齐湣王时,野心更大。公元前 288 年(湣王三十六年),湣王自称'东帝'(秦昭襄王称'西帝'),后二年,齐国伐宋,割楚,西侵三晋,'欲以并周室,为天子',泗上诸侯、邹鲁之君,莫不俯首称臣,大有并吞天下的气势。此时下距周赧王之死只有 32 年,距东周君亡也不过 39 年,周已经是一个毫无实际意义的政权,根本不能构成任何大国的对手。齐国在与秦等大国争雄兼并的同时,却表示要取代毫无实际意义的周,惟一的解释只能是正统思想在作怪。"参见蒋重跃《五德终始说与历史正统观》,《南京大学学报》2004 年第 2 期。

③ 蒋重跃:《五德终始说与历史正统观》,《南京大学学报》2004 年第 2 期。

贵族所秉持的观念、传统所存在的矛盾和抵牾等诸多现象的存在，说明在屈原所生活的战国晚期的楚国，阴阳五行思想不但大为流行，而且还在关于天地开辟与宇宙秩序建立的哲学问题上创立了成说和体系，并在文化和历史的层面上自构系统，反映了荆楚传统神祇系统与神话体系因阴阳五行思想的渗透和影响甚而遭到"解构"甚至"重构"的事实。长沙子弹库楚帛书的存在，说明阴阳五行思想已经对战国中晚期楚文化构成了渗透和影响，这种渗透和影响可能涵盖这一时期楚文化的各个方面，包括人们的自然观、宇宙观、历史观，以及宗教思想和文化观念。长沙子弹库楚帛书的存在，证明阴阳五行思想于战国中晚期楚地的流行，也意味着战国中晚期楚文化的新变，而由这种新变而产生的意识形态上的矛盾、斗争、迷惑，乃至苦闷，可能一直延续到楚国的灭亡或汉初时期，屈原《天问》的创作，就潜伏着这种因素和影响。

第 四 章

宋玉《高唐赋》、《神女赋》的创作与荆楚古典浪漫主义文学的发展

《史记·屈原贾生列传》言"屈原既死之后，楚有宋玉、唐勒、景差之徒者，皆好辞而以赋见称；然皆祖屈原之从容辞令，终莫敢直谏"①。此言虽然指出宋玉等人在对国家政事上"莫敢直谏"的懦弱与退缩，但也肯定了他们在辞赋创作上步屈原之后尘承续而来的事实。司马迁见解精辟而中肯。宋玉既是荆楚古典浪漫主义文学的承续者，但也是荆楚古典浪漫主义文学的反思者。宋玉《高唐赋》和《神女赋》的创作，既体现了对荆楚古典浪漫主义文学的继承，又表现出了缘于时事的变迁与改变而发生的变化。从某种意义上说，宋玉《高唐赋》和《神女赋》的创作，是对诸如"物欲与情感"、"肉体与精神"等涉及思想、道德和哲学问题所作的文学阐释，已经构成了对以屈原为代表的荆楚古典浪漫主义文学的反思与反省，而其基于诗性感知的理性视域，则开启了秦汉世俗浪漫主义文学的创作。②

---

① （汉）司马迁：《史记》卷八十四，中华书局1982年版，第2491页。
② 宋玉作品的真伪，历来是学术界最具争议的问题之一。比较保守而又通行的观点认为，署名为宋玉的作品，只有《九辩》为真，其他皆伪。胡念贻先生于《文学遗产增刊》（第一辑）发表《宋玉作品的真伪问题》的考辨文章，认为《楚辞章句》所录《九辩》、《招魂》和《文选》所录《高唐赋》、《神女赋》、《风赋》、《登徒子好色赋》均为宋玉所作。20世纪70年代，在山东临沂银雀山汉墓发现署有"唐革（勒）"的残简。后经考证，残简当为宋玉所作。"唐革（勒）"残简的发现，为学术界对宋玉作品的研究打开了新的视野，也在一定程度上改变了对宋玉作品真伪问题的过于保守的态度。谭家健先生《〈唐勒〉赋残篇考释及其他》一文进一步认定《文选》所录《风赋》、《登徒子好色赋》、《高唐赋》、《神女赋》、《对楚王问》及《古文苑》所录《大言赋》、《小言赋》、《笛赋》、《讽赋》、《钓赋》均为宋玉的作品。其后，肯定宋玉作品的观点在学术界不断出现。参见胡念贻《宋玉作品的真伪问题》，《文学遗产增刊》第一辑；（转下页）

第一节　巫山之女神话为《九歌·山鬼》、《高唐赋》、《神女赋》创作提供了文学素材

屈原《九歌·山鬼》与宋玉《高唐赋》、《神女赋》都描绘了一个女性山神的爱情故事，而且"故事"中的"山鬼"和"神女"作为女性山神，可能都与流传于江汉地域的巫山之女神话有关，不论是《九歌》中的"山鬼"还是《高唐赋》、《神女赋》中的"神女"，其作为文学形象的神祇原型，都指向巫山之女神话中的巫山神女。[①]巫山之女神话为《九歌·山鬼》、《高唐赋》、《神女赋》创作提供了文学素材。

一　巫山之女神话的地域背景是江汉地域的云梦

屈原《九歌·山鬼》并未言及"山鬼"的地域背景。宋玉《高唐赋》"序文"载有巫山之女的自述，其云："妾在巫山之阳、高丘之阻。"其中的"高丘"，地域背景当与包山楚简卜筮祭祷简"高丘"相同，故江汉地域应该是巫山之女神话的地域背景，其根据如下：

（一）《渚宫旧事》（卷三）《周代下》引《襄阳耆旧传》载："所谓巫山之女，高唐之姬。闻君游于高唐，愿荐寝席。王因幸之。既而言之曰：

（接上页）谭家健《唐勒赋残篇考释及其他》，《文学遗产》1990 年第 2 期；李学勤《〈唐勒〉、〈小言赋〉和〈易传〉》，《齐鲁学报》1990 年第 4 期；朱碧莲《唐勒残简作者考》，《中州学刊》1992 年第 1 期；汤章平《宋玉作品真伪辨》，《文学评论》1991 年第 5 期；高秋凤《宋玉作品真伪考》，台北文津出版社 1999 年版。

① 上述问题前辈学者早有触探。孙作云先生有《九歌山鬼考》，《清华学报》第 11 卷第 4 期，文章认为《九歌》之山鬼即巫山神女，《山鬼》所述"山鬼"与"灵脩"爱恋事迹，即指楚襄王游高唐之事。并总结出《山鬼》与《高唐赋》诸多相同点：（一）故事的纲要：1. 皆人神相悦；2. 皆女媚于男；3. 男的皆是人，其人皆是楚王；4. 女的皆是神，其神皆居山上，其山皆在楚境。（二）属于神的细目：1. 皆容态冶艳；2. 皆佩服芬芳；3. 皆乘车，车上皆建旗；4. 皆在山之曲隅。（三）属于山的细目：1. 皆多云雨；2. 皆有猿；3. 皆有一种灵草，其草之名，或曰秀，或曰䔄，为同音字，其用皆服之媚于人；4. 皆有竹，其竹皆与神在一处。周勋初《九歌新考》则认为：山鬼和巫山神女之间有着很大的不同，单从二者的外形来看，二者在服饰和用具上就存在着明显的差异，说明二者的神话背景是不相同的。《九歌》山鬼的形象带有着原始神话的意味，从中透露出来的是远古或边鄙地区的人对山中精灵的观念，而巫山神女的形象则加入了很多后代人的意识。参见周勋初《九歌新考》，上海古籍出版社 1986 年版，第 106 页。

妾处之翰，尚莫可言之。今遇君之灵，幸妾之挲，将抚君苗裔，藩乎江汉之间。王谢之。"① "巫山之女"以江汉地域母亲神自居，说明江汉地域是这一神话的产生地和流传地。

（二）以往关于巫山之女神话的认识，论者大都依据相关文献中巫山神女"葬于巫山之阳"或"封于巫山之阳"的载记，以及《高唐赋》巫山神女"妾在巫山之阳，高丘之阻"的"自述"，而将巫山之女神话与巫山联系起来，自然得出"高丘"亦在"巫山"的结论。上述认识忽视了"高丘"或是巫山神女祭祀之地这一情况。《高唐赋》云："妾在巫山之阳，高丘之阻。"②《水经注·江水》云："所谓巫山之女，高唐之阻。"③则"高丘"或与"高唐"存在联系。《水经注·江水》又云："故为立庙，号朝云焉。"④ 则"朝云庙"亦是"高唐之观"，如此"高唐之观"即在"高丘"，是巫山神女祭祀之处。瑶姬神话中言及楚王游于"云梦"而"望高唐之观"，则说明神话的地域背景是江汉地域的云梦，"高丘"是巫山神女祭祀之地，同样位于云梦。

（三）古代传世文献所载楚地"高丘"亦位于江汉地域的云梦。⑤

（四）包山楚简卜筮祭祷简中与"高丘"并祷之山川神祇的地域属性，都与江汉地域有关，或都能找到江汉地域的影子。（1）关于"二天子"，有学者以为即"帝之二女"，乃为江神，又有学者以为"湘山之神"。⑥ 虽然意见并不统一，但都与江汉流域有关。（2）关于"峗（危）山"，《汉书·地理志》"南郡"之"高成"县原注云："洈山，洈水所出，东入繇。"⑦ 此洈山或即简文中的"峗（危）山"。据《汉书·地理志》，南郡所辖，包括江陵、夷陵、华容、郢、枝江等地，或为楚故地，大都位于古云梦之西缘，其北即为包山2号墓所在地荆门。《水经注·油

---

① （唐）余知古：《渚宫旧事》，中华书局1985年新1版，第34、35页。
② （楚）宋玉著，吴广平编注：《宋玉集》，岳麓书社2001年版，第50页。
③ （后魏）郦道元：《水经注》卷三十四，岳麓书社1995年版，第499页。
④ 同上。
⑤ 参见本书第三章第二节关于"高丘"的讨论。
⑥ 刘信芳：《包山楚简神名与〈九歌〉神祇》，《文学遗产》1993年第5期；陈伟：《包山楚简初探》，武汉大学出版社1996年版，第170页。
⑦ （汉）班固撰，（唐）颜师古注：《汉书》卷二十八上，中华书局1962年版，第1566页。

水》云："油水所出，东经其县西，与沧水合。"①《汉书·地理志》"南郡"之"高成"县原注云："繇水南至华容入江。"②《水经注·禹贡山水泽地所在》云："云梦泽在南郡华容县之东。"③ 华容故城在今湖北潜江县西南，其西为江陵，西北即荆门。则"峗（危）山"的地域背景同样与江汉地域有关。（3）关于"大水"，《包山楚简》释云："大水，即天水。大、天二字古通。"④ 以"大水"为"天水"，在训诂上可通，但在包山楚简卜筮简第237—238简所录神祇中，作为天神的"太一"排在首位，单独祭祷，然后是"后土"和"司命"，接下来才是"大水"，并将"大水"与"二天子"、"峗（危）山"等山川之神并列，说明"大水"非天神之属。对此，有学者认为简文中的"大水"是淮水别名，其云："《大戴礼记·夏小正》有'玄雉入于淮为蜃'的记载。《礼记·月令》、《吕氏春秋·孟冬记》述此事并作'玄雉入大水为蜃'，郑玄、高诱均注云：'大水，淮也。'由此可知大水为淮水别名。"⑤ 然《礼记·月令》之"季秋之月"云"鸿雁来宾，爵入大水为蛤。"⑥ 郑玄云："大水，海也。"⑦ 孔颖达："《国语》云'雀入于海为蛤'，故知大水是海也。"⑧《荀子·宥坐》载："孔子观于东流之水。子贡问于孔子曰：君子之所以见大水必观焉者，是何？"⑨ 然则此"大水"又可以指"东流之水"。显然，古人习惯将浩瀚之水称之为"大水"，而包山2号墓墓主生活地域中能够称得上浩瀚之水者，莫若"江水"或"汉水"，故包山简"大水"或是"江水"、"汉水"的特称。

综上所述，在具体地理位置上，包山楚简卜筮祭祷简"高丘"位于江汉地域北部的筑水流域，而《高唐赋》中巫山之女居处之地"高丘"则位于江汉地域的云梦，从地域背景上看，包山楚简卜筮祭祷简"高丘"

---

① （后魏）郦道元：《水经注》卷三十七，岳麓书社1995年版，第542页。
② （汉）班固撰，（唐）颜师古注：《汉书》卷二十八上，中华书局1962年版，第1566页。
③ （后魏）郦道元：《水经注》卷四十，岳麓书社1995年版，第595页。
④ 湖北省荆沙铁路考古队：《包山楚简》，文物出版社1991年版，第56页。
⑤ 陈伟：《包山楚简初探》，武汉大学出版社1996年版，第169页。
⑥ （清）孙希旦：《礼记集解》卷十七，中华书局1989年版，第477页。
⑦ 同上。
⑧ 同上。
⑨ （清）王先谦：《荀子集解》卷二十，中华书局1954年版，第344页。

与《高唐赋》"高丘"都与江汉地域有关。这说明包山楚简卜筮祭祷简"高丘"与《高唐赋》"高丘"存在联系。江汉地域是巫山之女神话产生和流传的地域背景。

二 巫山之女神话是《山海经》武罗、帝女神话于江汉地域发展演变的产物

巫山之女神话是《山海经》"武罗"、"帝女"神话于江汉地域发展演变的产物,其根据如下:

(一)巫山之女神话中神女的女性身份和女性形象特征,在《山海经·中山经》所载武罗神话中就已经存在,神话中武罗的女性化倾向和女性形象特征,标志着传统神话中山神形象女性性别定位的形成。

《山海经·中山经》载有"青要之山"山神"武罗"的神话,神话中山神武罗"其状人面而豹文,小要而白齿,而穿耳以鐻,其鸣如鸣玉"。"经文"中的"要"即"腰"。①"小腰"当是形容山神武罗的婀娜"细腰"。而"白齿"则是指山神武罗洁白而整齐的牙齿。古人以女子牙齿洁白整齐为美。《诗经·卫风·硕人》"齿如瓠犀",即以瓠瓜之子形容女子洁白整齐的牙齿。显然,"经文"中"小要白齿"的表述当是对山神武罗女性特征的概括和描绘。"经文"中"穿耳以鐻"之"鐻",郭璞以为"金银器之名"。②郝懿行云:"《说文》新附字引此经,云:'鐻,环属也。'"③知所谓"穿耳以鐻"当是以金银玉石之物附耳为饰。这样的行为当源自远古习俗,后演变成为女人美饰的一种。尚秉和《历代社会风俗事物考》引《庄子》:"为天子侍御,不剪爪,不穿耳。"④可知在古代"穿耳附珠"还是比较普遍的。"经文"中"其鸣如鸣玉"的意思,是指山神武罗"穿耳以鐻"后鐻的声响,还是山神武罗自己发出的"啸"声?根据《山海经·山经》记载山神、怪兽、异物的规律,"鸣如鸣玉"当指后者。山神武罗的声音如"鸣玉"一般,其清脆悦耳,也带有女性的特点。

---

① 参见袁珂《山海经校注·山经柬释》卷五,上海古籍出版社1980年版,第126页。
② 参见《山海经·中山经》"青要之山"条郭璞注,岳麓书社1992年版,第75页。
③ 袁珂:《山海经校注·山经柬释》卷五引,上海古籍出版社1980年版,第126页。
④ 参见尚秉和《历代社会风俗事物考》卷四,中国书店2001年版,第46页。

(二) 巫山之女神话中神女"媚于人"的神性特征，表现为"性吸引"和"性愉悦"的神性能力，而上述"神性能力"在《山海经·山经》所载"草木"的药用功能中就已经存在了。

根据统计，《山海经·山经》中记载山中"草木鸟兽"七种，计：草、木、兽、鸟、蛇、石、果，共一百三十七条。上述七种"草木鸟兽"均具有相同或不同的"药用功用"，针对的疾病类"项目"至少有二十五种之多，如：忧、瘿、厥、眯、厌、聋、风、虐、愚、蛊、心痛、疥、疠、痔、瘅、瞬目、疽、嗌痛、腹痛、狂、腊、暴、盲、挫、白癣等。值得注意的是，在上述"药用功能"中还涉及女性精神、情感、生育以及性等方面的内容。如《中山经》"青要之山"的"荀草"，其功用是"服之美人色"，而"姑媱之山"的"䔒草"，其功用是"服之媚于人"。前者能"令人更美艳"，而后者能"为人所爱"。① 总上而言，《山海经·山经》对某些"草木"涉及女性精神、情感、生育以及性等方面的关注、要求乃至实践操作，标志着传统山神神话中女性山神形象"媚于人"的神性特征及神话中"人神相恋"情节形成的条件已经具备和成熟。

(三) 巫山之女神话中神女又名"瑶姬"，且神话中又有"精魂依草"情节，而上述神名和神话情节在《山海经·山经》所载"帝女"神话中已经存在，其承续关系甚为明确。

《山海经·山经》载有"姑媱之山"神话，其言"帝女死焉，其名曰女尸，化为䔒草，其叶胥成，其华黄，其实如菟丘，服之媚于人"。上述神话中"帝女"死于"姑媱之山"，又"化为䔒草"，其山名和草名皆与巫山之女"瑶姬"的名字存在联系。宋玉《高唐赋》、《神女赋》中并不见"瑶姬"之名。《文选·江淹〈杂体诗〉》李善注引《宋玉集》所载"巫山神女"文字，始有"瑶姬"之名，其云："我帝之季女，名曰瑶姬，未行而亡，封于巫山之台。闻君来游，愿荐枕席。"② 此名为"瑶姬"的"帝之季女"，即上承《山海经·中山经》"姑媱之山"之"帝女"。《文选·江淹〈别赋〉》李善注引宋玉《高唐赋》有"我帝之季女，名曰瑶

---

① 参见《山海经·中山经》"青要之山"条、"姑媱之山"条郭璞注，岳麓书社1992年版，第75、86页。

② (梁) 萧统：《文选》卷三十一，李善注，中华书局1977年版，第447页。

姬，未行而亡，封于巫山之台，精魂为草，实曰灵芝"诸语。①《渚宫旧事》引《襄阳耆旧传》亦载"巫山神女"事，与《高唐赋》所言大致相同，亦有"精魂为草，摘而为芝，媚而服焉，则与梦期"诸语。②《太平御览》引《襄阳耆旧记》同样有"精魂依草，实为茎芝，媚而服焉，则与梦期"诸语。③此瑶姬"精魂依草"情节与《山海经·中山经》帝女"化为䔄草"情节相同，其承续关系甚为明确。

（四）巫山之女即瑶姬神话中的瑶姬形象是江汉地域的母亲神和保护神，瑶姬神话带有鲜明的江汉地域人文色彩。

宋玉《高唐赋》、《神女赋》都是描写楚王"游云梦之台，望高唐之观"时梦见"神女"的。春秋时楚云梦泽横跨长江南北：其北至清发水（涢水），西近楚郢城，南及西南已到百濮地域。上述范围已经涵盖江汉流域的东部地域，而"巫山"即在其西部，故瑶姬神话是流传于江汉地域的山神神话。《渚宫旧事》（卷三）引《襄阳耆旧传》所载瑶姬神话云"（瑶姬）将抚君苗裔，藩乎江汉之间"，从上述话语中可知"瑶姬"与"江汉"之间有着很深的联系：瑶姬既是巫山的山神，又是江汉地域的母亲神和保护神。显然，"瑶姬"传说已经带有江汉地域的文明因素和人文色彩，也是江汉流域地域文明和人文精神的神话式的产物。

《诗经·小雅·四月》既有"滔滔江汉，南国之纪"的诗句。《诗经·周南·汉广》亦曾反复咏叹"汉之广矣，不可泳思；江之水矣，不可方思"。《尚书·禹贡》言及"荆州"时亦云："江汉朝宗于海。"《尚书·禹贡》产生的时代，虽有西周、春秋、战国、汉初诸说，但联系上引《诗经》之《四月》、《汉广》关于"江汉"之诗句，亦可大致明确：春秋时期甚至更早，"江汉"既已成为一个具有"南国"色彩和人文特点而被人们经常使用的地域概念。据此而论，春秋时期甚至更早，当是巫山之女即瑶姬神话最终形成的上限。《襄阳耆旧传》的作者习凿齿与宋玉是襄阳乡亲。襄阳本为楚地。巫山所属夔州在《禹贡》中属荆、梁二州之地；襄阳、巫山、云梦所构成的大三角地区，恰恰涵盖江汉地域。故习凿齿作《襄阳耆旧传》，瑶姬神话必在其中；而追寻瑶姬神话的来历，也必

---

① （梁）萧统：《文选》卷十六李善注，中华书局1977年版，第238页。
② （唐）余知古：《渚宫旧事》卷三，中华书局1985年新1版，第34、35页。
③ （宋）李昉等：《太平御览》卷三九九，中华书局1994年版，第4册，第607页。

在《襄阳耆旧传》。显然,《襄阳耆旧传》所载瑶姬文字,当是以流传于江汉地域的古老的有关"巫山神女"的传说为本。其深远的渊源,当缘自江汉地域悠久而古老的地域文明。

综上所述,《山海经·中山经》武罗、帝女神话向巫山之女即瑶姬神话演变过程中,经历了姑媱之山与巫山、帝女神话与巫山之女即瑶姬神话相互融合的过程,其结果是新的神话的产生,即以江汉地域的云梦为地域背景的巫山之女即瑶姬神话的形成。《山海经·中山经》帝女神话是人与植物互化的神话,但"姑媱之山"的属性和"䔄草"服之媚于人的特性,则为帝女神话与巫山之女即瑶姬神话的融合而设置了必须遵循的原则,即山神神话的性质和神女"媚于人"的神性特征,并进一步构成巫山之女即瑶姬神话的情爱主题。

三 巫山之女神话为《九歌·山鬼》、《高唐赋》、《神女赋》创作提供了文学素材

屈原在《九歌·山鬼》中所塑造的山鬼形象,由于并未交代其来源或出处,所以引起了人们的关注以至猜测。洪兴祖《楚辞补注》谓此山鬼可能是"夔"或"枭阳"一类。朱熹《楚辞集注》亦云此山鬼可能是《国语》所说的"夔"或"罔两"。清人顾成天《楚辞·九歌解》认为此"山鬼"即"巫山之女"。① 袁珂则认为此山鬼所本,当是《山海经·中山经》的山神"武罗"。其云:武罗者"盖《楚辞·九歌·山鬼》所写山鬼式的女神也,'小要(腰)白齿',所以'窈窕''宜笑';'赤豹文狸',或即'人面豹文'之演化;'䔄草服之美人色',山鬼所采'三秀',说者亦谓是使人驻颜不老的芝草之属;而山鬼所思之'灵修',亦此神武罗所司密都之'帝',均高级天神也"②。

袁珂在《山海经校注》中对《九歌·山鬼》山鬼形象的研究,给了我们颇为重要的启示。《九歌》中的山鬼形象虽然属于文学形象的范畴,但又不是作家通过想象和幻想而虚构出来的产物。这一形象一方面继承了《山海经·中山经》山神"武罗"的形象特点,另一方面还承袭了《山海

---

① 上述关于山鬼所属的观点,参见吴广平《楚辞》译注中对诸家观点的引录,吴广平《楚辞》,岳麓书社2001年版,第78页。

② 袁珂:《山海经校注·山经柬释》卷五,上海古籍出版社1980年版,第127页。

经·中山经》帝女神话中帝女"媚于人"的神性特征，而其神祇原型，则是巫山之女神话中的巫山神女。

《山海经·中山经》帝女神话的实质，是通过帝女与"神草"的生命结合，而将帝女的女性性别与"神草"的媚人属性即植物的药用功能相结合，从而使得"神草"的媚人属性转化为女性山鬼的神性特征。值得注意的是，神话传说中女性山鬼媚人的神性特征，在《山海经·中山经》所载"青要之山"的神话中已经现出端倪。"青要之山"的山神"武罗"即是带有女性形象特征的山神，而"青要之山"的物产皆"宜女子"。如"鸟"食之宜子，"草"服之美人色。后者表现为一种"草"的驻颜功能，而驻颜目的则是"媚于人"。《九歌·山鬼》即有描写山鬼于山间采摘"三秀"的诗句。王逸注云："三秀，谓芝草也。"[①]"三秀"作为芝草，与《山海经·中山经》所载"服之媚于人"的"蓇草"相同。《文选·江淹〈别赋〉》李善注引宋玉《高唐赋》所云："我帝之季女，名曰瑶姬，未行而亡，封于巫山之台，精魂为草，实曰灵芝。"[②] 显然《九歌》中的"山鬼"漫山遍野地采摘"三秀"，目的也是"媚于人"。

"媚于人"也是宋玉《高唐赋》、《神女赋》中神女形象的主要性格特征，在这一点上与屈原《九歌·山鬼》中的山鬼形象相同，只是《高唐赋》、《神女赋》中神女形象比《九歌·山鬼》中的山鬼形象，在"媚于人"的性格特征和爱情情节的塑造和描绘上，表现得更为鲜明和大胆、丰富和生动。

宋玉《高唐赋》与《神女赋》都由"序文"与"正文"两个部分组成。《高唐赋》"序文"记叙了"巫山之女"与"先王"两情好合的爱情故事，而"正文"则描绘了"高唐"清丽而壮观的山水。《神女赋》"序文"与"正文"接续《高唐赋》"序文"而来，但"神女"爱情故事的结局却并非两情好合的云雨欢事，而是"神女"的远逝和"襄王"的惆怅。同为神女与人间男子的爱情故事，但《高唐赋》与《神女赋》的故事情节则存在差异，而故事的结局更不相同。如此，《高唐赋》"序文"中的巫山之女形象，更接近传统山神神话中的女性山神形象，其表现得尤

[①] （汉）王逸注，（宋）洪兴祖补注：《楚辞章句》，岳麓书社1994年版，第77页。
[②] （梁）萧统：《文选》卷十六，李善注，中华书局1977年版，第238页。

为充分和鲜明的"媚于人"的神性特征，恰是这一形象受到《山海经·中山经》的武罗神话和帝女神话影响的证明。

如前所述，《山海经·中山经》"帝女"神话的实质，是通过"帝女"与"神草"的生命结合，而将"帝女"的女性性别与"神草"的媚人属性相结合，从而使得"神草"的媚人属性转化为女性山鬼的神性特征。可以说山鬼"媚于人"的特点，既在早期山鬼神话中就"注入"到了女性山鬼的形象之中。《高唐赋》"序文"中巫山之女形象所表现出的神性特征，是这一形象受到神话的原生形态、神祇形象的"本色"特点的影响的结果。同时，也反映出《高唐赋》"序文"中的巫山之女形象，同样是在江汉地域原有山鬼神话传说山鬼形象基础上而创造出来的文学形象。

综上所述，屈原《九歌》与宋玉《高唐赋》、《神女赋》中的"山鬼"及"巫山之女"皆属文学形象，是作家运用艺术手段艺术创造的产物。江汉地域自古就有山神（鬼）神话的产生和流传，但上述山神（鬼）神话最迟在屈原及宋玉所生活的时代，便已经受到了来自中原神话的影响，即《山海经·中山经》的武罗神话和帝女神话的影响。《九歌》、《高唐赋》、《神女赋》中的山鬼及巫山之女形象，虽然经过了作家艺术化的文学创造，但是这一形象身上仍然留有传统山神神话中女性山神形象的形象特征和神性特点，是在江汉地域巫山之女神话神女形象基础上而创造出来的文学形象。

第二节　巫山之女神话在《神女赋》爱情故事中的变异与《神女赋》创作目的的转向

屈原《九歌》中的山鬼凭借着"媚人"的神性特征而构成了渴望两性好合的世俗情感，但这样的世俗情感却在山鬼的苦苦追求中而不能遂心所愿。山鬼由爱却不能爱而生成的苦痛和忧伤，因其体现着远古神话时代人文精神的纯洁与自然，而具有了宗教式的崇高和伟大，从而确立了其带有悲情特点的荆楚古典浪漫主义文学形象。与《九歌》中的山鬼不同的是，《神女赋》中的神女在即将获得爱情的时候，却不敢遂心所愿。神女由爱却不敢爱而生成的苦痛和忧伤，在理性与道德面前作出了让步。虽然这时的神女仍不失为山神的形象，但形象内在的思想、情感，以及对待爱情的态度和言行,已经意味着这一形象只是外罩了一件山神的"外衣"罢了。与《九歌·山鬼》相对照,《神女赋》爱情故事的变异,标志着《神女赋》创作目的的转向,也反映出荆楚古典浪漫主义文学在屈原之后的进一步演变和发展。

一 屈原《九歌》山鬼形象的塑造与《九歌》诸篇爱情模式的特点

屈原在《九歌·山鬼》中所塑造的山鬼形象,不是以人的对立面的恶神出现,而是以温情脉脉的人的情侣现身;不是以丑陋卑劣的形象展现于人前,而是以披花戴草、婀娜多姿的美貌撩拨人的春情。在这里,山鬼既是神,也是人间的少女。如此,神话中女性山神"媚于人"的神性特征,在《九歌·山鬼》中也就自然转化为山鬼"忠于爱情"的性格特点了。

《九歌·山鬼》中的山鬼形象宛如人世间纯情而又痴情的少女,她恋慕心中的爱人,对爱情没有半点扭捏,也不装腔作势。她敢于大胆地接受到来的爱情,也勇于不畏艰难险阻去追求这种爱情。但是,爱情似乎有意与她为难。她跋山涉水地赶来,却又不见"爱人"的身影。她焦急地寻找,踏遍山野,登上山巅,却见云雾弥漫,天地昏暗。于是,她陷入了无边的痛苦和因失恋而带来的忧伤中:她忧惧爱情的不来,担心自己的青春不在;她埋怨"公子"的不归,却又相信对方爱情的真挚;她自叹自身的美好,又生出对爱情的怀疑。一直到夜幕降临,在冷风苦雨,凄凄猿鸣中,发出了"思公子兮徒离忧"的伤怨。

《九歌·山鬼》所描述的是一场伟大而又感人的神人之恋。山鬼形象似神非神、似人非人。她有神的轻灵、飘忽和善变的能力,又有人的善良、忠诚和热烈的情怀,还有人间少女的坚贞、多情和敏感的性格。山鬼形象的这种神人相间,神性与人性杂糅的形象特征,使得这一形象成功地确立为有着超然的神性,又怀有浓烈的世俗情怀的文学形象。源于这一形象的上述特征,必然导致这一形象的悲情结局:在这样一场神人之恋中,双方一为神祇,一为凡人;前者居于崇山峻岭,后者处于世上人间。二者的婚恋,因为跨越时空而必然超凡脱俗。但神人乖隔,不能融通;更何况神人相恋,既违反"人道",也与"神道"相背离。其悲情的结局不可避免。

由上可知,《九歌·山鬼》山鬼形象的悲情结局,是山鬼渴望与异性好合的理想、愿望的不能实现或不能顺利实现,与山鬼努力争取,痴情等待,永世不忘,万古相思的衷心真情的矛盾所造成的。这样的矛盾不能化解,其结局的悲情也就永远存在。屈原在《九歌·山鬼》中展示给人们的,正是这种世界上最美好的情爱不能遂心所愿的忧伤。

《九歌》中的山鬼形象并不是一个孤立的形象,在屈原所创作的《九歌》中,这是一个形象群体。《九歌》中的《湘君》、《湘夫人》、《少司命》均涉及神人之恋,而《云中君》和《大司命》中也有类似的描写。上述诗篇的神祇主人公或为男神,或为女神,他们都与人间的男女发生情感的纠葛。值得注意的是,不论是《湘君》、《湘夫人》、《少司命》中所描写的人对神的相恋,还是《山鬼》中所表现的神对人的追求,其间的情感都是真诚和纯洁的。正是这样一种真诚而纯洁的情感,缔造了一场场感人至深的爱情故事。缘于此,当这样的情感遭受误解或有意无意的伤害的时候,爱情主人公的凄楚与忧伤之情,也便弥漫于全诗之中。

由上文的讨论不难看到,《九歌》所塑造的主人公形象虽然各不相同,但是这些形象群体却体现出了一些一致性的特点:首先,这些形象群体都具有神的超人神性和人的世俗情感,前者表现为神的内质,后者表现为人的禀性,二者相互融合,构成了一个完整的形象整体。其次,这些形象群体都有着渴望与异性好合的美好的理想与愿望,而这样的理想与愿望缘于其人的禀性而更带有着世俗的特点和色彩。再次,这些形象群体在追求情爱的道路上都有着坎坷的经历,其神的内质构成了他们爱情道路上的阻隔,在有意或无意的误会或伤害中,形成了源于爱的痛苦和忧伤。复次,在爱情的双方中,总有一方,或为神,或为人,是爱情的执著追求者,其为爱而生般的投以性命与情感的奉献,使得这种悲情的爱恋变得伟大、崇高和感人。

正是上述这些因素,构成了《九歌》所特有的带有悲情色彩的浪漫主义文学风格和特点。而这些或神或人的形象群体的塑造,也构成了荆楚古典浪漫主义文学创作的典范和极致。

二 宋玉《神女赋》神人相恋情节的照搬与爱情模式的思索和反省

宋玉在《神女赋》中所描绘的神女形象与《九歌》中的山鬼形象有着诸多方面的一致性：二者都有着"山神"的身份，都凭借着女性山神"媚于人"的神性特征而构成了渴望两性好合的世俗情感和愿望，但是二者在关于爱情的态度和言行上又是不同的，其最大的区别，是渴望两性好合的世俗情感和愿望，在已经到来和即将实现的时候，后者是不懈的追求和努力，而前者却是有意的阻隔和人为的放弃。

《神女赋》中的神女热恋着人间的爱人，从幽隐的深山来到人世间。她久久地凝视着爱人的床帏，满眼透出激动的波澜，却又徘徊不定，心神不安；她有意靠近，却又远远离开；她有心走来，却又犹豫徘徊；她情真意切，愿就爱人而眠，却又坚持操守，弃爱人而去；她曾有所许诺，却又心有不甘；她叹息不止，忧伤不断。最后，神女只好敛起笑容，矜持庄重；却欲行又止，惶恐不安，只好不顾礼节，毅然离去。

总之，在这样一场神与人的爱情相会中，神女欲言又止，欲就又离，唯唯诺诺，犹犹豫豫。没有热烈的激情，没有快感的张扬，甚至没有过度的忧伤和美好的期许。神女与她的爱人只是完成了情感的沟通和精神的交流，虽然这样的往来不如实际的结合，虽然这样的往来也有着些许的快乐。显然，与《九歌·山鬼》中的山鬼对于爱情不能遂心所愿相比，《神女赋》中的神女则是不敢遂心所愿。神女由爱却不敢爱而生成的苦痛和忧伤，在"理性"与"道义"面前采取了回避和逃脱的态度。宋玉《神女赋》中的神女形象，与《九歌·山鬼》中的山鬼形象一样，也落得了一个悲情的结局，但是神女的这个悲情结局却是由神女渴望与异性好合的理想与愿望不够坚定和执著而造成的。更准确地说，是神女渴望与异性好合的理想与愿望，在所谓"理性"与"道义"面前的犹豫和退缩而造成的。

通过上文的讨论，尝试得出这样的认识：宋玉在《神女赋》中所描绘的神女的爱情历程，只是一个爱情的表象，而透过这种表象要真正展示给人们的，则是在激情与肉欲面前如何控制和克制因情而生的感情和欲望，虽然这样做因为违背原初的人性而带有痛苦和忧伤。如此而言，《神女赋》以神女对情爱的成功回避，向人们宣布了这样一个的道理：情感的沟通和精神的交流，可能要比肉体的享受和物欲的满足更为重要。

由此而知，宋玉《神女赋》虽然与屈原《九歌·山鬼》及其他诗篇一样，都描绘了一个神人之间的爱情故事，但是《神女赋》却通过神女的爱情经历，而向人们指出和展示了爱情的另一种方式或另一条道路。不可否认，这样一种爱情方式并非作家的凭空杜撰，它应该是站在《九歌》爱情故事的平台之上，并在总结《九歌》所展示的爱情模式的基础上而提出来的。因此，宋玉《神女赋》这样一种爱情方式的提出，从某种意义上说，已经构成了对《九歌》所表现的因"爱"而缘起的忘我激情或无尽忧伤之爱情模式的思索和反省，是一副情感的冷却剂和精神的镇痛剂。

三 宋玉《神女赋》神话叙述传统的接续与文本形象神性本质的剥离

宋玉在《神女赋》中为什么描绘这样一位在"理性"与"道义"面前让爱情犹豫和退缩的神女形象？为什么指出和展示这样一种有别于《九歌》的爱情方式和道路？其目的和意义在哪里？如果进一步探讨上述问题，就有必要将《高唐赋》联系起来。而一旦将二者联系起来考察，便会发现：二者所表现的内容，表面上看并无大的变化，仍然是有关巫山之女的故事，但是实际上却是在保持一个基本稳定、不变的架构的基础上，在事关故事发生的时间、人物及人物的情感、故事的结局等方面，都发生了重大的变化。（1）故事发生的时间出现了变化。《高唐赋》所描写的是"过去"的事情，而《神女赋》所描写的则是"现在"的梦境，在时间上已经由"过去"而跨越到"今天"。（2）故事中的男主人公出现了变化。《高唐赋》中的重要人物是"怀王"，而《神女赋》中的重要人物是"襄王"，在人物形象上同样是由"过去"的"先王"跨越到"现在"的"今王"。（3）也是最为重要的，是故事中的女主人公出现了变化。这样的变化不是女主人公的身份，而是女主人公的思想和态度。《高唐赋》所表现的是神女对爱情的大胆而主动的追求，而《神女赋》所表现的则是神女在爱情面前的矜持与顾忌。这是在爱情上由"开放"到"理性"的跨越。

由上面的分析不难发现，在《高唐赋》与《神女赋》中只有"宋玉"这个人物没有发生变化。《高唐赋》中"宋玉"为"先王"讲述神女的故事,《神女赋》中"宋玉"接着再为"今王"讲述神女的故事。显然,《高唐赋》与《神女赋》恰恰因为"宋玉"这个人物而构成了内在的联系,而"宋玉"这个人物形象本身在两篇赋文中所起到的连通人物、串通情节、沟通全篇的意义与作用,也就清楚了。

由上面的分析可以明确这样一个事实:如果将《高唐赋》与《神女赋》联系起来考察,那么,二者所要表现的并非是《九歌》所热烈渲染的那种神人之间的爱情,而是在时间坐标发生了变化之后,这种爱情的变化,以及在这种变化了的爱情的表象下面所潜藏着的思想情感、道德追求与伦理意识的变化,而上述这些恰恰构成了《神女赋》创作的目的、意义与价值。

在《高唐赋》与《神女赋》中,神女是贯穿二者的核心人物。虽然这个人物在形象及性质上没有多大的变化,但其在不同的时间层面上对待爱情的态度以及所作出的言行,却发生了惊人的改变。值得注意的是,《高唐赋》与《神女赋》在描述这种改变时,不是由一点到另一点的"渐变",而是由一个层次到另一个层次的"质变"。表现在:(1)《高唐赋》所描写的是"楚怀王"与"神女"的"肉体交合",而《神女赋》所描写的则是"楚襄王"与"神女"的"精神交接",这是由肉体层面到精神层面的"质变"。(2)《高唐赋》所表现的是"楚怀王"与"神女"肉体交合的"物欲之欢",而《神女赋》所表现的则是"楚襄王"与"神女"精神交接的"情感之叹",这是由物欲层面到精神层面的"质变"。

显然,从《高唐赋》到《神女赋》,作家在创作思路、写作视域、情感趋向和愿望欲求等方面,走着一条由"过去"到"今天"、由"肉体"到"精神"、由"物欲"到"情感"的道路。这里,如果将"过去"释为"历史"的范畴的话,那么,与"历史"相联系的是"肉体与物欲"的享受;而与"现实"相联系的则是"精神与情感"的关怀。不可否认,事实上,《高唐赋》与《神女赋》已经构成了这样一种认知方式:即在由"历史"到"现实"的时间推移中,从"形下"向"形上"的诗性感知。

这样的诗性感知必然在人们的诗性视域中开启一个理性的天空,导致人们运用理性的天平去衡量和重估在"历史"与"现实"中所发生的一切,并对这一切作出符合理性的道德的考量:虽然"肉体与物欲"的享受能够带来快乐和满足,但却以被证明是"曾经发生"的事情而被抛弃在历史的范畴中;相反,虽然"精神与情感"的关怀有时会带来忧伤和痛苦，但现实的选择证明了其合理的存在价值。显然，《高唐赋》与《神女赋》所构成的认知方式，实际上是一种基于理性思维和道德选择的文学感知形式。

宋玉在《高唐赋》与《神女赋》中所构造的这种基于理性思维和道德选择的文学感知形式，并非是一种孤立的文学认知方式，而应该是作家深思熟虑的产物，是基于作家对以《九歌》为代表的爱情模式的反省。其根据，便是由这样的反省而形成的思想，在宋玉的《登徒子好色赋》中同样被幽默而诙谐地表现出来。

宋玉在《登徒子好色赋》中塑造了"宋玉"与"登徒子"、"东家之子"与"登徒子妻"这样两对人物形象。"东家之子"与"登徒子妻"，一个尽美尽善，一个至丑至陋。对于宋玉来说，前者的美善不为所动；而对于登徒子来说，后者的丑陋无所顾忌。至此，哪一个守义，哪一个好色，昭然若揭。接着，文章再以秦章华大夫"盖徒以微辞相感动，精神相依凭，目欲其颜，心顾其义，扬诗守礼"诸语点明主旨。值得注意的是，秦章华大夫"以微辞相感动，精神相依凭"的异性交流方式，恰是对《神女赋》中的神女"情感沟通和精神交流"的爱情历程的精当总结。

从这样的意义上看问题，《神女赋》与屈原《九歌》诸篇的最大的不同，是《神女赋》中所塑造的巫山之女形象，虽然仍不失为山神的形象，但形象内在的思想、情感以及对待爱情的态度和言行，已经意味着这一形象只是外罩了一件山神的"外衣"罢了。形象在爱情问题上通过自身的道德选择而确立的符号的性质与特征，标志着这一形象所承载和体现的荆楚古典浪漫主义文学风格与艺术精神的转向和变异。

第 五 章

秦汉社会转型时期的世风移易与社会思潮变革

自"始皇帝"建立秦帝国，中央集权制社会始确立其统治形式，再经两汉政权的建设，始而得到巩固和发展。由战国而秦汉，社会可谓出现了翻天覆地的变化，然秦立国短暂，未经铺垫、喘息和消化，一切由新旧社会体制替代所引发的思想矛盾、信仰冲突、风俗移易，都经由秦汉政权易代而被两汉社会所承接。从这个意义上看，汉代社会是中国古代社会"转型时期"社会生活最为复杂多变的时期，探究这种社会生活的复杂与多变，必须将目光锁定在两汉时期由"社会转型"而带来的"世风之变"上面，从汉代风俗的移易而考察汉代社会生活的变化和发展。考察两汉时期"世风之变"，最为直接和最为真切的材料，莫过于汉代丧葬制度。汉代丧葬制度存在一个承袭前代风俗、形成并确立时代特征和发展变异的过程，亦即"汉制"的形成和变异的过程。因此，我们尝试从汉代丧葬制度即"汉制"的形成和汉代墓葬埋葬等方面的情况入手，考察两汉时期"世风之变"，并进而对两汉时期由"社会转型"带来的"风俗变异"情况有所观照。

第一节 汉代以家族和小家庭为基础的社会生活：基于汉代丧葬制度"汉制"特点的认识

有学者将商周秦汉的埋葬习俗进行比较，认为"商周秦汉的埋葬习俗，可以汉武帝前后为界限，分为两大阶段。前一阶段即通常所谓的'周制'，'汉制'是后一阶段的典型形态。"[①] 而"汉制"的一个重要特

[①] 俞伟超：《汉代诸侯王与列侯墓葬的形制分析》，载俞伟超《先秦两汉考古学论集》，文物出版社1985年版；蒋晓春《三峡地区秦汉墓研究》引，四川出版集团巴蜀书社2010年版，第234页。

征，就是"家族茔地的兴起"。汉代中期以后在埋葬形式上"家族茔地的兴起"，既是汉代丧葬习俗特征，也是两汉时期社会状态和文化面貌上的特征。它反映了由"小家庭"之间的血缘联系而构成的"家族"得到了进一步的强化和发展，并成为社会组织结构中的基本形式，进而在社会文化形态中展现它的影响力。

一 汉代丧葬制度"汉制"特点与湖北当阳岱家山楚汉墓考察

关于汉代丧葬制度即"汉制"的形成和变异情况，汉代考古学界存在不同的认识。[①] 上述关于汉代丧葬制度即"汉制"特点的认识，存在诸

[①] 一种观点认为："商周秦汉的埋葬习俗，可以汉武帝前后为界限，分为两大阶段。前一阶段即通常所谓的'周制'，'汉制'是后一阶段的典型形态。"而基于考古学意义上的"汉文化"即体现出如下四个方面的特征：（1）家族茔地的兴起；（2）多代合葬一墓的新葬俗；（3）模拟庄园经济的模型明器的发达；（4）墓室壁画和画像石反映的"三纲五常"道德观和"天人感应"的世界观。另一种观点认为：汉代的丧葬制度来源有三：承周制、袭秦制、融楚俗。在考古方面表现为：（1）墓域制度，主要是家族墓的出现。（2）封树制度，主要指封土、墓碑、祠堂、墓阙、石像生之制。（3）正藏与外藏椁制度。（4）棺椁制度，主要承周制，但不断简化。（5）明器制度。以洛阳地区为例，呈现出三次大转变：一是西汉早期到西汉中期，仿铜陶礼器向模制生活明器仓、灶、碗、罐转变；二是西汉中晚期至新莽时期，模制生活明器井、樽和祭典器案、盘、耳杯的出现；三是东汉中期至晚期，模制生活明器的大量流行和家禽家畜俑、奴仆俑的大量出现。（6）墓葬形制。竖井墓道向斜坡墓道发展，单室向多室发展，券顶向穹窿顶发展。再有一种观点认为：室墓制度是"汉制"的最主要内容，而室墓制度的特征主要体现在如下几个方面：（1）墓葬本身由竖穴式变为横穴式，即进出墓葬的方向由纵向变为横向。（2）墓室空间的扩大，由椁内空间的开通到椁消失，出现高大的拱、券顶，直至出现穹隆顶。（3）祭祀空间的确立。（4）方坟向圆坟的转化。（5）有意识地安排随葬品的摆放位置。（6）仓、灶、井、厕的模型明器组合。基于上述意见，有学者对"汉制"进行了总结，认为"作为一种丧葬文化，'汉制'的核心思想有两个方面：一是体现孝道，二是帮助死者升仙"。并以此为基础而总结出"汉制"的主要特征：（1）厚葬的盛行。（2）家族墓、夫妻同穴合葬墓、多代合葬墓的流行。（3）开通型墓替代封闭型墓。（4）生活实用器、明器替代礼器成为随葬品的主要内容。（5）墓内、外祭祀空间的确立。祭祀空间的确立是室墓成立的一个重要标志，一般将祭祀用品置于棺的前方，即有前堂后室的置于前室，仅有一个墓室的置于墓道或甬道与墓室相接处。（6）帛画、壁画、画像石（砖）等墓葬装饰。壁画墓大约出现于西汉中期偏晚，东汉时期流行，画像石墓在河南地区大约兴起于西汉中晚期，流行于东汉时期。画像砖墓首先出现于西汉中期或稍晚的河南地区，而从西汉中晚期开始，以上几种类型的墓葬装饰都已经出现。参见俞伟超《汉代诸侯王与列侯墓葬的形制分析》，载俞伟超《先秦两汉考古学论集》，文物出版社1985年版；俞伟超《考古学中的汉文化问题》；载俞伟超《古史的考古学探索》，文物出版社2002年版；蒋晓春《三峡地区秦汉墓研究》，四川出版集团巴蜀书社2010年版；韩国河《秦汉魏晋丧葬制度研究》，陕西人民出版社1999年版；黄晓芬《汉墓的考古学研究》，岳麓书社2003年版。

多相同或相互联系之处，或可以整合和联系起来考察。如此，关于"汉制"特点或可作如下总结：（1）家族墓的流行。"夫妻同穴合葬"和"多代合葬"应该是"家族墓葬"的某种表现形式。（2）生活实用器和明器成为主要随葬内容，而明器则更典型地表现为反映庄园生活的模型器和画像。（3）"室墓制度"的形成和体现。

汉代丧葬习俗中家族墓的流行，是汉代社会制度以家族体制为核心和主导的表现和反映，湖北当阳岱家山汉墓埋葬形式所呈现出的特征就很能说明问题。当阳岱家山汉墓共 81 座，时间跨度为西汉中期至东汉晚期。上述墓葬在总体布局、墓葬排列、埋葬方向、性质特点、随葬品组合等方面，存在着异常鲜明的"同一性"特点，而且上述"同一性"特点所具有的"文化特征"异常鲜明。例如，在上述 81 座墓葬中，除 4 座墓葬之外，其余墓葬呈现 5 组集中分布，各组独立成片；而且各组之内又以 2—10 座左右不等的墓数聚集埋葬或并穴排列形成多个小组。结合上述 5 组墓葬所呈现的"同一的方向性"和"墓葬形制与随葬品的同一性"特点，或可得出这样的认识："各个墓组的形成仍然是以小家庭为单位集中埋葬，进而组合扩大以大家族甚至宗族为埋葬群体。"[1]

当阳岱家山 81 座汉墓在"墓葬形制与随葬品的同一性"上，反映出了"等级悬殊甚小"的特点，且"没有较大的贫富差别"，说明"岱家山两汉墓的墓主人身份基本属于贫民。"[2] 鉴于此，"岱家山两汉墓群的各个墓组就可能是当时本邑里中身份相当的平民的公共墓地，各个组别也就是各个不同的平民家族墓地。"[3] 例如"墓与墓之间形制与规模有出奇的相似性或同一性。""随葬品中约 60% 属于陶日用器和明器，数量一般为 11—17 件。砖室墓也无甚差异，只是形制结构中存在厚墙与薄墙之分。"上述情况说明，在岱家山汉墓埋葬形式中虽然存在一定的差异，可能反映出一定的贫富差别，但这种差别尚处于"同一层级"之中，并不足以构成超越这种"层级"的贫富差距。显然，岱家山汉墓埋葬形式所反映的"墓葬形制与随葬品的同一性"，亦是上述墓葬主人在"层级"上的"同一性"的表现，而"层级"上的"同一性"，则是社会身份与社会地位的

---

[1] 湖北省宜昌博物馆：《当阳岱家山楚汉墓》，科学出版社 2006 年版，第 409 页。
[2] 同上书。第 410 页。
[3] 同上。

"同一性"的反映。

从这个意义上看,岱家山汉墓群可能由多个家庭而组成的家族所构成,而上述家族与家族之间是否构成宗法性质的关系或联系,则不得而知,但是从"墓葬形制与随葬品的同一性"等方面看,这种体现着"等级"、"秩序"与"尊卑"的"宗法的关系或联系"应该并不存在。而岱家山汉墓埋葬形式中存在的一定的差异,只是家族内部不同家庭或个人在财富占有上的差别,或是家族内部亲缘差异的表现。显然,岱家山汉墓埋葬形式在一定意义上反映了宗法制度没落的现实,同时,也反映了以家庭和家族作为基本社会组织结构的现实。

湖北当阳岱家山还分布着 80 座东周墓,其时间跨战国中晚期。上述 80 座东周墓葬在文化性质上属于楚人墓葬。[①] 将岱家山墓葬区楚汉墓的埋葬形式进行比较,或能发现战国中晚期至两汉时期社会状态与文化面貌等方面的某些变化或变迁。

岱家山楚汉墓在埋葬形式上存在相同性特点的同时,其差异性也是异常鲜明的:(1)岱家山楚墓墓葬虽然基本呈组集中分布,各组独立成片,但在各组之中没有出现岱家山汉墓的组中包含"多个小组"的形式。在这一点上,岱家山汉墓尤为典型,已经达到"五组墓的分布形式无一例外"的程度。(2)岱家山楚墓墓葬虽然"多具有较统一的方向",但仅第五组均为南北向,其他各组南北向各占 1 组 73%、2 组 71%、3 组 66%,4 组则东南向占 71%。而岱家山汉墓 1—4 组则"一律为南北向,且均自东北向西南偏斜",仅第五组因地势的影响而出现偏差,但多数墓仍然是"自东北向西南偏斜"。(3)岱家山汉墓没有较大的贫富差别,墓葬之间的等级悬殊甚小,而岱家山楚墓在随葬器物的形制上"存在一些类别及等级上的差异"。如"戊组器物档次普遍略高","不仅鼎、敦、簠、壶、钫等齐全,并且均有两套,器型偏大,制作较精致。"而"甲、乙组器型普遍瘦小,制作工艺较为逊色",或"制作粗糙,造型简陋"。[②]

岱家山楚汉墓在墓葬总体布局、埋葬方向、随葬品形制及质地等方面所反映出的差异性,是不同历史时期社会状态和文化面貌等方面的差异的反映。从社会状态和文化面貌的视角来审视,下面三个方面的情况值得

---

① 湖北省宜昌博物馆:《当阳岱家山楚汉墓》,科学出版社 2006 年版,第 195 页。
② 同上书,第 195、196、408、409、410 页。

关注：

（一）岱家山楚墓在随葬器物形制上所反映的"类别及等级上的差异"，有可能即是墓葬主人之间贫富差异的表现，也是社会政治和族群生活中不同等级与地位的表现。

（二）岱家山楚墓墓葬基本呈组集中分布，各组独立成片，但在各组之中没有出现岱家山汉墓的组中包含"多个小组"的形式，表现出岱家山楚墓是以各个"大组"为基本形态的。由此，反观岱家山汉墓各个"大组"之内又包含"多个小组"的形式，就呈现出鲜明的文化面貌。如果将岱家山汉墓埋葬形式"分解"为"墓葬—小组—组"的三级结构，相比较而言，岱家山楚墓埋葬形式缺少"小组"的层次，仅呈现出"墓葬—组"的二级结构。显然，如果将岱家山汉墓"墓葬—小组—组"的三级结构，视为"各个墓组的形成仍然是以小家庭为单位集中埋葬，进而组合扩大以大家族甚至宗族为埋葬群体"的丧葬形式的话，则岱家山汉墓"墓葬—小组—组"的三级结构，就具有了"家庭—家族—宗族"的社会状态和文化面貌上的意义。但并不能排除另一种可能，即岱家山汉墓群的各个墓组"可能是当时本邑里中身份相当的平民的公共墓地"，则上述三级结构中的"组"就具有了"邑"或"里"的意义。如此，不论上述三级结构中的"组"具有何种意义，其所涵盖的"小组"却呈现出稳定的状态。上述情况进一步说明，岱家山汉墓墓葬组群中的"小组群"构成了岱家山汉墓的基本形态，可能意味着在社会状态和文化面貌上小家庭和家族构成，已经成为社会和文化上的主体结构。

（三）赵家湖楚墓群位于沮漳河的南端，岱家山楚汉墓群位于漳河的上游，二者相距21公里。沮漳河流域位于湖北西部，上述地域分布着密集的楚文化遗址和楚墓群。值得注意的是，赵家湖墓葬头向分布以南向为多的特点，在岱家山楚墓80座墓葬中同样存在。[①] 如表5—1所示。根据赵家湖楚墓"土著楚蛮"与"东来芈姓楚人"在墓葬头向上并不相同的

[①] "在赵家湖297座楚墓中，头向从南的有201座，占67.4%。在18座甲类墓中，头向从南的有17座。"墓葬头向或与"祖源"有关。"迄今已发现的可以确定墓主为公族的大型楚墓，头向皆从东，唯有天星观1号墓头向从南，其墓主是'番姓的少数民族，非楚国的公族'。上述情况可能意味着"土著楚蛮"与"东来芈姓楚人"在墓葬头向上并不相同，前者在头向上"从南"，即"江汉地区的土著楚蛮，墓葬头向从南"。参见徐士友《当阳赵家湖楚墓头向的两点启示》，《江汉考古》1999年第2期。

认识，则说明岱家山楚墓群与赵家湖楚墓群相同，都是由"土著楚蛮"与"外迁族群"所构成。① 上述情况或说明，在岱家山楚墓群所反映的社会状态和文化面貌中，以不同"祖源"为联系纽带的"族群"具有着重要的地位和意义。而岱家山楚墓群中"呈组集中分布，各组独立成片"的"组群"，或可能内涵着"族群"的性质。从这个意义上看，岱家山汉墓1—4组"一律为南北向，且均自东北向西南偏斜"的埋葬形式，显然并非"头向"与"祖源"之关系的反映。② 有学者就认为"岱家山两汉墓群的各个墓组就可能是当时本邑里中身份相当的平民的公共墓地，各个组别也就是各个不同的家族墓地。"③ 如果将"岱家山两汉墓群"看作"公共墓地"的性质，就意味着墓地的"管理"也将相应的制度化和统一化，虽然逝者的埋葬可能仍然以"家族"为单位，即如在墓葬"组群"中出现"多个小组"的形式，但在丧葬形式等方面却源于"统一化"的"管理"而"规范化"。上述情况或是岱家山汉墓1—4组"一律为南北向，且均自东北向西南偏斜"的原因。

表5—1　　　　　　　岱家山楚墓头向分布情况统计表

头向	墓葬数	南	东	北	西
组别	墓葬数	34	25	12	7
1组	11	7	3	1	
2组	21	4	7	9	1
3组	12	8	4		
4组	14	4	5		5
5组	5	4		1	
零散	15	7	6	1	1
百分比		42.5	31.3	0.15	0.09

综上所述，从岱家山楚汉墓所反映出的"差异性"上面，能够发现楚汉不同历史时期社会状态和文化面貌等方面的不同。岱家山汉墓群

---

① 参见徐士友《当阳赵家湖楚墓头向的两点启示》，《江汉考古》1999年第2期。
② 岱家山汉墓第五组因地势的影响而出现偏差，但多数墓仍然是"自东北向西南偏斜"。参见湖北省宜昌博物馆《当阳岱家山楚汉墓》，科学出版社2006年版，第409页。
③ 湖北省宜昌博物馆：《当阳岱家山楚汉墓》，科学出版社2006年版，第410页。

"墓葬—小组—组"的三级结构，可能具有"家庭—家族—宗族（邑里）"的社会状态和文化面貌上的意义，或意味着在社会状态和文化面貌上小家庭和家族构成，已经成为社会和文化上的主体结构。岱家山楚墓群缺少"小组"层次而仅呈现出"墓葬—组"的二级结构的情况，可能反映出"家族"在社会状态和文化面貌上还没有成为社会和文化上的主体结构的事实，而承担这种"主体结构"之作用和意义的，应该是"宗族"。

二　湖北当阳岱家山楚汉墓在社会形态和文化面貌上的典型意义

岱家山汉墓群在社会形态和文化面貌上所呈现的上述情况，与汉代丧葬制度即"汉制"中"家族墓流行"的特点相吻合，说明岱家山汉墓群在社会形态和文化面貌上所呈现的上述情况，具有一定的典型意义。

汉代丧葬制度中家族墓的流行所反映的以家庭为基本经济单位的家族聚居的社会形态，还可以在汉代聚落遗址所反映的居住情况等方面表现出来。位于河南内黄三杨庄黄河故道汉代聚落遗址所探明的四处宅院遗存，在庭院布局上基本相同，均为封闭型的二进院，坐北朝南，占地面积也大体相当，有正房（主房或堂屋）、西厢房、东厢房、门房等建筑，大门前有活动场所，有独立的水井，院后似有厕所，庭院四周植有树木，树木之外是农田。如果从家庭成员居住的情况看，上述宅院除第二处能够居住超过五口以上的家庭成员之外，其他宅院最多能够容纳五口人。[①]

河南内黄三杨庄黄河故道汉代聚落遗址，在时间上属于西汉晚期。[②] 其存在形态"包含了汉代中原地区当时作为社会基础的单个家庭的居住环境与条件、房屋建筑技术及思想意识、农业生产、社会生活等多方面的新颖的实物信息，同时，也包含有由这些家庭组成的社会最基层的管理组织——里的组成、规划、布局、土地分配、耕作制度等方面丰富的信息"[③]。而将河南内黄三杨庄黄河故道汉代聚落遗址存在形态，与上文所

---

① 刘海旺：《首次发现的汉代农业闾里遗址：中国河南内黄三杨庄汉代聚落遗址初识》，载《法国汉学》丛书编辑委员会《考古发掘与历史复原》，中华书局2006年版，第64—78页。

② 同上书，第64页。

③ 刘海旺：《首次发现的汉代农业闾里遗址：中国河南内黄三杨庄汉代聚落遗址初识》，载《法国汉学》丛书编辑委员会《考古发掘与历史复原》，中华书局2006年版，第77页。

引湖北当阳岱家山两汉时期墓葬形态联系起来,对于两汉时期"以家庭作为基本经济单位的社会格局"的认识,似乎更为有力,进一步说明两汉时期作为基本经济单位的家庭,基本上是五口成员所组成的"小家庭"。

对此,两汉时期相关文献的载记能够给予进一步的证明。《汉书·食货志》载晁错所言:"今农夫五口之家,其服役者不下二人,其能耕者不过百亩。"[①] 湖北江陵凤凰山 10 号墓出土汉初简牍,记载一里 25 家,除"其奴"一家口数模糊外,其余 24 家共计 112 口,平均每家 4.67 人;每家少则一二口,多则七八口,但都是特例,最常见的是三至六口,不论家数和口数,皆占全部家、口数的百分之八十。[②] 而从两汉时期人口平均数来看,"西汉晚期的全国民户数是一千二百二十三万三千零六十二,人口数是五千九百五十九万四千九百七十八;如果加以平均则每户约为 4.87 人。东汉中期全国的民户是九百六十九万八千六百三十,人口数是四千九百一十五万二百二十;若加以平均,则每户约为 5.07 人。可见两汉时期每个贫民家庭通常多为五口人,一般为一对夫妇带三个未成年的孩子。"[③]

两汉时期"以家庭作为基本经济单位的社会格局"的形成以及"小家庭"社会现象的出现,或与秦汉时期"名田宅制"政策的施行有关。这一政策在张家山汉墓竹简《二年律令》的"户律"中有所反映,其基本内容被如下描述:"以爵位划分占有田宅的标准,以户为单位名有田宅,田宅可以有条件地继承、转让和买卖。国家通过爵位减级继承防止田宅长期积聚在少部分人手中,并使手中不断有收回的土地,它们和犯罪罚没的土地以及户绝土地一起构成国家授田宅的来源,授予田宅不足的民户。"[④] 因此,秦汉时期"名田宅制"政策的一个"要义",是"田宅的

---

① (汉)班固:《汉书》卷二十四上,中华书局 1962 年版,第 1132 页。

② 杜正胜:《传统家族试论》,台湾学者中国史研究论丛《家族与社会》,中国大百科全书出版社 2005 年版;刘海旺:《首次发现的汉代农业间里遗址:中国河南内黄三杨庄汉代聚落遗址初识》引,载《法国汉学》丛书编辑委员会《考古发掘与历史复原》,中华书局 2006 年版,第 72 页。

③ 刘海旺:《首次发现的汉代农业间里遗址:中国河南内黄三杨庄汉代聚落遗址初识》引,载《法国汉学》丛书编辑委员会《考古发掘与历史复原》,中华书局 2006 年版,第 72、73 页。

④ 杨振红:《出土简牍与秦汉社会》,广西师范大学出版社 2009 年版,第 163 页。

占有以户为单位，占有的数量根据户主的爵位确定。""有田宅的充分条件是具有户主的身份。"① 从这个意义上说，成年男子"立户"是获得"田宅"的条件。根据张家山汉墓竹简《二年律令》的"户律"相关简文，在所列二十等爵级别中，公卒、士伍、庶人属于第一或最后一个等级，可以拥有一顷田、一宅。②"拥有一顷田、一宅的公卒、士伍、庶人，和屡屡见诸文献的'五口之家，百亩之田'的战国秦汉时期的小农模式相契合。他们是当时社会的基础群体，亦因此构成这套制度的基础。"③

据此而论，上文所引湖北当阳岱家山两汉时期墓葬和河南内黄三杨庄黄河故道汉代聚落遗址所反映的聚族而居的小家庭，亦可能是这种"拥有一顷田、一宅"的"庶民"。

上述情况在汉代文学作品中也能够反映出来。汉乐府诗《东门行》所描写的或是三口之家。汉乐府诗《妇病行》云："属累君两三孤子，莫我儿饥且寒。"④ 以夫妇和三个子女计算，这个家庭仍然是五口之家。而在汉乐府诗《古诗为焦仲卿妻作》中，刘兰芝嫁到焦仲卿家，家中有丈夫、婆母和小姑，一共四口人。刘兰芝被"焦母""遣归"回到兄长的家里，虽然诗歌没有交代"刘兄"是否有子女，假设"刘兄"有子女三人，则刘兄夫妻、刘母、加上被"遣归"的刘兰芝，也不过七

---

① 杨振红：《出土简牍与秦汉社会》，广西师范大学出版社2009年版，第128、133、134页。
② 《二年律令·户律》："关内侯九十五顷，大庶长九十顷，驷车庶长八十八顷，大上造八十六顷，少上造八十四顷，右更八十二顷，中更八十顷，左更七十八顷，右庶长七十六顷，左庶长七十四顷，五大夫廿五顷，公乘廿顷，公大夫九顷，官大夫七顷，大夫五顷，不更四顷，簪褭三顷，上造二顷，公士一顷半顷，公卒、士五、庶人各一顷，司寇、隐官各五十亩。不幸死者，令其后先择田，乃行其余。它子男欲为户，以为其□田予之。其已前为户而毋田宅，田宅不盈，得以盈。宅不比，不得。"（简310—313）"宅之大方卅步。彻侯受百五宅，关内侯九十五宅，大庶长九十宅，驷车庶长八十八宅，大上造八十六宅，少上造八十四宅，右更八十二宅，中更八十宅，左更七十八宅，右庶长七十六宅，左庶长七十四宅，五大夫廿五宅，公乘廿宅，公大夫九宅，官大夫七宅，大夫五宅，不更四宅，簪褭三宅，上造二宅，公士一宅半宅，公卒、士五、庶人一宅，司寇、隐官半宅。欲为户者，许之。"（简314—316）张家山二四七号汉墓竹简整理小组：《张家山汉墓竹简〔二四七号墓〕》，文物出版社2006年版，第52页。
③ 杨振红：《出土简牍与秦汉社会》，广西师范大学出版社2009年版，第128页。
④ 逯钦立：《先秦汉魏晋南北朝诗》卷九，中华书局1983年版，第270页。

口之家。

汉代以家庭为基本经济单位的家族聚居的社会形态，势必影响着汉代社会风俗民情的变异，即表现在"聚族而居"的宗族生活形态下的"个体"与"家庭"、"家庭"与"家族"之间的复杂的情感纠葛和人际关系。

汉乐府古辞有《饮马长城窟行》。① 《文选》李善注云："言征戍之客，至于长城而饮其马，妇思之，故为《长城窟行》。"② 依此，则《饮马长城窟行》是思妇怀亲之作，然诗句"入门各自媚，谁肯相为言"颇为费解。根据诗句所提供的线索，这是典型的一家三口的"小家庭"。诗中丈夫征戍在边，妻儿留守家园，而"入门各自媚，谁肯相为言"诗句，说明这是一个"聚族而居"的大家族，各个家庭之间应该互有亲属关系，却又在生活方面具有相当的独立性。尤为重要的是上述诗句反映了基于"生活方面的独立性"而表现出的人们的精神上的孤独和情感上的孤寂。显然，乐府古辞《饮马长城窟行》反映了在"聚族而居"的生活形态下，"个体"与"家庭"、"家庭"与"家族"之间的复杂的情感纠葛、人际关系和现实生活。

第二节　汉代社会转型时期的世风移易：以汉代考古资料与文献载记相结合的研究

风俗是与礼乐联系在一起的，故"风俗移易"又是与礼乐制度的变异和礼乐制度的教化紧密相连的。因此，考察两汉时期的"风俗变异"，也就不能忽视春秋战国时期"礼崩乐坏"以后，汉代礼乐制度的建设和发展。然而，礼乐制度的建设，既滞后于社会生活而不能同步发展，又因其自上而下的建设和教化作用而呈现出漫长的过程。是故，根据汉代礼乐制度的建设和发展，而考察两汉时期由"社会转型"而带来的"风俗变异"情况，不免有"隔靴搔痒"之感，并不能准确且又直观地了解和认识汉代"风俗之变"。值得注意的是，两

---

① （梁）萧统：《文选》卷二十七，中华书局1977年版，第389页。
② （梁）萧统：《文选·[诗]乐府上·饮马长城窟行》，李善注，中华书局1977年版，第389页。

汉时期由"社会转型"而带来的"风俗变异",实际上是有关"世风"的问题。在一定意义上,"世风"是"风俗"的体现,但"世风"又能比"风俗"更全面、更真切地表现和反映从底层民众到上层社会的生活、思想和情感。

一 以个体和家庭生活为重的世俗生活观

对于汉墓随葬器物的考察,有一种现象值得注意。"从二里冈早商时代开始,墓葬中出现了可以被称为'礼器'的贵重青铜器皿,如鼎、爵、觚、盘等。此后,青铜礼器即成为商周墓葬中最重要的随葬器物,惟其中的重点商代重酒器的组合转变为周代重食器的组合。春秋战国时代,仿铜陶礼器开始流行,其重点仍在其为'礼器'上。"[①]然而,从战国晚期开始,随葬方式以"礼器"为重的特点,就已经出现了变化。"铜礼器在汉代墓葬中不但数量极少,而且愈晚愈少。反之,陶生活用具、动物模型、各式建筑明器,乃至于象征生活方式的铁工具的数量却是与日俱增,并且远远超过铜礼器的数量。"[②] "商周秦汉的埋葬习俗,可以汉武帝前后为界限,分为两大阶段。前一阶段即通常所谓的'周制','汉制'是后一阶段的典型形态。"[③]值得注意的是,"汉制"特征反映在随葬器物上,则是"生活实用器、明器代替礼器成为随葬品

[①] 蒲慕州:《墓葬与生死:中国古代宗教之省思》,中华书局2008年版,第194页。再以河南洛阳出土西周贵族墓葬为例。2002年7月洛阳市文物工作队在洛阳火车站以南的唐城花园,发掘清理了70多座西周时期贵族墓葬,其中编号为C3M434土坑墓墓主头前的棺、椁之间,发现2件陶簋,其中一件陶簋(编号为C3M434:1)内壁腹部按顺时针旋转刻划有图画和成组的符号。洛阳市文物工作队《河南洛阳市唐城花园西周墓葬的清理》一文认为:上述图画和符号是"田猎图画"和"筮数易卦",并将后者依次释为《周易》的"巽"、"蹇"、"既济"、"睽"、"无妄"诸卦。这件编号为C3M434:1的陶簋位于C3M434土坑墓墓主头前的棺、椁之间,其摆放位置相当于"头箱"。墓葬头箱的随葬物品往往是标志身份和等级的礼器,C3M434土坑墓墓主头前的棺、椁之间摆放2件陶簋,至少说明墓主具有一定的社会身份,另一方面也说明上述陶簋于墓主的重要意义。显然,这件陶簋是作为礼器而不是生活用器而随葬的。参见洛阳市文物工作队《河南洛阳市唐城花园西周墓葬的清理》,《考古》2007年第2期。

[②] 蒲慕州:《墓葬与生死:中国古代宗教之省思》,中华书局2008年版,第195页。

[③] 俞伟超:《汉代诸侯王与列侯墓葬的形制分析》,载俞伟超《先秦两汉考古学论集》,文物出版社1985年版;蒋晓春:《三峡地区秦汉墓研究》引,四川出版集团巴蜀书社2010年版,第234页。

的主要内容"①。"从战国晚期开始,随葬器物的内容开始有了一些转变,即日常生活用具,不论是铜器或陶制,重新成为重要的随葬品。"②

再以湖北当阳岱家山东周时期楚汉墓和三峡地区秦汉墓随葬器物为例。岱家山东周时期楚墓共80座,随葬品中以仿铜陶礼器和明器为主体,其中随葬一套陶礼器的墓约占63%,两套者约占26%,且随葬陶器一律置于头箱,单棺墓的陶器也置于头顶部。岱家山两汉时期墓葬共81座,随葬品中以日用陶器和陶明礼器为主体,其中60%属于日用陶器和明器,随葬品的摆放位置呈多种形式,置于墓道口处为多见,明器中出现了仓、灶、井等象征生活用器。③ 在三峡地区秦汉墓中,"生活用陶器数量、种类增加较明显,如盆、甑、钵等。仓、灶、井在本段更加流行。小型仿日常生活用器的明器开始流行,个别墓葬还出现陶俑"④。

从湖北当阳岱家山东周时期楚汉墓和三峡地区秦汉墓随葬器物看,至秦汉时期,随葬品主要以日常用器为主,而明器也主要以象征日常生活用器为主,尤其仓、灶、井的明器组合,更突破了盆、甑、钵等随身生活用器的范围,而向日常生活的各个层面延伸,甚至延展至庭院和庭院以外的生活和劳作。如属于新莽时期或东汉初期的河南方城县城关镇画像石墓,其中随葬品除灶、井之外,尚有狗、鸡、鸭、猪等饲养的家畜,还有磨和楼房。其中的楼房施以棕红釉,楼前围一院墙,墙上覆板

---

① 蒋晓春:《三峡地区秦汉墓研究》,四川出版集团巴蜀书社2010年版,第238页。如江苏扬州西汉晚期"妾莫书"木椁墓随葬品情况,能够为我们提供这方面的实例。该墓墓向正南,有外椁和内椁,外椁内侧东、西、北三边设置木架,分为上下两层铺放木板,放置随葬品。此墓虽已被盗,但尚存遗物200多件。出土器物以玉器和漆器最为突出。上述玉器和漆器多为生活用器。金属器基本都是实用器。陶器30余件,有鼎、盒、壶、罐、灶等。值得注意的是,在陶罐内和陶灶的周围,还发现了一些植物种子,经鉴定有水稻、小麦、菠菜、雍菜等。从"妾莫书"木椁墓已经发现的随葬品看,虽然随葬物品颇为丰富、奢华,但显示"政治地位"的礼器仅占少数,而更多的随葬品具有实用器的性质,而水稻、小麦、菠菜、雍菜等农作物种子的发现,更能够说明"妾莫书"木椁墓随葬品的选择与置放,是以墓主于死后世界中的生活为宗旨和原则的。

② 郭德维:《试论江汉地区楚墓、秦墓、西汉前期墓的发展与演变》,《考古与文物》1983年第2期;蒲慕州:《墓葬与生死:中国古代宗教之省思》引,中华书局2008年版,第194页。

③ 湖北省宜昌博物馆:《当阳岱家山楚汉墓》,科学出版社2006年版,第195、196、408、409页。

④ 蒋晓春:《三峡地区秦汉墓研究》,四川出版集团巴蜀书社2010年版,第243页。

瓦。院墙开一门。楼房为悬山式顶，两坡有瓦垄，屋顶正中置一望亭。① 在属于东汉晚期的四川合江画像石墓随葬品中，则有母鸡、小鸡、小鹅、狗、马等家畜。② 而在四川郫县东汉砖墓中，还发现了"石田"模型。③

上述情况能够说明什么呢？"这种趋势反映出一种集体意识的转变：以礼器为主的随葬方式所强调的是一种死者生前所享有的政治地位（虽然此政治地位也当然牵涉到财富），而以日常生活用具为主的随葬方式则似乎比较关心死者在死后世界中的财富和舒适生活，与死者生前在政治秩序之中的地位关系不如礼器所显示的那么密切。"④ 显然，历史进入两汉时期以后，人们对现世生命结束以后的生活，有了从人的"日常生活"而不是"政治生活"出发的安排和设计。"在西汉中期以后的墓葬中，这种强调死后世界中之生活的随葬方式表现得更为明显。"⑤

两汉时期墓葬随葬方式由以"礼器"为重而向以"生活用器"为重的转变，即表现为一种"集体意识"的转变。从丧葬习俗来看，它是"关心死者在死后世界中的财富和舒适生活"这种群体意识的表现，而丧葬习俗实际上是社会生活习俗的折射和反映。

上述情况说明，以个体和家庭生活为重的世俗生活观和人生观的形成和渐成普遍尊崇的生活原则，已经在两汉时期形成。另一方面，我们还须看到，以个体和家庭生活为重的世俗生活观和人生观的形成，是以世俗生活为基础的，它的宗旨，是对个体和家庭幸福和美好生活的向往和企盼。同时，我们也注意到了这种对个体和家庭幸福和美好生活的向往和企盼所具有的普遍性特点。从上文所引述的湖北当阳岱家山汉墓和三峡地区汉墓随葬器物看，其中"生活用陶器数量、种类增加较明显"现象，标志着这些处于社会底层的平民对日常生活的关注，而仓、灶、井等生活用器的

---

① 南阳地区文物工作队、方城县文化馆：《河南方城县城关镇汉画像石墓》，《文物》1983年第4期。
② 重庆市博物馆、合川县文化馆田野考古工作小组：《合川东汉画像石墓》，《文物》1977年第2期。
③ 四川省博物馆、郫县文化馆：《四川郫县东汉砖墓的石棺画像》，《考古》1979年第6期。
④ 蒲慕州：《墓葬与生死：中国古代宗教之省思》，中华书局2008年版，第194页。
⑤ 同上。

出现，则表现了汉代平民阶层对温饱的小农生活的向往和企盼。当然，这种"温饱的小农生活"与所谓富足甚至豪奢的庄园生活不能同日而语，但是却能够在与后者的比较中看到前者的"影子"。说明后者的生活也是以前者"温饱的小农生活"为基础而构成的，而后者所表现的"富足甚至豪奢的庄园生活"，也是上述处于社会底层的平民的向往和企盼。

根据上述两汉时期墓葬实例而"复原"的生活图景，我们能够看到两汉时期"以个体和家庭生活为重的世俗生活观和人生观"的形象表现，并能够总结出两汉时期人们所向往和企盼的幸福而美好的世俗生活的基本要素：居住宽敞、老有尊养、宴饮娱乐、家畜成群、仓谷丰实。

二 以财富占有攀比为核心的世俗价值观

对幸福美好的世俗生活的向往和企盼，必然形成对财富占有的欲望，这种向往和企盼越强烈，对财富占有的欲望也就越强烈。汉代以"生活实用器、明器代替礼器成为随葬品的主要内容"的"厚葬之风"，一方面是"强调死后世界中之生活的随葬方式"的表现，另一方面也是现实生活中以财富的占有和攀比为核心的价值观于墓葬随葬方式上面的折射。因此，我们能够从商周秦汉随葬器物在物质形态和器物性质的变化中，发现某种文化上的转变，而且自西汉中期以后，这种文化上的转变更为鲜明和强烈，那就是现实生活中以财富占有和源于财富占有而来的财富的炫耀和攀比为核心的社会价值观的形成，而且这种源于财富占有的欲望，与财富占有的多少成正比。

将扬州"妾莫书"木椁墓与湖北当阳岱家山和三峡地区秦汉墓进行比较，双方在时间上存在连接点。"妾莫书"木椁墓所在地扬州邗江县甘泉公社，位于扬州市西北16公里处，以甘泉山得名。此地尚有多座高大的封土墓，很可能是汉广陵王胥的宗族墓地，而"妾莫书"墓也当属于刘氏家族墓之一。[1] 如此，"妾莫书"木椁墓主人，或为刘氏家族成员。湖北当阳岱家山汉墓的墓主人身份则基本属于平民。[2]

---

[1] 扬州市博物馆：《扬州西汉"妾莫书"木椁墓》，《文物》1980年第12期。
[2] "岱家山两汉墓群的各个墓组就可能是当时本邑里中身份相当的平民的公共墓地，各个组别也就是各个不同的平民家族墓地。"参见湖北省宜昌博物馆《当阳岱家山楚汉墓》，科学出版社2006年版，第410页。

  从当阳岱家山汉墓埋葬情况看，土坑墓中墓与墓之间在形制与规模上存在相似性和同一性，随葬品的数量一般为11—17件。砖室墓中除一座二次葬的夫妇合葬墓的随葬品达19件之外，其余一般为6—13件，仅两三座墓出土有一件或釜或盆的铜器，说明当阳岱家山汉墓墓主人的身份应该属于平民，且相互之间没有较大的贫富差别。[①] 但是从上述墓葬中仍然出现了少量的银器、琉璃器和玛瑙等贵重装饰用品来看，在当阳岱家山汉墓所反映的若干个家族的现实生活中，家族内部家庭之间，在财富的占有上仍然存在差别，而源于财富占有的炫耀情况仍然存在。

  "妾莫书"墓随葬品所表现的，则是超越这种"普通平民日常生活"的更为富裕和精致的生活。这种"富裕和精致的生活"已经超出了"普通平民日常生活"所具有的内涵、性质和意义，而表现为一种缘于生活而又高于生活的高贵和典雅的品质。以"妾莫书"墓随葬漆器为例。该墓虽然被盗，但发现的随葬漆器仍然在百余件。[②] 而且"'妾莫书'墓出土的针刻和贴金银箔漆器，在扬州还是首次发现。造型优美，彩绘工细，是汉代漆器的代表作"[③]。汉代漆器在工艺上的新发展，主要表现在三个方面，其中之二就是"扣器"和"针刻"。[④] 显然，"妾莫书"墓随葬漆器堪称精品，说明上述漆器在制作工艺上已经达到了两汉时期的最高水

---

 ① 湖北省宜昌博物馆：《当阳岱家山楚汉墓》，科学出版社2006年版，第409、410页。
 ② 从"妾莫书"墓随葬漆器的制作工艺上看，除了在纹饰上以云气纹和云龙纹为主，另有表现神异世界的天马、云龙、怪兽、羽人以及"仙"字之外，还有镶鎏金铜扣、银扣和针刻。其中一件彩绘漆罐，罐身贴有鸟兽和云气纹金箔，腹下贴三角形金箔一圈，在器物的口沿、腰部嵌银箍，盖中心嵌银片柿蒂、盖面贴四兽金箔，边沿嵌银扣。另一件残碎漆碗，碗底有针刻"工定"款。参见扬州市博物馆《扬州西汉"妾莫书"木椁墓》，《文物》1980年第12期。
 ③ 扬州市博物馆：《扬州西汉"妾莫书"木椁墓》，《文物》1980年第12期。
 ④ "西汉漆器，在继承秦代漆器的制作方法的基础上又有所发展。其工艺的新发展，主要有三点：一是……圆形或圆筒状的漆器，一般采用旋制的新工艺；二是西汉初期扣器的器类与数量都较战国和秦汉增多了，而且至汉武帝时期还出现了镶嵌精巧的银片纹作为漆器上的装饰，这是唐代平脱工艺的前身；三是漆器上的装饰纹样，出现了针刺纹（锥画纹）、填充金粉的戗金技法和暗纹的新工艺。""针刻（又称锥画）是用锥状金属工具在漆器表面刻出纹饰。有的还在刻出的纹饰上填以朱色或金色。""西汉时期，镶嵌技术又有新的发展，嵌料有玉、骨、角、玛瑙的，还有镶嵌铜、锡或铜锡鎏金银。这样制作的漆器又称扣器。""西汉中期至东汉初，扣器的制作技术更臻成熟，器物更为精美。"参见陈振裕《湖北楚秦汉漆器综述》，载陈振裕《楚文化与漆器研究》，科学出版社2003年版，第349页；李光正《汉代漆器艺术》，载李光正《汉代漆器图案集》，文物出版社2002年版，第13页。

平。《汉书·贡禹传》云："蜀广汉主金银器，岁各用五百万。""臣禹尝从之东宫，见赐杯案，尽文画金银饰。"① 《后汉书·和熹邓皇后纪》云："及郡国所贡，皆减其过半。……其蜀、汉扣器九带佩刀，并不复调。"② 知精美的扣器乃是"贡品"，供皇室使用。然而两汉侈靡，饮食服饰用器多有僭越。"今大夫僭诸侯，诸侯僭天子，天子过天道，其日久矣。"③ 故扣器等漆器精品亦为下官或富豪所用。④

两汉时期是漆器制作的繁荣和发展的时期，使得漆器成为贵重的生活用品。根据《盐铁论》的记载，漆器竟然比铜器贵十倍。⑤ "妾莫书"墓随葬漆器百余件，可以想见墓主生前的生活与当阳岱家山汉墓墓主人的生活不在一个层次之上，而其以百余件珍贵的漆器随葬，既是墓主人占有巨大财富的反映，同时也是这种巨大财富的炫耀。

西汉中期以后，属于"贡品"的漆器精品，等级低下的官僚和富豪也能大量占有和使用，与湖北当阳岱家山及三峡地区汉墓所反映的普通平民的简单且简陋的随葬器物相比，其财富占有的巨大差异以及由此而反映出来的社会生活的贫富悬殊现象，已经昭然若揭。然而，上述墓葬主人，包括生者和逝者，却都在随葬品的安排上，竭尽所能地倾其所有，已不唯厚葬之俗所能解释。由此而反映出来的社会现实生活中以财富占有和财富炫耀为核心的生活观和价值观，已成社会风气。

探寻根源，这种社会风气的形成，或与西汉中后期以后"名田宅制"政策的失效而导致的田宅兼并的社会现实有关。秦汉时期"名田宅制"政策并没有贯彻始终。"文帝时期，由于国家不再为土地占有立限，使这套制度名存实亡，'名田制'仅仅作为土地登记的手段而存在。此后，脱控的土地兼并掀起狂潮，并引发了激烈的社会矛盾和危机。西汉末年哀帝和王莽曾力图恢复限田，但无奈因这套制度已经失去了存在的基础，而以

---

① （汉）班固：《汉书》卷七十二，中华书局1962年版，第3070页。
② （南朝宋）范晔：《后汉书》卷十，中华书局1965年版，第422页。
③ （汉）班固：《汉书》卷七十二，中华书局1962年版，第3070页。
④ "目前发现有成都市府漆器手工艺产品的墓葬，墓主生前的社会地位或为低级官吏，或为中小地主兼商人。例如凤凰山一六八号墓的墓主遂为五大夫，九号墓的墓主为安陆守丞绾的亲属，十号墓的墓主张偃为五大夫（入粟买来的），实际上只是地主兼商人的乡官；毛家园一号墓的墓主精为官大夫。"陈振裕：《试论楚墓出土漆器的产地问题》，载陈振裕《楚文化与漆器研究》，科学出版社2003年版，第427页。
⑤ （汉）桓宽：《盐铁论·散不足》，《诸子集成》（七），中华书局1954年版，第33页。

失败告终。东汉政府则基本上放弃了对土地占有加以控制的努力，采取听之任之的态度。"①

上述情况不可避免地会导致两个方面的后果，其一是田宅的买卖情况的出现，其二是田宅尤其可耕土地的兼并以及由此而形成的田宅尤其是可耕土地的集中。上述两种情况又是联系在一起的，田宅买卖必然导致田宅尤其可耕土地的兼并和集中。我们能够从汉代相关典籍所记载的非法占有或兼并田宅的事件中，看到两汉时期田宅兼并的严重情况。汉武帝建元六年（前135年）乐平侯卫侈"坐买田宅不法，有请赇吏死"②。《汉书·刑法志》载张苍、冯敬上书言："当斩右止，及杀人先自告，及吏坐受赇枉法，守县官财务而即盗之，已论命复有笞罪者，皆弃市。"③ 注云："吏受赇枉法，谓曲公法而受赂者也。"④ 乐平侯卫侈"坐买田宅不法"，当是贿赂官员而"非法"占取"田宅"。这种行为在两汉时期并非孤立个案。《史记·淮南衡山列传》载："（淮南王刘安）王后荼、太子迁及女陵得爱幸王，擅国权，侵夺民田宅。"⑤ 衡山王刘赐"数侵夺人田，坏人冢以为田"⑥。《汉书·李广苏建传》载："李蔡以丞相坐诏赐冢地阳陵当得二十亩，蔡盗取三顷，颇卖得四十余万，又盗取神道外壖地一亩葬其中，当下狱，自杀。"⑦《后汉书·窦融列传》载："窦恃宫掖声势，遂以贱直请夺沁水公主园田，主逼畏，不敢计。"⑧《后汉书·方术列传》载：缯侯刘敞"所为多不法"，时缯相公沙穆"乃上没敞所侵官民田地"⑨。

上述事件当事者的行为，涉及贿赂、侵夺、盗取、贱买等手段，其"非法"行为反映出的贪婪、嚣张、阴险、狡诈、无耻，已经到了无以复加的程度，而且"受害者"或"官"或"民"，甚至"公主"，见出"得势者"的猖狂和问题的严重。从另一个角度看，上述事件当事者或为王侯或为其家人

---

① 杨振红：《出土简牍与秦汉社会》，广西师范大学出版社2009年版，第163页。
② （汉）班固：《汉书》卷十六，中华书局1962年版，第622页。
③ （汉）班固：《汉书》卷二十三，中华书局1962年版，第1099页。
④ （汉）班固：《汉书》卷二十三，颜师古注，中华书局1962年版，第1100页。
⑤ （汉）司马迁：《史记》卷五十八，中华书局1959年版，第3083页。
⑥ 同上书，第3095页。
⑦ （汉）班固：《汉书》卷五十四，中华书局1962年版，第2449页。
⑧ （南朝宋）范晔：《后汉书》卷二十三，中华书局1965年版，第812页。
⑨ （南朝宋）范晔：《后汉书》卷八十二，中华书局1965年版，第2730页。

亲属，而其他贵族、官员及地方权势人物之所作所为，当不逊于此。

据此而论，两汉时期"田宅逾制"和"贫富悬殊"已经成为社会的主要问题。《汉书·食货志》载董仲舒上书，以"古者"与"秦时"相对比，其云："至秦则不然，用商鞅之法，改帝王之制，除井田，民得买卖，富者田连阡陌，贫者亡立锥之地。又颛川泽之利，管山林之饶，荒淫越制，踰侈以相高；邑有人君之尊，里有公侯之富，小民安得不困？又加月为更卒，已，复为正一岁，屯戍一岁，力役三十倍于古；田租口赋，盐铁之利，二十倍于古。或耕豪民之田，见税什五。故贫民常衣牛马之衣，而食犬彘之食。"① 然"汉兴，循而未改。"② "至武帝之初七十年间……罔疏而民富，役财骄溢，或至并兼豪党之徒以武断于乡曲。宗室有土，公卿大夫以下争于奢侈，室庐车服僭上亡限。"③ 至哀帝时，师丹上书云："今累世承平，豪富吏民訾数巨万，而贫弱俞困。"④ 亦如仲长统所言："豪人之室，连栋数百，膏田满野，奴婢千群，徒附万计。""琦赂宝货，巨室不能容；马牛羊豕，山谷不能受。妖童美妾，填乎绮室；倡讴伎乐，列乎深堂。""以及今日，名都空而不居，百里绝而无民者，不可胜数。"⑤

田宅占有的多少或有无，是衡量私有财产多少或有无的标志，则势必形成以田宅占有的多少或有无为社会财富衡量标准的具有汉代特色的社会评价指标。这种"社会评价指标"又会反过来塑造汉代社会的生活观和价值观，以"田宅占有的多少或有无"作为这种生活观和价值观的基础和核心。从个体与家庭、家族的关系上看，"田宅占有的多少或有无"也会成为衡量个体成功与否的标志，并可能成为决定个体在家庭或家族中的地位的决定因素。

汉乐府诗《东门行》或谓"士有贫不安其居者，拔剑将去，妻子牵衣留之，愿共铺糜，不求富贵"之作。⑥ 此说甚确。然而从"缘由"上面进一步探寻"拔剑将去"的原因，则"妻子"所言"他家但愿富贵"值得思考。虽然诗中说"盎中无斗米储"、"还视架上无悬衣"，可谓家徒四

---

① （汉）班固：《汉书》卷二十四，中华书局1962年版，第1137页。
② 同上。
③ 同上书，第1135、1136页。
④ 同上书，第1142页。
⑤ （南朝宋）范晔：《后汉书》卷四十九，中华书局1965年版，第1648、1649页。
⑥ （宋）郭茂倩：《乐府诗集》卷三十七引《乐府题解》，中华书局1979年版，第550页。

壁，但诗句又云"贱妾与君共铺糜"，可知"绝粮无食"并非促使其丈夫"拔剑东门去"的主要原因。"他家但愿富贵"诗句揭示了两个方面的情况，其一是家庭与家庭之间"富贵"与"贫穷"的差距过于悬殊；其二是这种过于悬殊的差距导致对家庭"户主"即诗歌男主人公的来自家庭、家族和社会的巨大的压力。这种巨大的压力才是其丈夫"拔剑东门去"的主要动因，而诗中妻子所言"贱妾与君共铺糜"，正是妻子试图劝解丈夫，减缓来自家庭的压力的证明。

汉乐府诗《东门行》所反映的源于财富占有的压力，还在汉代丧葬习俗中反映出来，说明这种源于财富占有的压力还被人们带到了死后的世界，试图希望在死后的生活中改变生前贫穷的现状。

我们注意到了在汉代丧葬习俗中存在的一些颇为有趣的现象，如"在东汉晚期的王当墓中所发现的铅地券中，死者所买的墓地为'立四角封界至九天上九地下'，这件地券中有关死者所买地产的范围虽是一种夸张的词语，也正反映出他所希望拥有的财富是远超过其生前所可能拥有的"[1]。尽管如此，上述"立四角封界至九天上九地下"地券的所有者，在生前可能就是富有的，地券说明了其"死后"更为富有的希望。然而，"在一些不甚有规模的小墓中，也有象征大地产和财富的明器和书有'万石仓'之类字眼的容器出土。"[2] 墓葬规模可以作为衡量墓葬主人生前及其家庭财富占有情况的标准，而"不甚规模的小墓"的墓主，其生前或许离"大富大贵者"尚远，但其墓中"也有象征大地产和财富的明器和书有'万石仓'之类字眼的容器出土"的事实，反映出这些墓葬的主人希冀在死后的世界能够比生前富有的愿望。

如果将上文所引两个墓葬材料对比起来看，"前者"表现出了"死后更为富有"的希望，而"后者"则表现出"死后能够富有"的希望。显然，从某种意义上说，"后者"关于"死后能够富有的希望"与"前者"并非毫无联系。这是一种在以"田宅占有的多少或有无为财富衡量标准和社会评价指标"的社会现实中，所自然生成的攀比之风的表现和反映。"后者"的希望是在与"前者"的比较中而产生的，只是对于"后者"来说，这种愿望的实现，无法在生前完成，而只能留待死后的幻想中去实

---

[1] 蒲慕州：《墓葬与生死：中国古代宗教之省思》，中华书局2008年版，第194页。

[2] 同上书，第196页。

现。"对于经济能力不算允裕的人家而言，在一种知道世上有大富贵人家的心理压力之下，选择象征财富的随葬明器，应是一条纾解这种压力与实现未曾满足的期望的出路。这种心态，与镇墓文中常出现的'食地下租，岁二千石'是相同的。"①

联系到汉乐府诗《东门行》中的男主人公，诗歌中的这个作为"丈夫"的男子，或许比上文所引两个墓葬材料中的"后者"更为贫穷。源于此，来自家庭、家族、乃至社会的压力也就更为巨大。因此，虽然诗中"妻子"坦言"他家但愿富贵，贱妾与君共铺糜"，显示着来自"家庭"的压力的减缓，但却无法消解诗歌男主人公所承受的来自家族和社会的压力，因为这种源于财富的有无和多少的压力，已经成为一种风俗而存在于汉代社会的各个层次和社会生活的各种环节，并进入到人们的情感和心理。正所谓"富者竞欲相过，贫者耻其不逮"②。

三 以追逐财利为生活价值的世俗道德观

汉代知识分子在对厚葬风俗的检讨中，总是习惯于将"古今丧葬风俗"进行比较。③ 在上述比较中，"比较者"是以"批评者"或"否定

---

① 蒲慕州：《墓葬与生死：中国古代宗教之省思》，中华书局2008年版，第196页。
② （南朝宋）范晔：《后汉书》卷四十九，中华书局1965年版，第1635页。
③ 如（汉）桓宽《盐铁论·散不足》即将"古今丧葬风俗"作了比较，其云："古者瓦棺容尸，木板堲周，足以收形骸，藏发齿而已。及其后，桐棺不衣，采椁不斲。今富者绣墙题凑，中者梓棺楩椁，贫者画荒衣袍，缯囊缇橐。古者明器有形无实，示民不用也。及其后，则有醯醢之藏，桐马偶人，弥祭其物不备。今厚资多藏，器用如生人，郡国緐吏素桑楺，偶车橹轮，匹夫无貌领，桐人衣纨绨。古者不封不树，反虞祭于寝，无坛宇之居，庙堂之位。及其后则封之，庶人之坟半仞，其高可隐。今富者积土成山，列树成林，台榭连阁，集观增楼。中者祠堂屏阁，垣阙罘罳。"王符《潜夫论》亦有关于"古今丧葬风俗"的讨论，其云："古之葬者，厚衣之以薪，葬之中野，不封不树，丧期无数。后世圣人易之以棺椁，桐木为棺，葛采为缄，下不及泉，上不泄臭。中世以后，转用楸梓槐柏杶樗之属，各因方土，裁用胶漆，使其坚足恃，其用足任，如此而已。今者京师贵戚，必欲江南檽梓豫章之木。边远下土，亦竞相仿效。夫檽梓豫章，所出殊远，伐之高山，引之穷谷，入海乘淮，逆河泝洛，工匠彫刻，连累日月，会众而动功，多牛而后致，重且千斤，功将万夫，而东至乐浪，西达敦煌，费力伤农于万里之地。古者墓而不坟，中世坟而不崇。仲尼丧母，冢高四尺，遇雨而崩，弟子请修之，夫子泣曰：'古不修墓。'及鲤也死，有棺无椁。文帝葬芷阳，明帝葬洛南，皆不藏珠宝，不起山陵，墓虽卑而德最高。今京师贵戚，郡县豪家，生不极养，死乃崇丧。或至金缕玉匣，檽梓楩柟，多埋珍宝偶人车马，造起大冢，广种松柏，庐舍祠堂，务崇华侈。"参见（汉）桓宽《盐铁论》，《诸子集成》（七），中华书局1954年版，第34页；（南朝宋）范晔《后汉书》卷四十九，中华书局1965年版，第1636、1637页。

者"的面目出现的。他们援古以讽今，对"当代风俗"进行某种意义上的反省与思考。这就决定了这种比较的目的，并不仅仅在于揭示厚葬风俗的弊病和其为社会所带来的负面影响，而更为重要的，则是在这种比较中揭示社会风俗的变异。

汉代厚葬的盛行，当是汉代社会奢华之俗的表现和反映。《汉书·食货志上》载："至武帝之初七十年间，国家亡事，非遇水旱，则民人给家足，都鄙廪庾尽满，而府库余财。京师之钱累百钜万，贯朽而不可校。太仓之粟陈陈相因，充溢露积于外，腐败不可食。"[1] 上述载记或有夸张之嫌，但也能够说明经过汉初以来的休养生息，汉代社会经济获得了较高程度的发展。《盐铁论·散不足》以古今对比的方式描述了西汉时期（汉昭帝始元六年，公元前 81 年前）社会生活状况，其某些描述可以与《汉书·食货志》的记载互为见证。[2] 而王符《潜夫论·奢侈篇》的某些描述亦可为证："而今京师贵戚，衣服饮食，车舆庐第，奢过王制，固亦甚矣。且其徒御仆妾，皆服文组綵牒，锦绣绮纨，葛子升越，筩中女布。犀象珠玉，虎魄瑇瑁，石山隐饰，金银错镂，穷极丽靡，转相夸咤。"[3] 以如此之奢华，形成厚葬之风气，自是当然。

总结两汉风俗之变，其变化所在，似乎皆在"财"、"利"二字之上。或谓两汉时期追财逐利，已入社会人心，已成世风所向。

秦汉时期"名田宅制"政策的施行，是以破除"井田制"的"限民名田"为前提的。"名田宅制"政策"以爵位划分占有田宅的标准，以户为单位名有田宅"，但"田宅可以有条件地继承、转让和买卖"，则开田宅并兼之路。故"田宅并兼"是两汉风俗之变的根源。汉代知识分子检讨这种风俗之变，或已发现其问题的实质。《汉书·食货志》载董仲舒上

---

[1] （汉）班固：《汉书》卷二十四，中华书局 1962 年版，第 1135 页。
[2] 如"今富者逐驱殚网罝，掩捕麑鷇，耽沔沈酒，铺百川鲜，羔豣豯胎，扁皮黄口。春鹅秋鶒，冬葵温韭，浚茈蓼苏，丰弈耳菜，毛果虫貉。"又如"今富者连车列骑，骖贰辎轸。""今富者缛绣罗纨，中者素绨锦冰。""今富者银口黄耳，金罍玉钟。中者舒玉纻器，金错蜀杯。""今富者黼绣帷幄，涂屏错跗。中者锦绨高张，采画丹漆。""今熟食遍列，殽施成市，作业堕怠，食必趣时，杨豚韭卵，狗䐑马朘，煎鱼切肝，羊淹鸡寒，蜩马骆日，塞捕庸脯，聊羔豆赐，毂膹雁羹，自鲍甘鮑，熟粱和炙。"参见桓宽《盐铁论》，《诸子集成》（七），中华书局 1954 年版，第 33—35 页。
[3] （南朝宋）范晔：《后汉书》卷四十九，中华书局 1965 年版，第 1635 页。

书云:"古井田法虽难卒行,宜少近古,限民名田,以澹不足塞并兼之路。"① 显然,董仲舒清楚地看到了在新的形势下,"古井田法"已经很难实行,但问题的关键是解决"并兼"的问题,故也应参照古法,有所借鉴,限民田宅,以堵塞并兼之路。商鞅变法的一项重要内容是"明尊卑爵秩等级,各以差次名田宅"②。然而,这种"名田宅"似乎并没有"限田宅"。《通典·食货一》云:"秦孝公任商鞅……故废井田,制阡陌,任其所耕,不限多少。"③ 秦人"名田宅"而不"限田宅"之后,人民垦田聚财的积极性得到鼓励和提高,而"数年之间,国富兵强,天下无敌"④。然而,随之而来的,即是所谓"并兼之路"的"开通",并导致源于财富占有的悬殊而生成的巨大的社会矛盾。"然王制遂灭,僭差亡度。庶人之富者累钜万,而贫者食糟糠。"⑤ 及秦末战乱,民生凋敝。"汉兴,接秦之弊,诸侯并起,民失作业,而大饥馑。凡米石五千,人相食,死者过半。高祖乃令民得卖子,就食蜀汉,天下既定,民亡盖臧。"⑥ 故汉承秦法,施行"名田宅制",亦是富民富国之愿而行富国富民之策,而至"孝惠、高后之间,衣食滋殖"⑦。但所谓并兼之弊,再次出现,正如哀帝时师丹所言:"今累世承平,豪富吏民訾数钜万,而贫弱俞困。"⑧

汉代知识分子在将秦汉"田宅并兼"问题进行比较的研究中,也清楚地看到了秦与汉各所面临的不同的社会现实和历史背景。商鞅"名田宅"而不"限田宅",或有其道理,那就是"秦地广人寡,故草不尽垦,地利不尽出"⑨。而汉兴以后,一方面是"接秦之弊"而"民失作业,而大饥馑",另一方面则是"时民近战国,皆背本趋末"⑩。坦言"背本趋末"之俗,始于战国,并将导致人民"背本趋末"的根源归自商鞅变法而开田宅并兼之路。如此,汉初"名田宅制"的施行是在"时民近战国,

---

① (汉)班固:《汉书》卷二十四,中华书局 1962 年版,第 1137 页。
② (汉)司马迁:《史记》卷六十八,中华书局 1959 年版,第 2230 页。
③ (唐)杜佑:《通典》卷一,中华书局 1988 年版,第 6 页。
④ 同上。
⑤ (汉)班固:《汉书》卷二十四,中华书局 1962 年版,第 1126 页。
⑥ 同上书,第 1127 页。
⑦ 同上书,第 1127 页。
⑧ 同上书,第 1142 页。
⑨ (唐)杜佑:《通典》卷一,中华书局 1988 年版,第 6 页。
⑩ (汉)班固:《汉书》卷二十四,中华书局 1962 年版,第 1127 页。

皆背本趋末"的大环境、大背景下而进行的，而其"背本趋末"之势，必然甚于战国。

上述认识，在汉初知识分子中似乎已成共识。孝文帝时，贾谊上书云："今背本而趋末，游食者甚众，是天下之大残也。"① 而晁错亦云："今海内为一，土地人民之众不避汤、禹，加以亡天灾数年之水旱，而蓄积未及者，何也？地有遗利，民有余力，生谷之土未尽垦，山泽之利未尽出也，游食之民未尽归农也。"② 西汉元帝时，贡禹亦云："故民弃本逐末，耕者不能半。"建议"使百姓壹归于农，复古道便。"③ 而至东汉王符，亦在《潜夫论》中说："今举俗舍本农，趋商贾，牛马车舆，填塞道路，游手为巧，充盈都邑，务本者少，浮食者众。"④ 时仲长统更从"井田之变"论起，其云："井田之变，豪人货殖，馆舍布于州郡，田亩连于方国。身无半通青纶之命，而窃三辰龙章之服；不为编户一伍之长，而有千室名邑之役。荣乐过于封君，执力侔于守令。财赂自营，犯法不坐，刺客死士，为之投命。至使弱力少智之子，被穿帷败，寄死不敛，冤枉穷困，不敢自理。虽亦由网禁疏阔，盖分田无限使之然也。"⑤

由"背本趋末"而构成的风俗之变，即表现为"崇利而简义，高力而尚功"⑥。对此，西汉元帝时的贡禹解释为社会民心对金钱的追逐：富者"积钱满室，犹亡厌足"，而贫者"虽赐之田，犹贱卖以贾"，何者？"末利深而惑于钱也"⑦。而"惑于钱"的原因，即在于"商贾求利，东西南北各用智巧，好衣美食，岁有十二之利，而不出租税"，而"农夫父子暴露中野，不避寒暑，挼草杷土，手足胼胝，已奉谷租，又出稾税，乡部私求，不可胜供"⑧。两相比较，"求士之舍荣乐而居穷苦，弃放逸而赴束缚，夫谁肯为之者邪"⑨。"今察洛阳，资末业者什余农夫，虚伪游手什

---

① （唐）杜佑：《通典》卷一，中华书局1988年版，第7页。
② 同上。
③ （汉）班固：《汉书》卷七十二，中华书局1962年版，第3075、3076页。
④ （南朝宋）范晔：《后汉书》卷四十九，中华书局1965年版，第1633页。
⑤ 同上书，第1651页。
⑥ 王利器校注：《盐铁论》卷二，中华书局1992年版，第94页。
⑦ （汉）班固：《汉书》卷七十二，中华书局1962年版，第3075页。
⑧ 同上。
⑨ （南朝宋）范晔：《后汉书》卷四十九，中华书局1965年版，第1648页。

于末业","天下百郡千县，市邑万数，类皆如此"。①

如此，两汉社会必然风俗移易，嗜欲僭越、崇利忘义、智诈奸宄、结党用私。且看如下描述："高祖、孝文、孝景皇帝，循古节俭。……后世争为奢侈，转转益甚，臣下亦相仿效，衣服履绔刀剑乱于主上，主上时临朝入庙，众人不能别异，甚非其宜。然非自知奢僭也，犹鲁昭公曰：吾何僭矣。"② 这种风俗之变，汉文帝时已露端倪，武帝时转甚。"武帝始君临天下，尊贤用士，辟地广境数千里，自见功大威行，遂纵耆欲，用度不足，乃行一切之变，使犯法者赎罪，入谷者补吏，是以天下奢侈，官乱民贫，盗贼并起，亡命者众。郡国恐伏其诛，则择便巧史书习于计簿能欺上府者，以为右职；奸轨不胜，则取勇猛能操切百姓者，以苛暴威服下者，使居大位。故亡义而有财者显于世，欺谩而善书者尊于朝，悖逆而勇猛者贵于官。故俗皆曰：'何以孝弟为？财多而光荣。何以礼仪为？史书而仕宦。何以谨慎为？勇猛而临官。'故黥劓而髠钳者犹复襢臂为政于世，行虽犬彘，家富势足，目指气使，是为贤耳。故谓居官而置富者为雄桀，处奸而得利者为壮士，兄劝其弟，父勉其子，俗之坏败，乃至于是！察其所以然者，皆以犯法得赎罪，求士不得真贤，相守崇财利，诛不行之所至也。"③

而至东汉，犹成世风。"今人奢衣服，侈饮食，事口舌而习调欺。或以谋奸合任为业，或以游博持掩为事。"④ "夫十步之间，必有茂草；十室之邑，必有忠信。是故乱殷有三仁，小卫多君子。今以大汉之广土，士民之繁庶，朝廷之清明，上下之修正，而官无善吏，位无良臣。此岂时之无贤，谅由取之乖实。夫志道者少与，逐俗者多畴，是以朋党用私，背实趋华。"更有甚者，"其贡士者，不复依其质干，准其才行，但虚造声誉，妄生羽毛。"⑤

显然，两汉社会"时政凋敝，风俗移易，纯朴已去，智慧已来"已成必然。⑥ 而崇利忘义，智诈奸宄的社会风气，的确前所未有。

---

① （南朝宋）范晔：《后汉书》卷四十九，中华书局1965年版，第1633页。
② （汉）班固：《汉书》卷七十二，中华书局1962年版，第3069、3067页。
③ 同上书，第3077页。
④ （南朝宋）范晔：《后汉书》卷四十九，中华书局1965年版，第1634页。
⑤ 同上书，第1638页。
⑥ 同上书，第1651页。

四　以寻求物欲享乐为宗旨的世俗生活观

汉代丧葬制度"汉制"特点中"反映庄园生活的模型器"的出现，说明"庄园生活"已经成为两汉时期最为典型的生活方式。庄园生活的一个最大特点，即是以"小农经济"为基础的自给自足的生活方式。由于这种生活方式在财富生产上的自给自足性质，而导致其在财富的消费和生活享乐上的谨慎、封闭和私密。然而，当这种建立在"小农经济"基础上的庄园生活，受到外向型的开放的商业经济的渗透和影响的时候，便会导致财富积累和占有欲望的膨胀，与之而来的则是财富消费和享乐观念的转变，由谨慎、保守的生活态度而转向以寻求物欲享乐为宗旨的世俗生活观。

《汉书·食货志》引董仲舒上书论秦土地政策时，指出"用商鞅之法，改帝王之制，除井田，民得买卖"。其后果，则是"富者田连阡陌，贫者亡立锥之地"，"邑有人君之尊，里有公侯之富"。① 汉兴以后，"循而未改"，社会财富确实得到大量的积累。"至武帝之初七十年间，国家亡事，非遇水旱，则民人给家足。"各级政府"都鄙廪庾尽满，而库府余财。京师之钱累百钜万，贯朽而不可校。太仓之粟陈陈相因，充溢露积于外，腐败不可食"；而普通市井民间"众庶街巷有马，阡陌之间成群，乘牸牝者摈而不得会聚。守闾阎者食粱肉；为吏者长子孙；居官者以为姓号"。②

在社会财富得到巨大累积以后，消费和享乐观念也便发生了转变。"于是罔疏而民富，役财骄溢，或至并兼豪党之徒以武断于乡曲。宗室有土，公卿大夫以下争于奢侈，室庐车服僭上亡限。"③ 桓宽《盐铁论·散不足》从三十一个方面揭示"古今之变"，涉及饮食、用器、服饰、车乘、祭祀、丧葬、婚姻、狩猎等，其中大部分事关"消费和享乐观念的变化"问题。④ 上述情况，在王符《潜夫论·奢侈篇》中亦有所描述和揭示。

在目前所发现的汉代墓葬和墓地祠堂画像中，多有"庖厨场面"的描写。上述庖厨图像在构图上大都采取写实的手法，表现现实生活中"厨房操作"的场面。因此，从汉庖厨画像的构图中，可以了解两汉时期

---

① （汉）班固：《汉书》卷二十四，中华书局1962年版，第1137页。
② 同上书，第1135页。
③ 同上书，第1136页。
④ （汉）桓宽：《盐铁论》，《诸子集成》（七），中华书局1954年版，第33—35页。

"饮食"方面的习惯与嗜好。

图 5—1 是山东滕州市岗头镇出土画像石、图 5—2 是四川宜宾出土画像石、图 5—3 是山东临沂白庄出土画像石。[①] 上述三幅画像所描写的庖厨场面呈现出如下几个方面的特点：（1）均有单独的操作空间，即厨房，厨房有灶、案之类的厨具；（2）鸡、鸭、鱼、猪、羊、狗等水产和禽畜，皆为菜肴，而从临沂白庄画像石"庖厨场面"牛饮水的画面看，似乎牛也是宰杀的对象；（3）上述画面中或有"二人对饮"的场面，或有巨型"酒坛"的描写，说明酒类已成日常餐饮之物。

图 5—1 图 5—2

图 5—3

---

① 图 5—1 画面下部右侧为一"水榭"建筑，左侧是"庖厨场面"：墙上悬挂着鱼和肉块，一人欲执肉块切割，中部一人手牵一羊。图 5—2 画面的上部是一帷幔，帷幔之下右侧是二人对饮，左侧是庖厨场面：墙上悬挂着鱼、鸭、火腿等，下部一人跽坐而手执尖刀，前面一案，案上置一条大鱼欲宰杀。图 5—3 画面所展示的是一幅完整的"庖厨场面"：画面左部是两处"厨房"建筑，左起第一间厨房内有二人灶前操作，似为烧火、做饭；第二间厨房内悬挂着猪头、猪腿、鱼、鸡；厨房外面，有二人抬着类似馒头的东西，他们的身后有二人肩扛反绑着的猪，其上有二大一小三个酒坛；再后，有一人一手牵羊、一手执刀；其上，一人手执尖刀夹狗；最右侧是一水井，井旁树下一牛饮水。参见中国画像石全集编辑委员会《中国画像石全集 2·山东汉画像石》，山东美术出版社、河南美术出版社 2000 年版，第 187 图；《中国画像石全集 7·四川汉画像石》，山东美术出版社、河南美术出版社 2000 年版，第 119 图；《中国画像石全集 3·山东汉画像石》，山东美术出版社、河南美术出版社 2000 年版，第 9 图。

如果将上述特点作为"饮食"方面的习惯与嗜好，而与汉代典籍中"饮食"方面的载记进行比较，或能对上述画像所描写的庖厨场面的豪华奢侈程度有所认识。

　　《礼记·王制》云："诸侯无故不杀牛，大夫无故不杀羊，士无故不杀犬豕。"①《礼记》所言"故"是指祭祀的时候。《史记·陈丞相世家》载："里中社，平为宰，分肉食甚均。"② 知祭祀所用之牲，礼毕是可以分肉而食的，而平时则不能食肉，诸侯、大夫、士还可在"朔食"时肉食。《礼记·内则》载有"朔食"制度，即为每月初一日的饮食，其云："男女夙兴，沐浴衣服，具视朔食。"郑玄注云："朔食，天子大牢，诸侯少牢，大夫特豕，士特豚。"③ 显然，诸侯、大夫、士于平时也只能在"朔食"时肉食。《汉书·文帝纪》载汉文帝初即位，大赦天下，"赐民爵一级，女子百户牛酒，酺五日。"④ 汉文帝即位，天下庆祝，才可以饮酒食肉。说明西汉至文帝时期，上述饮食方面的制度和习俗应该还有约束力。然而，从汉代相关典籍的记载看，文帝以后，风俗变异，武帝时转甚。桓宽《盐铁论·散不足》以《礼记》上述载记为据，与汉时的饮食相比较，其云："今闾巷县佰，阡伯屠沽，无故烹杀，相聚野外。"⑤ 可见，不仅《礼记》所言"朔食"制度在武帝以后已经不复存在，而且根据等级而享受的"杀牲"制度也荡然无存。

　　汉画像石墓也是两汉时期厚葬风俗的产物，《后汉书》载王符《潜夫论·浮侈篇》云："京师贵戚，郡县豪家……庐舍祠堂，崇侈上僭"，而"边远下土，亦竞相仿效"⑥。则画像石墓墓主起码也要在"中产"以上。如此，上述画像"庖厨场面"的描写，已经见出两汉时期在饮食方面的奢侈、豪华之象，亦能够与桓宽《盐铁论·散不足》的相关描述相印证。而据《盐铁论》"一豕之肉，得中年之收"的说法，恐怕"中产之家"不能负担得起，因此，上述画面很可能是"京师贵戚，郡县豪家"于日常饮食方面的反映，但也有可能是所谓"中产之家"攀比富贵而幻想于

---

① （清）孙希旦：《礼记集解》卷十三，中华书局1989年版，第354页。
② （汉）司马迁：《史记》卷五十六，中华书局1959年版，第2052页。
③ （清）孙希旦：《礼记集解》卷二十八，中华书局1989年版，第763页。
④ （汉）班固：《汉书》卷四，中华书局1962年版，第108页。
⑤ 王利器：《盐铁论校注》卷六，中华书局1992年版，第351页。
⑥ （南朝宋）范晔：《后汉书》卷四十九，中华书局1965年版，第1636、1637页。

逝后富贵生活的企盼。

汉画像石中的"庖厨场面"往往与"宴饮场面"联系在一起。在上文所引"庖厨场面"画像中,图5—1是"一人独酌",而图5—2所表现的则是"二人对饮"。显然,画面中"庖厨场面"的描绘与"宴饮场面"的描写具有直接的联系。"庖厨场面"中丰富食物的描绘,显然是为了表现"宴饮场面"的奢华,而画面对"宴饮场面"中"饮酒"行为的刻画,则是意在奢华的"宴饮场面"中表现出兴奋和热烈的情趣。汉画像石中表现与"酒"有关的题材,往往以刻画盛酒的容器和饮酒的场面为常见,而打虎亭1号墓画像中则专门有"酿酒"题材的画像,实为特例。① 上述情况说明,两汉时期权贵之家已有自己酿酒的习惯。打虎亭1号墓六幅画像,两幅是表现宴饮场面的画像,而"敬酒"和"对饮"则是画像所表现的主要内容,又进一步说明饮酒之风于两汉时期权贵阶层的盛行。

周人总结殷亡的教训,往往指向"酒",而将殷纣灭亡的原因,归于"荒腆于酒",故对饮酒控制严格。②《周礼》有"酒正"、"酒人"之职,又有"萍氏"执掌"国之水禁。幾酒,谨酒"。③《礼记·乐记》亦云:"夫豢豕为酒,非以为祸也,而狱讼益繁,则酒之流生祸也。是故先王因为酒礼。"④ 时至汉代,对于聚会私饮,也属于法律禁止之列。《汉书》颜师古注引文颖云:"汉律,三人以上无故群饮酒,罚金四两。今诏横赐得

---

① 画像分别出自墓葬东耳室南壁西、东耳室北壁东、东耳室北壁西、北耳室东壁南、北耳室西壁北、北耳室西壁南,所描绘的内容包括"酿酒"、"庖厨"、"庖厨"、"送膳"、"宴饮"、"宴饮"。将画像所描绘的内容与画像所处的位置联系起来考察,"酿酒"、"庖厨"等劳动操作的画面与"宴饮"画面分别位于不同的耳室,意味着画面所表现的厨房劳动操作的行为与宴饮的行为分别位于不同的房间,而表现"送膳"内容的画像位于"北耳室",同时,两幅表现"宴饮"内容的画像亦在"北耳室",说明墓葬的"北耳室"是宴饮场所的象征,类似于后世的"餐厅",如此,"东耳室"则是"厨房"的象征了。参见中国画像石全集编辑委员会《中国画像石全集6·河南汉画像石》,山东美术出版社、河南美术出版社2000年版。第96、97、98、100、102、103图。

② 《尚书·酒诰》云:"在今后嗣王酗身……惟荒腆于酒,不惟自息乃逸,厥心疾很,不克畏死。辜在商邑,越殷国灭,无罹。……弗惟德馨香,祀登闻于天。诞惟民怨,庶群自酒,腥闻在上,故天降丧于殷。"(清)孙星衍《尚书今古文注疏》卷十六,中华书局1986年版,第380、381页。

③ 陈戍国点校:《周礼·秋官司寇》,岳麓书社1989年版,第106页。

④ (清)孙希旦:《礼记集解》卷三十七,中华书局1989年版,第997页。

令会聚饮食五日也。"① 然而,从上文所录汉墓有关宴饮画像来看,上述"汉律"似乎已经不起作用,或者说明上述"汉律"的制定恰恰缘于社会繁盛的酗酒之风已经到了相当严重的程度。而如《尚书·酒诰》所说"祀兹酒"的传统,在两汉时期已经不复存在,代之的是宴饮无度。即如《盐铁论·散不足》所说"今宾昏酒食,接连相因,析酲什半"②。病酒之人十者有五。

"宴饮"是口腹之福,而"乐舞"则是耳目享受,二者似乎不能分离。在汉画像所表现的宴饮场面中,往往同时又有乐舞的表演。而从汉画像所描绘的乐舞情形看,乐舞既是单纯的表演和欣赏的艺术形式,也是杂于宴饮之间助兴的活动。

图 5—4

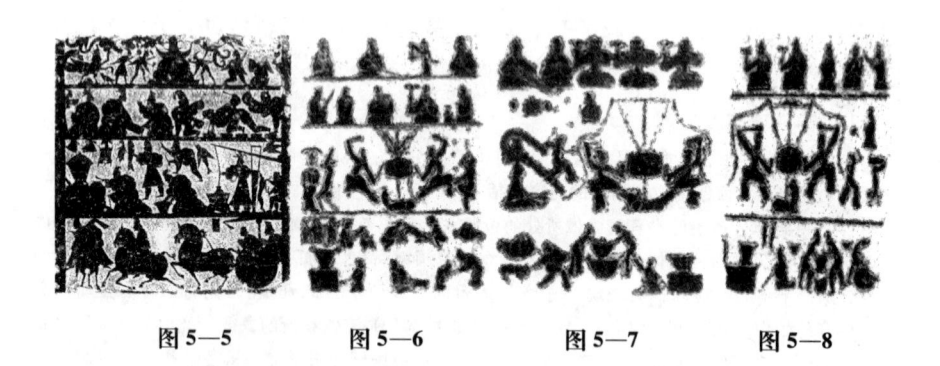

图 5—5   图 5—6   图 5—7   图 5—8

---

① (汉)班固:《汉书》卷四,颜师古注,中华书局1962年版,第110页。
② 王利器:《盐铁论校注》,《新编诸子集成》第一辑,中华书局1992年版,第351页。

图 5—9

图 5—10

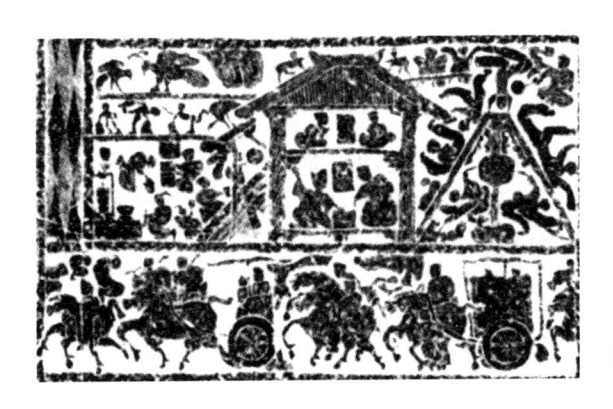

图 5—11

上述画像中皆有"乐舞表演"场面的描绘。图 5—4、图 5—7 是"乐舞"与"庖厨"、"宴饮"同在一个画面之中,图 5—5、图 5—6、图 5—8、图 5—9、图 5—10 则是"乐舞"与"庖厨"、"宴饮"被"分格"表现。①

"乐舞"与"庖厨"、"宴饮"等活动同在一个画面之中,在构图上

---

① 图 5—4 见《中国画像石全集 7·四川汉画像石》,第 122 图;图 5—5 见《中国画像石全集 1·山东汉画像石》,第 90 图。图 5—6、图 5—7、图 5—8 见《中国画像石全集 1·山东汉画像石》,第 118、121、130 图。图 5—9、图 5—10、图 5—11 见《中国画像石全集 4·江苏安徽浙江汉画像石》,第 15、16、145 图。

应该是上述诸种活动在同一时间和空间发生的意思。"乐舞"与"庖厨"、"宴饮"被"分格"表现的构图形式，则存在两种情况：一种情况是上述诸种活动虽然发生在同一时间，但空间背景并不相同，故以"分格表现"来处理；另一种情况是上述诸种活动发生的时间与空间均不相同，但相互之间存在联系，即以"分格表现"的构图形式来描绘存在联系的诸种活动。如图5—5，由下往上，第一格是"车马出行"，第二格是"庖厨场面"，第三格是"乐舞场景"：画面左边刻画一女子抚琴，前面有一男子伴唱，右边刻画三人踏鼓舞蹈。① 再如图5—11的构图形式。在上述画像构图中，第一格都是"车马出行"的内容，而且都将这样的"内容"置于画面最底层，而画像整体所主要表现的则是画像上部的"庖厨"和"宴饮"的场面，故而第一格"车马出行"的内容在构图上也就带有了"回归"的用意，或为"主人"归来，或为"客人"驾到。

从上文所引汉墓有关宴饮画像来看，既有"单人独酌"的描写，也有"对饮"或"群欢"的场面，而在表现宴饮题材的画像中，后者更为多见，说明汉画像所表现的"对饮"或"群欢"的场面，应该属于一种私人范围内的群体性的社交活动。而这种"私人范围内的群体性的社交活动"能够以墓葬画像的形式大量地表现出来，说明这种社交活动在两汉时期已经蔚然成风。

由此而论，由"背本趋末"而带来的商业的繁荣，一方面使得两汉时期社会财富得到巨量累积，另一方面也刺激了人们的财富消费和享乐的欲望，正所谓"目修于五色，耳营于五音，体极轻薄，口极甘脆"②。由此而必然带来财富消费和享乐观念的转变，这方面尤以"饮食"、"娱乐"等观念的变化最为鲜明和突出，并表现为"口腹之欲"与"感官享乐"的综合性的追求。更为重要的是，这样的生活享受和追求，已经从个人或家庭内部的私密行为而转化为公开的社交活动。说明这样的生活享受和追求，已经成为两汉时期以寻求物欲享乐为宗旨的世俗生活观。

五 以满足男女情欲为目的的世俗享乐观

桓宽《盐铁论·散不足》在论"古今夫妇之道"时说："古者，夫妇

---

① 中国画像石全集编辑委员会：《中国画像石全集1·山东汉画像石》，山东美术出版社、河南美术出版社2000年版，第90图。

② （汉）桓宽：《盐铁论》，《诸子集成》（七），中华书局1954年版，第35页。

之好，一男一女而成家室之道。及后士一妾，大夫二，诸侯有侄娣九女而已。今诸侯百数，卿大夫十数，中者侍御，富者盈室。是以女或旷怨失时，男或放死无匹。"① 上述情况，在贡禹的"奏言"中已有所反映，其云："武帝时，又多取好女至数千人，以填后宫。……至孝宣皇帝时，陛下恶有所言，群臣亦随故事，甚可痛也！故使天下承化，取女皆大过度，诸侯妻妾或至数百人，豪富吏民畜歌者至数十人，是以内多怨女，外多旷夫。"② 上文所言，上至皇帝诸侯，下至豪富吏民，在所谓"取女"的事情上，皆"大过度"，显然已成两汉时期世风所向。

湖南长沙马王堆3号汉墓就出土了与"房中术"有关的帛书。张衡有《同声歌》一诗。《乐府题解》肯定这是一首"以喻臣子之事君"之作，但诗歌却主要描写男女闺房私事。诗句中"衣解巾纷卸，列图陈枕张。素女为我师，仪态盈万方"的描写，也牵涉到"房中术"的内容。

"房中术"或即所谓"秘戏"。《汉书·周仁传》载："（周仁）以是得幸，入卧内，于后宫秘戏。"③ 此言周仁于后宫观景帝"秘戏"，并言"仁常在旁，终无所言"。④ 周仁何以能够入景帝后宫观秘戏，后世不得要领。《汉书》周仁本传言"仁为人阴重不泄。常衣弊补衣溺裤，期为不洁清，以是得幸，入卧内"⑤。以此观之，周仁得入景帝后宫观秘戏，是因为自身性器有病，即如张晏注云："是以得比宦者，得入后宫焉。"⑥ 然，颜师古认为所谓"不泄"乃为人审慎，口风严谨，不外泄密。⑦ 由此而言，不论周仁因何得入景帝后宫观秘戏，秘戏都是不能为外人所道所知的事情。故所谓"秘戏"当指男女之性行为，因不能为外人所见，故称秘戏。张衡《同声歌》"衣解巾纷御，列图陈枕张。素女为我师，仪态盈万方"的描写，论者以为"盖即汉志所言房中也。玉房秘诀黄帝问素女玄女采女阴阳之事"。⑧ 可能就属于秘戏的范畴，也牵涉到"房中术"的内

---

① （汉）桓宽：《盐铁论》，《诸子集成》（七），中华书局1954年版，第34、35页。
② （汉）班固：《汉书》卷七十二，中华书局1962年版，第3070、3071页。
③ （汉）班固：《汉书》卷四十六，中华书局1962年版，第2203页。
④ 同上。
⑤ 同上。
⑥ （汉）班固：《汉书》卷四十六，张晏注，中华书局1962年版，第2204页。
⑦ （汉）班固：《汉书》卷四十六，颜师古注，中华书局1962年版，第2204页。
⑧ 逯钦立：《先秦汉魏晋南北朝诗·汉诗·张衡〈同声歌〉注》，中华书局1983年版，第179页。

容。显然，这种"秘戏"或"房中术"或已由宫廷而流至社会民间。

  汉代去古未远，所谓民间传统宗教信仰、古老习俗风尚仍然存在于社会之上，而汉代社会又是一个继往开来的"转型时期"，一切由新旧社会体制替代所引发的思想矛盾、信仰冲突、风俗移易，都在社会生活中表现出来。所谓饱暖思淫欲，在两汉时期的世俗价值观、道德观、生活观皆表现为以财富的占有和物欲的享受为核心价值的时候，其"以满足男女情欲为目的"的享乐世风的形成，也就不难理解了。然而，仍然令人惊讶的是，在这种世风影响之下，两汉时期王宫皇室生活秽乱而缺少节制，豪贵吏民耽于淫乐而纵情声色，从某种意义上说，似乎已经到了某种令人吃惊的程度，而汉画像中涉及"性"题材画像的出现，或能说明问题。

  在四川涉及"性"内容的汉画像中出现了表现两性亲吻内容的作品，如图5—12是四川乐山大地湾崖墓"接吻图"、图5—13是四川彭山崖墓"接吻图"。①

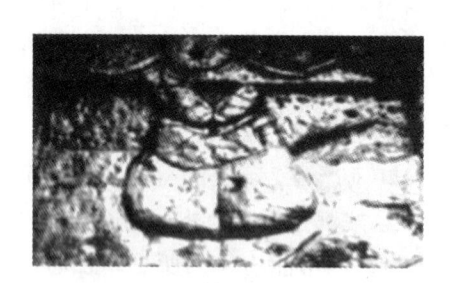

图 5—12

图 5—13

图 5—14

图 5—15

---

  ① 中国画像石全集编辑委员会：《中国画像石全集7·四川汉画像石》，山东美术出版社、河南美术出版社2000年版，第9图、第21图、第111—114图、第115图。

上述雕刻形式在构图上所表现的两性亲昵的内容，或可以"燕婉"来指称。《诗经·邶风·新台》云："燕婉之求，籧篨不鲜。"诗中的"燕婉"当指和合温顺之态，而汉诗中的"燕婉"或指男女亲密的关系或行为。《文选》（卷二十九）录苏子卿《诗四首》其一云："结发为夫妻，恩爱两不疑。欢娱在今夕，燕婉及良时。"上述表现两性亲吻内容的雕刻形式的"背景"应该是墓主人的"阴宅"，所表现的应该是墓主人于"阴宅"的生活。这一点可以从四川荥经石棺整体画像的分析中得到证明。①已知四川荥经石棺画像共两幅，图5—14为石棺左侧画像、图5—15为石棺右侧画像。

上述表现两性亲昵内容的题材能够在汉画像石的构图中出现，至少能够说明，在汉代社会生活中两性的亲昵与好合，是人们追求的重要的生活内容，并希望将这样的生活内容延至逝后的另一个世界之中。值得注意的

---

① 荥经石棺左侧画像以斗拱和中门作为艺术元素，其表现居室和居室内部景象的叙述目的是明确的，依此，石棺右侧画像所表现的就应该是室外庭院的景象。石棺左右两侧画像分别描绘室内、室外场景，说明石棺画像作者有意再现墓葬主人逝后的生活场景，而与"仙道"无关。有学者认为石棺左侧画像几后端坐者为"西王母"，而中间以手执门者为"仙童"。（中国画像石全集编辑委员会《中国画像石全集 7·四川汉画像石》第 111—114 图释文，山东美术出版社、河南美术出版社 2000 年版）值得注意的是，四川汉画像中的西王母多端坐于"龙虎座"之上，或肩生双翼。（参见中国画像石全集编辑委员会《中国画像石全集 7·四川汉画像石》第 135、149、175、178 图，山东美术出版社、河南美术出版社 2000 年版）而荥经石棺左侧画像几后端坐者形象在构图上不具备西王母画像上述艺术元素，故将这一形象释为西王母恐不确。如前所述，荥经石棺左右两侧画像分别描绘室内、室外场景，而描绘室内场景的石棺左侧画像在布局上以斗拱为限，将画面分为三个部分，即左边的燕婉画面、右边的几后端坐画面以及中间部分的正门和朱雀画面，并以上述三个画面的组合象征居室的正门和左右两室的情景。上述画像在构图上的这种特点，在四川汉代石棺画像中能够看到同例。以四川芦山王晖石棺画像为例。（参见中国画像石全集编辑委员会《中国画像石全集 7·四川汉画像石》第 91、92、93、94 图释文，山东美术出版社、河南美术出版社 2000 年版）芦山王晖石棺画像左侧刻绘青龙，右侧刻绘白虎，棺后刻绘玄武，其用意是以"四灵"置于棺的四周以为佑护之意。这种以"四灵"置于石棺四周的方式，实际上是以石棺象征墓葬主人逝后"阴宅"的思想的反映，而棺首画像上刻墓志铭，中间刻绘一女子倚门而立的画面构图，正是上述认识最好的证明。与芦山王晖石棺画像相比较，荥经石棺画像则单纯依托石棺左右侧壁的画像构成一个完整的"阴宅"象征体。在构图上，荥经石棺左侧画像画面正中同样有门，大门微开，同样刻绘一人倚门而立，则荥经石棺左侧画像象征墓葬主人逝后"阴宅"的构图意义不言自明。据此而言，荥经石棺左侧画像应该是象征墓葬主人于彼岸世界即所谓"阴宅"的生活场景，左右两侧燕婉和几后端坐者画面，或象征着墓葬主人于"阴宅"的不同生活场景或生活内容。

是，上述表现亲吻内容的画像在整体艺术造型的设计上体现着某些共同点，即画面形象左右相对、躯体或下体相连、头部相对或嘴部相接，并在构图上呈现出某种"程式化"的艺术表现形式。显然，这种"程式化的艺术表现形式"能够在汉画像中反复出现，说明画像所表现的内容，已经成为一种带有普遍性的生活追求，或即一种令人向往和欣羡的生活方式。

如果说上述画像所表现的内容，已经成为一种带有普遍性的生活追求乃至生活方式的话，那么汉画像中对男女"性器"的表现和男女"交合"行为的描写，就似乎已经超越了"生活方式"的范畴。①

《汉书·艺文志》有"房中"，以为"性情之极，至道之际，是以圣王制外乐以禁内情，而为之节文"。② 则为"房中术"戴上了一个冠

---

① 在四川汉墓考古中发现了多幅裸体浮雕形象和"交媾图"。如：（1）四川罗江文星双偃村东汉崖墓"裸女"浮雕，裸女"呈蛙状"，"生殖器明显外露"。（2）三台柏林坡 BM5 右侧室墓壁"裸男"浮雕，其形象"下蹲"，"生殖器向上勃起。"（3）三台柏林坡 BM5 右侧室墓壁"交媾图"和"秘戏图"。（参见范小平《四川崖墓艺术》引图，四川出版集团巴蜀书社 2006 年版，第 163、166、167 页）上述裸体浮雕在形象造型上与原始岩画上的浮雕形象颇为接近，因此其"裸体浮雕"所承载的"生殖崇拜"的内涵，可能与人类早期的生殖崇拜观念存在联系。然而，两性"交媾图"和"秘戏图"的出现，却对这种"生殖观念崇拜"的说法提出了怀疑，因为上述"画像"所表现的不是生殖器本身，而是两性的亲昵乃至交合的行为。其图像在构图上所反映的两性之间颇为复杂的关系，同样涵盖着颇为复杂的情感和思想，因此，也就不是一个"生殖崇拜观念"所能涵盖的了。如：四川德阳画像砖"交媾图"和四川新都画像砖"野合图"。对上述画像砖两性"交媾"或"野合"的构图形式进行分析，其最值得注意的有两个方面，其一是上述画像均试图将画面中男女主人公的行为放在一个具有背景意义的艺术情境中来展示或表现；其二是画面中两性"交媾"或"野合"的姿势基本相同，这说明虽然上述画像砖并非出自一地，相信画像作者也并非一人，但是却在构图上采用了相同的艺术表现手法来表现主要内容，从而形成了相同的艺术表现形式。上述有关两性"交媾"或"野合"的构图形式所表现的内容，具有某种"表演"的性质，其与上文所引表现男女亲昵行为的"燕婉"画像，已经存在本质上的区别。如果前者还属于男女或夫妇于家庭或私密空间的个人行为的话，那么后者所表现的则恰恰相反，而是男女于"性"的"姿势"乃至"技巧"等方面的"展示"。从德阳画像砖"交媾图"的构图上看，位于画面中心的男女主人公形象，在构图上除了表现出规矩和整洁的特点之外，在对女性形象的刻画上，既通过女性腿部动作的刻画而构成一种夸张和热烈的艺术效果，同时又通过女性手臂的自然垂放和平伸而形成一种平静和内敛的情感表现。这种夸张而热烈的艺术效果与平静而内敛的情感表现，又是在具有鲜明而强烈的装饰性特点和效果的背景下呈现出来的，从而导致画面中心的男女主人公的行为更具"表演"的性质和属性。视其为所谓"房中术"者，或更为恰当。

② （汉）班固：《汉书》卷三十，中华书局 1962 年版，第 1779 页

冕堂皇的帽子。或如此,"房中术"乃流行于两汉时期的朝野之间。然而,在"妖童美妾,填乎绮室;倡讴伎乐,列乎深堂"(仲长统《昌言·理乱篇》)的两汉时期,这种"以禁内情"的"房中术"却走向了它的"反面",其与豪贵阶层奢侈淫靡的生活相结合,必然锻造出一幅"耽于淫乐而纵情声色"的情欲图画,并影响到两汉时期的世风走向。

《睡虎地秦墓竹简·封诊式》载有一则男女"和奸"的案例。① 这样的案例在《张家山汉墓竹简·奏谳书》中亦有载。② 从简文提供的信息看,《睡虎地秦墓竹简》所载"和奸"案例发生在"白天",而《张家山汉墓竹简》所载"和奸"案例则发生在女方当事者为"丈夫""夜丧"的晚上。从"和奸"事件发生的时间上看,均表现出男女性行为的"恣意"和"妄为",尤其后者,更在婆婆"丁母"在"夜丧"现场"环棺而哭"的时候,就与"男子丙偕之棺后内中和奸",其"恣意"和"妄为"的程度令人惊讶。再从当事者的"身份"看,《睡虎地秦墓竹简》所载"和奸"之事的发现者是"士五甲"。"士伍"排在秦汉"二十等爵"之外,与"公卒"、"庶人"同列,故当事者"男子乙"和"女子丙"亦当为"庶人"。《张家山汉墓竹简》所载"和奸"案例女方当事者逝去的"丈夫"属于"公士",位于"二十等爵"最后,也不属于"贵族"阶层。如此而论,上引两则"和奸"案例在一定意义上反映了秦汉时期社会底层的现实。

上述两则案例在案情上并不复杂,所犯也仅是男女"和奸"而非杀人越货的重罪,但前者却将当事人捕获并戴上械具押入官署,后者则是县级官吏疑不能决,更惊动朝廷引来廷尉等众人的讨论。一方面说明秦汉时期对"和奸"之事的惩戒是严厉的,对"淫侈之俗"的防范也是严密的;另一方也反映了秦汉时期社会现实生活中男女性行为的随意乃至泛滥的现实。对于后一方面的情况,张家山汉简《二年律令》关于"奸淫"定罪的严酷性,亦可为证。

《二年律令》关于"奸淫"的律文共六条,其量刑最高者弃市、其次

---

① "爰书:某里士五甲诣男子乙、女子丙,告曰:乙、丙相与奸,自昼见某所,捕校上来诣之。"睡虎地秦墓竹简整理小组:《睡虎地秦墓竹简》,文物出版社1990年版,第163页。

② "今杜泸女子甲夫公士丁疾死,丧棺在堂上,未葬,与丁母素夜丧,环棺而哭。甲与男子丙偕之棺后内中和奸。"张家山二四七号汉墓竹简整理小组:《张家山汉墓竹简[二四七号墓]》,文物出版社2006年版,第108页。

腐刑、再次城旦舂。弃市者有二：其一"奴取主、主之母、子以为妻，若与奸，弃市，而耐其女子以为隶妾。其强与奸，除所强"。其二"同产相与奸，若取以为妻，及所取皆弃市。其强于奸，除所强"。府刑者亦有二：其一"强与人奸者，府以为宫隶臣"。其二"和奸"者如男方为"吏"则"以强奸论之"。城旦舂者一，即"诸与人妻和奸，及其所与者皆完为城旦舂"。①

由上可知，《二年律令》关于"奸淫"的法律规定颇为完整，而关于"和奸"的律文则认定明确，量刑清楚，说明汉初乃至两汉时期对"强奸"以及"和奸"的防范和制裁是严厉的，也说明汉初乃至两汉时期上述"奸淫"行为的随意和泛滥的社会现实。即如睡虎地秦墓竹简《语书》所云："今法律令已具矣，而吏民莫用，乡俗淫失（泆）之民不止，是即法（废）主之明殹（也），而长邪避（僻）淫失（泆）之民，甚害于邦，不便于民。"②

综上所述，通过上文的讨论能够促使我们更加冷静和理性地认识两汉时期的社会现实：一方面汉代国家一统，思想归一，道德趋守，则移风易俗、文化转型、法律规范已见成效；而另一方面汉代去古未远，民风淳朴，古俗犹存，而皇室、贵戚、豪族、庶人之奢侈淫乐已成风气。

六 以贪恋长生永视为目标的世俗生命观

神仙方士之说，起于战国而兴于秦汉。《史记·封禅书》云："自齐威、宣之时，驺子之徒论著终始五德之运，及秦帝而齐人奏之，故始皇采用之。而宋毋忌、正伯侨、充尚、羡门高最后皆燕人，为方仙道，形解销化，依于鬼神之事。"③ 所谓"形解销化"，《集解》引服虔云"尸解也"。又引张晏云："人老而解去，故骨如变化也。今山中有龙骨，世人谓之龙解骨化去也。"④ 则所谓"方仙道"乃以"形解销化"之法而倡"长生永视"之说。故西汉武帝时"尤敬鬼神之事"，则主要继承了秦始皇求仙人慕长生的传统，而寻求"长生永视"的途径。"是时李少君亦以祠灶、谷道、却老方见上，上尊之。"于是"天子始亲祠灶，遣方士人海求蓬莱安

---

① 参见张家山二四七号汉墓竹简整理小组《张家山汉墓竹简·二年律令》，文物出版社2006年版。
② 睡虎地秦墓竹简整理小组：《睡虎地秦墓竹简》，文物出版社1990年版，第13页。
③ （汉）司马迁：《史记》卷二十八，中华书局1959年版，第1368、1369页。
④ （汉）司马迁：《史记》卷二十八《集解》引，中华书局1959年版，第1369页。

期生之属，而事化丹沙诸药齐为黄金矣"。① 又听信方士栾大"不死之药可得，仙人可致"之言。② 而"海上燕齐怪迂之方士多更来言神事矣"，而且"自此以后，方士之言神祠者弥众"。③ 直至"东汉图谶、占候之学，与神仙、方技之说相混"④。即如西汉成帝时谷永所云："而盛称奇怪鬼神，广崇祭祀之方，求报无福之祠，及言世有仙人，服食不终之药，遥兴轻举，登遐倒景，览观县圃，浮游蓬莱，耕耘五德，朝种暮获，与山石无极，黄冶变化，坚冰淖溺，化色五仓之术者。"⑤

如此，两汉时期神仙崇拜盛行，无论豪贵之人，还是贫穷之家，寻求长生，企盼不死，已至生命之要义。亦如桓宽《盐铁论·散不足》所云："及秦始皇览怪迂，信机祥，使卢生求羡门高，徐市等入海求不死之药。当此之时，燕、齐之士，释锄耒，争言神仙。方士于是趣咸阳者以千数，言仙人食金饮珠，然后寿与天地相保。于是数巡狩五岳、滨海之馆，以求神仙蓬莱之属。数幸之郡县，富人以赀佐，贫者筑道旁。"⑥

从某种意义上说，神话是一种文化现象。神话在某一特定历史时期的流传与演变，亦体现出这一特定历史时期文化的发展与变化。嫦娥神话的文化内涵，与人对永恒生命的渴望与追求联系在一起。因此，从嫦娥神话在秦汉时期的演变，或能够进一步发现神仙崇拜和长生永视思想对两汉时期社会生活和人们生命观的影响情况。

嫦娥神话的"主干情节"是嫦娥服食不死药而成仙，因此，神话的宗旨是追求生命的永恒，而从嫦娥神话在两汉时期演变的情况看，神话一方面衍生出"嫦娥窃药"的行为，一方面又通过"有黄筮语"而对"嫦娥窃药"的"结果"加以肯定，反映出两汉时期"集体意识"中对嫦娥窃药的行为和结果的矛盾态度：窃药的行为应该受到谴责，而成仙长生的结果又是追求的终极目标。在上述两个方面的考量中，道德和情感的天平倾向了后者。

嫦娥神话在两汉时期演变的情况，恰与两汉时期神仙崇拜盛行的社会

---

① （汉）司马迁：《史记》卷二十八，中华书局1959年版，第1385页。
② 同上书，第1390页。
③ 同上书，第1404页。
④ 柳诒徵：《中国文化史》，东方出版中心1988年版，第348页。
⑤ （汉）班固：《汉书》卷二十五，中华书局1962年版，第1260页。
⑥ （汉）桓宽：《盐铁论》（王利器校注）卷六，新编诸子集成（第一辑），中华书局1992年版，第355页。

现实相同步。嫦娥神话所反映出的两汉时期"集体意识"中将成仙长生作为终极目标的道德和情感，正可以视为世俗生命观的表现和反映，及至东汉时期，这种世俗生命观转而更为强烈和迫切。嫦娥神话中嫦娥成仙永生的途径，是服食不死药。嫦娥服食不死药之后，能够"托身于月"而"是为蟾蜍"，看来也经历了"化"的过程。这与秦始皇时期齐人"宋毋忌"等方仙道所倡"形解销化"之法，在本质上是相同的，只是服食不死药比"形解销化"的"解骨化去"方法更为简单。故而"服食不死药"也便成为两汉时期人们追求的目标，而与"不死药"有关的"情节"在汉画像中的大量出现，亦成为上文所论更为有力的证明。①

方仙道"形解销化"之法，毕竟需要特殊的修为和锻炼，而嫦娥神话中服食不死药升仙，其"不死药"又极为珍贵难得，故上述成仙途径并非所有人都能有幸获得。从两汉时期丧葬制度的"汉制"逐渐确立的情况看，西汉武帝时期以后，由丧葬制度的"汉制"的逐渐确立，即所谓的"室墓"对"椁墓"的替代，反映了神仙崇拜和长生永视的思想也在逐渐变化和日渐丰富，标志着人的世俗生命于"逝后"又能获得永生的思想和观念的形成，并为更广泛的人群所接受和信仰。

汉代"室墓制度"形成的社会思想与信仰的基础，是相信人的生命并没有"结束"的那一刻，其生命的延续体现在"现世"与"彼岸"的"转化"，而且这种"转化"是以"精神"与"肉体"的"合一"而不是"分离"为前提的。上述情况意味着"室墓"本身已经成为一个象征体，其"依据现实生活的经验而构造"的过程，即是这种"象征体"的创造过程。

---

① "羽人"、"玉兔"与"仙药"是汉画像中所描绘的重要内容。山东邹城市西南大故县村出土画像的主体部分是一棵仙树，树冠之上站立凤鸟，口吐连珠，其下有一羽人接珠，凤鸟前后皆有羽人相伴。上述画像中玉兔捣药的形象，显然与嫦娥神话及月宫传说存在联系，故画面中玉兔所捣之物、羽人手捧之芝草和凤鸟所吐之连珠，都是仙药亦即不死药。上述意图在陕西绥德县出土左右门立柱画像的整体构图上表现得更为鲜明。画像第一格是翼虎，第二格是仙药，第三格是鸡鸭，第四格是大树与马，第五格是牛车。画像通过分格构图的形式，将具有不同场景却又在意义上存在联系的画面贯穿起来，从而获得一种"图像叙事"意义上的构图效果。故而，从"叙述"的角度看，画像五格画面所表现的，是由"日常生活"到"服食仙药"再到"翼虎升仙"的过程。《史记·封禅书》即载有黄帝骑龙升仙的故事。刘向《列仙传》载有七十多位神仙的事迹，而如王子乔、琴高、萧史等，或乘"白鹤"，或乘"赤鲤"，或乘"凤凰"升仙而去，可知类似的故事在两汉时期应该大量存在。陕西绥德县出土左右门立柱画像、山东邹城市西南大故县村出土画像，参见中国画像石全集编辑委员会《中国画像石全集 5·陕西山西汉画像石》第 79 图、《中国画像石全集 2·山东汉画像石》第 73 图，山东美术出版社、河南美术出版社 2000 年版。

因此,"室墓"本身也就成为这种"象征意义"的体现者。如果将逝者由"世俗生命"到"超俗生命"视为一种生命的转化过程,那么"室墓"本身,既是这种转化过程的"起点",同时也是这种转化过程的"终点"。

有学者认为"室墓制度"是汉代丧葬制度即"汉制"的主要内容。[①]而"室墓"的确立时间,大致在西汉中期。[②]这样的认识也与武帝时期是"周制"与"汉制"转变时期的观点相符合。[③]对此,我们有意选择6座西汉晚期画像墓及相关66幅画像为例,通过对相关画像的具体数据的统计与分析,对上文的认识作出进一步的说明。[④]

---

① 黄晓芬:《汉墓的考古学研究》,岳麓书社2003年版;蒋晓春:《三峡地区秦汉墓研究》引,四川出版集团巴蜀书社2010年版,第234—235页。

② 蒋晓春:《三峡地区秦汉墓研究》,四川出版集团巴蜀书社2010年版,第238页。

③ 俞伟超:《汉代诸侯王与列侯墓葬的形制分析》,载俞伟超《先秦两汉考古学论集》,文物出版社1985年版。

④ 供研究的6座西汉晚期画像墓分别是:山东平阴新屯画像石墓(M1、M2)、郑州市向阳肥料社画像砖墓(M1、M2)、山东微山县画像石墓、河南方城县城关镇画像石墓。山东平阴新屯画像石墓包含1号墓(M1)和2号墓(M2),M1主室分为东、西二室,为夫妻合葬墓,M2亦是"二次造夫妻合葬墓",两墓的时代应为西汉晚期。郑州市向阳肥料社画像砖墓同样是南北并列的两座墓葬,M2(南侧)依M1(北侧)而建,M2耳室的北壁套用了M1墓室的南壁。两墓的时代约属西汉晚期。山东微山县西汉画像石墓墓室略呈长方形,墓室内北端竖立2块方形后壁石,然后安放东、西壁石,二者中间置放1块南北向的隔壁石,从而将墓室分为东、西两个椁室。此墓的时代约为西汉中期偏晚。河南方城县城关镇画像石墓呈南北向,墓门面南,有东、中、西三个主室及中、西两个前室。此墓的时代应在新莽时期或东汉初期。上述6座画像石(砖)墓有画像30块,分别位于墓中不同的位置。从对不同墓葬具体考察上看,上述画像石(砖)基本集中在墓门和墓室的内壁、棺或椁壁及棺台之上。其中"郑州M1、M2"的五块画像砖由多幅画面组成,根据《郑州市向阳肥料社汉代画像砖墓》介绍,M1共有画像13幅,M2共有画像16幅。其中M1的"盘舞图"、"击鼓图"、"骑射图"、"羽人射朱雀图"、"狼图"等5幅画面均在另一画像砖中出现,M2的"斗鸡图"、"狐乌图"、"玉兔捣药图"、"羽人乘龙图"、"兽戏图"、"鹤龟图"等六幅画面亦在另一画像砖中出现,如此,"郑州M1、M2"五块画像砖共有画像40幅。其他三座墓葬26块画像石,皆以每块画像石为载体而构图,有的画像虽然在构图过程中以"分格"的形式来表现,但上述处于不同"格"内的画面以"格"作为"框架"的联系,显示出不同画面之间的内容或意义上的关联,与"郑州M1、M2"画像砖由多幅画面组成并不相同,故将上述"以每块画像石为载体而构图"的画像,视为一幅画像。如此,上述6座西汉时期画像石(砖)墓30块画像石(砖),共有画像66幅。参见济南市文化局文物处、平阴县博物馆筹建处《山东平阴新屯汉画像石墓》,《考古》1988年第7期;河南省文物研究所《郑州市向阳肥料社汉代画像砖墓》,《中原文物》1986年第4期;微山县文物管理所《山东微山县西汉画像石墓》,《文物》2000年第10期;南阳市文物工作队、方城县文化馆《河南方城县城关镇汉画像石墓》,《文物》1984年第3期。

上述 66 幅画像所反映的题材颇为广泛，我们尝试按照建筑、神仙、吉祥、出行、乐舞、铺首等题材类别，对 66 幅画像于上述 6 座画像石墓分布情况予以考察，则得出如下结果。

（一）建筑、神仙、吉祥、出行、乐舞五个题材类别画像于 6 座画像石墓分布情况：

表 5—2

构图类别	建筑类				神仙类			吉祥类		出行类	乐舞类
画像内容	阙	厅堂	楼阁	桥	羽人	龙	玉兔	穿璧	龟鹤		
平阴（M1）						●		●			
平阴（M2）	●	●	●			●		●		●	
微山	●	●	●	●				●	●		●
郑州（M1）	●				●	●				●	●
郑州（M2）						●	●			●	●
河南方城					●	●			●		
	8				8			5		3	3

（二）建筑与铺首题材类别画像于 6 座画像墓分布情况：

表 5—3

画像类别	建筑				铺首
画像内容	阙	厅堂	楼阁	桥	铺首
平阴（M1）					●
平阴（M2）	●	●	●		
微山	●	●	●	●	
郑州（M1）	●				●
郑州（M2）					●
河南方城					●

（三）神仙、穿璧、龙与穿璧题材类别画像于 6 座画像墓分布情况：

表 5—4

画像	龙与穿璧	穿璧	羽人飞龙	羽人朱雀	羽人乘龙	羽人骑龙	玉兔捣药
平阴（M1）	西室棺床						
平阴（M2）	西椁室东西壁						
微山		西椁室后壁					
河南方城			西门楣				
郑州（M1）				门楣南门扉		北门扉	
郑州（M2）					门扉		门扉

根据上述统计结果，如下情况值得关注：（1）神仙题材类别画像中"龙"的形象在上述6座画像石（砖）墓中分布最广。（2）建筑题材类别画像在构图方面最为丰富，其次是神仙题材类别画像，如果吉祥题材类别画像"归入"神仙类别，则超过建筑题材类别画像。（3）建筑题材类别画像和穿璧画像，主要出现在山东平阴新屯画像石墓和山东微山县画像石墓中；羽人形象和铺首画像，则主要出现在郑州向阳肥料社汉代画像砖墓和河南方城县城关镇汉画像石墓中。

根据上述统计结果及所反映的情况，试分析如下：（1）与神仙题材类别画像有关的"龙"的形象在6座画像石（砖）墓中分布最广的情况，能够说明上述墓葬"设计者"或"墓葬主人"对这一形象关注程度最高，也说明对"龙"的形象所承载的"升仙"意义的关注程度最高，而"羽人"形象与"龙"在构图上的密切联系，则能够从一个侧面对上述认识给予证明。（2）单纯的铺首形象或单独的铺首画像，同样能够反映或象征"建筑居所"的存在。因此，建筑题材类别画像与铺首画像在6座画像石（砖）墓分布情况，能够说明"建造一个供墓葬主人居住的居所"是6座墓葬"设计者"或"墓葬主人"的目的和愿望。（3）建筑题材类别画像中的"阙"、"厅堂"、"楼阁"与铺首画像在构图性质和意义上存在差异性。前者不论出现在墓葬的墓门还是墓（棺）室，其象征的性质和意义都是不变的，而铺首则一般以"门扉"为依托，画像与载体之间构成了基于墓葬建筑真实性的"组合"。显然，从画像构图的角度看，前者以"阙"、"厅堂"、"楼阁"的画面组合，构成一幅具有想象和象征性质的"居所",而后者则使墓门乃至墓葬建筑的性质和功能发生"转换",由墓葬性质的实用功能转化为生活性质的使用功能。上述情况说明,不论是"阙"、"厅堂"、"楼阁"组合画像还是铺首画像,其终极意义都是一致的。(4)建筑与神仙题材类别画像在构图方面最为丰富的情况,说明"寻求升仙"与"建造居所"两个方面,都是上述6座画像石(砖)墓画像所要表达的主要内容。从双方具体情况看,"寻求升仙"是一种愿望和企盼,表现为"世俗生命"向"超俗生命"的转化或变化,带有时间的属性;而后者不论是"墓葬建筑"还是"画面构图",都以"空间构成"为特征,带有空间的属性。对于双方来说,源于"墓葬主人"的"同一性",则势必导致上述愿望与现实、时间与空间的"同构",即表现在"寻求升仙"的愿望和企盼,以"建造居所"为前提和条件,也是"建造居所"的目的和意义。

总上而言,"寻求升仙"与"建造居所"两个方面,都是上述6座西汉晚期画像石(砖)墓画像所要表达的主要内容。上述画像是以墓葬建筑为存在前提的,画像与墓葬建筑的这种特殊关系,反映了双方在性质与意义上的一致性特征。而对于后者来说,墓葬建筑本身已经形成或具备了双重身份,即逝者遗体的永久安放处和逝者于彼岸世界的生活居所。不可否认,对于"逝者遗体的永久安放处"来说,它是作为"实体"而存在的;而对于"逝者于彼岸世界的生活居所"来说,则是以墓葬建筑与随葬器物为基础并借助象征性的手段构建出来的。上述情况说明,不论以墓葬为载体的画像是否存在,墓葬建筑本身所具有的实体性与象征性功能都是同时存在的。

综上所述,从两汉时期丧葬制度的讨论中不难发现,汉代丧葬制度即"汉制"的重要特征,就是希求通过墓葬象征性功能,构建一个生命永在的快乐家园。由这样的希望和祈求而形成的思想,已经超越了社会不同阶层而成为弥漫于整个社会的群体生命意识。

第三节 汉代世风移易与社会思潮变革:以汉代忠孝观念、神仙信仰、学风文风、阴阳哲学为对象的思考

两汉时期世风移易与社会思潮变革,虽然不能简单地以因果关系来概

括，但二者的确存在着极为密切的联系。当秦汉专制世俗政体及与之相适应的学体得以构建和完善的时候，汉代文化既已进入世俗化的运行轨道，是故，所谓社会思潮的变革已在所难免。两汉时期社会思潮变革的表现，存在诸多方面的反映，如下四个方面尤为突显，并与汉代艺术精神的转向与荆楚古典浪漫主义文学的转型存在着颇为密切的联系。

一 孝道观念的强化与传统独立人格的消解

考"孝"字始见于《尚书·尧典》，其云："克谐以孝烝烝，乂不格奸。"① 此段文字是尧与四岳讨论谁能继承尧的"帝位"的问题，四岳举荐了舜，而其举荐的理由便是"以孝烝烝"而"乂不格奸"。所谓烝烝者，《广雅·释训》云："孝也。"或谓"言孝德之厚美"②。而"乂不格奸"，则是"家事"处理得好，即谓"舜能内治"③。在对待父母和兄弟的关系上处理得好，使得家人能够和睦相处，并弃恶从善。

《尚书·尧典》中的"孝"，指的是处理家庭或家族生活中人与人之关系的德行和能力。其"孝"的内涵，首先表现为一种品德，即"烝烝"的"厚德"，然后是以这种品德为出发点的行为，即"孝行"。不可否认，《尚书·尧典》中的"孝"，不论是从孝的品德还是孝的行为上讲，其基础都是家庭或家族，其对象都是家庭或家族中的直系亲属。

《尚书·尧典》中"孝"的内涵，与《论语》中"孝"的内涵基本一致。《论语》中"孝"、"弟"相连。《学而》云："其为人也孝弟，而好犯上者鲜矣。"又云："君子务本，本立而道生。孝弟也者，其为仁之本。"又云："子曰：弟子入则孝，出则弟。"《论语正义》云："弟本作悌。"又云："子爱利亲谓之孝"、"弟敬爱兄谓之悌"。④ 这里的"弟"当包含两层意义，其一是弟对兄的敬爱，其二是兄对弟的友善。实指兄与弟之间的相互关系，而非单方面的行为。《尚书·尧典》中关于舜的"孝行"的讨论中，虽然没有出现"弟"，但舜的"孝行"却包含其弟"象"。"象傲"，而舜仍然能够"克谐"，说明舜对"象"是"弟"的，

---

① （清）孙希旦：《尚书今古文注疏》卷一，中华书局1986年版，第30页。
② 同上。
③ 同上。
④ （清）刘宝楠：《论语正义》卷一，《诸子集成》（一），中华书局1954年版，第3、4页。

当然属于舜的"孝行"的一部分，即如《尔雅·释训》"善父母为孝，善兄弟为友"的释读。

由上可知，《尚书·尧典》与《论语》中的"孝"既是一种"善"的德行，又表现为一种"克谐"的行为，而其"孝行"的对象则是家庭或家族中的直系亲属。《左传·文公十八年》引季文子的话说："见有礼于其君者，事之于孝子之养父母也。"① 从这句话判断，"孝"的内涵是指对父母的抚养。显然，《左传》所载季文子关于"孝"的论述，在"孝"的内涵上，比《尚书·尧典》和《论语》更为简单。然而，《论语·为政》载："子游问孝。子曰：'今之孝者，是谓能养。至于犬马，皆能有养，不敬，何以别乎。'"《论语·为政》的这句话能够表明两个方面的问题：其一是《左传·文公十八年》季文子所谓"孝子之养父母"的"孝行"传统，在孔子生活的春秋晚期仍然存在；其二是孔子对上述"孝行"传统有所省悟。《论语正义》引《孝经》云："用天之道，分地之利，谨身节用，以养父母，此庶人之孝也。"② 据此而论，孔子并非否定"孝子之养父母"的"孝行"传统，而是认为这只是"孝"的最为基本之点或"孝"的初级层次，在此基础上，"孝"还表现为"敬"。何为"敬"？《论语正义》引曾子云："君子之孝也，忠爱以敬。"又引《孝经》云："孝子之事亲也，居则致其敬，养则致其乐。"③ "忠爱"是"敬"的内容，而"居"则是"敬"的形式，即表现为在"居"的形式中表现"忠爱"。如此而论，孔子所谓的"孝"以"敬"，实际上就是依"礼"而行"孝"，也就是孔子所说的"无违"。《论语·为政》载："孟懿子问孝。子曰：无违。"何为"无违"？"子曰：生事之以礼，死葬之以礼，祭之以礼。"④

上述情况说明，上文所引《尚书·尧典》与《论语》中的"孝"，与《左传·文公十八年》所引季文子关于"孝子之养父母"的"孝行"传统，具有直接的承袭关系。《尚书·尧典》载"（舜）慎徽五典，五典克从"。《史记·五帝本纪》亦云："尧善之，乃使舜慎和五典，五

---

① （晋）杜预：《春秋左传集解》第九，上海人民出版社1977年版，第522页。
② （清）刘宝楠：《论语正义》卷二，《诸子集成》（一），中华书局1954年版，第26页。
③ 同上书，第27页。
④ 同上书，第25页。

能从。"①《集解》:"五典,五教也。"②《左传·文公十八年》载:"舜臣尧……举八元,使布五教于四方,父义、母慈、兄友、弟共、子孝,内平外成。"③ 所谓"五教",仍然没有脱离父母兄弟之间的和睦关系,与《尚书·尧典》中舜"克谐以孝烝烝,乂不格奸"的"孝行"没有什么区别,说明《尚书·尧典》中的"孝"在"孝子之养父母"的"孝行"传统基础上,又进一步向着家庭与家族成员之间的伦理关系方面发展。

不同的是,《论语》中孔子的"孝"的思想,一方面将"孝"归入"仁"的范畴,强调其为"仁之本";另一方面将"孝"提升到"敬"的层次,既与"礼"结合起来,限定在"礼"的框架内,依礼行孝。《论语》中所反映的孔子的"孝"的思想,具有两个方面的意义,其一,"孝"为"仁之本",说明"孝"与人的内在的思想、情感、品德有关,并将其提升为这种思想、情感和品德的基础和根本。《论语·阳货》云:"子张问仁于孔子。孔子曰:能行五者于天下为仁矣。请问之。曰:恭、宽、信、敏、惠。"④ 则"孝"可以看作是上述"五者"之基础和根本。其二,将"孝"限定在"礼"的框架内,依礼行孝,则"孝"作为一种行为,自然具有了某种超越家庭与家族的社会层面的属性和特征。

《论语》中所反映的孔子关于的"孝"的思想,构成了传统儒家"孝"的理论的基础和核心,至曾子论孝,则进一步发展了孔子的思想,表现在:第一,将"忠"引入"孝"的内涵之中。《论语·八佾》云:"君使臣以礼,臣事君以忠。"君礼臣忠。而至曾子,忠则为孝之本,忠孝并重。其云:"忠者,其孝之本舆!"⑤ 又云:"君子之孝也,忠爱以敬。"⑥ 第二,将"孝行"延展到社会生活的诸多方面,尤其与政治生活联系起来。其云:"居处不庄,非孝也;事君不忠,非孝也;莅官不敬,

---

① (汉)司马迁:《史记》卷一,中华书局1959年版,第21页。
② (汉)司马迁:《史记》卷一,(宋)裴骃《集解》,中华书局1959年版,第22页。
③ (晋)杜预:《春秋左传集解》第九,上海人民出版社1977年版,第523页。
④ (清)刘宝楠:《论语正义》卷二十,中华书局1954年版,第371页。
⑤ (汉)戴德:《大戴礼记·曾子本孝》,方向东《大戴礼记汇校集解》卷四,中华书局2008年版,第476页。
⑥ 同上书,第489页。

非孝也;朋友不信,非孝也;战阵无勇,非孝也。"① 第三,将"孝"与"孝行"提升为人之安身立命之本,一切思想与行事,都要顾及"孝"。即如日常居处,其云:"孝子不登高,不履危,痹亦弗凭,不苟笑,不苟訾,隐不命,临不指。"② 即如平常行事,其云:"故孝子之事亲也,居易以俟命,不兴险行以徼幸。孝子游之,暴人违之。出门而使,不以或为父母忧也。险途隘巷,不求先焉,以爱其身。"③ 即如操守道德,其云:"孝子之使人也,不敢肆,行不敢自专也。父死三年,不敢改父之道,又能事父之朋友,又能率朋友以助敬也。"④ 即如对待君上的过错,其云:"君子之孝也,以正致谏;士之孝也,以德从命。"⑤ 又云:"尽力而有礼,庄敬而安之,微谏不倦,听从而不怠,懽欣忠信,咎故不生,可谓孝矣。"⑥

《论语》中所反映的孔子关于"孝"的思想,经曾子的进一步充实和发挥,已经构成一套颇为完整的理论体系,从而构成了秦汉以前早期儒学的"孝道"理论。如果说《论语》中所反映的孔子关于"孝"的思想,还基本停留在血缘关系的层面的话,那么,经曾子的进一步充实和发挥,作为孔子"仁之本"的"孝",则已经延展到超越血缘关系的人际关系之中,而最为重要的,是将这种"事父之道"作为一种具有普遍意义的社会伦理道德和政治伦理原则,扩大到社会群体的社会生活和政治生活之中。于是,原本在家庭或家族的血缘关系中出现的"孝子"和"孝行",也便自然出现在以非血缘的人际关系和政治关系为纽带的社会生活和政治生活之中。

孔子的政治主张,以"恢复周礼"为要务,带有"复古"的味道,但孔子的道德伦理思想,因其建立在"个体"的内在修为与以家庭和家族为起点的人际关系的调谐的基础上,而表现出了超越时代的先进性。时至两汉,"以家庭作为基本经济单位的社会格局"的确立,恰恰为早期儒学的道德伦理思想提供了得以生存和发展的土壤,而由"聚族而居"的

---

① (汉)戴德:《大戴礼记·曾子大孝》,方向东《大戴礼记汇校集解》卷四,中华书局2008年版,第498页。
② 同上书,第476页。
③ 同上书,第480页。
④ 同上书,第482页。
⑤ 同上书,第483页。
⑥ 同上书,第489页。

宗族生活形态下个体与家庭、家庭与家族之间的复杂的情感纠葛和人际关系以及财富积累过程中产生的种种社会矛盾，又为早期儒学的道德伦理思想提供了进一步发展的需求和契机，故而，早期儒学"孝道"理论，在两汉时期又被进一步提倡、强化和发展。

然而，我们也看到了早期儒学"孝道"理论在两汉时期衍生过程中所呈现出的独特性特征。两汉时期"以家庭作为基本经济单位的社会格局"的确立，导致家长权威的进一步绝对化和空前的提升，表现在三个方面：其一，以家庭为血缘单位而形成的家长的亲情决定权的提升；其二，以家庭为经济单位而形成的家长的经济决定权的提升；其三，以家庭为社会单位而形成的家长的政治决定权的提升。显然，与这种权威相联系的，是家长对家庭成员在包括生命在内的各种利益上的绝对的控制与施予，而且控制与施予的过程始终伴随着亲情和恩情。所以，两汉时期的"孝"的核心，更重要地体现在"尽孝者"对这种亲情和恩情的偿还和回报。值得注意的是，这种"家长权威"并非孤立地存在，而是同样延展到社会生活和政治生活之中，于是，"尽孝者"源于血缘关系而对亲情或恩情的偿还和回报，即所谓的"孝行"，也就同样出现在以非血缘的人际关系和政治关系为纽带的社会生活和政治生活之中。

正是在这个意义上，对于两汉时期的"孝道"来说，下面的情况值得关注：即"孝"由家庭或家族的血缘层面而进入以非血缘的人际关系和政治关系为纽带的社会生活和政治生活之中。

洪适《隶释》（卷六）所录《景君碑》作《北海相景君碑》。[1] 从碑文"后记"部分看，立碑者是"景君"为官北海相时的故吏属官，仅碑阴刻以名字者就有54人，又云："行三年服者凡八十七人。"北海相景君卒于汉顺帝汉安二年（143年），此碑当立于上述87人服丧结束之后，即汉质帝本初元年（146年），碑文"圣典有制，三载已究，当离墓侧，永怀靡既"诸语可为证。上述87人当包括逝者的直系亲属，但绝大部分应该是"北海相景君"的故吏属官。上述诸人仅以故吏属官的身份而服丧三年，其异乎寻常的"孝行"显然已经超越了血缘关系。洪适《隶释》

---

[1] （宋）洪适：《隶释》卷六，中华书局1986年版，第72、73页；高文：《汉碑集释》，河南大学出版社1997年版，第61—65页。

(卷六）所录《孔宙碑》作《泰山都尉孔宙碑》。① 此碑于东汉桓帝延熹七年（164年）立。孔宙为孔子十九世孙，孔融之父。据"碑阴"刻录，立碑者共62人，皆逝者孔宙的"门生故吏"，但"身份"更为复杂，其中自称"门生"者42人、称"弟子"者10人、称"故吏"者9人、称"门童"者1人。洪适《隶释》（卷九）所录《鲁峻碑》作《司隶校尉鲁峻碑》。② 此碑额题"汉故司隶校尉忠惠父鲁峻"。峻卒于东汉灵帝熹平元年（172年），熹平二年下葬。碑文有"东郡夏侯宏等三百廿人"之说，或为参加葬礼者，而"碑阴"刻录"门生故吏"42人，很可能是葬礼上"出资"者，上述人等自称"故吏"者4人、称"门生"者37人、另有一人自称"义士"。

　　从《景君碑》碑文所提供的信息看，"故吏属官"为非血缘关系的人"行孝"，说明在双方之间所存在的政治关系，同样具有"血缘关系"的性质和力量，或者说，在上述行为中，人们已经习惯于将社会中的"政治关系"纳入"血缘关系"之中。如此，原本在血缘关系中才能够存在的权利和义务，也便自然发生于"政治关系"之中，故在血缘关系中才能生成的"家长权威"，也会在"政治关系"中出现；而与这种权威相联系的利益的控制与施予，控制与施予过程中所伴随的恩情，也如同亲情一样会在相应的"政治关系"中出现，而对这种"恩情"的偿还和回报，也就与缘于血缘关系的"孝行"一样，成为"天经地义"的东西。

　　再从《孔宙碑》和《鲁峻碑》碑文所提供的信息看，孔宙与鲁峻二人生前首先以"学问"见长，然后入仕途。孔宙"少习家训，治严氏春秋"，且"德音孔昭"。后"举孝廉，除郎中，都昌长"。鲁峻"治《鲁诗》，兼通《颜氏春秋》"，后"始仕，佐职牧守"。如此，二人既是"学长"又是"政客"，既有"学脉"又有"政脉"，或"学脉"与"政脉"兼容，故为二人"行孝"之人，既有"故吏"又有"门生"或"弟子"。

　　上述情况说明，两汉时期，人们不但已经习惯于将社会中的"政治关系"纳入"血缘关系"之中，而且源于"血缘关系"而生成的功能与

---

① （宋）洪适：《隶释》卷七，中华书局1986年版，第81、82、83页；高文：《汉碑集释》，河南大学出版社1997年版，第249—253页。

② （宋）洪适：《隶释》卷九，中华书局1986年版，第100、101、102页；高文：《汉碑集释》，河南大学出版社1997年版，第390—394页。

效力,也渗入"学脉关系"之中,甚而"政治关系"与"学脉关系"兼容而互转,构成荣损与共的非血缘联系的团体或派系,而维系上述团体或派系关系的恰是源于血缘关系而生成的"家长权威"与"子弟孝行"。即如《后汉书·党锢列传》所载"李膺事件"中"门生故吏"的遭际。时"(李膺)乃诣诏狱。考死,妻子徙边,门生、故吏及其父兄,并被禁锢。时侍御史蜀郡景毅子顾为膺门徒,而未有录牒,故不及谴。毅乃慨然曰:本为膺贤,遣子师之,岂可以漏夺名籍,苟安而已!遂自表免归,时人义之"①。

正是在这个意义上,我们注意到两汉时期的各种人际关系是否已经为这样的"孝行"所"绑架"。其结果,是在上述各种非血缘的人际关系中,形成了诸多具有血缘关系之功能与效力的关系团体。而维系上述关系团体的恰是源于血缘关系而生成的"家长权威"与"子弟孝行",并表现为与这种权威相联系的利益的施予,以及在利益施予过程中所伴随的恩情的偿还和回报。

然而,值得注意的是,不论是在血缘层面还是非血缘层面的社会生活和政治生活之中,这种对亲情或恩情的偿还和回报,又是以"尽孝者"人格的抑损为代价的。

《礼记·祭统》云:"祭者,教之本。"② 其内容有内外之分,"外则教之以尊其君长,内则教之以孝于其亲"③。故汉代统治者最重宗庙制度的建设,"益广多宗庙",是为"大孝之本"。④ 东汉时,明帝创"上陵礼",则将宗庙祭祀"以孝其亲"的作用进一步提高。"汉明帝制定上陵礼的目的,就是为了他提倡'孝'道服务。他亲行此礼,正是表明他是天下最'孝'者,是天下人的表率。这样,全国的臣民都必须要仿效他。"⑤ 据史载,汉明帝的确堪称"孝子"。⑥ 然而,或谓这只是明帝"孝行"的第一步,而更为重要的,是明帝遗诏"藏主于光烈皇后更衣别室"的行为。《后汉书·明帝纪》载:"遗诏无起寝庙,藏主于光烈皇后更衣

---

① (南朝宋)范晔:《后汉书》卷六十七,中华书局1965年版,第2197页。
② (清)孙希旦:《礼记集解》卷四十七,中华书局1989年版,第1243页。
③ 同上。
④ (汉)司马迁:《史记》卷九十九,中华书局1959年版,第2725页。
⑤ 张鹤泉:《汉明帝研究》,吉林文史出版社2002年版,第173页。
⑥ 参见《后汉书·皇后纪·光烈阴皇后传》,中华书局1965年版,第407页。

别室。帝初作寿陵,制令流水而已……无得起坟。万年之后,埽地而祭,杅水脯糒而已。过百日,唯四时设奠,置吏卒数人供给洒埽,毋开修道。敢有所兴作者,以擅议宗庙法从事。"① 不可否认,汉明帝"藏主于光烈皇后更衣别室"的孝行,是以"抑损"自己为代价的。上述情况意味着,对于"孝子"来说,"抑损自己"恰是"尽孝"的方式,"抑损"的深与重,与"尽孝"的深与重成正比。

需要指出的是,"抑损"自己的孝行,只是面对血亲降低自己的等级、地位、乃至人格,而当社会各种人际关系被这样的"孝行"所"绑架"的时候,"尽孝者"在等级、地位、人格等方面自行抑损的同时,也会在思想与观念中自然而然地衍生出对权利与权威的懦弱和畏惧的情感和意识,并进一步形成墨守成规、故步自封、循规蹈矩、僵化保守的行为方式和处事原则。

诚如上引《后汉书·党锢列传》李膺事件中"侍御史景毅"的言行,"时人义之",以为气节。但不可否认,当各种非血缘的人际关系中涵容了诸多具有血缘关系之功能与效力的因素时,其所谓"孝行"的内涵也并非仅仅是对恩情的偿还和回报这样单纯。《大戴礼记·曾子大孝》云:"父母爱之,喜而不忘;父母恶之,惧而无怨;父母有过,谏而不逆。"②《集解》引《论语正义》云:"事父母几谏者,几,微也,父母有过,当微纳善言以谏于父母也。见志不从又敬不违者,见父母有不从己谏之色,则又当恭敬不敢违父母意而遂己之谏也。"③ 从"孝道"的意义上看,"父母有过,谏而不逆",而即使无关"过"与"非过"之事,在言语行事上,也要"恭敬不敢违父母意而遂己之谏"。将这样的"孝道"引入政治领域,便是对君上的绝对忠诚。即所谓"忠者,其孝之本"④。引入学术领域,便是对"师法"或"家法"的墨守。《汉书·儒林传》载胡母生"治《春秋公羊》,为景帝博士",而"弟子遂之者,兰陵褚大,东平嬴公,广川段仲,温吕步舒",唯独"嬴公守学不失师

---

① (南朝宋)范晔:《后汉书》卷二,中华书局1965年版,第123、124页。
② (汉)戴德:《大戴礼记·曾子大孝》,载方向东《大戴礼记汇校集解》卷四,中华书局2008年版,第499页。
③ 方向东:《大戴礼记汇校集解》卷四,中华书局2008年版,第510页。
④ (汉)戴德:《大戴礼记·曾子本孝》,方向东《大戴礼记汇校集解》卷四,中华书局2008年版,第476页。

法",受到称赞。①

我们可以将上述行为视为对"父之道"或"师之学"的承袭或坚守,也不能不承认其积极意义之所在。然而,需要注意的是,上述行为以及行为所依托的观念,却流于墨守成规、故步自封、循规蹈矩、僵化保守之弊。应劭在《风俗通义·十反》中称赞"叔炬"时说道:"叔炬则其孝敬,则粥身苦思,率礼无违矣;则其友于,则襃兄委荣,尽其哀情矣;则其学艺,则家法恰览,诲人不倦矣;则其政事,则施于已试,靡有阙遗矣。"②叔炬虽"粥身苦思",但"率礼无违",即如学问经艺,虽然"诲人不倦",但前提是严守"家法",不越雷池一步。

有学者以为"孝"自夏始,柳诒徵《中国文化史》之"忠孝之兴"章引章炳麟《孝经本夏法说》以为论。③上述论说似无可考证,然而"孝"的思想和观念与宗法制度的密切联系却是不争的事实。从近年来出土的战国楚地诸种简帛文献资料上看,祖先崇拜是战国时期楚人宗教生活中最为重要的形式。以望山、包山楚简"卜筮祭祷记录"所反映的祖先崇拜的情况看,其所祭祷之祖先有神话祖先、先公先王和本氏祖先及同宗者三类,但"本氏祖先"尤其"祖父"与"父亲"却受到格外的重视,他们受到祭祀的次数最多。上述情况说明,祭祷者最近的直系血亲,在祭祷者的日常生活中发挥着重要作用和影响,也反映出祭祷者与上述直系血亲之间所存在的"孝行"关系。然而,这样的"孝行"似乎还停留在"敬"的层面上。河南淅川下寺楚墓出土钮钟铭文云:"敬事天王,至于父兄,以乐君子。"④"敬事天王,至于父兄",即是所谓的"孝行"。河南淅川下寺楚墓 2 号墓出土"王子午鼎"铭文更能说明问题。铭文中的"王子午"或即"令尹子庚",为楚庄王之子。"楚文王"为其远祖。子庚铸造此鼎以祭祀祖先文王,称之为"孝于我皇祖文考",显然已将铸鼎之事视为自己的"孝行"。不仅如此,铭文又说:"卤恭舒迟,畏忌翼翼,敬厼盟祀,永受其福。"意思是说自己恭恭敬敬、谨慎小心地对待盟祀这样的大事,希望能够得到福佑。显然,上述铭文是对"王子午"自己作

---

① (汉)班固:《汉书》卷八十八,中华书局 1962 年版,第 3615、3616 页。
② (汉)应劭:《风俗通义》第五,天津人民出版社 1980 年版,第 174 页。
③ 柳诒徵:《中国文化史》,东方出版中心 1988 年版,第 80、81 页。
④ 马世之:《中原楚文化研究》引,湖北教育出版社 1995 年版,第 190 页。

为令尹而恭敬、谨慎处理国事的描述。而铭文接下来又写道："余不畏差，惠于德政，惄于威仪，阑阑兽兽。"这是"王子午"对自己的道德品质和为政原则进行的褒扬，大意是说自己不畏惧也不软弱，努力于德政，又以身作则以为榜样。[①] 总之，上述铭文内容涉及政事与自身德行，勤于政事，惠于德政，坚毅勇敢，以身作则，基于"孝"而升华为"敬"。

由上而知，"孝"在春秋战国时期楚国贵族或士大夫既表现为"敬"，这里的"敬"是对"庶人之孝"的升华，又体现出楚民族的特点。

（一）"孝"的"根源"源自民族的神话血缘传统。即如屈原在《离骚》中将自己的神话血缘传统上溯至"帝高阳"，望山、包山楚简"卜筮祭祷简"之"老僮"、"祝融"。上述神话血缘传统具有超越家族与宗族的普遍性和普遍意义，具有民族古老神话的绝对性和神圣性，具有源自神话英雄祖先所禀赋的伟大自信与自负。

（二）"孝"的"源流"呈现为由"先公先王"与"本氏祖先"所组成的伟大的祖先群体。上述祖先群体上承神话血缘传统，下接"行孝"之人，构成"根源"相同而支脉各异的神圣血缘脉络。

（三）"孝"的"对象"既指向上述祖先群体，又指向由上述祖先群体所建构的"国体"和"政体"；而"孝"的"行为"则源于"神话血缘传统"赋予的责任和义务，也就具有超越个人或家族利益的神圣性和正义性。基于此，忠与爱的对象就不是某个现实的君王，而源于"神话血缘传统"所赋予的责任和义务，也会赋予"行孝之人"敢于面对君王错误的勇气和力量。

（四）"孝"的"内涵"是维护由祖先群体所建构的"国体"和"政体"以及相应的价值观和古老传统。所以屈原《离骚》中的"前王"所代表的是一种民族集体记忆中的"理想"，并具体表现在由祖先群体所建构的"国体"和"政体"以及相应的价值观和古老传统。"今人"的"孝行"就是完成"前王"的遗愿，即由"及前王之踵武"而"致君尧舜"。

从上述分析中发现，在以春秋战国时期楚国贵族或士大夫为代表所展

---

① "王子午鼎"铭文与译文转引自马世之《中原楚文化研究》，湖北教育出版社1995年版，第185页；或参见邹芙都《楚系铭文综合研究》"楚系铭文综考"之"王子午鼎"铭文考释，巴蜀书社2007年版，第77—80页。

示的"孝"的思想和观念中,有一种在后世"孝道"中所罕有的东西,那就是对"独立人格"的坚守与秉持。勤于政事而惠于德政,表现出对祖国和人民的热爱与忠诚;坚毅勇敢而以身作则,表现出顽强的毅力与洁净的品行。在这里,我们显然能够看到战国时期楚国诗人和政治家屈原在《离骚》等诗篇中所表达的思想和情感。而上述思想与情感,同样能够用"敬"来概括:忠诚祖国而热爱人民、勤于王事而惠于德政、不容于宵小而敢于直谏、坚毅勇敢而至死不渝。不可否认,这样的"孝行"在两汉时期已经不复存在,当"尽孝者"需要以人格的抑损为前提或代价的时候,"尽孝者"何谈独立人格的坚守与秉持!而缺失独立人格的"尽孝者",其"孝行"也就很难升华为"敬",自然在权利与权威面前成为"奴才"与"弱者"。故而,战国时期以屈原为代表的荆楚古典浪漫主义文学,其文学中的批判精神、高贵的自信、圣洁的情怀与浩然的正气,则转化为汉代世俗浪漫主义文学的可怜的劝谏、谄媚的夸饰、贪婪的物欲和懦弱的忧伤。

二 神仙信仰的泛滥与传统宗教情怀的消失

司命是先秦时期各地普遍存在的一个神祇。从包山楚简"卜筮祭祷记录"涉及司命的祭祷内容看,主要涉及"腹心疾"和"有戚于躬身"。戚或释为忧,则"有戚于躬身"还是指向对自己身体情况的某种担心。如此而论,包山楚简"卜筮祭祷记录"中的司命,应该是主管疾病的神祇,如此,司命的神性也就自然包含"生"与"死"两个方面。

包山楚简"卜筮祭祷记录"涉及司命的祭祷内容,或反映出了战国时期楚人的生命观,即相信人的生命具有一定的"时限",自身的疾病等情况或可导致这个"时限"的到来,其结果就是生命的灭亡。缘于此,当"有戚于躬身"的时候,就会祭祷包括司命在内的神祇,祈望获得神祇的佑护,以延长生命的"时限"。老子《道德经》云:"天地尚不能久,而况于人乎?"[①] 说明老子已经认识到人的"寿限"问题。既然人寿有限,那么延长寿限便是长寿。

老子的上述思想与包山楚简"卜筮祭祷记录"所反映的战国时期楚人生命时限观具有一定的相通性。有学者以为"帛书《黄帝书》的发现,

---

① (晋)王弼:《老子注》,《诸子集成》(三),中华书局1954年版,第13页。

证明了战国直到汉初一直流行的黄老之学，其根源实出于楚国"[1]。以此观之，包山楚简所反映的战国时期楚人的生命时限观，或是荆楚地域传统宗教文化之生命观的一种表现。对此，西周时期"楚系铭文"中有关"寿限"祷告内容，或能给予更为有力的说明。

"楚公逆钟"铭文中有"楚公逆其万年寿，（用）宝其邦，孙子其永宝"诸语；而另一件"楚公逆编钟"铭文中亦有"楚公逆其万年寿，用保厥大邦"诸语。关于"楚公逆"，孙诒让以为即熊咢。依此，则上述二器或为西周宣王时期所铸。[2] 铭文"万年寿"属于祷词性质，祈求或祝福"寿限"延长至"万年"。如此可知，上文所述包山楚简"卜筮祭祷记录"所反映的战国时期楚人的生命时限观，在西周晚期的楚系青铜器铭文中既已出现，说明这种生命时限观至迟在西周晚期的楚人生活中既已形成，并成为人生最大的意义和价值。

与西周时期相比较，春秋时期"楚系铭文"中有关"寿限"的祷告内容有所变化，即由"万年"而变化为"无期"或"无疆"。依《楚系铭文综合研究》所录65件春秋时期楚系青铜器相关铭文，涉及"无疆"、"万年无疆"或"无期"、"万年无期"祷告内容者共19件。[3] 上述变化并非意味着春秋时期楚人生命时限观的改变，而是对进一步增加"寿限"长度的希冀，是春秋时期楚人对"万年寿"奢望更为贪婪的表现和反映。理由如下：（1）铭文"无期"或"无疆"往往置于"万年"之后，说明

---

[1] 李学勤：《简帛佚籍与学术史》，江西教育出版社2001年版，第18页。

[2] 以上关于"楚公逆"钟与编钟铭文释文及相关研究，参见邹芙都《楚系铭文综合研究》一书相关内容，巴蜀书社2007年版，第30—37页。

[3] 《楚系铭文综合研究》所录春秋时期楚系青铜器65件及相关铭文，涉及"无疆"、"万年无疆"或"无期"、"万年无期"祷告内容者共19件：（一）其中铭文中为"无疆"或"万年无疆"者有：（1）春秋早期晚段"申公簠"铭文；（2）春秋早期"痁父簠"铭文；（3）春秋早期"痁父匜"铭文；（4）春秋中段中期"甗钟"铭文；（5）春秋中期中晚段"蓼子□盏"铭文；（6）春秋晚期早段"敬事天王钟"铭文。（二）铭文中为"无期"或"万年无期"者有：（1）春秋中期"上鄀公叔嬭番妃簠"铭文；（2）春秋中期中晚段"上鄀府簠"铭文；（3）春秋中期晚段"王子吴鼎"铭文；（4）春秋中期晚段"王子申盏"铭文；（5）春秋中期早段"王子午鼎"铭文；（6）春秋晚期早段"王孙诰钟"铭文；（7）春秋晚期早段"王孙遗者钟"铭文；（8）春秋晚期早段"养子曰鼎"铭文；（9）春秋晚期"彭公之孙无所簠"铭文；（10）春秋晚期早段"子季嬴青簠"铭文；（11）春秋晚期早段"蠭儿罍"铭文；（12）春秋晚期早中段之际"鄧公乘鼎"铭文；（13）春秋晚期"申王之孙叔姜簠"铭文。参见邹芙都《楚系铭文综合研究》，巴蜀书社2007年版。

"无期"或"无疆"仍然是以"万年寿"为基础，是从"万年寿"引申而来，其性质还是对"长寿"的希冀和祈祷。（2）铭文"万年无疆"或"万年无期"之前，往往冠以"眉寿"一词。《诗经·豳风·七月》有"为此春酒，以介眉寿"诗句。毛传云："眉寿，豪眉也。"知古人以豪眉即长眉为寿相，认为有豪眉者能够长寿。即如孔颖达疏云："人年老者必有豪眉秀出者。"显然，铭文"万年无疆"或"万年无期"之前冠以"眉寿"，其性质仍然是对"长寿"的希冀和祈祷，"无期"或"无疆"只是祷告或祝寿时的夸饰之词。（3）在上述65件春秋时期楚系青铜器相关铭文中，亦有单用"眉寿"者，如春秋中期早段的"曾孟嬭谏盆"铭文："曾孟嬭谏乍饔盆，其眉寿用之。"① 上述铭文单用"眉寿"而没有出现"万年无疆"或"万年无期"等祝词，说明"眉寿"才是上述祝词中的主要或核心祝语，而其他则起到进一步夸饰或渲染的作用。（4）春秋晚期早段"敬事天王钟"铭文云："佳王正月初吉庚申，自作永命，其眉寿无疆，敬事天王，至于父兄，以乐君子，江汉之阴阳，百岁之外，以之大行。"② 铭文中前有"眉寿无疆"，而后又说"百岁之外，以之大行"，说明"无疆"一类只是属于祝寿的嘏词。

值得注意的是，上文所引春秋时期"楚系铭文"中有关"寿限"祷告内容，其主要祝语，如"眉寿"、"无疆"等，在《诗经·豳风·七月》中亦曾出现。如《七月》"为此春酒，以介眉寿"、"称彼兕觥，万寿无疆"诗句。《诗经·鲁颂·閟宫》亦有"万有千岁，眉寿无有害"、"天锡公纯嘏，眉寿保鲁"等诗句。知上述嘏词，当为两周时期流行的祝福语。说明上文所提出的"楚人生命时限观"，既承袭周文化而来，又在春秋中期以后进一步丰富和发展，进而成为成熟时期楚文化生命观的重要组成部分。"楚人生命时限观"的特点，主要表现为对"生命时限性"的关注和认识上面。这种生命时限观源于其建立在"个体生命有限性"基础之上的特点，而势必产生对生命时限性的思考，进而形成以个体生命为对象、以延长生命为目的和愿望的行为，即对"生命时限性"的把握和控制，如：如何防止生命时限的到来，或如何延长生命的时限。

春秋战国时期楚人生命时限观与神仙方士之说，尚存距离。楚人生命

---

① 邹芙都：《楚系铭文综合研究》，巴蜀书社2007年版，第47页。
② 同上书，第90页。

时限观的本质，并没有超越生命时限性的限制，其终极理想是生命的延长，即长寿，还没有达到希冀凭借多种手段或方法而获得生命永恒的境界或高度。即以春秋战国时期"楚系铭文"相关资料为例。如上文所引春秋晚期早段"敬事天王钟"铭文，铭文将"眉寿无疆"与"百岁之外，以之大行"并列，说明前者只是嘏词而已，"寿限"并不能"无限"。这种思想与老子"天地尚不能久，而况于人乎"的思想是一致的。时间是战国中期晚段的"曾姬无卹壶"铭文云："隹王廿又六年，圣趄之夫人曾姬无卹虎宅兹漾陵蒿间之无匹，用作宗彝尊壶，后嗣用之，职在王室。"①铭文中的"曾姬"或有不同认识，有学者据石泉《古代曾国——随国地望初探》中的观点，认为"曾姬"当为"姬姓曾国女子嫁于楚声王为夫人者。"② 值得注意的是，铭文中出现了"宅"和"蒿间"。铭文中"宅"字可否释为"阴宅"，尚有不同意见，而"蒿间"或释为地名，或释为墓区，意见也不一致。然而，从铭文"圣趄之夫人曾姬无卹虎宅兹漾陵蒿间之无匹"句整体思考，"宅"与"墓区"在意义上确为连贯。故有学者以为这样理解铭文中的"宅"和"蒿间"，"似更有胜意"。③ 显然，将上引"敬事天王钟"铭文与"曾姬无卹壶"铭文联系起来考察，前者"百岁之外，以之大行"反映的思想，与后者"阴宅"、"蒿间"的观念一脉相连。

由上文的讨论或可明确，春秋战国时期楚人生命时限观与神仙思想并不一致。前者承认生命的有限性，知道生命最终会走向"死亡"；而后者却妄想通过"不死药"或"形解销化"而达到生命的永恒。显然，春秋战国时期楚人生命时限观，还是一种建立在个体生命的有限性与种族（家族或宗族）生命的无限性相结合基础上的素朴的生命思想。

时至秦汉，燕、齐方仙道蛊惑于世，导致神仙思想泛滥。《史记·封禅书》载："自齐威、宣之时，邹子之徒论著终始五德之运，及秦帝而齐人奏之，故始皇采用之。而宋毋忌、正伯侨、羡门高最后皆燕人，为方仙道，形解销化，依于鬼神之事。"④ 而"自威、宣、燕昭使人入海求蓬莱、方丈、瀛洲。……盖尝有至者，诸仙人及不死之药皆在焉。……世主莫不

---

① 邹芙都：《楚系铭文综合研究》，巴蜀书社2007年版，第160页。
② 石泉：《古代曾国——随国地望初探》，《武汉大学学报》1979年第1期。参见邹芙都《楚系铭文综合研究》，巴蜀书社2007年版，第161页。
③ 邹芙都：《楚系铭文综合研究》，巴蜀书社2007年版，第163页。
④ （汉）司马迁：《史记》卷二十八，中华书局1959年版，第1368、1369页。

甘心焉。及至秦始皇并天下,至海上,则方士言之不可胜数"①。而"怪迂阿谀苟合之徒自此兴,不可胜数也"②。由此看来,流行于秦汉时期的神仙思想,主要是兴盛于燕、齐地域的方仙道。而"自西汉中叶起,以汉武帝'罢黜百家、独尊儒术为契机,便开始了神仙方术与黄老之学的自觉、系统、全面的结合,并在吸取与融合阴阳五行学说等其他学说的基础上最终形成'黄老道'"③。

总上而言,时至秦汉,春秋战国时期楚人生命时限观日渐式微,而燕、齐地域的神仙思想却日渐盛行起来,并随着神仙道教的形成而成为充溢于整个市井民间的社会思潮。

神仙思想的核心是生命问题,其与传统神祇崇拜的本质区别,同样是生命问题。"神祇"没有生命的匡衡,而"人鬼"作为逝去的祖先也在生命的意义上获得永恒,但神仙却不同,神仙是摆脱生命束缚的"超人",既具有神祇所禀赋的超越生命的性质和能力,又能够在人的世界中享有人所具有的一切物质享受。从这个意义上看,神仙思想和神仙崇拜,是人对包括生命在内的世俗生活欲望的贪婪追求的产物。如果说传统宗教文化能够将他的信众引向精神的圣洁和崇高的话,那么神仙思想却以其极端的生命欲望而将他的信众推向物质贪欲的沟壑。以《史记·封禅书》所载始皇时期"方士"为例。李少君以祠灶、谷道、却老方蛊惑于秦始皇及贵胄,"不治产业而饶给"。齐人少翁以"鬼神方见上",而所受"赏赐甚多"。胶东人栾大"因乐成侯求见言方",言"黄金可成,而河决可塞,不死之药可得,仙人可致"。又"赐列侯甲第,僮千人。乘舆斥车马帷幄器物以充其家。又以卫长公主妻之,赍金万斤"。导致"海上燕齐之间,莫不搤捥而自言有禁方,能神仙矣"。④

由此不难看到,秦汉时期神仙家皆以大言蛊惑为能事,其目的无非黄金、美女和财货一类的物质占有和享受。而神仙思想的信众一旦将"永恒生命"视为追求的目标,则道义与良知将不复存在,而世俗之贪欲亦将漠视或毁坏社会之原则和公理。即如汉武帝闻听黄帝升仙之事,而叹

---

① (汉)司马迁:《史记》卷二十八,中华书局1959年版,第1369、1370页。
② 同上书,第1369页。
③ 梅新林:《仙话:神人之间的魔幻世界》,上海三联书店1992年版,第25页。
④ (汉)司马迁:《史记》卷二十八,中华书局1959年版,第1385—1391页。

曰："吾诚得如黄帝，吾视去妻子如脱躧耳。"① 而嫦娥神话于秦汉时期演变过程中所呈现出来的思想与情感，亦可为证。神话中"窃"字的出现，反映出神话对嫦娥行为的道德上的思考，但《灵宪》中所引"有黄"诸如"毋惊毋恐"、"后且大昌"的筮语，又以获得永恒生命的结果而有意遮蔽了上述道德思考。这说明，嫦娥神话在两汉时期的演变过程中，在获得不死药的手段上出现过某种道德上的省思，但是这种省思并没有进行下去，而是被追求和渴望永恒生命的狂热和贪婪所取代。而"有黄"的筮语则以"第三者"或"局外人"的身份反映出存在于社会的一种带有普遍性的思想和意识，即在获得不死药的问题上，一切"手段"和"行为"都是可行的。显然，这样的思想和意识，与汉武帝"吾诚得如黄帝，吾视去妻子如脱躧耳"所内涵的思想和意识是一致的。

如果说秦汉时期如李少君一类的方仙道以祠灶、谷道、却老方对神仙长生的蛊惑，还停留或局限在帝王或贵胄等上层社会的话，那么嫦娥神话在两汉时期的演变，则标志着这种以神仙长生为表现形式的思想，已经延展到底层社会。正是在这个意义上，我们认为两汉时期是神仙思想泛滥的时期，并进而形成一种社会思潮，而嫦娥神话对获得不死药"抛家弃夫"式的描写，则反映出这种思潮与传统宗教精神截然不同的世俗性特征。

秦汉时期燕齐地域的方仙道，或源出于北方道家系统的黄老之学。② 而传流过程中，又融入了邹衍的阴阳五行学说，及至两汉，又杂以图谶、占候、方技、医药之术，而成道、术兼修之神仙学说。《史记·封禅书》在论其渊源时，特别强调其"依于鬼神之事"，说明早期的方仙道与后来的神仙学说，都与传统宗教信仰中的神祇崇拜和神话传说存在关联，并表现在利用改造或杜撰的神话传说来为自己的道术服务的特点。从这个意义上说，两汉时期神仙思想的泛滥，又是与传统神祇崇拜和神话传说的世俗化演变或改造相联系的。

总上而言，春秋战国时期楚人的生命时限观，还是一种建立在个体生命的有限性与种族（家族或宗族）生命的无限性相结合基础上的素朴的生命思想。缘于此，自然在人们的宗教思想和情感上表现出对神祇的敬畏

---

① （汉）司马迁：《史记》卷二十八，中华书局1959年版，第1394页。
② 参见（汉）司马迁《史记》卷八十，中华书局1959年版，第2436页；李学勤《简帛佚籍与学术史》，江西教育出版社2001年版，第19、22页。

和对祖先的热爱,以传统的神祇和祖先群体作为个体和群体的精神支柱和思想导师,并以虔诚之心和卑微之情,与神祇和祖先进行圣洁而崇高的交流。

王逸《楚辞章句》在论及屈原创作《天问》的情境时说道:"屈原放逐,忧心愁悴,彷徨山泽,经历陵陆。嗟号昊旻,仰天叹息,见有楚先王之庙及公卿祠堂,图画天地山川神灵,琦玮僪佹,及古贤圣怪物行事。周流罢倦,休息其下,仰见图画,因书其壁,何而问之,以渫愤懑,舒泻愁思。"① 依此,《天问》是屈原在"忧心愁悴"之时,与"山川神灵"及"古贤圣"在思想与情感等方面交流与沟通的产物,而"以渫愤懑,舒泻愁思",则将诗人"个体"与"神祇"之间的关系作了极为精辟的描述。《史记·屈原列传》在论及《离骚》的创作时也说道:"离骚者,犹离忧也。夫天者,人之始也;父母者,人之本也。人穷则反本,故劳苦倦极,未尝不呼天也;疾痛惨怛,未尝不呼父母也。"这里所谈到的,仍然是人与天地神祇之关系的问题。"人"都是以"群体"或"个体"的面目或身份出现的,"天"是"群体"之源,"父母"是"个体"之始;"天"以神祇为像,而父母亦置于祖宗之列。是故,所谓人穷反本,正是以本能之势而向天地神祇和列祖列宗求得精神的支撑和情感的慰藉。

显然,正是通过这种圣洁而崇高的思想与情感的交流,缔造了同样是圣洁而崇高的荆楚古典浪漫主义文学。时至秦汉,这样的古典浪漫主义文学也随着神仙思想的泛滥和传统神祇崇拜与神话传说的世俗化演变或改造,失去了其圣洁而崇高的品行与格调,并转入世俗化的演变轨道。司马迁在《史记》中,将贾谊与屈原同传,说明司马迁认为至少在人生际遇上,贾谊与屈原或为同道。贾谊赴长沙,渡湘水,瞻屈原自沉处,作《吊屈原赋》,其感、其愤,似与屈原无异,但恰恰缺少屈原的情和思。而《鹏鸟赋》更流于福祸无常的哀叹,已属流俗之作。即如《史记·屈原贾生列传》"太史公"所言,读屈原之作,悲其志,而睹屈原自沉处,未尝不垂泪,想见其为人;及见贾生吊文,又怪屈原不能机巧行事而自令若是;再读《鹏鸟赋》,生死相依,祸福相倚,孰是孰非,何必较计。实乃可悲!可叹!荆楚古典浪漫主义文学,由屈原缔造,难道也由屈原绝唱!

---

① (汉)王逸注,(宋)洪兴祖补注:《楚辞章句》,岳麓书社1994年版,第82页。

三 格物实学的兴盛与传统学风文风的转变

儒家经典《大学》云:"致知在格物,物格而后知至。"① 格物致知,重在格物。故致知之学,实为实学。实学之风气,秦时已起。以吏为师,虽然局限于"法令"上面,但风气所向,则以实用为上。时至两汉,而实学兴盛。"盖汉人之学,皆重实验,积往古之学说,因当时之风气,遂有发明制造之专家,恶得以其器之不传,遂谓汉学无足称哉。"② 虽然如此,两汉时期格物实学的兴盛,却随着经学独炽而转向于政治和利禄之途,而两汉时期格物实学的转向,又与学人对于"学体"的自觉而主动的建设相联系。

汉承秦制。秦始皇建立的以一姓世袭的专制政体,自汉而得到巩固和强化,但与上述政体相适应的学体,却没有建设起来。汉初黄老之说虽藉皇家人物而广为流行,但时而发生的"儒道互绌"事件,说明在政体确立以后,学体的确立和建设,已经为汉初学者所关注,更为重要的是,在这种学体的确立和建设过程中,汉初学人发挥了主导性的作用。

汉初学体的确立和建设,是在秦败汉兴的反思中日渐明晰的。汉初,陆贾为汉高祖刘邦"说诗书",即提出"乡使秦以并天下,行仁义,法先圣,陛下安得而有之"的诘问。③ 其"行仁义"、"法先圣"的主张,已经触及传统儒学思想。文帝时贾山言治乱之道,同样以秦为例进行反思,虽然没有提出以传统儒学为本的主张,但其以"文王之时"为理想之世,与传统儒学无二。其又提出"尽礼"与"爱敬"的思想,强调君臣之间以"礼"与"敬"为原则的关系,还是本于传统儒学思想。④ 而至贾谊上书陈政事,则进一步提出"德教"与"法令"的区别,其云:"道之以德教者,德教洽而民气乐;欧之以法令者,法令极而民风衰。"⑤ 而以秦为例,"商君遗礼义,弃仁恩,并心于进取",遂导致"行之二岁,秦俗

---

① (宋)朱熹:《四书集注·大学章句》,凤凰出版社(原江苏古籍出版社)2008年版,第4页。
② 柳诒徵:《中国文化史》,东方出版中心1988年版,第322页。
③ (汉)班固:《汉书》卷四十三,中华书局1962年版,第2113页。
④ (汉)班固:《汉书》卷五十一,中华书局1962年版,第2330、2334页。
⑤ (汉)班固:《汉书》卷四十八,中华书局1962年版,第2253页。

日败"。① 如此，必须"移风易俗，使天下回心而鄉道"②。其治世之方，即所谓孝与仁，二者是"建久安之势，成长治之业"的根本。③ 而礼义之兴、仁孝之行，关键在于"教化"，故又提出"五学"之道。所谓"五学"者，其引《学礼》云："帝入东学，上亲而贵仁，则亲疏有序而恩相及矣；帝入南学，上齿而贵信，则长幼有差而民不诬矣；帝入西学，上贤而贵德，则圣智在位而功不遗矣；帝入北学，上贵而尊爵，则贵贱有等而下不隃矣；帝入太学，承师问道，退习而考于太傅，太傅罚其不则而匡其不及，则德智长而治道得矣。此五学者既成于上，则百姓黎民化辑于下矣。"④ 所谓"五学"之道，虽然是贾谊为太子提出的教育方案，但其真正的用意，则是以"贵仁"、"贵信"、"贵德"、"尊爵"等方面的内容，推行移风易俗式的"德教"。

从贾谊上述言论中或可看出，其认为稳定社会的良方是实行"德教"，而"德教"的施行必须以"学"为基础。这个"学"既指"新学之官"，即东南西北四学及太学，也包括于"新学之官"所研习的学术和学问。而对于上述学术和学问的内容，从贾谊关于"五学"内涵的具体阐释上看，同样囿于传统儒学思想的范畴之内。

贾谊关于"德教"的论说，离汉代学体确立还存在一段距离，然而，贾谊以传统儒学思想为"德教"内涵，并将"德教"的施行建立在"学"的基础之上的思想，确实具有纲领性的意义。更为重要的是，贾谊提出的"五学"之道，并非孤立的学术或学问，其宗旨和出发点，仍然是君王如何君临天下的政治问题。而后世两汉学体确立以后，其与政体之关系，同样如此。

两汉学体的确立，以所谓"独尊儒术"为肇始，以立"五经博士"为标志。秦末战火及烧杀"诗书"、"术士"，而至"六学"从此缺轶。汉初，承秦续，诸学待兴，而儒学亦自民间流传。前有"鲁中诸儒尚讲颂习礼，弦歌之音不绝"，后有"叔孙通作汉礼仪，因为奉常。"然而"孝文本好刑名之言，及至孝景，不任儒，窦太后又好黄老术，故诸博士

---

① （汉）班固：《汉书》卷四十八，中华书局1962年版，第2244页。
② 同上书，第2245页。
③ 同上书，第2241页。
④ 同上书，第2248、2249页。

具官待问，未有进者。"① 及至窦太后崩，"武安君田蚡为丞相，绌黄老、刑名百家之言，延文学儒者以百数，而公孙弘以治《春秋》为丞相封侯，天下学士靡然鄉风矣。"② 如此，独尊儒学的局面始而形成。然而，儒学独尊，重在"导民以礼，风之以乐"的实际成效，故"劝学"、"教化"之目的的实现，尚需两方面的条件：一为"三代之道，乡里有教，夏曰校，殷曰庠，周曰序"；二为"为博士官置弟子"以为学脉相承。于是，武帝"为博士官置弟子五十人，复其身。太常择民年十八以上仪状端正者，补博士弟子"③。至此，与汉代政体密切相连的学体，已然确立起来。而至东汉，这种学体更得到巩固和发展，儒学也就进入了极盛时期。即如《后汉书·儒林传》所言：

> 及光武中兴，爱好经术，未及下车，而先访儒雅，采求阙文，补缀漏逸。先是四方学士多怀协图书，遁逃林薮。自是莫不抱负坟策，云会京师。……于是立五经博士，各以家法教授。……建武五年，乃修起太学，稽式古典，笾豆干戚之容，备之于列，服方领习矩步者，委它乎其中。中元元年，初建三雍。明帝即位，亲行其礼。天子始冠通天，衣日月，备法物之驾，盛清道之仪，坐明堂而朝群后，登灵台以望云物，袒割辟雍之上，尊养三老五更。飨射礼毕，帝正坐自讲，诸儒执经问难于前，冠带缙绅之人，圜桥门而观听者盖亿万计。其后复为功臣子孙、四姓末属别立校舍，搜选高能以受其业，自期门羽林之士，悉令通《孝经》章句，匈奴亦遣子入学。济济乎，洋洋乎，盛于永平矣。④

两汉学体的确立和建设，具有如下特征：
1. 以儒学为根本而确立经学地位。
2. 以博士与弟子的学问相传而成学脉。
3. 以"学而仕"为目的而干涉仕途利禄。

---

① （汉）班固：《汉书·儒林传》，中华书局1962年版，第3592页。
② 同上书，第3593页。
③ 同上书，第3594页。
④ （南朝宋）范晔：《后汉书》卷七十九，中华书局1965年版，第2545、2546页。

值得注意的是，在这里，前两个方面实际上是一个问题的两点，因此，如果以"体"与"用"的关系来概括的话，两汉学体的"体"是以儒学为根本的学术或学问即经学，而政治或仕途则是"用"，"体"与"用"之间的关系是明确的。如果说传统儒学还是"学而优则仕"的话，那么两汉学体的原则，则是"学而仕"。即如班固在《汉书·儒林传》最后的"赞"中所说："自武帝立五经博士，开弟子员，设科射策，劝以官禄，讫于元始，百有余年传业者寖盛，支叶蕃滋，一经说至百余万言，大师众至千余人，盖禄利之路然也。"①

两汉学体的确立，为学人进入国家政体提供了最为直接的通道。而从国家政体的意义上看，两汉学人也就自然囿于体制之内，自觉地成为体制之内的人。"汉初开始设经博士，到武帝时立五经博士，可以说是儒家垄断了仕途，知识分子要自我实现，就只能纷纷争走一条路。"② 需要指出的是，在两汉学体所呈现的"体"与"用"的关系中，"体"为基础和根本，故两汉经学的精彩之处，即在于对学术和学问的追求和坚守。源于此，随着两汉学体的确立，也必然形成与之相联系的学风。

所谓经学，或谓对儒家经典进行诠释的学问。源于上述"经典"具有与生俱来而无可争议的绝对性，导致经学的要义是对经典义理的理解、揭示、乃至发挥，而非商榷和批评。有学者对两汉经学之学风作有如下概括："一种是着重'解故'或'训诂'，发展为'遵章句注疏'，'守训诂而不凿'；一种是'说义'或'以事义解经'发展为排斥经师旧说，'独析义理'。"③ 然而，作为"学风"，上述总结更侧重于两汉经学研究方法的阐释。

如前所述，两汉经学的精彩之处，即在于对学术和学问的追求和坚守。由于这种追求和坚守形成不同的学脉或学派；还由于这种追求和坚守使得这种学脉或学派传流延展。故两汉经学之学风，更鲜明地体现在理性与务实、继承与创新的上面，并突出地表现出"立"与"破"的辩证关系，即以"立"为主，在"立"的基础上寻求"破"，"破"而后"立"，从而构成学问的继承和发展、学术的繁荣和创新。

---

① （汉）班固：《汉书》卷十八，中华书局1962年版，第3620页。
② 熊铁基：《秦汉文化史》，东方出版中心2007年版，第134页。
③ 同上书，第166页。

武帝时立五经博士，以博士与弟子学问相传而成学脉，即体现出"立"与"破"的关系。《后汉书·章帝纪》载建初四年诏曰："盖三代导人，教学为本。汉承暴秦，褒显儒术，建立五经，为置博士。其后学者精进，虽曰承师，亦别名家。"① 置五经博士，各立师法，即是"立"；而后学精进，亦别名家，即是"破"；而"破"的结果，是创立家法，还是"立"。

　　其实，对于"师法"和"家法"来说，应该是相对而言的，即所谓"师上有师，家后有家，是一个师承不断的系统。"② 故"师法"与"家法"的关系，或即"立"与"破"的关系，而上述关系中的珍贵之处，就是保持学脉的延续和学问的创新。如前所述，两汉经学的精彩之处，即在于对学术和学问的追求和坚守。两汉学体确立和建设过程中所形成的经学，虽然呈现出诸多弊端，但源于对学术和学问的追求和坚守而形成的理性与务实、继承与创新的学术风气，却是最为突出和珍贵的。"师法、家法存在于经学的极盛时期，有时候门户特别森严，这是因为有些人'分争王庭，树朋私里'。但它本身的发展，却在事实上不断地打破门户之见，所以，以后越来越多地出现一批越来越大的'通儒'。"③

　　正是在这个意义上，我们看到两汉经学所具有的巨大而珍贵的学术价值和学术意义。其对学问真谛的探求和坚守，如同寻求和固守真理。因此，它标志着中国现代为学之道的兴起，也奠定了中国现代为学之道的基础。它是战国时期百家争鸣风气的进一步发展，又与战国策士多变、虚夸、浮躁的学风相异。

　　两汉经学学脉承传，从而形成了历时性的学术积淀和空间性的学术影响，而上述两个方面又可能与政治结合，由学脉延展至政治领域即两汉政体之中。从这个意义上说，正是源于经学，而第一次将"学人"通过"学术"而不是"血缘"联系起来，结成超越血缘的以固守某种理论体系为宗旨的学术团体。显然，这种学术团体具有涵盖政治而又超越政治的能力。政治能够起到宣传、提升其影响力的能力和力量，但政治无法取代它。对它而言，政治最终会回归于学术。

---

① （南朝宋）范晔：《后汉书》卷三，中华书局1965年版，第137页。
② 熊铁基：《秦汉文化史》，东方出版中心2007年版，第168页。
③ 同上书，第170页。

不可否认，在两汉经学承传延展的漫长过程中，其总体的学术风气，是理性与务实、继承与创新的，但源于其研究对象的经典性质，以及其研究方法的非商榷和批评的特点，更为重要的是其与国家政体的密切联系，而导致其学风中僵化、保守倾向的形成，"立"有余而"破"不足。究其原因，还是归结到两汉政体与学体的关系上面。

两汉学体自确立以后，虽然表现出了其于政体的积极意义，但它却是以政体为存在前提的。而两汉学体依附于政体的特点，决定了两汉学人习惯于囿于"体制"而生存，因此，其学术或学问研究的"底线"，是不能构成对儒学经典的批评或否定，如此，也就不能构成对既成体制的挑战或威胁。

两汉经学学术风气的上述特点，势必对两汉文风造成影响。而从另一个角度看，源于经学的独尊现实，两汉经学之学风，亦造成经学之文风；而两汉经学之文风，亦构成两汉文风之主体特征。是故，两汉文风既有理性务实、继承创新的一面，也有尔雅温润、深厚淳和的另一面。《汉书·儒林传》在传前之序中引公孙弘奏请之辞，其中论及择才标准，有云："明天人分际，通古今之谊，文章尔雅，训辞深厚，恩施甚美。"[①] 其中"尔雅"、"深厚"，确可视为两汉文风的精确概括。

源于两汉学体与政体的关系，形成两汉学人与国家政治的千丝万缕的联系，而浓烈的政治热情和责任，则是两汉学人的内在禀赋，也自然留下了异常丰富和精彩的政论散文。即如从汉初始，众多学人即加入到"秦亡汉兴"的讨论中，以理性而务实的文风，追讨"暴秦"尚法度而弃礼义，以致宗庙隳毁，人民涂炭的悲剧。再如议论朝政，针砭时弊，其作文上疏，在把握分寸，究极选词用句的同时，而又注重切中要害，以至泼辣犀利，理透而情深。而至所谓纯文学之诗文辞赋，则更注重继承中的发展与创新。

> 惟汉人之诗文辞赋，则多创为新体。枚乘、苏武为五言诗，武帝及诸臣为七言诗，而乐府之三言、四言诗体，亦于三百篇之外，别成一个。降及后汉，诗人益多，而《孔雀东南飞》一篇，为焦仲卿妻作者，凡千七百四十五字，实为叙事诗之绝唱，虽不知作者之名，然

---

① （汉）班固：《汉书》卷八十八，中华书局1962年版，第3594页。

可以见汉之诗人，实多开创，无所谓定格成法也。诗之外，创制之体，如《答客难》、《封禅书》、《七发》之类，亦多新格。而赋体之多，尤为汉人所独擅。①

总上而言，两汉学体的确立和建设，从根本上说，是秦汉专制政体的需要。上述学体的运作，为专制政体的官僚机构提供了源源不断的人才。从这个意义上看，楚汉政治文化上的巨大差异，即表现在这种"学体"与"政体"的差异上，而楚汉浪漫主义文学于文风上的巨大差异，也缘此而来。

四　阴阳五行的流行与传统神祇体系的解构

阴阳五行学说在战国时期既已成为显学，其对战国时期荆楚文化之影响，前文已有论述，而至秦汉时期，阴阳五行学说更渗透到了秦汉文化的诸多层面，而成一世之思潮。

《后汉书·方术列传》云："汉自武帝颇好方术，天下怀协道艺之士，莫不负策抵掌，顺风而届焉。后王莽矫用符命，及光武尤信谶言，士之赴趣时宜者，皆驰骋穿凿，争谈之也。故王梁、孙咸名应图箓，越登槐鼎之任，郑兴、贾逵以附同称显，桓谭、尹敏以乖忤沦败，自是习为内学，尚奇文，贵异数，不乏于时也。"② 其与两汉时期图谶、占候、神仙、方技、天文、历谱、医家、房中之说相融会，渊源奥深，流变庞杂，不可尽窥。

> 若夫阴阳推步之学，往往见于坟记矣。然神经怪牒，玉册金绳，关局于明灵之府，封縢于瑶坛之上者，靡得而阐也。乃至河洛之文，龟龙之图，箕子之术，师旷之书，纬候之部，钤决之符，皆所以探抽冥赜，参验人区，时有可闻者焉。其流又有风角、遁甲、七政、元气、六日七分、逢占、日者、挺专、须臾、孤虚之术，及望云省气，推处祥妖，时亦有以效于事也。而斯道隐远，玄奥难原。③

---

① 柳诒徵：《中国文化史》，东方出版中心1988年版，第327页。
② （南朝宋）范晔：《后汉书》卷八十二，中华书局1965年版，第2705页。
③ （南朝宋）范晔：《后汉书·方术列传》，中华书局1965年版，第2703页。

阴阳五行学说对两汉时期神祇崇拜体系与神祇祭祷制度的影响更为显著，其结果，一方面促使先秦时期诸多地域系统的祭祀文化得以规范和统一，另一方面也造成传统神祇崇拜体系与神祇祭祷制度的解构和重构。两汉时期国家祭祀文化方面的如上演变，也同样在民间神祇崇拜中表现出来。

阴阳五行学说对战国时期不同地域祭祀文化的影响，似乎存在差异。《史记·封禅书》引《尚书》云舜巡狩五岳而祀神山，有所谓"辑五端"、"修五礼"。[1] 显然带有五行影响的痕迹。然而《尚书》所记舜巡狩五岳而祀神山之事，已不可确证，而五行影响如此深远，也恐后人附会。又云秦襄公居西垂，自以为主少暤之神，作西畤，祠白帝。[2] 则明显受到阴阳五行的影响。又载秦宣公作密畤于渭南，祭青帝。[3] 长沙子弹库《楚帛书》之《四时》篇中有"四神"，其"长"的名字中有一"青"，或与"青帝"有关，但上述"四神"名字中的四种颜色即青、朱、黄、墨（黑），并无"白"。有学者认为"阴阳五行说为了把五行分配于四方，有时将黄色的土插于西南，即夏、秋之间。帛书避去白色，可能是由于楚在南方，以祝融为祖，于五行主火，而火克金，白色的金应当隐伏，所以用黄色来代表秋季"[4]。如此论不错，则源于阴阳五行而形成的"四神"或"四帝"之说，也早已在楚地流行。再者，在包山楚墓2号墓出土遗物中，发现五块分别写有户、灶、室、门、行字样的小木牌。被视为"五祀木主"。[5] 五祀诸神在《礼记》之《月令》、《曲礼下》、《王制》中均有载记，亦在《仪礼·既夕礼》、《周礼·春官·小祝》中有载，而包山2号墓又出"五祀木主"，说明受到阴阳五行影响而形成的五祀崇拜，至迟在战国晚期既已在楚地流行，也说明阴阳五行思想对楚地祭祀文化之影响不能低估。然而，如果从已发现的战国楚简卜筮祭祷简相关载记情况看，阴阳五行思想对楚人祭祀文化的影响还是有限或呈局部状态的。《国语·楚语下》所载楚大夫观射

---

[1] （汉）司马迁：《史记》卷二十八，中华书局1959年版，第1355—1356页。
[2] 同上书，第1358页。
[3] 同上书，第1360页。
[4] 李学勤：《楚帛书中的古史与宇宙论》，载李学勤《简帛佚籍与学术史》，江西教育出版社2001年版，第53、54页。
[5] 陈伟：《包山楚简初探》，武汉大学出版社1996年版，第165页。

父答楚昭王问中，涉及楚人祭祀制度方面的论述，如："天子遍祀群神品物，诸侯祀天地、三辰及其土之山川，卿、大夫祀其礼，士、庶人不过其祖。"[1]《汉书·郊祀志》载周人祀神礼制，亦云："天子祭天下名山大川……而诸侯祭其畺内名山大川，大夫祭门、户、井、灶、中霤五祀，士庶人祖考而已。"[2] 显然，从上述不同载记所反映的情况看，春秋时期楚人神祇祷祠制度应该承袭周人祀神礼制，而至战国，随着楚文化的成熟和发展，其在周人祀神礼制基础上的神祇祷祠制度也随之形成。

与战国时期楚人神祇祷祠制度相比，阴阳五行思想对两汉时期神祇祭祀体制的影响，几乎达到了全方位的程度，其中当首推两汉郊祀制度

郊祀是对天神的祭祀，以为国家祭祀体制中最主要的祭祀形式。汉高祖刘邦入关以后，即提出立"黑帝"而成五帝之祀。[3] 上述五帝为白、青、黄、赤、黑，前四帝本为秦人旧祀。[4] 依邹衍五德终始说，秦始皇认为秦承周而来，自然当为"水德"，故"色上黑"。[5] 但秦始皇确立"水德"之后，却没有在"四帝"之上立"黑帝"，而被刘邦钻了空子。然而，不论秦之"四帝"还是汉之"五帝"，都能明显地看到阴阳五行思想的影响，而至文帝，始亲郊祀五帝，易服色，又依方士之见"作渭阳五帝庙，同宇，帝一殿，面各五门，各如其帝色。"五帝郊祀形式基本完备。[6] 汉武帝以"太一"为"天神贵者"而以"五帝"为佐，依方士的意见而对文帝的五帝郊祀形式进行了改革，但"郊见五畤"的郊祀制度并无本质的变化。[7] 武帝以后至哀帝时期，"郊见五畤"的地点发生几次

---

[1] 上海师范大学古籍整理研究所：《国语》卷十八，上海古籍出版社1988年版，第567页。

[2]（汉）班固：《汉书》卷二十五上，中华书局1962年版，第1193、1194页。

[3]（汉）司马迁：《史记》卷二十八，中华书局1959年版，第1378页。

[4]《史记·封禅书》："及秦并天下……唯雍四畤。"（汉）司马迁：《史记》卷二十八，中华书局1959年版，第1376页。

[5]《史记·封禅书》："秦始皇既并天下而帝，或曰：'黄帝得土德，黄龙地螾见。夏得木德，青龙止于郊，草木畅茂。殷得金德，银自山溢。周得火德，有赤乌之符。今秦变周，水德之时。昔秦文公出猎，获黑龙，此其水德之瑞。'于是秦更命河曰'德水'，以冬十月为年首，色上黑。"（汉）司马迁：《史记》卷二十八，中华书局1959年版，第1366页。

[6]（汉）司马迁：《史记》卷二十八，中华书局1959年版，第1380—1383页。

[7] 同上书，第1384页。

变化,依《汉书·郊祀志下》所载王莽奏言,"建始元年,徙甘泉太畤、河东后土于长安南北郊",而"永始元年三月……复甘泉、河东祠",又"绥和二年……复长安南北郊",再"建平三年……复甘泉、汾阴祠"。但这仅是郊祀地点的变化,于郊祀制度上并无改变。直至王莽奏议,再"复长安南北郊如故",不但将郊祀地点再次恢复至长安南北郊,而且以南郊合祀天地,并以人祖配祀。① 王莽的上述建议,可谓对汉武帝以来的郊祀制度的改革,然上述改革所秉承的仍然是阴阳五行思想。即如其在奏言中所论:"天墬有常位,不得常合,此其各特祀者也。阴阳之别日冬夏至,其会也以孟春正月上辛若丁。天子亲合祀天墬于南郊,以高帝、高后配。阴阳有离合,《易》曰'分阴分阳,迭用刚柔'。以日东至使有司奉祠南郊,高帝配而望群阳,日夏至使有司奉祭北郊,高后配而望群阴。"② 东汉以后,郊祀制度基本上"采用元始中郊祭故事",发生变化的主要表现在神祇名号与人祖配祀上面。③

阴阳五行思想对两汉时期祭祀体制的影响,还波及到郊祀制度以外的其他祭祀体制,如六宗、日月、祈雨的雩祭,等等。

仅以六宗祭为例。六宗之说,始见于《尚书·尧典》,而六宗进入两汉神祇祭祀体制之中,明确的记载是在西汉平帝时期。王莽奏言,尝试对平帝以前祀神体制进行改革,从而提到六宗的问题。虽然六宗并没有出现在其所创立的"五郊兆"诸神体系之中,但从王莽奏言看,六宗当已有位。④《通典》则云:"汉兴,于甘泉汾阴立坛,禋六宗。"⑤《通典》根据为何,不得而知,然从王莽奏言提出祀神体制改革看,其以六宗为例而言及祀神体制的建设,如果平帝之前的祀神体制中没有六宗,王莽的奏言必是无的放矢。由此而论,对六宗的祭祀,当在汉初既已存在。

六宗为何神,并无定见。《尚书·尧典》云:"肆类于上帝,禋于六宗,望于山川,遍于群神。"上述文字中"上帝"当为至上神,"山川"

---

① (汉)班固:《汉书》卷二十五下,中华书局1962年版,第1264、1265页。
② 同上书,第1266页。
③ 参见(晋)司马彪撰,(梁)刘昭补注《后汉书志》第七、八、九,中华书局1965年版。
④ 参见《汉书·郊祀志下》,中华书局1962年版,第1265—1269页。
⑤ (唐)杜佑:《通典》卷四十四,中华书局1988年版,第1233页。

是地祇，而六宗在至上神与地祇之间，或指天神。另，禋乃是对天神的祭祷方式。《通典·礼四·禋六宗》引郑玄注云："禋，烟也，取其达升报于阳也。"① 《周礼·春官·大宗伯》："以禋祀祀昊天上帝。"② 故六宗当是天神。两汉学者对于六宗的解释，缘于经学今古学派之别而或有不同，比较起来，当以欧阳、大小夏侯"三家说"和郑玄的认识为代表。前者以为"六宗者，上不及天，下不及地，傍不及四时，居中央，恍惚无有，神助阴阳变化，有益于人，故郊祀之"。后者则云："六宗皆天神，谓星、辰、司中、司命、风伯、雨师也。"③ 两汉学者对六宗的认识虽然颇为分歧和复杂，但明显以阴阳五行思想为出发点的认识占据主导地位。西汉平帝时，王莽奏言论六宗问题，首先对欧阳、大小夏侯关于六宗的"三家说"提出了异议，接着援引"乾坤六子"之说，以为"日月雷风山泽，易卦六子之尊气，所谓六宗也。星辰水火沟渎，皆六宗之属也"④。东汉安帝时，又推翻王莽论说，而重拾欧阳家说。司马彪《后汉书志》载："安帝即位，元初六年，以《尚书》欧阳家说，谓六宗者，在天地四方之中，为上下四方之宗。以元始故事，谓六宗《易》六子之气日、月、雷公、风伯、山、泽者为非是。三月庚辰，初更立六宗。"⑤

以《易》之六子为六宗，其思想源自《周易》的《说卦》。"《说卦》的作者将易六子作为自然世界的客观物质，认为其相互运动和变化，是构成万物的基础。……这样的思想是从物质世界的本源出发，在关注自然世界的生成和变化过程中的神学抽象，它反映了思想主体的积极精神。"⑥ 值得注意的是，《说卦》的相关思想中，已经反映出阴阳五行思想的影响，王莽奏言承袭易六子之说，从阴阳五行思想的角度看，并无新意，而至东汉安帝绌易六子之说而重尚欧阳家说，亦是如此。

综上而言，在两汉时期神祇祭祀体制的建立和发展过程中，阴阳五行思想发挥了重要的甚至是根本性的作用，而伴随两汉时期神祇祭

---

① （唐）杜佑：《通典》卷四十四，中华书局1988年版，第1233页。
② 陈戍国点校：《周礼·春官宗伯第三》，岳麓书社1989年版，第53页。
③ 参见（清）孙星衍《尚书今古文注疏》卷一，中华书局1986年版，第39页。
④ （汉）班固：《汉书》卷二十五下，中华书局1962年版，第1267、1268页。
⑤ （晋）司马彪撰，（梁）刘昭补注：《后汉书志》第八，中华书局1965年版，第3184页。
⑥ 李立：《文化嬗变与汉代自然神话演变》，汕头大学出版社2000年版，第138页。

祀体制的建立和发展，秦汉以前传统神祇崇拜体系不可能符合上述祭祀体制的要求，而上述神祇崇拜体系的解构，也就成为历史的必然现象。

值得注意的是，摈弃战国以来以地域为中心而形成的神祇崇拜体系的同时，也是新的神祇崇拜体系形成和建立的开始，而在这样一个新旧神祇体系的转换过程中，秦汉时期神祇崇拜体系也呈现出一个由乱而顺的局面，亦即两汉时期新的神祇崇拜体系再次重构的过程，具体表现出如下几个方面的特征：

（1）郊祀天神趋于一致。在秦汉郊祀制度建立和发展过程中，传统郊祀天神发生变化，秦时为四帝，汉初增加黑帝而成五帝，武帝时再增加太一，而以五帝为佐。

（2）郊祀天神的名号趋于规范。汉初为五色帝。武帝时在五色帝基础上再以"太一"为至上神。成帝时或有"皇天"、"上帝"之称谓。[①]王莽则更名号为"皇天上帝太一"。东汉光武帝始去"太一"之名，称"皇天上帝"，而趋于规范。

（3）祭祀的神祇由驳杂而至有序。秦并天下，"令祠官所常奉天地名山大川鬼神可得而序也"[②]。然而，"自五帝以至秦，轶兴轶衰，名山大川或在诸侯，或在天子，其礼损益世殊，不可胜记。"[③] 故而秦初"令祠官所常奉天地名山大川鬼神"者，也应该是困难重重。而从《史记·封禅书》的相关载记上看，秦人似乎将天下名山大川都视为祭祷对象。再从雍地祷祠神祇看，亦是如此。"而雍有日、月、参、辰、南北斗、荧惑、太白、岁星、填星、[辰星]、二十八宿、风伯、雨师、四海、九臣、十四臣、诸布、诸严、诸逑之属，百有余庙。西又有数十祠。于湖有周天子祠。于下邽有天神。沣、滈有昭明、天子辟池。于[杜]、亳有三社主之祠、寿星祠；而雍菅庙亦有杜主。"[④] 上述神祇涉及天神、地祇、人鬼，而诸神于神格、神性、地域背景等方面，皆驳杂不明。上述情况至汉宣帝

[①] 《汉书·郊祀志下》："今行常幸长安，郊见皇天反北之泰阴，祠后土反东之少阳，事与古制殊。"其"郊见皇天"之"皇天"，或即指"太一"。另，《汉书·成帝纪》："徙太畤、后土于南郊、北郊，朕亲饬躬，郊祀上帝。"

[②] （汉）司马迁：《史记》卷二十八，中华书局1959年版，第1371页。

[③] 同上。

[④] （汉）司马迁：《史记》卷二十八，中华书局1959年版，第1375页。

时亦无改变,甚而大有过之。汉宣帝时"五岳、四渎皆有常礼","又立岁星、辰星、太白、荧惑、南斗祠于未央宫中"。还有"劳谷、五牀山、日月、五帝、仙人、玉女祠"等,甚至"南郡获白虎,献其皮牙爪,上为立祠"。[①] 则所祷祠者除天神地祇之外,又延展至神仙和异物。及至王莽立五郊兆,始对上述杂乱情况有所梳理。[②]

由前面的讨论已经看到,传统神祇崇拜体系的解构以及两汉时期新的神祇崇拜体系再次重构的过程,既是秦汉以来新的神祇不断被遴选而加入体系的过程,也是传统神祇在神格、神性以及地域、民族、文化等背景发生变化或某些神祇遭到淘汰的过程。具体说来,源于神仙思想的影响,一方面是众多"杂神乱仙"得以进入上述体系之中,而导致上述体系中神祇的构成更为驳杂,另一方面是部分神祇遭到淘汰,被排除在体系之外。同时,源于阴阳五行思想的影响,亦会出现传统神祇的阴阳偶化的趋势和神格及神性转移的现象。[③] 而上述情况又是与传统神祇之地域、民族、文化背景发生变化相伴随的。

从理论上讲,每一个神祇都不是一个孤立的存在,与之相关联的是信仰与祷祠形式和神话或传说故事,因此,上述诸种情况的发生,似乎都必然触及一个问题,就是神祇信仰与祷祠形式和神话或传说故事的变化。分析起来,应该主要反映在如下三个方面:(1)从"新的神祇不断被遴选而加入体系"这一现象看,在传统神祇之外又产生了大量的新的神祇,而与之相关联的神话或传说故事也会随之加入到这个体系之中。(2)从"某些神祇遭到淘汰"的情况看,也意味着与之相关联的神话或传说故事也随之湮灭或重新回到民间。(3)从"传统神祇在神格、神性以及地域、民族、文化等背景发生变化"的情况看,也意味着与之相关联的神话或传说故事在神祇形象与情节上发生变化。

然而,我们注意到的一个问题是,秦汉时期传统神祇崇拜体系的解构与新的神祇崇拜体系再次重构的过程,大都以帝王或强势权臣为主导,故而这种"解构"与"重构"的理论依据,也就呈现出驳杂的情况,甚或被个人喜好所左右。因此,在传统神祇崇拜体系解构与新的神祇崇拜体系

---

① (汉)班固:《汉书》卷二十五下,中华书局1962年版,第1249、1250页。
② 同上书,第1268页。
③ 参见李立《文化嬗变与汉代自然神话演变》导言,汕头大学出版社2000年版。

重构的过程中，其关注的往往是神祇祭祷制度的建设，而非与之相关联的神话或传说故事。如此，与"传统神祇在神格、神性以及地域、民族、文化等背景发生变化"的情况相关联的，就不仅仅是"神话或传说故事在神祇形象与情节上发生变化"这样单纯，相较而言，可能是神话或传说故事源于神祇之地域、民族、文化等背景的消解而逐渐萎缩以至湮灭这样更为严重的问题。其结果，是导致神祇的符号化演变，变成一个孤立的仅存定义式内涵的干瘪的符号。更为重要的是，在这样一种神祇祭祷制度中，当所祷祠的神祇呈现出符号化演变的时候，其神祇祭祷形式也会随之步入形式化或程式化的倾向，而更为重要的是，在秦汉以前传统神祇祷祠活动中，即如荆楚传统神祇祭祷仪式中所存在的源于地域、民族、文化等要素而积淀起来的传统的宗教道德、宗教情感、宗教关怀，也将逐渐萎缩以至消失而不复存在。

当帝国的官方的神祇崇拜体系发生如上变化的时候，两汉时期民间的神祇崇拜情况似乎也无法避免，并主要反映在三个方面，一是神祇信仰的功利化倾向；二是由此而形成的神祇祷祠注重形式的现象；三是由上面两个方面而必然形成的传统宗教道德、情感和关怀的萎缩。即如有学者所论：当官方祀典以一个至上的天为宇宙道德和正义的保证者时，一般民众所崇拜的神明，却常只负责崇信者一己当下的利益。在道德和伦理的层面上，形成善意和恶意的"人格力量"，这些力量也可以选择伤害或主持正义。而且，这些力量之施予福祉或灾祸于人，主要的依据是信徒的祈求和所行的法术或仪式，而较少与其个人的道德行为有关。换言之，人民对神灵的态度有一种比较形式化的倾向，这也许是由当人们以世俗政府的模式来想象神明的世界时，人与神灵之间的关系自然会倾向于一种比较形式化的表现方式，以适应官僚式的社会和政治体系。[①]

综上所述，阴阳五行思想对神祇崇拜体系与神祇祭祷制度的影响，在战国时期就已经显现出来，而至秦汉尤其两汉时期，则更为显著乃至彻底。同时，上述影响又是与秦汉专制世俗政体与学体的建构相伴随的，故而导致两汉时期祭祀文化在阴阳五行思想规范与制衡下的世俗化的建设与发展，如神祇信仰的功利化，神祇祷祠的形式化，以及传统宗

---

① 参见蒲慕州《追寻一己之福——中国古代的信仰世界》，台北麦田出版，2004年版，第266页。

教道德、宗教情感和宗教关怀的萎缩。正是在这个意义上，我们认为荆楚古典浪漫主义文学所赖以存在的传统宗教文化之土壤，在两汉时期已经不复存在。

第四节　社会思潮变革与艺术精神转向：以汉代庄园艺术为中心的讨论

汉代社会是中国古代社会的转型时期，而"世风移易"即是转型时期社会现实生活中所存在的文化现象。因此，从文化的层面上观照两汉时期的社会转型，其文化的走向，即表现在秦汉专制社会之前的"古典文化"的世俗化沦陷之上。"古典文化"于秦汉时期的世俗化走向，其社会思潮的变革还只是一个方面的表现，甚至只是这种世俗化走向的一个表象，而艺术精神的转向，则是"古典文化"于秦汉时期世俗化走向的深层问题。因此，当我们考察秦汉时期社会思潮变革与艺术精神转向的问题时，"世俗化"应该是上述问题的核心。

一　汉代庄园经济生活与庄园艺术的表现形式

张家山汉简《二年律令·户律》有两则关于各级官吏及庶人占有田宅的律文。有学者认为上述律文所载记的情况，是秦汉时期田宅制度的法律规定。[①] 根据上述规定，

> 按照田宅占有数量的级差比，可划分为六个档次。无爵的公卒、士伍、庶人属第一个档次，他们可拥有一顷田、一宅。"而"在公卒、士伍、庶人之上，是按照二十等爵爵序排列的有爵者。从公士到公大夫，构成这套田宅制度的第二个档次，田宅的数量按一顷（宅）半、二顷（宅）、三顷（宅）、四顷（宅）、五顷（宅）、六顷（宅）、七顷（宅）、八顷（宅）、九顷（宅）依次递增。第八级公乘、第九级五大夫跃至第三个档次，占有田宅的数量分别为 20、25 顷（宅），与第二个档次最高级的公大夫相较，数量翻了一番以上。第十级左庶长至第十八级大庶长为第四

---

① 杨振红：《出土简牍与秦汉社会》，广西师范大学出版社 2009 年版，第 127 页。

个档次，可拥有田宅的数量分别为 74、76、78、80、82、84、86、88、90，与第三个档次极差拉得更大，第十级左庶长较之第九级五大夫，翻了近两倍。第十九级关内侯和第二十级彻侯构成这一宝塔式结构的塔尖。[①]

一顷田为 100 亩，一宅为"方卅步"，而"方三十步宅的面积等于 1713.96 平方米。"[②] 据此而论，秦汉时期无爵的公卒、士伍、庶人，其"宅"的面积之大，已相当可观，但从二十等爵"受宅"情况看，"方卅步"宅只是最低级别。

从汉画像所反映的情况看，两汉时期豪强地主或中等级别官吏所占有的田宅，似乎都具有相当的规模。下面图 5—16 是山东曲阜城关镇出土画像石庭院画像。[③] 从画面构图上看，庭院四周有围墙，大门两边是双阙，围墙内分布着数重院落。图 5—17 是山东诸城市前凉台村画像石画像，画像描绘了一个有着四进院落的庭院情况。[④] 值得注意的是，有一条小河从三进院落中流出，经二进院落而入一进院落，且在二进院落的河段中，还刻画着"二人持篙撑船"的形象。显然，从上引前凉台村画像所反映的情况看，其庭院规模比曲阜城关镇出土的画像石庭院规模还要巨大。

图 5—16

---

① 杨振红：《出土简牍与秦汉社会》，广西师范大学出版社 2009 年版，第 128 页。
② 同上书，第 127 页。
③ 中国画像石全集编辑委员会：《中国画像石全集 2·山东汉画像石》第 25 图，山东美术出版社、河南美术出版社 2000 年 6 月版。
④ 前凉台画像摹本，参见《文物》1981 年第 10 期引图。另见中国画像石全集编辑委员会《中国画像石全集 1·山东汉画像石》第 127 图，山东美术出版社、河南美术出版社 2000 年版。

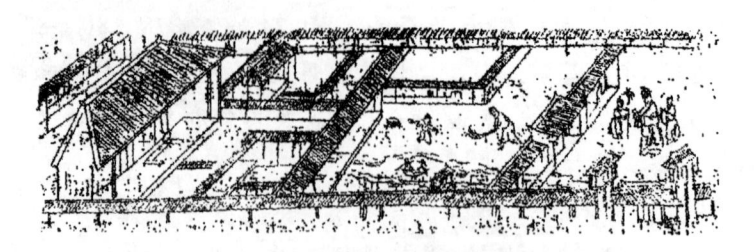

图 5—17　前凉台墓庭院画像摹本

前凉台村画像所属时代，或在东汉顺、桓时期，或说明张家山汉简《二年律令·户律》所反映的贵族和官员占有规模巨大的宅院的情况，时至东汉晚期依然存在。然而，上述画像所表现的规模巨大的宅院，只是"宅"而没有包括"田"，如果加上"田"的面积，所谓"宅田"的规模当更为巨大。下面是四川成都曾家包汉墓后室壁上两幅画像。[①]图 5—18 画面分为三个部分：上部是双羊仙草图，中部是楼房和居室图，下部是农田图，图 5—19 画面为散落的犬、鸭、鸡等家畜家禽，应该是园圃和庭院，画像上部是起伏的群山，似乎暗示农田和庭院延伸至山脚下。

图 5—18 　　　　　　　　图 5—19

如果将上述画像所反映的"田宅"情况，与《二年律令·户律》

[①] 中国画像石全集编辑委员会：《中国画像石全集 7·四川汉画像石》第 43—45、46—48 图，山东美术出版社、河南美术出版社 2000 年版。

关于田宅制度的二十等爵所受田宅的法律规定相比照，首先应该将"公卒"、"士伍"、"庶人"排除掉，而从公士到公大夫的第二个档次，其田宅的数量最高可至"九顷（宅）"。"九顷"，或为九百亩；"九宅"，一宅卅步，九宅一百八十步。从今天的角度看，其田宅的数量和规模已经非常可观了。"公大夫"位于二十等爵第二个档次的最高级别，其上即是二十等爵的第三和第四个档次。从这种情况看，上文所引画像所反映的田宅情况，或可与二十等爵第二档次高级爵位以上田宅占有情况联系起来。

从徐州汉墓形制看，一般的石室墓和砖石混筑墓多有画像。其墓主的等级身份，最高的可至列侯，较多的则是一般官吏或各级地主。[1] 亦有学者认为"西汉中晚期至以后的画像石墓墓主官秩一般不会超过二千石"[2]。显然，这种情况与上文的认识或可互补。再者，随着商业的发展，两汉时期因商致富者增多，或为官吏、地主兼营商业，或为商人兼并土地，具有足够的资财建造画像石墓者的身份也更趋复杂，而反映在两汉时期的社会现实生活中，就是所谓的"郡县豪家"阶层的出现。

基于此，我们尝试将上文所引画像反映的"田宅"情况，作为汉代"庄园"的真实图景来考察，那么，构成汉代庄园生活的社会主体群体，也就能够明确了。汉代庄园生活的社会主体群体，如果从二十等爵的四个档次上看，应该涵盖第二档次高级爵位以上者，直至第四档次；而从画像石（砖）墓墓主的身份看，应该涵盖各级地主和一般官吏，尤其豪强地主和中高级官吏。

庄园与庄园生活构成了汉代庄园经济。"西汉末年和东汉时期，封建大土地所有制——地主庄园开始形成并有很大发展，成为汉代政治与经济结合为一体的社会基层单位。"[3] 东汉时期，庄园经济得到更大的发展。"庄园经济的成熟和豪强地主势力的膨胀是东汉地方政治的一个突出特点。徐州东汉墓葬中出土的农具及睢宁双沟牛耕画像等均反映出当时庄园经济的发达。"[4]

---

[1] 刘尊志：《徐州汉墓与汉代社会研究》，科学出版社2011年版，第137页。
[2] 李银德：《徐州汉画像石墓墓主身份考》，《中原文物》1993年第2期；刘尊志：《徐州汉墓与汉代社会研究》引，科学出版社2011年版，第137页。
[3] 李桂阁：《汉代豪强地主庄园的武装防卫》，《南都学坛》2002年第9期。
[4] 刘尊志：《徐州汉墓与汉代社会研究》，科学出版社2011年版，第129页。

如果从徐州汉墓所反映的上述地区经济特点来看，其封国经济、庄园经济和小农经济三者相互结合，共同发展。①但庄园经济应该是最具活力的经济形式。庄园经济能够聚集较大的财力资源，引入先进的生产工具，如耕牛，通过规模化的生产而扩大农业收成；同时，庄园经济又会带动手工业的发展，如金属冶炼和铸造、纺织、漆器和制陶业的发展，而上述手工业的发展，又自然带动商业的繁荣。

汉代庄园经济的繁荣和发展，必然带来稳定、富足乃至奢侈的庄园生活。桓宽《盐铁论·散不足》从31个方面将"古"与"今"的不同进行比较，指出"今"之"富者"在衣食住行等生活各个方面的奢侈之弊，其论所及，应该涵盖庄园生活的情况，或者即是汉代庄园生活的反映。

再以上文所引四川成都曾家包汉墓后室壁上两幅画像为例。将上述两幅画像画面合在一起，正是汉代庄园生活图景的真实写照。画面中围绕"老者"形象的构图要素很能说明问题。"老者"手扶鸠杖，说明其年事已高，并且受到尊敬，在家庭和家族中具有极高的地位。②"老者"端坐于树旁，表现出闲适而清净的日常生活；而其身后的楼房和前面的仓房，则进一步表明这种闲适而清净的日常生活，是以富裕和富足为基础的。值得注意的是，画面中围绕"老者"形象的构图要素所表现的生活图景，又是与画面其他部分所表现的繁忙的田园场景联系在一起的，从画面构图中可以看到，画面力求表现的并非劳动的"过程"，而是劳动的"成果"，亦即生活的方式和生活的状态。显然，画像整体所表现的恰是一幅幸福而美好的庄园生活图景。

稳定、富足乃至奢侈的庄园生活，并不单单表现在"物质"的层面上。当庄园经济繁荣、发展到一定程度以后，在富足的物质生活层面之上，必然会出现所谓精神层面的需求和享受。我们尝试将汉代庄园生活中精神层面的需求和享受，视为庄园生活中的艺术表现，并概括为"庄园艺术"。

上引桓宽《盐铁论·散不足》31个方面的"古""今"对比中，就

---

① 刘尊志：《徐州汉墓与汉代社会研究》，科学出版社2011年版，第282页。
② 关于"鸠杖"及秦汉敬老习俗和相关律例，参见李立《"鸠杖"考辨》，《深圳大学学报》2008年第2期。

有艺术方面的对比。① 从上述载记中可以看出，"乐舞诸戏"应该是汉代庄园艺术的主要表现形式，而且这种表现形式又可能根据富裕程度的不同，而具有不同层级的形式。如高级的是钟鼓乐和大型或较大型的歌舞，而一般级别的则是吹奏弹拨的音乐和小型的歌舞。汉成帝在永始四年的诏书中亦有"被服绮縠，设钟鼓，备女乐，车服嫁娶葬埋过制"的批评。② 看来钟鼓乐和有规模的歌舞可能是皇室的专属享受，而社会僭越严重，导致"公卿列侯亲属近臣"也能染指。汉元帝时贡禹奏言，论及僭越的社会现象，亦说道"豪富吏民畜歌者至数十人"的情况，而元帝采纳了贡禹的意见，"罢角抵诸戏"。③ 进一步说明所谓大型或较大型的歌舞，其表演人数当在"数十人"左右，亦即《盐铁论·散不足》所说的"数曹"，而高级的乐舞表演形式，可能还有"角抵诸戏"或即"百戏"杂于其间。是故，以"乐舞百戏"作为汉代庄园艺术的主要内容和主要表现形式是恰当的。

图5—20是四川郫县一号石棺画像。④ 画面中没有出现"农作"的场景，而是以庄园内部的生活图景为主，所表现的当即"宅内"与"庭院"的生活场景：画面右侧上层是一厨房，下层一马车正要进入大门；大门里是内院，上有楼房，楼下厅内是宾主宴饮的场面，而厅外则是乐舞百戏表演，其表演形式有"戴竿"、"叠案"、"椅技"、"抚琴"、"踏鼓舞"等六种。

图 5—20 四川郫县一号石棺庄园画像

---

① 如："百兽马戏斗虎，唐锑追人，奇虫胡妲。""今富者钟鼓五乐，哥儿数曹，中者鸣竽调瑟，郑舞赵讴。"（汉）桓宽《盐铁论·散不足》，《诸子集成》（七），中华书局1954年版，第33、34页。
② （汉）班固：《汉书·成帝纪》，中华书局1962年版，第324、325页。
③ （汉）班固：《汉书》卷七十二，中华书局1962年版，第3071、3072、3073页。
④ 中国画像石全集编辑委员会：《中国画像石全集7·四川汉画像石》第122图，山东美术出版社、河南美术出版社2000年版。

我们试图以《中国画像石全集》所录山东、河南、四川、陕西、山西、江苏、安徽、浙江等地发现的 1674 幅汉画像为例,对其中杂有乐舞百戏内容的 117 幅画像进行分析,将画面中乐舞百戏的构图情况给出具体而抽象的描述,即如表 5—5 至表 5—13 所示。①

表 5—5　　　　　　　　　　山东汉画像石（1）

画像石墓名称	画像年代	载体性质	乐舞百戏构图情况
山东莒南孙氏阙（《全集》1—2）	东汉章帝元和二年	阙（正面）	竖四层，第一层：建鼓、倒立、格斗；第三层：抚琴、长袖舞
山东平邑功曹阙（《全集》1—12）	东汉章帝元和二年	阙（南面）	竖四层，第三层：建鼓、舞蹈
山东平邑县功曹阙（《全集》1—13）	东汉章帝元和二年	阙（西面）	竖四层，第三层：建鼓
山东济宁师专十号石椁墓（《全集》1—104）	西汉元帝至平帝时期	东壁	横三格，左格：1 人长袖对舞、2 人伴唱、抚琴、击鼓、敲钹、吹箫
山东济宁师专十号石椁墓（《全集》1—105）	西汉元帝至平帝时期	西壁	横三格，左格：虎座建鼓、击磬、吹箫、1 人长袖舞、1 人伴唱
山东曲阜东安汉里石椁墓（《全集》1—112）	西汉末至东汉初	中隔板东面	横整幅：中部建鼓、鼓右 1 人长袖舞；鼓左 2 人排箫
山东曲阜东安汉里石椁墓（《全集》1—113）	西汉末至东汉初	中隔板西面	横整幅：中部一人长袖舞

---

① 图表中《全集》指中国画像石全集编辑委员会编辑的《中国画像石全集》；"1—2"中的前一个数字表示《全集》顺序，后一个数字表示画像的顺序。关于所引画像具体构图情况，参见中国画像石全集编辑委员会《中国画像石全集》（1—7），山东美术出版社、河南美术出版社 2000 年版。表中关于画像中乐舞百戏构图情况的描述，主要根据《全集》中该画像的"图版说明"，具体情况，亦参见相关画像的"图版说明"。

续表

画像石墓名称	画像年代	载体性质	乐舞百戏构图情况
山东诸城市前凉台墓（《全集》1—126）	东汉顺、桓时期	不详	竖整幅，跽坐二列十二乐人：吹箫、吹埙、击鼓、击铙、3人击鼓、3人伴唱、1人长袖舞、1人七盘舞、说唱、飞剑掷丸、倒立、叠案、杂耍、3人击鼓
山东安丘市汉墓（《全集》1—144）	东汉晚期	中室北壁西端	竖四层，第三层：2人对舞
山东沂南汉墓（《全集》1—189）	东汉晚期	前室南壁东侧	竖二层，第一层：建鼓、1人鼓舞
山东沂南汉墓（《全集》1—190）	东汉晚期	前室南壁西侧	竖二层，第一层：建鼓、1人鼓舞
山东沂南汉墓（《全集》1—203）	东汉晚期	中室东壁横额	横整幅，自左而右：第一组：飞剑掷丸、顶橦悬杆、七盘舞；建鼓、撞编钟、敲石磬；三排跽坐击小鼓的女乐、排箫、击铙、吹埙、抚琴、吹笙的男乐；第二组：舞橦、倒立、吹箫、龙戏、鱼戏、豹戏、雀戏；第三组：马戏、车戏

表 5—6　　　　　　　　山东汉画像石（2）

画像石墓名称	画像年代	载体性质	乐舞百戏构图情况
山东济宁师专（《全集》2—1）	西汉元帝至平帝时期	不详	横三格，左格：4人舞蹈、2人摇鼗、2人击悬鼓
山东济宁喻屯镇（《全集》2—9）	东汉晚期	不详	竖四层，第三层：1女子抚琴
山东济宁喻屯镇（《全集》2—11）	东汉晚期	不详	竖四层，第二层：1人象前舞蹈
山东济宁喻屯镇（《全集》2—14）	东汉晚期	不详	竖四层，第一层：吹箫、吹竽、排箫、击节；第二层：虎座建鼓、倒立

续表

画像石墓名称	画像年代	载体性质	乐舞百戏构图情况
早年济宁城南（《全集》2—21）	东汉晚期	不详	横整幅：虎座建鼓、鼓左1人倒立、2人剑舞，鼓右侧1人弄丸、抚琴、舞蹈
山东兖州市农机学校（《全集》2—26）	西汉元帝至平帝时期	不详	横三格，右格：建鼓、1人摇鼗、1人舞蹈
山东梁山县（《全集》2—38）	东汉早期	不详	竖四层，第一层：1人吹排箫、1人吹竽、1人抚琴、1人以手击节；第二层：虎座建鼓、2人长袖舞、1人摇鼗
山东微山县两城镇（《全集》2—47）	东汉中晚期	不详	竖二层，第二层：右部：1人抚琴、2人舞蹈、1小儿舞蹈；左部：跳丸、倒立
山东微山县两城镇（《全集》2—51）	东汉中晚期	不详	横整幅：中部：虎座建鼓、1人抚琴、2人舞蹈、1人戏熊
山东微山县两城镇（《全集》2—53）	东汉中晚期	不详	竖二层，第二层：中央虎座建鼓，鼓右3人赤身舞蹈
山东微山县微山岛（《全集》2—56）	西汉宣帝至元帝时期	不详	横三格，左格：橦戏（1橦顶1人倒立、1橦顶1人长袖舞、1人斜索上爬、1人倒立下索
山东微山县微山岛（《全集》2—57）	西汉宣帝至元帝时期	不详	横三格，右格：虎座建鼓、2人长袖舞、乐人伴奏
山东微山县微山岛（《全集》2—58）	西汉宣帝至元帝时期	不详	横三格，中格：建鼓、鼓架上倒立、横木上2人倒立、斜杆上2人攀爬、2人倒立下滑、抚琴、吹竽
山东邹城市郭里乡（《全集》2—61）	东汉晚期	不详	横整幅：中部虎座建鼓；鼓左抚琴、长袖舞、击节；鼓右：2人倒立、1人吹竽、2人排箫
山东邹城市北宿镇（《全集》2—77）	西汉哀帝至平帝时期	不详	横三格，右格：虎座建鼓、2人长袖舞
山东邹城市南落陵（《全集》2—78）	西汉平帝时期	不详	横三格，左格：建鼓、鼓两边舞蹈

续表

画像石墓名称	画像年代	载体性质	乐舞百戏构图情况
山东邹城市高庄乡（《全集》2—82）	东汉中期	不详	横整幅：虎座建鼓、长袖舞
山东邹城市羊场村（《全集》2—85）	西汉宣帝至元帝时期	不详	横三格，中格：建鼓、鼓左右各1人摇鼗
山东邹城市郭里乡（《全集》2—88）	东汉晚期	不详	竖三层，第二、三层：中部虎座建鼓、武打、跳丸、戏熊、舞蹈、吹竽、抚琴、击节
山东邹城市师范学校（《全集》2—92）	东汉早期	不详	竖二层，第一层：卧羊座建鼓、吹竽、排箫；鼓上斜绳上8人攀登、行走、仰卧、倒立、跳丸；鼓左长袖舞
山东嘉祥县纸坊镇（《全集》2—111）	东汉早期	不详	竖整幅：2人长袖舞
山东嘉祥县纸坊镇（《全集》2—117）	东汉早期	不详	竖二层，第一层：兽形座建鼓、鼓右1女子长袖舞、1男子弄丸、3人右手摇鼗左手吹排箫、1人抚琴、1人击节
山东嘉祥县纸坊镇（《全集》2—118）	东汉早期	不详	竖四层，第一层：1人抚琴、1人长袖舞；第二层：1人摇鼗、1人吹排箫、1人吹笛、1人吹笙；第三层：中部兽座建鼓、鼓左1人长袖舞、1人倒立、鼓右1人弄丸
山东嘉祥县四十里铺（《全集》2—121）	东汉早期	不详	竖二层，第一层：1人抚琴、1人击节、3人摇鼗鼓、排箫、下方虎座建鼓、旁边1人长袖舞、1人弄丸
山东嘉祥县城西南（《全集》2—126）	东汉早期	不详	竖三层，第二层：1人长袖舞、1鼓上倒立、1人击节；第三层：2男2女奏乐、1人击节
山东嘉祥县城西南（《全集》2—128）	东汉早期	不详	竖二层，第一层：1人击节、1人抚琴、1人吹竽；第二层：虎座建鼓、鼓左1人长袖舞、1人弄丸

续表

画像石墓名称	画像年代	载体性质	乐舞百戏构图情况
山东嘉祥县城东北五老洼（《全集》2—130）	东汉早期	不详	竖三层，第一层：2人摇鼗吹排箫、1人吹箫、1人排箫、1人吹竽；第二层：中部兽座建鼓、鼓左1人倒立、1人赤膊舞练
山东枣庄山亭区（《全集》2—143）	东汉晚期	不详	竖七层，第四至七层：中部建鼓、2人倒立、抚琴、六博
山东滕州市龙阳店（《全集》2—160）	东汉晚期	不详	竖二层，第一层：中部建鼓、鼓杆顶蹲1人、鼓四周舞蹈、摇鼗、倒立、飞剑、跳丸
山东滕州市岗头镇（《全集》2—188）	东汉晚期	不详	横整幅：中部建鼓、鼓左1人抚琴、1人倒立、1人弄丸
山东滕州市城郊（《全集》2—200）	西汉哀帝至平帝时期	不详	横三格，左格：中部建鼓、2人排箫；中格：2人长袖舞
山东滕州市桑村镇（《全集》2—205）	东汉中期	不详	竖三层，第三层：中部鸟首座建鼓、舞蹈
山东滕州市桑村镇（《全集》2—221）	东汉早期	不详	竖五层，第二层以下：中部建鼓、舞蹈、杂技
山东滕州市桑村镇（《全集》2—229）	东汉晚期	不详	竖八层，第四、五、六层：中部建鼓、鼓旁1人倒立、鼓左2人六博

表5—7　　　　　　　　山东汉画像（3）

画像石墓名称	画像年代	载体性质	乐舞百戏构图情况
山东临沂市白庄（《全集》3—5）	东汉时期	不详	竖二层，第一层：长袖舞、倒立、鼓瑟
山东临沂市白庄（《全集》3—7）	东汉时期	不详	竖二层，第一层：2人长袖舞、1人击鼓、3人排箫、1人吹埙、1人振铎、1人以手击鼓
山东临沂市白庄（《全集》3—8）	东汉时期	不详	竖二层，第一层：1人头顶物于鼓上倒立、吹竽、排箫、吹埙

续表

画像石墓名称	画像年代	载体性质	乐舞百戏构图情况
山东临沂市崔庄（《全集》3—37）	东汉时期	不详	竖五层，第四层：中部建鼓
山东临沂独树头镇（《全集》3—57）	东汉时期	不详	横整幅：1人抚琴
山东沂水县（《全集》3—76）	东汉时期	不详	竖二层，第二层：抚琴、长袖舞、倒立、跳丸、盘舞、排箫
山东平邑县（《全集》3—78）	东汉时期	不详	竖二层，第二层：1人长袖舞、1人击节、1人抚琴
山东费县垛庄镇（《全集》3—86）	东汉时期	不详	横整幅：1人排箫、1人振铎、1人吹埙、1人敲应鼓、1人弄丸、1人踏鼓舞
山东苍山县城前村（《全集》3—105）	东汉时期	墓门楣背面	竖二层，第二层：1人排箫、1人吹埙、1人吹竽、4人舞蹈、2人长袖舞、1人倒立、1人弄丸
山东莒县东莞镇（《全集》3—141）	东汉时期	不详	竖三层，第二层：击鼓、抚琴、踏鼓舞
山东安丘市王封村（《全集》3—147）	东汉时期	不详	竖三层，第三层：1人跳丸、1人踏鼓舞、抚琴、击鼓、吹竽
山东省历城区全福庄（《全集》3—157）	东汉时期	不详	横整幅：左部建鼓、中部1人立鼓上飞剑、弄丸
山东省历城区黄台山（《全集》3—161）	东汉时期	不详	竖整幅：1女子长袖踏鼓舞
山东肥城市乐镇村（《全集》3—213）	汉章帝建初八年	不详	横整幅：楼上3人歌舞弹琴、楼下4人击鼓、吹笙、排箫、吹笛
山东东平县宿城乡（《全集》3—226）	东汉时期	不详	竖二层，第一层：中部建鼓、鼓左右长袖舞

表 5—8　　　　　　　　　　河南汉画像石

画像石墓名称	画像年代	载体性质	乐舞百戏构图情况
河南唐河针织厂汉墓（《全集》6—11）	西汉时期	南主室南壁西端下部	竖三层，第一层：1人鼓瑟；第二层：3人奏乐、1人长袖舞、1人伴唱
河南唐河电厂墓（《全集》6—25、26、27、28）	西汉时期	东侧室、东主室、西主室、西侧室门楣（四幅相连）	横整幅：一组画面1人吹埙、3人摇鼗吹排箫；另一组画面：1人单臂立于酒樽上，1人舞蹈、1人弄丸、1人击鼓、1人吹埙
河南唐河冯君孺人墓（《全集》6—37）	新莽天凤五年	南阁室南壁	横整幅：1人吹竽、2人摇鼗吹排箫、1人吹管（箫）、2女长袖折腰舞、1人倒立
河南唐河冯君孺人墓（《全集》6—39）	新莽天凤五年	北阁室壁	横整幅：1人吹管（箫）、1人摇鼗吹排箫、1女长袖盘舞、1人弄丸、1人酒樽上倒立
河南唐河冯君孺人墓（《全集》6—40）	新莽天凤五年	北阁室壁	横整幅：画面右部1人击鼓
河南方城东关墓（《全集》6—47）	东汉时期	南门北扉背	竖三层，第一层：1人吹埙、2人摇鼗吹排箫或击鼓、第二层：2男伎对舞
河南方城东关墓（《全集》6—48）	东汉时期	南门南扉背	竖二层，第一层：中部建鼓；第二层：3人吹排箫，其中1人再击鼓、1人击节
河南邓县长冢店墓（《全集》6—84、85）	东汉时期	北侧室左、右门楣	横整幅，左门楣：1人鼓瑟、2人摇鼗吹排箫、1人吹埙、2人击建鼓；右门楣：1女伎长袖舞、1男伎弄壶、1女伎倒立、3人跽坐唱歌
河南南阳沙岗店墓（《全集》6—114）	东汉时期	不详	竖二层，第一层：1人击节、1人长袖踏鼓舞、1人滑稽戏、2人排箫
河南南阳石桥墓（《全集》6—118）	东汉时期	不详	横整幅：左部建鼓、鼓右1人吹埙、2人摇鼗吹排箫

续表

画像石墓名称	画像年代	载体性质	乐舞百戏构图情况
河南南阳石桥墓（《全集》6—124）	东汉时期	北耳室门楣	横整幅：1人长袖舞、1女伎酒樽单手倒立、2人歌舞相合
河南南阳麒麟岗墓（《全集》6—127）	东汉时期	北耳室门楣	横整幅：1人酒樽单手倒立、1人下蹲弃杖、1人长袖折腰舞、1人鼓瑟、1人吹埙、2人击鼓、3人歌唱
河南南阳王寨墓（《全集》6—146、147）	东汉时期	两主室门楣	横整幅：第一石：左部建鼓、鼓右1女伎长袖舞、1人摇鼗吹排箫、1人吹埙、1人伴唱；第二石：右部镈钟、钟左1男伎大步、1女伎于酒樽上倒立、1人吐火、1人右手摇鼗左手弄丸
河南南阳王庄墓（《全集》6—152）	东汉时期	两主室门楣	横整幅：1人长袖舞、1人戴面具滑稽戏、1女伎倒立、1人鼓瑟、4人执桴挥舞
河南南阳瓦店墓（《全集》6—165）	东汉时期	不详	横整幅：中部建鼓；鼓右1人赤身戴面具跳丸、1人长袖踏鼓舞、1人顶碗单手倒立于樽上；鼓左2人右手击鼓左手执排箫吹奏、1人吹竽
河南南阳七孔桥墓（《全集》6—166）	东汉时期	不详	横整幅：1人长袖舞、1人戴面具摇鼗、1人倒立于樽上、1人鼓瑟、2人摇鼗吹排箫、1人吹埙、1人击铙
河南南阳七孔桥墓（《全集》6—167）	东汉时期	不详	横整幅：2人于樽上单手倒立、1人单腿跪地叉腰扬臂、1女伎长袖舞、1女伎鼓瑟、2人击鼓
河南南阳英庄墓（《全集》6—169）	东汉时期	南门楣背	横整幅：1人吹管（箫）、1人摇鼗吹排箫、1人击铙、建鼓、1人长袖舞

续表

画像石墓名称	画像年代	载体性质	乐舞百戏构图情况
河南南阳宛城区军帐营墓（《全集》6—191）	东汉时期	墓门右门楣	横整幅：左部建鼓、中部撞钟、2人摇鼗吹排箫、1人吹埙
河南南阳东关许阿瞿墓（《全集》6—202）	东汉建宁三年	南门楣背	竖二层，第二层：1人扣盘击节、2人飞剑跳丸、1女伎长袖盘舞、2人鼓瑟吹排箫

表5—9　　　　　　　　　　四川汉画像石

画像石墓名称	画像年代	载体性质	乐舞百戏构图情况
四川綦江县二磴岩墓（《全集》7—37）	东汉时期	墓内石壁	横整幅：1人吹笛、1人领舞、5人群舞（巴人民间舞）
成都羊子山1号汉墓（《全集》7—63）	东汉时期	中室左、右壁	横整幅，右起：五人跽坐伴奏、1人后翻、1人踏鼓舞、1人弄丸、1人舞蹈、1人飞剑、1人倒立、1人杆顶立盘（戴杆？）
四川长宁2号石棺（《全集》7—105）	东汉时期	石棺右侧	竖二层，第二层：左起四人跽坐伴奏、1人执环、1人穿环、1人叠案上倒立、中部立鼓、鼓旁有人舞蹈、鼓右1人飞剑、1人弄丸、1人杆顶立盘（戴杆？）
四川宜宾石棺（《全集》7—116）	东汉时期	石棺右侧	横整幅：1人飞剑、1人弄丸、1人执环、1人穿环、1人倒立、1人倒立吐珠、1人跪地击鼓
四川郫县1号石棺（《全集》7—122、123、124）	东汉时期	不详	横整幅：左起1人顶杆杆顶有盘（戴杆？）、1人叠案上倒立、2人抚琴、2人长袖踏鼓舞
四川永川石棺（《全集》7—138）	东汉时期	石棺一侧	横整幅：右起1人飞剑、1人倒立、1人弄丸、1人舞蹈

续表

画像石墓名称	画像年代	载体性质	乐舞百戏构图情况
四川壁山1号石棺（《全集》7—164）	东汉时期	石棺右侧	横三格，中格：3人牵手起舞，头戴冠背生羽；左格：1人弄丸、1人飞剑、1人手执物
四川壁山9号石棺（《全集》7—170）	东汉时期	石棺一侧	横三格，左格：3人舞蹈、背生羽
四川壁山9号石棺（《全集》7—171）	东汉时期	石棺一侧	横三格，左格：3人舞蹈、背生羽
四川新津崖墓石函（《全集》7—201）	东汉时期	石函一侧	横整幅：1神人抚琴、2羽人六博
四川纳溪崖墓石函（《全集》7—210）	东汉时期	石函一侧	横整幅：1人飞剑、1人弄丸、1人执剑上顶1球（戴杆？）、1人倒立

表5—10　　　　　　　　陕西汉画像石

画像石墓名称	画像年代	载体性质	乐舞百戏构图情况
陕西米脂官庄墓（《全集》5—35）	东汉时期	墓室西壁	竖七层，第五层：中部1楼双阙、楼左七盘舞、楼右长袖舞
陕西绥德王德元墓（《全集》5—85）	东汉永元十二年	墓室横额	横整幅：左部：1人长袖舞、1人长袖舞；右部：1人长袖舞
陕西绥德杨孟元墓（《全集》5—87）	东汉永元八年	墓门楣	横整幅：1人长袖舞
陕西绥德杨孟元墓（《全集》5—92）	东汉永元八年	前室后壁	横整幅：1人长袖舞
陕西绥德墓（《全集》5—139）	东汉时期	墓门左立柱	竖四层，第一层：1人长袖舞
陕西绥德墓（《全集》5—141）	东汉时期	墓门右立柱	竖四层，第一层：1人长袖舞；第二层：1人长袖舞
陕西绥德墓（《全集》5—142）	东汉时期	墓门左立柱	竖四层，第二层：1人长袖舞
陕西绥德墓（《全集》5—143）	东汉时期	墓门右立柱	竖三层，第一层：1人长袖舞

续表

画像石墓名称	画像年代	载体性质	乐舞百戏构图情况
陕西绥德墓（《全集》5—144）	东汉时期	墓门左立柱	竖四层，第一层：1人长袖舞
陕西绥德墓（《全集》5—151）	东汉时期	墓门楣	竖二层，第二层：1人长袖舞
陕西绥德墓（《全集》5—153）	东汉时期	墓门楣	横整幅：虎鼓琴
陕西绥德墓（《全集》5—161）	东汉时期	墓门楣	横整幅：2女伎长袖舞、4人摇鼗
陕西绥德四十里铺墓（《全集》5—175）	东汉时期	墓门右立柱	竖五层，第一层：1人长袖舞
陕西绥德四十里铺墓（《全集》5—183）	东汉时期	墓门右立柱	竖五层，第三层：1人长袖舞
陕西绥德呜咽泉墓（《全集》5—188、189）	东汉时期	墓门左、右立柱	竖五层，左门柱第四层：1人长袖舞；右门柱第二层：1人长袖舞，第三层：1人长袖舞
陕西子洲淮宁湾墓（《全集》5—193）	东汉时期	墓室北壁横额	横整幅：左部2人长袖舞、1人摇鼗；右部2人长袖舞
陕西神木大保当墓（《全集》5—221）	东汉时期	墓门右立柱	竖五层，第一层：说唱；第二层：2人长袖舞、第三层：2人长袖舞
陕西神木大保当墓（《全集》5—222）	东汉时期	墓门左立柱	竖五层，第一层：说唱；第二层：1人长袖舞、第三层：1人长袖舞
陕西神木柳巷墓（《全集》5—229）	东汉时期	墓门右立柱	竖四层，第二层：2人踏鼓舞
陕西靖边寨山墓（《全集》5—233）	东汉时期	墓门左立柱	竖四层，右第二层：1人长袖舞、1人击鼓伴奏；左第三层：1人长袖舞

表 5—11　　　　　　　　　　江苏汉画像石

画像石墓名称	画像年代	载体性质	乐舞百戏构图情况
江苏铜山县汉王乡（《全集》4—1）	东汉永平四年	不详	竖二层，第二层：1人抚琴、3人跽坐歌唱、1人长袖舞

续表

画像石墓名称	画像年代	载体性质	乐舞百戏构图情况
清道光年间江苏沛县古泗水出土（《全集》4—2）	东汉早期	不详	横三格，中格：建鼓、1人吹竽、1人吹箫、1人抚琴、1人吹笛、1人弄丸、男女2人对舞
清道光年间江苏沛县古泗水出土（《全集》4—3）	东汉早期	不详	横三格，左格中部：建鼓、2人舞练
江苏徐州沛县（《全集》4—4）	东汉早期	中椁右侧内壁	横整幅：建鼓
江苏徐州沛县（《全集》4—5）	东汉早期	中椁左侧内壁	横整幅：1人抚琴、1人吹竽、2人长袖舞
江苏铜山县汉王乡（《全集》4—12）	东汉元和三年	不详	竖四层，第四层：中部兽座建鼓、弄丸、吹竽、排箫、抚琴、摇鼗
江苏铜山县汉王乡（《全集》4—13）	东汉元和三年	不详	竖二层，第二层：中部兽座建鼓、弄丸、吹竽、摇鼗、1人长袖舞
江苏铜山县汉王乡（《全集》4—15）	东汉元和三年	不详	竖三层，第二层：中部虎座建鼓、吹竽、击磬、击铙、倒立
江苏铜山县汉王乡（《全集》4—16）	东汉元和三年	不详	竖三层，第一层：1人吹笙、1人吹箫、1人倒立、1人舞蹈；第二层：中部兽座建鼓、抚琴、振铎、击磬
江苏铜山县利国乡（《全集》4—28）	东汉时期	中室北壁	竖整幅：中部：建鼓、建鼓上绳伎
江苏徐州洪楼（《全集》4—46）	东汉时期	祠堂后壁	竖二层，第二层：中部：建鼓、排箫、弄丸、倒立
江苏铜山县苗山（《全集》4—52）	东汉时期	后室西壁前端	横整幅：1人吹横笛、1人排箫、1人吹笙、1人抚琴、1人长袖折腰舞
江苏铜山县（《全集》4—107）	东汉时期	不详	竖三层，第二层：建鼓、振铎、吹箫、倒立、飞跳
江苏睢宁散存（《全集》4—117）	东汉时期	不详	横整幅：中部：建鼓、1人弄丸、1人空翻、1人倒立
江苏睢宁墓山（《全集》4—118）	东汉时期	不详	竖三层，第三层：建鼓、倒立、蹴鞠、排箫、吹笙、吹竽

续表

画像石墓名称	画像年代	载体性质	乐舞百戏构图情况
江苏徐州邳州陆井（《全集》4—144）	东汉时期	不详	竖二层，第一层：虎座建鼓
江苏徐州邳州陆井（《全集》4—145）	东汉时期	不详	竖二层，第一层：建鼓、鼓顶长索倒立

表5—12　　　　　　　　　安徽汉画像石

画像石墓名称	画像年代	载体性质	乐舞百戏构图情况
安徽宿县褚蘭镇（《全集》4—155）	东汉建宁四年	祠堂后壁	竖四层，第四层：建鼓、倒立、弄丸
安徽灵璧县征集（《全集》4—177）	东汉阳嘉三年	不详	竖二层，第一层：建鼓、抚琴、吹笙、排箫
安徽淮北市北山乡（《全集》4—197）	东汉时期	不详	竖二层，第一层：建鼓、2人长袖舞；第二层：4乐师伴奏
安徽定远县靠山乡（《全集》4—210）	东汉时期	墓室横枋	横整幅：拳术、倒立、盘舞、舞钩镶、击拊、吹竖笛

表5—13　　　　　　　　　浙江汉画像石

画像石墓名称	画像年代	载体性质	乐舞百戏构图情况
浙江海宁市长安镇（《全集》4—230）	东汉晚期	前室东壁南侧	竖二层，第一层：1人长绸舞、1人弄丸、3人踏鼓舞；第二层：七盘舞、柔术

根据上述表中"乐舞百戏构图情况"所提供的具体材料，我们能够在《中国画像石全集》所提供的相关画像基础上，得到汉画像有关乐舞百戏情况的具体认识：

从艺术表演形式的角度进行分析和整理，排除一部分无法准确归类的"构图要素"，至少能够整理出如下艺术表演形式：（1）歌唱；（2）说唱；（3）滑稽戏；（4）建鼓；（5）抚琴；（6）吹竽；（7）吹埙；（8）吹箫；（9）排箫；（10）吹笙；（11）吹笛；（12）敲铍；（13）鼓瑟；（14）振铎；（15）击铙；（16）击鼓；（17）击节；（18）摇鼗；（19）撞钟；（20）击磬；(21) 舞蹈；(22) 舞练；(23) 长袖舞；(24) 七盘舞；(25) 踏鼓舞；(26) 弄丸；(27) 倒立；(28) 后翻；(29) 叠案；(30) 飞剑；(31) 戴杆；(32) 绳伎；(33) 吐火；(34) 穿环；(35) 蹴鞠；(36) 柔术；(37) 杂耍；(38) 舞幢；(39) 兽戏；(40) 车戏；(41) 格斗。

在上述41类艺术表演形式中，有些在表演性质上存在联系，如从第一类"歌唱"至第三类"滑稽戏"，属于"说唱表演"；第四类"建鼓"至第20类"击磬"，都属于器乐表演性质；第21类"舞蹈"至第25类"踏鼓舞"，属于舞蹈表演性质；第26类"弄丸"至第38类"舞幢"，属于杂技类表演性质；第39类"兽戏"、第40类"车戏"，与现代的"马戏"颇为相近。显然，上述41类艺术表演形式又至少可以分为"器乐表演"、"舞蹈表演"和"杂技表演"三种类别。

根据汉画像中乐舞百戏构图特点，上述不同种类的艺术表演形式，存在单独或混杂于一个艺术构成（独立画面）之中的情况。前者一般多为舞蹈和器乐演奏，以舞蹈中的独舞、对舞或描绘一人抚琴为多见，而上述构图又可以分为两种情况：一种是在一个完整的艺术构成（独立画面）中刻画出独舞、对舞或抚琴；一种是在一个完整的艺术构成（独立画面）的不同的艺术情境中，刻画出独舞、对舞或抚琴。后者一般为多种艺术表演形式共同存在于一个艺术构成（独立画面）或一个艺术构成（独立画面）的不同的艺术情境之中，如既有歌唱，乐器伴奏，也有舞蹈和杂技表演。

我们将前者视为一种单纯或简单的艺术表演形式，而将后者视为一种综合性的艺术表演形式。需要指出的是，根据上述表中最后一项"乐舞百戏构图情况"所提供的具体材料，与前者相比，在汉画像中"综合性的艺术表演形式"最为多见。

综上而言，随着庄园与庄园经济在两汉时期的发展，庄园艺术也日益成熟和繁荣，并成为汉代艺术表现形式的主体和代表。乐舞百戏是汉代庄园艺术的主要内容和主要表现形式，其丰富多彩的艺术表演形式，代表了汉代庄园艺术的最高水平和最高艺术成就。对于汉代庄园艺术的了解和认识，仅仅依靠相关文献资料的载记是不够的，而汉画像所刻画和表现的乐舞百戏画面，则为我们认识和了解汉代庄园艺术提供了真实而形象的图像资料，并能够再现出以乐舞百戏为主要表现形式的汉代庄园艺术的真实形态。

二　汉代庄园艺术以娱人功能为重的艺术转向

汉代社会思潮的变革，引发汉代艺术精神的转向，其重要标志，即表现为艺术的世俗化发展。考察汉代艺术的世俗化发展，汉代庄园艺术即是最好的对象，而汉代庄园艺术于"存在形态"上的最为突出的特点，即是以乐舞百戏为主要表现形式的庄园艺术为庄园生活服务的娱乐性质的突出和娱乐化比重的增强。

乐器是楚文化繁荣时期贵族墓葬中发现最多的遗物之一。春秋战国时期楚国贵族墓葬随葬乐器，既有置于头箱者，也有置于边箱者，置于头箱的乐器与礼器同列，而置于边箱的乐器则与车马器和兵器等生活用器同列。上述情况说明春秋战国时期楚国贵族墓葬随葬乐器具有礼器和生活用器两种性质和功能，前者在于通神和娱神，后者在于休闲和娱乐。

总结春秋战国时期楚国贵族墓葬随葬乐器于墓中位置，位于头箱而承担礼器功能的情况，多于位于边箱而承担生活用器功能的情况，而在多个侧室皆有乐器随葬的情况下，与生活用器并置同室的乐器，在数量和种类上悬殊于与礼器并置同室的乐器。据此而论，虽然能够得出春秋战国时期楚国贵族墓葬随葬乐器具有休闲娱乐和通神娱神之两种功能，但后者更为重要，尤其在级别低级的墓葬中，其极少或唯一的随葬乐器，通神娱神之功能可能也是单一的。

上述情况或可说明，乐舞等艺术表演形式在春秋战国时期楚国各级贵族的生活中占着颇为重要的地位，其娱人和娱神功能应该是并存的，但乐舞的娱神功能要高于或重于娱人功能，而且随着贵族等级的降低，其所享有的乐舞的娱人功能也会减少，直至被娱神功能所取代。

春秋战国时期楚国乐舞娱人和娱神之双重功能，在汉代乐舞百戏中也是存在的。[①] 然而，汉代乐舞百戏娱人和娱神之双重功能，是否也如春秋战国时期楚国乐舞一样，其娱神功能要高于或重于娱人功能，而且随着人

[①] 如：刘太祥《娱神与娱人：汉画乐舞百戏的双重愉悦功能》一文引述傅毅、张衡《舞赋》等的描述，得出"汉代乐舞百戏一是用于祭祀，祈求福祥，神灵保佑，功能是悦神；二是用于宴飨，为宾主助兴延年益寿，功能是悦人。汉代社会乐舞百戏这两种功能都得到充分的发展"，并进而得出"汉画像乐舞百戏的愉悦功能主要表现为娱神和娱人两种类型"的结论。参见刘太祥《娱神与娱人：汉画乐舞百戏的双重愉悦功能》，载中国汉画学会、南阳师范学院汉文化研究中心《汉画研究：中国汉画学会第十届年会论文集》，湖北人民出版社 2006 年版，第 78 页。

们社会等级地位的降低，其所享有的乐舞的娱人功能也会减少直至被娱神功能所取代。对此，我们的观点是否定的。如果我们将乐舞百戏视为汉代社会最具代表性的艺术表演形式的话，那么是否可以这样认为，汉代乐舞百戏在精神与视觉享受的重要地位，已经超过了源于祠神的宗教地位，其娱乐功能更为庄园的世俗生活所重。

汉画像乐舞百戏作为墓葬随葬艺术的性质，虽然决定了其在艺术表现内容和形式上的局限性，而不能视为以乐舞百戏为主要表现形式的庄园艺术的完整而真实的再现，但是汉画像乐舞百戏源于汉代庄园生活的性质，决定了其与汉代乐舞百戏在社会基础和生活基础上存在某种一致性。因此，根据汉画像乐舞百戏而进一步断定汉代乐舞百戏具有娱神和娱人双重功能的认识是正确的。

汉画像乐舞百戏源于其图像构图形式的独特性，在没有榜题或其他相关铭文提示的情况下，很难对构图形式中所描绘的艺术表演形式的祠神或娱乐的性质和目的作出明确的判断，而且即使作出了明确的认识，也是根据画面其他构图形式或艺术要素的间接判断，存在争议或其他诠释的情况在所难免。有鉴于此，我们尝试对上述表格所列117幅杂有乐舞百戏内容的画像进行分析，将与乐舞百戏内容构成叙事意义和叙事联系的构图要素抽取出来，再运用量化分析的方法对上述构图要素作出梳理，以期对汉画像乐舞百戏娱神和娱人功能的具体存在情况和具体表现形式进行衡量和考察。

对上述表格所列117幅杂有乐舞百戏内容的画像的分析中发现，与乐舞百戏内容构成叙事意义和叙事联系的构图要素颇为丰富和复杂，如果将较为典型和较常出现的构图要素作出分类，至少可以归为如下五类：

（一）建筑类：（1）楼房；（2）房屋；（3）水榭；（4）粮仓；（5）庭院；（6）厅堂；（7）厅；（8）门；（9）阙；（10）亭；（11）象征庭院大门的铺首等。

（二）日常生活类：（1）庖厨；（2）进食；（3）嬉戏；（4）玩耍；（5）六博；（6）斗鸡；（7）格斗等。

（三）庄园劳动类：（1）纺织；（2）耕田；（3）拾粪；（4）垂钓；（5）罩鱼；（6）划船；（7）家畜；（8）射鸟；（9）狩猎等。

（四）社交类：（1）车马出行；（2）迎宾；（3）送客；（4）拜谒；（5）宾主对坐交谈；（6）宾主宴饮；（7）宾主观赏乐舞等。

（五）神仙羽人异兽类：（1）伏羲；（2）女娲；（3）东王公；（4）西王母；（5）九尾狐；（6）玉兔捣药；（7）蟾蜍；（8）凤鸟衔珠；（9）羽人饲凤；（10）多头人面兽；（11）人面鸟；（12）飞龙；（13）翼虎；（14）朱雀；（15）凤鸟；（16）仙鹤等。

上述五类构图要素在上述117幅杂有乐舞百戏内容的画像中出现的情况，如表5—14所示：

表5—14　　　　　　五类构图要素在117幅画像中出现的情况

省	建筑类	日常生活类	庄园劳动类	社交类	神仙羽人异兽类
山东	14	18	13	67	13
河南		1		5	1
四川	3	3		8	1
陕西	4		11	36	9
江苏	7	12	3	21	4
安徽			1	4	
总数	28	34	28	141	28
名次	3	2	3	1	3

根据上述五类构图要素在117幅杂有乐舞百戏内容的画像中出现的情况，反映"社交"内容的构图要素最多，其次是反映"日常生活"内容的构图要素，而反映"建筑"、"庄园劳动"和"神仙羽人异兽"内容的构图要素则排在第三位。值得注意的是，在上述五类构图要素中，前四类皆属于日常生活范畴。显然，在上述117幅杂有乐舞百戏内容的画像中，与乐舞百戏内容构成叙事意义和叙事联系的，主要是反映或表现日常生活方面的构图要素。

另一方面，我们再尝试将上述117幅杂有乐舞百戏内容的画像中与乐舞百戏内容构成叙事意义和叙事联系的构图要素，按照"拜谒观者"、"庖厨宴饮"、"出行骑者"、"胡汉战争"、"神仙异兽"、"迎宾送客"、"渔猎家畜"、"铺首建筑"、"博弈游戏"等内容分为九大类。则上述九类构图内容在上述117幅杂有乐舞百戏内容的画像中出现的情况，即如表5—15所示：

表 5—15　九类构图内容在 117 幅杂有乐舞百戏内容的画像中出现的情况

省	拜谒观者	庖厨宴饮	出行骑者	胡汉战争	神仙异兽	迎宾送客	渔猎家畜	铺首建筑	博弈游戏
山东	36	22	14	5	13	6	4	14	7
河南	5				1				1
四川	5	2	1					3	1
陕西	13		11	2	9	6	7	4	
江苏	10	6	5	1	4	3	1	7	6
安徽	2	1	1						
总数	71	31	32	8	28	15	12	28	15
名次	1	3	2	7	4	5	6	4	5

根据对上述九类构图内容在 117 幅杂有乐舞百戏内容的画像中出现情况的统计，排在前三位的是"拜谒观者"、"出行骑者"、"庖厨宴饮"，而从不同地域画像情况看，"拜谒观者"始终位列第一，"庖厨宴饮"没有出现在前三位以外。即如表 5—16 所示：

表 5—16　　　　　　九类构图内容纵向名次情况

类别	山东	河南	四川	陕西	江苏	安徽
拜谒观者	1	1	1	1	1	1
庖厨宴饮	2		3		3	2
出行骑者	3		4	2	4	2
铺首建筑	3		2	6	2	
神仙异兽	4	2	4	3	5	
博弈游戏	5	2	4		3	
迎宾送客	6			5	6	
胡汉战争	7			7	7	
渔猎家畜	8			4	7	

值得注意的是，按照前文"建筑"、"日常生活"、"庄园劳动"、"社交"、"神仙羽人异兽"五类来衡量，"拜谒观者"和"出行骑者"

属于"社交类","庖厨宴饮"属于"日常生活类"和"社交类"。上述情况说明,不论是从"五类构图要素"还是"九类构图内容"对上述 117 幅杂有乐舞百戏内容的画像进行分析,其具体统计结果都存在某种关联性,即在与乐舞百戏内容构成叙事意义上的联系的诸多构图要素和构图内容中,反映"社交"和"日常生活"内容的构图要素和构图内容最为常见,其次才是反映"建筑"、"庄园劳动"和"神仙"的构图要素和构图内容。

综上所述,上述分析及统计结果的意义在于:它从汉画像乐舞百戏自身构图的情况出发,以诸多构图要素和构图内容在画面存在的具体情况,提供了上述构图要素和构图内容与汉画像乐舞百戏内容构成叙事意义上的联系的直接根据,即反映"社交"和"日常生活"内容的构图要素和构图内容,与乐舞百戏内容构成最为密切的叙事意义上的联系。

汉画像乐舞百戏与反映"社交"和"日常生活"内容的构图要素和构图内容所构成的最为密切的叙事意义上的联系,应该是汉画像乐舞百戏与上述构图要素和构图内容之关系的表现和反映,也是乐舞百戏在汉代庄园生活中真实存在情况的某种表现和反映。从这个意义上看,"社交"和"日常生活"应该是汉代庄园生活最主要的两个方面,而乐舞百戏则是"社交"和"日常生活"最为重要或最为时髦的手段和内容。显然,汉代庄园艺术是为庄园生活服务的,它以向欣赏者展示艺术的美为主要目的,而开辟了以娱人为主要功能的艺术道路。

汉画像乐舞百戏属于汉代庄园生活的范畴,是汉代庄园生活的一种生活内容和生活方式的表现和反映。是故,从图像叙事艺术的角度看,汉画像以其对汉代庄园经济生活的表现和反映而展示的应该是一种庄园叙事,而乐舞百戏即是这种庄园叙事的产物,其具体存在情况和表现形式,势必受到汉代庄园经济生活的制约和影响。

试以济宁师专 10 号石椁墓东西壁画像为例作进一步论证。济宁师专 10 号石椁墓东西壁画像在整体结构上相同,即横向构图,以三格安排画面内容。在三格画面的设计上,中格画面的构图基本相同,画面正中是一厅堂式的建筑,厅堂内端坐一人,当是墓葬主人的形象。

表 5—17

| 西壁 | 左格 | 乐舞百戏 | 中格 | 厅堂主人端坐 | 右格 | 捕鱼狩猎 |
| 东壁 | 左格 | 乐舞百戏 | 中格 | 厅堂主人端坐 | 右格 | 执笏拜谒 |

这样的结构安排和构图特点，是在有意突出和强调墓葬主人的形象和墓葬主人"端坐于厅堂"的尊显的身份和地位。这样，以中格画面为中心，左格和右格画面在构图内容上也就确定了与中格画面内容的叙事意义上的联系，那就是，不论是"执笏拜谒"、"捕鱼狩猎"，还是"乐舞百戏"，上述活动的目的和意义，都将指向"端坐于厅堂"之上的墓葬主人。

图 5—21　济宁师专 10 号石椁墓东壁画像

图 5—22　济宁师专 10 号石椁墓西壁画像

济宁师专 10 号石椁墓除上述东西壁画像之外，在石椁的两端，即南壁和北壁也有画像，如图 5—23 所示。

图 5—23　济宁师专 10 号石椁墓北、南壁画像

　　上述画像在构图上以重檐双阙为主要构图要素，双阙左右是常青树，北壁双阙之中是执戟相对而立的形象，南壁双阙之中是一骑者执戟正面而行。① 在汉画像中"阙"往往与庄园的"大门"等建筑联系在一起，标志或象征庄园进出的通道。从这个角度上看，石椁墓南北壁以"双阙"作为主要构图要素，其构图意义应该与庄园进出通道或庄园大门联系起来。如果将石椁墓南北壁"双阙"形象与东西壁中格厅堂形象联系起来，由"双阙"与"厅堂"所构成的叙事联系，所表述的正是一个完整的庄园建筑的叙述意义。如此，石椁墓东西壁左右格围绕着墓葬主人而设计或安排的构图内容，即"执笏拜谒"、"捕鱼狩猎"、"乐舞百戏"等，也就被框定在由"双阙"与"厅堂"所构成的庄园叙事之中，成为墓葬主人在生命彼岸世界中庄园生活的不可缺少的内容。

　　人类早期艺术形式的功能可能是单一的，就是娱神，而随着人类社会的发展，娱人的功能产生，并得到增强，最后占据主要的地位。具体到汉代乐舞百戏，其娱人和娱神的功能应该都是具备的。然而，根据上文所得出的"乐舞百戏与反映'社交'和'日常生活'内容的构图要素所构成的最为密切的叙事意义上的联系"的结论，势必需要对上述论断进行修补：在汉代庄园经济生活中，乐舞百戏作为娱乐方式的精神与视觉享受的重要地位，可能已经远远超过了缘于祠神的宗教地位；与其所具有的娱神功能相比，其满足人的精神和视觉享受的娱乐功能更为庄园生活所重。

---

　　① 中国画像石全集编辑委员会：《中国画像石全集 1·山东汉画像石》，山东美术出版社、河南美术出版社 2000 年版，第 106、107 图。

庄园生活虽然是汉代社会生活中的重要形式，但不是唯一的生活形式，在庄园经济之外，至少还有封国经济和小农经济存在。① 虽然上述经济形式存在着不同程度的联系，但其在生活内容和生活方式等方面的区别和差异也是毫无疑问的。这就决定了汉画像乐舞百戏作为艺术表现形式的层次性的存在，同时也将建立在小农经济基础之上的娱乐追求和艺术表现排除在汉画像乐舞百戏之外，而建立在封国经济、皇室与都城高级权贵生活以及国家最高行政层面之上的娱乐享受、艺术表现和相应的乐舞形式，也有可能排除在汉画像乐舞百戏之外，或不能被充分而真实的反映。但从另一个角度上看，汉代庄园经济是汉代多种经济形式中的主要形式，而作为庄园经济基础的地主土地私有制也是汉代土地制度的主要形式，从这个意义上说，以汉代庄园经济生活为基础的汉代庄园艺术（乐舞百戏），也就成为汉代艺术表现形式的最具代表性的艺术形式。因此，对汉画像乐舞百戏娱神和娱人功能具体存在情况和具体表现形式的深入认识，能够帮助我们进一步了解汉代社会世俗化转型时期艺术表演形式功能性质的变化，以及由这种变化而反映出来的艺术精神转向的具体情况。

三 汉代庄园艺术对权贵垄断和等级制的僭越

探寻汉代庄园艺术世俗化发展的根源，应该追溯到汉代庄园经济的发展和建立在庄园经济基础之上的汉代庄园文化的内质特征。汉代庄园经济的形成和发展，应该是汉代社会寻求经济发展和繁荣的产物，其代价则是允许这种经济形式以及依附于它的手工业生产和商业行为游离于政府的经济管控而相对独立的存在。从这个意义上看，汉代庄园经济形成和发展的结果，一方面导致豪强地主势力的膨胀，但更为重要的，则是促使大土地占有者即豪强地主作为一个阶层的社会政治地位的确认和提高。也是从这个意义上看，汉代庄园经济所内涵的活力因素，也构成了这一时期庄园文化的内质特征。汉代庄园文化带有这一文化的创造者在经济生活中所独具的胆量和魄力，呈现着开放、进取和乐观的精神，也体现着物欲、享乐和贪婪的特点。正是在这个意义上，我们认为汉代庄园文化的内质特征鲜明地表现在所谓"僭越"之上。

---

① 刘尊志：《徐州汉墓与汉代社会研究》，科学出版社2011年版，第282页。

"僭越"作为汉代庄园文化的内质特征，与其说是对原有制度和模式的破坏，不如说是汉代庄园经济主体阶层对精神文化的自觉追求和创造。这种追求和创造的最为耀眼的成果，即是汉代庄园艺术冲破了宗教仪轨的樊篱和高级权贵阶层的等级与垄断，而走进了庄园的世俗生活之中，成为汉代社会更为广大的群体在精神和视觉方面娱乐和享受的对象。

如果将汉代庄园艺术对权贵垄断和等级制的僭越，与春秋战国时期楚国艺术存在形态进行比较，或能得到更为清晰而明确的认识。这里选择近年发掘的具有代表性的春秋战国时期楚墓为例，并以上述墓葬丧葬形式所反映的墓主等级身份与随葬乐器情况为讨论的主要内容。[①] 上述墓葬主要出自河南与湖北。墓葬所在地域为春秋战国时期楚人故居之地，也是春秋战国时期典型楚文化发展与繁荣之地。同时，上述墓葬在时间上由春秋末期至战国晚期，在墓葬所反映的丧葬形式上存在差别，反映出墓主等级身份上的差异。因此，以上述墓葬丧葬形式所反映的墓主等级身份与随葬乐器情况为讨论的对象，具有一定的说服力。

上述墓葬丧葬形式所反映的墓主等级身份与随葬乐器情况，如表5—18所示：

---

① 供研究的春秋战国时期楚墓共13座：(1) 河南淅川大石头山楚墓、(2) 河南信阳长台关4号楚墓、(3) 湖北荆州纪城1号楚墓、(4) 湖北荆州纪城2号楚墓、(5) 湖北江陵马山砖厂2号楚墓、(6) 湖北荆门黄付庙楚墓M4、(7) 湖北荆门黄付庙楚墓M19、(8) 湖北荆门黄付庙楚墓M24、(9) 河南信阳长台关7号楚墓、(10) 河南正阳苏庄楚墓、(11) 河南淅川吉冈楚墓、(12) 湖北荆门四冢1号楚墓、(13) 河南上蔡砖瓦厂4号楚墓。参见河南省文物研究所、淅川县博物馆《河南淅川大石头山楚墓发掘报告》，《华夏考古》1993年第3期；河南省文物考古研究所《信阳长台关四号楚墓的发掘》，《华夏考古》1997年第3期；湖北省文物考古研究所《湖北省荆州纪城一、二号楚墓发掘简报》，《文物》1999年第4期；荆州地区博物馆《江陵马山砖厂二号楚墓发掘简报》，《江汉考古》1987年第3期；荆门市博物馆《湖北荆门黄付庙楚墓发掘报告》，《江汉考古》2005年第1期；河南省文物考古研究所《河南信阳长台关七号楚墓发掘简报》，《文物》2004年第3期；驻马店地区文化局、正阳县文化局《河南正阳苏庄楚墓发掘简报》，《华夏考古》1988年第2期；河南省文物研究所、南阳地区文物研究所、淅川县博物馆《河南淅川吉冈楚墓发掘简报》，《华夏考古》1993年第3期；荆门市博物馆《湖北荆门市四冢一号楚墓》，《文物》1999年第4期；河南省文物研究所《上蔡砖瓦厂四号战国楚墓清理简报》，《华夏考古》1992年第2期。

表 5—18

墓葬名称	时间	丧葬形式（墓主等级身份）	随葬乐器
河南淅川大石头山楚墓	春秋末至战国初期	单棺葬	无
河南信阳长台关四号楚墓	春秋末至战国中期	一椁一棺	木瑟
湖北荆州纪城一号楚墓	战国中期早段	一椁一棺（上士）	瑟、瑟柱
湖北荆州纪城二号楚墓	战国中期早段	一椁一棺（下士）	无
湖北江陵马山砖厂二号楚墓	战国中期前段	一椁二棺（大夫）	瑟（2件）、撞钟棒
湖北荆门黄付庙楚墓 M4	战国中期	不详（士）	鼓、木鼓槌
湖北荆门黄付庙楚墓 M19	战国中期	一椁一棺（士）	鼓、木鼓槌
湖北荆门黄付庙楚墓 M24	战国中期	一椁一棺（士）	有柄鼓
河南信阳长台关七号楚墓	战国中期	二椁二棺	鼓、编钟、编磬、瑟
河南正阳苏庄楚墓	战国晚期之前	三椁一棺（大夫）	瑟、小鼓、鼓杖、大鼓
河南淅川吉冈楚墓	战国中期至中晚期	小型竖穴墓	无
湖北荆门四冢一号楚墓	战国中期后段	一椁一棺（下士）	无
河南上蔡砖瓦厂四号楚墓	战国晚期	土坑木椁墓（高级贵族）	无

根据上述墓葬丧葬形式而由"低级"到"高级"排列，墓葬所反映的墓主等级身份与随葬乐器情况，如表5—19所示：

表 5—19

墓葬名称	丧葬形式（墓主等级身份）	随葬乐器	随葬乐器种类
河南淅川大石头山楚墓	单棺葬	无	
河南淅川吉冈楚墓	小型竖穴墓	无	
湖北荆州纪城二号楚墓	一椁一棺（下士）	无	
湖北荆门四冢一号楚墓	一椁一棺（下士）	无	
河南信阳长台关四号楚墓	一椁一棺	木瑟	瑟
湖北荆门黄付庙楚墓 M4	不详（士）	鼓、木鼓槌	鼓
湖北荆门黄付庙楚墓 M19	一椁一棺（士）	鼓、木鼓槌	鼓
湖北荆门黄付庙楚墓 M24	一椁一棺（士）	有柄鼓	鼓
湖北荆州纪城一号楚墓	一椁一棺（上士）	瑟、瑟柱	瑟
湖北江陵马山砖厂二号楚墓	一椁二棺（大夫）	瑟（2件）、撞钟棒	瑟—钟

续表

墓葬名称	丧葬形式（墓主等级身份）	随葬乐器	随葬乐器种类
河南正阳苏庄楚墓	三椁一棺（大夫）	瑟、小鼓、鼓杖、大鼓	鼓—瑟
河南信阳长台关七号楚墓	二椁二棺	鼓、编钟、编磬、瑟	鼓—钟—磬—瑟
河南上蔡砖瓦厂四号楚墓	土坑木椁墓（高级贵族）	无	

根据上述墓葬所反映的墓主等级身份与随葬乐器情况，有如下四个方面的情况需要说明：

（1）丧葬形式（墓主等级身份）较低的墓葬，在随葬品中没有乐器，如在"单棺葬"和"小型竖穴墓"的随葬品中均没有乐器随葬，而在"一椁一棺"的墓葬中则出现差异。

（2）随葬品中乐器种类的多少，与丧葬形式（墓主等级身份）的"高"与"低"存在关联，在"一椁二棺"、"三椁一棺"、"二椁二棺"墓葬随葬品中不但均有乐器随葬，而且随葬乐器的种类明显多于"一椁一棺"墓葬中的随葬乐器。

（3）上述"一椁一棺"墓葬中随葬乐器出现差异的情况，存在一定的规律性，根据相关发掘报告，"一椁一棺"墓葬随葬品中有乐器随葬的，往往墓葬等级（墓主等级身份）相对较高。如湖北荆州纪城一、二号墓，"一号墓有墓道，随葬四套仿铜陶礼器（鼎、敦、缶和鼎、簋、壶各二套），还有兵器、车马器等；二号墓没有墓道，只随葬二套仿铜陶礼器（鼎、敦、缶），无车马器和乐器。"[①]

（4）根据发掘简报，河南上蔡砖瓦厂四号楚墓是一座有斜坡墓道的木椁墓，且规模宏大，故认为此墓主人的身份当为高级贵族。[②] 而此墓随葬品中没有发现乐器，这种情况与同此墓等级大体相当的信阳长台关七号楚墓、正阳苏庄楚墓、淅川吉冈楚墓、荆门四冢一号楚墓构成差异。值得注意的是，此墓椁室曾遭受严重盗扰，再者，此墓所在地域为两周时期的蔡国，亦是历史上的蔡国墓地和楚灭蔡以后贵族墓葬区，故而此墓文化背

---

① 湖北省文物考古研究所：《湖北省荆州纪城一、二号楚墓发掘简报》，《文物》1999年第4期。

② 河南省文物研究所：《上蔡砖瓦厂四号战国楚墓清理简报》，《华夏考古》1992年第2期。

景存疑。上述情况或可与此墓没有发现随葬乐器存在关联,如此,此墓没有发现随葬乐器的情况或可作为"特例"对待。

据此,尝试得出如下三个方面的认识:

(一)丧葬形式(墓主等级身份)较低的墓主,如属于"下士"或"下士"以下者,其墓葬随葬品中没有乐器,如果将墓主"上士"与"下士"的丧葬形式(墓主等级身份)与随葬乐器的有无联系起来,则意味着上述不同的丧葬形式(墓主等级身份),恰恰是能否拥有随葬乐器之权利的根据。

以荆州纪城1号、2号墓为例。"一、二号墓紧邻而葬,却头向相反。一号墓头向南,朝向楚故都纪南城,而二号墓头向北,显然是朝向一号墓的。河北平山中山王𰯼墓是战国中晚期的中山国君墓,该墓东西两侧有六座陪葬墓,其头向一律朝向墓主。由此看来,纪城1号墓与2号墓似乎也存在着主从关系。"① 如果上述推断符合历史事实,则说明纪城1号墓与2号墓在丧葬形式(墓主等级身份)和随葬品上的差异,既是墓主身份地位之差异的反映,也是墓主身份地位之差异的结果。显然,纪城1号墓与2号墓墓主是否存在主从关系已经并不重要,而上述墓葬由丧葬形式(墓主等级身份)和随葬品上的差异而反映出的墓主"上士"或"下士"的身份等级的不同,则是问题的关键之处,是上述身份等级的不同而导致随葬乐器之权利的有无。据此而联系淅川大石头山楚墓、淅川吉冈楚墓、荆门四冢1号楚墓墓主皆为"下士"或"下士"以下者,且墓中随葬品中皆无乐器的事实,则说明上述认识在春秋战国时期楚人墓葬制度中可能具有某种普遍性的意义。

(二)与墓主"丧葬形式(墓主等级身份)的不同而导致随葬乐器之权利的有无"相联系的,是随葬乐器种类和数量的多少,同样取决于墓主的丧葬形式(墓主等级身份),墓主丧葬形式(墓主等级身份)越高,其所随葬的乐器种类和数量的权利也就越大,故而反映在墓葬随葬品中乐器种类和数量也就越多。

以河南信阳长台关4号、7号墓为例。上述墓葬所在地长台关北临战国时期楚国城阳城(楚王城)遗址,并接连发掘出数座战国时期大

---

① 湖北省文物考古研究所:《湖北省荆州纪城一、二号楚墓发掘简报》,《文物》1999年第4期。

型楚墓，上述墓葬在时间上虽然存在前后之别，但却可以连接起来，构成一个连续的时间段，上述情况为长台关4号、7号墓的比较分析奠定了基础。长台关4号墓为"一椁一棺"、7号墓则"二椁二棺"，反映出墓主在身份等级上的差异。长台关4号墓随葬品中仅发现瑟，而7号墓则有漆木鼓架、木编钟、木编磬和漆木瑟，在随葬乐器的种类和数量上均超过4号墓。显然，长台关4、7号墓都有随葬乐器的情况，说明墓主人都具有随葬乐器的权利，但源于身份地位的差异而导致随葬乐器的种类和数量的不同。

据此而联系湖北江陵马山砖厂2号墓、河南正阳苏庄楚墓随葬乐器情况，前者"一椁二棺"，说明墓主身份高于"士"而相当于"大夫"级别；后者"三椁一棺"，与《荀子·礼论》"大夫三重"制度相符，故墓主身份同样为"大夫"级别。[①] 上述墓葬随葬乐器在种类和数量上皆超过长台关4号墓。江陵马山砖厂2号墓发现"撞钟棒"，能够说明随葬乐器中亦有"钟"一类的乐器，与长台关7号墓相类。将上述墓葬乐器随葬情况与河南信阳长台关4号、7号墓联系起来，能够说明在墓主人都具有随葬乐器之权利的前提下，身份等级的差异与随葬乐器种类和数量的权利构成联系的认识，在春秋战国时期楚人墓葬制度中应该同样具有某种普遍性的意义。

（三）综上而言，由上文所引13座墓葬随葬乐器情况的分析，能够得出这样一个基本的认识：上述13座墓葬在乐器随葬方面遵循着颇为严格的等级制度，并表现在如下两个方面：（1）"下士"及"下士"以下者无权随葬乐器；（2）"上士"及"上士"以上者随葬乐器的情况受到其身份等级的制约。上述情况或在春秋末至战国时期楚人墓葬制度中具有某种普遍性的意义，也当是春秋战国时期楚国礼乐制度在墓葬制度上的表现和反映。

上述认识亦有楚墓随葬乐器的相关研究为佐证。有学者将春秋战国时期楚墓进行分类，即墓主生前为封君或上卿的甲类墓、墓主生前为上大夫的乙类墓、墓主生前为下大夫的丙类墓、墓主生前为士的丁类墓，而在上述墓葬中，甲类墓在打击、吹奏、弹拨三种乐器齐全，或有漆木乐器随

---

① 参见荆州地区博物馆《江陵马山砖厂二号楚墓发掘简报》，《江汉考古》1987年第3期；河南省文物考古研究所《河南信阳长台关七号楚墓发掘简报》，《文物》2004年第3期。

葬；乙类墓漆木乐器较为普遍，或有打击乐器，如编钟和编磬；丙类墓漆木乐器最为普遍，偶有铜铃出现；丁类墓漆木乐器最为普遍，但一般墓中仅有1件，偶有铜铎、铃。① 据此而得出结论："东周楚国乐器在四个类型的楚墓中均有发现，而一般庶民墓中未见，可见随葬乐器与否是与墓主身份有关。"② "在乐器方面，其种类与数量的多少也有较明显的差别。从湖北东周时期墓葬资料分析，只有封君的墓中才出土青铜编钟与石编磬。……从目前考古发掘的大量实物资料证明，这个时期确实存在着一整套维护统治的礼乐制度。"③

墓葬之中随葬乐器的行为，一方面表现出源于乐器的种类和数量而具有的礼制功能，而另一方面还与乐器本身所具有的演奏功能联系在一起。乐器本身所具有的演奏功能又可以表现为两种作用，一种是娱神而媚神的作用，一种是娱人而享乐的作用。上述两种作用在乐器本身所具有的演奏功能中是同时存在的，它也是现实生活中与乐器的演奏功能联系在一起的乐舞的表演功能的体现。因此，墓葬随葬乐器既具有演奏功能，又同时与乐舞表演功能相联系，即墓葬随葬乐器的权利是与墓主享有乐舞的权利联系在一起的，而随葬乐器的等级差异也是与墓主享有乐舞的等级差异联系在一起的。上述情况也当是春秋战国时期楚国礼乐制度的表现和反映。

对此，曾侯乙墓随葬乐器与殉人情况可为说明：（1）曾侯乙墓随葬乐器既具有演奏功能，同时又与乐舞表演存在联系；（2）曾侯乙墓随葬乐器的演奏功能具有两种作用，即为祭祀和接待宾客宴飨与私人内廷娱乐而服务的作用；（3）上述三种情形的演奏形式可能都有艺伎的歌舞配合，即构成乐、歌、舞的综合乐舞艺术表演。④ 显然，这种大型的乐、歌、舞

---

① 参见陈振裕《东周楚乐初探》，载陈振裕《楚文化与漆器研究》，科学出版社2003年版，第584页。

② 同上。

③ 陈振裕：《曾侯乙墓的乐器与殉人》，载陈振裕《楚文化与漆器研究》，科学出版社2003年版，第588页。

④ 曾侯乙墓的中室与东室都有随葬乐器，根据两室随葬乐器的种类和性质，中室的乐器应该是用于祭祀的雅乐或宴飨的燕乐乐器，而东室的乐器应该是房中乐或内廷之乐的乐器。同时，曾侯乙墓还有21个殉人，均为女性，其中西室13人，东室8人。后者8人当是演奏房中乐的姬妾，而前者13人当是演奏雅乐的姬妾，也可能包括表演歌舞的姬妾。参见陈振裕《曾侯乙墓的乐器与殉人》，载陈振裕《楚文化与漆器研究》，科学出版社2003年版，第591—594页。

的综合乐舞艺术表演形式，当与享有者的封君或上卿的高级权贵身份相适应。

需要指出的是，春秋战国时期楚国礼乐制度既呈现出颇为严格的等级差异，似乎也存在着对这种等级制度的僭越现象。以湖北荆门郭店1号楚墓随葬"木片俑"为例。郭店1号楚墓随葬木片俑共16件，其中"4件作侧视，意味着可分为4列，每列4人"①。按照《论语·八佾》杜预的解释，八佾舞天子用八，诸侯用六、大夫四、士二，则"16件木片俑一列4人，构成4佾，每列各有1件侧视的木片俑为标记"②。从郭店1号楚墓的规模及丧葬形式上看，应该属于士一级的墓葬。在士一级的墓葬中随葬着只有"大夫"级别才有权享有的表现乐舞队列的木片俑，则值得注意。郭店1号楚墓用大量的竹书和贵重物品随葬，乐舞队列使用大夫一级的礼制，不排除是一种僭越性质的行为。河南信阳长台关7号墓的棺椁形式为"二椁二棺"，依据《荀子·礼论》"天子棺椁七重，诸侯五重、大夫三重、士再重"的等级，应该属于士一级的墓葬，但上述墓葬随葬品中却有"大夫"级别的木编钟和木编磬，同样不能排除是一种僭越性质的行为。

根据上文的讨论，而进一步考察汉代庄园艺术的存在形态，源于享有者的社会和政治地位而生成的身份等级差异，在汉代庄园艺术中依然存在，但僭越性质的行为却成为更为普遍的现象，其僭越的程度也更为广深。从徐州汉墓所反映的情况看，"一些地主或中下层官吏的墓葬敢于模仿高级贵族墓葬上镶贴玉璧的葬制和葬俗，在其使用的石椁墓头档内壁雕刻'十字穿璧'图案"③。再如"徐州地区的东汉诸侯王墓……墓葬规模虽较一般墓葬大，但与一些贵族、官吏的大型石椁墓等相比，差别很小。另一方面，有些豪强地主或中下层官吏却使用了诸侯王、贵族的某些葬制"④。

由汉代庄园经济所内含的活力因素而构成的汉代庄园文化的内质特征，用"僭越"二字概括可能最为恰切。桓宽《盐铁论·散不足》从

---

① 崔仁义：《试析与郭店楚简共存的木片俑》，《文物》2007年第9期。
② 同上。
③ 刘尊志：《徐州汉墓与汉代社会研究》，科学出版社2011年版，第128页。
④ 同上书，第129页。

31个方面将"古"与"今"对比,其所指称的问题,皆可归于"僭越",而"今"之"僭越者",正是所谓的"富者"。① 值得注意的是,僭越之风在汉初就已经刮起,且风起皇族贵戚,而至汉初几十年间,僭越之风已从皇族贵戚而至市井百姓。② "僭越"就是"逾制"或"过制",其性质是对既有"制度"的破坏。因此,"僭越"一般是指发生在体制之内的问题,故僭越者必然是体制之内的人,如各级官僚和贵族。在上文所引关于僭越问题的诸多讨论中,其矛头所指,的确首先针对高级权贵阶层,如贡禹奏言中的"大夫僭越诸侯,诸侯僭天子,天子过天道"现象。③ 亦如汉成帝诏书中的"公卿列侯亲属近臣"之属。④ 然而,除此之外,还更多地触及到了上述权贵阶层之外的豪强地主、大商人以及部分暴富的"平民"阶层,如贡禹说的"豪富吏民"和成帝诏书中的"吏民"中的"民"。⑤ 说明两汉时期豪强地主、大商人以及部分暴富的"平民"阶层"僭越"情况更为严重,"僭越群体"更为庞大。

仲长统在《昌言》中论述奢侈与逾制的社会问题时,特别强调了"编户齐民"逾制的现象,其云"汉兴以来,相与同为编户齐民,而以财

---

① (汉)桓宽:《盐铁论·散不足》,《诸子集成》(七),中华书局1954年版,第32—35页。
② 《汉书·贾谊传》载其陈政事疏云:"今民卖僮者,为之绣衣丝履偏诸缘,内之闲中,是古天子后服,所以庙而不宴者也,而庶人得以衣婢妾。白縠之表,薄纨之里,緁以偏诸,美者黼绣,是古天子之服,今富人大贾嘉会召客者以被墙。古者以奉一帝一后而节适,今庶人屋壁得为帝服,倡优下贱得为后饰,然而天下不屈者,殆未有也。且帝之身自衣皂绨,而富民墙屋被文绣;天子之后以缘其领,庶人孽妾缘其履。此臣所谓舛也。"((汉)班固:《汉书》卷四十八,中华书局1962年版,第2242、2243页)汉成帝亦在诏书中说:"方今世俗奢僭罔极,靡有厌足。公卿列侯亲属近臣……或乃奢侈逸豫,务广第宅,治园池,多畜奴婢,被服绮縠……车服嫁娶葬埋过制。"致使吏民慕效,渐已成俗。((汉)班固:《汉书·成帝纪》,中华书局1962年版,第324、325页)
③ (汉)班固:《汉书》卷七十二,中华书局1962年版,第3070页。
④ (汉)班固:《汉书·成帝纪》,中华书局1962年版,第324页。
⑤ 上述"豪富吏民"或"吏民"在内涵上较为模糊。汉成帝诏书中的"吏民"或指官吏与平民,但诏书中又有"公卿列侯亲属近臣"之称,故"吏民"中的"吏"似乎专指中下层官吏。据此而论贡禹奏言中的"豪富吏民"中的"吏",也当指中下层官吏,而"民"或指具有相当财力的豪强地主、大商人以及部分暴富的"平民"。如贾谊上书中有"富人大贾"之称,《盐铁论·散不足》有"富者"与"中者"之称,而仲长统《昌言》则称为"豪人"。

力相君长者，世无数焉"。① 而且上述暴富之人"倡讴伎乐，列乎深堂。"② 张家山汉简《二年律令·户律》载有五大夫以下比地为伍，居处相察，出入相司的法律。依据秦汉时期二十等爵的四个档次，五大夫位于第三档次的后部，仅比"公乘"高一位，应该属于低级爵位。二十等爵的"五大夫"及以下，是"编户"的对象。从仲长统《昌言》"编户齐民"的角度看，其所说的"以财力相君长者"或可以与"五大夫"及以下爵级联系起来。这些人虽然爵位低级，但可能也有相当一部分人成为暴富者，并可以"倡讴伎乐，列乎深堂"。而在仲长统看来，资财、豪富、娱乐之属，本为"公侯"、"君长"所能享，今却以"智诈"而人人可得。③ 说明汉代庄园经济的发展和繁荣，导致社会财富的增加和再分配，遂使豪强地主、积聚相当财富的商人，甚至更多的"相与同为编户齐民"的低级爵位的"平民"，都能享"公侯"、"君长"所能享，故使得如仲长统一类人为之错愕。

从僭越的角度看，"僭越"本身就是对"制度"的破坏，但"制度"本身仍然存在，其约束力并没有消失，而上述暴富之人可能并非体制之内的人，故从僭越的角度看，其对"制度"的破坏亦即"僭越"的程度，可能走得更远，而构成的震撼力和冲击力可能更为巨大和强烈。然而，正是这种对原有制度和模式的破坏，导致汉代庄园艺术能够冲破宗教仪轨的樊篱和高级权贵阶层的垄断，走进了庄园的世俗生活之中，成为汉代社会更为广大的群体在精神和视觉方面娱乐和享受的对象。

以汉墓陶俑中的乐舞俑随葬情况为例。从汉墓随葬陶俑的情况看，"俑的大小、品种简繁和数量多寡等均表现出墓主身份地位的差异。"而至东汉时"俑的大小、数量及有无等同样是衡量墓主身份等级的标准之一"④。然而，对于乐舞俑来说，既在王侯级的墓中存在，也在中等墓葬中存在，其差异只是反映在数量的多寡和形体的大小等方面。上述情况意味着，对于乐舞俑所象征的以乐舞百戏为代表的庄园艺术来说，

---

① （南朝宋）范晔：《后汉书》卷四十九，中华书局1965年版，第1648页。
② 同上。
③ 同上。
④ 刘尊志：《徐州汉墓与汉代社会研究》，科学出版社2011年版，第137页。

已经成为具有某种公共性质的娱乐形式,不论是王侯权贵,还是中下层官吏、豪强地主、甚或商人平民,都有愉悦和享受的权利,只是源于特权和财富的差异而构成形式、规模或质量等方面的不同罢了。从这个意义上说,汉代庄园艺术对权贵垄断与等级制的僭越,实在是社会的进步。

四 汉代庄园艺术主体受众群体的变化与下移

从乐舞百戏走进庄园的世俗生活而成为受众广泛的艺术形式的角度,来说明汉代庄园艺术的世俗化发展,还只是汉代庄园艺术世俗化发展所呈现的一个方面,另一个方面则是这种庄园艺术主体受众群体的问题,而庄园艺术主体受众群体的情况,将能够进一步说明汉代庄园艺术世俗化发展的面貌和程度。

关于春秋战国时期楚墓随葬乐器的情况,"春秋时期的很少,而且主要出于大中型楚墓。战国时期的占绝大多数,其中早期与晚期均较少,而多数为战国中期。在战国中期的楚墓中,不仅大中型墓出土楚乐器,而且有些小型楚墓也出土楚乐器,反映了随葬乐器的习俗较为普遍。"[1] 上述情况说明,春秋战国时期楚墓随葬乐器主要集中在大中型墓葬中,虽然在战国中期随葬乐器也出现在小型楚墓中,但在种类和数量上都受到相当的限制。

如前所述,墓葬随葬乐器既具有演奏功能,同时又与乐舞表演功能相联系,即墓葬随葬乐器的权利是与墓主享有乐舞的权利联系在一起的,而随葬乐器的等级差异是与墓主享有乐舞的等级差异联系在一起的。那么,上文所论"春秋战国时期楚墓随葬乐器主要集中在大中型墓葬中"的现象,也将意味着这一时期楚国乐舞艺术表演形式的主体受众群体,正是以大中型墓葬墓主人为主体的群体,而从上文所述四类楚墓来看,上述群体应该主要集中在甲类和乙类墓葬,进而延展至丙类墓葬,表明高级权贵和大夫阶层是春秋战国时期楚国乐舞艺术表演形式的主体受众群体。

与高级权贵和大夫阶层是春秋战国时期楚国乐舞艺术表演形式的主体

---

[1] 陈振裕:《东周楚乐初探》,载陈振裕《楚文化与漆器研究》,科学出版社2003年版,第581页。

受众群体相比照，汉代庄园艺术的主体受众群体的情况如何，则值得进一步关注。

对于汉代庄园艺术主体受众群体的考察，最为简单、直接和有效的办法，就是考察拥有乐舞百戏画像的汉画像石（砖）墓墓主人的身份和地位，并以之为根据，以明确庄园艺术主体受众群体的情况。然而，上述研究方法的最大障碍，是众多画像石（砖）墓墓主人的身份和地位缺少明确的载记而难以确认，而根据墓葬及随葬情况的分析则推断的成分居多，尚须更充分的研究以为补充。值得注意的是，我们注意到源于墓主人身份、地位和财力情况的不同，而墓葬画像表现乐舞百戏的内容也随之不同的情况，而且上述情况体现着一定的规律性特征。据此，根据汉画像乐舞百戏构图情况，就能够间接地认识和了解画像所属墓主人身份地位所处的层级或档级，从而对汉代庄园艺术主体受众群体的情况得出相应的了解和认识。

上文所引《中国画像石全集》所录117幅杂有乐舞百戏内容的画像，来自于1674幅画像之中，分属山东、河南、四川、陕西、山西、江苏、安徽、浙江等地，以其作为汉画像乐舞百戏内容的代表，在目前所能掌握的汉画像资料的情况下，应该是一个较好的选择。

上文通过对117幅杂有乐舞百戏内容的画像构图情况的分析，而整理出构成乐舞百戏内容的41种艺术表演形式。这里试图根据上述41种艺术表演形式相互之间所存在的关系和联系而进行归类，于是构成"舞蹈"、"演奏"、"说唱"、"杂技"、"魔术"、"百戏"六类。[①]

值得注意的是，在上述六类艺术表演形式中，"舞蹈"、"演奏"、"说唱"和"杂技"、"魔术"仍然存在某种形式上的关系和联系，如在具体画像构图中，"舞蹈"与"乐器演奏"是相伴的，而"说唱"有时也杂于上述"乐舞"之中；画像中的"魔术"表演颇难确定，但基本能够明确其在表演形式和性质上异于舞蹈、说唱、演奏等乐舞表演形式；再者"魔术"本身也可以视为"杂技"的一类。基于上述情况，再尝试将上述

[①] 学术界关于汉代"百戏"的认识并不一致，有些学者将"说唱"、"歌舞"、"杂技"等表演形式都纳入其范围。本书关于汉代"百戏"的认识与上述观点有异，并将在相关论著中予以讨论。这里为方便研究及数据统计，对汉代庄园艺术（"乐舞百戏"）表演形式，以"舞蹈"、"演奏"、"说唱"、"杂技"、"魔术"、"百戏"六类概括，并综合为"乐舞"、"杂技"、"百戏"三大纲目。

"舞蹈"、"演奏"、"说唱"、"杂技"、"魔术"、"百戏"六类艺术表演形式,以"乐舞"、"杂技"、"百戏"为纲而进一步归纳为三类,即如表5—20 所示:

表 5—20

纲	类	项
乐舞	舞蹈	建鼓舞、舞蹈、舞练、长袖舞
	演奏	抚琴、吹竽、吹埙、吹箫、排箫、吹笙、吹笛、敲钹、鼓瑟、振铎、击铙、击鼓、击节、摇鼗、撞钟、击磬
	说唱	说唱、歌唱
杂技	杂技魔术	七盘舞、踏鼓舞、弄丸、倒立、后翻、叠案、飞剑、戴杆、绳技、吐火、穿环、蹴鞠、柔术、杂耍、舞幢
百戏	百戏	滑稽戏、兽戏、车戏、格斗

据此,我们尝试采取下面两种做法,对上述 117 幅杂有乐舞百戏内容的画像构图形式作出进一步的分析:(一)根据"乐舞"、"杂技"、"百戏"三大纲目,以构成一个完整而独立的构图形式为单位,对上述 117 幅杂有乐舞百戏内容的画像构图情况进行分析,则在上述 117 幅杂有乐舞百戏内容的画像构图中,共出现 158 个表现乐舞百戏内容的构图单位,并在上述构图单位中总结、概括出六种构图情况,即:(1)乐舞;(2)杂技;(3)乐舞—杂技;(4)乐舞—百戏;(5)杂技—百戏;(6)乐舞—杂技—百戏。[1](二)再将上述六种构图情况作为六类"配型",进一步对上述 158 个表现乐舞百戏内容的构图单位的构图情况进行分析。

其结果,则得出如下数据。即如表 5—21、表 5—22 所示:

---

[1] 根据"乐舞"、"杂技"、"百戏"三大纲目而对 117 幅杂有乐舞百戏内容的画像构图情况进行分析,有如下构图情况时作如下处理:(1)部分乐舞百戏画像仅有"舞蹈"、"说唱"或乐器"演奏",则皆归入"乐舞"类。(2)竖格多层画面中多层画面出现乐舞百戏内容,则每层画面按照独立构图的乐舞百戏内容处理。(3)横幅多格画面中多格画面出现乐舞百戏内容,则每格画面按照独立构图的乐舞百戏内容处理。(4)横整幅画面存在多组乐舞百戏内容,按照一个独立构图的乐舞百戏内容处理。(5)画像呈竖式多层画面,但"建鼓舞"贯穿上述多层画面,而其他表演形式位于某层画面的构图形式,按照一个独立构图的乐舞百戏内容处理。

表 5—21　六类"配型"在 158 个表现乐舞百戏内容的构图单位的存在情况

省	乐舞	杂技	乐舞—杂技	乐舞—百戏	杂技—百戏	乐舞—杂技—百戏	合计
山东	38	2	27	1	0	2	70
河南	10	0	11	1	1	0	23
四川	5	2	5	0	0	0	12
陕西	26	0	2	0	0	0	28
江苏	5	0	13	0	0	0	18
安徽	3	0	2	0	0	0	5
浙江	0	1	1	0	0	0	2
合计	87	5	61	2	1	2	158
百分比	0.55	0.03	0.38	0.01	0.006	0.01	

表 5—22　六类"配型"在 158 个表现乐舞百戏内容的构图单位存在情况百分比　　单位:%

省	乐舞	杂技	乐舞—杂技	乐舞—百戏	杂技—百戏	乐舞—杂技—百戏
山东	0.54	0.02	0.38	0.01	0	0.02
河南	0.43	0	0.47	0.01	0.01	0
四川	0.41	0.16	0.41	0	0	0
陕西	0.92	0	0.07	0	0	0
江苏	0.27	0	0.72	0	0	0
安徽	0.60	0	0.40	0	0	0
浙江	0	0.50	0.50	0	0	0

对上述数据进行分析,如下情况值得注意:

(一)在 117 幅杂有乐舞百戏内容画像共 158 个表现乐舞百戏内容的构图单位中,表现"乐舞"内容的"配型"最多,从百分比的数据看,在 158 个表现乐舞百戏内容的构图单位中占 1/2 强。

(二)在 117 幅杂有乐舞百戏内容画像共 158 个表现乐舞百戏内容的构图单位中,表现"乐舞—杂技"内容的"配型"居于第二位,在 158 个表现乐舞百戏内容的构图单位中,占 38%,明显低于表现"乐舞"内容的"配型",但远远高于其他"配型"。

(三)在 117 幅杂有乐舞百戏内容画像共 158 个表现乐舞百戏内容的构图单位中,表现"乐舞—百戏"、"杂技—百戏"、"乐舞—杂技—百戏"内容的"配型"较少,而表现"杂技—百戏"内容的"配型"最少。

(四)上述六类"配型"在 158 个表现乐舞百戏内容的构图单位存在情况的百分比(表 5—22)数据,与上述三种情况的第三种情况完全吻合,但在表现"乐舞"与"乐舞—杂技"内容的"配型"上则存在不同,但总的来看,表现"乐舞"、"乐舞—杂技"内容的"配型"均呈现突出状态,这一点又与上述三种情况的第一、第二种情况相吻合,而因"浙江"乐舞百戏内容画像仅一例,姑且不论。

据此,我们尝试对汉画像乐舞百戏艺术表演形式与受众身份地位之关系,作出如下判断:

(一)表现"乐舞—百戏"、"杂技—百戏"、"乐舞—杂技—百戏"内容的"配型",其特点是多种类艺术表演形式的并列或混杂表演,属于"综合艺术表演形式",而表现"乐舞—杂技—百戏"内容的"配型",则属于这种"综合艺术表演形式"的最高等级。值得注意的是,从表现"乐舞—百戏"、"杂技—百戏"、"乐舞—杂技—百戏"内容的"配型"在 117 幅杂有乐舞百戏内容画像共 158 个表现乐舞百戏内容的构图单位中出现最少的情况看,上述"综合艺术表演形式",尤其是以"乐舞—杂技—百戏"为表现形式的"最高等级"的综合艺术表演形式,其艺术表演的存在空间还相当狭窄,进而反映出其受众群体的"规模"较小。

(二)表现"乐舞—杂技"内容的"配型",虽然同样属于"综合艺术表演形式"的性质,但与以"乐舞—杂技—百戏"为表现形式的综合艺术表演形式相比,在表演种类和表演形式上趋于单一,尤其"百戏"类艺术表演形式的缺少,说明在"规模"和"内容"上远逊于以"乐舞—杂技—百戏"为表现形式的综合艺术表演形式。而根据这种艺术表演形式在 117 幅杂有乐舞百戏内容画像共 158 个表现乐舞百戏内容的构图单位中出现较多的情况看,上述艺术表演形式在存在空间和受众群体上,都具一定的规模。

(三)表现"乐舞"内容的"配型",其特点是表演形式单一,规模较小,或以一二艺伎表演为主,但表演形式灵活,表演场地要求不高,表演成本较低。而根据这种艺术表演形式在 117 幅杂有乐舞百戏内容画像共 158 个表现乐舞百戏内容的构图单位中出现最多的情况看,上述艺术表演形式的存在空间当极为宽广,意味着上述艺术表演形式受众群体的规模较广。

总上而言,乐舞百戏是汉代艺术表演形式的代表,也是汉代庄园艺术的代表。作为一种艺术表演形式,乐舞百戏走进了庄园的世俗生活之中,成为受众广泛的艺术形式，正是汉代庄园艺术世俗化发展的体现。同时，我们也看到汉画像乐舞百戏不同的艺术表演形式，与受众之间的关系也是不同的，存在某些规律性现象。"乐舞"的"受众群体"最为广泛，其次则是"乐舞—杂技"的"受众群体"，而"乐舞—百戏"、"杂技—百戏"尤其"乐舞—杂技—百戏"的"受众群体"的"规模"较小。

在上文有关"汉画像乐舞百戏不同的艺术表演形式与受众之间关系"的讨论基础上，我们尝试以纪年和墓主等级身份均较为明确的汉画像墓为例，考察上述墓葬相关乐舞百戏画像在构图上的特点，并与上文六类"配型"相比照，进而对"汉代庄园艺术主体受众群体"问题得出我们的认识。

供研究的纪年和墓主等级身份均较为明确的汉画像墓共六座，即：（1）浙江海宁长安镇汉画像墓。[①]（2）河南密县打虎亭汉墓。[②]（3）湖北

[①] 海宁长安镇汉画像墓车马行列有两部分，一是马厩图，一是车马出行图。根据车马出行图中车子的形制，判断墓主人可能是"二千石以上的贵族"。此墓画像题材极为丰富，其中乐舞百戏画像"场面大、种类多"。主要包含舞蹈、杂耍（杂技）、格斗、角抵诸戏等内容。其中舞蹈种类有鞞舞、长袖舞、长绸舞、踏足舞、跳丸舞等；杂耍（杂技）种类有叠案（倒立）、七盘舞、击刺（格斗）、飞剑等；角抵诸戏种类有角抵戏、东海黄公、总会仙唱、怪兽象人、高祖斩蛇等。如："南壁墓门东侧第二层表演的是'鞞舞'。……画面中表现的是一舞者挥动双臂及巾袖，正婆娑起舞，对面一人，右手执鼙鼓，为舞者作引导。""南壁墓门西侧第四层刻的也是鞞舞。""东壁南侧第一层中间有一舞者，双手执长绸前后挥甩，双脚随着腾空跃起，其北侧两舞者，一人双臂上举，身躯后仰，双腿作大劈叉；另一人和他对舞。……在绸舞的南侧，一人也侧身举臂踏足而舞。再南，还有一人在跳丸。第二层是百戏表演。南侧有一人在十二层叠案上双手按案倒立。其北是一组'七盘舞'……北侧还有一人跽坐，左手似握一乐器，右手执锤，似正为舞者伴奏。第三层表演的是击刺……这和南壁东侧最下一层的'角抵'表演性质接近。其侧有一人手飞三剑。""汉代盛行'总会仙唱'、'东海黄公'等有故事情节的乐舞，在此墓中也有描绘。"参见岳凤霞、刘兴珍《浙江海宁长安镇画像石》，《文物》1984年第3期。

[②] 河南密县打虎亭汉墓共两座，编为1号墓、2号墓。上述两座墓葬应是东汉晚期的张德夫妇墓。而从汉代官秩的情况看，密县打虎亭汉墓与海宁长安镇汉画像墓大体相当。《水经注·洧水》有"洧水出河南密县……东南流，径汉宏农太守张伯雅墓"的载记。但《水经注》关于张德为宏农太守之说却未见相关典籍记载，故推断"在东汉晚期的混乱局面中，张伯雅已被任命为宏农太守，但未上任就死于密县家中，所以死后的墓碑上仍然书写汉宏农太守的官职"。密县打虎亭汉墓2号墓中室东段北壁绘有以"宴乐"为主题的壁画，乐舞百戏构图内容及特点，与海宁长安镇汉画像墓颇为一致。如：密县打虎亭汉墓2号墓中室东段北壁绘有以"宴乐"为主题的壁画，其两排宾客坐席的中央是乐舞百戏的表演：第一部分是二人魔术表演；第二部分是二人踏鼓舞表演和击鼓伴奏；第三部分是长袖舞和吹火表演；第四部分是顶棍表演；第五部分是掷丸表演；第六部分是三人杂技表演；第七部分因部分残破，大致亦是杂技表演；第八部分是乐器演奏，有吹笙、击鼓等；第九部分及以下，因残破严重，表演形式已经不能辨清。参见河南省文物研究所《密县打虎亭汉墓》，文物出版社1993年版。

当阳半月东汉画像墓。① （4）江苏高淳固城东汉画像墓。② （5）贵州金沙县汉画像墓。③ （6）山东微山县西汉画像墓。④

对于上述六座墓主身份等级不同的汉画像墓相关乐舞画像构图情况进行总结，如下三个方面的问题值得关注：

（一）浙江海宁长安镇汉画像墓与河南密县打虎亭汉墓 2 号墓墓主，其官秩大约在"二千石"或以上权贵。海宁汉画像墓中乐舞百戏内容表现为场面宏大、内容丰富。具体表现在：其乐舞百戏表演形式往往呈现出多种表演形式相并列或杂糅的综合艺术形式，其表演种类至少包括歌舞或乐舞、杂技（杂耍）、魔术、角抵诸戏等艺术形式，而且在同一表演种类中常常出现同类但不同表演形式并存的情况。从打虎亭 2 号墓中室东段北壁乐舞百戏内容看，其主要特点是"场面大，内容丰富"⑤。这一点与海

---

① 湖北当阳半月东汉画像墓共两座，编号为 1 号墓和 2 号墓。根据两座墓葬形制特点及 1 号墓所出画像砖，推断 1 号墓墓主身份"可能属于大地主阶级"，而 2 号墓"属中小地主阶级"。上述两座墓葬，只有 1 号墓有画像砖。其中表现乐舞内容的画像砖共四块，构成两幅画面。与海宁长安镇画像墓和密县打虎亭汉墓相比，在构图内容上趋于单一，主要是乐舞和杂技（弄丸）的表演。画像第一幅：画面下部中间置一兽座建鼓，鼓两侧各有一人击鼓；画面上部两侧各立一人一手摇鼗、一手执排箫吹箫；二人中间立一钟架，上挂一钟，钟左一人手执乐器吹奏，钟右一人击钟；其上一人赤裸上身弄丸。第二幅：画面下部两侧各跽坐一人，右侧之人抚瑟，左侧之人左臂挥舞，二人中间一人长袖舞；画面下部二人对弈。参见宜昌地区博物馆、当阳市博物馆《湖北当阳半月东汉墓发掘简报》，《文物》1991 年第 12 期。

② 根据江苏高淳固城东汉画像墓中型偏小的规模和车马出行图中车马制度，推断墓主人的地位当在"千石"或"六百石"之列。此墓画像砖画像共十幅，而"画像十"描绘三男二女舞蹈形象，其中一人似头戴面具、一人似蹴鞠。参见南京市博物馆《江苏高淳固城东汉画像砖墓》，《考古》1989 年第 5 期。

③ 贵州金沙县汉画像墓墓主身份地位难以确定，但此墓所在之地西汉时属犍为郡，曾移罪民开发"西南夷"，故此墓"或许反映了当时这一带的开发情况。"故推断此墓墓主人的身份地位不高。能够明确为此墓画像石共四块，其中第四石画像为乐舞图，画面右部一男子吹竽，左部位于矮几之后舞蹈。值得注意的是，还有两块画像石为征集而来，能够明确并非此墓画像石。上述两块画像石画像皆为乐舞图，其一，画面右部一悬鼓，一人击鼓；画面左部一人弄丸；其二，画面右部置一大鼓，鼓前一人双手执桴击鼓。参见贵州省文物考古研究所《贵州金沙县汉画像石墓清理》，《文物》1998 年第 10 期。

④ 山东微山县西汉画像墓（M18）可能是二百石以下的小官吏或豪强地主。此墓画像石共五块，其中东壁石画面分为三格，左格画面是奔虎图；中格为乐舞图，画面中央立一建鼓，鼓左二人，一人执桴站立，一人舞蹈，鼓右一人执桴击鼓；右格为一楼阁，阁中二人对坐，手抚乐器似在演奏。参见微山县文物管理研究所《山东微山县西汉画像石墓》，《文物》2000 年第 10 期。

⑤ 河南省文物研究所：《密县打虎亭汉墓》，文物出版社 1993 年版，第 302 页。

宁汉画像墓乐舞百戏画像构图特点颇为一致。在表演种类上，打虎亭2号墓的表演形式有舞蹈、杂技、魔术，虽然与海宁汉画像墓乐舞百戏画像互有异同，但从乐舞与杂技相并存的综合表演形式上看，却是一致的，而且打虎亭2号墓乐舞百戏画像自第九部分以后残破，可以断定应当还有更为丰富的内容，是否为角抵诸戏也未可知。上述情况说明，海宁汉画像墓与打虎亭2号墓在乐舞百戏画像构图内容上，虽然互有异同，但至少在"乐舞与百戏"相并存的综合表演形式上却是一致的，而且这种综合表演形式又是以同类表演种类中不同表演形式并存为其特征。显然，上述特点是导致上述两座墓葬画像乐舞百戏内容"场面宏大"、"内容丰富"的主要原因。

（二）湖北当阳半月东汉画像墓墓主"可能属于大地主阶级"，从画像砖反映乐舞百戏情况看，画面中乐舞百戏构图内容，在规模和内容上明显低于和少于浙江海宁长安镇汉画像墓与河南密县打虎亭汉墓2号墓，但却比江苏高淳固城东汉画像墓、贵州金沙县汉画像墓和山东微山县西汉画像墓乐舞百戏的规模大，内容也较其丰富。其特点是：在表演种类和表演形式上趋于单一。如抚瑟与长袖舞配合而成单一的乐舞形式，而在乐舞表演中虽然杂有弄丸技艺表演，但仅此一项，与海宁汉画像墓和打虎亭2号墓不可同日而语。但是在单一性的表演种类中却融合同种类的多种表演形式，如在乐舞表演上，既有建鼓舞，又有摇鼗、排箫、撞钟等表演形式，形成建鼓舞与其他多种乐器演奏相配合的表演形式，其场面和内容虽然无法与海宁汉画像墓和打虎亭2号墓相比，但也颇为壮观和丰富。

（三）江苏高淳固城东汉画像墓与山东微山县西汉画像墓墓主的身份地位较低，而贵州金沙县汉画像墓墓主或与其同属或相当。从画像反映乐舞百戏情况看，如果将海宁汉画像墓与打虎亭2号墓视为第一档级别，当阳半月东汉画像墓为第二档级的话，高淳固城东汉画像墓、山东微山县西汉画像墓和金沙县汉画像墓当为第三档级。其特点是：在表演种类和表演形式上单一，规模缩小，或以一二艺伎表演为主。

具体情况如表5—23所示：

表 5—23

墓主官秩或阶级	画像墓	乐舞百戏种类	具体表演形式形式	档级
二千石或以上权贵	浙江海宁长安镇汉画像墓	乐舞、杂技、角抵诸戏	鞞舞、长袖舞、长绸舞、踏足舞、跳丸舞等；叠案、七盘舞、击刺、飞剑；角抵戏、东海黄公、总会仙唱	1
二千石或以上权贵	河南密县打虎亭汉墓2号墓	乐舞、杂技、魔术	长袖舞、踏鼓舞；魔术；吹火、顶棍、掷丸；吹笙、摇鼓	1
大地主阶级	湖北当阳半月东汉画像墓	乐舞、杂技	第一幅画像：建鼓舞；摇簸、排箫、撞钟；弄丸。第二幅画面：抚琴；长袖舞	2
千石或六百石或二百石或相当阶级	江苏高淳固城东汉画像墓	舞蹈	舞蹈、蹴鞠	3
千石或六百石或二百石或相当阶级	贵州金沙县汉画像墓	乐舞	吹竽、舞蹈	3
千石或六百石或二百石或相当阶级	山东微山县西汉画像墓	乐舞	建鼓舞、独舞、抚琴	3

通过对上述六座墓主身份等级不同的汉画像墓相关乐舞百戏画像构图情况的讨论，能够得出如下认识：

在上述六座墓主身份等级不同的汉画像墓中，乐舞百戏画像在构图形式上存在差异和区别，而且这种差异和区别与墓主人身份和地位的差异和区别存在联系。上述情况似乎能够说明，以乐舞百戏为代表的汉代庄园艺术，虽然已经在汉代社会更大层面中流传，但是源于受众身份与地位的不同，其艺术表演的规模和内容也会不同。上述"等级"现象的产生，一方面应该缘于政治特权和政治地位，另一方面也应该与财力相关。如大型杂技和角抵诸戏，缘于其表演难度高而强，表演形式多样而复杂等情况，造成较高的演出成本，如果没有特权和政治方面的支持，仅具有一般财力者似乎难以承受。从这个意义上看，对于以乐舞百戏为代表的汉代庄园艺术来说，其等级现象主要表现在乐舞百戏的规模和内容的不同上面。

据此而论，汉代庄园艺术的主体受众群体的问题似已清晰和明确起来，根据上文有关"汉画像乐舞百戏不同的艺术表演形式与受众之间关系"的讨论，而得出的"乐舞的受众群体最为广泛"的认识，则"千石"以下的中低级官吏和中小豪强地主等群体，或是汉代庄园艺术的主体受众群体。

上述认识可以在汉代相关文献载记中找到佐证。

《汉书·贡禹传》载贡禹奏言论权贵奢侈僭越之事，进而导致汉元帝"罢角抵诸戏"。① 知"角抵诸戏"是汉天子所享受的娱乐形式。《汉书·武帝纪》有武帝元封六年夏"京师民观角抵于上林平乐观"的载记。② 京师百姓赴"上林"观看角抵诸戏，也说明当时的"京师民"很难看到角抵诸戏。究其原因，可能在于角抵诸戏表演难度超过一般的杂耍小技，更为重要的是，角抵诸戏表演形式复杂。如山东沂南汉画像墓乐舞百戏画像，虽然没有出现角抵戏，但有龙戏、鱼戏、豹戏、雀戏等兽戏和马戏、车戏。③ 而上文所引浙江海宁长安镇汉画像墓乐舞百戏画像，在出现角抵性质的表演形式之外，还有"总会仙唱"、"东海黄公"、"高祖斩蛇"等具有故事情节的化妆乐舞表演。上述情况说明角抵诸戏应该是汉代乐舞百戏最高等级的艺术表演形式，而包含有角抵诸戏表演形式的乐舞百戏，是汉代高级权贵阶层或大豪强地主所娱乐和享受的对象。

桓宽《盐铁论·散不足》将乐舞百戏的受众分为"富者"和"中者"，前者是"钟鼓五乐，歌儿数曹"，而后者则是"鸣竽调瑟，郑舞赵讴"。从"富者"的"钟鼓五乐，歌儿数曹"看，情况较为复杂。钟鼓之乐或为钟磬一类的雅乐，本为帝王或诸侯王的宫廷乐舞。汉成帝在永始四年的诏书中论及"公卿列侯亲属近臣"奢侈僭越现象时，曾说道"设钟鼓，备女乐"。④ 根据汉画像乐舞百戏画像构图，汉代乐舞敲钟、击磬的表演形式颇为少见，而建鼓（鼓）或建鼓（鼓）与其他乐器共同演奏的形式却极为常见，是故，上述钟鼓之乐可能单指以建鼓（鼓）为主体的演奏形式。如果上述推断正确，那么《盐铁论·散不足》所载"富者"的"钟鼓五乐，歌儿数曹"的乐舞表演形式，一方面包括以建鼓（鼓）

---

① （汉）班固：《汉书·贡禹传》，中华书局1962年版，第3073页。
② （汉）司马迁：《史记》卷六，中华书局1962年版，第198页。
③ 中国画像石全集编辑委员会：《中国画像石全集1·山东汉画像石》第203图，山东美术出版社、河南美术出版社2000年版。
④ （汉）班固：《汉书·成帝纪》，中华书局1962年版，第325页。

为主体的演奏形式，另一方面包括具备一定规模的歌舞形式。即如西汉初年贡禹奏言论社会奢侈僭越等问题时所提到的"豪富吏民畜歌者至数十人"的情况。① 显然，上述"富者"的乐舞表演形式应该属于较高级别，从档级上看，因为没有"角抵诸戏"，而应该介于第一与第二档级之间，或更接近于第二档级。而从"中者"的"鸣竽调瑟，郑舞赵讴"看，在表演种类和表演形式上，或介于上文所列第二、第三档级之间，而更接近于第三档级。

综上所述，汉代庄园经济的发展和繁荣，在打破了传统经济模式的同时，也冲击了汉代传统社会生活中的文化的等级制度和等级规范。乐舞百戏作为艺术表演形式，虽然源于特权和财富的差异而在形式、规模、内容等方面形成不同的表演形式，并与不同的受众群体构成相应的关系，但是在精神和视觉的愉悦与享受方面，却呈现出超越特权和财富之差异的特征，不论是王侯权贵，还是中下层官吏、豪强地主，甚或"编户齐民"的"平民"，都能够成为愉悦和享受的受众，其对汉代社会各阶层的覆盖面已经相当广泛。从这个意义上看，汉代社会中下层官吏、豪强地主，乃至"编户齐民"的"平民"，能够成为汉代庄园艺术的"主体受众群体"，既是汉代庄园艺术世俗化的发展，也是社会的进步。

---

① （汉）班固：《汉书·贡禹传》，中华书局1962年版，第3070页。

第六章

秦汉世俗浪漫主义文学的创作与荆楚古典浪漫主义文学的转型

汉承秦续,社会转型,世风移易。人们的人生观、价值观、道德观、享乐观、生活观、生命观,皆源于社会转型而发生变化。对金钱财富和永恒生命的追求和渴望,成为人们内心的宗教,而随俗和媚俗也成为社会转型时期的文化属性。当急剧变革的社会思潮也沿着这条道路一路狂奔的时候,艺术与文学又何尝能够独善其身。这里,我们试图以"艺术精神转向"为切入点,而进一步观照"秦汉世俗浪漫主义文学的创作"这一论题,探讨和研究荆楚古典浪漫主义文学于秦汉时期的转型和嬗变。

第一节 祀神乐歌传统的承续与送葬挽歌的世俗化演变和变体式的发展

从"祀神性质的文学形式"的角度上看,"祀神乐歌"与"送葬挽歌"并非"同类",然而,屈原《九歌》既有《东皇太一》、《东君》等这样的祀神乐歌,也有《国殇》这样哀悼为国牺牲将士的哀歌。从这个意义上看,"祀神乐歌"与"送葬挽歌"也存在着一定意义上的联系。对于传统的"祀神性质的文学形式"而言,秦汉世俗浪漫主义文学在努力寻求其祀神的性质与传统的承续,即在神祇形象上力求展现神祇形象的神秘性和神性的神秘力量;在文本叙述中完全以神祇形象、神祇事迹、神祇世界作为主体、对象和内容,而人的形象和人的世界或被排除在外,或以被动而藐小的面貌出现;在艺术形式上追求古朴的构词与构句传统,形成典重、肃穆却又隐晦、古涩的艺术特点,而如屈原《九歌》那样的作品,

第六章　秦汉世俗浪漫主义文学的创作与荆楚古典浪漫主义文学的转型　375

已在两汉文学中荡然无存。然而，在传统挽歌于两汉时期的发展和演变中，我们也能看到秦汉世俗浪漫主义文学世俗化演变过程中所呈现出的异于荆楚古典浪漫主义文学的意义和价值。

一　秦汉时期郊庙祭祀乐歌祀神传统的承续与汉郊祀乐歌的创作

这里供研究的汉代祀神乐歌，主要指西汉武帝时期的《郊祀歌》。①汉《郊祀歌》十九章，虽然并非出于一人之手和一时之作，但十九章首尾完整，结构统一，堪为完整的郊祀组歌。②

---

①《汉书·礼乐志》载："至武帝定郊祀之礼……乃立乐府，采诗夜诵，有赵、代、秦、楚之讴。以李延年为协律都尉，多举司马相如等数十人造为诗赋，略论律吕，以合八音之调，作十九章之歌。"（汉）班固：《汉书》卷二十二，中华书局1962年版，第1045页。

②《帝临》："帝临中坛，四方承宇，绳绳意变，备得其所。清和六合，制数以五。海内安宁，兴文匽武。后土富媪，昭明三光。穆穆优游，嘉服上黄。"《青阳》："青阳开动，根荄以遂。膏润并爱，跂行毕逮。霆声发荣，壧处顷听。枯槁复产，乃成厥命。众庶熙熙，施及夭胎。群生啿啿，惟春之祺。"《朱明》："朱明盛长，敷与万物。桐生茂豫，靡有所诎。敷华就实，既阜既昌。登成甫田，百鬼迪尝。广大建祀，肃雍不忘。神若宥之，传世无疆。"《西颢》："西颢沆砀，秋气肃杀。含秀垂颖，续旧不废。奸伪不萌，妖孽伏息。隅辟越远，四貉咸服。既畏兹威，惟慕纯德。附而不骄，正心翊翊。"《玄冥》："玄冥陵阴，蛰虫盖藏。草木零落，抵冬降霜。易乱除邪，革正异俗。兆民反本，抱素怀朴。条理信义，望礼五岳。籍敛之时，掩收嘉谷。"《惟泰元》："惟泰元尊，媪神蕃釐。经纬天地，作成四时。精建日月，星辰度理。阴阳五行，周而复始。云风靁电，降甘露雨。百姓蕃滋，咸循厥绪。继统共勤，顺皇之德。鸾路龙鳞，罔不肸饰。嘉笾列陈，庶几宴享。灭除凶灾，烈腾八荒。钟鼓竽笙，云舞翔翔。招摇灵旗，九夷宾将。"《天地》："天地并况，惟予有慕。爰熙紫坛，思求厥路。恭承禋祀，缊豫为纷。黼绣周张，承神至尊。千童罗舞成八溢，合好效欢虞泰一。九歌毕奏斐然殊，鸣琴竽瑟会轩朱。璆磬金鼓，灵其有喜。百官济济，各敬厥事。盛牲实俎进闻膏。神奄留，临须摇。长丽前掞光耀明，寒暑不忒况皇章。展诗应律铻玉鸣，函宫吐角激征清。发梁扬羽申以商，造兹新音永久长。声气远条凤鸟翔，神夕奄虞盖孔享。"《日出入》："日出入安穷？时世不与人同。故春非我春，夏非我夏，秋非我秋，冬非我冬。泊如四海之池，徧观是耶谓何。吾知所乐，独乐六龙。六龙之调，使我心若。訾黄其何不徕下。"《华烨烨》："华烨烨，固灵根。神之斿，过天门。车千乘，敦昆仑。神之出，排玉房。周流杂，拔兰堂。神之行，旌容容。骑沓沓，般纵纵。神之徕，泛翊翊。甘露降，庆云集。神之揄，临坛宇。九疑宾，夔龙舞。神安坐，翔吉时。共翊翊，合所思。神嘉虞，申贰觞。福滂洋，迈延长。沛施祐，汾之阿。扬金光，横泰河。莽若云，增扬波。徧胪驩，腾天歌。"《五神》："五神相，包四邻。土地广，扬浮云。挖嘉坛，椒兰房。璧玉精，垂华光。益亿年，美始兴。交于神，若有承。广宣延，咸毕觞。灵舆位，偃蹇骧。卉汨胪，析奚遗。淫渌泽，汪然归。"《天马》："太一况，天马下。霑赤汗，沫流赭。志俶傥，精权奇。籋浮云，晻上驰。体容与，迣万里。今安匹，龙为友。天马徕，从西极。涉流沙，九夷服。天马徕，出泉水。虎脊两，化若鬼。（转下页）

与屈原《九歌》进行比较，汉《郊祀歌》呈现出鲜明而强烈的祀神性质。汉《郊祀歌》上述特点的形成，是汉《郊祀歌》向祀神乐歌传统回归的一种表现和反映。

（一）与《九歌》之《东皇太一》、《东君》相比，汉《郊祀歌》之《练时日》、《赤蛟》在歌乐鼓舞、娱神犒神场景的描写上，与《九歌》颇有异曲同工之妙，但在内容上却严格按照"请神"、"下神"、"娱神"、"犒神"、"送神"五个层次进行描写，更具祀神乐歌的特点。

如果将汉《郊祀歌》之《练时日》和《赤蛟》两首诗歌联系起来考察，则上述两首诗歌的内容是严格按照"请神"、"下神"、"娱神"、"犒神"、"送神"五个层次进行描绘的。如果将上述两首诗歌"合并"，并按照上述五个层次划分结构，则呈现出如下形式：

[请神]

练时日，侯有望，爇膋萧，延四方。
九重开，灵之斿，垂惠恩，鸿祐休。

[下神]

灵之车，结玄云，驾飞龙，羽旄纷。

（接上页）天马徕，历无草。径千里，循东道。天马徕，执徐时。将摇举，谁与期。天马徕，开远门。竦予身，逝昆仑。天马徕，龙之媒。游阊阖，观玉台。"《天门》："天门开，詄荡荡。穆并骋，以临飨。光夜烛，德信著。灵浸鸿，长生豫。太朱涂广，夷石为堂。饰玉梢以舞歌，体招摇若永望。星留俞，塞烟光。照紫幄，珠烦黄。幡比翄回集，贰双飞常羊。月穆穆以金波，日华耀以宣明。假清风轧忽，激长至重觞。神裵回若留放，殚嫚亲以肆章。函蒙祉福常若期，寂漻上天知厥时。泛泛滇滇从高斿，殷勤此路胪所求。佻正嘉吉弘以昌，休嘉砰隐溢四方。专精厉意逝九阂，纷云六幕浮大海。"《景星》："景星显见，信星彪列。象载昭庭，日亲以察。参伴开阖，爰推本纪。汾脽出鼎，皇祐元始。五音六律，依韦飨昭。杂变并会，雅声远姚。空桑琴瑟结信成，四兴递代八风生。殷殷钟石羽籥鸣，河龙供鲤醇牺牲。百末旨酒布兰生，泰尊柘浆析朝酲。微感心攸通修名，周流常羊思所并。穰穰复正直往宁，冯蠵切和疏写平。上天布施后土成，穰穰丰年四时荣。"《齐房》："齐房产草，九茎连叶。宫童效异，披图案谍。玄气之精，回复此都。蔓蔓日茂，芝成灵华。"《后皇》："后皇嘉坛，立玄黄服。物发冀州，兆蒙祉福。沇沇四塞，假狄合处。经营万亿，咸遂厥宇。"《朝陇首》："朝陇首，览西垠。雷电寮，获白麟。爰五止，显黄德。图匈虐，熏鬻殛。辟流离，抑不详。宾百僚，山河飨。掩回辕，鬣长驰。腾雨师，洒路陂。流星陨，感惟风。籋归云，抚怀心。"《象载瑜》："象载瑜，白集西。食甘露，饮荣泉。赤雁集，六纷员。殊翁杂，五采文。神所见，施祉福。登蓬莱，结无极。"参见逯钦立《先秦汉魏晋南北朝诗》卷四，中华书局1983年版，第147—154页。

灵之下，若风马，左仓龙，右白虎。
灵之来，神哉沛，先以雨，般裔裔。
灵之至，庆阴阴，相放㦛，震澹心。
灵已坐，五音饬，虞至旦，承灵亿。

[娱神]

牲茧栗，粢盛香，尊桂酒，宾八乡。
灵安留，吟青黄，遍观此，眺瑶堂。
众嫭并，绰奇丽，颜如荼，兆逐靡。
被华文，侧雾縠，曳阿锡，佩珠玉。
侠嘉夜，茝兰芳，澹容与，献嘉觞。

[犒神]

赤蛟绥，黄华盖，露夜零，书暗潝。
百君礼，六龙位，勺椒浆，灵已醉。
灵既享，锡吉祥，芒芒极，降嘉觞。
灵殷殷，烂扬光，延奉命，永未央。
杳冥冥，塞六合，泽汪濊，辑万国。

[送神]

灵禩禩，象舆辖，票然逝，旗逶蛇。
礼乐成，灵将归，托玄德，长无衰。

即如表6—1所示：

表6—1

汉郊祀歌	请神	下神	娱神	犒神	送神
练时日	首二句	次五句	尾五句		
赤蛟				首五句	尾二句

上述两篇诗歌在"请神"和"送神"层次的描写上皆较为简单，而描写的重点是"下神"、"娱神"、"犒神"三个层次，尤以"娱神"和"犒神"层次最为繁缛、细腻。与《九歌》之《东皇太一》、《东君》相比较，有颇为一致的方面，但也有差异的地方。《东皇太一》的重点在"娱神"和"犒神"场面的描写，《东君》的重点在"请神"、"娱神"和

"送神"场面的描写。显然,在"娱神"和"犒神"场面的描写上,双方颇为一致,但汉《郊祀歌》的《练时日》在"下神"环节的描写上同样达到了繁缛和细腻的地步,与《东皇太一》、《东君》不同。

上述情况反映出了《练时日》和《赤蛟》在诗歌创作上的特点:(1)在"下神"环节的描写上达到了繁缛和细腻的地步,以"灵"的"下"、"来"、"至"、"坐"为中心,描写"灵"从"上天"降神到"祭坛"的行为过程,具有鲜明的层次性与叙事性特征。诗歌上述特征的形成,即是创作者想象和幻想的表现和反映,但其基础和依据则是与神祇祭祷仪式以及祭祷仪式中的环节有关。(2)在"娱神"、"犒神"环节的描写上同样体现出繁缛而细腻的特点。《练时日》"娱神"场景的描写,着重刻画宴飨的丰盛和女乐的华贵与美丽;《赤蛟》"犒神"场景,则侧重刻画神灵的极尽享受和福泽广溢的激情与感叹。上述情况虽然与《九歌》之《东皇太一》、《东君》歌乐鼓舞娱神、犒神场景的描写颇有异曲同工之妙,但在女乐的刻画和神祇降幅之感叹的描绘上,却自成风格。

(二)与屈原《九歌》相比,汉《郊祀歌》之《帝临》、《青阳》、《朱明》、《西颢》、《玄冥》、《惟泰元》、《天地》、《日出入》、《华烨烨》、《五神》诸篇,刻意突出神祇的神秘力量,内容上以颂神为主,形成典重古涩的特点。

汉《郊祀歌》之《帝临》、《青阳》、《朱明》、《西颢》、《玄冥》、《惟泰元》、《天地》、《日出入》、《华烨烨》、《五神》诸篇可以分为三组,《帝临》、《青阳》、《朱明》、《西颢》、《玄冥》五篇可视为第一组。第一组乐歌除《帝临》外,其他四篇,《汉书·礼乐志》以为"邹子乐"。[①]四篇风格一致,而与《帝临》构成差异。故这一组乐歌虽然构成一组,但可能非一人之作。秦祀白、青、黄、赤四帝,至汉初,刘邦增加黑帝,而成五帝。黑帝祠名曰北畤,故黄帝为中,其他四帝四方。此种配置即与《礼记·月令》五帝的配置一致。据此而论,《帝临》在风格上与其他四篇构成差异,不排除在原有四章基础上补作的可能。《帝临》作为组歌的首篇,在内容上带有领起组歌的特点,如"清和六合,制数以五"、"海内安宁,兴文匽武"、"后土富媪,昭明三光"等诗句,以五行宇宙架构

[①] 参见(汉)班固《汉书》卷二十二,中华书局1962年版。

为基础而颂扬海内安定、物繁民兴的功德，并以此为组歌定调。故接下来的四章，基本上按照《礼记·月令》春、夏、秋、冬所配四帝、四神的描述而重在"月德"的颂扬。

《惟泰元》、《天地》、《日出入》三篇可视为第二组。《惟泰元》、《日出入》是祭祀太一神和日神的乐歌。《天地》篇中出现的"紫坛"，在西汉成帝时匡衡奏言中提到，即甘泉泰畤的紫坛。① 而"紫坛有文章采镂黼黻之饰及玉、女乐"，知甘泉泰畤紫坛或为表演祀神乐歌的地方。② 又据匡衡奏言所述，甘泉泰畤之下，是五帝坛，又有"群神之坛"，说明紫坛并非单独为泰畤祀神服务。匡衡奏言又云："歌大吕舞《云门》以俟天神，歌太蔟舞《咸池》以俟地祇。"祭祀天地神祇皆有乐歌，当都在紫坛表演，而武帝时亦召"女乐"以"乐舞"祠太一、后土。③ 显然，紫坛是祭祀天地神祇时表演歌乐鼓舞的地方。故《天地》应该是祭祀天地神祇时所表演的乐歌。

《惟泰元》主要是对太一神"经天纬地"、"灭除凶灾"等功德的歌颂，《天地》篇则重在"娱神"、"犒神"环节的描写，而在上述环节的描写上同样体现出了繁缛而细腻的特点。值得注意的是，在内容上《日出入》与前面两篇有所不同，乐歌可以分为两部分，前八句是一部分，表达日出日落的永恒而人命的短暂；后五句是一部分，表达乘龙升仙的想往和期盼。

《华烨烨》、《五神》两篇可视为第三组。《华烨烨》是迎送神乐歌，在内容和风格上与《练时日》和《赤蛟》颇为一致。《五神》之"五神"何指，《汉书》颜师古注引如淳云："五帝为太一相也。"谓"五神"即太一之佐。如前所述，秦祀四帝，至汉补入黑帝而成五帝，并佐太一，则"五神"当为汉初所祀"五帝"。然汉《郊祀歌》已有祭祀五帝乐歌，即《帝临》、《青阳》、《朱明》、《西颢》、《玄冥》，考虑到《青阳》、《朱

---

① 参见（汉）班固《汉书》卷二十五下，中华书局1962年版，第1256页。
② （汉）班固：《汉书》卷二十五下，中华书局1962年版，第1256页。
③ 《汉书·郊祀志》："其春，既灭南越，嬖臣李延年以好音见。上善之，下公卿议，曰：'民间祠有鼓舞乐，今郊祀而无乐，岂称乎？'公卿曰：'古者祠天地皆有乐，而神祇可得而礼。'或曰：'泰帝使素女鼓五十弦瑟，悲，帝禁不止，故破其瑟为二十五弦。'于是塞南越，祷祠泰一、后土，始用乐舞。益召歌儿。"（汉）班固：《汉书》卷二十五上，中华书局1962年版，第1232页。

明》、《西颢》、《玄冥》为"邹子乐",则《华烨烨》与《五神》或为有别于"邹子乐"的另一组祭祀五帝乐歌。观《五神》篇的内容与风格,与"邹子乐"差异较大,却与《惟泰元》颇为一致,主要是对神祇功德的颂扬。

总之,汉《郊祀歌》之《帝临》、《青阳》、《朱明》、《西颢》、《玄冥》、《惟泰元》、《天地》、《日出入》、《华烨烨》、《五神》诸篇,涉及五帝、太一、日神、天地等神祇,在内容上以颂神为主,刻意突出神祇的神秘力量和高高在上施惠人间的德行,而缺少屈原《九歌》中神祇的人性化描绘和自然、活泼的风格。

(三)汉《郊祀歌》之《天马》、《天门》、《景星》、《齐房》、《后皇》、《朝陇首》、《象载瑜》诸篇,在内容上都有一个共同的特点,即是对天地祥瑞物象的颂扬,而且上述祥瑞物象大都与升仙有关。上述情况与屈原《九歌》构成了更为鲜明的差异。

总上而言,汉《郊祀歌》在诗歌创作上所形成的上述特点,皆与神祇祭祷仪式的祭祷环节或神祇祭祀行为的目的意义存在关联,说明汉《郊祀歌》的创作明显地呈现出受制于神祇祭祷仪式的特征,表现出作者刻意按照和遵循神祇祭祷仪式以及祭祷的目的意义进行创作的倾向。在秦汉世俗浪漫主义文学创作中,人的媚神的情感和意愿、从人的世界出发而以神的世界为重并归向于神的世界的愿望和宗旨,与荆楚古典浪漫主义文学是相同的,不同的是,在秦汉世俗浪漫主义文学创作中,神与人的世界出现了隔断,虽然神祇仍然能够降临人的世界,但源于神与人的世界的隔断而导致神与人的隔膜。神祇高贵而冷漠的形象与人的虔诚而木然的情感,构成了上述郊祀乐歌的独特风貌。显然,这与上文提出的"屈原在创作《九歌》时并不拘泥于神祇祭祷仪式的束缚和限制"的情况构成巨大的差异,进一步表明汉《郊祀歌》的创作更关注于神祇祭祷行为的"真实性"描述和"功利性"宗旨。源于此,汉《郊祀歌》的创作风格更倾向于囿于神祇祭祷仪式之框架内的叙述和描写,而远离了屈原《九歌》既囿于神祇祭祷环节的诗歌层次结构,又突破这种神祇祭祷环节而延展或扩大文学视域的创作风格。

二 传统丧葬礼仪乐歌的演变与汉代送葬挽歌功用职能的变化

这里所讨论的"丧葬乐歌"主要指送葬"挽歌"和墓葬碑铭"附

诗"。古代丧葬所唱"挽歌"起源于何时，已不可考。《左传·哀公十一年》载：吴与齐战于艾陵，"将战，公孙夏命其徒歌《虞殡》。"① 杜预注云："虞殡，送葬歌曲。"② 从歌名可知，《虞殡》当与"虞"或"虞舜"存在关系，即如孔颖达所云："虞殡者，为启殡将虞之歌也，今人谓之挽歌。"③

"虞"或"虞舜"为古史传说中的古族名，其地望众说纷纭，而古史传说中舜与楚或荆楚地域的联系，则颇为密切，如下情况值得关注：（1）《史记·五帝本纪》论及虞舜世系，颛顼为六世，而至舜为七世。楚以颛顼为祖，其古史传说上的世系关系明确，从而反映了夏与楚之文化上的同根性关系。④（2）《史记·五帝本纪》载："（舜）南巡狩，崩于苍梧之野。葬于江南九疑，是为零陵。"⑤《山海经·海内南经》云："苍梧之山，帝舜葬于阳。"郭璞注云："即九疑山也。《礼记》亦曰：'舜葬苍梧之野。'"⑥ 袁珂《山海经校注》亦云："《海内经》云：'南方苍梧之丘，苍梧之渊，其中有九嶷山，舜之所葬，在长沙零陵界中。'即郭注所本也。"⑦ 则舜之葬地与荆楚地域关系明确。（3）舜妻尧二女事，《史记·五帝本纪》有载，而《山海经·中山经》又载有帝之二女居于洞庭之山而为神的神话。⑧ 其间缘由，或云："帝之二女，谓尧之二女以妻舜者娥皇女英也。相传为舜南巡狩，崩于苍梧，二妃奔赴哭之，陨于湘江，遂为湘水之神，屈原《九歌》所称'湘君'、'湘夫人'是也。"⑨《史记·秦始皇本纪》载："（始皇）浮江，至湘山祠。逢大风，几不得渡。上问博士曰：'湘君何神？'博士对曰：'闻之，尧女，舜之妻，而葬此。'于是

---

① （晋）杜预：《春秋左传集解》第二十九，上海人民出版社1977年版，第1774页。
② （晋）杜预：《春秋左传集解》第二十九杜预注，上海人民出版社1977年版，第1776页。
③ （宋）郑樵：《通志二十略·礼略》第四，中华书局1995年版，第776页。
④ 关于夏与楚文化上联系的问题，参见李炳海《部族文化与先秦文学》第一章第一节相关论述，高等教育出版社1995年版。
⑤ （汉）司马迁：《史记》卷一，中华书局1959年版，第44页。
⑥ （晋）郭璞注：《山海经》第十，岳麓书社1992年版，第132页。
⑦ 袁珂：《山海经校注·山海经海经新释》卷五，上海古籍出版社1980年版，第273页。
⑧ （晋）郭璞注：《山海经》第五，岳麓书社1992年版，第109页。
⑨ 袁珂：《山海经校注·山海柬释》卷五引，上海古籍出版社1980年版，第176页。

始皇大怒，使刑徒三千人皆伐湘山树，赭其山。"① 证明尧之二女与舜之关系及"陨于湘江"的神话，于秦时仍然存在，神话中的"洞庭之山"即"湘山"，而神话本于古史传说的事实亦颇为明确。据此，舜妻娥皇女英之葬地，亦与荆楚地域关系明确。（4）包山与望山楚简卜筮祭祷简之"二天子"，或即尧之二女。② 据此而知，对尧之二女的崇拜和祭祀，在战国时期楚地民间曾广为流行。（5）舜与荆楚文化上的联系亦有传世文献资料可以援引，如《帝王世纪》所载"舜弹五弦琴而歌南风"之事。③ 上述所谓"南风"或即"楚风"。如"南风之熏兮，可以解吾民之愠兮。南风之时兮，可以阜吾民之财兮"，皆为楚歌形式。

综上而言，舜与荆楚地域和荆楚文化上的联系，在古史传说和神话故事等方面都能找到根据，舜与舜妻皆逝于南方荆楚地域而葬所或祭祀之地亦如此，据此联系作为"挽歌"的《虞殡》，荆楚地域文化或为其悠远的文化背景。

除《虞殡》之外，《薤露》、《蒿里》亦为有名的"挽歌"。《乐府诗集》引崔豹《古今注》云："《薤露》、《蒿里》泣丧歌也。本出田横门人，横自杀，门人伤之，为作悲歌。"④《初学记》引干宝《搜神记》亦云："挽歌词有薤露蒿里二章，出自田横门人。"⑤ 郑樵《通志二十略·挽歌》亦云："汉高帝时，齐王田横自杀，其故吏不敢哭泣，但随柩叙哀，而后代相承以为挽歌，盖因于古也。"⑥

田横乃齐人，如《薤露》、《蒿里》为田横门徒所唱，则《薤露》、《蒿里》当为齐地"挽歌"。然《乐府诗集》引杜预云："送死《薤露》歌即丧歌，不自田横始也。"⑦ 宋玉《对楚王问》中有《薤露》，又有《下里》。闻一多以为《下里》即为《蒿里》。⑧ 据此，则《薤露》、《蒿

---

① （汉）司马迁：《史记》卷六，中华书局1959年版，第248页。
② 参见陈伟《包山楚简初探》，武汉大学出版社1996年版，第169、170页。关于简文"二天子"的认识，尚有不同观点，具体情况，参见陈伟等《楚地出土战国简册·包山2号墓简册·卜筮祭祷记录》"二天子"注释，武汉大学出版社2009年版，第109页。
③ （晋）皇甫谧：《帝王世纪》第二，齐鲁书社2010年版，第19页。
④ （宋）郭茂倩：《乐府诗集》卷二十七，中华书局1979年版，第396页。
⑤ （唐）徐坚：《初学记》卷十四，中华书局1962年版，第362页。
⑥ （宋）郑樵：《通志二十略·礼略》第四，中华书局1995年版，第776页。
⑦ （宋）郭茂倩：《乐府诗集》卷二十七，中华书局1979年版，第396页。
⑧ 《闻一多全集》（四），生活·读书·新知三联书店1982年版，第113页。

里》又或为楚人或楚地流传的送葬乐歌。以此观之,作为"挽歌"的《薤露》、《蒿里》应该产生、流行于战国时期甚至更早的民间,至少在荆楚和齐鲁地域曾普遍流传,而"出自田横门人"的说法或不确。

又,逯钦立《先秦汉魏晋南北朝诗》引《战国策》云:"秦使陈驰诱齐王建入秦,迁之共,处之松柏之间,饿而死。齐人怨建听奸人宾客,不早于诸侯合纵,以亡其国,歌之云。"① 故《松柏歌》亦可视为"挽歌"。显然,丧事间行以"挽歌",在春秋战国时期或已成为传统。

上述传统在汉代仍然存在。《晋书·志·礼》载:

> 汉魏故事,大丧及大臣之丧,执绋者輓歌。新礼以为輓歌出于汉武帝役人之劳歌,声哀切,遂以为送终之礼。虽音曲摧怆,非经典所制,违礼设衔枚之义。方在號慕,不宜以歌为名,除不輓歌。挚虞以为:"輓歌因倡和而为摧怆之声,衔枚所以全哀,此亦以感众。虽非经典所载,是历代故事。《诗》称:君子作歌,惟以告哀。以歌为名,亦无所嫌,宜定新礼如旧。"诏从之。②

《初学记》亦云:"至李延年乃分为二曲,薤露送王公贵人,蒿里送士大夫庶人,使挽者歌之。"③ 是故"挽歌"成"乐府"一类。《文心雕龙·乐府》亦云:"至于斩伎《鼓吹》,汉世《铙》、《挽》,虽戎、丧殊事,而并总入乐府。"④

从上引材料可知,"挽歌"来自民间,而非文人专门的制作,即所谓"役人劳歌"而"非经典所制"。汉承上述传统,并进一步将民间"挽歌"加以整理,归入"乐府",而成"送终之礼"。

从汉代流行的"挽歌"《薤露》、《蒿里》内容上看,两篇差异较大。崔豹《古今注》对于《薤露》、《蒿里》内容的解读颇为中肯,其中《薤露》"言人命奄忽,如薤上之露,易晞灭也",而《蒿里》则"谓人死魂

---

① 逯钦立:《先秦汉魏晋南北朝诗》卷二,中华书局1983年版,第14页。
② (唐)房玄龄等:《晋书》卷二十,中华书局1974年版,第626、627页。
③ (唐)徐坚:《初学记》卷十四,中华书局1962年版,第362、363页。
④ (梁)刘勰:《文心雕龙·乐府》,《文渊阁四库全书》第1478册,台湾商务印书馆发行。

魄归于蒿里"。① 据此，则《薤露》、《蒿里》原或为一曲，《薤露》以薤上之露为喻，言人命易逝，而《蒿里》论易逝生命之归宿。虽然李延年将上述"挽歌"析一为二，《薤露》所表达的是对生命易逝的悲叹和忧伤，而《蒿里》所表现的则是对生命归处的恐惧和无奈，二者的侧重点和角度并不相同，但源于生命奄忽的生命情怀和生命感叹却得到了突出和强调。

上述情况说明，李延年将《薤露》、《蒿里》分为二曲，前者送王公贵人，后者送士大夫庶人，不仅仅使《薤露》、《蒿里》有了等级上的区别，更为重要的是，使得作为"挽歌"的《薤露》、《蒿里》在成为"送终之礼"的同时，其抒发生命情怀的意义和功能得到突出和增强，促使"挽歌"由"送终之礼"而进入汉代人的情感生活之中，从而导致"挽歌"的"内涵"扩大而"外延"延展，使得依托于"挽歌"的形式而突破"挽歌"单纯的"送死悼亡"的"樊篱"抒发生命情怀的诗歌创作，在两汉和魏晋时期获得发展和流行。

是故，两汉和魏晋时期丧葬乐歌的演变，主要呈现出如下三个方向：

（一）走出"挽歌"送葬哀歌的功用职能而进入民间或上层社会的宴饮游乐之中。《后汉书·周举传》载：汉顺帝永和"六年三月上巳日，商大会宾客，谯于洛水……商与亲昵酣饮极欢，及酒阑倡罢，继以《薤露》之歌，坐中闻者，皆为掩涕"②。大将军梁商"酒阑倡罢"之后"继以《薤露》之歌"的行为，并非孤例。《风俗通义》云："（灵帝）时京师宾婚嘉会，皆作《魁櫑》，酒酣之后，续以挽歌。《魁櫑》，丧家之乐。挽歌，执绋相偶合之者。"③知东汉时期宴饮嘉会场合，亦有"丧乐"或"挽歌"表演。

（二）突破"挽歌"单纯的"送死悼亡"的"樊篱"而演变成为抒发生命情怀的诗歌创作。如《乐府诗集》录曹操拟《薤露》的"惟汉二十二世"和曹植的拟作"天地无穷极"，前者表达社会动乱而至生灵涂炭的哀伤，后者抒发人生短暂而戮力作为的情感，皆关联生命之情怀，而不见魂归"蒿里"之悲哀。至曹操拟《蒿里》的"关东有义士"，更借

---

① （宋）郭茂倩：《乐府诗集》卷二十七"题解"引，中华书局1979年版，第396页。
② （南朝宋）范晔：《后汉书》卷六十一，中华书局1965年版，第2028页。
③ （汉）应劭：《风俗通义·佚文》，天津人民出版社1980年版，第443页。

汉末动荡的社会现实抒发"生民百遗一"、"念之断人肠"的悲悯情怀，不但突破了"挽歌"之"送死悼亡"的"樊篱"，也超越了普通意义上的生命易逝的悲哀和无奈。

（三）模拟"挽歌"而描摹生命归所表达生命忧伤的诗歌创作。如《文选》"挽歌"类，录缪袭、陆机、陶渊明诗共五篇，从所录诗歌的"风格"上看，皆与《薤露》、《蒿里》相类。如缪袭诗中多有"中野"、"黄泉"、"虞渊"等生命归所的描写，陆机诗歌内容皆表现人命逝后的"归途"的恐惧和魂魄归处"重阜"、"玄庐"、"寿堂"的痛苦，而陶渊明"荒草何茫茫"则表现"高坟"、"幽室"的忧伤，在"风格"上与缪袭、陆机的《挽歌》并无二致，而在内容上皆袭于"挽歌"送死悼亡之传统。

总结"挽歌"在两汉和魏晋时期的演变，主要表现在"功用职能"的变化上，而作为"挽歌"源于生命易逝的忧伤和悲哀、生命归处的恐惧和无奈等情感，并没有发生本质意义上的改变。从秦汉世俗浪漫主义文学创作的角度看，当"挽歌"突破单纯的"送死悼亡"的"樊篱"而进入更为广泛的世俗生活的时候，其所禀赋的独特的内涵和艺术特性，将会构成或营造出独具特色和特点的审美效果和情感慰藉力量。而根据上文所引《汉书·周举传》和《风俗通义》的相关记载，我们注意到了如下两个方面的情况。

（一）大喜大悲式的情感转换与强烈的审美对比。考察《后汉书·周举传》所载宴饮嘉会场合进行"挽歌"表演之事，当是特定历史时期生命哀伤情绪的表现或发泄，而非人为的以"挽歌"的"形式"而对喜悦之情的表达。《风俗通义》云："自灵帝崩后，京师坏灭，户有兼尸，虫而相食，《魁櫑》挽歌，斯之效乎？"[①] 上述言论是对东汉灵帝时京师宾婚嘉会皆作《魁櫑》挽歌之原因的推究。此时上距汉顺帝永和时期不到三十年，时外戚梁氏专权，所谓豺狼当道，百姓涂炭，生死转瞬。而从"酣饮极欢，及酒阑倡罢，继以《薤露》之歌，坐中闻者，皆为掩涕"的描述看，酒宴参与者对"生死转瞬"的"突变"，皆表现出令人惊讶的敏感和缘于生死之事的情感的脆弱。是故，当酒阑倡罢，酣饮极欢之时，继之以"挽歌"，源于内容和表演形式的强烈对比，而构成"喜悦"与"悲哀"的突然转换，遂引

---

① （汉）应劭：《风俗通义·佚文》，天津人民出版社1980年版，第443页。

起情绪或情感的悲喜变化和大起大落,从而形成强烈的审美对比,营造出令人难以忘怀的审美效果和感染力。

(二)由喜而哀、再而狂的情感爆发与审美震撼。考察《风俗通义》所载京师宾婚嘉会皆作《魁㩦》而续以挽歌之事,虽然在形式上与《后汉书·周举传》所记载的具体情况大体一致,但其"皆作"用语,已经说明《后汉书·周举传》所载"梁商"宴饮嘉会场合进行"挽歌"表演之事,还只是"偶一为之",而《风俗通义》所载则已经成为社会流俗。故"宾婚嘉会皆作《魁㩦》",而"酒酣之后"再"续以挽歌",就已经表现出"人为"的色彩,从某种意义上说,是为了"追求"某种审美效果和情感刺激而设计的歌乐艺术表演形式。缘于此,借助"丧乐"和"挽歌"而构成或营造的,就不仅仅是"令人难以忘怀的审美效果和感染力量",而是由喜而哀,再由哀而狂的情感爆发。"挽歌",初为执绋者所唱。绋乃引柩之索,执绋者相偶,以"挽歌"节以步伐,"唱""和"相应。是故"挽歌"在演唱形式上的关键之处是"和",试想其粗壮、浑厚、低沉、缓慢而赋予节奏的众和之声,使得缘于生死之事的脆弱情感,借此而转为雄放和恣肆,形成审美的震撼力。即如《乐府诗集·相和歌辞》所载"古辞"《怨诗行》歌尾所唱"当须荡中情,游心恣所欲"①。

受到厚葬风气的影响,两汉时期丧葬和丧葬形式走向繁缛和奢侈。缘于此,丧葬乐歌也作为丧葬形式的重要组成部分而被重视和强化,而丧葬乐歌由"哀"而"乐"、由"悲"而"喜"的转变,恰是丧葬风俗演变的表现和反映。

这种丧葬风俗的变化,应该早在晚周时期既已现出端倪。《淮南子·本经训》中谈到了"古"、"今"丧葬风俗变化之事,其云:"夫三年之丧,非强而致之。听乐不乐,食旨不甘,思慕之心未能绝也。晚世风流俗败,嗜欲多,礼义废,君臣相欺,父子相疑,怨尤充胸,思心尽亡,被衰戴绖,戏笑其中,虽致之三年,失丧之本也。"② 至秦汉之世,丧事中已有音乐、歌舞为乐。《史记·绛侯周勃世家》载:"(周勃)以织薄曲为

---

① 《乐府诗集·相和歌辞·楚调曲上·怨诗行》:"天德悠且长,人命亦何促。百年未几时,奄若风吹烛。嘉宾难再遇,人命不可续。齐度游四方,各系泰山录。人间乐未央,忽然归东岳。当须荡中情,游心恣所欲。"(宋)郭茂倩:《乐府诗集》卷四十一,中华书局1979年版,第610页。

② (汉)高诱注:《淮南子》卷八,《诸子集成》(七),中华书局1954年版,第124页。

生，常为人吹箫给丧事。"①《集解》引如淳云："以乐丧家，若俳优。"②而至桓宽《盐铁论》论"古"、"今"丧葬风俗变化，则较《淮南子·本经训》所论更为"夸张"，见出丧事杂以歌舞俳优之风在西汉时期就已经渐成风气。③

显然，我们在汉代丧葬习俗中看到了"悲"与"喜"并存、恐惧与乐观和希望同在的独特现象。丰富的汉墓画像所表现的生活图景，描述着人们想象中死后世界的快乐生活，汉代墓葬画像"神话、祥瑞图案的意义，主要可能在希望借图像中神仙灵怪的保护与帮助，使墓主人能生活在一个极乐世界之中。而此世界中的生活，则如壁画中那些日常生活之景象，充满欢乐，丰衣足食"④。而汉代厚葬之风的盛行，亦可证明上述论断的正确。然而，当真正面临生死两别之时，恐惧与悲伤亦伴随其中。如下面"镇墓文"书写的文字所表达的情感："今日吉良，非用他故，但以死人张叔敬，薄命蚤死，当来下归丘墓。……生人筑高台，死人归，深自狸，眉须以落，下为土灰。今故上复除之药，欲令后世无有死者。"⑤ 再如河南南阳东关许阿瞿墓中铭文所述："惟汉建宁，号政三年，三月戊午，甲寅中旬，痛哉可哀，许阿瞿身，年甫五岁，去离世荣。遂就长夜，不见日星，神灵独处，下归窈冥，永与家绝，岂复望颜。"⑥

综上而言，汉代丧葬乐歌作为丧葬形式的重要组成部分而被重视和强化，预示着丧葬乐歌在丧事中所承担的作用和意义出现了某些新的变化。如前所述，"挽歌"承担着"送死悼亡"的作用和意义，不论"挽歌"在先秦两汉和魏晋时期如何演变，其源于生命易逝的忧伤和悲哀、生命归处的恐惧和无奈等世俗情感并没有发生本质意义上的改变。

---

① （汉）司马迁：《史记》卷五十七，中华书局1959年版，第2065页。
② 同上。
③ 《盐铁论·散不足》云："古者邻有丧，舂不相杵，巷不歌谣。孔子食于有丧者之侧，未尝饱也。子于是日哭，则不歌。今俗因人之丧以求酒肉，幸与小坐而责办，歌舞俳优，连笑伎戏。"（汉）桓宽：《盐铁论》第二十九，《诸子集成》（七），中华书局1954年版，第34页。
④ 蒲慕州：《墓葬与生死：中国古代宗教之省思》，中华书局2008年版，第197页。
⑤ 池田温：《中国历代墓券略考》，《文物参考资料》1958年第7期；蒲慕州：《墓葬与生死：中国古代宗教之省思》第七章"墓葬形制转变与宗教社会变迁之关系"引，中华书局2008年版，第214页。
⑥ 中国画像石全集编辑委员会：《中国画像石全集6·河南汉画像石》图202铭文释文，河南美术出版社、山东美术出版社2000年版，第70页。

三　汉代墓葬碑铭附诗碑歌的出现与传统送葬挽歌的变体式发展

然而，我们也注意到了另一种情况的存在，那就是在丧葬习俗于两汉时期的演变中所出现的人们对生命逝后之生命转化或再生观念的认识。上述认识的核心思想，是相信人的生命并没有"结束"的那一刻，其生命的"延续"体现在"现世"与"彼岸"的"转化"或"再生"上面。人的现世生命的结束，只是未来生命的开始，因此，现世生命的"结束"也将伴随着生命的"转化"或"再生"。从这个意义上看，生命结束本身并不是生命的死亡，而是另一种生命的开始，因此，那种伴随着生命结束而生成的"生命易逝的忧伤和悲哀"、"生命归处的恐惧和无奈"等情感，也就丧失了应有的意义和价值，而理性和坦然的正视，愉悦的接受和带有某种憧憬与企盼，也就自然成为汉代丧葬习俗演变所呈现出的新内容，并为汉代丧葬乐歌的演变提供了新的平台和契机。从某种意义上说，两汉时期人们思想观念中关于未来生命考量和情感的变化，是汉代墓葬碑铭附诗即"碑歌"产生的思想和情感基础。

上述"碑歌"中的某些类型，可以看作传统送葬"挽歌"的"变体"。其在摆脱了"挽歌"送死悼亡内容的束缚的同时，更以浪漫的生命情怀，借助丰富的想象和幻想而对生命的最后旅程和生命的彼岸世界进行描绘和摹写，展示了秦汉世俗浪漫主义文学的独特魅力。

根据《隶释》和《汉碑集释》所载录碑文，其碑铭附诗即"碑歌"之典型者共29篇，具体情况，如表6—2所示。[①]

表6—2

碑名	"碑歌"形式	"碑歌"体裁	出处
景君碑	辞	骚体	《汉碑集释》
武斑碑	辞	四言	《汉碑集释》
郑固碑	辞	四言	《汉碑集释》
孔宙碑	辞	四言	《汉碑集释》

[①] 参见（宋）洪适《隶释》，中华书局1986年版；高文《汉碑集释》，河南大学出版社1997年版。

续表

碑名	"碑歌"形式	"碑歌"体裁	出处
鲜于璜碑	颂	四言	《汉碑集释》
武荣碑	辞	四言	《汉碑集释》
张寿碑	辞	三言	《汉碑集释》
衡方碑	辞	四言	《汉碑集释》
夏承碑	辞	四言	《汉碑集释》
孔彪碑	辞	四言	《汉碑集释》
鲁峻碑	铭	四言	《汉碑集释》
耿勋碑	辞	四言	《汉碑集释》
娄寿碑	辞	四言	《汉碑集释》
尹宙碑	铭	四言	《汉碑集释》
赵宽碑	铭	四言	《汉碑集释》
校官碑	叙	四言	《汉碑集释》
曹全碑	辞	四言	《汉碑集释》
张迁碑	铭	四言	《汉碑集释》
孟孝琚碑	乱	七言	《汉碑集释》
张公神碑	歌	七言、骚体	《隶释》卷三
梁相孔耽神祠碑	歌	骚体	《隶释》卷五
酸枣令刘熊碑	诗	四言	《隶释》卷五
山阳太守祝睦后碑	颂	三言	《隶释》卷七
孝廉柳敏碑	辞	骚体	《隶释》卷八
费凤别碑	诗	五言	《隶释》卷九
巴郡太守樊敏碑	乱	骚体	《隶释》卷十一
李翊夫人碑	叹	骚体	《隶释》卷十二
先生郭辅碑	歌	四言	《隶释》卷十二
益州太守无名碑	乱	骚体	《隶释》卷十七

从上文所录29篇"碑歌"的内容上看，基本上都没有脱离"祝颂"的范畴。如果从丧葬乐歌的角度看，与传统"挽歌"构成了较为鲜明的差异。从上文所录29篇"碑歌"的"形式"和"体裁"上看，以"四言"的"辞"最为常见，其次是"骚体"，而与"骚体"相应的则以"乱"和"歌"居多，在六例"骚体"的"碑歌"中，仅有二例为

"辞",另有一例为"叹"。

上述情况或说明,骚体"碑歌"的创作,更多地继承了楚辞的传统体式,其"乱"、"歌"、"叹"的"形式",似乎仍然表示着"碑歌"的音乐性质,意味着上述"碑歌"可能用于丧葬仪式如祭典时的歌唱。

从这个意义上说,"碑歌"的出现与传统"挽歌"应该存在某种联系。"碑歌"虽然铭刻于墓碑之上,但其仍然属于丧葬仪式的一部分,而且"碑文"和"碑歌"有可能在丧葬仪式中被"祝诵"或"歌唱",与"挽歌"的作用是相同的,只是二者在内容上存在差异。亦有学者从"墓志铭文"和"铭诔文"的角度提出了与上述认识大致相同的观点:"墓志铭文还和一种被称为'铭诔'的文学体裁相关。这是在葬礼或供奉死者的献祭仪式中吟唱的祷文,或是朗诵,或是歌唱。颂词和挽歌表现了子女的孝顺,并得到祖先的保佑。在汉代后期,这些悲恸的言辞写在竹片上,称为'哀策',被埋在墓中。""葬礼的颂词和挽歌因此为汉墓的石碑铭文提供了文学的范式。"①

值得注意的是,缘于"碑歌"的"祝颂"性质,"碑歌"在内容和形式上都呈现出了程式化的倾向,典重而古雅,缺少灵性和浪漫。然而,也有特例者,这就是《李翊夫人碑》附诗《李翊夫人碑叹》和《张公神碑》附诗《张公神碑歌》。《李翊夫人碑叹》和《张公神碑歌》或可视为汉代"碑歌"的代表作,亦是优秀的汉代骚体长诗,其艺术成就代表了秦汉世俗浪漫主义文学在汉代诗歌创作上的高峰。《李翊夫人碑》载于南宋洪适《隶释》。② 其后所附之"歌",逯钦立《先秦汉魏晋南北朝诗》作《李翊夫人碑叹》③。

---

① 王静芬:《中国石碑:一种象征形式在佛教传入之前与之后的运用》,商务印书馆2011年版,第56页。

② (宋)洪适:《隶释》卷十二,中华书局1986年版,第143、144页。

③ 《李翊夫人碑叹》其辞如下:阴阳分兮钟律滋,星月列兮有四时。神宓设兮万姓熹,寿十二兮九九期。五三末兮衰在姬,秋发兮春华殆。周公九兮成称灾,靡黄发兮盖夭胎。比有皇兮气所裁,赴鸿渊兮逝不来。凤延颈兮泣交颐,鹓头悲兮涕陨零。瘵耿耿兮摧伤情,彼苍天兮朔神灵。憧切剥兮年不荣,兰茝亡兮丧芝英。谁不切兮作侅声,畤叵号兮鸣鼞鼞。杞之至兮感动城,陟四极兮升天庭。曰司命兮致不平,飞蠱蠱兮害仁良。魂魄孤兮独茕茕,陈祷祠兮返所生。幽不见兮存厥荆,嗟曰退兮适官官。逯钦立:《先秦汉魏晋南北朝诗》卷十二,中华书局1983年版,第328页。

第六章　秦汉世俗浪漫主义文学的创作与荆楚古典浪漫主义文学的转型　391

　　《隶释》所载《李翊夫人碑》碑文云：精魂奄昏，飞神天庭。莫不叹息，涕零乌呼。明智有德，咸曰何韦。害我仁良。痛感路人，泣霑泥塗。逝而不返，子孙呱呱。故而"叹曰"。显然，《李翊夫人碑叹》是述哀之作，而且哀痛之深，可谓悲怆天地、号泣鬼神，甚而质问"司命不平"而至"鬼蜮害仁"。《碑叹》因悲而怒，由怒而狂，指天问地，蔑视神鬼，虽是述哀之叹，亦为大气之作。

　　《张公神碑》载于洪适《隶释》。① 其后所附之"歌"，逯钦立《先秦汉魏晋南北朝诗》作《张公神碑歌》。《张公神碑歌》的篇幅较长，达九章六十一句四百二十七字，构思缜密，描绘细致，想象丰富，词语富丽。在艺术构思、艺术表现和诗歌语言运用等方面，已经非同类"碑歌"可比。②

---

①　《张公神碑》碑文：惟和平元年正月□□，朝歌长郑郴造□，张公建□良□之山，运置綦阳，刊凿琢摩，立左右阙，表神道□，竖碑庙堂之前，到五月□□乃成。长□□之，铭勒神懿光秘后昆。其辞曰：於穆张公，含和泰清。受符皇极，乾刚川灵。何天之休，元亨利贞。无□□贵，神耀洞□。□度□泉，殷商北坰。岳朝綦阳，厥土敞平。芝草茂木，瀉瀉滋荣。群萌勃矣，激川通□。□□怀□，□□□□庙，克俭损盈。诏命有司，祭以中牲。岁聿再庆，公其飨零。兴来亿载，历数万君。□□□□，曰□太。□□显犹，昭拂英勋。□锡令福，惠此吏民。国无灾寇，屡获丰年。皇帝眉寿，干禄于天。牧守皆升，握台辅辰。长与丞尉，超迁相国。休□烈烈，无□□□。临犁阳营。谒者李君，畏敬公灵。好郑长文，彻奉佐工。悃愊殷勤。□吏□□，□熹且惶，作歌九章，达李君□，颂公德芳。其辞曰。（宋）洪适：《隶释》卷三，中华书局1986年版，第41—42页。

②　《张公神碑歌》共九章，其辞如下：綦水汤汤扬清波。东流□折□于河。□□□□朝歌。县以絜静无秽瑕。公□守相驾蚩鱼。往来悠忽遂熹娱。佑此兆民宁厥居。出自綦□□□□。松柏郁茂兰公□。□神往来乘浮云。种德收福惠斯民。家饶户富无□贫。置界家静和睦。朝歌荡阴及犁阳。三女所处各殊方。三门鼎列推其乡。时携甥幼归候公。夫人□□□容□。饗□觞。穆风屑兮起坛旁。乐吏民兮永未央。鹿呦呦兮□□庭。文乐乐兮□□。饮清泉兮□□□。见□伏兮不骇惊。惟公德兮之所宁。上陵庙兮助三牲。天时和兮甘露泠。日番□兮无亏倾。□□蛮兮朱鸟棲。□□荣兮鸣嗻嗻。载鹄勤兮乳徘徊。给御卵兮献于西。惟公德兮之所怀。池水□兮钓台粲。四角楼兮临深涧。鱼岌岌兮踊跃见。振鳞尾兮游旰旰。时钓取兮给烹献。惟公德兮之所衍。栗萧卄兮蘩铺陈。新美萌兮香苾芬。蕙草生兮满园田。竞苦茗兮给万钱。惟公德兮之所□。门堂郁兮文耀光。公神赫兮坐东方。明暴视兮俨印卯。夫人□女兮列在旁。陈君处北兮从官□。车骑骆驿兮交错重。乘鲵鞀兮驾蛮龙。骖白鹿兮从仙僮。游北岳兮与天通。玄碑既立双阙建兮。□□□□大路畔兮。亭长阗□□扞难兮。列种槐梓兮方茂烂兮。天下远近□不见兮。公神日著声洞徧兮。□□乾巛传亿万兮。逯钦立：《先秦汉魏晋南北朝诗》卷十二，中华书局1983年版，第326、327页。

在论及《张公神碑歌》的写作形式时，洪适以为"其辞依放《离骚》"①。因此，仅从《张公神碑歌》"兮"字的运用上，即可领略其艺术构思之独到与艺术技巧之精妙。

《张公神碑歌》第一、二章在内容上重于叙事，前者描写"綦水"和"朝歌"，述说"公神""驾蜚鱼"而"往来悠忽遂熹娱"的情景；后者则进一步描写"张公"的家乡和墓地，述说在"公神"的佑护下"家饶户富无□贫"、"畺界家静和睦□"的景象。对于这样一种描述性的诗歌内容，作者以完整的七言形式来表述，不加"兮"字以增强其叙事性。

《张公神碑歌》第三章前六句在内容上同样重于叙事，故诗歌仍然以七言形式来表述，不加"兮"字以增强其叙事性。然而，第三章后二句在内容上却突然一变，由叙事而转为抒情，故诗句中间始加"兮"字，而"兮"字的加入，使诗句于抒情中又融入感叹和赞美的成分，诗意的表达更为细腻和饱满。更为重要的是，此二句既是本章前六句的收尾，也是"碑歌"前三章的情感总括，同时又承担"领起"后五章情感表现的作用，故而"兮"字的加入，于内容、于形式，都恰到好处。接下来的第四、五、六、七、八章，句句以"兮"字前后钩连，孕情感于叙事之中，于叙事之中见情感，一气呵成，不留回旋。叙述既毕，情亦饱满。

《张公神碑歌》第九章既是全篇叙事的结束，也是全篇情感的回位。公神已升，祭拜已毕，玄碑既立，亿载叹诵。"碑歌"又由前面的叙事与抒情相结合而转入叙事与感叹和赞美相融合，并以情感的悠长与深远而结束全诗。缘于此，第九章中的"兮"字也由句中而"移"到了句后，为悠长而深远的情感表达创造了条件。

值得注意的是，《张公神碑歌》中"兮"字的出现和出现的位置，不但与情感抒发联系在一起，还与"碑歌"内容的安排密切相关，显示出了作者独具匠心的艺术构思。

如前所述，《张公神碑歌》第一、二章在内容上重于叙事，其叙述的视域由綦水和朝歌而回收至家乡和墓地。这样叙事性描写，加入"兮"字则显得生硬和突兀。接下来的第四、五、六、七、八章，是作

---

① （宋）洪适：《隶释》卷三，中华书局1986年版，第43页。

者瞻仰祠堂画像而展开的构想之辞,而其中描写的景物,也由"鸣鹿"、"清泉",到"朱鸟"、"钓台",再到"园田"、"门堂",最后"骖白鹿兮从仙僮"、"游北岳兮与天通"。作者内心情感也随着叙述视域的移动而起伏,随着逝者灵魂的飞升而上扬,并构成情感的表达由"平缓"向"高潮"的实现。显然,这样一种情感表现"程序"的完成,是与句中"兮"字的有效运用分不开的:诗句中间加入"兮"字,一方面将七言句所涵内容和情感人为地隔断成两个部分,另一方面又通过"兮"字的钩连,而将这种内容和情感以迫促和略带亢奋的方式表达出来。既有效地增强了内容的表达力度,也有效地控制了情感的抒发强度,并最后带动情感由"平缓"走向"高潮"。最后一章在内容上"承接"前一章,既是由"构想"而回到"现实",也是情感由高潮所带来的亢奋而回落到舒缓和深沉。这时,"兮"字由前面的句中而"移"到了句末,诗句也由"七言"而增加到"八言"。"兮"字的移动恰恰使得这种长句式的舒缓的叙事和深沉情感的表达得以完美的实现。

从秦汉世俗浪漫主义文学创作的角度看,《张公神碑歌》是一篇被人们忽视的伟大作品。《张公神碑歌》的艺术特点以及所取得的艺术成就,在荆楚古典浪漫主义文学向秦汉世俗浪漫主义文学的转型和嬗变过程中,具有重大的意义与价值。

第二节　政治性文学叙事传统的强化与秦汉作家理想化和浪漫化的文学实践

荆楚古典浪漫主义文学于两汉时期的世俗化演变,既是文学本身的发展、演变过程,也与汉代知识精英们的努力参与分不开。如果说刘向以自己现实而严肃的文学实践编撰《列女传》而在"移风易俗"的"社会运动"中推波助澜的话,那么以司马相如为代表的汉晋辞赋作家,则以荆楚古典浪漫主义文学传统的神女爱情题材的辞赋创作,表达了寻求人性与人格的自我改造和自我提升的崇高的愿望和理想,其极具思想深度和理性智慧的文学文本,却是以幽默而浪漫的文学实践来实现的。

一 汉晋辞赋作家为寻求人格自我改造和自觉提升的幽默而浪漫的文学实践

由屈原《九歌·山鬼》和宋玉《高唐赋》、《神女赋》所描述的神女爱情故事,为汉晋时期的"俗文学"的传奇故事所继承。在上述文学创作中,神女对爱情的渴望和忠于爱情的高贵精神与圣洁情感,被"爱"和"情"甚至是"性"的大胆而率直的追求所取代,其痛快淋漓的一见之缘、一夕之恋、一夜之情,表现了荆楚古典浪漫主义文学在秦汉魏晋时期的世俗演变过程中,对世俗欲望的赤裸裸的文学再现。

汉晋"俗文学"以"神女爱情故事"为题材的文学创作,其较为典型的文本形式,有如下几种:

(1) "武都山精"故事。[1]
(2) "大姑小姑"故事。[2]
(3) "庐山二女神"故事。[3]

---

[1] "武都山精"文本:《汉唐地理书钞》辑《扬雄蜀王本纪》:"武都人有善知蜀王者,将其妻女适蜀王。居蜀之后,不习水土,欲归。蜀王爱其女,留之,乃作伊鸣之声六曲以舞之。或曰前武郡有丈夫化为女子,颜色美好,盖山之精也。"《蜀中名胜记》卷九引《华阳国志》:"武都山精化为美女也。"《情史》卷十九:"武都山精,化为女子,色美而艳,蜀之所无。蜀王闻,纳为妃,未几物故,王念之不已,筑墓使高,以示不忘。"《太平广记》卷三五九引《华阳国志》"武都女"传说。

[2] "大姑小姑"文本:《北梦琐言》卷十二:"唐杨镳……悦大姑偶容,有言谑浪。祭毕回舟,而见空中云雾有一女子,容质甚丽,俯就杨公,呼为杨郎,逊问云:家姊多幸,蒙杨郎采顾,便希回桡,一般成礼也。故来奉迎。弘农惊怪,乃曰:前言戏之耳。小姑曰:家姊本无意辄慕君子,而杨郎先自发言;苟或中辍,恐不利于君。弘农忧惶,遂然诺之。恳希从容一月,处理家事。小姑亦许之。杨生归,指挥迄,仓卒而卒,似有鬼神来迎。"

[3] "庐山二女神"文本:《太平广记》卷二九五引《八朝穷怪录》:"宋刘子卿,徐州人也,居庐山虎溪,少好学,笃志无倦,常慕幽闲,以为养性。恒爱花种树,其江南花木,溪庭无不植者。文帝元嘉三年春,临玩之际,忽见双蝶,五彩分明,来游花上,其大如燕。……九旬有三日,月朗风清,歌吟之际,忽闻……有女子笑语之音……乃出户,见二女,各十六七,衣服霞焕,容止甚都。……卿问女曰:我知卿二人非人间之有,愿知之。女曰:但得佳妻,何劳执问。乃抚子卿曰:我姊实非人间之人,亦非山精物魅。若说于郎,郎必异传,故不欲取笑于人代。今者与郎契合,亦是因缘,慎迹藏心,无使人晓,即姊妹每旬更至,以慰郎心。乃去,常十日一至,如是数年会寝。后子卿遇乱出乡,二女遂绝。庐山有康王庙,去所居二十里余。子卿一日访之,见庙中泥塑二女神,并壁画二侍者,容貌依稀,有如前遇,疑此是之。"

第六章 秦汉世俗浪漫主义文学的创作与荆楚古典浪漫主义文学的转型　395

(4)"巫山神女"故事。①

(5)"商于女灵"故事。②

与屈原《九歌·山鬼》及宋玉《高唐赋》、《神女赋》相比较，上述以"神女爱情故事"为题材的文学创作，在情感的震撼力、艺术的感染力和思想的深邃程度等方面，都相去甚远，但对上述文本进行分析，其世俗化演变过程，却有诸多值得总结之处。

上述以"神女爱情故事"为题材的文学创作，大都继承了传统女性山神神话以及《九歌·山鬼》、《高唐赋》、《神女赋》中神女爱情故事的情节内容，继承了神女渴望与异性好合的理想和愿望。自然，也就留下了一个终归分离的悲情结局。然而，在上述以"神女爱情故事"为题材的文学创作中，神女形象所表现出的与异性好合的理想与愿望，既没有屈原《九歌·山鬼》中"山鬼"对爱情努力争取、痴情等待、永世不忘、万古相思的衷心真情，也不具备宋玉《高唐赋》中神女高贵的精神、典雅的气质和"愿荐枕席"的淳朴与自然，甚至连《神女赋》中神女在情爱面前不得不退缩和回避时的痛苦和忧伤的

---

① "巫山神女"文本：《太平广记》卷二九六引《八朝穷怪录》："萧总……自建业归江陵……因游明月峡。爱其风景，遂盘桓累岁。常于峡下枕石漱流。时春向晚，忽闻林下有人呼萧卿者数声，惊顾，去坐石四十余步有一女，把花招总。总心异之，又常知此有神女，从之。视其容貌，当可笄年；所衣之服，非世所有；所佩之香，非世所闻。谓总曰：萧郎过此，未曾见邀，今幸良晨，有同宿契。总恍然行十余里，乃见溪上有宫阙，台殿甚严。宫门左右有侍女二十人，皆十四五，并神仙之质。其寝卧服玩之物，具非世有。心亦喜，幸一夕绸缪，以至天晓。忽闻山鸟晨叫，岩泉韵清。出户临轩，将窥旧路。见烟云正重，残月在西。神女执总手谓曰：人间之人，神中之女，此夕欢会，万年一也。总曰：神中之女，岂人间常所望也？女曰：妾实此山之神。上帝三百年一易，不似人间之官来岁方终。一易之后，遂生他处，今与郎契合，亦有因由，不可陈也。言迄，乃别。神女手执一玉指环谓曰：此妾常服玩，未曾离手，今永别，宁不相遗，愿郎穿指，慎勿忘心。总曰：幸见顾录，感恨徒深，执此怀中，终身是宝。天渐明，总乃拜辞，掩涕而别，携手出户，已见路分明。总下山数步，回顾宿处，宛是巫山神女之祠也。"

② "商於女灵"文本：《太平广记》卷三一二引《三水小牍》："汝州鲁山县西六十里小山间有祠曰女灵观，其像独一女子焉，低鬟嚬蛾艳冶而有怨慕之色。祠堂后平地左右围数亩，上擢三峰，皆十余丈，森如太华。父老云：大中初，斯地忽暴风疾雨，一夕而止，遂有此山。其神见形于樵苏者曰：吾商於之女也。帝命有此百里之境，可告乡里立祠于山前，山名女灵，吾特来者也。咸通末，县主簿皇甫枚因时祭，与友人夏侯祯偕行。祭毕，与祯纵观，祯独眷眷不能去，乃索巵酒酹曰：夏侯祯少年，未有匹偶，今者仰观灵姿，愿入庙中扫除之隶。既舍爵乃归，其久，夏侯生惝恍不寐，若为阴物所中。其仆来告。枚走视之，则目瞪口噤，不能言矣。谓曰：得非女灵乎？祯颔之。枚命吏祷之……奠迄，夏侯生康豫如故。"

情感也都消失殆尽。而是在上述神女形象中"人"的因素和成分日渐减少的基础上，而更趋向于"神"的冷静和理性。在上述以"神女爱情故事"为题材的文学创作中，神女虽然也表现出了"人"的情欲要求，但却将情欲的实现看成是侥幸和偶然，由此，必然将两情的分离视为绝对和必然。

以《太平广记》卷二九六所引《八朝穷怪录》所载"巫山神女"故事为例。故事中神女主动投怀送抱，犹如身处梦中，一夕而就。这样的一夕之情虽然终难割舍，但故事中的男女主人公却深明大义，尤其神女更是理智胜于深情。因为"一夕之后，遂生他处"，所以，二人合是因由，分也就成为必然。故而，合是苟合，分也就不会忧伤和痛苦。这样一来，故事中男女主人公的一夕之欢，也便成为神女体会人间情欲的良机，成为男主人公（"萧总"）向别人炫耀神遇的资本。一个巫山云雨、神人相恋的美丽而动人的爱情传说，却在后世的世俗化演变中，变成了一个一夕幸事、神人苟合的艳情故事。如此，上述故事所构成的悲情结局，也就变得无奇和平淡。

在上述以"神女爱情故事"为题材的文学创作中，神女形象虽然仍然带有着浪漫的特点，但其世俗化的演变，却使得这一形象失去了理想化的色彩。故事中的神女形象虽然有着人间女子的多情，但却表现为对"情"与"欲"的直露表白和简单追求；神女形象虽然有着神的神性特征，但却更多的表现为诡异和强横。这时的神女形象，多了世俗的鄙陋，而少了人间的善良；多了世俗的粗劣，而少了人间的柔情；多了世俗的浅白，而少了人间对美好事物的追求。

通过上文的讨论不难发现，上述以"神女爱情故事"为题材的文学创作中的神女形象，在艺术性上已经无法与《九歌·山鬼》、《高唐赋》、《神女赋》中的神女形象同日而语，但上述神女形象的世俗化演变，却构成了文本中神女性格的多样性和丰富性特征，使得这一形象还原到现实生活中，在一定意义上赋予了血肉、给予了生命、注入了情感、编织了性格。与《九歌·山鬼》、《高唐赋》、《神女赋》中的神女形象相比照，其源于不同的文学生态和演变轨迹而生成的不同的艺术形象、艺术效果、艺术审美特征和艺术感染力，见证了荆楚古典浪漫主义文学在秦汉魏晋时期世俗化演变过程中所呈现出来的丰富性特征。

值得注意的是，屈原《九歌·山鬼》和宋玉《高唐赋》、《神女赋》

所描述的神女爱情故事，作为文学题材，亦为汉晋时期的文人辞赋所继承。汉末杨修、陈琳、王粲、应玚均创作有《神女赋》。今所见杨修、陈琳、王粲之《神女赋》文字较多，尚可作为研究之用。①

上述三篇赋文，在内容上一般都分为两个层次：前一个层次大写特写神女的至善至美，从而引出两性好合的情感和欲望；后一个层次则转入理性的审慎态度，将两性好合的情感和欲望在犹豫与忍耐中化为无可奈何的惆怅和退缩。而王粲《神女赋》"顾大罚之淫愆，亦终身之不灭；心交战而贞胜，乃回意而自绝"诸句，更在"情"与"理"的层面上描述了内心的矛盾和斗争，并最后以"情"战胜"理"（"心交战而贞胜"）的结果而与神女永别。

从《九歌·山鬼》和《高唐赋》所描述的神女爱情故事的角度看，上述三篇赋文完全抛弃了神人相恋的传统情节，也与上文所引汉晋时期"俗文学"所描写的神女"一夕幸事"、"神人苟合"的艳情故事不同，而是直接承袭宋玉《神女赋》神女"爱情模式"的"路数"，并在借助"爱"与"情"的基础上而更加突出和强调"思"与"理"，从而构成对《神女赋》"爱情模式"的继承和发展。具体说来，上述三篇赋文中突出

---

① 杨修《神女赋》："惟玄媛之逸女，育明曜乎皇庭。吸朝霞之芬液，澹浮游乎太清。余执义而潜厉，乃感梦而通灵。盛容饰之本艳，兔龙采而凤荣。翠黼翚裳，纤縠文есть，顺风揄扬，乍合乍离，飘若兴动，玉趾未移。详观玄妙，与世无双。华面玉粲，铧若芙蓉。肤凝理而琼絜，体鲜弱而柔鸿。回肩襟而动合，何俯仰之妍工。嘉今夜之幸遇，获帷裳乎期同。情沸踊而思进，彼严厉而静恭。微讽说而宣谕，色欢怿而我从。"[（唐）欧阳询：《艺文类聚》卷七十九，上海古籍出版社1999年新2版] 陈琳《神女赋》："汉三七之建安，荆野蠢而作仇。赞皇师以南假，济汉川之清流。感诗人之攸叹，想神女之来游。仪营魄于仿佛，托嘉梦以通精。望阳侯而潇瀁，睹玄丽之轶灵。文绛虬之奕奕，鸣玉鸾之嘤嘤。答玉质之菩华，拟艳姿于蕣荣。感仲春之和节，叹鸣雁之嗈嗈，申握椒以贻予，请同宴乎奥房。苟好乐之嘉合，永绝世而独昌。既叹尔以艳采，又悦我之长期。顺乾坤以成性，夫何若而有辞？"[（唐）欧阳询：《艺文类聚》卷七十九，上海古籍出版社1999年新2版] 王粲《神女赋》："惟天地之普化，何产气之淑真。陶阴阳之休液，育夭丽之神人。禀自然以绝俗，超希世而无群。体纤约而才足，肤柔曼以丰盈。发似玄鉴，鬓类刻成。戴金羽之首饰，珥昭夜之珠珰。袭罗绮之黼衣，曳缛绣之华裳。错缤纷以杂袿，佩熠燿而焜煌。退变容而改服，冀致态以相移。税衣裳兮免簪笄，施华的兮结羽仪。扬娥微眄，悬藐流离。婉约绮媚，举动多宜。称诗表志，安气和声。探怀授心，发露幽情。彼佳人之难遇，真一遇而长别。顾大罚之淫愆，亦终身之不灭。心交战而贞胜，乃回意而自绝。"[（唐）欧阳询：《艺文类聚》卷七十九，上海古籍出版社1999年新2版] 应玚《神女赋》："腾玄眸而俄青阳，离朱唇而耀双辅。红颜晔而和妍，时调声以笑语。"[（宋）李昉等：《太平御览》卷三八一，上海古籍出版社1994年版]

神女的"美",却弱化神女的"爱"和"情"。因此,赋文中的神女也就没有因为"爱"的投入而表现出"情"的割舍不断和犹豫不决。如此,一切都是预料之中和必然之理。从这样的角度看问题,上述三篇赋文所表现和反映的"神女爱情故事",已经偏离了"爱"与"情"的过程。赋文不是通过这样的过程而展示一个"崭新"的爱与情的"故事",而是借助爱与情的弱化,达到将三者割裂的目的,从而越过爱与情的过程而直接触及最后的结果。

上述三篇赋文在内容上所呈现出的特点,反映了作者以弱化"爱"与"情"为代价,而突出和强调"思"与"理"的赋文创作构思。如此而论,上述三篇赋文中的"神女"已经成为一个"喻体",一个带有着寓言式的审美特征的"符号",一个具有着特定内涵的象征体。而由"神女"及相关情境所要表达的"思"与"理",即包含如下内涵:

(1)由"美"不应该产生"爱"和"情",如果有了后者,便是"好色",是对"情"的背离。

(2)在二者之间通过"精神"的方式实现"爱"的满足和"情"的联通,也是错误的,是对"情"的某种偏离。

(3)正确的做法是对"美"的回避乃至拒绝,只有如此,才能使"情"回到正确的位置,从而达到情正而德归。

显然,上述三篇赋文中的"思"与"理",实际上是两汉魏晋时期追求个体身心崇高价值的"尚雅"、"崇德"思想的反映。正是在这个意义上,我们看到了上述三篇赋文与上文所引汉晋时期"俗文学"所描写的神女艳情故事的区别,以及对《九歌·山鬼》、《高唐赋》、《神女赋》的继承和发展。

值得注意的是,这种继承和发展,早在西汉时期司马相如的辞赋创作中就已经出现了,并一直延续到魏晋时期。其根据,就是与杨修、陈琳、王粲、应玚等人的《神女赋》相比,司马相如《美人赋》、阮瑀、陈琳《止欲赋》、应玚《正情赋》、阮籍《清思赋》等,其赋文中的女主人公虽然不是"神女",但上述赋文借"美人"的"爱"与"情",以表达作者"思"与"理"的赋文构思形式却没有发生变化。

司马相如《美人赋》的主旨,是要阐明"臣"在"好色"的问题上的态度,但在具体的赋文创作中,作者仅仅描绘了两个人物,即"臣"和"东邻女子",而且以"臣"不为"东邻女子"的美丽、热情,甚至挑逗所动，而直奔"臣不好色"的主旨。

显然，司马相如《美人赋》在人物的安排与塑造、情节的设计与铺排等方面，采取了更为简洁、更为直接和更为明了的写作方法和构思形式。另一方面，同样是为了"臣不好色"的赋文主旨，《美人赋》在"东邻女子"形象的塑造上，更生动、更形象和更具感染力；而"臣"的形象虽然是作为"东邻女子"形象的陪衬出现的，但这一形象更具"文人"的气质和"上国公子"的风采，而这一切又为赋文结尾"臣"狂奔而去的大逆转，作了极好也是极巧妙的铺垫。如此而言，司马相如创作《美人赋》的目的，也就昭然若揭了，即阐明"不好色"的主旨，而导致"不好色"的根源，则如赋文所说的"心正"。因此，所谓"心正"才是司马相如在《美人赋》中所要表述和阐明的思想。

阮瑀、陈琳《止欲赋》和应玚《正情赋》虽然皆为残文，但是"止欲"、"正情"的篇名本身，已经指出了赋文所要表达的思想。而阮籍的《清思赋》却是一篇独特的作品，其中恍惚迷离的梦境的描绘和梦中对美丽佳人的期待与追求，与上述赋文相比，体现出了某种独特韵味。

阮籍《清思赋》以"清思"名篇，"清"是"纯清"、"洁净"的意思，而所谓"清思"即是使思想纯清、洁净。因此，这里的"清"是与"混乱"、"复杂"和"污秽"相对立的。《清思赋》的主旨即在此。赋文开篇便说："余以为形之可见，非色之美；音之可闻，非声之善。"即所谓大美无形、大音希声之谓。于是，赋文在第二自然节即道出了全篇的核心思想："冰心玉质，则激洁思存；恬澹无欲，则泰志适情"，而"志不觊而神正，心不荡而自诚。故秉一而内修，堪奥止之匪倾"。

为了进一步形象地说明这样的思想，赋文接下来描述了一个色彩艳丽凄迷、情感缠绵暧昧的神人相恋的梦境：梦境中的"我"情感恍惚迷离，精神激越而不能自持；朦胧间，仿佛高唐阳台，云雨巫山。那梦中的"美人"轻抚琴瑟、微展歌喉，性情娴静，聪慧雍容；继而彩霞飘飞，云气弥漫，乐声广布，高远无间。"我"心绪激荡，情思绵长；不必徘徊，不要彷徨；愿承上天的赐予，借神妙的机缘，以抒情爱于今晚。然而，短暂的相会还在留恋，深情的话儿更待倾听，缤纷的彩霞尚未飘散，而美丽的"她"已经挥翼飞升。空旷的世界令

"我"悲伤,美丽的"她"让我难忘。于是,整理"我"的舆车,乘风疾飞,去追寻美丽的佳人。梦境至此达到高潮:追随佳人,实现理想,也不失为一个美好的结局。然而,赋文在此却戛然一转,由狂热的激情而进入理智和冷静的现实:天空阴沉,昏暗不明;情志迷茫,不辨西东。于是,猛然之间,翻然悟醒:"即不以万物累心兮,岂一女子之足思!"

作者在赋文中揭示了这样一个道理:贪欲必将玷污人们精神的纯洁,也会阻断人们睿智的思想。如此,势必陷入世俗欲望之中,疯狂追求而不能自拔。而解救的方法,即是不以万物累心,也就是释心于纯清,归心于洁净。由此可以更进一步明确:所谓"清思"即是恬澹而无欲,也就是使自己的"心志"内无杂念而外无佾情。心志正,自然精诚专一。显然,阮籍《清思赋》的主旨,与司马相如《美人赋》是相同的。

二 《列女传》秋胡故事试图在道德层面上确立善恶与美丑的对立和不可调和

当汉晋时期的文人为了追求"个体身心崇高价值"和"尚雅崇德的人格",以荆楚古典浪漫主义文学传统的"神女爱情"故事为题材,掀起辞赋创作高潮的时候,以刘向为代表的汉代知识精英,却借助传统的"桑女爱情"故事,以自己现实而严肃的文学实践,在"移风易俗"的"社会运动"中积极参与和推波助澜以及以上述题材为内容的民间歌诗于流传过程中,在思想上和艺术上"自觉地"超越"生活真实"的理想化和浪漫化的文学实践。

刘向编撰《列女传》的目的,是要对当时社会上"奢淫"之风,"逾礼制"之事有所改变,是属于移风易俗的性质。这就决定了《列女传》"秋胡"故事明确的主题思想和鲜明的道德主张,也决定了故事中男女主人公的对抗性特征和不能调和的矛盾性特点。

传统"桑女受辱故事"源于《诗经·豳风·七月》一诗。刘向《列女传》"秋胡戏妻故事"中的秋胡妻"洁妇"系"采桑女",秋胡妻的这种"职业"性质,使得这一形象以及所发生的"受辱事件",可以归入桑女形象系列和具有桑女受辱的性质,而带有了古老的时间属性和传统的文化内涵。①

刘向《列女传》"秋胡戏妻故事"有意上承《诗经·豳风·七月》"桑女受辱情节"而进一步铺衍情节、强化矛盾，并在社会道德层面上确立善与恶、丑与美的对立和不可调和，其超越传统习俗的政治意义和鲜明的道德指向极为清楚。

（一）《诗经·豳风·七月》并没有在"女心伤悲，殆及公子同归"时进一步描述桑女或顺从或抗拒的行为，而《列女传》则不同，秋胡妻"洁妇"能够勇敢地站出来，义正词严，构成对骚扰和侮辱者的抗争。

（二）《诗经·豳风·七月》仅仅以"女心伤悲，殆及公子同归"的诗句，反映出了"桑女"们的内心情感。从诗歌整体的描写看，诗歌只是一种对事实或将要发生的事实的叙述，对情感和事件并不作出具体的是非评价，而作为"女心伤悲"的加害者的"公子"，诗歌并没有将他们拉到"前台"而直面的描写。而《列女传》则不同。《列女传》"秋胡子"已经成为"故事"中的主角，而且更将他放在了与"桑女"对立的层面上加以描写和塑造。于是，故事中的男女主角便自然构成了好与坏、善与恶、美丽与丑陋的对立，并在这种对立式的描写中，公开展示了道德上的评价和态度。

（三）《诗经·豳风·七月》中的桑女"女心伤悲，殆及公子同归"，仅仅停留在情感的"伤悲"上面，并没有描写可能或将要出现的结果或后果。于是，"女心伤悲，殆及公子同归"之事，也就成为诗歌所描写的农人生活的一段小小的插曲。而《列女传》则不同，由"女心伤悲，殆

---

① 洁妇者，鲁秋胡子妻也。既纳之五日，去而宦于陈，五年乃归。未至家，见路旁妇人采桑。秋胡子悦之，下车谓曰："若曝采桑，吾行道远，愿托桑荫下餐，下赍休焉。"妇人采不辍。秋胡子谓曰："力田不如逢丰年，力桑不如见国卿，吾有金，愿以与夫人。"妇人曰："嘻！夫采桑力作，纺绩织纴，以供衣食，奉二亲，养夫子，吾不愿金，所愿卿无有外意，妾亦无淫泆之志，收子之赍与笥金。"秋胡子遂去，至家，奉金遗母，使人唤妇至，乃向采桑者也。秋胡子惭。妇曰："子束发辞亲，往仕五年乃还，当所悦驰骤，扬尘疾至，今也乃悦路旁妇人，下子之粮，以金予之，是忘母也，忘母不孝。好色淫泆，是污行也，污行不义。夫事亲不孝，则事君不忠；处家不义，则治官不理。孝义并亡，必不遂矣。妾不忍见子改娶矣！妾亦不嫁。"遂去而东走，投河而死。君子曰："洁妇精于善。夫不孝莫大于不爱其亲而爱其人，秋胡子有之矣。"君子曰："见善如不及，见不善如探汤。秋胡子妇之谓也。"诗云："惟是褊心，是以为刺。"此之谓也。（汉）刘向：《古列女传》卷五，《文渊阁四库全书》第448册，台湾商务印书馆发行，第48、49页。

及公子同归"的"线索",《列女传》"秋胡戏妻故事"则将其引向一个激烈的抗争过程：秋胡妻"洁妇"在"数胡之罪"后"投河而死",其抗争的激烈而构成了结果的极端和惨烈。

据此而尝试得出下面的认识：

(一)将《诗经·豳风·七月》中"桑女受辱情节"与《列女传》"秋胡戏妻故事"联系起来看,后者将前者整体叙事过程中一个极小的叙事因素进行了扩充和铺衍,使形象更为成熟和丰满,使情节更为丰富和复杂,使所寓含的情感倾向和道德指向更为鲜明和明确。

(二)将《诗经·豳风·七月》中"桑女受辱情节"与《列女传》"秋胡戏妻故事"联系起来看,前者的发生带有某种必然性,它是社会传统习俗中不可避免的事件；而后者在将故事引向一个激烈抗争过程的时候,也就意味着故事结局的"选择"变得毫无意义,因此,故事结局的极端和惨烈也就成为必然。如此,这一故事本身也就缘于它的极端和惨烈而具有了"偶然性"色彩。

(三)《列女传》"秋胡戏妻故事"之"偶然性"色彩的存在,说明它的创造者是在有意回避《诗经·豳风·七月》"桑女受辱情节"所反映的传统民俗背景。显然,这样做是为了将这一"情节"中源于传统民俗背景的"约定俗成"式的情感因素抛弃掉,从而达到强化故事的理性因素的目的。当接受者以理性的目光来审视所发生的一切的时候,故事中道德与情感的对立与不可调和,也便不可动摇和不容质疑地确立起来。

上述认识还可以在汉画像"历史故事类"画像"秋胡戏妻故事"构图的广为流传的现象中,得到进一步的佐证。汉画像"历史故事类"题材至少有42种,而"孔门弟子"、"秋胡戏妻"、"荆轲刺秦王"等几个故事往往重复出现,且细节各有不同。[①] "画像石"是两汉时期墓葬用石,画像石上的画像反映了人们对现实生活与未来世界的认识和思考,因此,画像石上所表现的内容,应该是被社会所广泛认同并带有绝对性、传统性与共识性特点、色彩和性质的东西。《列女传》"秋胡戏妻故事"于汉画像"历史故事类"题材画像中"重复出现",一方面证明"秋胡戏妻故事"在汉代社会流传之广,影响之深；另一方面说明"秋胡戏妻故事"

---

① 参见蒋英矩、杨爱国《汉代画像石与画像砖》,文物出版社2001年版,第61、62页。

所内涵的思想宗旨和道德准则,也已经为汉代社会所普遍认同和尊奉。

上述情况能够促使我们意识到这样一个事实的存在:《列女传》"秋胡戏妻故事"中秋胡妻"洁妇"在"数胡之罪"后"投河而死"的结局,虽然极端和惨烈,但其"榜样"的价值与意义,已经具有了绝对性、传统性与共识性的特点、色彩和性质。

图6—1是四川汉代彭山崖墓石函一侧画像。① 画像画面左侧二人,一女子身穿长裙,躬身采桑;身后一男子右手前伸,似给钱物;女子回头,现出惊讶与鄙视。上述构图所反映的即是"秋胡戏妻故事"。

图6—1 四川彭山崖墓石函一侧画像

从画像男女二人形象描绘上看,秋胡妻"洁妇"背对"秋胡"双手采桑而仅仅头部侧回的形象造型,既将秋胡妻"洁妇"作为"桑女"的劳作本质和柔弱本性鲜明地表现出来,也将"秋胡"作为"官员"和"侵害者"的狂妄、霸道本质和龌龊本性鲜明地表现出来。画像构图中秋胡妻"洁妇""背对"秋胡而表现出来的善与恶、美与丑的对立,已经通过艺术构图形式宣告了这种"对立"的尖锐性和不可调和性。

三 《陌上桑》对《列女传》秋胡戏妻故事理想化和浪漫化的文学实践

乐府古辞《陌上桑》的"本事",据郭茂倩《乐府诗集》"题解"引崔豹《古今注》云:"《陌上桑》者,出秦氏女子。秦氏,邯郸人有女名罗敷,为邑人千乘王仁妻。王仁后为赵王家令,罗敷出采桑于陌上,赵王

---

① 中国画像石全集编辑委员会:《中国画像石全集7·四川汉画像石》第202图,山东美术出版社、河南美术出版社2000年版。

登台见而悦之，因置酒欲夺焉。罗敷巧弹筝，乃作《陌上桑》之歌以自明，赵王乃止。"[①] 上述内容与《列女传》"秋胡戏妻故事"相去甚远，但诗中"罗敷"于采桑劳动中为"人"所迫，却与《诗经·豳风·七月》所描述的内容相似，也与《列女传》"秋胡戏妻故事"大致相同。

乐府古辞《陌上桑》描写了采桑女罗敷在采桑路上面对"使君"的调戏和骚扰而奋力抗争的故事。与《列女传》"秋胡戏妻故事"相比较，二者在情节架构、情感色彩和立意宗旨等方面，存在诸多相异之处。

（一）在《列女传》"秋胡戏妻故事"中，围绕着女主人公所构成的故事情节，带有着现实生活的"本色"特点，而《陌上桑》中的罗敷形象和围绕着这一形象所发生的故事，则超越了生活的真实，是生活真实的艺术化。

在《列女传》"秋胡戏妻故事"中，二人结婚仅五日，秋胡便"官于陈"，且"五年乃归"。五年中"秋胡妻"则"采桑力作，纺绩织纫，以供衣食，奉二亲，养夫子"，以尽"妇道"。"秋胡妻"的这种婚姻和生活经历，使得她很难承受其丈夫"好色淫佚"的"污行"。其失望、悲痛之情已达极致。如此，其选择"投河而死"的结局，虽然过于惨烈，却也是其情感发展走向的一种合乎情理的选择，所以并不感到突然和不可理解。《列女传》"秋胡戏妻故事"中围绕着女主人公所构成的故事情节，符合现实生活的逻辑，是一种生活真实的表现和反映。而《陌上桑》围绕罗敷所发生的事情，则更加突出和强化"戏"的成分和作用，罗敷的形象以及围绕这一形象所发生的事件和事件的结局，都超越了生活的真实，是生活真实的艺术化。

（二）在《列女传》"秋胡戏妻故事"中，围绕着女主人公所构成的故事情节，强调和突出矛盾的尖锐性和不可调和性：好与坏、善与恶、美丽与丑陋构成了鲜明而强烈的对比和对立。而《陌上桑》的罗敷形象和围绕这一形象所发生的故事，却在超越生活真实和违背生活逻辑的基础上进一步的艺术化，并在这种艺术化的过程中将上述矛盾弱化，从而在减轻由好与坏、善与恶的对比和对立所带来的沉重感的同时，获得一种轻松的幽默和滑稽之美。由此，可以这样认为，《陌上桑》的罗敷形象和围绕这一形象所发生的故事，是生活真实的浪漫化。

---

① （宋）郭茂倩：《乐府诗集》卷二十八，中华书局1979年版，第410页。

在《列女传》"秋胡戏妻故事"中，秋胡与妻构成了侵害与被侵害、骚扰与被骚扰的对立的双方。值得注意的是，双方中的被侵害、被骚扰的一方，以其坚决的正面的抗争，不但使得这种"对立"变得不可调和，而且在社会、家族乃至政治的层面上构成了一种忠孝和道德意义上的审视与评价。所以，故事中侵害与骚扰的一方，在成为忠孝和道德意义上的受谴责者的同时，被侵害与被骚扰的一方也就成为痛苦甚至悲惨的受害者。其被侵害与被骚扰的悲剧和受害者的形象，也就同时确立起来。围绕着这一形象而展开的故事情节，也就自然带有着悲情色彩，充满着因善良和美丽被侵犯和玷污而形成的沉重感。而《陌上桑》却不同，诗歌试图通过一系列艺术手段而力求达到的，不仅仅是罗敷形象的艺术感染力，更重要的是借助这种艺术感染力而获得一种精神和情感上的慰藉与解脱。《陌上桑》注重对罗敷作为"桑女"的"职业化"形象的塑造。现实生活中"桑女"的特殊劳动，构成了诗歌中"桑女"形象的"职业美"，而诗歌中对"桑女"形象"职业美"的近乎精雕细刻的描绘，又与其内在的对美好爱情和幸福生活的渴望与追求相谐和，从而使得这一形象成为美的代表和化身。《陌上桑》中罗敷形象"内""外"诸美的形象特征，于无形中达到了"丑化"与其对立的"使君"形象的作用，并在这种美与丑的对比中，构成了诗歌幽默与滑稽的情调，从而"淡化"了这一形象传统的悲剧色彩，减轻了源于形象所受到的"性"的侵害和骚扰而带来的沉重感。

（三）在《列女传》"秋胡戏妻故事"中，"秋胡妻"始终处于弱势的地位，她能够使侵害和骚扰者畏惧和退缩的原因，是她痛苦悲愤的情感和义正词严的谴责。在她身上体现出了现实生活中真实而严酷的一面：污浊与邪恶有时是难以战胜的。而《陌上桑》中的罗敷形象却以其"强者"的地位、条件和气势而使"使君"畏惧和退缩，因此，在罗敷形象的身上，人们看到了现实生活中乐观、理想的一面：污浊与邪恶是可以凭借智慧和勇敢而战胜的。

在《列女传》"秋胡戏妻故事"中，秋胡子结婚五日即"官于陈"，而他所遇到的，却是普通的采桑女。显然，这种身份与地位上的悬殊差异，导致了"秋胡子"作为事件一方的骚扰与侵害的性质。在这样的现实面前，"秋胡妻"以其低微的身份、弱势的地位和尴尬的处境，一味迁就和退缩，就只能得到如《诗经·豳风·七月》中"女心伤悲，殆及公子同归"的结果。于是，她愤而抗争，发出了"吾不愿金，所愿卿无有外意，妾亦无淫佚之志，收子之赍与笥金"的冷漠而严厉的警告。不可否认，"秋胡妻"的遭遇，带有现实生活的必然性特点，是现实生活污浊与黑暗一面的真实的反映。"秋胡子"所代表的是现实生活中一个官宦利益群体，与《诗经·豳风·七月》中对财富和权利绝对占有的"公子"阶层一样，构成着社会的"精英"层面。因此，诗歌所描写的侵害与骚扰的"故事"，实际上是社会既得利益者利用其对财富和权利的占有而对这种"占有权"的进一步的行使。从这样的角度看，"秋胡妻"以其低微的身份、弱势的地位和尴尬的处境而进行的抗争，不但是渺小和微不足道的，也是难以得到令人满意的结果的。因此，故事中"秋胡子"的畏惧和退缩，并非因为他认识到了所做之事的错误性质，而是秋胡妻"洁妇"痛苦悲愤的情感和义正词严的谴责，给他造成了震慑和打击。

　　值得注意的是，《陌上桑》中的罗敷虽然同是采桑女的形象，但诗歌通过这一形象的"自夸"而将这一形象从"秋胡妻"低微的身份、弱势的地位和尴尬的处境中解脱出来，并在一个特定的"环境场"中创造了一个平等对话的平台和契机。因此，诗歌中"使君"的畏惧和退缩，既不是因为"使君"认识到了所做之事的错误性质，也不是罗敷如"秋胡妻"般痛苦悲愤的情感和义正词严的谴责，而是诗歌为罗敷所设计的"强者"的地位、条件和气势。从这样的角度看，虽然同为"桑女"形象，但"罗敷"与"秋胡妻"的最大的不同，就是传统"桑女"形象身上源于现实生活的"本色"的特点和色彩，是借助浪漫的艺术手法在罗敷形象的身上表现出来的。《陌上桑》中的罗敷是一个理想化的桑女形象。

　　总上而言，《陌上桑》中"罗敷"形象，是自《诗经·豳风·七月》以来"桑女"形象艺术化演变过程中一个带有总结性特点的人物形象。从艺术的角度看，《陌上桑》在描绘这一形象的时候，着重从下面三个方面着笔：其一，给罗敷以桑女的形象定位；其二，给罗敷以桑女的职业美；其三，给罗敷以桑女多情的性格。从而构成了罗敷形象的基本特征。罗敷形象上述三个方面的基本特征，对于这一形象来说，已经构成了一个稳定的艺术架构体系：首先，罗敷作为桑女的形象定位，在罗敷形象的塑造上起着一种艺术的基调的作用；其次，罗敷的职业美和多情的性格，又由"外"到"内"使这一形象得以确立起来，并在前者作为形象的艺基调的基础上，承担着形象的支撑的作用。正是从这个意义上看，与《诗经·豳风·七月》"桑女受辱情节"和《列女传》"秋胡戏妻故事"相比较，《陌上桑》的创作以及罗敷形象的塑造，通过抛却传统"桑女受辱情节"中"桑女"形象的素朴与本色的形象特点、弱化"秋胡戏妻故事"中善恶、美丑的对立和不可调和的道德与政治指向，而完成了罗敷形象鲜艳、华丽、浪漫的气质和品格的塑造与表现，从而使得诗歌整体取得了理想化和浪漫化的艺术效果。

我们认为《陌上桑》的上述艺术表现，源于《陌上桑》作为"乐府歌诗"的流传过程中，于艺术上的锻造和思想主旨方面的推陈出新，体现着这一乐府民歌在民间流传过程中，于思想上和艺术上的"自觉地"追求和实践。对此，《诗经·豳风·七月》和《陌上桑》"桑女"采桑工具"桑笼"的演变，或可为证。

《诗经·豳风·七月》描述桑女采桑的工具是"懿筐"。所谓懿筐，就是采桑用的深而大的筐。《诗经·召南·采蘋》："于以盛之，维筐及筥。"《诗集传》："方曰筐，圆曰筥。"① 《淮南子·时则训》："季春之月……鸣鸠奋其羽，戴鵀降于桑。具扑曲筥筐，后妃斋戒，东乡亲桑。"高诱注云："员底曰筥，方底曰筐，皆受桑器。"② 图6—2是南宋高宗时期翰林院图画院根据楼璹所进《耕织图》摹画的《蚕织图》"忙采叶"部分，其中桑树下和房间内所置盛桑叶的筐，即有圆底与方底之别，且"深而大"，没有提手。③ 无怪《诗经·豳风·七月》在描述采桑女拿筐的动作时用的是"执"字。

图6—2 《蚕织图》"忙采叶"部分

---

① （宋）朱熹：《诗集传》卷一，岳麓书社1994年版，第11页。
② （汉）高诱注：《淮南子》卷五，《诸子集成》（七），中华书局1954年版，第72页。
③ 参见林桂英、刘峰彤《宋〈蚕织图〉卷初探》，《文物》1984年第10期。

上述情况说明，在《诗经·豳风·七月》所描述的女子采桑的劳动中，盛桑叶的筐和执筐的动作，虽然都是细小的环节，但恰恰是在这种细节上的"真实"才反映出《诗经·豳风·七月》现实主义的创作风格，说明《七月》所描述的是名副其实的采桑劳动。

　　值得注意的是，《七月》中桑女采桑用的"懿筐"，在宋子侯《董娇饶》中却变成了"笼"，诗中描写的是桑女"提笼行采桑"。图6—3是甘肃嘉峪关市郊区魏晋时期墓葬出土桑女画像、图6—4是嘉峪关市东郊汉代墓葬出土桑女画像、图6—5是四川汉画像砖"野合图"。① 图6—3、图6—4画像中"桑女"均手提"小笼"，图6—5画面右下角亦有"小笼"斜置于地上。知宋子侯《董娇饶》中的"笼"，实为汉代女子手提的"小笼"。

图 6—3 　　　　图 6—4 　　　　图 6—5

　　如此而言，由《七月》的"懿筐"到《董娇饶》中的"小笼"，标志着作为采桑工具的实用功能的退化和装饰功能的增强。而在宋子侯《董娇饶》中"不知谁家子，提笼行采桑"、"纤手折其枝，花落何飘扬"的描写中，桑女采桑的象征意义的描写，也恰好证明了"桑笼"装饰性功能的存在。《陌上桑》虽然没有描绘罗敷是否"提笼行采桑"，但诗中两次提到"青丝为笼系"、"桂枝为笼钩"，知《陌上桑》中的罗敷同样是"提笼行采桑"。

---

① 图6—3、图6—4，参见朱启新《文物物语》引图，中华书局2006年版，第136页；图6—5，参见高文、王锦生《中国巴蜀汉代画像砖大全》图15、66，国际港澳出版社2002年版。高文：《野合图考》，《四川文物》1995年第1期；冯修齐：《桑间野合画像砖考释》，《四川文物》1995年第3期。

当桑蚕成为一种产业的时候,"提笼行采桑"便是一种有别于《诗经·豳风·七月》的采桑劳动而颇富浪漫情怀的行为了。桑笼的小、精、美与桑女的娇、纤、媚,在审美情调上构成一致,在形象构成上体现和谐,在风情意蕴上相得益彰。因此,"提笼行采桑"即使是一种真实的采桑劳动,但于诗中也已经被艺术化为一种内涵浪漫情怀而外现万种风情的行为了。上述情况能够说明,对桑女采桑活动的描绘,在汉代诗歌和绘画层面上已经呈现出一种超越于一般生活真实的唯美意义上的浪漫的艺术创作了。

第三节 神话性文学叙事传统的式微与秦汉历史叙事的故事化和传奇化的演变

荆楚古典浪漫主义文学依据传统宗教信仰和传统巫灵艺术的基本原则而感知世界和描述世界的特点,决定了其对传统的神话传说历史化演变的自觉的认同和接受,因此,荆楚古典浪漫主义文学在文学情境的构造、文学形象的描绘、艺术手法的使用以及文学叙事的方式与风格等方面,都极为鲜明地呈现出传统神话所独具的情感色彩和艺术精神。值得注意的是,秦汉世俗浪漫主义文学在感知世界和描述世界的层面上,面临着更为庞杂的传统宗教信仰及传统宗教艺术形式,更为重要的是,还面临着阴阳五行思想和神仙信仰对传统宗教信仰与神话传说的解构与建构式的"破坏"和"重建"。上述情况都不可避免地对秦汉世俗浪漫主义文学在感知世界和描述世界方面构成影响,一方面导致某些传统的神话传说在秦汉世俗浪漫主义文学中失去其原有的体系和应有的尊严,另一方面导致在神话历史化演变过程中历史的传说化进程更为快捷,并进而呈现出历史叙事的故事化与传奇化的"泛滥",从而为秦汉世俗浪漫主义文学在文学情境的构造、文学形象的描绘、艺术手法的使用以及文学叙事的方式与风格等方面,提供了远非荆楚古典浪漫主义文学所能比拟的更为扩大的创作与发展空间。

一 秦汉时期"语"类历史叙事传统的发展与汉代论说散文创作

《国语·楚语上》载有楚太子受学的九门学问,其中有"语"。① 教授楚太子"语"的目的,一是"明其德",二是"知先王之务"。故"语"或为载记"先王故事"一类的史书。

根据《国语·楚语》楚太子受学九门学问的载记,推断"语"一类载记"先王故事"的古书,在春秋时期的楚国就已经存在,而马王堆帛书《春秋事语》的发现也能证明这一点。这一类古书在战国时期的楚国或更多,如在上博楚简中与《春秋事语》、《战国纵横家书》相类似的古书就有约 20 种。②

上述古书的特点是"同一人物,同一事件,故事的版本有好多种"③。从这样的角度看,在春秋战国时期流行的上述"语"类古书所载记的"先王故事",大都是以"传说"的形态存在的。而这种传说性质的"先王故事"又可以分为两个类型,一个是由早期神话历史化演变而形成的传说故事,另一个是由历史叙述的传说化而形成的传说故事。前者如"天地开辟故事"、"三皇五帝故事"、"虞唐故事"、"夏商周三代部族起源与鲧禹治水故事"等,而后者如"夏商周三代帝王事迹故事"、"春秋战国故事"等。

值得注意的是,运用上述"先王故事"进行文学性质或文学意义的创作,至少在战国时期的楚国是有传统可寻的,其最为有力的证据,一是长沙子弹库楚帛书的编撰,一是屈原《天问》的创作。

---

① 《国语·楚语上》:"教之春秋,而为之耸善而抑恶焉,以戒劝其心;教之世,而为之昭明德而废幽昏焉,以休惧其动;教之诗,而为之导广显德,以耀明其志;教之礼,使知上下之则;教之乐,以疏其秽而镇其浮;教之令,使访物官;教之语,使明其德,而知先王之务用明德于民也;教之故志,使知废兴者而戒惧焉;教之训典,使知族类,行比义焉。"上海师范大学古籍整理研究所:《国语》卷十七,上海古籍出版社 1988 年版,第 528 页。

② 参见李零《简帛古书与学术源流》,生活·读书·新知三联书店 2007 年版,第 295、296 页。

③ 李零:《简帛古书与学术源流》,生活·读书·新知三联书店 2007 年版,第 297 页。

第六章　秦汉世俗浪漫主义文学的创作与荆楚古典浪漫主义文学的转型　411

长沙子弹库楚帛书公认为三篇，或以《四时》、《天象》、《月忌》名之。① 其中关于《四时》篇反映楚人创世神话或古史传说的性质的认识已为学术界所肯定。根据目前对帛书《四时》篇释文的研究，包括具有争议者在内，其神祇人物至少包括三组：

第一组：包牺、包牺妃偶、禹、契、四子；

第二组：炎帝、祝融、帝俊、四神；

第三组：共工、相土。②

上述神祇人物的最大特点，是地域背景和文化属性无法统一和一致。如此，关于帛书《四时》篇创作性质的问题，也就出现了另外一种思考：帛书《四时》篇所牵涉的神话或古史传说的地域背景和文化属性，不能简单地以荆楚地域和荆楚文化来匡衡，而应该以跨地域和跨文化的视域和角度来认识，而帛书《四时》篇在内容上所体现的跨越地域和文化的特点，也在另一个意义上揭示了帛书《四时》篇文本形成的特点，即帛书《四时》篇的形成，是对跨越地域和文化的神话或古史传说进行加工整合和整理编撰的产物。从神话的角度看，帛书《四时》篇已经远远超出了所谓"狭义神话"的内涵和范畴，与"狭义神话"素朴而古拙的思想和情感相去甚远，而从历史叙述的角度看，帛书《四时》篇"加工整合"和"整理编撰"的性质，已导致其远离了历史叙述在地域背景与文化属性方面保持一致的基本原则。

基于上面的认识，帛书《四时》篇的性质，在用"神话"来衡量以"历史叙述"来判断的同时，也就自然出现了第三种认识途径，那就是其"加工整合"和"整理编撰"的过程。而上述"过程"恰恰是文学意义上的编创过程。是故，帛书《四时》篇的性质，也就出现了第三种解读，即楚帛书《四时》篇是一篇以远古神话或古史传说为材料叙述天地开辟和宇宙秩序建立过程的文学性质的专题叙事散文。

---

① 李学勤：《楚帛书中的天象》，载李学勤《简帛佚籍与学术史》，江西教育出版社 2001 年版，第 37 页。

② 参见李学勤《楚帛书中的古史与宇宙论》，载李学勤《简帛佚籍与学术史》，江西教育出版社 2001 年版，第 47—55 页；陈斯鹏《楚帛书甲篇的神话构成、性质及其神话学意义》，《文史哲》2006 年第 6 期。

楚帛书《四时》篇上述编创过程并非孤例，屈原《天问》在材料的组织和运用上也体现出颇为一致的地方。如本书第三章第三节所论，《天问》在内容上可以分为两个部分，从开篇至"角宿未旦曜灵安藏"二十二句应为一段，而后面的一百六十六句为一段。第一段讲的是"天"，第二段讲的是"地"。"天"的部分言天地开辟和宇宙秩序的建立，"地"的部分言人力作用下的自然变化与历代兴衰。值得注意的是，将《天问》第一段与帛书《四时》篇内容进行比较，可发现二者存在诸多相互一致之处。[①] 上述情况或说明，屈原在创作《天问》时，在涉及天地开辟和宇宙秩序建立等有关内容方面，与帛书《四时》篇在组织和运用材料上面是相同的。

根据上文的讨论或可得出下面的认识：春秋战国时期流行的"语"类古书所载记的大量"先王故事"，为楚帛书《四时》篇叙事散文的编撰和屈原《天问》的创作，提供了丰富而生动的素材，而组织和运用上述材料进行文学性质和文学意义的创作，或可视为荆楚古典浪漫主义文学在战国时期所存在的一种创作传统。

从楚汉浪漫主义文学发展、演变的意义上看，上述创作传统在秦汉时期得到了继承和发展。而从《吕氏春秋》和《淮南子》的创作情况上看，上述继承和发展呈现出两个方面的情况：一个是在继承上述创作传统以"历史叙事"为文本叙述主体的写作特点基础上，形成"专题论说散文"式的文学创作形式；一个是在上述"专题论说散文"的局部文本叙述中，形成以增加或改变叙事性质的神话和传说的细节或情节而突出"文学叙事"功能和色彩的文学创作方式。

《吕氏春秋》和《淮南子》中的篇章往往以"专题论说散文"的形式集中讨论某一论题，而在上述讨论中，其作为论据的材料，则大都取材于神话或古史传说，但上述材料都是以"历史叙事"的性质而被运用到论题的讨论之中的。

如《吕氏春秋·季夏纪·音初》篇主要讨论"音"的起源问题，提出"东音"、"南音"、"西音"、"北音"之说，并以"夏后氏孔甲"、"禹与涂山女"、"周公及召公取风以为二南"、"周昭王征荆"、"殷整甲徙宅"、"秦穆公取风而为秦音"、"有娀氏二女"等"先王故事"为证。

---

① 参见本书第三章第三节相关讨论。

第六章　秦汉世俗浪漫主义文学的创作与荆楚古典浪漫主义文学的转型　413

在上述"先王故事"中,"夏后氏孔甲"、"禹与涂山女"、"有娀氏二女"属于"由早期神话历史化演变而形成的传说故事";而其他则属于"由历史叙述的传说化而形成的传说故事"。上述两种类型的"先王故事"皆以"历史叙事"的"身份"而成为作者立论的材料,并借助上述"先王故事"所构成的有机的链条关系而构成"专题论说散文"式的散文形式。值得注意的是,在上述"先王故事"中,尤以"禹与涂山女"、"有娀氏二女"两则最为精彩,而其最为突出的特点,即是在局部文本叙述中运用增加或改变细节或情节的方法,突出上述"局部文本叙述"的"文学叙事"之功能和色彩。①

上述创作方法在《淮南子》中得到了更为成功的运用。以《淮南子·览冥训》为例。《淮南子·览冥训》在"局部文本叙述"中以增加或改变神话和传说的细节或情节而突出"文学叙事"功能和色彩的文学创作方式的运用上,显得更为成熟。如"王良造父之御"与"钳且大丙之御"两则传说故事的描写。王良、造父皆为古代传说中的擅御之人。《韩非子·喻老》有"赵襄主学御于王子期"故事,但故事并没有描述襄主学御和王子期授御的过程,而是重点讨论襄主"三易马而三后"的原因,所以《喻老》篇的"赵襄主学御于王子期"故事更像是一篇寓言。②《列子·汤问》的"造父学御"故事,虽然较为详细地描述了造父学御的过程,但故事的重点却不是造父如何学御,而是造父之师泰豆如何授御以及

---

① 《吕氏春秋·季夏纪·音初》:(1)"夏后氏孔甲田于东阳萯山。天大风晦盲,孔甲迷惑,入于民室。主人方乳。或曰:后来,是良日也,之子是必大吉。或曰:不胜也,之子是必有殃。后乃取其子以归,曰:以为余子,谁敢殃之。子长成人,幕动坼橑,斧斫斩其足,遂为守门者。孔甲曰:呜呼,有疾,命矣夫。乃作为破斧之歌。"(2)"禹行功,见涂山之女,禹未之遇,而巡省南土。涂山氏之女乃令其妾候禹于涂山之阳。女乃作歌。歌曰:候人兮猗。"(3)"有娀氏有二佚女,为之九成之台,饮食必以鼓。帝令燕往视之,鸣若谥隘。二女爱而争搏之,覆以玉匡。少选发而视之,燕遗二卵,北飞,遂不反。二女作歌,一终曰:燕燕往飞。"(汉)高诱注:《吕氏春秋》卷六,《诸子集成》(六),中华书局1954年版,第58、59页。

② 《韩非子·喻老》:"赵襄主学御于王子期,俄而与于期逐,三易马而三后。襄主曰:子之教我御,术未尽也。对曰:术已尽,用之则过也。凡御之所贵,马体安于车,人心调于马,而后可以进速致远。今君后则欲逮臣,先则恐逮于臣。夫诱道争远,非先则后也。而先后心在于臣,上何以调于马?此君之所以后也。"(清)王先慎:《韩非子集解》卷七,《诸子集成》(五),中华书局1954年版,第122、123页。

对造父悟性之高的感叹。① 而在《淮南子·览冥训》中，首先将王良授御和造父学御的故事合为一体，其次抛弃了《韩非子·喻老》和《列子·汤问》中王良授御和造父学御的基本情节，而是重点描绘王良造父高超的驾车技巧。显然，这样构造情节的目的，是为了下文引出"钳且大丙之御"故事进行铺垫，如此，在写作技巧上，"前者"是"抑"而"后者"是"扬"，重点突出和强调的是"后者"。而与"前者"比较，《览冥训》在"钳且大丙之御"故事的具体描绘上，用词更为巧妙精准，行文更为流畅自然，情感更为跌宕起伏，文意更为张扬夸饰，而浪漫色彩更为浓厚。②

上述创作方法在《淮南子·览冥训》接下来的"黄帝与虙戏治天下"故事的写作上运用得更为精彩。"黄帝"与"虙戏"本为神话中的神祇，又在各自的神话的历史化演变中成为古史传说中的两个帝王。从目前所能掌握的有关"黄帝"与"虙戏"的神话或古史传说看，其"事迹"和"故事"均呈现出"零散"而"杂乱"的特点，反映出古代有关他们的神话或古史传说甚为丰富和复杂的情况。

《览冥训》在"局部文本叙述"中引用"黄帝与虙戏治天下"故事，是为了讨论"何为治世之根本"的问题。"前文"引用"王良造父钳且大丙御车"故事，意在说明"无为而无不为"的道理，但问题似乎没有说透，还有必要进一步讨论，故而再引"黄帝与虙戏治天下"故事以为再

---

① 《列子·汤问》："造父之师曰泰豆氏。造父之始从习御也，执礼甚卑，泰豆三年不告。造父执礼愈谨。乃告之曰：古诗言：良弓之子，必先为箕；良冶之子，必先为裘。汝先观吾趣。趣如吾，然后六辔可持，六马可御。造父曰：唯命所从。泰豆乃立木为塗，仅容可足，计步而置，履之而行，趣走往还，无跌失也。造父学之，三日尽其巧。泰豆叹曰：子何其敏也！得之捷乎！凡所御者亦如此也。囊汝之行，得之于足，应之于心。推于御也，齐辑乎辔衔之际，而急缓乎唇吻之和，正度乎胸臆之中，而执节乎掌握之间。内得于中心，而外合于马志，是故能进退履绳，而旋曲中规矩，取道致远，而气力有余。诚得其术也，得之于衔，应之于辔；得之于辔，应之于手；得之于手，应之于心。则不以目视，不以策驱，心闲体正，六辔不乱，而二十四蹄所投无差；回旋进退，莫不中节。然后舆轮之外，可使无余辙；马蹄之外，可使无余地。未尝觉山谷之崄，原隰之夷，视之一也。吾术穷矣，汝其识之。"（晋）张湛：《列子注》卷五，《诸子集成》（三），中华书局1954年版，第63页。

② 《淮南子·览冥训》："若夫钳且大丙之御，除辔衔，去鞭弃策，车莫动而自举，马莫使而自走也。日行月动，星耀而玄运，电奔而鬼腾，进退屈伸，不见朕垠，故不招指，不咄叱。过归雁于碣石，轶鹐鸡于姑余。骋若飞，骛若绝。纵矢蹑风，追猋归忽，朝发榑桑，日入落棠，此假弗用而能以成其用者也，非虑思之察，手爪之巧也。嗜欲形于胸中，而精神逾于六马，此以弗御御之者也。（汉）高诱注：《淮南子》卷六，《诸子集成》（七），中华书局1954年版，第94页。

论。如此，在写作技巧上，"黄帝与虙戏治天下"故事仍然采用先"抑"后"扬"而突出和强调"后者"的方法，而"黄帝"与"虙戏"丰富而复杂的神话和古史传说，为作者行文立论提供了更多的可用材料和更为宽广的创作空间，以至与前文相比，上述"局部文本叙述"在艺术表现上更为精彩，而浪漫色彩也更为浓厚。①

二 秦汉时期"传"类历史叙事传统的演变与故事化的历史叙事

从某种意义上说，"传"类历史叙事传统的演变历程，更突出也更鲜明地表现为荆楚古典浪漫主义文学的转型与嬗变历程，而秦汉尤其两汉时期正是荆楚古典浪漫主义文学转型与嬗变历程的重要时期，是"历史叙事"借助"文学叙事"而获得更为丰富和精彩的展现的阶段，但也是最后的"绝响"阶段。

如前所述，据《国语·楚语》所载，楚人教授太子"语"的目的，一是"明其德"；二是"知先王之务"，故"语"或为载记"先王故事"的史书。如此，这里的"语"或与《春秋》之《传》和《国语》存在联系。其共通之处就是皆以"先王故事"为纲，但"语"的目的是"明德"，而"传"的目的则是依"经"说事，即叙事。

---

① 《淮南子·览冥训》："昔者黄帝治天下而力牧太山稽辅之，以治日月之行律，治阴阳之气，节四时之度，正律历之数，别男女，异雌雄，明上下，等贵贱，使强不掩弱，众不暴寡，人民保命而不夭，岁时孰而不凶，百官正而无私，上下调而无尤，法令明而不暗，辅佐公而不阿，田者不侵畔，渔者不争隈。道不拾遗，市不豫贾，城郭不关，邑无盗贼，鄙旅之人相让以财，狗彘吐菽粟于路，而无忿争之心。于是日月精明，星辰不失其行，风雨时节，五谷登孰，虎狼不妄噬，鸷鸟不妄搏，凤皇翔于庭，麒麟游于郊，青龙进驾，飞黄伏皂，诸北儋耳之国，莫不献其贡职，然犹未及虙戏氏之道也。往古之时，四极废，九州裂，天不兼覆，地不周载，火爁炎而不灭，水浩洋而不息，猛兽食颛民，鸷鸟攫老弱。于是女娲炼五色石以补苍天，断鳌足以立四极。杀黑龙以济冀州，积芦灰以止淫水。苍天补，四极正，淫水涸，冀州平，狡虫死，颛民生。背方州，抱圆天，和春阳夏，杀秋约冬，枕方寝绳。阴阳之所壅沈不通者，窍理之；逆气戾物，伤民厚积者，绝止之。当此之时，卧倨倨，兴眄眄，一自以为马，一自以为牛，其行蹎蹎，其视瞑瞑，侗然皆得其和。莫知所由生，浮游不知所求，魍魎不知所往。当此之时，禽兽蝮蛇，无不匿其爪牙，藏其螫毒，无有攫噬之心。考其功烈，上际九天，下契黄垆，名声被后世，光晖重万物。乘雷车，服驾应龙，骖青虬，援绝瑞，席萝图，黄云络。前白螭，后奔蛇，浮游消摇。道鬼神，登九天，朝帝于灵门，宓穆休于太祖之下。然而不彰其功，不扬其声，隐真人之道，以从天地之固然。何则？道德上通，而智故消灭也。"（汉）高诱注：《淮南子》卷六，《诸子集成》（七），中华书局1954年版，第94、95、96页。

"语"和"传"都具有文学性，二者虽然以"历史"的身份出现，但都需要"文学叙事"来支撑。而"语"和"传"中"文学叙事"的存在，说明神话的历史化演变的同时，历史叙事的传说化亦即故事化的发展也是同时进行的。也就是说，"先王故事"既是有关先王神话的历史化演变，而"先王故事"本身也在上述历史化演变过程中呈现出故事化的形态。

从春秋时期"语"与"传"的代表作品看，前者当为《国语》，后者当为《左传》，而《国语》和《左传》都与《春秋》存在联系。基于此，探寻"语"和"传"的源头，或可追寻到早期的编年记事类史书，从而现出三者之间的关系以及由上述关系而表现出来的历史叙事文学的发展演变脉络。作为历史叙述文本，"传"类古书在《左传》之后明显地摆脱了"依'经'说事"的模式，而在秦汉时期呈现出了继续沿着历史叙事方向的演进。其一个方面的特征，是以历史叙事为主而在局部文本叙事中借助故事化的艺术手法以增强和提高历史叙事的精彩和魅力。因此，"传"类历史叙事传统在两汉时期进入了"历史叙事"的主流渠道，其"故事化"的"历史叙事"获得了更为丰富和精彩的展现。

从文学的价值和意义上看，《史记》"纪"、"传"体历史散文创作最为重要的特征，是在整体文本历史叙事为主而于局部文本叙事中运用故事化的艺术手法以增强和提高局部文本叙事的精彩和魅力。

以《项羽本纪》为例。

"项羽本纪"严格遵循"本纪"的基本原则，颇为完整地叙述了项羽从生到死的人生轨迹，但在项羽具体事迹即"本纪"的"局部文本叙事"中，却选择"吴中起事"、"钜鹿之战"、"鸿门宴"、"垓下之围"、"乌江自刎"等五个重要环节，并在上述环节的具体叙述中不同程度地运用故事化的艺术手法。其特点主要体现在如下三个方面：

（一）创造叙事平台，并在一定的叙事长度之内保持上述叙事平台的稳定性，从而为在上述叙事平台上展开叙述创造了条件。在上述叙事平台上所展开的叙述，皆受到特定的时间和地点的制约，从而将叙事长度与上述叙事平台所规定的叙述时间联系起来，为在上述叙事平台运用故事化艺术手法展开叙述创造了最基本的条件。

（二）在上述叙事平台中进行复杂并且是完整的叙述。其复杂性表现在：（1）叙述主体多，至少在两个以上，从而能够使得历史人物在一个完整而独立的叙事平台上进行对话和思想或情感的交流。（2）叙述环节多变或表现出叙述头绪纷杂。所谓叙述环节多变，即指多个"线性叙事"亦即相对独立的"叙述单元"同时或交叉进行，呈现出叙述头绪纷杂的特点，同时，上述相对独立的"叙述单元"的叙述轨迹，还存在随时被"破坏"或"终止"的可能，即突然出现的其他的"叙述单元"将原有的叙述轨迹"破坏"或"终止"而进入一个新的叙述轨迹。上述情况意味着历史人物在一个完整而独立的叙述平台上的活动，将呈现出多种矛盾的交错联系、争斗及至平复和再次交错、争斗及至平复的过程。

（三）运用多种类叙事形式对上述复杂叙述进行补充。其多种类的叙事形式主要有：（1）侧面叙事或补充叙事；（2）歌诗叙事或乐舞叙事；（3）此外，在《史记》其他"纪"、"传"中还大量存在非写实性叙事，如神话叙事、仙话叙事、神怪叙事等情况。上述多种类叙事形式的存在，主要有四个方面的意义：（1）能够起到对事件和人物进行补充、铺垫或塑造、陪衬等作用；（2）能够起到对人物情感和环境氛围进行培养、激励或凝聚、烘托等作用；（3）歌诗和乐舞叙事的存在，不但丰富了历史叙事刻板而单一的形式，也对历史人物的情感展露和思想表达提供了别样的渠道，更为重要的是，其以"文学性叙事"而增强了局部文本叙事中的文学色彩；（4）非写实性叙事的存在，将导致历史叙事的故事性因素的增加，为上述历史叙事的故事化叙事倾向和特征的形成创造了条件，甚至为上述历史叙事增添了某种神奇的色彩。

综上而言，《项羽本纪》在项羽具体事迹即"本纪"的"局部文本叙事"中故事化艺术手法的运用，遂在"局部文本叙事"中形成人物形象丰富而鲜明、场景明确而少变、时间固定而连续、情节复杂而完整、矛盾突出而集中的叙事效果。如此，从文学的价值和意义上看，上述"局部文本叙事"即是一种"故事化历史叙事"，从某种意义上说，《史记·项羽本纪》即是由五个既独立又相互联系的"故事化"的"历史叙事"连缀而成。从《史记》"纪"、"传"体历史散文整体创作上看，在"局部文本叙事"中运用故事化艺术手法进行创作，"项羽本纪"或为最典型者，但上述艺术手法的普遍存在，亦说明对上述艺术手法的运用，是《史记》"纪"、"传"体历史散文创作的规律性特征。

上述创作手法在《汉书》中的表现已经没有《史记》那样鲜明和充分，但仍然是《汉书》"纪"、"传"体历史散文创作所成功运用的艺术方式。究其原因，在于班固与司马迁相同的历史观所决定。

　　班固对司马迁有所批评，如"其是非颇缪于圣人，论大道则先黄老而后六经，序游侠则退处士而进奸雄，述货殖则崇势力而羞贱贫，此其所蔽也"①。然而，上述批评仅局限于对历史人物和事件的看法或评述，抑或涉及诸子学说、政治理念和经济思想，但博采旧闻而直书历史的历史观却是一致的。班固在《汉书·司马迁传》中说："唐虞以前虽有遗文，其语不经，故言黄帝、颛顼之事未可明也。"②然而，即使其言详矣的秦汉间事，其所本也仅是《楚汉春秋》。故《史记》成书也不得不"网罗天下放失旧闻"，而班固也肯定司马迁"南游江淮，上会稽，探禹穴，窥九疑，浮沅湘。北涉汶泗，讲业齐鲁之都，观天子遗风，乡射邹峄；阸困蕃、薛、彭城，过梁、楚以归"的游学经历。③另一方面，班固在《司马迁传赞》中引述刘向、扬雄对司马迁史学才能和《史记》"实录"价值的肯定和评价："然自刘向、扬雄博极群书，皆称迁有良史之材，服其善序事理，辨而不华，质而不俚，其文直，其事核，不虚美，不隐恶，故谓之实录。"说明对于上述肯定和评价，班固是赞同的。是故，班固《汉书》的写作，基本承袭《史记》的体例，而"纪"、"传"体历史散文创作中进一步运用《史记》在"局部文本叙事"中引入"故事化"的艺术方法，也是自然的事情。

　　然而，与《史记》进行比较，《汉书》在其对历史人物和事件的故事化叙述中，也呈现出自己的特点，以《汉书》"苏武传"为例：（1）注重刻画矛盾和冲突的突然性和尖锐性，从而形成类似于后世戏剧舞台艺术表演所惯常出现的"戏剧冲突"，形成紧张、激动、集中而千钧一发的叙述效果。（2）善于营造人物对话和情感交流的场面和场景，或辅以歌、舞，而歌舞及歌舞场面的描绘，不但细致、真实，而且亦能与场面和场景的刻画相适应，达到歌、舞与情、景完美融合的境地。（3）注重人物和事件在历史叙述中的主导作用，或以人物的活动而领起事件的发生和发

---

① （汉）班固：《汉书》卷三十二，中华书局1962年版，第2737、2738页。
② （汉）班固：《汉书》卷六十二，中华书局1962年版，第2737页。
③ 同上书，第2714、2715页。

展,并在事件的发生和发展中善于刻画人物非同寻常的人性或极具震撼力的行为。

总之,《汉书》在其对历史人物和事件的故事化叙述中所呈现出的上述特点,不但导致历史叙事的故事性因素的增加,为上述历史叙事的故事化叙述倾向和特征的形成创造了条件,而且还促使这种故事化叙述倾向和特征进一步向着传奇化叙述倾向和特征的演变。

再以《汉书》"苏武传"为例。"苏武传"集中叙述了苏武出使匈奴及至回还汉庭的经过,并以三个环节最为详尽精彩,或即"张胜谋乱苏武受审"、"武徙北海李陵劝降"、"苏武归国李陵饯别"。"张胜谋乱苏武受审"环节,在"戏剧冲突"的营造上最为精彩,具有事发突然、敌我对峙、生死攸关、惊心动魄的特点;"武徙北海李陵劝降"环节,则转为以人物对话和情感交流为主,在特定的情境和平静舒缓的对话中,极力表现苏武与李陵各自不同的内心世界和情感矛盾,令人唏嘘感叹;"苏武归国李陵饯别"环节,在事件明朗、由悲转喜的情境之下,却极力描摹李陵丰富而忧伤困顿的情感和内心世界,再辅之以歌诗和舞蹈,使得李陵这个历史人物的塑造,既厚重质朴,又不失儒雅深厚,而所衬之苏武,则更为典重敦实。

"苏武传"上述三个环节之人物、事件,皆生发于大漠荒野,异域之苍凉雄阔,为历史人物和事件的故事化叙述作了很好的铺垫,而事件所具有的政治因素也为传记的叙述者所关注,即如《赞》引"孔子语"所云:"志士仁人,有杀身以成仁,无求生以害仁。""使于四方,不辱君命。"而恰在此处,历史人物中却表现出了截然不同的选择,遂导致矛盾的发展和激化。所有这一切使得"苏武传"远非一般的"故事化"的"历史叙事"所可比拟,其"传奇化"叙述倾向和特征已经蕴含其间。

不可否认,这是《汉书》"纪"、"传"体历史散文创作,在秦汉时期"传"类历史叙事传统演变过程中最为重要之处,它预示着在荆楚古典浪漫主义文学转型与嬗变过程中,秦汉世俗浪漫主义文学表现世俗英雄事迹的带有传奇色彩的文学创作类型的出现。

三 秦汉时期"传"类历史叙事传统的演变与传奇化的文学叙事

《史记》、《汉书》对历史人物和事件的故事化叙述,不能与文学意义上的"故事"相提并论,而是一种"故事化"的"历史叙事"。上述情况说明,《史记》、《汉书》"纪"、"传"体历史散文创作,继承了春秋战国时期"语"、"传"类历史叙事传统,并以"故事化"的"历史叙事"而进一步丰富和发展了上述传统。而从《史记》、《汉书》"纪"、"传"体历史散文创作到《吴越春秋》,我们看到了上述历史叙事传统在秦汉时期由局部文本的"故事化历史叙事"到"传奇化文学叙事"的嬗变历程。

如前所述,一方面,作为历史叙事文本,"传"类古书在《左传》之后明显地摆脱了"依'经'说事"的模式,而在秦汉时期呈现出了继续沿着历史叙事方向的演进,并形成以历史叙事为主而在局部文本叙述中,借助故事化的艺术手法,以增强和提高历史叙事的精彩和魅力的特征;另一方面,则是以历史叙事为基础和架构,而向着偏重文学叙事方向的演变。

上述演变从一开始就呈现出旺盛的生命力,并一直延续、发展而至今天的当代文学创作。究其原因,即在于其坚持"历史叙事"为基础和架构且"历史叙事"与"文学叙事"相结合的同时,"文学叙事"获得了解放和发展,并最终经过"故事化"的"历史叙事"而发展、演变为"传奇化"的"文学叙事"。其特征是在"历史叙事"的基础和框架上,故事化的艺术手法不断得到扩大和深入,及至虽然"文学叙事"仍然被匡衡在历史架构之中,但故事化和传奇化的艺术手法却被运用到局部抑或整体文本叙述之中。

秦汉时期是"以历史叙事为基础和架构而偏重文学叙事方向的演变"最为重要的阶段,其承前而启后的作用表现在,既承续春秋战国时期"语"、"传"类历史叙事传统,又开启魏晋志怪、唐宋传奇和明清历史、演绎、神怪、魔幻小说创作之先河。

以《吴越春秋》"越王无余外传"为例。

《吴越春秋》"越王无余外传"曾以大量篇幅记述禹的事迹,其中有关

"鲧禹治水"的内容，在《史记·夏本纪》中亦有载，如果将二者进行比较，或可发现《吴越春秋》在"历史叙事"方面与《史记》的不同。①

表 6—3

<table>
<tr><td colspan="2" align="center">"鲧禹治水"内容</td></tr>
<tr><td align="center">《史记·夏本纪》</td><td align="center">《吴越春秋·越王无余外传》</td></tr>
<tr><td></td><td>【鲧出生】禹父鲧者，帝颛顼之后。鲧娶于有莘氏之女，名曰女嬉，年壮未孳，嬉于砥山，得薏苡以吞之，意若为人所感，因而妊孕，剖胁而产高密。家于西羌，地曰石纽。石纽在蜀西川也。</td></tr>
<tr><td>【鲧治水失败】当帝尧之时，鸿水滔天，浩浩怀山襄陵，下民其忧。尧求能治水者，群臣四岳皆曰鲧可。尧曰：鲧为人负命毁族，不可。四岳曰：等之未有贤于鲧者，愿帝试之。于是尧听四岳，用鲧治水。九年而水不息，功用不成。于是帝尧乃求人，更得舜。舜登用，摄行天子之政，巡狩。行视鲧之治水无状，乃殛鲧于羽山以死。
（2）禹继鲧治水："天下皆以舜之诛为是。于是舜举鲧子禹，而使续鲧之业。"</td><td>【鲧治水失败】帝尧之时，遭洪水滔滔，天下沉溃，九州阏塞，四渎壅闭。帝乃忧中国之不康，悼黎元之罹咎，乃命四岳，乃举贤良，将任治水。自中国至于条方，莫荐人，帝靡所任，四岳乃举鲧，而荐之于尧。帝曰：鲧负命毁族，不可。四岳曰：等之群臣，未有如鲧者。尧用治水，受命九载，功不成。帝怒曰：朕知不能也。乃更求之，得舜，使摄行天子之政。巡狩，观鲧之治水无有形状，乃殛鲧于羽山。</td></tr>
<tr><td></td><td>【鲧死后归宿】鲧投于水，化为黄能，因为羽渊之神。</td></tr>
<tr><td>【禹受命】尧崩，帝舜问四岳曰：有能成美尧之事者使居官？皆曰：伯禹为司空，可成美尧之功。舜曰：嗟，然！命禹：女平水土，维是勉之。禹拜稽首，让于契、后稷、皋陶。舜曰：女其往视尔事矣。</td><td>【禹受命】舜与四岳举鲧之子高密。四岳谓禹曰：舜以治水无功，举尔嗣考之勋。禹曰：俞，小子敢悉考绩，以统天意。惟委而已。</td></tr>
</table>

---

① 有关"鲧禹治水"内容的引文，参见《史记·夏本纪》，中华书局1962年版；《吴越春秋·越王无余外传》，载周生春《吴越春秋辑校汇考》，上海古籍出版社1997年版。

续表

"鲧禹治水"内容	
《史记·夏本纪》	《吴越春秋·越王无余外传》
【禹治水】禹为人敏给克勤；其惪不违，其仁可亲，其言可信；声为律，身为度，称以出；亹亹穆穆，为纲为纪。禹乃遂与益、后稷奉帝命，命诸侯百姓兴人徒以傅土，行山表木，定高山大川。禹伤先人父鲧功之不成受诛，乃劳身焦思，居外十三年，过家门不敢入。薄衣食，致孝于鬼神。卑宫室，致费於沟淢。陆行乘车，水行乘船，泥行乘橇，山行乘檋。左准绳，右规矩，载四时，以开九州，通九道，陂九泽，度九山。令益予众庶稻，可种卑湿。命后稷予众庶难得之食。食少，调有馀相给，以均诸侯。禹乃行相地宜所有以贡，及山川之便利。	【禹治水】禹伤父功不成，循江泝河，尽济甄淮，乃劳身焦思以行。七年闻乐不听，过门不入，冠挂不顾，履遗不蹑，功未及成。
	【禹登衡山梦玄夷苍水使者】愁然沉思，乃案《黄帝中经历》，盖圣人所记，曰：在于九山东南天柱，号曰宛委，赤帝在阙，其岩之巅。承以文玉，覆以磐石。其书金简，青玉为字，编以白银，皆瑑其文。禹乃东巡，登衡岳，血白马以祭，不幸所求。禹乃登山，仰天而啸，忽然而卧。因梦见赤绣衣男子，自称玄夷苍水使者，闻帝使文命于斯，故来候之。非厥岁月，将告以期，无为戏吟。故倚歌覆釜之山，东顾谓禹曰：欲得我山神书者，斋于黄帝之岩岳之下，三月庚子，登山发石，金简之书存矣。 【禹得金简之书】禹退，又斋。三月庚子，登宛委山，发金简之书，案金简玉字，得通水之理。 【禹作《山海经》】复返归岳，乘四载以行川。始于霍山，徊集五岳。诗云：信彼南山，惟禹甸之。遂巡行四渎，与益、夔共谋。行到名山大泽，召其神而问之山川脉理，金玉所有，鸟兽昆虫之类及八方之民俗、殊国异域土地里数，使益疏而记之，故名之曰《山海经》。

续表

<table>
<tr><th colspan="2">"鲧禹治水"内容</th></tr>
<tr><th>《史记·夏本纪》</th><th>《吴越春秋·越王无余外传》</th></tr>
<tr><td></td><td>【禹娶涂山女】禹三十未娶，行到涂山，恐时之暮，失其度制，乃辞云：吾娶也，必有应矣。乃有白狐九尾，造于禹。禹曰：白者，吾之服也；其九尾者，王之证也。于是，涂山人歌曰：绥绥白狐，九尾痝痝。我家嘉夷，来宾为王。成家成室，我造彼昌。天人之际，于兹则行，明矣哉！禹因娶涂山女，谓之女娇。取辛壬癸甲。禹行十月，女娇生子启。启生，不见父，昼夕呱呱啼泣。
【禹退负舟黄龙】禹行，使大章步东西，竖亥度南北，畅八极之广，旋天地之数。禹济江，南省水理，黄龙负舟，舟中人怖骇，禹乃哑然而笑曰：我受命于天，竭力以劳万民。生，性也；死，命也。尔何为者？颜色不变。谓舟人曰：此天所以为我用。龙曳尾舍舟而去。
【禹见缚人而哭】南到计于苍梧，而见缚人，禹拊其背而哭。益曰：斯人犯法，自合如此。哭之何也？禹曰：天下有道，民不罹辜；天下无道，罪及善人。吾闻一男不耕，有受其饥；一女不桑，有受其寒。吾为帝统治水土，调民安居，使得其所，今乃罹法如斯！此吾得薄，不能化民证也。故哭之悲耳。</td></tr>
<tr><td>【禹刊刻山水】禹行自冀州始。济、河维沇州。海岱维青州。海岱及淮维徐州。淮海维扬州。荆及衡阳维荆州。荆河惟豫州。华阳黑水惟梁州。黑水西河惟雍州。道九山。道九川。</td><td>【禹刊刻山水】于是周行寓内，东造绝迹，西延积石，南逾赤岸，北过寒谷；徊昆仑，察六扈，脉地理，名金石；写流沙于西隅，决弱水于北汉；青泉、赤渊分入洞穴，通江东流，至于碣石，疏九河于涽渊，开五水于东北；凿龙门，辟伊阙；平易相土，观地分州。</td></tr>
</table>

续表

"鲧禹治水"内容	
《史记·夏本纪》	《吴越春秋·越王无余外传》
【禹治水成功】于是九州攸同，四奥既居，九山栞旅，九川涤原，九泽既陂，四海会同。六府甚脩，众土交正，致慎财赋，咸则三壤成赋。中国赐土姓：祗台德先，不距朕行。……东渐于海，西被于流沙，朔、南暨：声教讫于四海。于是帝锡禹玄圭，以告成功于天下。天下於是太平治。	【禹治水成功】殊方各进，有所纳贡；民去崎岖，归于中国。尧曰：俞！以固冀于此。乃号禹曰伯禹，官曰司空，赐姓姒氏，领统州伯，以巡十二部。

从上述比较中可以发现，《史记·夏本纪》和《吴越春秋·越王无余外传》所载"鲧禹治水"事迹，在"鲧治水失败"、"禹受命"、"禹治水"、"禹刊刻山水"、"禹治水成功"五个环节上基本相同。上述五个环节的内容，涉及禹治水的起因、过程和结果，是对鲧治水失败而禹治水成功全过程的叙述。虽然班固也承认唐虞以前遗文"其语不经"，司马迁只能考之"天下放失旧闻"，但仍然是"其文直，其事核"的"实录"。《史记·夏本纪》以上述五个环节为主，说明"夏本纪"关于"鲧禹治水"的记述，是"实录"性质的历史叙事。

反观《吴越春秋·越王无余外传》，在上述五个环节之外，则增加了"鲧出生"、"鲧死后归宿"、"禹登衡山梦玄夷苍水使者"、"禹得金简之书"、"禹娶涂山女"、"禹退负舟黄龙"、"禹见缚人而哭"七个环节。上述内容虽然皆与禹治水有关，但又都不属于治水过程"实录"性质的历史叙事，而只能看作鲧禹治水过程中发生的"插曲"，更为重要的是，上述"插曲"又都是以神话或传说故事的面目出现的。

缘于此，将上述内容"还原"到鲧禹治水的全过程之中，则势必导致《吴越春秋》"越王无余外传"所记述的"鲧禹治水"内容，不能以"其文直，其事核"的"实录"性质的"历史叙事"来概括。显然，上述内容的神话或传说故事的性质和特点，使得《吴越春秋》"越王无余外传"所记述的"鲧禹治水"内容，带有了鲜明的传奇故事的特点和色彩。

再以《吴越春秋》"王僚使公子光传"为例。

《吴越春秋》"王僚使公子光传"所载,虽为王僚在位时的旧事,但主要篇幅记述的则是伍子胥事迹和王僚被刺情况,其中尤以伍子胥事迹最为精彩,而精彩之处有如下诸节:"伍子胥兄弟相别"、"渔父赋歌自沉"、"击绵女馈饭投水"、"伍子胥佯狂行乞"、"专诸学艺杀王僚"等。

上述内容已非"历史叙事"所能涵盖,其整体文本已如文学性质的"历史小说"。亦有学者认为上述内容"史所不载,可能是当时的传闻异说,它们虽然不一定合乎史实,读来却很传神"[①]。显然,上述认识仍显不足。上述内容的特点,除了其文学色彩之外,"传奇化"艺术表现手法的运用更为独特和精彩,并构成其与《史记》、《汉书》"纪"、"传"类历史散文创作的最大不同之处。

总之,《吴越春秋·王僚使公子光传》在构文上呈现出"历史叙事"与"文学叙事"相结合的形式,"二年"、"八年"、"九年"等章节是历史叙事,而"五年"等章节则是文学叙事,并且突出和注重"传奇化"的文学叙事。

第四节 神话英雄叙事传统的转向与传统"经典英雄"创作模式的突破和发展

神话英雄的诞生是传统神话发展到一定阶段的产物。神话英雄以民族文化的创造、建设和发展为己任,因此,神话时代的神话英雄又是文化英雄。文化英雄的品格代表了民族的性格。以屈原和他的文学创作为代表的荆楚古典浪漫主义文学钟情于神话时代的神话英雄,既擅长从世俗生活出发叙述和描绘神话英雄的世俗一面,也擅长从神话英雄的角度赋予世俗人物以神话英雄的品质和神话英雄的气概。从这个意义上说,神话英雄的世俗化演变与世俗人物的英雄化塑造,在荆楚古典浪漫主义文学创作中就已经呈现出来,至秦汉世俗浪漫主义文学而走向了一个更为宽广的发展空间,并以众多世俗英雄的诞生为标志,开启了秦汉世俗浪漫主义文学的新篇章。

---

① 张觉:《吴越春秋校注》卷三,岳麓书社2006年版,第29页。

一　荆楚古典浪漫主义文学"英雄重构"的文学实践与"经典英雄"的诞生

总结屈原在文学创作中对人物形象的塑造经验，或有两个方面的情况值得关注，其一是善于从世俗生活出发叙述和描绘神祇形象的世俗一面，其二是善于赋予世俗人物形象以神话英雄的品质和气概。而联系《离骚》和《九歌》的创作实践，或可以总结出如下三个方面的特点：

（一）借助神话英雄所独具的绝无瑕疵的崇高和伟大，塑造和描绘社会政治生活中的人物形象，从而创造出文本意义上的"政治英雄"形象。屈原在《离骚》中所塑造的抒情主人公形象，是一个以神话英雄的精神特质和神格特征为"模版"的"政治英雄"形象，是"神话英雄"与"政治英雄"的完美的"结合体"，是"神话英雄"在世俗社会政治生活中的"代表者"。《离骚》抒情主人公形象作为"政治英雄"形象具有如下基本特点：（1）《离骚》抒情主人公形象是楚主体民族伟大祖先的后代，承载着伟大祖先群体的意志和力量；（2）《离骚》抒情主人公形象是民族正确思想的代表和正义力量的化身；（3）《离骚》抒情主人公形象与构成这个民族的"人民"休戚与共，是人民意愿的代言者；（4）因此，《离骚》抒情主人公形象具有绝对的纯洁性和特殊性，无可复制，没有同类。

（二）以神话英雄为"原型"并在"神话英雄原型"的基础上描摹和表现神祇的世俗性格和世俗情感的一面。屈原在《九歌》中所描绘的神祇形象，其在原神话中大都不失为神话英雄的称号，从《东皇太一》中的太一神、《东君》中的太阳神，到《云中君》的雨神、《河伯》中的河神和《山鬼》中的山神，都有着神话中的英雄事迹可为佐证。值得注意的是，以上述诸神的事迹所构成的神话内容是丰富和复杂的，而在上述丰富复杂的神话中，神祇形象也呈现出多面性的特点，既有神性的一面，也存在着世俗的人性的一面。屈原在《九歌》的创作中往往偏重于神祇"世俗人性"的展示和渲染，如"太一"对"佳肴"、"美酒"、"歌舞"的欢欣和想往，"东君"敏感的情绪和细腻的情感，"河伯"在"美人"面前的温柔和缠绵，"山鬼"对"灵修"或"公子"的深情和爱慕，乃至"二湘"对爱情的渴望和追求等。使得《九歌》上述神祇形象的塑造，呈现出在神的外形中包裹着一颗人的世俗心灵的特征。

（三）直面世俗生活中的普通人物，并将神话英雄"强横无畏"的神性植入上述普通人物形象之中，进而展现普通人物的英雄品质和英雄气概。从战国楚简祷祠实践看，《九歌·国殇》中所描写和塑造的将士形象，其本质是楚人"族殇"中的"兵死"或"强死"者，带有"兵死"或"强死"者的符号特征：（1）属于族群中的兄弟，死后可归入祖先类人鬼的行列；（2）因战事而亡，带有厉杀之气；（3）死于他乡，死后魂魄不能回归故土。屈原在《国殇》中以前所未有的豪迈而激愤的情怀，描绘了这些普通人物身上所表现出来的视死如归、强横无畏的英雄品质和英雄气概，最后以"子魂魄兮为鬼雄"作结，给予这些普通人物在神鬼世界中的英雄称号，从而使得上述战死沙场的普通将士成功地转化为文学文本意义上的英雄形象。

上文所总结的《离骚》与《九歌》人物形象描绘和塑造上的三个方面特点，或可以归纳为两个方面的文学实践行为：

（一）传统神祇形象"英雄特征"被"抛弃"的"去英雄化"的文学实践。在屈原《九歌》的创作实践中，当作家以神话英雄为"原型"并在"神话英雄原型"的基础上，描摹和表现神话英雄世俗性格和世俗情感的时候，上述神祇形象也就失去了其"神话英雄"的"内涵"而步入了文学文本意义上的世俗生活中的"普通人"的形象行列。虽然上述神祇形象仍然具有神祇的外表和某些超人的神性，但是上述神祇形象在精神、意识和情感等方面，已经呈现出"人性化"的一面了。上述情况说明，在屈原《九歌》的创作实践中，描摹和表现神话英雄"世俗性格"和"世俗情感"的过程，也是上述神祇形象的神话英雄"特征"和"内涵"被"抛弃"的过程。其结果，是上述神话英雄的"去英雄化"的世俗化的改造和完成。

（二）普通世俗人物形象的英雄化的"建构"即"英雄重构"的文学实践。屈原《离骚》和《九歌·国殇》的创作实践，则呈现为一种"英雄重构"性质的文学实践。在这种"英雄重构"性质的文学实践中，"重构"的"对象"是世俗世界中的"人"而不是神话世界中的"神"；其"重构"的过程是"人"的精神、意识和情感亦即人的"内在世界"的英雄化的"创造"，而不是神话式英雄的外在的符号化的"改造"。其结果，是文学文本意义上的"政治英雄"和"平民英雄"或"世俗英雄"形象的确立。

基于上面的讨论，我们尝试作出如下总结：

（一）上述"英雄重构"的文学实践，亦是文学文本意义上的"政治英雄"和"平民英雄"或"世俗英雄"的创作实践。其结果，是文学文本意义上的"政治英雄"和"平民英雄"或"世俗英雄"形象的诞生。我们试图将上述文学文本意义上的"政治英雄"和"平民英雄"或"世俗英雄"视为荆楚古典浪漫主义文学"英雄形象"的典型和代表，而从楚汉浪漫主义文学发展与演变的意义上考量，上述"英雄形象"堪称楚汉浪漫主义文学"经典英雄"形象。

（二）构成上述"经典英雄"形象的条件有两个：（1）秉承英雄祖先的血统并能够成为其继承者的神圣而崇高的血统条件；（2）英雄事迹在崇高而伟大的政治叙事中得到肯定和赞誉的政治条件。《离骚》抒情主人公同时具备上述两个条件，而《九歌·国殇》中的"兵死者"则仅仅具备第二个条件。上述情况意味着，同时具备上述两个条件者，才能成为"政治英雄"，说明荆楚古典浪漫主义文学"政治英雄"形象的生活原型，一定是有着神圣而崇高的血统的高贵者或楚王族贵族；符合第二个条件者，即"平民英雄"或"世俗英雄"，往往是身份卑微的低贱者。然而，无论是高贵者或楚王族贵族，还是普通的社会中人，荆楚古典浪漫主义文学"经典英雄"得以"确立"的基本根据，则是第二个条件。因此，"英雄事迹在崇高而伟大的政治叙事中得到肯定和赞誉"便成为荆楚古典浪漫主义文学"经典英雄"的必备条件。

（三）荆楚古典浪漫主义文学中的"经典英雄"形象，都带有血统论的优越意识和浓厚的政治色彩，但是上述血统论的优越意识是被民族或国家的意志亦即"政治"所匡衡的，而这种民族或国家的意志则体现为源于民族或国家的历史使命或政治责任。正是在这个意义上，我们看到了荆楚古典浪漫主义文学中的"经典英雄"形象的本质特征，他们或是为民族国家而死的战士，或是正义力量的化身，或是善良仁爱的代表，或是开拓进取的先行者，或是殚精竭虑思索民族或国家未来的哲人和政治家，而唯独缺少或忽视的，是对个体利益的考量或追求。

二 "政治英雄"叙事传统的继承与传统"经典英雄"确立根据的多元化发展

上文所总结的荆楚古典浪漫主义文学"经典英雄"的文学实践，同样被秦汉世俗浪漫主义文学创作所继承。然而,秦汉世俗浪漫主义文学却在继承的基础上,走上一条以"解构经典"为特征的更为多姿多彩的创作道路,并主要呈现出如下三个方面的文学实践:(1)对"政治英雄"神祇血缘关系的神话附会和英雄事迹的神话化编造;(2)对"平民英雄"或"世俗英雄"突破"政治叙事"匡衡的形象塑造;(3)对"平民英雄"或"世俗英雄"传统类型与传统模式的突破和发展。

对于前两个方面的文学实践,试以《史记》所描绘和塑造的"刘邦形象"和"樊哙形象"为例进行讨论。

《史记·高祖本纪》所载刘邦诞生及早期活动,经历奇异怪诞而神秘,富于传奇性。相同内容在《汉书·高祖纪》中亦有载,只是片语只字之不同。上述情况说明,关于刘邦诞生及早期活动的传奇故事,在汉初就已经被编造杜撰出来,而其通行的内容,应该得到刘氏家族和官方的肯定。《史记》、《汉书》所载,应该就是上述通行的内容。故从文学文本意义上将《史记》、《汉书》所载上述内容视为关于刘邦诞生及早期活动的传奇故事是恰当的。

考察《史记》、《汉书》所载刘邦诞生及早期活动的传奇故事,其编造杜撰的用意和功利目的极其鲜明,那就是试图将故事的主人公塑造成为一个"政治英雄"。如前所述,从荆楚古典浪漫主义文学"经典英雄"的文学创作实践看,"政治英雄"得以"确立"的条件,必须满足两个方面的要求,即神圣而崇高的血统要求和其英雄事迹在政治叙事中得到肯定和赞誉的政治要求。显然,在《史记》、《汉书》所载刘邦诞生及早期活动的传奇故事中,上述两个方面的要求,即表现为传奇故事的两个主要情节。而随着传奇故事上述两个主要情节的发生和发展,一个新的"政治英雄"也就顺利诞生了。

为了进一步讨论和研究,下面节选《史记·高祖本纪》所载刘邦诞生及早期活动文字,并以"汉高祖刘邦传奇故事"名之。其文字如下:

> 高祖,沛丰邑中阳里人,姓刘氏,字季。父曰太公,母曰刘媪。其先刘媪尝息大泽之陂,梦与神遇。是时雷电晦冥,太公往视,则见蛟龙于其上。已而有身,遂产高祖。高祖为人,隆准而龙颜,美须髯,左股有七十二黑子。仁而爱人,喜施,意豁如也。常有大度,不事家人生产作业。及壮,试为吏,为泗水亭长,廷中吏无所不狎侮。

好酒及色。常从王媪、武负贳酒，醉卧，武负、王媪见其上常有龙，怪之。高祖每酤留饮，酒雠数倍。及见怪，岁竟，此两家常折券弃责。……高祖以亭长为县送徒郦山，徒多道亡。自度比至皆亡之，到丰西泽中，止饮，夜乃解纵所送徒。曰："公等皆去，吾亦从此逝矣！"徒中壮士愿从者十余人。高祖被酒，夜径泽中，令一人行前。行前者还报曰："前有大蛇当径，愿还。"高祖醉，曰："壮士行，何畏！"乃前，拔剑击斩蛇。蛇遂分为两，径开。行数里，醉，因卧。后人来至蛇所，有一老妪夜哭。人问何哭，妪曰："人杀吾子，故哭之。"人曰："妪子何为见杀？"妪曰："吾子，白帝子也，化为蛇，当道，今为赤帝子斩之，故哭。"人乃以妪为不诚，欲告之，妪因忽不见。后人至，高祖觉。后人告高祖，高祖乃心独喜，自负。诸从者日益畏之。①

上述传奇故事主要讲述了两件事情，从而构成两个故事情节：一个是刘邦母亲"刘媪"梦与神遇而生刘邦；另一个是刘邦醉斩"白帝子"而成就"功业"。两件事情之功用和意义各不相同：前者将刘邦的血缘神圣化；后者则展示了刘邦的神异力量和神异功业。在上述"汉高祖刘邦传奇故事"中，第一个情节最为重要，而第二个情节最为精彩。

在第一个情节中，刘媪"梦与神遇"而"有身"，说明刘邦乃"神子"。此"神"又化为"蛟龙"，当是"雷神"。《山海经·大荒东经》云："东海中有流波山，入海七千里。其上有兽，状如牛，苍身而无角，一足，出入水则必风雨，其光如日月，其声如雷，其名曰夔。"夔即雷兽。郭璞注云："雷兽即雷神也。人面龙身鼓其腹者。"② 神话中雷神出入水时伴以雷电风雨，与故事中刘媪"梦与神遇"而"雷电晦冥"相同；雷神"人面龙身"也与故事中"蛟龙"相符。故刘邦乃雷神之子。对此，王充早有定论，其云："高祖之母，适次怀妊，遭逢雷龙，载云雨而行。人见其形，遂谓之然。梦与神遇，得圣子之象也。"③

---

① （汉）司马迁：《史记》卷八，中华书局1959年版，第341—347页。
② （晋）郭璞注：《山海经》第十四，岳麓书社1992年版，第157页。
③ （汉）王充：《论衡·奇怪篇》，《诸子集成》（七），中华书局1954年版，第34页。

《史记·高祖本纪》司马贞《索隐》云:"汉高祖长兄名伯,次名仲。"① 则刘邦并非刘氏家族的长子,而"汉高祖刘邦传奇故事"将刘邦的"血缘"上溯至"雷神",则刘邦既完成了"雷神之子"的神性身份转化,又获得了"长子"的伦理身份定位。《说卦》云:"乾,天也,故称呼父。坤,地也,故称呼母。震一索而得男,故谓之长男。"则震为乾坤六子之首,亦为天地之长子。震为雷,《汉书·五行志》云:"震,雷也。"② 震又为帝王之象,《说卦》云:"帝出乎震。"如此,传奇故事将刘邦的血缘上溯至雷神,而作为"雷神之子"的刘邦,既承天地而来,又体震之象,其"人君之实"实乃自然天成。

"汉高祖刘邦传奇故事"第一个情节以雷神作为刘邦母亲的配偶神,从而将刘邦的世俗血统顺利转化为以雷神为宗的神圣血缘,使得刘邦凭借着与雷神的血缘联系而神化,其人间凡夫俗子的身份中自然植入了雷神的神圣属性,从而在"神统"和"道统"上得以升华并占据最高和最为有利的位置,为其在传统历史叙事中"政治英雄"形象的确立,准备了条件,奠定了基础。

《太平御览》卷六引《天象列星图》云:"轩辕十七星在七星北,如龙之体,主雷雨之神,后宫之象,阴阳交感。"③"震在阴阳五行体系中与春相配,春的属性便成为震的卦德。春的属性是生,而生的条件是阴阳相合。在汉人的观念中,雷也是由阴阳和合而成。因此,震为雷,为龙,具有五行木之德,归其根本,都以阴阳和合为内涵,体现着震成春、春为合、合则生的物候特征。"④ 是故,汉代与雷有关的神话,多有"两性交合"而诞生部族首领的内容。⑤ 进一步说明"汉高祖刘邦传奇故事"中刘媪"梦与神遇"的故事情节,是阴阳五行思想影响的产物,并有相类传奇故事的流传为其历史依据。

值得注意的是,在上引《天象列星图》文字中,雷神在天之象,为轩辕星,则黄帝轩辕即为雷神。如此,上述传奇故事中刘邦的神圣血缘之

---

① (汉)司马迁:《史记》卷八,(唐)司马贞《索隐》,中华书局1959年版,第342页。
② (汉)班固:《汉书》卷二十七中之上,中华书局1962年版,第1363、1364页。
③ (宋)李昉等:《太平御览》(一),上海古籍出版社1994年版,第214页。
④ 李立:《文化嬗变与汉代自然神话演变》,汕头大学出版社2000年版,第121页。
⑤ 参见李立《文化嬗变与汉代自然神话演变》:"从夔兽、丰隆到乾坤长子:汉代雷神崇拜和雷神话的发展与演变",汕头大学出版社2000年版。

根是黄帝。《绎史·陶唐纪》引《春秋合诚图》载有尧诞生故事，与刘邦诞生故事在情节上颇为相似，其云："尧母庆都盖大帝女，生于斗维之野，尝在三河东南。天大雷电，有血流润大石之中，生庆都，长大，形象大帝。常有黄云覆盖之，蔑食不饥。年二十，寄伊长孺家。无夫，出观三河。奄然阴风，赤龙与庆都合，有娠而生尧。"① 故事中尧母庆都感"赤龙"而生尧，又"常有黄云覆盖"，则"赤龙"当为雷神"黄帝"之变化。《汉书·天文志》云："权，轩辕，黄龙体。"② 上述传奇故事中的雷神化为"黄龙"，与"汉高祖刘邦传奇故事"有异，然"权"属"南宫朱鸟"。③ 于方位为南，于五行为赤，故雷神化为"赤龙"亦有五行的根据。

据此而联系"汉高祖刘邦传奇故事"第二个情节"刘邦醉斩白帝子而成就功业"内容，故事中刘邦醉斩大蛇的普通情节，通过"老妪"的哭诉，而演绎成了刘邦以"赤帝子"的名义和身份斩杀"白帝子"的神异经历，并导致刘邦的上述行为升华为神祇世界中的神祇英雄事迹。

据《史记·秦本纪》记载，秦襄公立国，始立西畤，祠上帝。④《集解》引徐广云："年表云立西畤，祠白帝。"⑤《索隐》亦云："襄公始列为诸侯，自以居西（畤），西（畤），县名，故作西畤，祠白帝。"⑥ 此"白帝"为"少皞"。《史记·封禅书》云："秦襄公既侯，居西垂，自以为主少皞之神。"⑦ "秦人作西畤祭少皞，是因为少皞作为太阳神和祖先神的尊崇，与阴阳五行并无关系。"⑧ 然而，至秦宣公作密畤祭青帝，已经反映出阴阳五行影响的痕迹，而再至秦灵公立四畤而祠四帝，阴阳五行思想的影响已不容置疑。对于西畤少皞来说，西方于五行为金，少皞便成为金天氏；西方于五色为白，少皞便成为白帝。至汉，刘邦

---

① （清）马骕：《绎史》卷八，《文渊阁四库全书》第365册，台湾商务印书馆发行，第125页。
② （汉）班固：《汉书》卷二十六，中华书局1962年版，第1277页。
③ （汉）班固：《汉书·天文志》，中华书局1962年版，第1276页。
④ （汉）司马迁：《史记》卷五，中华书局1959年版，第179页。
⑤ （汉）司马迁：《史记·秦本纪》，（宋）裴骃《集解》，中华书局1959年版，第179页。
⑥ （汉）司马迁：《史记·秦本纪》，（唐）司马贞《索隐》，中华书局1959年版，第179页。
⑦ （汉）司马迁：《史记》卷二十八，中华书局1959年版，第1358页。
⑧ 李立：《文化整合与先秦自然神话演变》，云南人民出版社2002年版，第27页。

同样依据五行思想,增北畤"黑帝"而成五帝,且以得"水德"而兴汉自慰。"汉兴,高祖曰:'北畤待我而起',亦自以为获水德之瑞。"① 如此,传奇故事中的刘邦或应该为"黑帝子"。然而,以"黑帝子"而斩杀"白帝子"并无五行上的根据,相反,五行相胜,火胜金。传奇故事中刘邦以"赤帝子"的名义和身份斩杀"白帝子"的神异经历,才能有五行上的根据。

总上而言,在上文所引"汉高祖刘邦传奇故事"中,第一个情节为刘邦"政治英雄"形象的确立准备了神圣血缘的条件,奠定了神祇血统的基础;第二个情节则为刘邦"政治英雄"形象的确立提供了阴阳五行哲学上的依据和由斩杀"白帝子"而获得的神祇世界的英雄功业。至此,在关于刘邦诞生及早期活动的传奇故事的编造杜撰中,刘邦作为"政治英雄"所必备的条件皆已具备,"刘邦"就这样被塑造成了传奇故事中的英雄形象了。

从上文所引"汉高祖刘邦传奇故事"刘邦形象塑造上看,故事在刘邦的神圣血缘与神异经历两个方面大做文章,或可视为对荆楚古典浪漫主义文学"经典英雄"文学创作实践中"政治英雄"塑造模式的模仿和继承。而刘邦"政治英雄"形象塑造过程中所呈现出来的鲜明的政治投机目的和攀神附鬼式的政治功利色彩,与荆楚古典浪漫主义文学"经典英雄"文学创作实践"政治英雄"塑造过程中所独具的神圣而崇高的情感和以民族利益为重的伟大情怀,则相去甚远,不可同日而语。然而,从另一个方面看,"汉高祖刘邦传奇故事"中刘邦"政治英雄"形象塑造所呈现的政治投机目的和攀神附鬼式的政治功利色彩,正是荆楚古典浪漫主义文学于秦汉时期世俗化转型和演变的表现和反映,其所体现出的巨大意义不容低估。

秦汉时期社会转型,风俗移易而至社会思潮变革,"古典时代"传统的"政治崇高性原则"日渐消解,"神圣祖源和族源的血统论思想"也日渐式微,"王侯将相宁有种乎"的思想遂行,而至"平民英雄"或"世俗英雄"辈出,遂导致秦汉世俗浪漫主义文学对传统"经典英雄"的"解构",其结果,是所谓传统"经典英雄"之确立根据的多元化发展,亦即突破"政治叙事"的狭隘匡衡,而延展至社会世俗生活的诸多领域、诸

---

① (汉)司马迁:《史记·历书》,中华书局1959年版,第1260页。

多层面和诸多角落。

　　上述情况意味着，传统的"经典英雄"同样是秦汉时期"传"类历史叙事中的主要角色，但是从"汉高祖刘邦传奇故事"中刘邦"政治英雄"形象的塑造上看，其叙述视域一方面仍然倾向于传统"政治英雄"所呈现的政治功利目的，另一方面也关注"政治英雄"世俗的一面；而对于传统"平民英雄"或"世俗英雄"形象，则努力展示其作为英雄的"本色"的一面，对于其英雄功业叙事中的崇高性，则有意或无意的降低或减弱。前一方面在《史记》刘邦形象的描绘中表现得最为充分，而《史记》项羽形象和《汉书》苏武形象，虽然仍然属于"政治英雄"形象的范畴，但上述形象塑造过程中所呈现出的偏重英雄功业的叙事特点，显示出上述形象的塑造已经偏离了传统"政治英雄"模式而更接近于"平民英雄"或"世俗英雄"；而对于传统的"平民英雄"或"世俗英雄"来说，则以《史记》樊哙形象的塑造最为典型。

　　《史记》樊哙形象的塑造，仅仅选取一个历史的断面，并在这个"历史断面"之上，尽其可能地展现樊哙作为"平民英雄"或"世俗英雄"的"本色"特征。《史记》樊哙形象作为"平民英雄"或"世俗英雄"形象的塑造过程，更具文学创作技巧上的挑战性和文学文本意义上的创造性。

　　樊哙的事迹在《史记·樊郦滕灌列传》中有载，其与刘邦"共起丰沛"之前，以"屠狗"为业，出身贫贱。举事后，一直追随刘邦。据《史记》樊哙"本传"载，在"还定三秦"之前樊哙所参加的大小十八战中，其"却敌"三，而"先登"五，"斩首"一百七十八人。可谓身先士卒，冲锋陷阵，屡建战功。但《史记》"本传"的上述叙述，有如功劳簿。樊哙虽堪为英雄，但也是功劳簿上的英雄，而非文学文本意义上的英雄形象。

　　如此而言，樊哙文学文本意义上的英雄形象的确立，并非源自《史记》"本传"的叙述。值得注意的是，项羽"戏下"设宴一事，《史记》樊哙"本传"与《项羽本纪》均有载，说明上述事件对于作为历史人物的樊哙来说极为重要。然而，《史记》樊哙"本传"与《项羽本纪》对上述事件的叙述，在事件背景、人物描摹、语言说辞、细节展现等方面，都呈现出了巨大而鲜明的差异性，而樊哙文学文本意义上的英雄形象，就

第六章 秦汉世俗浪漫主义文学的创作与荆楚古典浪漫主义文学的转型　435

是在上述巨大而鲜明的差异中确立起来的。

下面以"项羽戏下设宴"为题,将《史记》樊哙"本传"与《项羽本纪》相关叙事中与樊哙相关的叙述进行比较,寻找出双方之差异点,以为进一步讨论。

表6—4

<table>
<tr><td colspan="4">项羽戏下设宴</td></tr>
<tr><td>情节线索</td><td>《史记·樊哙列传》</td><td>《史记·项羽本纪》</td><td>差异点</td></tr>
<tr><td>事件背景</td><td>项羽在戏下,欲攻沛公。沛公从百余骑因项伯面见项羽,谢无有闭关事。项羽既飨军士,中酒,亚父欲谋杀沛公,令项庄拔剑舞坐中,欲击沛公,项伯常[屏]蔽之。</td><td>沛公旦日从百余骑来见项王,至鸿门,谢曰:"臣与将军戮力而攻秦,将军战河北,臣战河南,然不自意能先入关破秦,得复见将军于此。今者有小人之言,令将军与臣有郤。"项王曰:"此沛公左司马曹无伤言之;不然,籍何以至此。"项王即日因留沛公与饮。项王、项伯东向坐,亚父南向坐。亚父者,范增也。沛公北向坐,张良西向侍。范增数目项王,举所佩玉玦以示之者三,项王默然不应。范增起,出招项庄,谓曰:"君王为人不忍,若入前为寿,寿毕,请以剑舞,因击沛公于坐,杀之。不者,若属皆且为所虏。"庄则入为寿。寿毕,曰:"君王与沛公饮,军中无以为乐,请以剑舞。"项王曰:"诺"。项庄拔剑起舞,项伯亦拔剑起舞,常以身翼蔽沛公,庄不得击。</td><td>(1)刘邦与项羽对话;
(2)范增介绍;
(3)座位介绍;
(4)范增"举玦"等细节描写。</td></tr>
<tr><td>樊哙入帐</td><td>时独沛公与张良得入坐,樊哙在营外,闻事急,乃持铁盾入到营。营卫止哙,哙直撞入,立帐下。</td><td>于是张良至军门,见樊哙。樊哙曰:"今日之事何如?"良曰:"甚急。今者项庄拔剑舞,其意常在沛公也。"哙曰:"此迫矣,臣请入,与之同命。"哙即带剑拥盾入军门。交戟之卫士欲止不内,樊哙侧其盾以撞,卫士仆地,哙遂入,披帷西向立,瞋目视项王,头发上指,目眦尽裂。</td><td>(1)通过张良与樊哙对话交代"甚急"的情势;
(2)樊哙以盾撞击卫士的细节;
(3)樊哙入帐目视项羽的形象描绘。</td></tr>
</table>

续表

项羽戏下设宴

情节线索	《史记·樊哙列传》	《史记·项羽本纪》	差异点
哙羽交锋	项羽目之，问为谁。张良曰："沛公参乘樊哙。"项羽曰："壮士。"赐之卮酒彘肩。哙既饮酒，拔剑切肉食，尽之。	项王按剑而跽曰："客何为者?"张良曰："沛公之参乘樊哙者也。"项王曰："壮士，赐之卮酒。"则与斗卮酒。哙拜谢，起，立而饮之。项王曰："赐之彘肩。"则与一生彘肩。樊哙覆其盾于地，加彘肩上，拔剑切而啗之。	（1）樊哙喝酒细节的描写；（2）樊哙吃肉细节的描写。
樊哙陈词	项羽曰："能复饮乎?"哙曰："臣死且不辞，岂特卮酒乎！且沛公先入定咸阳，暴师霸上，以待大王。大王今日至，听小人之言，与沛公有隙，臣恐天下解，心疑大王也。"项羽默然。	项王曰："壮士，能复饮乎?"樊哙曰："臣死且不避，卮酒安足辞！夫秦王有虎狼之心，杀人如不能举，刑人如不恐胜，天下皆叛之。怀王与诸将约曰：'先破秦入咸阳者王之。'今沛公先破秦入咸阳，毫毛不敢有所近，封闭宫室，还军霸上，以待大王来。故遣将守关者，备他盗出入与非常也。劳苦而功高如此，未有封侯之赏，而听细说，欲诛有功之人。此亡秦之续耳，窃为大王不取也。"项王未有以应，曰："坐。"樊哙从良坐。	樊哙慷慨陈词：晓之以理，动之以情：（1）以暴秦为例；（2）举怀王之约；（3）言刘邦之功；（4）述项羽之误。

通过上文的比较而发现，在同一"历史断面"之上，《史记》樊哙"本传"与《项羽本纪》的历史人物叙事存在着明显的不同，其最为突出的差异点，是《项羽本纪》运用故事化的历史叙事手法，通过人物形象的刻画、动作的描摹、细节的表现、语言的展示，可谓调动了司马迁作为史学家所具有的文学家的人物形象塑造的技巧和手段，而成功地表现出樊哙临危不惧、强悍勇武、豪气干云、大义凛然的英雄气概，从而使得樊哙英雄形象得以确立。

需要指出的是，樊哙"平民英雄"或"世俗英雄"形象的确立，在荆楚古典浪漫主义文学"经典英雄"创作传统于秦汉时期的发展与演变中，具有着重要的意义和价值。樊哙英雄形象确立的根据与过程，虽然仍然属于政治叙事的范畴，但其作为"英雄"的崇高性的"载体"已经发生转移，即由英雄群体而转向英雄个体；其作为"英雄"的叙事倾向同样发生了转变，即由民族和国家的层面而转向英雄个体的个性和本色的层面。

从这个意义上说，上述文本意义上的樊哙英雄形象的确立，标志着秦汉世俗浪漫主义文学从世俗生活出发而注重个性和本色特点的"平民英雄"或"世俗英雄"形象塑造模式的形成。

如前所述，秦汉世俗浪漫主义文学对传统"经典英雄"的"解构"，即表现为传统"经典英雄"之确立根据的多元化发展，亦即突破"政治叙事"的狭隘匡衡，而延展至社会生活的诸多领域、诸多层面和诸多角落。从樊哙英雄形象塑造经验上看，所谓对"政治叙事狭隘匡衡的突破"，即表现在由"政治叙事"而向着"生活叙事"的转向；由"民族和国家的政治崇高性"而向着"个体和群体的生活世俗性"的转向。于是，普通的世俗社会，也能够成为秦汉世俗浪漫主义文学"平民英雄"或"世俗英雄"成长的舞台；而普通的世俗生活，也能锻造出秦汉世俗浪漫主义文学的"平民英雄"或"世俗英雄"形象。

于是，一个文学文本意义上的"英雄辈出"的时代，就这样开始了。

三 从《神乌赋》看秦汉世俗浪漫主义文学对"经典英雄"传统模式的突破

江苏东海县尹湾汉墓出土竹简中，有21支竹简简文涉及一篇内容基本完整的赋文，名为《神乌赋》。赋文叙述了"雌乌"抵抗同类暴行的经历，虽然最后的结局颇为悲惨，但是"雌乌"以其英勇抗暴的行为而成就的悲剧英雄形象，却为秦汉世俗浪漫主义文学"平民英雄"或"世俗英雄"形象创作的繁荣提供了佐证，也为秦汉世俗浪漫主义文学"平民英雄"或"世俗英雄"形象类型的丰富作出了贡献。

尹湾汉墓竹简《神乌赋》释文如下：

> 惟岁三月，春气始阳。众乌皆昌，执（蛰）虫坊皇（彷徨）。蠕（?）蜚（飞）之类，乌寂（最）可贵。其姓（性）好仁，反舖（哺）于亲。行义淑茂，颇得人道。今岁不翔（祥），一乌被央

（殃）。何命不寿，狗（遘）丽雁此荅（昝）。欲勋（循）南山，畏惧猴猨（猿）。去色（危）就安，自诧（托）府官。高树纶棍（轮囷），支（枝）格相连。府君之德，洋洫（溢）不测。仁恩孔隆，泽及昆虫。莫敢抠去，因巢（？）而处。为狸狌（狌）得，围树以棘。道（？）作官持，雄行求柷（材）。雌往索菽，材见盗取。未得远去，道与相遇。见我不利（？），忽然如故。□□发忿，追而呼之："咄！盗还来！吾自取材，于颇（彼）深莱。止（趾）行（胫）朓腊，毛羽随（堕）落。子不作身，但行盗人。唯（虽）就官持，岂不怠哉？"盗鸟不服，反怒作色："□□泊（？）涌（？），家（？）姓自□，今子相意，甚泰不事。"亡鸟曰："吾闻君子，不行贪鄙。天地纲纪，各有分理。今子自已，尚可为士。夫感知反（返），失路不远。悔过迁臧，至今不晚。"盗鸟噴然怒曰："甚哉！子之不仁。吾闻君子，不意不□。今子□□□，毋□得辱。"亡鸟沸（怫）然而大怒，张曰〈目〉阳（扬）麇（眉），喷（奋）翼申（伸）颈，襄而大□，迺详（？）车薄。女（汝）不亟走，尚敢鼓（？）口。"遂相拂伤，亡鸟被创。随（堕？）起击耳（？），闻不能起。贼□捕取，系之于柱（？）。幸得免去，至其故处。绝系有余，纨树檋楝。自解不能，卒上傅之。不□他拱（？）缚之愈固。其雄惕而惊，扶翼申（伸）颈，比天而鸣："苍天苍天，视颇（彼）不仁。方生产之时，何与其□？"顾谓其雌曰："命也夫！吉凶浮洀。頯（愿）与女（汝）俱"。雌曰："佐子佐子！"啼泣侯（疾）下："何□互家，□□□巳（？）。□子（？）□□，我（？）□不□。死生有期，各不同时。今虽随我，将何益哉！见危授命，妾志所持。以死伤生，圣人禁之。疾行去矣，更索贤妇。毋听后母，愁苦孤子。诗〔云〕：'云云青绳（蝇），止于杆。幾自（？）君子，毋信儳（谗）言。'惧惶向论，不得极言"。遂缚两翼，投于污则（厕？）。支（肢）躬折伤，卒以死亡。其雄大哀，儵（？）躅非回（徘徊）。尚羊（徜徉）其旁，涕泣从（纵）横，长炊（？）泰（太）息。忧悗（懑）哔〈唬〉呼，毋所告愬（诉）。盗反得免，亡鸟被患。遂弃故处，高翔而去。传曰："众鸟丽（罹）于罗罔（网），凤皇（凰）孤而高羊（翔）。鱼鳖得于芘（笓）筍，交（蛟）龙执（蛰）而深臧（藏）。良马仆于衡下，勒靳（骐骥）为之余（徐）行。"鸟兽且相憂（忧），何兄（况）人乎！哀哉哀哉！穷通其笛（？）。

诚写悬（宣）以意傅（赋）之。曾子曰："乌〈鸟〉之将死，其唯〈鸣〉哀。"此之谓也。①

从民间故事类型学的角度上看，《神乌赋》或可归入"鹊巢鸠占"类型。②"上面这些故事的共同特点都是以鸟夺巢为主题"，而《神乌赋》在"主题和情节上与上面的故事相近，可以归为同一个类型，《神乌赋》中的盗鸟用的是偷窃建巢材料的方式侵袭鸟巢，可以简称为偷巢。偷巢与上引故事的占巢或毁巢略有差异，但并无实质性的区别，三者的目的和后果都是使得对方无法居住"③。因此，《神乌赋》在风格上"跟以往传世的大量属于上层文人学士的汉赋有异，无论从题材、内容和写作技巧来看，都接近于民间文学。此赋以四言为主，用拟人手法讲述鸟的故事，跟曹植的《鹞雀赋》和敦煌发现的《燕子赋》（以四言为主的一种）如出一辙"④。

将《神乌赋》与曹植《鹞雀赋》和敦煌遗书《燕子赋》进行比较，三者在题材、内容、写作手法等方面的确存在着颇为一致的地方。然而，据此而将《神乌赋》定性为与曹植《鹞雀赋》一样属于"接近民间文学的作品"，并进而认为《神乌赋》应该是文化水平不高的"层次较低"的"知识分子"所作，则是值得商榷的。⑤

---

① 关于《神乌赋》释文及相关情况，参见连云港市博物馆、东海县博物馆、中国社会科学院简帛研究中心、中国文物研究所《尹湾汉墓简牍初探》，《文物》1996年第10期；裘锡圭《〈神乌赋〉初探》，《文物》1997年第1期；李零《简帛古书与学术源流》下编，生活·读书·新知三联书店2007年版；张显成、周群丽《尹湾汉墓简牍校理》，天津古籍出版社2011年版。

② 刘乐贤、王志平《尹湾汉简〈神乌赋〉与禽鸟夺巢故事》一文，援引丁乃通《中国民间故事类型索引》"鹊巢鸠占"故事类型，并改为"禽鸟夺巢"类型，共列举五类故事形式，即(1)鸠鸟霸占雀巢；(2)黄雀霸占燕巢；(3)鹞鸢抢占雀巢；(4)猫头鹰霸占乌鸦巢；(5)骆驼霸占山羊棚；(6)鹞枭毁坏鸟巢；(7)麻雀毁坏鸽巢五类"禽鸟夺巢"故事形式。《文物》1997年第1期。

③ 刘乐贤、王志平：《尹湾汉简〈神乌赋〉与禽鸟夺巢故事》，《文物》1997年第1期。

④ 连云港市博物馆、东海县博物馆、中国社会科学院简帛研究中心、中国文物研究所：《尹湾汉墓简牍初探》，《文物》1996年第10期。

⑤ 如裘锡圭《〈神乌赋〉初探》一文认为《神乌赋》的作者显然"是一个层次较低的知识分子，而且是在民间口头文学的强烈影响下创作此赋的。曹植跟其父曹操一样，其创作很受民间乐府诗的影响，所以他也能写出《鹞雀赋》这样的接近民间文学的作品。至于敦煌所出的《燕子赋》，则本身就可看作属于民间文学的作品。这些作品在风格上的相似，是由它们跟民间文学的关系决定的。由此看来，四言的赋大概是比较接近民间文学的较早出现的一种赋"。《文物》1997年第1期。

我们尝试从"故事主角"、"故事背景"、"故事经过"、"故事结局"、"故事后续"、"原因分析"等六个方面,对《神乌赋》、《鹞雀赋》、《燕子赋》进行比较,寻找出它们的相同或相近之处和差异点,并在此基础上对《神乌赋》作进一步的讨论。

表 6—5

《神乌赋》、《鹞雀赋》、《燕子赋》比较

文本名称	《鹞雀赋》	《燕子赋》	《神乌赋》
故事主角	双雀与鹞鸟	双燕与黄雀	双乌与盗乌
故事背景	鹞捕雀鸟为食	双燕筑巢黄雀霸占	双乌取材筑巢盗乌盗材
故事经过	雀鸟机智辩难	燕巢雀占	雄乌为筑巢而取材
	鹞鸟沮丧离去	燕子责问	盗乌窃材
		燕子被打	雌乌发现,责问盗乌
		告于鸟王	盗乌不服
		鸟王主持正义	雌乌以法与理相劝说
		雀鸟被捕	盗乌无礼辩解
		雀鸟受到惩罚	雌乌愤怒,双乌互殴
			雌乌被创,落地受缚
			雄乌救援,雌乌脱险
故事结局	双雀相逢	雀鸟出狱	雌乌所缚,不能自解
		燕雀和解	雄乌悲愤,誓共存亡
			雌乌劝勉,情深意长
			雌乌缚翼,自投污侧
			雄乌悲叹,高翔而去
故事后续	公姬二雀述说辛苦,检讨行事。	鸿鹤讥笑嘲骂燕雀,双方以诗述志。	以《传》的形式对社会现实提出批评。
原因分析	(1) 从加害者方面看:鹞鸟理屈词穷。(2) 从受害者方面看:雀鸟凭借自身所具有的机智、勇敢、敏捷而得以脱险。	(1) 从加害者方面看:鸟王凤凰主持正义。(2) 从受害者方面看:燕子自己依法维权。	(1) 从加害者方面看:法与理均不起作用。(2) 从受害者方面看:雌乌无法得到法和理的支持,只能为了情和义而身死。

第六章　秦汉世俗浪漫主义文学的创作与荆楚古典浪漫主义文学的转型　441

从上述比较中可以看到,《神乌赋》与《鹞雀赋》、《燕子赋》在"故事主角"、"故事背景"、"故事经过"等方面,的确存在着颇为一致的地方,而《神乌赋》"惟岁三月,春气始阳。众鸟皆昌,执虫坊皇"的开篇,与《燕子赋》"仲春二月,双燕翱翔,欲造宅舍,夫妻平章"的叙述形式相仿佛,显然是一种民间文学所惯用的叙述模式的反映。然而,《神乌赋》与《鹞雀赋》、《燕子赋》在"故事结局"、"故事后续"等环节上的不同,更应该值得关注。总结起来,有如下三个方面最为重要:

(一)《神乌赋》中"雌乌"受到了双重伤害,一是与"盗乌"互殴而"受伤",一是受伤落地后而"受辱"。前一方面的施害者是"盗乌",而后一方面的加害者是"贼□",或释为"捕取雌乌的人或动物"。[①] 第一次伤害来自"同类",而第二次伤害则可能来自"人类",而且第二次伤害不但带有侮辱的性质,更表现着不可抗拒和毁灭性的力量。故而从受到伤害的程度上看,《神乌赋》中的"雌乌"最为严重。

(二)《神乌赋》中"雌乌"受到伤害后,得到"雄乌"救援而暂时脱险,但是并没有"解困",因为身上所缚"自解不能",而且"缚之愈固"。如此而言,对于《神乌赋》"雌乌"来说,其受到第二次可能来自人类的伤害则是致命的,而且源于伤害而带来的困境,"雌乌"或"雄乌"依靠自身的能力无法解决,从而构成施害者与受害方力量悬殊而无可比附的巨大差异。故而从故事受害者结局的角度上看,《神乌赋》中"雌乌"的结局必然是悲剧性的,而且还伴随着自弃生命的惨烈。

(三)《神乌赋》中"雌乌"最后"遂缚两翼,投于污则"的自杀,其惨烈行为的"动力"或"原因",表面上看是"困境"无法摆脱而生命无望的结果,但从"雄乌""愿与女俱"的誓言和"雌乌""以死伤生,圣人禁之"、"疾行去矣,更索贤妇"、"毋听后母,愁苦孤子"的回语看,其深层的"动力"或"原因"则是"情"和"义"。故而从故事受害者自身遭遇的角度上看,《神乌赋》中的"雌乌",一方面依靠自身的力量抵御来自"同类"和"异类"的暴行,另一方面秉持和坚守着贵于生命的"情"和"义"。而当"法"与"理"不能为她做主时,她选择了"情"和"义",最终死于情而殉于义。正是在这个意义上,《神乌赋》中"雌乌"的悲剧结局,不但伴随着自弃生命的惨烈,还演绎着

---

① 裘锡圭:《〈神乌赋〉初探》,《文物》1997年第1期。

"情"与"义"的高尚,迸发出崇高道德和伟大人性的光芒。

根据上文关于《神乌赋》与《鹖雀赋》、《燕子赋》差异点的三个方面的讨论,对于《神乌赋》独特性的认识似乎更为明确:《神乌赋》虽然同样描述了一个关于鸟类争斗的故事,但是却在上述故事中塑造了一个顽强抵抗同类和异类伤害和侮辱而最终死于情、殉于义的"雌乌"形象。《神乌赋》所描述的故事乃拟人之作,故以鸟喻人,则"雌乌"形象堪为道德侠义之士的形象。

司马迁在《史记·游侠列传》中说道:"今游侠,其行虽不轨于正义,然其言必信,其行必果,已诺必诚,不爱其躯,赴士之阸困,既已存亡死生矣,而不矜其能,羞伐其德,盖亦有足多者焉。"① 上文所云"游侠之行不轨于正义",在"同传"论郭解之徒的行为时亦曾提及,即所谓"虽时扞当世之文罔"。对此,《索隐》云:"违扞当代之法网,谓犯于法禁也。"② 显然,司马迁承认"今游侠"的行为于"法"有违,但却于"义"有合。在法与理不能为人做主的乱世,有情有义者就值得称道。故其又说道:"且缓急,人之所时有也。太史公曰:昔者虞舜窘于井廪,伊尹负于鼎俎,傅说匿于傅险,吕尚困于棘津,夷吾桎梏,百里饭牛,仲尼畏匡,菜色陈、蔡。此皆学士所谓有道仁人也,犹然遭此菑,况以中材而涉乱世之末流乎?其遇害何可胜道哉!"③ 值得注意的是,《神乌赋》故事之尾,以"传曰"的形式从"旁观者"的角度或"第三方"的立场叙写感慨,以"众鸟"、"鱼鳖"、"良马"与"凤凰"、"蛟龙"、"骐骥"相比照,承认故事中的"雌乌"属于前类,而其身份地位较于"涉乱世末流"之"中材",似乎还要低之一等,故而其"遭遇迫害"更"何可胜道哉!"

以此观之,《神乌赋》所描绘和塑造的敢于抵抗同类和异类伤害及侮辱而最终死于情殉于义的"雌乌"形象,堪为秦汉世俗浪漫主义文学典型的"悲剧英雄"形象。司马迁以为"自秦以前,匹夫之侠,湮灭不见,余甚恨之。"故以其所闻,著《游侠列传》,使"汉兴以来"不为儒者学

---

① (汉)司马迁:《史记》卷一百二十四,中华书局 1959 年版,第 3181 页。
② (汉)司马迁:《史记》卷一百二十四,(唐)司马贞《索隐》,中华书局 1959 年版,第 3183 页。
③ (汉)司马迁:《史记》卷一百二十四,中华书局 1959 年版,第 3182 页。

士及世俗所称道的狭义之士得以载记,侠义精神得以留存。而《神乌赋》以拟人笔法,寓言成篇,演绎世俗社会底层如"雌乌"一类的小人物为护私产而死情殉义的大事件,其于秦汉世俗浪漫主义文学"平民英雄"或"世俗英雄"形象创作上的意义和价值,《鹞雀赋》和《燕子赋》何可比拟。

是故,将《神乌赋》"雌乌"形象的描绘和塑造,置于秦汉世俗浪漫主义文学对荆楚古典浪漫主义文学"经典英雄"传统模式之突破与发展的意义上来考量,《神乌赋》的意义和价值体现在如下几个方面:

(一)《神乌赋》所描绘和塑造的"雌乌"形象,是秦汉世俗浪漫主义文学创作中第一位禽鸟抵抗暴行的悲剧英雄形象,这一形象的确立,进一步丰富了秦汉世俗浪漫主义文学"平民英雄"或"世俗英雄"形象的类型。

(二)《神乌赋》借拟人手法而寓言成篇,以乌鸟象征人类社会底层小人物,而从"雌乌"抗暴和死情殉义的壮烈行为之上,折射出社会底层人物遵法守礼、尚情崇义的高贵情操,以及不畏强暴为护私产的抗争精神,使得这一形象成为秦汉世俗浪漫主义文学创作中第一位以象征的形式出现的平民英雄形象。

(三)《神乌赋》所描绘和塑造的"雌乌"形象,是一个为保护"私有财产"而付出生命的悲剧英雄形象。虽然这一形象在敦煌遗书《燕子赋》中被以"成功者"的形象再一次描绘和塑造出来,但却晚于《神乌赋》数百年之久,而且其形象所内涵的审美价值和悲剧力量更远远不及《神乌赋》。《神乌赋》"雌乌"形象是楚汉浪漫主义文学发展史中第一位为保护私产而抗暴献身的悲剧英雄形象。其形象所内涵和展现的源于秦汉时期社会转型而形成的新的思想和观念,使得这一形象具备了划时代的价值和意义。

(四)《神乌赋》"雌乌"形象的描绘和塑造,为秦汉世俗浪漫主义文学"平民英雄"或"世俗英雄"形象的进一步丰富和发展,提供了带有"范型"意义的写作经验:文本叙述对象没有显赫的出身和高贵的血统,也不具惊天动地的英雄功业,他们往往生活于社会底层,构成平凡而普通的生活内容,一生维护的也仅仅是依靠劳作而获得的家财和亲人间的情感,而当邪恶势力或异质力量构成侵害或威胁时,却能以自身力量之极致而与之斗争,直至胜利或死亡。

总上而言,《神乌赋》的创作以及"雌乌""悲剧英雄"形象的确立,显示了秦汉世俗浪漫主义文学对荆楚古典浪漫主义文学"经典英雄"传统模式的突破和发展,也意味着秦汉世俗浪漫主义文学"平民英雄"或"世俗英雄"形象创作的繁荣,并源于秦汉时期丰富而复杂的社会生活而呈现出多样化的发展态势。

对此,"杞梁妻故事"于秦汉时期的演变,或能给予更进一步的说明。"杞梁妻故事"首见于《左传·襄公二十三年》。①《左传》载"杞梁妻故事",意在说明"杞梁妻"虽是妇人,但知礼懂礼,难能可贵。而《集解》云"《传》言妇人有礼",亦为证明。②至《礼记·檀弓下》所载"杞梁妻故事",虽然突出杞梁妻"善哭"的情节,但故事的主旨仍在"礼"的上面。至《孟子·告子下》,则专论杞梁妻之"善哭",已显变化。③及至秦汉时期,"杞梁妻故事"于情节上更为丰富。刘向《说苑》、《列女传》均载有"杞梁妻故事"。上述故事在情节上均脱胎于《左传》,而在华周杞梁之死和杞梁妻哀哭两个方面进一步演绎,尤其增加了"城为之阤,而隅为之崩"的情节。④而《列女传》则更进一步演绎杞梁妻之哭而哀的结局:"莒人筑尸城为京观。妻往迎丧,向之哭,土为之崩,得丧。于是公使弔。葬之。葬毕曰:'妇人有三从之义。今吾外无夫以立节,内无子以见志。吾何归乎!'乃赴水而死。"⑤

---

① 《左传·襄公二十三年》:"齐侯还自晋,不入。遂袭莒,门于且于,伤股而退。明日,将复战,期于寿舒。杞殖、华还载甲,夜入且于之隧,宿于莒郊。明日,先遇莒子于蒲侯氏。莒子重赂之,使无死,曰:'请有盟。'华周对曰:'贪货弃命,亦君所恶也。昏而受命,日未中而弃之,何以事君?'莒子亲鼓之,从而伐之,获杞梁。莒人行成。齐侯归,遇杞梁之妻于郊,使吊之。辞曰:'殖之有罪,何辱命焉?若免于罪,犹有先人之敝庐在,下妾不得与郊吊。'齐侯吊诸其室。"(晋)杜预:《春秋左传集解》第十七,上海人民出版社1977年版,第1007、1008页。

② (晋)杜预:《春秋左传集解》第十七,上海人民出版社1977年版,第1009页。

③ 《礼记·檀弓下》:"哀公使人弔蒉尚,遇诸道,辟于路,画宫而受弔焉。曾子曰:蒉尚不如杞梁之妻知礼也。齐庄公袭莒于夺,杞梁死焉。其妻迎其柩于路而哭之哀。庄公使人弔之。对曰:君之臣不免于罪,则将肆诸市朝,而妻妾执。君之臣免于罪,则有先人之敝庐在,君无所辱命。"(清)孙希旦:《礼记集解》卷十一,中华书局1989年版,第287页。《孟子·告子下》:"昔者王豹处于淇,而河西善讴。绵驹处于高唐,而齐右善歌。华周杞梁之妻,善哭其夫,而变国俗。"(清)焦循:《孟子正义》卷十二,《诸子集成》(一),中华书局1954年版,第490页。

④ (汉)刘向撰,向宗鲁校正:《说苑校证》卷四,中华书局1987年版,第84、85页。

⑤ (宋)李昉等撰:《太平御览》卷四百二十二,上海古籍出版社1994年版,第25页。

从《左传·襄公二十三年》的载记到《列女传》"杞梁妻故事","杞梁妻"由一个知礼的妇人而"成长"为"为夫尽哀"而致"城土崩摧"的"义妇"形象。杞梁妻"义妇"形象的确立,源于两个方面的根据,一是"尽自己力量之极致"的行为,二是殉情而死义的悲剧结局。前者以"哭"崩城,显示了在巨大异质力量面前"杞梁妻"柔弱人性中强悍和伟大的一面;后者虽以"三从之义"名之,但"立节为夫"而"见志为子",夫与子仍然属于作为妻子和女人的"杞梁妻"的"私产"。所以"杞梁妻故事"中"杞梁妻"以"哭"崩城,赴水而死,与《神乌赋》"雌鸟"不畏强暴维护私产的抗争行为在本质上是相同的。《列女传》"杞梁妻故事"中的"义妇"杞梁妻形象,也是一位"悲剧英雄"形象。

综上所述,秦汉世俗浪漫主义文学对荆楚古典浪漫主义文学"经典英雄"创作模式的"解构",即表现为传统"经典英雄"之确立根据的多元化发展,一方面表现为传统"政治英雄"形象塑造和叙述模式的继承,另一方面表现为"平民英雄"或"世俗英雄"形象创作的繁荣。而秦汉世俗浪漫主义文学英雄形象类型,或可概括为如下数种形式:(1)承载政治使命的英雄形象,如《史记》中的刘邦、项羽和《汉书》中的苏武形象;(2)体现群体或集团利益的英雄形象,如《史记》中的樊哙形象;(3)表现侠义精神的英雄形象,如《史记·游侠列传》中的郭解形象;(4)携私仇以惩恶抗暴的英雄形象,如《吴越春秋》的伍子胥形象,《搜神记》"三王墓"中的赤比与客的形象;(5)舍弃私利而施惠于人的英雄形象,如《列女传》中"齐义继母"、"梁节姑姊"中的母亲形象、《后汉书·独行列传》中的李善形象;(6)以人力与异质力量相抗衡的英雄形象,如汉代"东海黄公"乐舞百戏中的东海黄公形象,《搜神记》"李季斩蛇"中的李季形象等。

第五节　空间方位文学叙事传统的发展与汉代文学视域的拓展和新文本形式的运用

空间方位叙事是指从空间视觉思维出发的文学叙事艺术。空间方位叙事既是描绘外部世界的艺术手段,也是观照外部世界的技术方式。它是以具有叙事性质的空间联结形式而展现的。这种带有叙事性质的空间联结形式并非简单意义上的平面或立体的方位联系,而是以叙事主体为中心或基点的前后、左右、上下、天地之间的视域意义上的联通，体现的是人与包括天地在内的周围世界在思想和情感上的融通和联系。从这个意义上说，空间方位叙事艺术能够为荆楚古典浪漫主义文学创作提供文本叙述的方法和艺术表现的技巧，而空间方位叙事艺术的形成与成熟、发展与变化的表现，也是与荆楚古典浪漫主义文学的缔造与实践、转型与嬗变联系在一起的。

一 空间方位叙事的出现及在荆楚古典浪漫主义文学创作中的运用

在上古时期的墓葬及宗教祠神礼仪中，空间方位往往与生命思考或宗教意识有密切联系，并最终形成某种空间方位意识或空间方位观照习俗。这种空间方位意识或空间方位观照习俗还不属于空间方位叙事，但它却是构成空间方位叙事的基础。空间方位叙事得以生成的标志，是叙事主体的出现和以叙事主体为中心或基点而构成规律性的空间方位联结，并在这种联结中表达某种思想、情感或意图。我们虽然不能明确空间方位叙事得以生成的确切时间，但却可以肯定这种"以叙事主体为中心或基点而构成规律性的空间方位联结"形式，在春秋战国时期楚地墓葬丧葬形式以及时间更早的仰韶文化和殷商时期遗址中，都能够看到作为观照外部世界的技术方式的空间方位叙事的存在情况。

湖北江陵雨台山楚墓的墓葬年代跨越春秋战国时期，其墓葬的南北方位走向带有一定的规律性。据《江陵雨台山楚墓》介绍："雨台山楚墓墓向和头向大多数一致。墓南北向居多，东西向较少；头南向居多，其他向较少（558座墓，头南向的369座，占总数的66%）。有墓道的墓，墓道大多设在墓室南端。有壁龛的墓，龛的位置均在墓室南壁即头向一端。"[①] 江陵雨台山楚墓南北向居多和头南向居多的现象，应该与葬者宗教信仰有关，而墓室壁龛亦位于墓室南壁的情况，即可证明上述认识。透过雨台山楚墓带有规律性的方位走向及头向，亦可推断雨台山先民于生活中以南为重而南北联通的空间方位意识及空间方位观照习俗。

在时间上比江陵雨台山楚墓更早的商代墓葬，同样体现着带有规律性的方位走向。据《藁城台西商代遗址》介绍："（其102号墓）棺内并列

[①] 湖北省荆州地区博物馆：《江陵雨台山楚墓》，文物出版社1984年版，第147页。

着两具人骨架，头向东。""（其36号墓）一具尸骨居左，头向东，俯身，四肢直伸；一具尸骨居右，侧身，四肢弯曲，面向另一具尸骨。"[1] 上述葬者"头向东"的葬俗，同样与宗教信仰有关，这在后代文献所记载的东夷族习俗中有所反映。《新五代史》记契丹习俗："其大会聚、视国事，皆以东向为尊。"[2]《辽史》（卷四九）载契丹族祭神典礼："设天神地祇位于木叶山，东向。"[3]《金史》（卷三十）载女真族祭祖习俗："石室之龛于各室之西壁，东向。"而合祭时"始祖东向，群主以昭穆南北相向"[4]。这种以东为贵的祀神习俗，在殷商甲骨卜辞中也有所反映。[5]

祀神习俗上的方位观念与生活上的方位意识应该是联系在一起的。以东为贵的祀神习俗，也可能演变为以东为重而东西联通的空间方位意识及空间方位观照习俗，其根据是《殷墟妇好墓》在关于殷商早期与晚期房址方位走向问题的讨论中，有过如下总结："考古发掘表明，在殷墟，东西向的房址多见于早期，南北向的房屋盛行于晚期。"[6]

上述墓葬方位走向和方位葬俗所展示的或东西或南北的方位情况，只能归结为一种空间方位意识或空间方位观照习俗，还不属于空间方位叙事，但它却是构成空间方位叙事的基础。空间方位叙事得以生成的标志，是叙述（观照）主体的出现和以叙述（观照）主体为中心或基点而构成规律性的空间方位联结。我们虽然不能明确空间方位叙事得以生成的确切时间，但我们却可以肯定这种"以叙述（观照）主体为中心或基点而构成规律性的空间方位联结"形式，早在我国考古学上的仰韶文化时期就已经出现了。

河南濮阳西水坡仰韶文化遗址45号墓墓主人骨架两侧，发现有由蚌壳摆塑的龙虎图案，其中蚌塑的龙位于墓主东侧，虎位于墓主西侧，其方位与后来四灵中龙、虎的方位相同。值得注意的是，在45号墓墓主人骨

---

[1] 河北省文管处：《藁城台西商代遗址》，文物出版社1977年版，第23、24页。
[2] （宋）欧阳修撰，（宋）徐无党注：《新五代史》卷七十二，顾颉刚等点校《点校本二十四史精装本》，中华书局2011年版，第888页。
[3] ［元］脱脱等撰：《辽史》卷四十九，顾颉刚等点校《点校本二十四史精装本》，中华书局2011年版，第834页。
[4] ［元］脱脱等撰：《金史》卷三十，顾颉刚等点校《点校本二十四史精装本》，中华书局2011年版，第728页。
[5] 参见丁山《中国古代宗教与神话考》，龙门联合书局1961年版，第150页。
[6] 中国社会科学院考古研究所：《殷墟妇好墓》，文物出版社1984年版，第6页。

架北侧，还有蚌塑三角形图案，其东侧横置两根人的胫骨。①（见图6—6）冯时《河南濮阳西水坡45号墓的天文学研究》认为"这毫无疑问是北斗的图像"。如此，"墓中的蚌塑龙虎就只能作为星象来解释。这样，本来孤立的龙虎图像由于北斗的存在而被自然地联系成了整体。"②

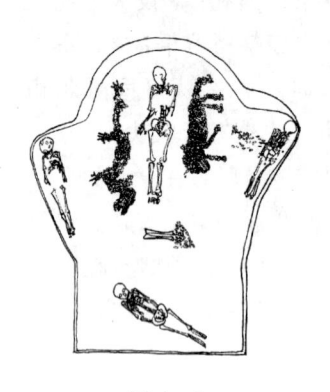

图 6—6　　　　　　　　　图 6—7

　　古人将赤道、黄道附近的二十八宿分为四陆，四陆与四灵相配而成东（苍龙）南（朱雀）西（白虎）北（玄武）四宫。古人又将北天不没的区域称为中宫，而北斗恰在其中。如此而论，西水坡45号墓蚌塑龙虎北斗图案所表现的正是北天中宫与东西二宫的形象。墓主人骨架位于北斗之上、东西二宫之中的埋葬形式，已经构成一种"超视域"甚至"幻视域"的象征图景。在上述象征图景中，龙虎以二灵身份而成东西二陆之实并与墓葬主人构成空间方位上的联结：墓葬主人居于北天中宫之下，处于东西二陆之中，受到龙虎二灵之佑。显然，在这样一个立体的空间方位结构体系中，墓葬主人得到了最为尊崇的表现和最为安全的保护。

　　对此，湖北随县曾侯乙墓 E66 衣箱龙虎北斗图案设计可为进一步说明。E66 衣箱盖面中间是一"斗"字，其外围依照顺时针方向写有二十八宿名称，并在东西二宫两侧绘有龙虎图象。③（见图6—7）。上述

---

① 河南濮阳西水坡45号墓平面图，采自《文物》1988年第3期。
② 冯时：《河南濮阳西水坡45号墓的天文学研究》，《文物》1990年第3期。
③ 曾侯乙墓 E66 衣箱龙虎北斗图案，《考古》1992年第10期。

二十八宿北斗龙虎图案与西水坡45号墓蚌塑龙虎北斗图案，在构图形式与构图意义上颇为一致。有学者认为曾侯乙墓 E66 衣箱所盛衣服是供曾侯乙"晚上于后宫居息时所穿"①。如果上述推断正确，则意味着 E66 衣箱龙虎北斗图案的象征图景，是与曾侯乙晚间居处构成关联的。因此，E66 衣箱龙虎北斗图案的象征意义与西水坡45号墓蚌塑龙虎北斗图案的象征意义是相同的。

需要指出的是，上述象征体系是依靠具有叙事性质的空间方位联结形式而展现的。墓葬主人既是叙述的出发点，也是叙述的归结点，并以叙述（观照）主体的身份而成为叙述的中心或基点。这种带有叙事性质的空间方位联结形式，并非简单意义上的平面方位联系，而是以叙述（观照）主体为中心和基点的前后、左右、上下、天地之间的联通，体现的是人与包括天地在内的周围世界的融通与联系。

上述"带有叙事性质的空间方位联结形式"的形成，说明古代先民从很早的时候就已经运用这种"空间方位联结形式"来观察和认识自身以外的世界。更为重要的是，古代先民在对外部世界的认识中并没有将"自己"抛开，而是将"自己"置于外部世界——自然和宇宙的中心，并以自身为"基点"而对外部世界进行由低到高、由里到外的有序的认识。其重要意义体现在对人的主体性的把握和人与外部世界融通与联系的主动性的强调。它能够最大限度地调动和发挥人的自身的有限能力和无限潜能，既可以将"自己"置于"在视域"的空间，又可以以其为基础而扩展到"超视域"甚至"幻视域"的空间。更为重要的是，这种空间视阈的转换，不但具有时间性质，而且还伴随着超时空的构想性质。

需要指出的是，空间方位文学叙事艺术在荆楚古典浪漫主义文学创作中就已经出现。下面的统计将为上述认识提供依据。表6—6 的内容是屈原、宋玉、荀卿主要辞赋作品空间方位叙事的运用情况。表6—7 的内容是包括《尚书·尧典》在内的先秦汉代重要散文作品空间方位叙事的运用情况。

---

① 刘信芳：《曾侯乙墓衣箱礼俗试探》，《考古》1992 年第 10 期。

表 6—6

作者	篇名	例句
屈原	离骚	朝搴阰之木兰兮，夕揽洲之宿莽。/进不入以离忧兮，退将复修吾初服。/朝发轫于苍梧兮，夕余至乎县圃。/前望舒使先驱兮，后飞廉使奔属。/夕归次于穷石兮，朝濯发乎洧盘。/朝发轫于天津兮，夕余至乎西极。
宋玉	九辩	左朱雀之茇茇兮，右苍龙之躣躣。
宋玉	钓赋	左挟鱼罶，右执槁竿。
宋玉	笛赋	其阴则积雪凝霜，雾露生焉；其东则朱天皓日，素朝明焉；其南则盛夏清澈，春阳荣焉；其西则凉风游旋，吸逮存焉。
荀卿	赋篇	下覆百姓，上饰帝王。

表 6—7

篇名	例句
尚书·尧典	寅宾出日，平秩东作。日中，星鸟，以殷仲春。……申命羲叔，宅南交。平秩南为，敬致。日永，星火，以正仲夏。……分命和仲，宅西，曰昧谷。寅饯纳日，平秩西成。宵中，星虚，以殷仲秋。……申命和叔，宅朔方，曰幽都。平在朔易。日短，星昴，以正仲冬。
	岁二月，东巡守，至于岱宗，柴。……五月南巡守，至于南岳，如岱礼。八月西巡守，至于西岳，如初。十有一月朔巡守，至于北岳，如西礼。
礼记·王制	岁二月，东巡守，至于岱宗。……五月南巡守，至于南岳。……八月西巡守，至于西岳。……十有一月北巡守，至于北岳。
说卦	万物出乎震，震东方也。齐乎巽，巽东南也；……离也者，明也，万物皆相见，南方之卦也……坤也者，地也……兑，正秋也，万物之所说也，……战乎乾，乾西北之卦也……坎者水也，正北方之卦也……艮，东北之卦也。万物之所成终而所成始也。

根据上述统计而分析如下：（1）空间方位文学叙事艺术在屈原、宋玉、荀卿的辞赋作品中都有所运用，但荀卿《赋篇》仅出现"上下式"句式。《离骚》"前望舒使先驱兮，后飞廉使奔属"之"前后式"较为典型，但仅此一句，而"朝夕"句式则运用频繁，屈原其他作品亦大致如

此。在宋玉作品中，除"前后式"外，还出现了"左右式"。值得注意的是，在宋玉《笛赋》中更出现了较为复杂的"东南西北式"。（2）空间方位文学叙事在包括《尚书·尧典》在内的重要散文作品中的运用较为单纯，主要以"东南西北"的"平面圆状叙事"为主，较少变化，但《说卦》中将方位与卦象相配，已经构成一个颇为完整而系统的空间方位（叙事）模式。

据此而得出如下结论：（1）空间方位文学叙事在荆楚古典浪漫主义文学具有代表性的辞赋作品的运用情况能够说明，空间方位文学叙事艺术在汉以前荆楚古典浪漫主义文学创作中还处于一个"幼稚"的阶段。（2）空间方位文学叙事在包括《尚书·尧典》在内的重要散文作品中主要表现为"东南西北"式的"平面圆状叙事"形式，其叙事背景是"超视域"的天空，《礼记·王制》的方位叙事，显然承其而来。上述方位叙事的形成，应该与古代"天圆地方"的宇宙构想有关，并进而成为一种惯常的叙述模式而被运用到"在视域"的叙述中。

二 空间方位叙事艺术的成熟与汉赋超视域、幻视域艺术手法的运用

汉赋多以园囿、山川、建筑等作为描绘对象，且行文多触及身边之景象、身外之自然，阔大雄浑，恢弘大气。汉赋在内容与行文等方面的上述特点，决定了汉赋叙述主体必须具有平面与立体相结合的框架意识，才能在阔大的视觉、超视觉、乃至幻视觉的空间视阈中构造其叙事架构。

作为一种叙事艺术技巧，从空间视觉思维出发的方位叙事已经被汉赋作家运用到具体赋文创作之中，并成为汉赋最为重要的艺术特色之一。[①]

《全汉赋》收有汉赋作家82人，收录汉赋作品279篇，其中完整或相对完整的赋文大约在161篇。在上述161篇赋文中，大约有43篇作品在创作中运用了空间方位叙事方法，涉及汉赋作家23人，方位叙事句式91句。

《全汉赋》中完整或相对完整的161篇赋文中91句方位叙事句式：

[①] 接下来对汉赋空间方位叙事的讨论，将以费振刚、胡双宝、宗明华辑校《全汉赋》所收作家和所录赋文为对象。

（1）枚乘《梁王兔园赋》：左挟弹焉，右执鞭焉。

（2）司马相如《子虚赋》：左乌号之雕弓，右夏服之劲箭。/下摩兰蕙，上拂羽盖。/且齐东陼钜海，南有琅邪。

（3）司马相如《上林赋》：左苍梧，右西极。/日出东沼，入乎西陂。/其南则隆冬生长，涌水跃波……其北则盛夏含冻裂地，涉冰揭河。/青龙蚴蟉于东箱，象舆婉僤于西清。/前皮轩，后道游。

（4）司马相如《大人赋》：左玄冥而右黔雷兮，前陆离而后矞皇。

（5）司马相如《难蜀父老》：故北出师以讨强胡，南驰使以诮劲越。

（6）孔臧《杨柳赋》：南垂大阳，北被宏阴，西奄梓园，东覆果林。

（7）东方朔《答客难》：抗之则在青云之上，抑之则在深渊之下。

（8）王褒《洞箫赋》：孤雌寡鹤，娱优乎其下兮，春禽群嬉，翱翔乎其颠。

（9）扬雄《蜀都赋》：东有巴賨，縣亘百濮。……南则有犍牂潜夷，昆明峨眉。……西有盐泉铁冶，橘林铜陵。……北则有岷山，外羌白马。/于是乎则左沈犟，右羌庭，/东西鳞集，南北并凑。/江东鲐鲍，陇西牛羊。/期于倍春之阴，迎夏之阳。

（10）扬雄《甘泉赋》：帅尔阴闭，霅然阳开，/下阴潜以惨廪兮，上洪纷而相错。/左欃枪而右玄冥兮，前熛阙而后应门；/蛟龙连蜷于东崖兮，白虎敦圉乎昆仑。/东烛沧海，西燿流沙。北矌幽都，南炀丹崖。

（11）扬雄《河东赋》：叱风伯于南北兮，呵雨师于西东。

（12）扬雄《羽猎赋》：武帝广开上林，南至宜春鼎湖御宿昆吾，旁南山而西，至长杨五柞，北绕黄山，濒渭而东。/东延昆邻，西驰闾阖/然后先置乎白杨之南，昆明灵沼之东/仁声惠于北狄，武谊动于南邻。

（13）扬雄《长杨赋》：左太华而右褒斜/靡节西征，羌僰东驰/西厌月嶲，东震日域。

第六章　秦汉世俗浪漫主义文学的创作与荆楚古典浪漫主义文学的转型　453

（14）扬雄《逐贫赋》：左邻崇山，右接旷野。

（15）扬雄《解嘲》：今大汉左东海，右渠搜，前番禺，后陶涂，/东南一尉，西北一候。

（16）班彪《览海赋》：松乔坐于东序，王母处于西箱。

（17）冯衍《显志赋》：南望郦山，北属泾渭，东瞰河华、龙门之阳，三晋之路，西顾酆鄗、周秦之丘，/跃青龙于沧海兮，豢白虎于金山。/神雀翔于鸿崖兮，玄武潜于婴冥。

（18）杜笃《论都赋》：东临霸浐，西望昆明，北登长平/南禽公孙，北背强胡，西平陇冀，东距洛都。

（19）崔骃《达旨》：下不步卿相之廷，上不登王公之门。

（20）班固《两都赋》：左据函谷二崤之阻，以表太华终南之山。右界褒斜陇首之险，带以洪河泾渭之川。/仰寤东井之精，俯协《河图》之灵。/南望杜霸，北眺五陵。其阳则崇山隐天，幽林穹谷。……其阴则冠以九嵕，陪以甘泉。东郊则有通沟大漕……西郊则有上囿禁苑……其中乃有九真之鳞。/前唐中而后太液。/左牵牛而右织女/东薄河华，西涉岐雍。

（21）班固《东都赋》：西盪河源，东澹海涘，北动幽崖，南趯朱垠。

（22）李尤《平乐观赋》：南切洛滨，北陵仓山。

（23）李尤《东观赋》：上承重阁，下属周廊。/步西蕃以徙倚，好绿树之成行。历东崖之敞坐，庇蔽芾之甘棠。

（24）张衡《西京赋》：左有崤函重险，桃林之塞……右有陇坻之隘，隔阂华戎……于前则终南太一，隆崛崔崒……于后则高陵平原，据渭踞泾。/右极盩厔，并卷酆鄠。左暨河华，遂至虢土。/牵牛立其左，织女处其右。

（25）张衡《东京赋》：泝洛背河，左伊右瀍。西阻九阿，东门于旋。/盟津达其后，太谷通其前。/飞云龙于春路，屯神虎于秋方。/永安离宫，脩竹冬青。阴池幽流，玄泉洌清……于南则前殿灵台，鱻鱂安福……于东则洪池清，渌水澹澹……其西则有平乐都场，示远之观。/左制辟雍，右立灵台。

（26）张衡《南都赋》：尔其地势，则武阙关其西，桐柏揭其东。/若夫天封大狐，列仙之陬，上平衍而旷荡，下蒙笼而崎岖。

(27) 张衡《冢赋》：降此平土，陟彼景山。一升一降，乃心斯安。/高冈冠其南，平原承其北。

(28) 张衡《髑髅赋》：南游赤野，北泄幽乡。西经昧谷，东极扶桑/聊回轩驾，左翔右昂。/下居淤壤，上负玄霜。/为是上智，为是下愚？/取耳北坎，求目南离。使东震献足，西坤援腹。

(29) 王逸《荔枝赋》：大哉圣皇，处乎中州。东野贡落疏之文瓜，南浦上黄甘之华橘，西旅献崑山之蒲桃，北燕荐朔滨之巨栗，魏土送西山之杏。

(30) 王延寿《鲁灵光殿赋》：西厢踟蹰以闲宴，东序重深而奥秘。/奔虎攫拏以梁倚，仡奋䯻而轩鬐。虬龙腾骧以蜿蟺，颔若动而躨跜。朱鸟舒翼以峙衡，腾蛇蟉虬而绕榱。白鹿孑蜺于欂栌，蟠螭宛转而承楣。/朱桂黝儵于南北，兰芝阿那于东西。

(31) 桓麟《其说》：上仰贯天之山，下临洞地之谿。/王良栢其左，造父骖其右。

(32) 赵壹《穷鸟赋》：毕网加上，机阱在下。/前见苍隼，后见驱者，缴弹张右，羿彀左。/昔济我南，今振我西。/内以书心，外用告天。

(33) 边让《章华台赋》：左洞庭之波，右顾彭蠡之隩。

(34) 蔡邕《述行赋》：行遊目以南望兮，览太室之威灵。顾大河于北垠兮，瞰洛汭之始并。

(35) 蔡邕《汉津赋》：于是遊目骋观，南援三州，北集京都，上控陇坻，下接江湖。

(36) 蔡邕《弹琴赋》：青雀西飞，别鹤东翔。

(37) 蔡邕《协和婚赋》：乾坤和其刚柔，艮兑感其脢腓。

(38) 徐干《齐都赋》：南望无垠，北顾无鄂。

(39) 繁钦《桑赋》：上似华盖，紫极比形，下象凤阙，万桷一楹。/阳蜩鸣其南枝，寒蝉噪其北阴。

(40) 王粲《登楼赋》：北弥陶牧，西接昭丘。

(41) 刘桢《遂志赋》：梢吴夷于东隅，挈畔臣乎南荆。

(42) 应玚《憨骥赋》：思薛翁于西土兮，望伯氏于东隅。

(43) 应玚《赋驰射》：左揽繁弱，右接湛卫。

总体上看，从空间视觉思维出发运用空间方位文学叙事方法而进行赋文创作的汉赋作家，占《全汉赋》所收作家的 1/4 以上；所涉及的汉赋作品，亦占 161 篇赋文的 1/4 以上。

上述 43 篇作品中 91 句空间方位文学叙事句式，主要有如下 10 种形式：（1）"左右"式；（2）"前后"式；（3）"南北"式；（4）"东西"式；（5）"阴阳"式；（6）"上下"式；（7）"东西南北"式；（8）"前后左右"式；（9）"东南西北"式；（10）"东南西北上下"式。

上述 10 种空间方位文学叙事形式又可以归纳为 5 种类型：（1）平面直线叙事：如"前后"、"左右"、"南北"、"东西"等形式；（2）立体直线叙事：如"上下"、"高低"等形式；（3）平面四方叙事：如"前后左右"、"东西南北"等形式；（4）平面圆形叙事：如"东南西北"等形式；（5）立体圆形叙事：如"东南西北高低、上下"等形式。

值得注意的是，上述 5 种类型在汉赋创作中的使用频率是有差异的。我们对上述五种类型于 42 篇汉赋作品 91 句空间方位文学叙事句式中的使用情况作一考察，能够获得如下数据：

表 6—8

类型	篇数	作家数	句数
平面直线叙事	20	30	56
立体直线叙事	10	13	14
平面四方叙事	9	15	17
平面圆状叙事	2	3	3
立体圆状叙事	1	1	1

根据上述统计数据，汉赋作家从空间视觉思维出发运用空间方位文学叙事方法而进行赋文创作时，使用最多的是"平面直线叙事"，其次是"平面四方叙事"，再次是"立体直线叙事"。显然，上述三种空间方位文学叙事类型，尤其是"平面直线叙事"是汉赋作家最为常用的空间方位文学叙事方法。

由上述统计数据可知，汉赋作家从空间视觉思维出发运用空间方位文学叙事方法进行赋文创作,是有所选择和侧重的。不仅如此,西汉与东汉作家在空间方位文学叙事方法的运用方面,也存在着明显的差异。表 6—9 是对西汉与东汉作家情况的统计;表 6—10 是对西汉与东汉 42 篇赋文情况的统计。

表 6—9

西汉		东汉	
汉赋作家	6	汉赋作家	17
汉赋篇章	15	汉赋篇章	27
方位句式	35	方位句式	56

表 6—10

类型	西汉	东汉	总句数
平面直线叙事	20	36	56
立体直线叙事	4	10	14
平面四方叙事	6	11	17
平面圆状叙事	2	1	3
立体圆状叙事	0	1	1

根据上述统计数据,我们试图得出如下认识:(1)运用空间方位文学叙事方法进行赋文创作,东汉赋家远远超于西汉赋家;(2)在"空间方位文学叙事类型"于赋文创作的运用上面,东汉赋家同样远远超于西汉赋家。

根据上述统计数据及所得出的认识,我们尝试作出如下判断:(1)从空间视觉思维出发运用空间方位文学叙事方法进行赋文创作,从西汉到东汉,可能存在一种由个别到普遍的创作倾向;(2)亦可能存在一种由尝试到成熟的创作过程;(3)还可能存在一种由单纯的叙事技巧到构造赋文空间叙事结构、构成赋文空间方位文学叙事体系的创作实践过程。

正是在这个意义上,我们能够对汉赋空间方位文学叙事艺术的特点作出总结:其一是它的由叙述主体为中心的空间关联而构成的"在视域"

意义上的空间方位文学叙事形式；其二是它的以"在视域"为基础而能够向"超视域"甚至"幻视域"扩充的延展性；其三是它的在视域延展过程中所开拓的想象空间和所伴随的象征性质。

接下来的个案讨论，能够为上述认识提供汉赋创作实践方面的根据。

枚乘《七发》被认为是骚体赋向汉大赋转变时期的重要作品，其构思技巧、结构方式、语言特点等艺术方面的成就，为汉代散体大赋的写作提供了范式。因此，以枚乘《七发》作为汉赋空间方位文学叙事艺术研究的首例个案实例，其典型意义不言自明。

枚乘《七发》以"楚太子有疾，而吴客往问之"开篇，接着便以太子与吴客之问答而展开赋文。从篇章整体格局上看，"太子与吴客"构成了赋文的第一级叙述主体。赋文以上述第一级叙述主体为中心而构成的叙述整体，又通过"吴客"以"七事"相解而进一步构成七个叙述单元。值得注意的是，上述叙述单元在赋文第一级叙述主体所构成的叙述层次基础上，已经构成了赋文第二级叙述层次。在第二级叙述层次中，随着叙述空间的移动，叙述主体也随之发生变化，而空间方位文学叙事手法恰恰是在赋文第二级叙述层次中得到了使用。

依据在赋文中出现的先后次序，《七发》空间方位文学叙事有如下六种展示：（1）以"太子"作为叙述中心，构成"越女侍前，齐姬奉后"的平面直线叙事。（2）以"龙门之桐"作为叙述中心，构成"上有千仞之峰，下临百丈之溪"的立体直线叙事；（3）以"钟岱之牡，齿至之车"作为叙述中心，构成"前似飞鸟，后类距虚"的平面直线叙事；（4）以"登景夷之台"作为叙述中心，构成"南望荆山，北望汝海。左江右湖，其乐无有"的平面四方叙事；（5）以"太子"作为叙述中心，构成"右夏服之劲箭，左乌号之雕弓"的平面直线叙事；（6）以"广陵曲江"作为叙述中心，构成"荡取南山，背击北岸。覆亏丘陵，平夷西畔"的平面直线叙事。

枚乘《七发》空间方位文学叙事手法的运用，具有如下两个特点：（1）空间方位文学叙事主要出现在赋文第二级叙述层次中，因叙述空间的移动而构成不同的叙述中心，相互之间并没有构成叙事意义上的关联；（2）不论平面直线叙事、立体直线叙事，还是平面四方叙事，其所展示的叙述空间，或围绕叙述中心而展开，或以叙述中心为基点而确定在可视的范围之内。

据此，我们能够作出这样的判断：枚乘《七发》空间方位文学叙事手法的运用，在形式方面还显得单纯，在技巧方面还显得简单。

司马相如《子虚赋》在描述"子虚"盛夸楚之云梦"方九百里"的阔大时，运用了"立体圆形叙事"。赋文云"其东则有蕙圃，衡兰芷若……其南则有平原广泽，登降陁靡……其高燥则生葴析苞荔，薛莎青薠……其埤湿则生藏莨蒹葭……其西则有涌泉清池，激水推移……其北则有阴林巨树，楩楠豫章……其上则有鹓雏孔鸾，腾远射干……其下则有白虎玄豹，蟃蜒貙犴"。赋文以"其东"、"其南"、"其西"、"其北"四方构成"东南西北"平面叙述；接下来又在此基础上，即在"其东"、"其南"与"其西"、"其北"两个平面叙述模块中，再分别以"其高"、"其埤"和"其上"、"其下"穿插其中。

显而易见，上述空间方位文学叙事艺术手法的运用，要比枚乘《七发》复杂得多，而且在枚乘《七发》所展示的"可视阈"的叙述空间基础上进一步扩展到"超视域"的叙述空间。

这种超视域方位叙事在扬雄《蜀都赋》中也同样得到了较为有效的运用。扬雄《蜀都赋》开篇仅以十句赋文总写，接着即以"蜀都"为中心而构成"<u>东</u>有巴賨……<u>南</u>则有犍牂潜夷……<u>西</u>有盐泉铁冶……<u>北</u>则有岷山"的"超视域"的平面叙述。

这种超视域方位叙事同样在张衡《西京赋》中出现。张衡《西京赋》以凭虚公子"先生独不见西京之事欤？请为吾子陈之"开篇，即以"咸阳"为叙述中心，运用"平面四方叙事"而展开超视域的空间叙述："左有崤函重险，桃林之塞。缀以二华，巨灵赑屃，高掌远蹠，以流河曲，厥迹犹存。右有陇坻之隘，隔阂华戎。岐梁汧雍，陈宝鸣鸡在焉。于前则终南太一，隆崛崔崒，隐辚郁律。连冈乎嶓冢，抱杜含鄠，欱沣吐镐，爰有蓝田珍玉，是之自出。于后则高陵平原，据渭踞泾。澶漫靡迤，作镇於近。"

张衡《髑髅赋》有别于其京都赋，赋文短小，但行文中空间方位文学叙事手法多处运用，已经成为结构全篇的叙述手段。全文以"张平子"为叙述主体和中心，首先运用"平面圆形叙事"描述其"南游赤野，北陟幽乡。西经昧谷，东极扶桑"的空间游历过程；接着运用"平面直线叙事"描述其"騑回轩驾"而"左翔右昂"的情态；再以"髑髅"为叙述中心，运用"立体直线叙事"描述其"下居淤壤，上负玄霜"的情景；最后再以"髑髅"为叙述中心，运用"平面四方叙事"发出为其"取耳北坎，求目南离。使东震献足，西坤援腹"的请求。

张衡在《髑髅赋》的创作中运用了四种类型的方位叙事，分别以不同的叙述主体为中心，在不同的空间转换中，构成了不同的空间方位文学叙事。显然，空间方位文学叙事在张衡《髑髅赋》中的运用已经达到了巧妙的艺术程度。这种情况不但说明《髑髅赋》的作者是在有意识、有目的地使用这种叙事方式，而且还能够说明从空间视觉思维出发运用空间方位文学叙事构造赋文的叙事方式，已经被熟练地运用到东汉抒情小赋的创作之中，并且在进入"情感性叙事"的领域中得到了充分的艺术表现。赵壹《穷鸟赋》的创作即是一个成功的范例。

赵壹《穷鸟赋》"正文"仅28句，但空间方位文学叙事的运用却多达五次，而且仅局限于平面直线叙事和立体直线叙事两种形式，并有精巧的变形。其"正文"云"有一穷鸟，戢翼原野。华网加上，机阱在下，前见苍隼，后见驱者，缴弹张右，羿子彀左，飞丸激矢，交集于我。思飞不得，欲鸣不可，举头畏触，摇足恐堕。内独怖急，乍冰乍火。幸赖大贤，我矜我怜，昔济我南，今振我西。鸟也虽顽，犹识密恩，内以书心，外用告天。天乎祚贤，归贤永年，且公且侯，子子孙孙。"赋文"内以书心，外用告天"句，以"内""外"对用而构成的叙述形式，显然是对平面直线叙事的精巧变形。

张衡《思玄赋》的创作，也是空间方位文学叙事巧妙运用的一个典型和范例。《思玄赋》文末云："天长地久岁不留，俟河之清祗怀忧。愿得远渡以自娱，上下无常穷六区。"所以作者"占既吉而无悔兮，简元辰而俶装"，在简单准备之后，开始了他的"远渡"：首先从东方出发"过少皞之穷野兮，问三丘乎句芒"；然后进入南国，来到湘水之滨，"指长沙以邪径兮……翩倏处彼湘濒"；接着进入西域，来到生长着"建木"的"都广"；最后北上，来到玄武居住的"太阴"，"伛区中之隘陋兮，将北度而宣游"、"玄武缩于壳中兮，腾蛇蜿而自纠"。然而，行文至此，"远渡"并没有结束，而是再一次由身处的"大地"而"上浮"，"追荒忽于地底兮，轶无形而上浮"，"叫帝阍使辟扉兮，觌天皇于琼宫"，最后来到"天皇"居住的"琼宫"。

综观张衡《思玄赋》的创作，其赋文主体已经被作者锁定在"立体圆形叙事"之上。赋文中作者的"远渡",在性质上是一种"超视阈"的"远游"。作者以东方、南国、西天、太阴作为方位坐标,构成一个"超视阈"的巨大的叙述空间。然而,这样一个"超视阈"的叙述空间并不能满足作者"远渡"的愿望,作者的"远渡"是"穷六区"的"远渡",因此,这样的"远渡"也就超出了实际意义上的"远游"而成为一种"上天人地"式的精神层面的"玄游"。由这样的"玄游"所构成的叙述空间,已经扩展到所谓"六合之外"的精神世界,因此,由这样的"玄游"所构成的叙述空间,又在"超视阈"基础上转化为一种具有"幻视阈"性质的叙述空间。

通过上文讨论,我们试图得出这样的认识:作为一种空间方位文学叙事艺术技巧,从空间视觉思维出发的方位叙事,已经被两汉不同时期的汉赋作家运用到具体赋文创作之中,并且已经成为汉赋最为重要的艺术特色之一。在枚乘《七发》的创作实践中,空间方位文学叙事艺术并没有成熟运用,然而《七发》的创作实践,无疑为接下来的汉赋作家提供了极具实践价值的写作经验。自枚乘《七发》以后,空间方位文学叙事艺术在汉赋创作中获得了更为充分的展示,并清楚地呈现出三个方面的变化:(1)由"在视域"向"超视域"和"幻视域"的转换;(2)由"二级叙述层次"向"一级叙述层次"的延伸;(3)由"局部方位叙事"向"整体方位叙事"的发展。

基于此,我们能够对空间方位文学叙事艺术于汉赋的意义与价值作出总结:(1)其以叙述主体为中心而构成的"可视域"意义上的或东西或左右的空间方位文学叙事形式,将成为汉赋空间方位文学叙事艺术之最基本的形式;(2)其以"在视域"为基础而能够向"超视域"甚至"幻视域"扩充的延展性特征,将导致汉赋在不同视域之间以空间转换为特征的艺术观照方式和艺术表现形式的形成;(3)空间方位文学叙事艺术在视域延展过程中所开拓的想象空间和所伴随的象征性质,具有天然的浪漫主义艺术特质,从而使得汉赋创作更具浪漫主义文学色彩。

三 空间方位叙事艺术在汉代墓葬画像及墓葬整体叙事中的体现

从空间视觉思维出发的空间方位叙事艺术,在汉代墓葬画像中同样存在，并成为墓葬整体叙事的组成部分。

（一）由于汉画像承载体的立体结构与实用功能，一方面导致汉画像在构图意义上的象征意义的出现，另一方面导致汉画像画面与墓葬逝者在构图意义上的直接关联。因此，汉画像构图空间维度表现（叙事），实际上已经囿于画像所在的墓葬整体叙事之中，这意味着汉画像的叙述是以墓葬整体叙事为存在的前提和条件的。显然，从叙事的角度看，汉画像的叙述同样属于"二级叙述层次"。

（二）包括汉画像在内的墓葬整体叙事，其叙事主体出现"本体"与"象征体"。前者是墓葬逝者，后者是墓葬逝者于画面构图中象征性的再现；前者作为叙事主体必须在墓葬整体叙事中出现，而后者作为叙事主体则可以"隐身"或"潜伏"于画面构图之中。如此，源于叙事主体之"本体"与"象征体"的区别，而形成墓葬的"实体性叙事"与画像的"虚拟性叙事"两种不同的叙事形式；又基于叙事主体之"本体"与"象征体"的联系，而构成上述两种不同叙事形式在叙事目的与意义上的互为补充和互为条件的独特关系。

由上述认识而得出如下结论：空间方位叙事不仅在汉画像构图中存在，而且也在墓葬整体空间构成中存在。汉代丧葬形式上"室墓制度"的确立，为空间方位叙事提供了叙述平台。这种叙述平台的确立，将导致包括汉画像在内的墓葬整体空间方位叙事之叙事主体，进一步寻求和建立叙事的基点和中心，也为包括汉画像在内的墓葬整体空间方位叙事"在视域"、"超视域"、"幻视域"的空间方位叙事创造了条件。

上述认识提示我们：包括汉画像在内的墓葬整体空间方位叙事的目的和意义，将依托于"室墓"的目的和意义而存在。如前所述，如果从丧葬文化的角度来审视考古学意义上的汉代"室墓制度"，其最值得关注的特点，则是依据现实生活的经验而构造逝者"生命彼岸"的"生活空间"。正是在这个意义上，包括汉画像在内的墓葬整体空间方位叙事的目的和意义，即是通过墓葬与画像不同载体所承载的叙事主体，亦即"本体"与"象征体"所形成的"实体性叙事"与"虚拟性叙事"相结合，而完成叙事意义上的"空间构成"，即"后生命"意义上的具有彼岸性质的"空间"。

关于"地下世界"的构想，能够看到的最早的文献载记，是《左传·隐公元年》的"黄泉"。杜预注云:"地中之泉,故曰黄泉。"① 从文意上看,郑庄公所谓的"黄泉"内涵模糊,是"死后世界"还是"地下棺椁"则不清楚。而从颖考叔"阙地及泉,隧而相见"的话看,其做法虽然带有象征性,但仍然能够反映出春秋时人对"黄泉"即为"地下"的认识。

从上述认识中可以发现,春秋时人对"死后世界"的认识还相当模糊,更多的是来自棺椁深埋至地下的直观的感知。《庄子·秋水》有"且彼方跐黄泉而登大皇"语。《集解》云:"大皇,天也。"② 则"黄泉"仍然是"地下"的意思。《管子·小匡》有"杀之黄泉,死且不朽"语。③ 其"黄泉"恐怕仍然是"地下"的意思,但不可否认的是,上述"黄泉"已与"死"联系在一起,已经含有死后归所的意义。《楚辞·招魂》中出现"幽都",诗云:"魂兮归来,君无下此幽都些。土伯九约,其角鬐鬐些。"上述诗句中"幽都"与"土伯"相连,则意味着构想的"死后世界"的出现。而从战国楚简卜筮祭祷简祷祠实践看,涉及"土地"的神祇有"社"、"后土"、"地主"、"野地主"等。上述土地神与《招魂》中的"土伯"是否存在联系尚不得知,但从楚简所反映的祷祠实践上看,对于土地神的崇拜和祭祷活动,在战国时期楚人的宗教信仰和相关仪轨中占有重要地位,也能间接地说明《招魂》所反映的"死后世界"的"构想",在战国时期楚人的思想和情感中已经存在。

然而,战国时期楚人关于"死后世界"的"构想",仅在《楚辞·招魂》中出现,且以令人恐惧的黑暗色彩展示出来,带有情感的被动和思想的畏惧。故上述关于"死后世界"的"构想"应该还处于"初级"的阶段。

值得注意的是,到了两汉时期,关于"死后世界"的"构想"则日益丰富起来。在相关文献和歌诗中的载记和描述中,出现了"泰山"、"蒿里"、"梁甫"等"死后世界"的名称,而在出土的汉代简牍文献中,则出现了"地下主"、"墓伯"这样的神祇。后者显然是对《楚辞·招魂》"幽都"之"土伯"的继承。但从汉代简牍文献中"死后世界"之

---

① (晋)杜预:《春秋左传集解》第一,上海人民出版社1977年版,第9页。
② (清)王先谦:《庄子集解》卷四,《诸子集成》(三),中华书局1954年版,第107页。
③ (清)戴望:《管子校正》卷八,《诸子集成》(五),中华书局1954年版,第120页。

"主管神祇"的名称与现实社会官职名称存在联系的情况看,两汉时期关于"死后世界"的"构想",是以现实社会政治和生活经验为基础的。①再佐以汉代墓葬画像通过空间方位叙事艺术而表现和描绘的关于"死后世界"的"构想",则能够发现上述关于"死后世界"的"构想",与战国时期楚人所表现的情感的被动和思想的畏惧有所不同,两汉时期所构想的"死后世界",因其作为生命归宿的彼岸色彩而内涵了坦然、愉快、期待、幻想的成分,并最终完成了理想化的"彼岸世界"即"快乐家园"的塑造。

我们尝试以陕西神木大保当第 23 号墓画像为例,对上述认识提供图像意义上的说明。陕西神木大保当第 23 号墓为砖砌双室墓,由墓道、甬道、前室、过洞、后室组成。画像主要出现在墓门之上。②

图 6—8　金雀山九号汉墓帛画　　　**图 6—9　长沙马王堆汉墓帛画**

① 如:(1)"四年后九月辛亥,平里五夫伥(张)偃敢告地下主:偃衣器物所以蔡(祭)具器物,各令会以律令从事。"(《湖北江陵凤凰山十号汉墓出土简牍考释》,《文物》1974 年第 7 期);(2)"十三年五月庚辰,江陵丞敢告地下丞,市阳五夫,燧少言与奴良等廿八人……骑马四匹,可令吏以从事,敢告主。"(《湖北江陵凤凰山一六八号汉墓发掘简报》,《文物》1975 年第 9 期);(3)"十二年二月乙巳朔戊辰,家丞移主臧(藏)郎中,移臧物一编,书列先选(撰)具奏主臧(藏)君。"(《长沙马王堆二、三号汉墓发掘简报》,《文物》1974 年第 7 期);蒲慕州:《墓葬与生死:中国古代宗教之省思》引,中华书局 2008 年版,第 206 页。
② 陕西省考古研究所、榆林地区文物管理委员会:《陕西神木大保当第 11 号、第 23 号画像石墓发掘简报》,《文物》1997 年第 9 期。

图 6—10　大保当第 23 号画像石墓墓门画像

　　大保当第 23 号画像石墓墓门门扉、门柱、门楣皆有画像（见图 6—10），其中门楣画像分为上下两栏，上栏为"狩猎图"，下栏为"出行图"。[①] 上述门楣画像有两个方面的情况值得注意：（1）在画像的左右上角刻绘"月轮"与"日轮"形象；（2）在"月轮"、"日轮"形象的下部刻绘着"车马出行"画面。

　　"月轮"与"日轮"成左右相对的构图形式，在西汉初期墓葬的铭旌帛画中就已经出现。如山东临沂金雀山九号汉墓帛画（见图 6—8）和长沙马王堆汉墓帛画（见图 6—9）。在上述帛画的构图中，"日轮"与"月轮"皆呈现左右相对的形式置于画面的最上层。从金雀山九号汉墓帛画构图看，其构图层次异常清晰，"日轮"与"月轮"的下面是"山峦"，构成第二个层次；"山峦"的下面是"房屋"和房屋中的"主人"，并构成第三个层次；接下来是表现日常生活的第四个层次和象征吉祥的"龙穿璧"的第五个层次。[②] 显然，上述五个层次的前四个层次，在构图内容上形成了"天空"、"山野"与"家园"的空间构想，而且，上述"空间构想"中的每一个层次，既呈现出相对的独立性，又体现出相互"包容"的关系，亦即"山野"在"天空"之下，而"家园"又在"山野"之中的

　　[①] 陕西省考古研究所、榆林地区文物管理委员会：《陕西神木大保当第 11 号、第 23 号画像石墓发掘简报》，《文物》1997 年第 9 期。

　　[②] 参见刘家骥、刘炳森《金雀山西汉帛画临摹后感》，《文物》1977 年第 11 期。

逻辑关系。马王堆帛画在构图上相对复杂一些，但"日轮"与"月轮"呈现左右相对并置于画面最上层的构图形式和以"龙穿璧"为"承托"的构图形式是相同的，说明帛画"龙穿璧"以上的部分，象征"天空"与"家园"的逻辑关系仍然存在。

值得注意的是，这种以"日轮"与"月轮"左右相对而置于铭旌帛画最上层的构图形式，进而出现在墓葬壁画中，并仍然以"日轮"与"月轮"左右相对的构图形式而置于墓室的最高处，即室顶或隔梁之上，从而与墓室构成一个立体的"空间格局"。如1957年在河南洛阳发现的西汉壁画墓，在墓葬前室的顶脊上绘有日、月、星辰形象，"日轮"与"月轮"位于东、西两端，中间是流云和星辰。① 如图6—11"摹本"所示。

图6—11

将"日、月、星辰"描绘于墓葬前室的顶脊之上，这样的构图形式的象征意义是非常明确的，即通过"日、月、星辰"形象而将墓室的"顶脊"赋予了"上天"或"天空"的性质和意义，从而使得"墓葬整体"也同时具有了象征"天地一体"的"空间格局"。这样的墓葬设计思维在山东地域的东汉早期墓葬中也有反映，如在东汉早期的山东长清孝堂山石祠"隔梁"上面，即刻绘有"日、月、星辰"图像。如图6—12"摹本"所示。

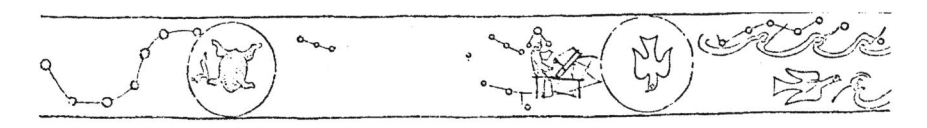

图6—12

---

① 河南省文化局文物工作队：《洛阳西汉壁画墓发掘报告》，《考古学报》1964年第2期；夏鼐：《洛阳西汉壁画墓中的星象图》，《考古》1965年第2期。

画像分为南北两段，日轮位于南段，月轮位于北段；日轮中有金乌，月轮中有蟾蜍和玉兔。① 上述画像位于石祠"隔梁"之上，而处于石祠内部最高空间，从而使得石祠"隔梁"具有了"天空"的性质和意义。同时，上述画像又与"隔梁"的东面和西面画像组合成一个画像整体，并在后者由上而下的"神话传说"、"车骑出行"、"历史故事"、"庖厨百戏"、"车骑人物"等的"分层叙述"中，构成一个涵容天地、历史、神仙世界和现实人生的"想象空间"。

上述构图形式在东汉时期出现了不同的"变体"，但"日轮"与"月轮"成左右相对的基本构图形式并没有改变。说明由上述构图形式所反映的"天地一体"的"空间格局"的象征意义并没有发生变化。图6—13是河南南阳县十里铺东汉晚期画像石墓前室、中室"盖顶石"下面的画像。②

图6—13　河南南阳县十里铺画像石墓

上述画像在墓葬中的编号（从右至左）为第2幅、第19幅、第20幅，其中第2幅位于前室"东盖顶石下"，上为阳乌载日飞翔，乌腹部呈圆形，表示"日轮"；第19幅位于中室"南盖顶石下"，刻绘羽人、玄武、神灵等形象；第20幅位于"北盖顶石下"，画像右下角刻绘"月

---

① 中国画像石全集编辑委员会：《中国画像石全集1·山东汉画像石》，山东美术出版社、河南美术出版社2000年版，第47图。

② 南阳地区文物工作队、南阳县文化馆：《河南南阳十里铺画像石墓》，《文物》1986年第4期。

轮",中有蟾蜍。需要指出的是,南阳县十里铺画像石墓画像石"是由其他墓葬取来的,并且来源不止一墓"①。故画像石的"编排"与"置放"上存在诸多"错乱"的现象,但是反映"日月"和"天空"题材内容的画像石仍然被置放于墓葬的"顶盖"之上,说明墓葬的"设计者"在利用上述画像石时,还是考虑到画像石画像的题材和内容的。如此,虽然上文所引第2幅、第19幅、第20幅画像在墓葬中的具体位置(即"前室东盖顶石"、"中室南盖顶石"和"中室北盖顶石")不能作为分析画像构图的依据,但上述画像位于墓葬顶部而构成一幅完整的"日月天空"的画面的判断和做法,则是能够成立的。

以"日轮"和"月轮"左右相对的构图形式而将墓葬"室顶"或"顶脊"赋予"上天"或"天空"的性质和意义的做法,在山东安丘汉墓中室封顶石画像中也有相同的表现。② 如图6—14。画像从右至左分为五组,"日轮"和"月轮"位于第二组和第四组画面中。第二组画面中刻一日轮,内有三足乌、九尾狐;第四组画面中刻一月轮,内有玉兔、蟾蜍执杵捣药。

图6—14 安丘汉墓中室封顶石画像

上述情况能够说明,以"日轮"和"月轮"左右相对的构图形式而将墓葬"室顶"或"顶脊"赋予"上天"或"天空"的性质和意义的做法,已经在两汉时期丧葬文化上形成了一个具有共识性质的思想和意识。

---

① 南阳地区文物工作队、南阳县文化馆:《河南南阳十里铺画像石墓》,《文物》1986年第4期。

② 中国画像石全集编辑委员会:《中国画像石全集1·山东汉画像石》第153图,山东美术出版社、河南美术出版社2000年版。

由此，再回过头来考察陕西神木大保当第 23 号画像石墓墓门画像，其在空间方位叙事上可以分为四个层次：（1）由"日轮"与"月轮"所象征的"上天"或"天空"；（2）以门楣上栏"狩猎图"所表现的"原野狩猎"的景象；（3）以门楣下栏"出行图"所表现的"原野奔驰"的情景；（4）由铺首衔环、左右立柱画像而构成的"快乐家园"的场面。如此，门楣下栏"出行图"的构图意义，就可能出现两种解读：（1）以上栏"狩猎图"所表现的"原野"景象为"终点"的"出行"；（2）以铺首衔环和左右立柱画像而构成的"快乐家园"为"终点"的"回归"。

显然，对于以铺首衔环和左右立柱画像而构成的"快乐家园"来说，不论对门楣下栏"出行图"构图意义作何种解读，"出行图"所表现的"行为"都与"快乐家园"构成直接的密切的联系，"快乐家园"都将构成"出行图"所描述的"出行"或"回归"之"行为"的"背景"。

以上对陕西神木大保当第 23 号画像石墓墓门画像的分析，虽然属于"个案"的性质，但应该具有某种普遍性的意义。如果对汉画像石（砖）墓门楣画像中"车马出行"画面的构图形式进行总结，或更能说明问题（见图 6—15、图 6—16、图 6—17）。

图 6—15　1973 年山东苍山县城前村汉墓前室东壁门楣画像

图 6—16　山东莒县沈刘庄汉画像墓门楣画像

图 6—17　米脂官庄汉墓门楣画像

汉画像石（砖）墓门楣画像中以"出行"为内容的画面，在构图上主要呈现出三种形式，其一是单纯的车马出行，其二是在画面的两端即画面车马队伍的"前""后"刻绘"迎宾"和"送行"的形象，其三是画面中间刻绘"房屋"或"楼阁"而左右"车马"向着中间的"房屋"或"楼阁"行进。在上述三种"车马出行"画面构图形式中，后两种的叙述意图是明确的，画面中"迎宾"和"楼阁"形象的出现，既突出和强调了出行队伍"出行"的形象内涵，又昭示和表现了以"迎宾"和"楼阁"作为"目的地"的象征意义。

通过上文的讨论不难发现，从春秋战国到两汉时期，关于"死后世界"的"构想"，呈现出从模糊到清晰、从直观的地下感知到依据经验的理想生活构拟、从畏惧被动到乐观主动的发展、演变的轨迹。而在上述发展、演变中，源于生命死亡的恐惧，一直深埋在关于"死后世界"的"构想"之中，而理想化的"彼岸世界"即"快乐家园"的塑造，又使得生命回归的乐观的情感和心态得以生成，并始终试图以生命回归的理性、乐观、幻想，来"取代"或"遮蔽"生命死亡的恐惧。显然，在两汉时期关于"死后世界"的"构想"中，总是凝聚着浓烈的两级情感，源于生命死亡的恐惧，会演化为诸如矛盾、痛苦、忧伤、无奈等更为复杂的情感，而坦然、愉快、期待、幻想，又会不断地"强势"介入，以期对上述情感有所"冲淡"或"消解"。

上述认识促使我们展开如下思考：包括汉画像在内的墓葬整体空间方位叙事，在通过"实体性叙事"与"虚拟性叙事"相结合而完成的叙事意义上的"快乐家园"的同时，也意味着上述"快乐家园"在人们的思想和情感中的确立和存在，意味着上述"快乐家园"能够由思想和情感而向着艺术亦即文学领域的转化。其重大意义和价值在于，它为汉代艺术以及文学创作开启了一个崭新的视域，而更为确切的表述是：它使得秦汉以前就已经存在的属于"地下"性质的"空间构成",由模糊不清而明确清晰起来,并能够通过"实体性叙事"与"虚拟性叙事"相结合的方式而细致完整地表现出来。当这个属于"地下"性质的"空间构成"已经被汉代墓葬画像以构图艺术的"快乐家园"的形式精彩地表现出来的时候,其被文学家的彩笔进行文学的创作和描绘,也就为时不远了。

如此,当两汉时期的人们试图通过或借助各种文本形式,而对上述浓烈的生命情怀自觉的表现或无意的流露的时候,秦汉世俗浪漫主义文学创作的"新篇章"也便随之打开了。

四 空间方位叙事艺术在汉代碑歌、题记文、镇墓文、镜歌等文本形式中的运用

如前所述,包括汉画像在内的汉代墓葬整体空间方位叙事,通过"实体性叙事"与"虚拟性叙事"相结合而完成的叙事意义上的"空间构成"即"快乐家园"的同时,也意味着上述"快乐家园"在人们的思想和情感中的确立和存在,意味着上述"空间构成"能够由思想和情感而向着艺术亦即文学领域的转化,而值得我们关注的,则是秦汉世俗浪漫主义文学在创作形式上的以"新文本形式"的尝试。这里之所以使用"新文本形式"这样一个概念来指称上述类型的文学创作,是因为上述文本形式还没有被传统的文学范式所承认和接纳,因此,也就没有纳入传统的文学研究领域而受到研究者的关注。对此,我们试图从"文学文本"与"文学创作"的角度而对上述文本形式进行研究。

第一,碑文附诗《张公神碑歌》对生命彼岸世界的文学描绘。

《张公神碑歌》在立意与主旨方面与《张公神碑》之"颂词"大体一致,但第四章至第九章富于生动的情趣与浪漫的色彩,则与《张公神碑》典雅厚重不同。

汉代墓地祠堂画像的内容极为丰富,一般包括墓主"受祭"、车马出行、历史传说故事、瑞兽瑞物和祠堂顶脊上面表现神仙异境场面或神游情景等内容,其中后一个方面的内容,恰是理想化的"彼岸世界"的图像再现。

以山东武氏祠堂左石室屋顶三幅画像为例。

从武氏祠左石室屋顶前坡东段、西段和后坡东段画像看:(1)"左石室屋顶前坡东段"画像不仅有众多的羽人形象,西王母和东王公的形象,

第六章　秦汉世俗浪漫主义文学的创作与荆楚古典浪漫主义文学的转型　471

甚至还出现了墓冢、祠堂和神阙等建筑形象：画面上下分两层。上层，刻仙人乘云车、驾三翼龙左向行；其前有翼龙、羽人和羽人骑翼龙前导，后有羽人和羽人骑翼龙随从；左端一人执笏躬迎。下层，右上刻西王母、东王公端坐于云上，周围有男女羽人侍奉，其下及左边各停一翼马驾軿车；中部卷云缭绕，云中有众多的羽人；下部，右边刻三个圆形的坟冢，坟内有线刻的妇人和羽人，坟上飞云冉冉上升与上面的卷云相接，飞云旁有羽人；坟右有堂和阙及二人左向行；左边停立二马和一有屏轺车，车后二人持戟，一人持笏右向立。①（2）"左石室屋顶前坡西段"画像主要刻画的仍然是神人乘云车行进的场面，其中杂陈着风雨雷电诸神："画面上下分为四层。第一层，刻一头绾高髻的女神乘云车、御三翼龙右向行，前有翼龙、羽人、羽人骑翼龙前导，右边一人执笏躬立，二人执笏跪迎。第二层，刻雷神右向出行施威图：雷神乘坐于五羽人拽拉的云车上，执桴击建鼓；车后有风伯吹风和羽人；右边卷云上有电母、雨师执鞭、抱壶；栱虹下雷公执锤、钻俯身下击一披发伏地者；右端一妇女抱小儿作跌扑状。第三层，刻执锤、勺、刀、魁、瓶、盆的神人，持五兵的神怪和熊等神怪灵异。第四层，刻数力士背虎、负牛、拔树、擒牛、拽猪等形象及一骑者。"②（3）"左石室屋顶后坡东段"画像在画像内容上与前坡画像有很大的不同，前者多为神祇、仙人或神异之物，活动的场所往往是云中天上的世界，而后者则多为海灵河仙，活动的场所则是水中的世界。"画面上下分为三层。第一层，刻海灵右向出行图：一神执边面便面乘坐于驾三鱼的轺车上，车下绕卷云和飞翼；车前一人执笏跪迎，车后一人执笏恭送；车左右及前方有蟾蜍、灵龟、骑鱼者，人身鱼尾者各执刀、盾、戟、矛、剑等导从；左下有波浪及鱼；车周围有众多游鱼和三翼龙。第二层残泐，刻庖厨图。第三层残泐甚，刻人物及有翼神人。"③

对上述三幅画像内容进行讨论，如下三个方面的认识值得注意：

（一）上述三幅画像在内容上呈现出极为复杂的状况，将上述画像所表现的"艺术空间"简单地归结为"天上"、"仙界"或"人间"的做

---

① 参见中国画像石全集编辑委员会《中国画像石全集1·山东汉画像石》第87图"图版说明"，山东美术出版社、河南美术出版社2000年版。
② 参见中国画像石全集编辑委员会《中国画像石全集1·山东汉画像石》第88图"图版说明"，山东美术出版社、河南美术出版社2000年版。
③ 同上。

法，都是不合适的。左石室屋顶前坡东段画像上层画面表现了仙人乘云车出行的场景，再加上代表神仙世界的西王母、东王公形象的出现，将上述画面所表现的"艺术空间"理解为是对神仙世界的表现，是有说服力的。

（二）画面中西王母、东王公形象是在画像下层画面中出现的，上述形象为何没有在表现仙人出行的上层画面中出现？而第二个问题更为重要，那就是根据什么确定两个端坐的人物形象必定是西王母和东王公？需要指出的是，画像下层画面的右下，刻画着三个圆形的坟冢，坟上飞云冉冉上升与上面的卷云相接。这样的构图分明是将"坟冢"通过"卷云"与画面上层联系起来，同时，也就意味着在构图意义上将"坟冢"的"主人"与画面上层联系起来。因此，从这个意义上看，将画面中端坐的两个人物形象视为"西王母"和"东王公"亦有可能是一种误释，而从画面构图特点来看，将上述两个人物形象释为墓葬主人逝后成仙的形象，也是有道理的。

（三）左石室屋顶前坡东段画像所表现的"空间构成"，既不是天上的世界，也不是神仙的世界，而是想象中墓葬主人逝后所"生活"的空间。这一空间是除了人的"存在空间"之外的天堂、水府与仙界的融合体，因此，在这个空间中，既有天上的神祇，也有仙界的羽人，还有水中的灵物。从这个意义上看，左石室屋顶后坡东段画像所表现的"海灵河仙"的形象，也就可以理解了。画面以"海灵河仙"的形象所表现的，并非真正意义上的水中世界，从画面中"鱼车"下的"卷云"和"飞翼"就可以判断，"鱼车"不是在水中漫游，而是在空中飞翔。

上述画面构图能够告诉人们，想象中墓葬主人逝后所生活的空间，是一个多么宽广和自由的世界，它的特点是将所有奇妙、神异和浪漫的事物容纳于这个世界之中，并将不同事物不同存在、生活和生存方式整合于这个世界之中。

《张公神碑歌》即是对"张公"墓地祠堂画像所表现的理想化的"彼岸世界"的描绘。对此，《张公神碑歌》如下内容或可为证：

（一）《张公神碑歌》第四章第一句"鹿呦呦兮□□庭"句，虽然缺佚二字，但诗句最后一个"庭"字，一方面交代了"鹿"所活动的场所，另一方面也暗示出第四章前四句所描述的"鹿"等瑞兽的活动是在一个如"庭"的场所中实现的。根据第四章前四句所提供的线索，在这个"场所"中，有"清泉"静静的流淌；有"呦呦"神鹿的鸣叫；有"乐乐"欢快的活动；有"不骇惊"和睦的氛围。正是在这样的情境中，"惟公德兮之所宁"，"张公"的神灵才能得到安宁。显然，使"张公"的神灵得到安宁的地方，恰恰是想象中"张公"逝后所生活的地方。

（二）《张公神碑歌》第五章是对"瑞鸟"的描写，其中"给御卵兮献于西"句，表现的应该是瑞鸟"衔珠"或"吐珠"以及羽人（仙人）"献珠"的情形。通过"御卵"这一线索，将上述瑞鸟嘴衔（吐）神卵（不死药）的形象揭示出来。汉画像中鸟衔珠的形象是较多出现的。图6—18是山东滕州马王村出土西汉时期"凤鸟衔珠"画像。[1] 图6—19是山东邹城市"大树凤鸟羽人"画像。[2]

图 6—18　　　　　　图 6—19

（三）《张公神碑歌》第六章中涉及"钓台"、"四角楼"等池塘建筑形式以及"游鱼"的形象和"钓取"所表现的钓鱼的情形的描写。"钓台"在汉画像中多有描绘。从建筑形式上看，汉画像中的"钓台"有不同的表现形式。其一是独立的"钓台"，类似"水榭"，另一类"钓台"往往与"水榭"一类的建筑构成关联，形成一种"钓台水榭"的"复合"式建筑。

图6—20是山东滕州市出土水榭与钓台画像，图6—21是山东微山两

---

[1] 画像正面刻绘一挺身站立、羽尾飘扬的凤鸟。鸟嘴衔有一珠，此珠又与其他五珠相连。中国画像石全集编辑委员会《中国画像石全集2·山东汉画像石》第194图，山东美术出版社、河南美术出版社2000年版。

[2] 画像上部凤鸟嘴衔联珠，其下有羽人接珠。中国画像石全集编辑委员会《中国画像石全集2·山东汉画像石》第73图，山东美术出版社、河南美术出版社2000年版。

城镇出土水榭与钓台画像。①

图6—20 　　　　　　　　　图6—21

　　值得注意的是，上述"水榭"顶脊的建筑样式，与汉画像中"亭"的顶脊的建筑样式相同。"亭"在建筑形式上比楼阁简单，其四面敞开式的建筑形式，适合于非居住性的休闲或娱乐活动，所以汉画像中所表现的建于"池塘"边的"水榭"多采用这种顶脊呈"四角"的"亭"的形式。《张公神碑歌》第六章"四角楼兮临深涧"句，已经清楚地交代了"四角楼"所在的具体位置。前一句"池水□兮钓台粲"的缺字，应该是"深"字，这样恰与"四角楼兮临深涧"句的"深涧"与意义上构成关联，并进一步将前一句的"池水"与后一句的"深涧"联系起来，表明同指池水。如此，《张公神碑歌》第六章所描述的两个重要建筑钓台和四角楼，都应当建于"池水"的旁边：池水表现为一种主体景观，而钓台与四角楼则是以其为基础而存在的建筑形式。正是在这个意义上，《张公神碑歌》第六章中池水、钓台与四角楼等景观建筑构成了一个完整的"彼岸世界"的休闲娱乐建筑群体。

　　（四）《张公神碑歌》第八章带有很强的叙事性，全章可以分为三层：前四句是第一层，叙述"张公"端坐东方，"夫人□女"列于两旁；第五、六句为第二层，叙述"张公"从"神位"上下来车骑准备停当即将远行的情形；最后三句为第三层，叙述"张公"神游的过程与景象。在上述叙事性的描述中，除了"张公"这一形象之外，不同的叙述层次描

---

① 中国画像石全集编辑委员会《中国画像石全集2·山东汉画像石》第191、44图，山东美术出版社、河南美术出版社2000年版。

述了不同的人物和不同的情景：第一层涉及的人物形象有"张公"、"夫人"、"□女"，描写的特点是对静态的人物形象的塑造；第二层侧重对众多车骑停泊状态的描绘；第三层主要是对"张公"神游升仙情景的描绘，而神游所从之物都是神仙世界中的事物，如"蚩龙"、"白鹿"、"仙僮"等。上述三个层次所表现的三个场景，实际上是三个独立或相对独立的画面，其所表现的是逝者（灵魂）受到"祭拜"和在于另一世界中的生活（神游升仙）情景。

图6—22是1962年河南南阳市区出土墓葬逝者神游升仙画像。[①] 画像在构图上的最大特点，是画面神游升仙者被刻绘成普通人，而仙人（羽人）则成为引路者或护行者。更为重要的是，画面神游升仙者是坐在云车之上而不是骑跨在龙虎的身上，从而使得画像所表现的升仙内容变得更为直接和世俗。显然，画像上述构图与《张公神碑歌》第八章所描述的"驾蚩龙"、"骖白鹿"、"从仙僮"的神游升仙情景，已经颇为相似了。

图 6—22　河南南阳神游升仙画像

综上所述，《张公神碑歌》是对逝者的赞颂之辞，内容除论及逝者生前的功业和对逝者的褒扬之外，还涉及"张公"墓地的一些情况。有理由相信《张公神碑歌》的写作与"张公"墓地祠堂画像存在联系，其部分内容是对"张公"墓地祠堂画像所刻画的理想化的"彼岸世界"的描绘。诗歌中所描绘的"彼岸世界"，有着幽静祥和的庭院，庭院中呦呦鹿鸣，瑞鸟衔珠；清泉流淌，水榭钓台；蚩龙白鹿，羽人仙童。显然，诗歌中所描绘的"彼岸世界"是依托于"张公"墓地的祠堂和祠堂后面的墓葬而存在的。"祠堂"是生人与逝者联系与沟通的媒介，而祠堂画像也再

---

① 画面中间部分刻绘一车，车下无轮，而以缭绕的云气承托；车上二人，一为驭者、一为乘者；车前二鹿驾车，车后一鹿相随，旁有二仙人手执芝草并行。参见中国画像石全集编辑委员会《中国画像石全集6·河南汉画像石》第219图，山东美术出版社、河南美术出版社2000年版。

现了逝者于"地下世界"的"生活"。从这个意义上说,《张公神碑歌》是秦汉世俗浪漫主义文学第一篇以诗歌的形式再现逝者"生命彼岸"的"快乐家园"的文学作品。

第二,汉画像题记对生命彼岸世界的形象描绘与情感表现。

在汉代墓葬画像和墓地祠堂画像中,存在墓葬建造者即丧家对逝者、墓葬建造、墓葬或祠堂画像内容的介绍和描述的刻石文字,称之为"题记",而从"文学文本"和"文学创作"的角度,我们尝试将上述"题记"称之为汉画像"题记文"。汉画像题记文内容丰富,除了上述内容之外,还涉及"孝义"等道德思想和相关亲情的描写,在情感上更呈现出丰富复杂的特点。

山东苍山城前村东汉桓帝元嘉元年画像石墓有"题记"一篇。[1] 释文如下:

> 元嘉元年八月廿四日,立廊毕成,以送贵亲,魂灵有知,柃哀子孙,治生兴政,寿皆万年。薄疏廊中画观:后当朱雀,对游罴(戏)抽(仙)人。中行白虎,后凤皇(凰)。中乕(直)柱:隻(双)结龙主守。中雷辟邪。夹室上硬(央):五子舆僮女,随后驾鲤鱼;前有白虎青龙,车后口被轮雷公;君从者推车;乎桓(狐狸)冤厨(鹓雏)。上卫桥,尉车马,前者功曹,后主薄亭长。骑佐胡使(使)弩,下有深水,多鱼(渔)者;从儿刺舟,渡诸母。使(使)坐上小车轺,驱驰(驰)相随,到都亭,游徼候见,谢自便。后有羊车,橡(象)其辖(榙),上即圣鸟乘浮云。其中画像:蒙亲玉女执尊杯桉柈(盘),局𧵣稳枚好弱貌。堂硬(央)外:君出游,车马道从骑吏留,都督在前后贱(贼)曹。上有虎龙衔利来,百鸟共持至钱财。

---

[1] "题记"释文据李发林《山东苍山元嘉元年画像石墓题记试释》释文,括号中的字为本书作者所加,断句与原释文略有不同。参见李发林《山东苍山元嘉元年画像石墓题记试释》,《中原文物》1985年第1期。关于山东苍山东汉桓帝元嘉元年画像石墓"题记"考释与研究,参见《山东苍山元嘉元年画像石墓》,《考古》1975年第2期;方鹏均、张勋燎《山东苍山元嘉元年画像石墓题记的年代和有关问题的讨论》,《考古》1980年第3期;巫鸿《礼仪中的美术》上卷贰"汉代美术"之"苍山石刻与墓葬叙事画像",生活·读书·新知三联书店2005年版;赵超《中国古代石刻概论》,文物出版社1997年版;王滢《山东江苏汉画像榜题研究》,《中国汉画学会第九届年会论文集》,中国社会出版社2004年版。

其硚（央）内：有倡家，生（笙）汧（竽）相和，伮（比）吹庐（芦），龙雀除央蠕嚼（啄）鱼。堂三柱：中口口（有交）龙口（在）非详（飞翔）。左有玉女与扐（仙）人。右柱口口，请丞卿妇待给水将（浆）。堂盖泠好，中瓞（瓜）苿，上口包，末有盱（鱼）。其当饮食，就夫（太）仓，饮江海。学者高迁宜印绶。治生日进钱万倍。长就幽冥则决（决）绝。闲（闭）旷（旷）后，不复发。

考察苍山城前村"题记"文字，其对墓内画像的描述是有章可循的，其顺序依次是：（1）后室后壁；（2）后室中直柱；（3）后室顶盖；（4）前室西侧室上方；（5）前室东壁龛上方；（6）前室东壁龛内；（7）墓门横梁正面；（8）墓门横梁背面；（9）墓门立柱；（10）前室顶盖。①

将苍山城前村汉墓画像与"题记"联系起来考察，"题记"在描述墓葬画像的同时，也描绘了墓葬主人于"生命彼岸"的"生活图景"。从"题记"内容上看，上述"生活图景"或有"室内"与"室外"之分；而从墓内画像构图上看，其画像边栏装饰纹饰的不同，正可以作为上述认识的佐证。苍山城前村画像在构图上作为边栏的装饰纹饰是不一样的，共分为两种，一种是边栏内饰垂帐纹，另一种是边栏呈简单而不规则的边框纹。② 边栏内饰垂帐纹的画像是前室东壁画像、后室室顶画像和墓门门楣背面画像。图6—23是前室东壁画像，画像中间的进馔场面，应该是整个画面的重点和中心，其上层的龙凤和下层的出行，则是依托于"中心"的连带成分。如此，画面中心所表现的，应该是墓主人在"室内"日常生活的图景。

---

① 参见巫鸿《礼仪中的美术》上卷贰"汉代美术"之"苍山石刻与墓葬叙事画像"，生活·读书·新知三联书店2005年版，第215、216页。

② 具体情况见《中国画像石全集3·山东汉画像石》所录山东苍山城前村汉墓画像，即：墓门左右立柱正面画像、墓门门楣正面、背面画像、前室西壁、东壁门楣正面画像、前室东壁画像、后室室顶画像、前室北中立柱正面画像、墓门中立柱正面、背面画像。参见中国画像石全集编辑委员会《中国画像石全集3·山东汉画像石》第100、101、102、103、104、105、106、107、108、109、110图，山东美术出版社、河南美术出版社2000年版。

图 6—23

图 6—24 是门楣背面画像，画面由横栏分为上下二层，上层左边一虎二龙相戏、中部一鸟首龙身怪、右边双鹤交颈衔鱼，下层则为乐舞百戏。根据"题记"的描述，画像下层"乐舞百戏"的场面，实际上是艺人（"倡家"）在"室内"所进行的歌、乐、舞的表演。不同的画像饰以不同的边栏内饰，应该是画像创造者有目的、有意识的一种构图手段。垂帐纹的装饰作用将画像构图通过绘画语言所传达的主要意图，限定在"室内"而不是"室外"。

图 6—24

上述情况说明，苍山城前村墓葬画像既刻画了墓葬主人于"室内"的生活，也刻画了墓葬主人于"室外"的活动。据此而论，苍山城前村"题记"所描绘的墓葬主人于"生命彼岸"的生活图景，是包括"室内"和"室外"的"整体"的生活。如果与《张公神碑歌》进行比较，其

第六章　秦汉世俗浪漫主义文学的创作与荆楚古典浪漫主义文学的转型　479

"快乐家园"生活图景的描绘各有千秋,而"宴饮"和"乐舞百戏"场景的描绘,则标志着"题记"所描绘的生活图景更为细致和全面,也更为世俗化和理想化。

值得注意的是,与《张公神碑歌》比较,苍山城前村"题记"不但在"快乐家园"生活图景的描绘上更为细致和全面,而且在情感上也更为丰富和繁杂。"题记"关于"仙游"、"宴饮"、"乐舞百戏"等生活娱乐内容的描写,都充满了喜悦和欢乐的情调,然而在上述喜悦和欢乐的情调中,也隐含着某种无法言说的无奈和忧伤。"题记"第一段有"立廊毕成,以送贵亲,魂灵有知,柃哀子孙"诸句;"题记"最后一段有"长就幽冥则决绝,闲(闭)旷之后不复发"诸句。上述文句可以联系起来看。"立廊毕成"是说墓室已经修建完毕,逝去的亲人在"幽冥"间的"住宅"已经建设好,使得"长就幽冥"成为可能,所以才能"以送贵亲"。而"贵亲"一旦"长就幽冥",则"生人"与"逝者"也就从此"决绝"不再相见。

显然,苍山城前村"题记"中这种缘于"长就幽冥"而引发的"决绝"式的情感,其"本质"并不是喜悦和欢乐,而是忧伤和无奈。而"题记"恰恰是将上述喜悦和欢乐"置于"忧伤和无奈之中,构成这种"两级情感"的交织和碰撞,由此而形成的思想和情感的震撼和冲突,是其他文学形式的创作所无法比拟的。上述情况或许就是这一类碑铭附诗或墓葬题记所具有的文学意义上的独特魅力之处。

如果将苍山城前村"题记"与汉碑语言进行比较,"题记"在语言的运用上颇为逊色。① 然而,苍山城前村"题记"在语言的运用上显然具有自己的特点:(1)语言的运用明显经过斟酌和修饰,并非随意率然;(2)准确而具有专业性;(3)俗语和惯用语丰富;(4)自然而平实。值得注意的是,上述语言运用上的特点,又是与"题记"较为规整的句式和韵律结合在一起的。正是在上述意义上,苍山城前村"题记"的文学价值不能低估。

---

① 李发林认为:"从语言来看,一般汉碑语言流利。句子通顺,文章优美,书法、刻工也往往属于上乘。因为汉碑往往是文化水平高的人来撰写,他们的语言也往往是官方语言。此题记在语句、文字上不及汉碑之精美。"李发林:《山东苍山元嘉元年画像石墓题记试释》,《中原文物》1985年第1期。

关于苍山城前村"题记"文学意义与价值的认识，又必然涉及"题记"的作者和"题记"的创作等问题。对此，如下意见值得关注：

（一）首先能够明确的是，"题记"的作者并非"丧家"。[①]"题记"中对于墓葬专业用语和俗语以及丧事惯用语的运用，说明"题记"的作者是一位对民间丧葬事物非常熟识的人士，而"题记"语言明显经过斟酌和修饰以及句式的规整和韵律的运用，又说明"题记"的作者具有相当的文字运用能力和文学语言的表达能力，非一般"画工"或"刻工"所比。据此而论，认为"题记"的作者"文化水平不高"或"画工"、"刻工"的认识值得商榷。

（二）"题记"对于墓葬专业用语和俗语以及丧事惯用语的运用，使得"题记"的文辞和行文特点具有程式化的倾向，而"题记"中以"贵亲"称呼逝者，使得"题记"作者非"丧家"更为明确，故"题记"或与流行的具有丧事通用性质的丧葬文辞有关。然而，如果上述认识符合事实，将进一步说明"题记"所描绘的墓葬画像，在构图内容、构图形式、画像于墓中的设计等方面，也应该体现出程式化的特征，并意味着上述画像构图也具有广泛流行的特点，显然，根据目前所能掌握的相关画像资料，并不能支持上述认识。

（三）墓葬丧事文辞与文本形式的程式化特点，源于地域丧葬文化的悠久历史和传统，是故苍山城前村"题记"程式化特征的形成和表现也是必然的，但是上述"题记"与墓葬画像的联系，决定了"题记"对画像的"描绘"是以画像构图为前提和基础的，而画像源于不同逝者的构图内容和构图形式、源于不同墓葬形式的设计和叙述，都可能影响"题记"的内容和语言，因此，不能否认苍山城前村"题记"作为文学文本形式的独特性特征。

将山东苍山城前村东汉桓帝元嘉元年画像"题记"与山东嘉祥宋山

[①] 巫鸿："这篇文字的许多特征使我们确信作者是墓葬的设计者。"见巫鸿《礼仪中的美术》上卷贰"汉代美术"之"苍山石刻与墓葬叙事画像"注释2，生活·读书·新知三联书店2005年版，第214页。李发林："题记"是"修墓的画工、刻工中好事者主动为之"参见李发林《山东苍山元嘉元年画像石墓题记试释》，《中原文物》1985年第1期。

第六章　秦汉世俗浪漫主义文学的创作与荆楚古典浪漫主义文学的转型　481

出土的东汉永寿三年画像"题记"进行比较，则更具意义。①

山东嘉祥宋山东汉永寿三年画像"题记"释文如下：

　　永寿三年十二月戊寅朔，廿六日癸巳，惟许卒史安国，礼性方直，廉言敦笃，慈仁多恩，注所不可。禀寿卅四年遭祸。泰山有剧贼，宫土（士）被病，伺气来西上。正月上旬，被病在床，卜问医药，不为知闻，闇忽离世，下归黄潦，古（故）取（聚）所不勉（免），寿命不可諄（争）。呜呼哀载（哉）。蚤（早）离父母三弟，其弟婴、弟东、弟强与父母并力奉遗，悲哀惨怛。竭孝行殊义笃，君子憙（喜）之。内俗（修）家、事亲顺、勅兄弟、和同相事。悲哀思慕，不离冢侧。草庐佁宫，负土成坟，豚养凌柏。朝莫（暮）祭祠（祀），甘珍嗜（滋）味嗛（兼）设，随时进纳，省定若生时。以其余财造立此堂。募使名工：高平王叔、王坚、江胡、栾（欒）石，连车菜（採）石县西南小山阳山。深（琢）瘑（砺）摩（磨）治，规柜（矩）施张，塞帷反月，右有文章。调（雕）文刻画，交龙委虵（逶迤）、猛虎延视，玄蝯（猿）登高，阩（狮）熊嗥戏，众禽群聚、万狩（兽）云布（佈）。台阁（阁）参差，大兴舆驾。上有云气与仙人，下有孝友贤仁（人），遵（尊）者俨然，从者肃侍，煌煌濡濡，其色若骆（路）。作治连月，功扶（夫）无攷（考），贾（价）钱二万七千。父母三弟，募（莫）不竭思，天命有终，不可复追。惟倅（卒）刑伤，去留有分（份）。子无随没（殁）寿，王无妷（替）死之臣。恩情未反（返），迫裱（僄）有制。财币雾（务）隐藏。魂灵悲痙（痛），奈何涕泣双并。传告后生，勉俗（修）孝义，无辱生主。唯诸观者，深加哀慢（怜）。寿如金石，子孙万年，牧马牛羊诸僮（童），皆良家子，来入堂中，但观耳，无得深（琢）画。令人寿，无为贼祸，乱及孙子。明语贤仁（人）四海土（士），唯省

---

①　关于山东嘉祥宋山出土的东汉永寿三年画像"题记"的研究，参见济宁地区文物组、嘉祥县文管所《山东嘉祥宋山1980年出土的汉画像石》，《文物》1982年第5期；李发林《山东汉画像石研究》，齐鲁书社1982年版；赵超《山东嘉祥出土东汉永寿三年画像石题记补考》，《文物》1990年第9期。本书释文录自中国画像石全集编辑委员会《中国画像石全集2·山东汉画像石》第108图"图版说明"（山东美术出版社、河南美术出版社2000版，第38页），但稍有改动。

此书无忽矣。易以永寿三年十二月十六日大岁在癸酉成。

嘉祥宋山"题记"后部有"牧马牛羊诸僮（童），皆良家子，来入堂中，但观耳，无得渌（琢）画"诸语，推断此画像石可能来源于其他墓地祠堂壁石，如此，嘉祥宋山"题记"是祠堂画像"题记"，与上文苍山城前村墓室画像"题记"并不相同。墓地祠堂画像在内容上与墓室画像存在差异，主要表现在祠堂画像源于"观看"的原因而在内容上增加了"道德说教"的部分。从嘉祥宋山"题记"中也能看到，其中"孝义"内容和相关思想，是苍山城前村"题记"所没有的。除此之外，与苍山城前村"题记"相比较，嘉祥宋山"题记"有如下特点：（1）叙事性强，除首尾的时间叙事外，文中对祠堂或墓葬建造等情况的描述，条理清楚，可谓面面俱到；（2）情感丰富，主要是以"第三者"的口吻表达"安国"病逝而对兄弟、父母所带来的伤痛，表现出家庭及家族兄弟之间、父母子女之间的浓重的亲情关系，至为感人；（3）注重细节描写，尤其在祠堂、墓地的建造过程和祭祀、供养等方面的描写，达到了细致入微的程度；（4）文句整齐，基本四言句式，叶韵，用语平实，但准确而生动，又不失文雅规矩。

值得注意的是，与苍山城前村"题记"相比较，嘉祥宋山"题记"在"生命彼岸"的"生活图景"的描绘上，则显得甚为简单。究其原因，或为"题记"在这一部分的描写采取了"抽象"或"概括"的叙述方式。从"题记"相关段落看，其形象有"交龙"、"猛虎"、"玄猿"、"狮熊"，有"台阁"，有"舆驾"，有"云中仙人"，有"友人"、"侍者"，涉及瑞兽、楼阁、建筑、车马、神仙、朋友、仆人等等，已经具备了图像构图中"生命彼岸"的"生活图景"所应具备的形象要素。上述情况说明，"题记"所属祠堂或墓葬画像在"生命彼岸"的"生活图景"的描绘上应该是全面和充分的，只是"题记"对于上述画像的文字描述过于简单罢了。显然，"生命彼岸"的"生活图景"并不是嘉祥宋山"题记"所要表现的主要内容，而"孝义"和"亲情"才是"题记"作者所要强调和表达的重点。"题记"如此构文，应该与"题记"作者对待生命与死亡的理性而又达观的思想和情感分不开。"题记"既有对生命死亡、阴阳两隔的悲痛，也有天命有终、不可复追的通识，但却不见缘于生命早逝、下归幽泉的无奈。尤其值得注意的是，"题记"更注重"生人"亦即逝者的亲人的情感的表现和表达,既展现了亲人逝去的痛惜情感,更表现了这种情感的巨大承受力量和对健在亲人的顾惜之情,读来使人动情和温暖。

综上所述,上述两篇"题记文"是目前所知汉代墓地祠堂或墓葬画像"题记"的长篇作品。两篇"题记"皆散韵结合而以韵文为主,语言平实、通俗、洁净,情感丰富。苍山城前村"题记"重在描绘逝者于"彼岸世界"的"快乐生活",其情境的描绘细腻而周详,鲜明而完整,塑造了一幅异于人间生活的"地下"之"仙界"景象。上述"地下"之"仙界"景象,在嘉祥宋山"题记"中同样存在,但嘉祥宋山"题记"却运用"抽取"进而"罗列"其构图要素的手法,完成了"抽象"或"概括"的叙述,与苍山城前村"题记"构成了巨大的差异。同时,嘉祥宋山"题记"却将孝义和亲情作为叙述的重点,既包括父母、子女、兄弟之情,也包括社会行为和道德修养等方面的评价;既针对家庭或家族之内的亲人,也面向家庭或家族之外的后生或良家子;既有概括而笼统的叙述,更注重通过细腻的情感、细致的言行和无微不至的关怀而表现和表达。显然,上述"题记文"堪称抒情叙事散文,其对世俗生命情怀的情感抒发,为秦汉世俗浪漫主义文学创作增添了风采。

第三,陶瓶(罐)朱书镇墓文对生命彼岸世界的想象和联想。

有学者援引王充《论衡·解除篇》"世间缮治宅舍,凿地掘土,功成作毕,解谢土神,名曰解土"的言论,而认为"镇墓文是方士或巫觋为死者解除灾祸的文告"。"古人迷信,以为修建坟墓就会渎犯土神、得罪地下神祇,即所谓'葬犯墓神墓伯'者,故死者的家属就得为死者解除罪谪。"[①] 然而,从目前发现的镇墓文内容和作用上看,上述论断存有不足。

镇墓文与巫术的解除仪式有关,或即源于巫术解除仪式中巫师"责让"鬼神的文辞,故其形成或产生的渊源甚远。战国楚简卜筮祭祷简中既有关于"解"的解除实践的载记,上述"解"往往与"攻"连在一起,成"攻解"。有学者认为"攻"即"责让"。[②] 或以为专掌解除的人。[③] 上述意见的差异,并不能影响对"攻解"的理解。从包山、望山楚

---

① 蔡运章:《东汉永寿二年镇墓瓶陶文考略》,《考古》1989年第7期。
② 参见李学勤《竹简卜辞与商周甲骨》,《郑州大学学报》1989年第2期。
③ 陈伟等:《楚地出土战国简册[十四种]》,经济科学出版社2009年版,第99页。

简"卜筮祭祷记录"和天星观楚简有关"解"的简文所录"解"的对象看，有"人禹"、"盟诅"、"不辜"、"岁"、"兵死"、"水上"、"溺人"、"下之人不壮死"、"渐木立"、"强死"、"日月"、"二天子"、"云君"等，大都可归为"非正常死亡者"和"自然神祇"之类，而以前者为多。

据此而论，"攻解"是一种传统的巫术形式，其主要以"非正常死亡者"为对象，"非正常死亡者"或能够为生人带来灾祸或不好的影响，故需要专门的巫觋对其进行"责让"而将上述灾祸或影响予以"解除"。而"责让"之咒语或文辞，或即解除文。是故，从传统巫术信仰之解除仪式的角度看，汉代流行的镇墓文只是解除文之一种，而这种解除文在战国时期的荆楚地域就已经流行，其中是否包括镇墓文或类似于镇墓文的"责让文辞"，则需要考古发现的新材料的进一步补充和研究。依据传统巫术信仰之解除仪式，"责让文辞"的对象是"非正常死亡者"，但在目的和意义上涵盖逝者与生人。据此而论，镇墓文是为了"解除"逝者"罪责"而"祈福"的带有咒语和祈求特点的文辞形式，其所指向，既有逝者，也有生人。

从镇墓文的内容上看，反映了时人对生命死亡的恐惧，一方面认为逝者对生者具有极大的危害性，另一方面又认为逝者远赴黄泉的不确定性而会遭受危害，还有就是建造墓所而对地下神祇有所触犯。上述三个方面都将生人和逝者紧密联系在一起，逝者的平安，也会带来生者的幸福，故镇墓文最大的特点，就是将逝者远赴黄泉的"旅程"和地下世界的"生活"，与生人即活着的亲人们的平安和幸福联系起来，虽然双方在空间上已经不在同一个范畴，但是源于时间的同构，逝者却能够凭借"人鬼"的形式而与生者相沟通。显然，镇墓文所反映的逝者与生人的这种关系和联系，导致镇墓文在情境塑造上的阴阳同构和情感表现上的疑惧、焦虑和希望、期盼相交织的特点。

下面是发现于东汉时期墓葬中书于"陶瓶"上的镇墓文，释文如下：

(1) "王氏朱书陶瓶镇墓文"

初平四年十二月已卯朔十八日丙申，直危。天帝使者，谨为王氏之冢，后死黄母，当归旧阅。兹告丘丞墓柏地下二千石，蒿里君墓。黄墓主墓，故夫人决曹尚书令王氏冢中。先人无惊无恐，安隐如故。今后曾财益口，千秋万岁，无有央咎。谨奉黄金千斤两，用填冢门。

地下死籍削除，文他央咎，转要道中人。和以五石之精，安冢墓，利子孙，故以神瓶震郭门，如律令。①

（2）"曹氏朱书罐镇墓文"

天地使者，谨为曹伯鲁之家移央去咎，远之千里。咎印大桃不得留，□□直之鬼所。生人得九，死人得五，生死异路，相去万里。从今以长保子孙，寿如金石，终无凶。何以为信，神药厌镇，封黄神越章之印。如律令。②

（3）"永寿二年镇墓陶瓶镇墓文"

永寿二年五月，直天帝使者，旦□□□之家。填寒暑，移大黄印章，逍佼四时五行，捕取五□。豖之符昼，制日夜□□，乘传居暑，赵度阔梁，董摄録佰鬼。□溪山主，隻致荣□，□□□旦女婴，执大火夫烧汝骨，风伯雨师扬汝灰，□戍其上没戍其下，秦其□汝。黄帝呈下，□神玄武，其物主者，慈石池，□建□。③

（4）"加氏镇墓文"

天地使者，谨为加氏之家，别解地下，后死妇加亡，方年二十四。等汝名借（籍），或同岁月，重复钩校日死，或同日鸣，重复钩校日死。告上司命下司禄，子孙所属，告墓皇使者，转相告语。故以自代铅人，铅人池池，能舂能炊，上车能御，把笔能书。告于中高

---

① 西安和平门外4号汉墓出土朱书陶瓶镇墓文。释文引自陈直《汉初平四年王氏朱书陶瓶考释》，《考古与文物》1981年第4期；亦可参见唐金裕《汉初评四年王氏朱书陶瓶》，《文物》1980年第1期。

② 陕西户县东汉曹氏墓出土镇墓朱书罐镇墓文。释文引自禚振西《曹氏朱书罐考释》，《考古与文物》1982年第2期；亦可参见禚振西《陕西户县的两座汉墓》，《考古与文物》1980年创刊号。

③ 河南洛阳东郊史家湾汉墓出土镇墓陶瓶镇墓文。释文引自蔡运章《东汉永寿二年镇墓瓶陶文考略》，《考古》1989年第7期。上述释文中的标点为本书作者所加，原书于陶瓶之上的文字，约有三十字脱落，故对文意的理解造成一定的困难，蔡运章《考略》一文录有译文，兹录于下：东汉桓帝永寿二年（156年）五月，某人死亡，故天地使者黄帝谨为某氏的家里，解除灾祸妖邪，遂施舍黄帝的大印章，迫使四时及水、火、木、金、土诸神，去捕捉制造瘟疫的恶鬼。并用驱使鬼神的符咒，命令日夜兼程，乘坐四匹马拉的快车，越过障碍桥梁，严厉地拘捕各种鬼怪。凡是名字不合的鬼怪可以逃亡，在邻近的地方可以通行，到遥远的地方才能生存，等待泰山君赦免后，就可获得自由。凡是名字相合的鬼怪，某神灵要杀尽你们的子孙后代，火神要将你们焚身碎骨，风伯、雨师要吹散你们的骨灰，淹没你们的魂魄，使你们筑成灰墙五百座（？），让大风吹削它的上面，让雨水冲削它的下面。等到捕获你，经黄帝判决后，立即乘坐舟船，把你押送到水神玄武那里，去执行杀戮。这篇文告立即执行，像法令那样不得违抗。

长，伯（陌）上游徼。千秋万岁，无相坠物，与生人食□九人□□□。①

（5）"杨氏镇墓文"

天地使者，谨为杨氏之家，镇安隐冢墓，谨以铅人金玉，为死者解适，生人除罪过，瓶到之后，令母人为安，宗君自食地下租，岁二千万。令后世子子孙孙，士宦位至公卿，富贵将相不绝。□（移）丘丞墓□（伯），下当用者，如律令。②

（6）"南李王朱书陶瓶镇墓文"

黄帝告丘丞、墓伯、地下二千石、墓左、墓右、主墓狱史、墓门亭长，莫不皆在。今平阴偃人乡苌富里钟仲游妻，薄命蚤死，今来下葬。自买万世冢田，贾值九万九千，钱即日毕，四角立封。中央明堂皆有尺六桃券、钱布、□人。时证知者先□曾王父母□□氏知也。自今已后不得干扰生人。有天帝教，如律令。③

关于"王氏朱书陶瓶镇墓文"，陈直《考释》以为"死者为决曹尚书令王氏之妻，母家则为黄姓，观全文之语气，则为其子所书。"④ 仅从镇墓文行文之语气而判断其作者，并不可靠。从"王氏朱书陶瓶镇墓文"行文看，以"丧家语气"判断并不准确，应该是"从丧家的立场出发"更为确切。观上文所录镇墓文，皆如此。

从"丧家立场"出发而创作镇墓文，是镇墓文写作的特点，而上述特点当源于巫术解除仪式中巫者的立场和出发点。而镇墓文与巫术解除仪式的密切关系和联系，也决定了镇墓文的写作是"巫者"而不是"丧家"。

根据如下：（1）镇墓文承袭政府公告的形式，说明镇墓文创作的由衷是希望其具有政府公告的效力，故镇墓文的写作也就应该由具有象征

---

① 池田温：《中国历代墓券考略》；蒲慕州：《墓葬与生死：中国古代宗教之省思》引，中华书局2008年版，第214页。
② 池田温：《中国历代墓券考略》；蒲慕州：《墓葬与生死：中国古代宗教之省思》引，中华书局2008年版，第215页。
③ 吴天颖：《汉代买地券考》，《考古学报》1982年第1期；王育成：《南李王陶瓶朱书与相关宗教文化问题研究》引，《考古与文物》1996年第2期。
④ 陈直：《汉初平四年王氏朱书陶瓶考释》，《考古与文物》1981年第4期。

"政府"属性的特殊人物来完成。显然,一般的逝者家属即使是现实的政府官员,也不具备"象征"上述"政府"的条件。(2)镇墓文的内容具有"法律"的效力,其"法律效力"的来源,一般是"上天"的最高统治者"天帝",故其"执行者"是作为"天帝"的代表的身份出现的,即"天帝使者"。镇墓文"法律效力"的执行地,是"地下",作为以"天帝"代表的身份出现的"天帝使者",需要到"地下"执行镇墓文所规定的法令,故这个"天帝使者"又称为"天地使者"。如此而论,镇墓文是以"上天"的最高统治者"天帝"的"名义"而"发表"的,又是以"天帝使者"或"天地使者"的"名义"来执行或落实的。显然,源于镇墓文的上述特殊性,镇墓文便象征性地具备了正统的法律的地位和意义,而一般的逝者家属没有能力也不具备资格赋予镇墓文上述地位和意义。(3)源于此,镇墓文的创作亦即炮制过程,只能是进行巫术解除仪式的巫者。

正是在上述意义上,从"文学文本"及"文学创作"的角度来研究镇墓文,其所具有或体现出来的如下特征值得关注:

(一)镇墓文具有一定的写作格式,一般说来具备四个层次,第一层次:交代"时间"、"丧家"、"逝者"的情况;第二层次:交代"地下"主管的"官员"情况;第三层次:是镇墓文的主要内容,包括对罪责的赦免、对恶鬼的警告、对逝者和生人平安的祷告和祈求等,内容丰富,差异较大,其原因,可能源于丧家不同的政治和经济地位而决定的对逝者和生人的不同的要求;第四层次:交代必须执行的法律效力。值得注意的是,上述四个层次在镇墓文的具体创作中又可能出现不同的减省情况。

(二)镇墓文语言准确,平实,简洁,具有政府文告的语言特征。另一方面,镇墓文句式整齐,多以四言句出现,第一层次和第二层次多呈散体化的叙述句式,而第三层次则往往采用叶韵的四言句式。上述情况是否巫者在解除仪式上"说唱"形式在镇墓文行文和句式上的反映,则需要进一步研究。有学者已经注意到了镇墓文的上述情况,认为"巫在作法术时,要演唱。后汉曹娥的父亲盱,就'能弦歌为巫祝'。北周甄鸾《笑道论》,讥笑道士的驱鬼之文,就是'词义无取,有同俗巫解奏之曲'。所谓解奏之曲,正是指巫在作法术时唱奏之曲。讴唱乃是巫在迷信活动中所经常采用的形式。镇墓文带有韵文的特点,应是这类作品出自巫祝之手的一个明显的标记"①。需要指出的是,"说唱"与"歌唱"并不相同,镇墓文在句式上所体现出的韵文特点,也可能与"诵"或"唱诵"有关。

(三)镇墓文描绘或反映了它的创作者尤其是它的使用者(包括生人与逝者)对生命存在形式、生命走向,以及现实世界与构拟世界的认识和信仰。首先,镇墓文反映了"天上"、"地下"和"人间"的三个世界的构造,而"天上"和"地下"世界都是以"人间世界"的"经验"为基础创造出来的,在三个世界的政治或行政关系上,"天上"具有绝对的权威,尤其表现在其对"地下世界"的统治和"地下神祇"的领导。其次,镇墓文以"人间世界"的"经验"为基础,主要通过"官职"、"户籍"、"建筑"、"劳役"等形式,再现了"地下世界"的"空间形式"和"生活形式"的存在,并能够借助上述形式激发人们基于现实生活的丰富的想象和联想。再次,镇墓文所表现的三个世界,并非孤立而无法通联,作为"天帝使者"的巫觋可以从"人间"出发而联通"天"、"地",生人逝后会远赴"地下世界",而"远赴地下"的逝者又能作用于生人。从这个意义上说,镇墓文反映的三个世界是相互联通的,"人间世界"与"地下世界"更存在着千丝万缕的联系,而"生死异路"、"相去万里"又意味着这种联系的异质性、不确定性和艰难性的存在。

(四)与其他文本形式相比较,镇墓文更清晰地描绘和刻画了两汉时期人们生命信仰中的彼岸世界,以及世俗生命由生而死即由现实世界而到彼岸世界的路程和经历;也更真实地描绘和再现了两汉时期人们对待生命信仰中的彼岸世界的思想和情感,以及在生命奔赴彼岸世界的路程与经历过程中所引发的思想和情感。镇墓文所内涵的思想和情感,其基础是对生命结束的恐惧和生命远赴"地下世界"的畏惧。而上述恐惧和畏惧的形成,可能颇为复杂,一方面反映出了两汉时期人们的带有"原罪"式的心态,其来自生活的罪过感和偿还罪过的"清算"观念异常强烈;另一方面源于人们对"地下世界"之"生活"的不能确定和由此而引发的各种疑虑,而上述疑虑的根源,则同样来自现实生活,说明种种现实生活问题的存在和人们对现实生活的不满。基于此,镇墓文在思想和情感的表现和表达上,也就呈现出疑惧、焦虑和希望、期盼相交织的特点。显然,镇墓文在思想和情感的表现和表达上所呈现出的特点,是汉代其他文学形式

---

① 王光永:《宝鸡市汉墓发现光和与永元年间朱书陶器》,《文物》1981年第3期。

所不具备的。

第四，铜镜铭文以诗画相结合的形式对生命彼岸世界的情感表现。

铜镜是汉代墓葬中重要的随葬品。铜镜背面的铭文，多以三言、四言、六言、七言或杂言的形式出现，且用词考究，富于修饰，语句流畅，韵律和谐，故以"镜歌"名之。

目前所见汉代铜镜铭文"镜歌"文本已经颇为丰富，这里选择较为典型者引录如下，以为讨论和研究。

（1）西汉规矩镜"镜歌"

新有善铜出丹阳，炼冶铜锡清而明，尚方内□□□场，巧工□之成文章，左龙右虎掌四静，朱雀玄武顺阴阳，子孙备具居中央，长保二亲如侯王，千秋万岁乐未央。①

（2）新莽时期四神规矩镜"镜歌"

新有善铜出丹阳，和以银锡清且明，左龙右虎□为□，朱爵玄武顺阴阳，八子九孙治中央，刻具博局去不羊，家常大富宜君王。②

（3）新莽时期四神规矩镜"镜歌"

驾蚩龙，乘浮云，上大山，见神人，食玉英，饵黄金，宜官禄，锦子孙，乐未央，大富贵。③

（4）西汉晚期四神规矩镜"镜歌"

作佳镜哉子孙息，凤凰翼翼在坐则，官位尊馔蒙禄食，幸逢时年获嘉德，长保二亲得天力，传之后世乐无极。④

（5）西汉晚期连弧纹镜"镜歌"

日有熹，月有富，乐毋事，宜酒食，居而必安毋忧患，芋瑟侍，心志讙，乐已茂兮固长然。⑤

（6）东汉晚期青盖镜"镜歌"

青盖作镜真大好，上有仙人不知老，渴饮玉泉饥食枣，浮游名山

---

① 莫测镜：《广西钟山发现西汉规矩镜》，《考古》1992年第9期。
② 周铮：《"规矩镜"应改称"博局镜"》引，《考古》1987年第12期。
③ 崔新社：《湖北襄樊近年拣选征集的铜镜》，《文物》1986年第7期。
④ 姚军英：《河南襄城县出土西汉晚期四神规矩镜》，《文物》1992年第11期。
⑤ 徐信印、徐生力：《安康地区出土的古代铜镜》，《文物》1991年第5期。

采芝草，长保二亲国之保。①

（7）汉献帝初平元年铜镜"镜歌"

初平元年正月戊午日，吾作明竟自有已，除去不羊宜古市，来而东王父西王母，右同赤公子，千秋万年不失志，买者大贵昌。②

（8）汉代四神规矩镜"镜歌"

尚方作镜真大好，上有仙人不知老，喝饮黄泉饥食枣，浮游天下敖四海，寿如金石把国保，而兮。③

（9）汉代规矩蚩龙镜"镜歌"

驾蚩龙，乘浮云，上大山，见神人，食玉英。④

（10）湖南祁阳汉代铜镜"镜歌"

潘利作镜，幽涑三商，周刻无□，配象万方，白牙禹乐，众神见容，百吉并存，服者吉羊，福佑自从，保子宜孙，位至三公，其师命长。⑤

（11）日喜镜"镜歌"

日有熹，月有富，乐无事，宜酒食，居必间，无患息，于瑟侍，心忠驻，乐已岁固常。⑥

（12）福熹镜"镜歌"

福熹进兮日以萌，食玉英兮饮醴泉，驾文龙兮乘浮云，白虎□兮上泰山，凤凰舞兮见神仙，保长命兮寿万年，周复始兮八子十二孙。⑦

上述铜镜铭文"镜歌"在内容和情感的表现上比较单纯，主要以祈求富贵、平安、幸福和长生永视为主，呈现出乐观、愉快的情感和尊重生命、热爱家庭和生活、积极进取的精神面貌。

上述铜镜皆为墓葬随葬品，其为生活实用器的性质应该得到肯定。如

---

① 莫测镜：《钟山县出土东汉、唐、宋铜镜》，《考古》1988年第1期。
② 姚高悟：《湖北沔阳出土的汉代铜镜》，《文物》1989年第5期。
③ 马人权：《安徽颍上县出土四件古代铜镜》，《文物》1986年第9期。
④ 王勤金、李久海、徐良玉：《扬州出土的汉代铭文铜镜》，《文物》1985年第10期。
⑤ 杨仕衡：《湖南祁阳县发现汉代铜镜》，《考古》1989年第4期。
⑥ 蒲慕州：《墓葬与生死：中国古代宗教之省思》，中华书局2008年版，第213页。
⑦ 同上。

第六章　秦汉世俗浪漫主义文学的创作与荆楚古典浪漫主义文学的转型　491

出土于山东济宁师专西汉墓的铜镜,与其伴出的随葬品有铜釜、铁鼎、铜带钩、铜印章、鎏金铜铺首、铁刀、铁剑、铅车马器等。① 而出土于贵州兴义、兴仁汉墓中的铜镜,与其伴出的生活实用器有耳杯、盘、釜、盒、碗、洗、斗、带钩、顶针、环首刀、跪人灯、人饰等。② 显然,如果上述墓葬建造者试图通过"室墓"的构筑而形成一个供逝者于"地下"之"彼岸世界"生活的住所的话,那么上述包括铜镜在内的随葬品,也就承担了逝者于"地下"之"彼岸世界"生活用具的作用。如此而言,铜镜铭文"镜歌"所表现的内容,所反映的思想和情感,其出发点就应该是逝者于"地下"之"彼岸世界"的生活,或是生人对逝者于"地下"之"彼岸世界"生活的祝福和企盼。

我们相信上述认识的充分性和合理性的存在,然而,就铜镜铭文"镜歌"所表现的内容、思想和情感来看,也应该看到另一种情况之存在的可能,那就是上述铜镜是逝者在世时的生活用品而随葬,还是因墓葬随葬而专门准备的随葬品。上述情况的不同,或将影响对铜镜铭文"镜歌"所表现的内容、思想和情感的认识和理解。

上引汉献帝初平元年铜镜铭文"镜歌"有"买者大贵昌"之语,东汉建宁元年铭变形四叶兽首纹镜铭文亦有"买者大吉羊"语。③ 其含义或有两种可能,其一,上述祝语属于普通的吉祥语,其附在铜镜之上,随之买卖,表达生活中的祝福,与丧葬之事无关,其与丧家和丧葬之事的联系,只是源于其作为随葬品之功能的变化;其二,这不是普通的祝语,其与作为载体的铜镜,或是专为丧葬之事而制造,或是应丧家的要求而定制,故其铭文内容与丧葬之事和丧家要求相关联。

显然,在上述两种情况同时存在或不能分辨清楚的情况下,而依据铜镜铭文"镜歌"所表现的内容、思想和情感,来考察汉人关于"死后世界"的认识,其材料上的准确性和可信度,则无法与汉代墓碑铭文、画像题记文和镇墓文相等同。然而,从"文学文本"和"文学创作"的角度看,汉代铜镜铭文"镜歌"区别于墓碑铭文、画像题记文和镇墓文的意义和价值,也正在于此。

---

① 赵春生、武健:《山东济宁师专西汉墓群清理简报》,《文物》1992 年第 9 期。
② 贵州省博物馆考古组:《贵州兴义、兴仁汉墓》,《文物》1979 年第 5 期。
③ 李缙云:《古镜鉴赏》,漓江出版社 1995 年版,第 196 页。

铜镜为日常生活之必需品，铭文内容皆属"祝语"性质，所涉长寿、福禄、平安、欢乐、神仙诸事，皆为日常生活之愿望和企盼，故铜镜首先是日常生活用品，然后才是随葬品并形成随葬品的功能和意义。而铜镜身兼日常生活用品和随葬品的双重属性，导致人们通过铜镜铭文"镜歌"所投寄到"现实世界"的思想和情感，顺势延展至"彼岸世界"之中，也成为人们在"彼岸世界"日常生活之愿望和企盼。

从这个意义上说，汉人通过铜镜铭文"镜歌"，而将现实生活中的愿望和企盼，带到了"彼岸世界"的生命遐想和生活追求中。因此，在铜镜铭文"镜歌"中，"现实世界"与"彼岸世界"是联系在一起的，或者说是合二而一的。也就是说，在汉代铜镜铭文"镜歌"通过构拟和联想的"彼岸世界"，与墓碑铭文、画像题记文和镇墓文所塑造和描绘的"死后世界"，存在着鲜明的差异。在铜镜铭文"镜歌"所构拟和联想的"彼岸世界"中，标志着"死后世界"的"地下"的属性是不存在的，其"人间"的属性也是模糊的，而最为鲜明的则是作为"神仙世界"的"仙界"属性。

值得注意的是，在铜镜铭文"镜歌"中，上述"仙界"的"地域背景"出现最多的是"大山"、"泰山"、"名山"，而在更多的"镜歌"中，其"仙界"性质的"地域背景"则是通过神仙人物和神仙事物的描绘，而进一步凭借象征、联想、感知的方式而存在。

铜镜铭文"镜歌"在"仙界"的"空间构成"上所呈现的模糊性特征和凭借象征或联想的方式而感知的特点，正是铜镜铭文"镜歌"在"文学文本"和"文学创作"方面独特的艺术价值的体现，也是铜镜铭文"镜歌"区别于墓碑铭文、画像题记文和镇墓文的艺术价值之所在。

我们注意到了铜镜铭文"镜歌"在"仙界"的"空间构成"的塑造上所呈现的模糊性特征和凭借象征或联想的方式而感知的特点，同时，我们也注意到了铜镜铭文"镜歌"以"铜镜"为载体的文本呈现形式。上述情况提示我们注意到：不能将铜镜铭文"镜歌"与作为载体的"铜镜"区别开来，同样，作为艺术表现形式，也不能将铜镜铭文"镜歌"所表现的内容、思想和情感与作为载体的"铜镜"由浮雕艺术形式所构成的画面区别开来。

显然，铜镜铭文"镜歌"与作为载体的"铜镜"由浮雕艺术形式所构成的画面是一个完整的艺术整体。当"镜歌"中的"神仙世界"需要凭借象征、联想、感知的方式而存在的时候,而"铜镜"由浮雕艺术形式所构成的画面,则为人们提供了清晰而形象的艺术再现。与墓碑铭文、画像题记文和镇墓文相比较,汉代铜镜铭文"镜歌"的意义和价值,正在于此。汉代铜镜铭文"镜歌"最为突出的特点,是以"诗"与"画"相结合的创作形式,而对生命彼岸世界的双重表现和再现。

对此,我们尝试以"镜歌"和镜背浮雕画面都较为典型的铜镜为例进行讨论和研究。

(一)四川何家山崖墓出土神兽镜镜背浮雕画面与铜镜铭文"镜歌"。[①] 何家山神兽镜镜背浮雕画面分为上中下三层,上层画面中间为一龟趺,上立华盖,华盖右侧坐一仙人,前后立有侍者,华盖左侧三人面向仙人,或躬或立;中层画面左右两侧为西王母、东王公坐于龙虎座和鹿背之上;下层画面中央立一株两相交缠的神树,树的两侧各坐有两名仙人。此镜铭文云:"余造明[镜],□□能容,翠羽秘盖,灵鹅台杞,调刻神圣,西母东王,尧帝赐舜二女,天下太平,风雨时节,五谷孰成,其师命长。"从镜背画面和铭文内容上看,画面构图所表现的情境与铭文所描述的内容相一致。上述情况说明,不论是铜镜画面,还是铭文"镜歌",其画面构图与"镜歌"内容并非各自独立毫无关系,而是"诗"与"画"两种艺术形式相结合,以相同的宗旨而通过不同的艺术表现形式共同完成艺术创造。

(二)江苏沭阳出土东汉神兽镜镜背浮雕与铜镜铭文"镜歌"。[②] 此镜铭文"镜歌"云:"吾作明镜,幽湅三商,周刻无祀,□□万昌,白牙□琴,众神见容,□□□□,福禄具从,富贵安乐,子孙益昌,服士呈公卿,男师命长,大吉羊。"

此镜铭文有"白牙□琴"语,似谓"伯牙鼓琴"事。广东英德出土东汉神兽镜镜背浮雕画面中,其镜钮上方三人,"中间一人头戴高冠,长须,仰首右视,肩有披带飘拂,身穿广袖通肩服。双膝上置一琴,跌坐于

[①] 关于四川何家山崖墓出土神兽镜镜背纹饰解读与铭文释读,参见绵阳博物馆《四川绵阳何家山1号东汉崖墓清理简报》,《文物》1991年第3期;霍巍《四川何家山崖墓出土神兽镜及相关问题研究》,《考古》2000年第5期。

[②] 江苏沭阳出土东汉神兽镜镜背纹饰解读与铭文释读,参见尹增淮《江苏沭阳出土东汉神兽镜》,《考古》1993年第12期。

云端，双手作弹琴状，似为伯牙鼓琴"①。此镜"鼓琴者"则"头戴用漆布做的头饰，顶部束带状物三条，穿右衽内衣，身后两条缨带高飘起，膝前横一具弦琴，衣袖高挽，正在双手弹琴，身子微向左仰"②。从服装上看，此镜"鼓琴者"与广东英德出土东汉神兽镜不同，但上述装束上的差异并不能否定上述形象为"伯牙鼓琴"的断定。再者，"仙人鼓琴"是汉画像神仙构图的常见题材，其"神仙"的本质是画像所要表现的主要意图，至于是否"伯牙"则并不重要。如此，此镜铭文"镜歌"有"白牙□琴"语，而镜背浮雕同样刻画出"弹琴"、"击鼓"、"吹竽"的乐舞画面，"诗""画"相配，表现出"仙界"的娱乐生活。

此镜铭文有"众神见容，□□□□"语，其后面四字缺轶，但从前句来看，其句意当亦与"众神"有关。因后句缺轶，故"众神见容"的意义难测，但从字面意思看，似有两种解释：或谓目睹"众神"之"容貌"，或谓得到"众神"之"接纳"。而不论何解，联系前句"白牙□琴"，其"远赴仙界"而"目睹仙容"之意大致不会有错。如此，自然带来"福禄具从"、"富贵安乐"、"子孙益昌"的善果。

将此镜上述铭文内容与镜背浮雕画面联系起来，同样能够看到"诗""画"相配的艺术表现。此镜镜背画面分为"内区"和"外区"两部分。"内区"主题图案有四组，上文所述"弹琴"、"击鼓"、"吹竽"的乐舞画面，是第四组，第一组刻画袖手端坐肩生双翼的神人，其左侧一翼龙，右侧一翼虎；第二组同样刻画肩生双翼而端坐的神人，其左侧一兔首羽人持杵捣药，右侧一凤鸟；第三组还是刻画肩生双翼而端坐的神人，左侧一朱雀，右侧一翼兽。"外区"则刻绘"羽人骑虎"、"羽人骑朱雀"、"羽人骑龙"、"羽人骑龟"、"羽人捧日"、"羽人捧月"和"羽人驾游舫"的画面，而后者画面的刻画极为生动形象："一艘长船，两头高翘，中有舱，后有挂舵。舱前有三羽人，前两羽人蹲坐持桨，正奋力划水。后一羽人立身持篙，正撑船。舱后一羽人，欠身挥臂，似在对前面呼喊。船前波浪滚滚。"③

值得注意的是，从镜背浮雕画面"内区"与"外区"构图内容上看，

---

① 陈松南：《广东英德出土一件汉末神兽镜》，《文物》1992年第8期。
② 尹增淮：《江苏沭阳出土东汉神兽镜》，《考古》1993年第12期。
③ 同上。

"内区"画面重在表现"静态"的仙人和仙界,而"外区"则重在表现"动态"的行进和趋向。上述画面构图特点,或是"内区"与"外区"画面内容既有区别又有联系之意图的反映,表现出以"内区"之"仙人"和"仙界"为方向和终点的行进和趋向。而在"外区"和"内区"画面之间,恰是铜镜铭文"镜歌"。其于铜镜浮雕画面构图整体设计上的特征异常鲜明,表现出"诗""画"两种艺术形式互为表里而共同表达成仙永生的愿望和企盼的意图。

此镜"外区"构图中"羽人驾游舫"画面值得注意,上述画面构图在广东英德出土神兽镜镜缘处图案中亦有表现,且在构图内容和构图形式上颇为接近,如"尖船首,有中舱、后舱。舱前有两羽人匍匐作划船状。中舱置一案几,后面坐一戴高冠羽人。舱后有一羽人掌舵"[1]。上述情况说明,"羽人驾游舫"画面所反映的内容,具有某种普遍性的意义,如果将其作为"寻找仙界"或"奔向仙界"故事的图像再现的话,那么上述铜镜铭文与镜背浮雕画面或与这种升仙故事有关。前文所引山东苍山城前村东汉桓帝元嘉元年画像石墓题记中,亦有"从儿刺舟,渡诸母"诸语,亦可为证。

综上所述,不论是汉代铜镜铭文"镜歌"还是"镜歌"与浮雕画面以"诗""画"相结合的创作形式,都对人们理想中的生命彼岸世界进行了描绘和塑造。联系上文所讨论的墓葬碑文附诗、画像题记文和陶瓶(罐)朱书镇墓文,能够得出这样的认识:汉人关于生命彼岸世界的想象,存在着多种构拟形式,源于不同的构拟形式,所寓含的思想和情感也存在着差异,而上述关于生命彼岸世界的多种构拟形式,又体现着整合和统一的趋势,即向着以铜镜铭文"镜歌"所表现的纯洁的神仙世界为代表的生命彼岸世界的趋向和发展。

第六节 后生命性文学叙事传统的嬗变与汉晋及后世生命复活故事的发展与演变

一个时代的墓葬制度,即是埋葬习俗的表现,也是生命信仰的反映。汉代墓葬制度中"室墓制度"的形成,既是"中国葬制史上一个划时代

---

[1] 陈松南:《广东英德出土一件汉末神兽镜》,《文物》1992年第8期。

变革的开始",也标志着与上述墓葬制度相联系的关于生命信仰的"集体意识"的转变。这种转变的核心思想,是相信"人"的生命和生活,在"现实世界"结束以后,还会延续到由"地下世界"所构建的"彼岸世界"之中。从这个意义上说,这种变革所带来的巨大的思想和文化上的价值和意义,就是在人们关于生命存在形式的信仰中,与"现实世界"具有密切联系的"彼岸世界"的出现。从此,这个神秘而又存在着太多未知的"彼岸世界",便成为所有人都必须面对而无法回避的"空间",并直接影响着秦汉世俗浪漫主义文学的创作。

一 放马滩秦墓竹简《墓主记》志怪故事与《搜神记》生命复活故事的比较

甘肃天水放马滩1号秦墓曾出土460支竹简,并在《文物》1989年第2期"发掘报告"中公布。[①]《文物》同期还刊登了何双全先生对上述简文进行深入研究的论文,论文不但对上述竹简进行了详细的介绍,还公布了部分竹简图片,为学者进一步研究提供了条件。[②] 其后,李学勤先生对"发掘报告"中称为《墓主记》的数支竹简简文,亦即M:14·墓1、2、3、4、5、7各简文字作了释读和进一步研究,认为其内容涉及一则生命复活类型的"志怪故事",且与《搜神记》中的一些复活故事相似,虽然其"情节不如《搜神记》的曲折,但仍可视为同类故事的滥觞",其在文学史上的价值和意义巨大,"值得大家注意"。[③]

放马滩秦墓竹简《墓主记》志怪故事与《搜神记》所载相关生命复活故事在内容上的确颇为相似,然而《搜神记》所载相关生命复活故事在具体情节和内容上却更为丰富和复杂,既反映出其与放马滩秦墓竹简《墓主记》志怪故事的联系,也见出这一类生命复活故事在两汉及魏晋时期的发展和演变,而在上述发展、演变中,缘于秦汉时期墓葬制度的变革与生命信仰的新变而带来的影响,则更值得关注和进一步研究讨论。

放马滩秦墓竹简《墓主记》释文如下:

[①] 甘肃省文物考古研究所、天水市北道区文化馆:《甘肃天水放马滩战国秦汉墓群的发掘》,《文物》1989年第2期。
[②] 何双全:《天水放马滩秦简综述》,《文物》1989年第2期。
[③] 李学勤:《简帛佚籍与学术史·秦简研究》,江西教育出版社2001年版,第167—175页。

第六章　秦汉世俗浪漫主义文学的创作与荆楚古典浪漫主义文学的转型　497

卅八年八月己巳，邸丞赤敢谒御史：大梁人王里□□曰丹□：今七年，丹刺伤人垣雍里中，因自刺殹。弃之于市，三日，葬之垣雍南门外。三年，丹而复生。丹所以得复生者，吾犀武舍人，犀武论其舍人□命者，以丹未当死，因告司命史公孙强。因令白狗（？）穴屈出丹，立墓上三日，因与司命史公孙强北出赵氏，之北地柏丘之上。盈四年，乃闻犬狺鸡鸣而人食，其状类益、少麋、墨，四支不用。丹言曰：死者不欲多衣（？）。市人以白茅为富，其鬼受（？）于它而富。丹言：祠墓者毋敢毂。毂，鬼去敬走。已收腏而釐之，如此□□□□食□。丹言：祠者必谨骚除，毋以□淹祠所。毋以羹沃腏上，鬼弗食殹。①

放马滩秦墓竹简《墓主记》志怪故事以"邸丞赤"向"御史"报告的形式，并以"赤"的口吻讲述了"丹"死而复生的事件（"故事"）。在情节上具有如下特点：

（一）"丹"因伤人而自杀（自刺），陈尸于市三日而后葬。
（二）埋葬三年后由"司命史公孙强"命"白狗"自墓中掘出。
（三）"司命史公孙强"将"丹"的尸体立于墓上三日，再徙于"北地柏丘之上"四年，而后"复生"。
（四）"丹"复活后讲述了鬼的癖好和祭祀的禁忌。

《搜神记》载有"贾文合"和"李娥"两则生命复活故事，原文如下：

汉献帝建安中，南阳贾偶，字文合，得病而亡。时有吏将诣太山，司命阅簿，谓吏曰："当召某郡文合，何以召此人，可速遣之。"时日暮，遂至郭外树下宿。见一年少女独行。文合问曰："子类衣冠，何乃徒步？姓字为谁？"女曰："某三河人，父见为弋阳令，昨被召来，今却得还。遇日暮，惧获瓜田李下之讥。望君之容，必是贤

---

① 放马滩秦墓竹简《墓主记》释文引自李学勤《放马滩简中的志怪故事》，载李学勤《简帛佚籍与学术史·秦简研究》，江西教育出版社2001年版，第167—175页，此文亦载于《文物》1990年第4期。

者，是以停留，依凭左右。"文合曰："悦子之心，愿交欢于今夕。"女曰："闻之诸姑，女子以贞专为德，洁白为称。"文合反覆与言，终无动志。天明各去。文合卒已再宿，停丧将敛，视其面有色，扪心下稍温，少顷却苏。后文合欲验其实，遂至弋阳，修刺谒令，因问曰："君女宁卒而却苏耶？"具说女子姿质服色、言语相反覆本末。令入问女，所言皆同。乃大惊叹，竟以此女配文合焉。①

  汉建安四年二月，武陵充县妇人李娥，年六十岁，病卒，埋于城外，已十四日。娥比舍有蔡仲，闻娥富，谓殡当有金宝，乃盗发冢求金。以斧剖棺。斧数下，娥于棺中言："蔡仲，汝护我头！"仲惊遽，便出走。会为县吏所见，遂收治。依法，当弃市。娥儿闻母活，来迎出，将娥回去。武陵太守闻娥死复生，召见，问事状。娥对曰："闻谬为司命所召，到时得遣出。过西门外，适见外兄刘伯文，惊相劳问，涕泣悲哀。娥语曰：'伯文，我一日误为所召，今得遣归，既不知道，不能独行，为我得一伴否？又我见召，在此已十余日，形体又为家人所葬埋，归当那得自出？'伯文曰：'当为问之。'即遣门卒与户曹相问：'司命一日误召武陵女子李娥，今得遣还。娥在此积日，尸丧又当殡殓，当作何等得出？又女弱独行，岂当有伴耶？是吾外妹，幸为便安之。'答曰：'今武陵西界，有男子李黑，亦得遣还，便可为伴。兼敕黑过娥比舍蔡仲，发出娥也。'于是娥遂得出。"②

  将《墓主记》志怪故事与《搜神记》上述两则生命复活故事进行比较，在内容上至少存在着三个方面的共同点：

  （一）故事主人公"死亡"原因皆存在瑕疵，均非"正常"死亡者。《墓主记》志怪故事中的"丹"是"未当死"，而《搜神记》复活故事中的"贾文合"和"李娥"皆属"误召"而亡。

  （二）故事主人公皆在"司命"的帮助下而"复活"。《墓主记》志怪故事中的"丹"因"司命史公孙强"以"白狗"出尸再赋以生命而后

---

① （晋）干宝撰，汪绍楹校注：《搜神记》卷十五，中华书局1979年版，第180页。
② 文中所录《搜神记》"李娥"故事系节录，完整故事内容见（晋）干宝撰，汪绍楹校注《搜神记》卷十五，中华书局1979年版，第180、181页。

"复生",而《搜神记》复活故事中的"贾文合"和"李娥"皆因"司命"自查发现错误而放还人间。

(三)故事主人公都在"复活"以后讲述了有关死后的事情。只是《墓主记》志怪故事中"丹"的讲述比较简单,而《搜神记》复活故事中"贾文合"和"李娥"的讲述比较详细。

根据上文的分析,能够得出这样的认识:《墓主记》志怪故事与《搜神记》两则复活故事在主干情节上是相同的。据此而论,作为生命复活类型的志怪故事,《墓主记》志怪故事的时代背景以及在情节上的简约特点和粗放型的线性叙事特征,都将昭示其为《搜神记》相类故事之滥觞的地位。

然而,将《墓主记》志怪故事与《搜神记》两则复活故事进行比较,在内容上至少存在着两个方面的差异点,从某种意义上说,双方所存在的差异点更具研究和讨论的价值。

(一)故事中"司命神"的"归属"存在差异。

这里所讨论的"司命神"的"归属"问题,是指上述故事中的"司命神"是天神还是地祇的属性问题。《墓主记》志怪故事中司命神的属性比较模糊,因为故事中司命神并没有出现,出现的是司命神的代表"司命史公孙强"。李学勤先生以为《墓主记》志怪故事中的司命神为主寿的大司命,属于天神。[1] 而从故事中的"公孙强"自称"司命史",作为司命神在人世间的"代表",也能反映出其所代表的司命神的天神属性,因为作为地祇的司命是无须在人间有"代表"的。汉代镇墓文中就习惯于将"传达天神旨意"的"人"称为"某某使者",如"天帝使者"、"皇帝使者"、"天帝神师"等。[2] 说明这种习惯性的称谓在两汉时期仍然存在。

不同的是,《搜神记》两则复活故事中的司命并非天神,而是地祇。"贾文合"故事中明言"时有吏将谒太山,司命阅簿"而发现"误召"之事,则司命即在"太山"。"李娥"故事中虽然没有明言司命处于何处,但故事中刘伯文"遣门卒与尸曹相问",后又言"我当从府君出案行部",皆为阴间官府之事,证明司命亦属于此。

---

[1] 参见李学勤《放马滩简中的志怪故事》,《文物》1990年第4期。
[2] 参见蒲慕州《墓葬与生死:中国古代宗教之省思》,中华书局2008年版,第207页。

（二）故事中对主人公"复活"前后过程的讲述存在多方面的差异。

《墓主记》志怪故事的主要内容是讲述"丹"生命复苏的过程，上述过程的"起点"是"白狗"将"丹"拖出墓穴，"结点"是四年后"丹"的"其状类益、少麋、墨，四支不用"的复生。上述内容存在两个特点：（1）"丹"生命复苏的过程极其艰难：故事在时间的叙述上十分准确，而上述"时间"的推演又与"丹""立墓上三日"、"北出赵氏"、"之北地柏丘之上"等经历相联系，显现出"丹"生命复苏的复杂和困难。"丹"生命复苏的复杂和困难，又是"丹"的"魂灵"回归"肉体"的复杂和困难的表现和反映，也间接地表现出"司命史公孙强"的"法力"的高超和强大。但即便如此，"丹"仍然"其状类益、少麋、墨，四支不用"，不能恢复原来的样子。（2）"丹"的生命复苏经历是在"人间"完成的，并不涉及"丹"死后的"经历"和"地下世界"的情况，而故事后部的"丹言""祭祀禁忌"内容是对生人而言，唯独"鬼的癖好"涉及鬼的事情，但仍然缺少相关"地下世界"或"鬼域生活"的任何说明和交代。

不同的是，《搜神记》两则复活故事在主人公生命复苏过程的描述上极为简单，"贾文合"故事中仅为"视其面有色，扪心下稍温，少顷却苏。"而"李娥"故事甚至没有"复苏"细节的交代，只是蔡仲以斧剖棺，"娥于棺中言"，而其子"闻母活，迎出，将娥回去。"显然，与《墓主记》相比较，《搜神记》两则故事主人公生命复苏过程的描写，显现出"自然"和"必然"的特点。由此可知，主人公生命复苏过程的描述，并非《搜神记》两则故事的叙述重点，而其叙述重点则是主人公由"阴间"亦即"地下世界"而"回归"的复杂经历和过程。从这个意义上说，《搜神记》两则复活故事主人公"生命复苏的自然和必然"，亦是其"魂灵"回归"肉体"的自然和必然的表现和反映，缘于此，其由"阴间"回归的复杂经历，也就很难视为"生命复苏"性质的叙述，而是带有了"阴间"亦即"地下世界"的描述和探奇的性质了。上述认识的一个更为有力的证据，就是上述两则故事的后部，都有"验证"主人公于"阴间"之经历的叙述。显然，上述内容的目的，不是为了"说明"主人公"生命复苏"的真实性，而是为了"证明"主人公"阴间经历"的真实性。如此，也就凭借故事主人公的"阴间经历"而确证了"地下世界"真实存在的事实。

二 放马滩秦墓竹简《墓主记》志怪故事与《搜神记》复活故事存在差异点的原因

在探究《墓主记》志怪故事与《搜神记》两则复活故事存在差异点的原因之前，下面两个方面的情况值得注意：

（一）从某种意义上说，司命神的"归属"问题，是人们生命信仰中"灵魂"的"归向"问题的反映。考察《墓主记》志怪故事中"丹"必须"立墓上三日"和"之北地柏丘之上"的生命复苏经历，正是曝尸于光天化日之下而"招魂复魄"式的复苏。再看《搜神记》两则复活故事，"贾文合"故事中"文合""卒已再宿，停尸将殓"，但"文合"的"灵魂"却已在"阴间"了，故司命发现"误召"而"可速遣之"以后，"文合"的"灵魂"还要在"阴间"发生一段"逗留"的经历。显然，上述经历即是"文合"的"灵魂"从"阴间"回归"形体"的过程。而在"李娥"故事中，"李娥"的"灵魂"到了"阴间"的同时，其"肉体"已经埋于地下十四日。故而故事中"李娥"的"灵魂"回归"形体"的情节更为复杂，但与"贾文合"故事一样，"李娥"的生命复苏同样是在"地下"的棺中完成的。

（二）在《墓主记》志怪故事中没有出现关于"地下世界"的"空间"意义上的描述和构想。《墓主记》志怪故事云"因令白狗（？）穴屈出丹"，上述文字不是由"墓内"出发的构想，而是自"墓外"的白描。上述叙述形式决定了叙述内容和叙述重点是"墓外"而不是"墓内"。反观《搜神记》两则故事，故事中"地下世界"的"生活空间"的营造已经达到充分和成熟的程度。在"贾文合"故事中所描绘的"地下世界"已经有了"郭内"和"郭外"的概念。"李娥"故事中"娥"不但在"地下世界"中见到了"外兄"，而且还有与人世间一样的官府和官吏以及行政管理。将上述两个故事联系起来，一个与人世间无异的"地下世界"及其相关的"社会生活"完全呈现出来。显然，《搜神记》两则复活故事上述情节内容上的特点，反映出了作者早已具备"地下世界"的"空间"观念以及与这种观念相联系的构想的能力。从这个意义上说，《墓主记》志怪故事的作者似乎还不具备由"墓内"而进一步引申的"地下世界"的"空间"观念以及与这种观念相联系的构想的意识和能力。

总上而言,《墓主记》志怪故事与《搜神记》复活故事所存在的差异点,涉及两个方面的问题,一个是生命如何复活的问题,一个是生命复活的"地上"或"地下"背景的问题。上述两个问题又互相关联,前者体现为于"地上"的"招魂复魄"式的生命复苏,而后者则呈现为在"地下世界"中"灵魂"与"形体"的"再度结合"式的生命复活。

从这个意义上说,《墓主记》志怪故事与《搜神记》复活故事所存在的差异点,也就成为《搜神记》两则复活故事在情节构成上的关键之处,即"地下世界"的出现和在"地下世界"中"灵魂"与"形体"的"再度结合"式的生命复活。如此而论,《墓主记》志怪故事与《搜神记》复活故事差异点的存在,应该是不同的生命信仰和不同的生死观的反映,说明与《墓主记》志怪故事不同的生命信仰和不同的生死观,为《搜神记》两则复活故事的情节构成提供了文学意义上的意识、经验和材料上的准备。

值得注意的是,秦汉时期人们的生命信仰和生死观确实发生了变化,并以汉代墓葬制度亦即"室墓制度"的形成为标志。而从生命文化的角度看,汉代"室墓制度"的核心问题,即是以地下墓葬为载体的"生命彼岸世界"的营造和逝者于上述"生命彼岸世界"的存在。有学者描述汉以前的墓葬制度:"以密闭、隔绝为特点而构筑的椁墓为中国传统式埋葬设施。"① 与上述墓葬制度相联系的,是人们关于生命死亡的思考和由此而形成的相关信仰。"中国人的魂魄思想不期待人的死后再生,却期待灵魂升天加入祖灵的行列,在宗庙受到宗族子孙的供奉,而鬼(归)魄被密封在椁内,深埋于地下,'不封不树'。如此,在死后世界中,灵魂和鬼魄是不可能再相遇的,更不存在如古代埃及人在制作干尸上所寄托的那种希冀灵魂复活和再生的观念。"②

显然,在上述墓葬制度的讨论中,已经牵涉到所谓魂与魄的归属的生命信仰的问题,恰好说明墓葬制度与生命信仰的密切关系和联系。《礼记·礼运》云:"及其死也,升屋而號,告曰:'皋某復!'然后饭腥而苴孰,故

---

① 黄晓芬:《汉墓的考古学研究》,岳麓书社2003年版,第90页。
② 同上书,第280页。

天望而地藏也。体魄则降，知气在上，故死者北首，生者南乡。"① 这里"体"、"魄"相连，则"魄"寓于"体"中，故"孔氏"云："招魂复魄，复魄不复，然后浴尸而行含礼。"② 这样的思想，在《礼记·郊特牲》亦有论述，其云："魂气归于天，形魄归于地，故祭，求诸阴阳之义也。"③

这里需要指出的是，上引《礼记》魂魄相离而随"体"、"气"上天归地的认识，源于人们对"魂魄"认识的差异性而呈现出复杂的情况，尚且难以厘清。④ 在这里，我们姑且避开关于"魂魄"性质和内涵的讨论，而通过"魂魄"的归向转入生命死亡问题的思考，则不难发现，缘于魂魄归向问题的讨论，其本质则是生命死亡问题的思考。

这种思考已经形成一种共识性的意见，那就是相信人的生命是所谓"精神"和"形体"的结合体，二者分离并不能再度复合，则意味着生命的死亡，其结果是"精神"的"飞升"即"上天"和"形体"的"下降"即"入地"。如《礼记·檀弓上》引"国子高"语："葬也者，藏也。藏也者，欲人之弗得见也。"⑤ 这样的思想在吴公子札儿子的葬礼中亦能反映出来："延陵季子适齐，于其反也，其长子死，葬于嬴、博之间。孔子曰：'延陵季子，吴之习于礼者也。'往而观其葬焉。其坎深不至于泉，其敛以时服，既葬而封，广轮揜坎，其高可隐也。既封，左袒，右还其封且号者三，曰：'骨肉归复于土，命也！若魂气则无不之也，无不之也。'而遂行。孔子曰：'延陵季子之于礼也，其合矣乎！'"⑥

"魂气"飞升而"骨肉"归于土，则归于土之"骨肉"必然朽败而成土灰。"有子问于曾子曰：'问丧于夫子乎？'曰：'闻之矣：丧欲速贫，死欲速朽。'"⑦ 此为曾子转述孔子之言，且所论亦非丧葬之事，但这里以人死而"骨肉速朽"为喻，也说明"人死而骨肉速朽"已是常识。《礼

---

① （清）孙希旦：《礼记集解》卷二十一，中华书局1989年版，第587页。
② （清）孙希旦：《礼记集解》卷二十一引，中华书局1989年版，第587页。
③ （清）孙希旦：《礼记集解》卷二十六，中华书局1989年版，第714页。
④ 关于魂魄的进一步理解和认识，参见蒲慕州《墓葬与生死：中国古代宗教之省思》，中华书局2008年版；马昌仪《中国灵魂信仰》，上海文艺出版社1998年版；李炳海《中国上古时期的招魂仪式》，《世界宗教研究》1989年第2期。
⑤ （清）孙希旦：《礼记集解》卷九，中华书局1989年版，第227页。
⑥ 同上书，第294页。
⑦ 同上书，第217页。

记·祭义》云:"众生必死,死必归土,此之谓鬼。骨肉毙于下,阴为野土。其气发扬于上,为昭明,焄蒿、悽怆,此百物之精也,神之著也。"①死后归于土的"骨肉"是否为鬼,则另当别论,但"骨肉毙于下,阴为野土"则是常识性的认识。

上述生命信仰在战国时期的荆楚地域出现了某些变化。因为在战国时期楚墓中率先出现了在椁内装饰窗、门扉及模造门扉的情况。②显然,在椁内装饰窗、门扉及模造门扉的目的,是试图在"地下世界"营造一个如人间"居室"般的"空间",而构拟上述"空间"的目的,显然与"逝者"在上述"空间"继续其"地下世界"的"生活"的思想有关。试想,如果坚信"逝者"的"魂气"飞升上天而归于土的"骨肉"必然朽败的话,何为还要试图在"地下世界"营造一个如人间"居室"般的"空间"。

战国时期荆楚地域上述丧葬习俗上的变化,是人们的生命信仰发生新变的表现和反映。需要指出的是,上述关于生命信仰的变化,无非涉及这样两个方面的认识,一个是"灵魂"的"升天"还是"入地"的问题,另一个是"肉体"朽败还是永恒的问题,抑或是"灵魂"与"肉体"在"地下世界"再度"合一"的问题。而上述问题的本质是在"地下世界"所营造的"居室"般的"空间",由"谁"("灵魂"、"肉体"、"魂与体再度合一的肉体")以何种方式来"享用"。

战国时期楚墓中率先出现的在椁内装饰窗、门扉及模造门扉的情况,"象征着椁内开通现象的发生",而"到了秦末汉初以后,这种椁内开通的现象开始发生了根本性的变化"。"椁内空间的开通形式,构成地下的埋葬空间互相连通形成一个整体","如此,当地下的埋葬设施具备了羡道和玄门之后,古来的埋葬空间也就一反传统的密闭型设施,创出了象征着内外界完全开通的新型结构。它标志着中国葬制史上一个划时代变革的开始。"③而这个"变革"的时间点,就在汉武帝时期。④

---

① (清)孙希旦:《礼记集解》卷四十六,中华书局1989年版,第1219页。
② 参见黄晓芬《汉墓的考古学研究》,岳麓书社2003年版,第90页。
③ 黄晓芬:《汉墓的考古学研究》,岳麓书社2003年版,第90、91、92页。
④ 俞伟超认为:"商周秦汉的埋葬习俗,可以汉武帝前后为界限,分为两大阶段。前一阶段即通常所谓的'周制','汉制'是后一阶段的典型形态。"俞伟超:《汉代诸侯王与列侯墓葬的形制分析》,载俞伟超《先秦两汉考古学论集》,文物出版社1985年版;蒋晓春:《三峡地区秦汉墓研究》引,四川出版集团巴蜀书社2010年版,第234、235页。

上述情况能够说明什么呢？"这种趋势反映出一种集体意识的转变：以礼器为主的随葬方式所强调的是一种死者生前所享有的政治地位（虽然此政治地位也当然牵涉到财富），而以日常生活用具为主的随葬方式则似乎比较关心死者在死后世界中的财富和舒适生活，与死者生前在政治秩序之中的地位关系不如礼器所显示的那么密切。"① 显然，历史进入两汉时期以后，人们对现世生命结束以后的生活，有了从人的"日常生活"而不是"政治生活"出发的安排和设计。"在西汉中期以后的墓葬中，这种强调死后世界中之生活的随葬方式表现得更为明显"。②

如此，由汉代丧葬习俗上的变化而反映出的生命信仰的新变，就更突出地表现在"地下世界"的"生活空间"的营造和"逝者"于地下"生活空间"的"生活"之上。这样，上文所提出来的"由'谁'以何种方式来'享用'"的问题，也就有了更为明确的答案。

由汉代丧葬习俗上的变化而反映出的生命信仰和生死观的新变，其最为突出者，是关于逝者"神魂"归向问题的认识。汉人相信逝者之魂并非"飞扬于天"，而是与逝者所依托的棺椁一道，回归于地。也就是说，如果仍然将生命结束视为精神之魂与骨肉之体相分离的话，那么，这种"魂"和"体"并非天地隔绝，而是同在"地下世界"。

能够对上述认识给予支持的材料很多，而如下三个方面最为有力：

（一）汉墓朱书陶瓶镇墓文所描述的"地下官府"中的"官员"，出现了"魂门亭长"。③《汉书·百官公卿表上》云："大率十里一亭，亭有长。十亭一乡，乡有三老、有秩、啬夫、游徼。"④ 则"亭"为"乡"之下一级行政单位，"亭长"或为汉代最初级行政官员。镇墓文中出现"魂门亭长"，说明这个"魂门亭长"是"管理"逝者"神魂"所居之"地下世界"的最低级官员。从这个意义上说，汉人认为逝者之魂不是升天，而是随逝者一道魂归"地下世界"。

---

① 蒲慕州：《墓葬与生死：中国古代宗教之省思》，中华书局2008年版，第194页。
② 同上。
③ 如："告墓上墓下中央主土，敢告墓伯、魂门亭长、墓主、墓皇、墓氶。""天地使者，告张氏之家，二丘五墓、墓左墓右、中央墓主、冢丞墓令、主冢司令、魂门亭长、冢中游击等。敢告移丘丞墓伯、地下二千石、东冢侯、西冢伯、地下击植卿、耗（蒿）里伍长等。"蒲慕州：《墓葬与生死：中国古代宗教之省思》引，中华书局2008年版，第207页。
④ （汉）班固：《汉书》卷十九上，中华书局1962年版，第742页。

（二）江苏邗湖场五号汉墓曾出土一件"神灵名位牍"，其上至少涉及23位神灵，其中有"神魂"之名。① 上述23位神灵共分为8组，组内神祇当为同类，"神魂"属第一组。第一组神灵共7位，其中"中外王父母"或是"中王父母"和"外王父母"的合称。《尔雅·释亲》："父之考为王父，父之妣为王母。"包山楚简"卜筮祭祷记录"中有"新王父"，当是"亲祖父"之意。如此，"中外王父母"或指夫与妻双方"王父母"。据此判断，"神灵名位牍"第一组神灵当为祖先类人鬼。此牍位于棺室，是逝者带到"地下世界"之物，上面载记祖先神灵，当与想象中"地下世界"之"生活"相关联。上述情况说明，汉人相信逝者之魂不是升天，而是随逝者一道回归"地下世界"并与故去的祖先一起生活。

（三）"神魂"与逝者一道回归，即是不离开逝者"形体"所依托的棺椁。以马王堆1号墓T型帛画为例。此帛画当为铭旌。铭旌的作用在《仪礼·士丧礼》中讲得很清楚："为铭，各以其物。""书（铭）[名]于末，曰：'某氏某之柩。'"② 其作用为引魂之用，书写逝者名字，以使逝者之魂依附铭旌而至墓茔。甘肃武威磨嘴子23号汉墓出土铭旌，其上有墨书篆文，作"平陵敬事里张伯升之柩过所毋留"。③ 意为"张伯升"之魂与灵柩从此经过，直到墓茔而不作停留。马王堆1号墓T型帛画在墓中被覆于内棺之上，其用意显然也是如此。汉墓中还发现将下面的文字刻在墓砖上的"砖文"，云："叹曰，死者魂归棺椁，无妄飞扬，行无忧，万岁之后，乃复会。"④ 上述文字描述了汉人关于逝者神魂回归棺椁的信仰，上述思想与汉以前"魂气"飞升上天的思想截然不同。

逝者神魂回归棺椁，亦即回归"地下世界"而不是"天上世界"。在这个"地下世界"中，逝者是以"神灵"或"魂灵"的形式而存在的。

---

① 此牍以隶书书写，23位神灵是："江君、上蒲神君、高邮君大王、满君、卢相汜君、中外王父母、神魂。""仓天、天公。""大翁、赵长夫所□、淮河、瑜君、石里神杜、城阳□君"。"石里里主、宫[春][姬]所□君□、大王、吴王、□王、汜□神王、大后垂"、"宫中□池、□□神社"、"当路君、荆主、奚丘君、水上、□君王、□杜"。"宫司空、杜、[邑]、塞"。参见扬州博物馆、邗江县图书馆《江苏邗湖场五号汉墓》，《文物》1981年第11期。
② 陈成国点校：《仪礼》第十二，岳麓书社1989年版，第231页。
③ 参见甘肃省博物馆、中国科学院考古研究所《武威汉简》，文物出版社1964年版，第148、149页；甘肃省博物馆《甘肃武威磨嘴子汉墓发掘》，《考古》1960年第9期。
④ 上述"砖文"载于《文物》1977年第9期；蒲慕州：《墓葬与生死：中国古代宗教之省思》引，中华书局2008年版，第211、212页。

下面两则材料可以为证：

（一）王充在《论衡·薄葬篇》中谈到了世俗观念中"地下世界"的生活，其云："是以世俗内持狐疑之议，外闻杜伯之类，又见病且终者，墓中死人，来与相见，故遂信是。谓死如生，闵死独葬，魂孤无副；丘墓闭藏，谷物乏匮，故作偶人，以待尸柩；多藏食物，以歆精魂。"①在上述言论中，"前言"云"墓中死人"，"后言"云"魂孤无副"，则"后言"之"魂"即"前言"之"人"。依此而论，在王充所引述的世俗观念中，"墓中死人"是以"魂"的形式存在的。

（二）上述观念，在河南南阳许阿瞿墓画像题记中也有大致相同的反映。题记载记五岁许阿瞿殇逝的情况，题记对许阿瞿弃离阳世而就"地下世界"之"生活"作了描述，其云：

> 惟汉建宁，号政三年，三月戊午，甲寅中旬，痛哉可哀，许阿瞿身，年甫五岁，去离世荣。遂就长夜，不见日星，神灵独处，下归窈冥，永与家绝，岂复望颜。谒见先祖，念子营营，三增仗火，皆往吊亲。瞿不识之，啼泣东西，久乃随逐（逝），当时复迁。父之与母，感□□□，□子五月，不□晚甘。嬴劣度□，投财连（联）篇（翩），冀子长哉。□□□□，□□□此，□□土尘，立起□埸，以快往人。②

题记所描述的"地下世界"及其"生活"具有四个方面的特点：（1）长夜无光明；（2）幽远深邃；（3）孤独；（4）与现实世界永远隔绝。显然，从题记"神灵独处"的描述看，许阿瞿的亲人相信许阿瞿将要以"神灵"的形式在这样的"地下世界"继续其"独处"的"生活"。

然而，另有资料显示，在汉代丧葬习俗中，人们也在努力保护逝者的"形体"，并希望通过认为是有效的方式而使"形体"不朽。例如以"玉"维护或保护逝者"形体"的认识和传统在汉代就得到推崇。

传统信仰中"玉"是"鬼神"的食物。古人相信"玉"具有使人永

---

① （汉）王充：《论衡》，《诸子集成》（七），中华书局1954年版，第225页。
② 中国画像石全集编辑委员会：《中国画像石全集6·河南汉画像石》图202"图版说明"，河南美术出版社、山东美术出版社2000年版，第70页。

生的能力。《山海经·西山经》所载"峚山"有"玉膏",是黄帝的食物,而"天地鬼神,是食是饗","君子服之,以御不祥"。① 上述信仰在汉代获得了更为普遍的推崇,并延展到民间的生活和丧葬习俗中,即表现为生时食玉而死后饭含。

饭含源于周礼②。意在保护"形体"而使之不朽③。《后汉书·礼仪下》云:"登遐……饭含珠玉如礼。"④《补注》引《礼稽命徵》:"天子饭以珠,晗以玉。诸侯饭以珠,晗以(珠)〔璧〕。卿大夫、士饭以珠,晗以贝。"⑤《后汉书·梁商传》载梁商病笃,意以后事从简,免去"衣衾饭晗玉匣珠贝之属"。⑥《汉书·杨王孙传》载杨王孙答祁侯之书,其中论及丧葬时俗,云:"裹以幣帛,鬲以棺椁,支体络束,口含玉石,欲化不得。"⑦ 这里所说的"口含玉石"或即所谓含礼。据此而论,逝者"口含玉石"的等级制度,在汉代已被打破,僭越现象普遍。不但普通的"卿大夫"、"士"可以"口含玉石",而豪强地主或积聚相当财力者亦可能如此。

两汉时期逝者"口含玉石"的等级制度遭到僭越现象的普遍存在,说明保护逝者"形体"而使之不朽的思想已经深入人心,其推波助澜者,显然是皇室贵族和高级官吏。汉代王侯以"玉衣"裹身的葬俗,就很能说明问题。将"玉衣"覆于或穿于逝者身体之上,意味着逝者"形体"被完全置于"玉石"之中,其对"形体"的保护而使之不朽的作用肯定优于"口含玉石"。⑧ 而"形体"得以保全,人们"观念"和"经验"中

---

① 袁珂:《山海经校注·山经柬释》卷二,上海古籍出版社1980年版,第41页。
② 参见陈戍国点校《周礼·春官·典瑞》,岳麓书社1989年版。
③ 《白虎通·崩薨》:"晗用珠宝物何也?有益死者形体。"(清)陈立:《白虎通疏证》卷十一,《新编诸子集成》第一辑,中华书局1994年版,第548页。
④ (晋)司马彪:《后汉书志》第六,(南朝宋)范晔《后汉书》,中华书局1965年版,第3141页。
⑤ (晋)司马彪:《后汉书志》第六,(梁)刘昭补注,(南朝宋)范晔《后汉书》,中华书局1965年版,第3142页。
⑥ (南朝宋)范晔:《后汉书》卷三十四,中华书局1965年版,第1177页。
⑦ (汉)班固:《汉书》卷六十七,中华书局1962年版,第2908页。
⑧ 有学者以为"玉衣"的作用,是在象征意义上使得逝者的生命形式获得了转化,即由普通的"肉身"而转化为具有永恒生命的"玉人",从而在象征意义上实现了"成仙"或"升仙"的愿望。参见巫鸿《礼仪中的美术》贰"汉代美术"之"玉衣或玉人",生活·读书·新知三联书店2005年版。

的"人"才能确立起来,并构成"地下世界"之"生活"的意义和内涵。

显然,使"形体"不朽的目的,即是期望给予"魂灵"一个"载体",使得如"生人"一样"形体"与"魂灵"合一。而如果"形体"与"魂灵"再度合一,则意味着逝者重新获得了如"生人"一样的生命形式,当然也就具有了与"生人"一样的生活形式。如此,"逝者"与"生人"除了生活地域的阴阳隔绝之外再无区别,而且还能够通过某种方式以"人"的形式穿越阴阳两界而自由去来。

有三个方面的材料能够对上述认识给予支持:

(一)汉代镇墓文中的"逝者"以"人"的形式出现,并在此基础上构成了与"生人"的区别。在汉代镇墓文关于"逝者"与"生人"的描述中,与"生人"相对的"逝者"是以"死人"的称呼出现的,而"死人"的称谓是否就是特指"魂"与"体"的分离者,则不能得出肯定的意见,但以"人"相称而不是"魂"或"魂灵",则说明镇墓文是从"人"的层面和角度出发来考量"逝者"与"生人"的问题的。即如下面一些文字的表述:"生人上就阳,死人下归阴;生人上就高台,死人深自藏","上天苍苍,地下茫茫,死人归阴,生人归阳,生人有里,死人有乡","生人属西长安,死人属东太山","生属长安,死属太山,死生异处,不得相防(妨)"。① 上述文字将"生人"与"死人"进行比较,承认"生人"与"逝者"的区别,即在于阴阳隔绝的相异世界,但仅仅如此而已,正如"生人有里,死人有乡"一样,后者同样在"地下世界"过着"人"的生活。即所谓"以为死人有知,与生人无以异"②。这种"无异"似乎应该包括生命和生活之全部的意义和内涵。

(二)在汉代墓葬画像中"逝者"皆以"人"的形象出现,"逝者"与图像中的"形象"具有本质意义上的相同性。包括画像在内的墓葬整体叙述,在叙事学意义上构成了一个完整的空间叙述形式,即塑造了一个空间构成形式,从而为"逝者"在"地下世界"的生活营造了一个理想化的"生活空间"。从这个意义上看,汉人是以现实生活的经验为基础而塑造这个"生活空间"的,而"逝者"也是以"人"的生命和生活之全

---

① 王光永:《宝鸡市汉墓发现光和与永元年间朱书陶器》,《文物》1981年第3期。
② (汉)王充:《论衡》,《诸子集成》(七),中华书局1954年版,第225页。

部的意义和内涵而存在于上述"生活空间"之中的。因此,汉画像以图像的形式所再现的"逝者"形象,也必然是"逝者"在"形体"与"魂灵"整合在一起的"人"的形象。图像中的"逝者"形象,也就是人们想象中生活在"地下世界"的"逝者"。二者之同一性无法否认。

(三) 在汉代墓地祠堂画像所描摹的情境中,"逝者"以"人"的形象出现并以"人"的形式而穿越阴阳两界。在汉代墓地祠堂画像后壁画像中,往往绘有端坐中央而接祭拜的图像。对于上述图像构图内容和意义,存在"穆天子见西王母"、"礼拜天地使者"、"礼拜齐王"、"礼拜汉高祖"等诸种意见。[1] 在上述意见中,以"中央端坐者"为"墓主人"和"墓主人"接受拜祭的意见,最为接近画像的意义和性质。[2] 上述观点最为精彩之处,是认为祠堂与墓的关系,即表现为生活中的"堂"与"室"的关系,双方的联系是祠堂下部与墓室上部所刻画的车马出行画像。"墓主人"与上述车马出行行列、祠堂后壁所描绘的"中央端坐者"的形象,象征性地构成了"墓主人"由墓室到祠堂接受祭拜的过程。而支持上述观点的图像依据,就是在墓室画像和祠堂画像中都存在的车马出行构图:祠堂下部和上部的车马出行行列,构成了从"地下世界"到"地上世界"再回到"地下世界"的一个完整的"回路"。

汉代墓地祠堂画像以图像构图的形式描绘了"逝者"来到"阳间"接受祭拜的场面。在上述图像构图中,"逝者"皆以"人"的形象出现。如果说上述"人"的形象也是"逝者"之"魂灵"的表现形式的话,也说明汉人相信"逝者"的"形体"即"人"的形式,仍然是"魂灵"的载体,"逝者"的"灵魂"仍然可以借助"人"的形式而存在。

其实,上述认识的根据,是墓地祠堂所承担的联系和沟通"生人"与"逝者"的"桥梁"的功能和作用,而祠堂画像则以画面构图的形式描绘和再现了"生人"与"逝者"的联系和沟通。据此而论,汉代墓地

---

[1] 参见陈亮《武氏祠研究综述》,《中国汉画学会第九届年会论文集》,中国社会出版社2004年版。

[2] 参见信立祥《汉代画像石综合研究》,文物出版社2000年版。关于墓地祠堂画像中的受祭者形象的研究,亦可参见日本学者佐竹靖彦的相关研究,其主要观点认为祠堂后壁构图,是礼拜在死后世界中的墓主人。载佐竹靖彦《汉代坟墓祭祀画像中的亭门、亭阙和车马行列》,《中国汉画研究》第一期,北京大学汉画研究所2004年。

第六章　秦汉世俗浪漫主义文学的创作与荆楚古典浪漫主义文学的转型　511

祠堂的建造与祠堂画像构图形式，表现和反映了汉人关于"生人"与"逝者"能够有条件地联系和沟通的思想，意味着汉人关于"生人"与"逝者"隔绝于阴阳两界的生命考量，并不具有唯一性和绝对性，还存在着"生人"与"逝者"能够穿越阴阳两界的思想和认识。

总上而言，由墓葬制度的变革反映出的汉代生命信仰和生死观的新变，呈现出颇为复杂甚或是矛盾的内容和特点，那种以某一种思想或认识而完全涵盖汉人生命信仰和生死观的做法，显然是错误的。值得注意的是，汉代生命信仰和生死观的新变以及所呈现出的复杂甚或是矛盾的内容和特点，既为秦汉世俗浪漫主义文学创作提供了更为丰富、复杂和多样的生活素材，也为秦汉世俗浪漫主义文学创作拓展了更为广阔的想象和幻想的空间。

据此而联系《搜神记》两则复活故事，故事于情节构成上的前提条件，是在人们的生命信仰和生死观中"地下世界"即"阴间"的出现和逝者的魂灵回归"地下世界"即"阴间"观念的形成。因此，《墓主记》志怪故事与《搜神记》复活故事差异点的存在，是不同的生命信仰和生死观的反映，说明相信死后魂灵回归"地下世界"即"阴间"的生命信仰和生死观，为《搜神记》两则复活故事的情节构成提供了文学意义上的观念、经验和材料上的准备。

综上所述，汉代墓葬制度中"室墓制度"的形成，既是"中国葬制史上一个划时代变革的开始"，也标志着与上述墓葬制度相联系的关于生命信仰的"集体意识"的转变。这种转变的核心思想，是相信"人"的生命和生活在"现实世界"结束以后，还会延续到由"地下世界"所构建的"彼岸世界"之中。从这个意义上说，这种变革所带来的巨大的思想和文化上的价值和意义，就是在人们关于"后生命存在形式"的信仰中，与"现实世界"具有密切联系的"地下世界"的出现和构建。当我们从汉代生命信仰和生死观的新变的角度，来审视《墓主记》志怪故事与《搜神记》两则复活故事所存在差异点的时候，导致上述差异点的原因也就清晰而明确起来。汉代生命信仰和生死观的新变，突出地表现在"地下世界"的"生活空间"的营造和逝者魂归"地下世界"于地下"生活空间"的"生活"之上。这种生命信仰和生死观的新变，将导致在人们的想象世界中开辟和建立"地下世界"的"空间"观念和"后生命"意义上的构想的能力，也为文学意义上的生命复活故事创作，提供了更为丰富多样的生活素材，拓展了更为广阔的想象和幻想的空间。

三 "南方类型"生命复活故事构成汉晋同类志怪故事发展演变的早期阶段

春秋晚期齐国青铜器"洹子孟姜壶"铭文所列神祇中就有司命神，近年发现的战国楚简卜筮祭祷简中亦载有关于司命的祷祠实践，而《史记·封禅书》载汉初于长安置祠祝官、女巫，其中晋巫与荆巫所祠之神亦有司命。上述司命神崇拜各具地域背景，反映了春秋战国时期司命神和司命神崇拜的地域属性，说明以齐、晋、楚为地域背景的司命神崇拜在春秋战国时期已经各自形成体系和传统，而以晋、楚为地域背景的司命神崇拜更延续至秦汉时期，且仍然具有生命力。

值得注意的是，与上述不同地域背景的司命神崇拜相联系的生命信仰和生死观的演变与发展，是存在差异的：

（一）我们注意到了丧葬习俗中在椁内装饰窗、门扉及模造门扉的情况，首先是从战国时期楚墓中出现的事实。① 同时，"楚墓随葬品的组成和配置亦表明古来的丧葬仪式开始出现变化。"② 这种变化主要表现在墓葬随葬品由"礼器"而向着"生活实用器"的转变。③ 在椁内装饰窗、门扉及模造门扉的目的，是试图在"地下世界"营造一个如人间"居室"般的"空间"，而构拟上述"空间"的目的，显然与"逝者"在上述"空间"继续"生活"的生命信仰和生死观有关。丧葬习俗的变化正是生命信仰和生死观发生变化的表现和反映。它说明人们所关心的是"死者在死后世界中的财富和舒适生活"④。"这一现象标志着楚人生死观的

---

① "自古以来，以密闭、隔绝为特点而构筑的椁墓为中国传统式埋葬设施。直到战国早期，楚墓率先在椁内出现了装饰窗、门扉及模造门扉，它象征着椁内开通现象的发生。""纵观先秦至两汉的竖穴木椁墓，在其墓葬结构中可以称为新的因素的，是棺椁上门窗结构的出现。""其出现的时间至少可以上推到战国时代"，而且是"非战国楚墓莫属的一个新颖而又特殊的现象"。参见黄晓芬《汉墓的考古学研究》，岳麓书社2003年版，第65、90页；蒲慕州《墓葬与生死：中国古代宗教之省思》，中华书局2008年版，第191页。

② 黄晓芬：《汉墓的考古学研究》，岳麓书社2003年版，第90页。

③ 参见郭德维《试论江汉地区楚墓、秦墓、西汉前期墓的发展与演变》，《考古与文物》1983年2期。

④ 蒲慕州：《墓葬与生死：中国古代宗教之省思》，中华书局2008年版，第194页。

变化。"①

（二）两汉时期生命信仰和生死观与战国时期荆楚地域一脉相承。"到了西汉初期，木椁墓中有门窗的例子更多，其分布地区主要仍在两广、湖北、苏皖等南部地区。"② 说明战国时期荆楚地域生命信仰和生死观，至秦汉而得到进一步发展，但是这种发展一直囿于以故楚地域为中心的南方地区。

（三）上述生命信仰和生死观在"以故楚地域为中心的南方地区"以外地域发展缓慢。"华北地域、山东地区的中小型墓在室墓变革过程中起步稍晚。直到西汉晚期，一部分地区才开始出现造设模造门扉的间切型椁。不久，成熟形态的中轴线配置型前堂后室式砖室墓突然登场。"③

战国至秦汉时期以不同地域为背景的生命信仰和生死观，一方面反映在墓葬建筑的象征性的构拟上，另一方面则是文本形式的叙述和描绘上；而源于上述生命信仰和生死观的不同，反映在墓葬建筑的象征性构拟和文本形式的叙述和描绘，也会出现差异的情况。

《墓主记》志怪故事中的"丹"乃"大梁人"，其主人犀武亦"魏将"；"丹"在"垣雍"将人刺死并自杀，"垣雍"战国时属韩；"丹"从墓中出来后，又在司命史公孙强的带领下"北出赵氏"。上述地域涉战国魏、韩、赵，但皆为传统的晋地。司命神的地域属性强烈，晋地的司命崇拜传统在汉初还存在，故"犀武"想要"丹"复活，应该请求晋地的司命。从这个意义上说，"司命史公孙强"应该是晋地司命神在人世间的"代表"。据此而论，《墓主记》志怪故事发生的地域背景是传统的晋地，这一故事的形成与晋地司命神和司命神崇拜传统存在联系。

近年发现的战国楚简卜筮祭祷简中即有以司命为对象的祷祠实践的载记，进一步说明荆楚地域司命神崇拜传统存在的事实。从这个意义上说，虽然目前在战国时期楚墓考古发掘中还没有发现与《墓主记》志怪故事相类的简文或其他文字材料，但源于荆楚地域司命神崇拜的影响而形成的生命复活故事也应该是存在的。对此，我们从《庄子·至乐》髑髅故事中能够找到根据。《庄子·至乐》髑髅故事虽然属于寓言的性质，但是主

---

① 黄晓芬：《汉墓的考古学研究》，岳麓书社 2003 年版，第 69 页。
② 蒲慕州：《墓葬与生死：中国古代宗教之省思》，中华书局 2008 年版，第 192 页。
③ 黄晓芬：《汉墓的考古学研究》，岳麓书社 2003 年版，第 227 页。

要情节却是髑髅生命复活的内容，而且复活的方式同样依靠司命的帮助，显然在内容和情节上与《墓主记》志怪故事并无差异。更为重要的是，髑髅故事的荆楚地域属性是清楚和明确的。① 基于此，我们认为《庄子·至乐》髑髅故事中髑髅复活内容，是以荆楚地域传统生命复活故事作为写作经验创作而成的。

《庄子·至乐》髑髅故事原文如下：

> 庄子之楚，见空髑髅，髐然有形，撽以马捶，因而问之曰："夫子贪生失理而为此乎？将子有亡国之事，斧钺之诛，而为此乎？将子有不善之行，愧遗父母妻子之丑，而为此乎？将子有冻馁之患而为此乎？将子之春秋故及此乎？"于是语卒，援髑髅枕而卧。夜半，髑髅见梦，曰："子之谈者似辩士。视子所言，皆生人之累也，死则无此矣。子欲闻死之说乎？"庄子曰："然。"髑髅曰："死无君于上，无臣于下，亦无四时之事，从然以天地为春秋，虽南面王，乐不能过也。"庄子不信曰："吾使司命复生子形，为子骨肉肌肤，反子父母妻子，闾里知识，子欲之乎？"髑髅深矉蹙頞曰："吾安能弃南面王乐，而复为人间之劳乎！"②

将《墓主记》志怪故事与《庄子·至乐》髑髅故事髑髅复活内容进行比较，其相同点是不言而喻的。然而，《墓主记》志怪故事与《庄子·至乐》髑髅故事髑髅复活内容所存在的差异性更为重要，两相比较，主

---

① 根据如下：（1）在髑髅复活故事中明确说出"庄子之楚"而发现"髑髅"，以此透露出了髑髅复活故事发生的地域背景。（2）在髑髅复活故事中明确说出让"司命神"赋予"髑髅"以生命，楚地司命直至汉初还被楚巫所职祠，是故赋予髑髅生命的司命一定是楚地司命。（3）髑髅复活故事中髑髅复生涉及"形体"、"骨肉"、"肌肤"、"父母"、"妻子"、"闾里"、"知识"七个方面，分别属于"形体生命"、"家庭家族"、"社会组织"、"知识思想"等四个范畴，说明髑髅复活故事中司命的神性是宽泛的，而并非仅仅局限于人的生命。上述情况与战国楚简卜筮祭祷简有关司命的祷祠实践相符合。从包山楚简卜筮祭祷简第212、213简文所反映的司命神祷祠实践看，其祷祠因由涉及"出入侍王"、"躬身尚毋有咎"、"少有恶于王事"、"有感于躬身"等四个方面的情况。（陈伟等：《楚地出土战国简册〔十四种〕》，经济科学出版社2009年版，第93页）涉及政事、自身疾病，以及与"躬身"有关的其他事情，显示出司命神性的宽泛，而且"与躬身有关的其他事情"亦可涵盖髑髅复活故事中髑髅复生涉及的相关内容。

② （清）王先谦：《庄子集解》卷五，《诸子集成》（三），中华书局1954年版，第111页。

要表现在：（1）以"子欲闻死之说乎"而讲述髑髅死后为鬼之事；（2）再以"吾安能弃南面王乐而复为人间之劳"而将"死后生活"与"人间生活"相对照。显然，《庄子·至乐》髑髅故事髑髅复活内容在"死后生活"与"人间生活"相对照的叙述中，透露出了与"人间"相对立的地下"鬼神世界"的存在。从战国楚简卜筮祭祷简祷祠实践看，涉及"土地"的神祇有"社"、"后土"、"地主"、"野地主"等等，与之相应的，《楚辞·招魂》中出现了"幽都"，且与"土伯"相连，则意味着文本意义上构想的"死后世界"的出现。如此，《庄子·至乐》髑髅故事髑髅复活内容中存在对"死后"情形的描述，并将"死后生活"与"人间生活"相对照，也就不足为奇了。

通过上文的讨论，使我们有能力将战国时期荆楚地域关于"死后世界"的文本意义上的"构想"形式，与《墓主记》志怪故事和《搜神记》复活故事联系起来，并能够明确如下三点认识：

（一）在文本意义的"死后世界"之"构想"形式上，从战国时期的荆楚地域到汉晋，呈现出由"初级"或"幼稚"而至"丰富"乃至"成熟"的发展历程。

（二）在生命复活类型故事的创作与流传上，同样呈现出由《庄子·至乐》髑髅故事髑髅复活内容而至《搜神记》复活故事于承续轨迹上的连接性。

（三）以传统的晋地为地域背景的《墓主记》志怪故事，以其缺少"死后世界"之"构想"而被排除在上述承续轨迹之外。

综上所述，放马滩秦墓竹简《墓主记》志怪故事与《搜神记》"贾文合"、"李娥"故事，皆属生命复活类型故事，从《搜神记》相关复活故事的角度上看，《墓主记》志怪故事当为这一类故事的早期形态，但从双方差异点上考量，《墓主记》志怪故事"可视为同类故事的滥觞"的结论应该给予修正。《搜神记》相关复活故事上承战国时期荆楚生命复活故事，而至秦汉时期得到发展，并在汉晋时期走向丰富和成熟。我们企盼着两汉时期生命复活故事文本源于汉代考古发掘工作的进一步发展而有所收获，进而填补汉代同类志怪故事的空白。

据此，我们有能力对上述生命复活类型志怪故事产生、发展、演变之轨迹给予如下描述：

（一）"南方神话体系"中的颛顼生命复苏神话，是上述生命复活故事形成的神话源头，或可视为第一阶段。

（二）以《庄子·至乐》髑髅故事髑髅复活内容为代表的生命复活故事，产生和流传于战国时期的南方荆楚地域，并与以《墓主记》志怪故事为代表的生命复活故事构成了"南方类型"与"北方类型"，或可视为第二阶段。其与第一阶段的生命复苏神话之最大差异，是故事中司命神的出现和司命神对生命复活过程的主宰和控制。源于此，上述故事的情节围绕着"生命复活过程"而展开，并趋于复杂、波折和多变，故事中"人物"增加，巫术色彩浓厚，并被神秘、恐惧的氛围所笼罩。而"南方类型"的生命复活故事源于生命信仰和生死观的变异，故事中对"死后世界"的叙述增多，以此而形成了异于"北方类型"的情节特点和叙事内容。

（三）上述生命复活故事发展、演变之轨迹，应该在两汉时期发生了重大转折，至魏晋而步入成熟的发展轨道，或可视为第三阶段。引发上述生命复活故事重大转折的根本原因，是由汉代丧葬习俗上的变化而反映出的人们生命信仰和生死观的新变。其与第二阶段的生命复活故事之最大差异，是上述生命复活故事的叙述视域由"地上"而转入"地下"、由"人间"而转入"阴间"，而其叙述内容则由"生命复活过程"而转入"灵魂回归经历"，亦即灵魂由阴间回归阳世的"历险"。缘于此，第二阶段生命复活故事中的巫术色彩和神秘、恐惧的氛围逐渐淡薄，而来自世俗生命的情感和情怀则充溢其间，亦夹杂着类似于生命历险的探奇意识和哀喜相伴的惊惧心情。

四 从《搜神记》复活故事到唐代《传奇》地下探险故事的进一步演变

汉代生命信仰和生死观的新变，在汉代墓葬制度的变革中表现得最为充分，反过来，汉代墓葬制度的变革，也为人们源于生命信仰的生命与死亡的观照，提供了更为多样的依据和经验。例如，在墓葬形制上，墓葬本身由竖穴式变为横穴式，即进出墓葬的方向由纵向变为横向。如此，墓室空间也就具有了平面扩展的可能，从而促成多室的出现和室与室的空间的开通，导致模仿地上多居室生活方式成为可能。而高大的拱、券顶，尤其穹窿顶的出现，不但将墓室的高度增大，更由于其向上拱起的造型，而具有了"天空"的象征意义，再加上穹窿顶部日月星辰的绘画，又在"模仿地上多居室生活方式"的同时,而具有了"外部"立体空间的概念。①

如此,一个按照人间世界生活经验创造出来但比人间生活更为理想的"地下世界"和"地下世界生活"就这样诞生了。不可否认,在人们源于生命信仰的生命与死亡的观照中,第一次这样准确而明晰地将人们思想的视域引入"地下世界"和"地下世界生活",并毫无疑问地激发出人们关于上述"地下世界"和"地下世界生活"的多样而复杂的想象和联想。这种由汉代墓葬制度的变革而形成的墓葬形制的实践经验和地下生活的构想积累,为秦汉世俗浪漫主义文学创作提供了更为丰富、复杂和多样的生活素材,拓展了更为广阔的想象和幻想的空间,并使得"生命复活"类型故事得以发展和繁荣,上文所讨论的《搜神记》"贾文合"、"李娥"两则故事,还只是上述故事多种情节类型之一,而至少还有如下三种"生命复活"类型故事,值得研究和讨论。

《搜神记》第一种类型复活故事以"王道平"、"河间郡男女"生命复活故事为代表。

《搜神记》"王道平"、"河间郡男女"两则故事原文如下:

> 秦始皇时,有王道平,长安人也。少时,与同村人唐叔偕女,小名父喻,容色俱美,誓为夫妇。寻王道平被差征伐,落堕南国,九年不归。父母见女长成,即聘与刘祥为妻。女与道平言誓甚重,不肯改事。父母逼迫不免,出嫁刘祥。经三年,忽忽不乐,常思道平,怨怨之深,悒悒而死。死经三年,平还家,乃诘邻人:"此女安在?"邻人云:"此女意在于君,被父母凌逼,嫁与刘祥。今已死矣。"平问:"墓在何处?"邻人引往墓所。平悲号哽咽,三呼女名,绕墓悲苦,不能自止。……逡巡,其女魂自墓出,问平:"……念君宿念不忘,再求相慰,妾身未损,可以再生,还为夫妇。且速开冢破棺,出我即活。"平审言,乃启墓门,扪看其女,果活。乃结束随平还家。②

---

① 关于汉代室墓制度的考古学讨论,参见俞伟超《汉代诸侯王与列侯墓葬的形制分析》,载俞伟超《先秦两汉考古学论集》,文物出版社1985年版;俞伟超《考古学中的汉文化问题》,载俞伟超《古史的考古学探索》,文物出版社2002年版;黄晓芬《汉墓的考古学研究》,岳麓书社2003年版;蒋晓春《三峡地区秦汉墓研究》,四川出版集团巴蜀书社2010年版。

② 上引《搜神记》"王道平"故事系原文节录,完整故事内容见(晋)干宝撰、汪绍楹校注《搜神记》卷十五,中华书局1979年版,第178页。

晋武帝世，河间郡有男女私悦，许相配适。寻而男从军，积年不归。女家更欲适之。女不愿行，父母逼之，不得已而去。寻病死。其男戍还，问女所在。其家具说之。乃至冢，欲哭之尽哀，而不胜其情。遂发冢开棺，女即苏活，因负还家。将养数日，平复如初。后夫闻，乃往求之。其人不还，曰："卿妇已死，天下岂闻死人可复活耶？此天赐我，非卿妇也。"于是相讼。郡县不能决，以谳廷尉。秘书郎王导奏："以精诚之至，感于天地，故死而更生。此非常事，不得以常礼断之。请还开冢者。"朝廷从其议。①

上述两则故事在情节内容上呈现出如下几个方面的特点：（1）复活者皆为女主人公，女主人公皆因爱情而亡；（2）复活故事的情节中已经不见"司命神"；（3）逝者"形体"完好无损；（4）女主人公复活的方式皆为男主人公"开启墓门"或直接"发冢开棺"。

对于上述情节特点进行研究，尝试得出下面的认识：

（一）上述复活故事中"司命神"的缺失，标志着上述故事的创作者和接受群体，在生命意义上对包括自身生命在内的人类生命的理解和认识，已经上升到一个新的认知阶段。生命的复活无须"司命神"的帮助或赐予，意味着人们对生命死亡和再生的考量，已经超越神祇的垄断而转入自身生命存在形式，并能够在这样的考量中走向"理性"的"生命探求"与"感性"的"生命思考"，而后一方面于文学上的意义和价值，或将无法估量。

（二）正是在上述意义上，我们发现导致或促使上述两则故事女主人公复活的力量，是人世间最为珍贵的情感"爱情"。上述情节意味着如下事实的存在，即在"感性"的"生命思考"中，人们始而发现生命的意义和价值并不仅仅是生命的物质和物理存在，还有生命的精神和情感存在，而且后者可能是生命存在过程中更为重要的东西，而其超越生命物质和物理存在的思想，将能够引导人们走向更为高尚的生活。

（三）上述两则故事中女主人公复活的方式，皆为男主人公"开启墓门"或直接"发冢开棺"。上述情节恰恰是汉代"室墓制度"开通式丧葬

---

① （晋）干宝撰，汪绍楹校注：《搜神记》卷十五，中华书局1979年版，第179页。

形式的表现和反映。"室墓的出现因此暗示了对黄泉世界的一个新概念：地下世界不再完全与生人隔绝。甚至在墓室在入葬后被封闭、消失于视野之外，但是门和甬道仍然存在，并可被重新打开以接纳后死的家庭成员。"① 上述两则故事女主人公复活的另一个条件，就是其"形体"完好无损。"形体"的完好无损是复活的关键因素，因为逝者的灵魂可以再次因"形体"而合一，而完好的形体再加上缘于室墓丧葬形式所构造的理想化的居室，也就为生命再生创造了一切有利的条件。我们在上述两则故事上述情节中，看到了汉代墓葬制度以及与上述墓葬制度相联系的生命信仰的表现和存在。故而可以肯定，上述两则生命复活故事即是在汉代丧葬制度和生命信仰的影响下的产物。

《搜神记》第二种类型复活故事以"紫玉"、"驸马都尉"生命复活故事为代表。《搜神记》载有"紫玉"和"驸马都尉"故事，在情节内容上体现出某种一致性的特征，虽然同为生命复活类型故事，但与"贾文合"、"李娥"及"王道平"、"河间郡男女"故事存在较大差异，值得进一步研究和讨论。

《搜神记》"紫玉"和"驸马都尉"两则故事原文如下：

> 吴王夫差小女，名曰紫玉，年十八，才貌具美。童子韩重，年十九，有道术。女悦之，私交信问，许为之妻。重学于齐鲁之间，临去，属其父母，使求婚。王怒，不与女。玉结气死，葬阊门之外。三年重归，诘其父母，父母曰："王大怒，玉结气死，已葬矣。"重哭泣哀恸，具牲币，往吊于墓前。玉魂从墓出，见重，流涕谓曰："昔尔行之后，令二亲从王相求，度必克从大愿。不图别后，遭命奈何！"玉乃左顾宛颈而歌。……歌毕，唏嘘流涕，要重还冢。重曰"死生异路，惧有尤愆，不敢承命。"玉曰："死生异路，吾亦知之。然今一别，永无后期。子将畏我为鬼而祸子乎？欲诚所奉，宁不相信。"重感其言，送之还冢。玉与之饮谦，留三日三夜，尽夫妇之礼。临出，取径寸明珠以送重。……重既出，遂诣王，自说其事。王大怒……趣收重。重走脱，至玉墓所诉之。玉曰："无忧。今归白王。"

---

① [美] 巫鸿：《黄泉下的美术：宏观中国古代墓葬》，生活·读书·新知三联书店2010年版，第23页。

王梳栉，忽见玉，惊愕悲喜。……夫人闻之，出而抱之，玉如烟然。①

　　陇西辛道度者，游学至雍州城四五里，比见一大宅，有青衣女子在门。度诣门下求飡。女子入告秦女，女命召入。度趋入阁中，秦女于西榻而坐。度称姓名，叙起居，既毕，命东榻而坐。即治饮馔。食讫，女谓度曰："我秦闵王女，出聘曹国，不幸无夫而亡。亡来已二十三年，独居此宅。今日君来，愿为夫妇。"经三宿三日后，女即自言曰："君是生人，我鬼也。共君宿契，此会可三宵，不可久居，当有祸矣。然兹信宿，未悉绸缪，既已纷飞，将何表信于郎？"即命取床后盒子开之，取金枕一枚，与度为信。乃分袂泣别，即遣青衣送出门外。未逾数步，不见舍宇，惟有一冢。度当时荒忙出走，视其金枕在怀，乃无异变。寻至秦国，以枕于市货之。恰遇秦妃东游，亲见度卖金枕，疑而索看，诘度何处得来？度具以告。妃闻，悲泣不能自胜。然尚疑耳。乃遣人发冢，启柩视之，原葬悉在，唯不见枕。解体看之，交情宛若，秦妃始信之。叹曰："我女大圣，死经二十三年，犹能与生人交往，此是我真女婿也。"遂封度为驸马都尉，赐金帛车马，令还本国。因此以来，后人名女婿为"驸马"。今之国婿，亦为驸马矣。②

　　与上文所引《搜神记》"贾文合"、"李娥"及"王道平"、"河间郡男女"故事相比较，《搜神记》"紫玉"和"驸马都尉"故事特点有二：（1）女主人公并非复活于阳世，而是逝后继续以"神魂"与"形体"相合一的形式生活于阴间；（2）男主人公并非将女主人公接回阳间，而是直接进入"墓冢"亦即"地下世界"而与女主人公尽夫妇之实。

　　显然，从"生命复活而返赴阳世"的角度看，上述两则故事已经不属于传统的生命复活故事类型，但是从女主人公逝后继续生活于阴间并且能够与进入阴间的男主人公尽夫妇之实的角度看，仍然具有"生命复活"

---

① 上引《搜神记》"紫玉"故事系原文节录，完整故事内容见（晋）干宝撰，汪绍楹校注《搜神记》卷十六，中华书局1979年版，第200、201页。

② （晋）干宝撰，汪绍楹校注：《搜神记》卷十六，中华书局1979年版，第201、202页。

的意义。正是在这个意义上，我们认为《搜神记》"紫玉"和"驸马都尉"故事仍然囿于传统生命复活故事类型之中，并且能够从上述故事情节的特殊性上，看到传统生命复活故事发展、演变的情况。

《搜神记》第三种类型复活故事以"汉谈生"、"崔少府墓"生命复活故事为代表。

上文所引《搜神记》"紫玉"和"驸马都尉"故事女主人公死去的时间，都较前文所引"贾文合"、"李娥"及"王道平"、"河间郡男女"为长，"紫玉"故事是"三年"，而"驸马都尉"是"亡来已二十三年"。"紫玉"故事中"玉魂从墓出"与墓外的韩重相见，但韩重"入墓"与紫玉生活，说明"紫玉"的"形体"仍然完好。"驸马都尉"故事中"遣人发冢"而"解体看之，交情宛若"，更说明女主人公死去二十三年后"形体"仍未变化。显然，正是上述内容为两则故事中男主人公进入"墓冢"的情节做了铺垫。

值得注意的是，如果将上述类型生命复活故事的情节内容视为一种"结构模式"的话，那么在《搜神记》中还存在着在情节内容上与上述结构模式"相反"的生命复活故事。在上述类型生命复活故事中，不是男主人公进入地下"墓冢"而与女主人公尽夫妇之实，而是女主人公返回"阳世"或将"阴间"之"屋宇"幻化于"阳世"，再与男主人公共同生活。其间的恩情缱绻、幻化多变，颇具感人之情，想象之实。

《搜神记》"汉谈生"、"崔少府墓"两则故事原文如下：

汉谈生者，年四十，无妇，常感激读《诗经》。夜半，有女子年可十五六，姿颜服饰，天下无双，来就生，为夫妇。之言曰："我与人不同，勿以火照我也。三年之后，方可照耳。"与为夫妇。生一儿，已二岁，不能忍，夜伺其寝后，盗照视之。其腰已上，生肉如人，腰已下，但为枯骨。妇觉，遂言曰："君负我。我垂生矣，何不能忍一岁而竟相照也？"生辞谢。涕泣不可复止，云："与君虽大义永离，然顾念我儿，若贫不能自偕活者，暂随我去，方遗君物。"生随之去，入华堂室宇，器物不凡，以一珠袍与之，曰："可以自给。"裂取生衣裾，留之而去。后生持袍诣市，睢阳王家买之，得钱千万。王识之曰："是我女袍，那得在市？此必发冢。"乃取拷之。生具以实对，王犹不信。乃视女冢，冢完如故。发视之，棺盖下果得衣裾。

乎其儿视，正类王女。王乃信之。即召谈生，复赐遗之，以为女婿。表其儿为郎中。①

卢充者，范阳人。家西三十里，有崔少府墓。充年二十，先冬至一日，出宅西猎戏。见一麞，举弓而射，中之。麞倒复起，充因逐之，不觉远。忽见道北一里许，高门、瓦屋四周，有如府舍。不复见麞。门中一铃下唱："客前。"充问："此何府也？"答曰："少府府也。"充曰："我衣恶，那得见少府？"即有一人，提一襥新衣，曰："府君以此遗郎。"充便著讫，进见少府，展姓名。酒炙数行，谓充曰："尊府君不以仆门鄙陋，近得书，为君索小女婚，故相迎耳。"便以书示充。充父亡时虽小，然已识父手迹，即欷歔，无复辞免。便敕内："卢郎已来，可令女郎桩严。"且语充云："君可就东廊。"及至黄昏，内白："女郎桩严已毕。"充既至东廊，女已下车，立席头，却共拜。时为三日，给食。三日毕，崔谓充曰："君可归矣。女有娠相，若生男，当以相还，无相疑；生女，当留自养。"敕外严车送客。充便辞出。崔送至中门，执手涕零。出门，见一犊车，驾青衣，又见本所著衣及弓箭，故在门外。寻传教将一人，提襥衣，与充相问曰："姻缘始尔，别甚怅恨，今复致衣一袭，被褥自副。"充上车，去如电逝。须臾至家，家人相见悲喜。推问，知崔是亡人而入其墓。……别后四年，三月三日，充临水戏，忽见水旁有二犊车，乍沉乍浮。既而近岸，同坐皆见。而充往开车后户，见崔氏女与三岁男共载。充见之忻然，欲捉其手。女举手指后车曰："府君见人。"即见少府。充往闻讯。女抱儿还充，又与金碗，并赠诗。……充取儿、碗及诗，忽然不见二车处。②

在上引《搜神记》两则故事中，"汉谈生"故事是女主人公返回"阳世"而与男主人公共同生活，"崔少府墓"故事则是在将"阴间"之"屋宇"幻化于"阳世"的基础上，女主人公再与男主人公共同生活。显然，两则故事在具体的情节内容方面是存在差异的，但是两则故事中皆出

---

① （晋）干宝撰，汪绍楹校注：《搜神记》卷十六，中华书局1979年版，第202、203页。
② 同上书，第203、204页。

现了地下"墓冢"情况的描绘:"汉谈牛"故事是男主人公随女方"复入"冢中,但见"华堂室宇,器物不凡";而"崔少府墓"故事则将"墓冢"幻化于"阳间",其间"高门,瓦屋四周"以及"东廊"、"中门"等,更与世间无异。

由上文的讨论或可发现,汉代生命信仰的新变,为上述生命复活故事创作中不同的情节结构模式的形成创造了条件,而汉代墓葬制度的变革即室墓形式的埋葬经验与传统,又为上述不同的情节结构模式的实现,提供了一个经验与超验相互结合的叙述平台。使得上述生命复活故事呈现出故事背景真实自然、内容怪异荒诞、情节曲折离奇、情感丰富充实的特点,从而构成秦汉世俗浪漫主义文学的精彩篇章。

汉代墓葬制度的变革以及与之相联系的生命信仰的新变,不但导致秦汉时期传统生命复活故事在情节结构模式上的变化,并促成了生命复活故事的繁荣和发展,而且对后世相关文学创作的影响,也值得进一步研究和讨论。有学者认为"这种进入墓室的可能性激发了一种新的想象,其结果是关于地下探险的故事开始流传"①。需要指出的是,目前所能看到的所谓"地下探险故事"大都是唐宋或以后的创作,而这一类型的故事在两汉时期是否存在,则没有文学文本形式为证,故而尚不能定论。然而,在上引《搜神记》数则故事中亦有男主人公进入墓冢之中并在里面生活的情节,说明类似的故事在汉魏时期或已广为流传,而其成为后世"地下探险故事"的滥觞的认识,则应该能够得到明确的肯定。

《太平广记》载有"崔炜"故事,其中讲述崔炜跌入枯井之中的过程,极富历险经历:

> 炜因迷道失足,坠于大枯井中。……炜虽坠井,为槁叶所籍而无伤。及晓视之,乃一巨穴,深百余丈,无计可出。四旁嵌空,宛转可容千人。中有一白蛇,盘屈可长数丈,前有石臼,岩上有物滴下,如饴蜜注臼中。蛇就饮之。炜察蛇有异,乃叩首祝之曰:"龙王,某不幸坠于此,愿王悯之。"幸不相害,因饮其余,亦不饥渴。细视蛇之唇吻,亦有疣焉。炜感蛇之见悯,欲为炙之,无奈无从得火。既久,

---

① [美]巫鸿:《黄泉下的美术:宏观中国古代墓葬》,生活·读书·新知三联书店2010年版,第23页。

有遥火飘入于穴，炜乃燃艾，启蛇而炙之，是赘应手坠地。蛇之饮食久妨碍，及去，颇以为便，遂吐径寸珠酬炜。炜不受而启蛇曰："……但得一归，不愿怀宝。"蛇遂咽珠，蜿蜒将有所适。炜遂再拜，跨蛇而去，不由穴口，只于洞中行可数十里，其中幽暗若漆，但蛇之光烛两壁，时见绘画古丈夫，咸有冠带。最后触一石门，门有金兽齧环，洞然明朗。①

上述文字描写崔炜跌入枯井之中而别见洞天又借异物帮助的经历，颇为惊险传奇，于此，上引《搜神记》故事所不能比。然而，接下来崔炜进入"石门"之中所发生的事情，则在上引《搜神记》故事中似曾相识。

入户，但见一室，空阔可百余步，穴之四壁，皆镌为房室，当中有锦绣帏帐数间，垂金泥紫，更饰以珠翠，炫晃如明星之连缀。帐前有金炉，炉上有蛟龙鸾凤、龟蛇鸾雀，皆张口喷出香烟，芬芳蓊郁。旁有小池，砌以金壁，贮以水银凫鹥之类，皆琢以琼瑶而泛之。四壁有床，咸饰以犀象，上有琴瑟笙簧鼗鼓柷敔，不可胜计。……四壁户牖咸启，有小青衣出而笑曰："玉京子已送崔家郎君至矣。"遂走入。须臾，有四女，皆古鬟髻。……女曰："崔子即来，皆是宿分，何必匆遽。……皇帝已许田夫人奉箕箒，便可相见。……田夫人淑德美丽，世无俦匹，愿君子善奉之，亦宿业耳。"②

将上述文字与上引《搜神记》"驸马都尉"等故事相比较，男主人公与墓中佳人共结连理完成宿愿之情节并无二致。而崔炜误进之处，即是在公元前208年建立南越国的赵佗之墓。"赵佗之墓目前尚未发现，但是他的孙子、第二代南越王赵沬的墓……于广州市中心被发掘。此墓建于象山之中，包含四个石室，构成前后两个横向的部分。……其中赵沬葬以玉衣。右侧室属于他的嫔妃……左侧室中另外埋葬的七人可能是宫中的侍者。"赵沬墓"甬道、石门、丰富的内部墓室、精致的器物、宫女和侍

---

① （宋）李昉等：《太平广记》卷三十四，上海古籍出版社1990年版，第177、178页。
② 同上书，第178页。

者——这座墓葬与上述唐代传说之间存在如此众多的对应,实属离奇。尽管作为'志怪'文学的产物,崔炜的故事体现了对超验和想象的兴趣,但是作者的想象似乎仍然反映了作者受到的有关公元前2世纪墓葬的真实感性知识的刺激。尤为惊人的是,在故事的结尾,崔炜被告知迎接他的四个宫女的身份:'其二瓯越王摇所献,其二闽越王无诸所进,俱为殉者。'在检验了葬在赵眜身边的女性的私印以后,广州南越王墓的发掘者认为它们属于四个为赵眜殉葬的王室妃嫔"[1]。

《太平广记》所载"崔炜"故事出自唐人裴铏《传奇》,故事开篇亦有"贞元中有崔炜者,故监察向之子"的交代。以此观之,很难想象"崔炜"故事中地下墓葬的描摹文字,能够与汉南越王赵佗墓存在联系。是故,"崔炜"故事"反映了作者受到的有关公元前2世纪墓葬的真实感性知识的刺激"的认知,倒是很有可能与后世墓葬发掘经验乃至相关盗墓传说存在联系。即如《太平御览》引《抱朴子》云:"吴景帝时,于江陵掘冢,取板治城。后发一大冢,内有重阁石扉,皆枢转开闭,四周缴道,通事且广,高可乘马,又铸铜为人数十枚,长五尺,皆大冠衣,执剑列侍,灵坐皆刻铜人,背后石壁,言殿中将,或言侍郎,似王公冢也。破其棺,棺中有人,鬓毛斑白鲜明,面体如生人。棺中有白玉璧三十枚藉尸。兵人举出死人,以倚冢壁,一玉长一尺,形似冬瓜,从死人怀中出坠地,两耳及鼻中有黄金如枣。此等有假物而不朽者也。"[2]

综上所述,从上引《搜神记》"紫玉"、"驸马都尉"、"汉谈生"、"崔少府墓"等故事看,其中对"墓冢"内部情况的描写,应该并非作者凭空之幻想,而追寻其源头,还是应该回溯到汉魏时期同类故事产生和流传的事实。故而应该明确,后世地下探险故事的出现,应该源于汉代室墓制度确立以后,在人们的思想、意识、情感以及生命信仰中所形成的"地下空间"视阈的形成。因此,在没有发现两汉时期的生命复活类型文学文本之前,《搜神记》同类故事,应该视为后世地下探险故事的滥觞。从上述意义上思考楚汉浪漫主义文学创作,则前者主要表现的是对天上神祇世界的想往和接触,以及神祇从天上来到人间的经历,

---

[1] [美]巫鸿:《黄泉下的美术:宏观中国古代墓葬》,生活·读书·新知三联书店2010年版,第23、24页。

[2] (宋)李昉等:《太平御览》卷五五八,上海古籍出版社1994年版,第236页。

而后者则在此基础上，其文学视阈得到更为宽广和多样的开拓和延展，地下空间或地下神鬼世界就是一个最为令人瞩目的文学空间，它给秦汉和秦汉以后的中国古代浪漫主义文学创作带来了异常辉煌和别开生面的一页。

参考文献

(一) 古籍文献

(汉) 贾谊：《新书》，(明) 程荣《汉魏丛书》，吉林大学出版社1992年版。

(汉) 董仲舒：《春秋繁露》，(明) 程荣《汉魏丛书》，吉林大学出版社1992年版。

(汉) 司马迁：《史记》，中华书局1959年版。

(汉) 桓宽：《盐铁论》，《诸子集成》第七册，中华书局1954年版。

(汉) 王充：《论衡》，《诸子集成》第七册，中华书局1954年版。

(汉) 班固：《汉书》，中华书局1962年版。

(汉) 高诱注：《淮南子》，《诸子集成》第七册，中华书局1954年版。

(汉) 高诱注：《吕氏春秋》，《诸子集成》第六册，中华书局1954年版。

(汉) 郑玄注，(唐) 贾公彦疏：《周礼注疏》，上海古籍出版社2010年版。

(汉) 应劭：《风俗通义》，天津人民出版社1980年版。

(汉) 王逸：《楚辞章句》，岳麓书社1994年版。

(三国魏) 王弼：《老子注》，《诸子集成》第三册，中华书局1954年版。

(晋) 皇甫谧：《帝王世纪》，齐鲁书社2010年版。

(晋) 杜预：《春秋左传集解》，上海人民出版社1977年版。

(晋) 郭璞注：《山海经》，岳麓书社1992年版。

(晋) 干宝撰，汪绍楹校注：《搜神记》，中华书局1979年版。

(南朝宋) 范晔：《后汉书》，中华书局1965年版。

（南朝梁）萧统：《文选》，中华书局 1977 年版。

（北魏）郦道元：《水经注》，岳麓书社 1995 年版。

（唐）房玄龄等：《晋书》，中华书局 1974 年版。

（唐）欧阳询：《艺文类聚》，上海古籍出版社 1999 年版新 2 版。

（唐）瞿昙悉达：《开元占经》，岳麓书社 1994 年版。

（唐）徐坚：《初学记》，中华书局 1962 年版。

（唐）杜佑：《通典》，中华书局 1988 年版。

（唐）余知古：《渚宫旧事》，中华书局 1985 年新 1 版。

（宋）李昉：《太平广记》，上海古籍出版社 1990 年版。

（宋）李昉等：《太平御览》，中华书局 1994 年版。

（宋）郑樵：《通志二十略》，中华书局 1995 年版。

（宋）郭茂倩：《乐府诗集》，中华书局 1979 年版。

（宋）洪适：《隶释》，中华书局 1986 年版。

（宋）朱熹：《诗集传》，岳麓书社 1994 年版。

（宋）朱熹：《四书集注》，凤凰出版社（原江苏古籍出版社）2008 年版。

（清）孙希旦：《礼记集解》，中华书局 1989 年版。

（清）蒋骥：《山带阁注楚辞》，中华书局 1973 年版。

（清）孙星衍：《尚书今古文注疏》，中华书局 1986 年版。

（清）焦循：《孟子正义》，《诸子集成》第一册，中华书局 1954 年版。

（清）刘宝楠：《论语正义》，《诸子集成》第一册，中华书局 1954 年版。

（清）戴望：《管子校正》，《诸子集成》第五册，中华书局 1954 年版。

（清）王先谦：《庄子集解》，《诸子集成》第三册，中华书局 1954 年版。

（清）王先谦：《荀子集解》，《诸子集成》第二册，中华书局 1954 年版。

（清）王先慎：《韩非子集解》，《诸子集成》第五册，中华书局 1954 年版。

（清）陈立：《白虎通疏证》，《新编诸子集成》，中华书局 1994 年版。

逯钦立：《先秦汉魏晋南北朝诗》，中华书局 1983 年版。
范祥雍：《战国策笺证》，上海古籍出版社 2011 年版。
陈戍国点校：《周礼》、《仪礼》，岳麓书社 1989 年版。
许维遹：《吕氏春秋集释》，《新编诸子集成》，中华书局 2009 年版。
方向东：《大戴礼记汇校集解》，中华书局 2008 年版。
张觉：《吴越春秋校注》，岳麓书社 2006 年版。
上海师范大学古籍整理研究所点校：《国语》，上海古籍出版社 1988 年版。
吴广平编注：《宋玉集》，岳麓书社 2001 年版。
费振刚、胡双宝、宗明华辑校：《全汉赋》，北京大学出版社 1993 年版。

（二）近现代著述

丁山：《中国古代宗教与神话考》，龙门联合书局 1961 年版。
闻一多：《天问疏证》，生活·读书·新知三联书店 1980 年版。
袁珂：《山海经校注》，上海古籍出版社 1980 年版。
柳诒徵：《中国文化史》，东方出版中心 1988 年版。
刘永济：《屈骚通笺》，中华书局 2010 年版。
林庚：《天问论笺》，人民文学出版社 1983 年版。
黄灵庚：《楚辞集校》，上海古籍出版社 2009 年版。
汤炳正：《楚辞类稿》，巴蜀书社 1988 年版。
周勋初：《九歌新考》，上海古籍出版社 1986 年版。
高文：《汉碑集释》，河南大学出版社 1997 年版。
李学勤：《简帛佚籍与学术史》，江西教育出版社 2001 年版。
俞伟超：《古史的考古学探索》，文物出版社 2002 年版。
曹道衡、刘跃进：《先秦两汉文学史料学》，中华书局 2005 年版。
李零：《郭店楚简校读记》，中国人民大学出版社 2007 年版。
李零：《包山楚简研究（占卜类）》，《中国典籍与文化论丛》第一辑，中华书局 1993 年版。
李零：《李零自选集》，广西师范大学出版社 1998 年版。
李零：《中国方术考》（修订本），东方出版社 2001 年版。
李炳海：《部族文化与先秦文学》，高等教育出版社 1995 年版。

尚秉和：《历代社会风俗事物考》，中国书店 2001 年版。
赵敏俐：《两汉诗歌研究》，商务印书馆 2011 年版。
马世之：《中原楚文化研究》，湖北教育出版社 1995 年版。
王光镐：《楚文化源流新证》，武汉大学出版社 1988 年版。
高至喜：《楚文化的南渐》，湖北教育出版社 1996 年版。
陈振裕：《楚文化与漆器研究》，科学出版社 2003 年版。
刘和惠：《楚文化的东渐》，湖北教育出版社 1995 年版。
徐文武：《楚国宗教概论》，武汉出版社 2001 年版。
张正明：《楚文化史》，上海人民出版社 1987 年版。
陈伟：《包山楚简初探》，武汉大学出版社 1996 年版。
晏昌贵：《简帛数术与历史地理论集》，商务印书馆 2010 年版。
韩国河：《秦汉魏晋丧葬制度研究》，陕西人民出版社 1999 年版。
杨振红：《出土简牍与秦汉社会》，广西师范大学出版社 2009 年版。
蒲慕州：《墓葬与生死：中国古代宗教之省思》，中华书局 2008 年版。
邹芙都：《楚系铭文综合研究》，巴蜀书社 2007 年版。
熊铁基：《秦汉文化史》，东方出版中心 2007 年版。
刘尊志：《徐州汉墓与汉代社会研究》，科学出版社 2011 年版。
王静芬：《中国石碑：一种象征形式在佛教传入之前与之后的运用》，商务印书馆 2011 年版。
蒋英矩、杨爱国：《汉代画像石与画像砖》，文物出版社 2001 年版。
赵超：《中国古代石刻概论》，文物出版社 1997 年版。
李发林：《山东汉画像石研究》，齐鲁书社 1982 年版。
马昌仪：《中国灵魂信仰》，上海文艺出版社 1998 年版。
信立祥：《汉代画像石综合研究》，文物出版社 2000 年版。
腾壬生：《楚系简帛文字编》，湖北教育出版社 1995 年版。
蒋晓春：《三峡地区秦汉墓研究》，四川出版集团 巴蜀书社 2010 年版。
黄晓芬：《汉墓的考古学研究》，岳麓书社 2003 年版。
［美］巫鸿：《礼仪中的美术》，生活·读书·新知三联书店 2005 年版。
［美］巫鸿：《黄泉下的美术：宏观中国古代墓葬》，生活·读书·新知三联书店 2010 年版。

（三）学术论文

夏鼐：《洛阳西汉壁画墓中的星象图》，《考古》1965 年第 2 期。

于省吾：《泽螺居楚辞新证》，《社会科学战线》1979 年第 3、4 期。

王瑞明：《"镇墓兽"考》，《文物》1979 年第 6 期。

唐金裕：《汉初平四年王氏朱书陶瓶》，《文物》1980 年第 1 期。

方鹏均、张勋燎：《山东苍山元嘉元年画像石题记的年代和有关问题的讨论》，《考古》1980 年第 3 期。

李学勤：《从新出土青铜器看长江下游文化的发展》，《文物》1980 年第 8 期。

王光永：《宝鸡市汉墓发现光和与永元年间朱书陶器》，《文物》1981 年第 3 期。

陈直：《汉初平四年王氏朱书陶瓶考释》，《考古与文物》1981 年第 4 期。

苏秉琦：《楚文化探索中提出的问题》，《江汉考古》1982 年第 1 期。

禚振西：《曹氏朱书罐考释》，《考古与文物》1982 年第 2 期。

高应勤、王光镐：《当阳赵家湖楚墓的分类与分期》，《中国考古学会第二次年会论文集》，文物出版社 1982 年版。

冯光生：《珍奇的夏后开得乐图》，《江汉考古》1983 年第 1 期。

郭德维：《试论江汉地区楚墓、秦墓、西汉前期墓的发展与演变》，《考古与文物》1983 年第 2 期。

王勤金、李久海、徐良玉：《扬州出土的汉代铭文铜镜》，《文物》1985 年第 10 期。

崔新社：《湖北襄樊近年拣选征集的铜镜》，《文物》1986 年第 7 期。

马人权：《安徽颍上县出土四件古代铜镜》，《文物》1986 年第 9 期。

周铮：《"规矩镜"应改称"博局镜"》，《考古》1987 年第 12 期。

莫测镜：《钟山县出土东汉、唐、宋铜镜》，《考古》1988 年第 1 期。

王红星：《包山楚墓墓地试析》，《文物》1988 年 5 期。

李炳海：《中国上古时期的招魂仪式》，《世界宗教研究》1989 年第 2 期。

李学勤：《竹简卜辞与商周甲骨》，《郑州大学学报》1989 年第 2 期。

何双全：《天水放马滩秦简综述》，《文物》1989 年第 2 期。

徐少华：《包山二号墓的年代及有关问题》，《江汉考古》1989 年第 4 期。

杨仕衡：《湖南祁阳县发现汉代铜镜》，《考古》1989 年第 4 期。

姚高悟：《湖北沔阳出土的汉代铜镜》，《文物》1989 年第 5 期。

蔡运章：《东汉永寿二年镇墓瓶陶文考略》，《考古》1989 年第 7 期。

刘信芳：《秦简〈日书〉与楚辞类征》，《江汉考古》1990 年第 1 期。

谭家健：《唐勒赋残篇考释及其他》，《文学遗产》1990 年第 2 期。

冯时：《河南濮阳西水坡 45 号墓的天文学研究》，《文物》1990 年第 3 期。

林河：《国魂颂——论〈九歌·国殇〉的民族文化基因兼评前人研究〈国殇〉的失误》，《文艺研究》1990 年第 3 期。

李学勤：《〈唐勒〉、〈小言赋〉和〈易传〉》，《齐鲁学报》1990 年第 4 期。

李学勤：《放马滩简中的志怪故事》，《文物》1990 年第 4 期。

赵超：《山东嘉祥出土东汉永寿三年画像石题记补考》，《文物》1990 年第 9 期。

徐信印、徐生力：《安康地区出土的古代铜镜》，《文物》1991 年第 5 期。

汤章平：《宋玉作品真伪辨》，《文学评论》1991 年第 5 期。

郭胜斌：《论考古学楚文化的文化构成》，《湖南博物馆文集》，岳麓书社 1991 年版。

朱碧莲：《唐勒残简作者考》，《中州学刊》1992 年第 1 期。

聂菲：《楚墓出土漆几艺术略论》，《南方文物》1992 年第 2 期。

莫测镜：《广西钟山发现西汉规矩镜》，《考古》1992 年第 9 期。

刘信芳：《曾侯乙墓衣箱礼俗试探》，《考古》1992 年第 10 期。

陈松南：《广东英德出土一件汉末神兽镜》，《文物》1992 年第 8 期。

姚军英：《河南襄城县出土西汉晚期四神规矩镜》，《文物》1992 年第 11 期。

尹增淮：《江苏沭阳出土东汉神兽镜》，《考古》1993 年第 12 期。

王红星：《关于探索早期楚文化的反思》，《华夏考古》1993 年第 1 期。

李银德：《徐州汉画像石墓墓主身份考》，《中原文物》1993 年第

2 期。

许天申：《楚文化研究的新进展：湘、鄂、豫、皖四省楚文化研究会第六次年会综述》，《华夏考古》1993 年第 3 期。

何琳仪：《包山楚简选释》，《江汉考古》1993 年第 4 期。

刘信芳：《包山楚简神名与〈九歌〉神祇》，《文学遗产》1993 年第 5 期。

许天申：《楚文化研究的新进展》，《华夏考古》1993 年第 10 期。

王建苏：《包山楚墓研究述评》，《华夏考古》1994 年第 2 期。

宋公文：《楚墓的头向与葬式》，《考古》1994 年第 9 期。

王立华：《论楚墓中的门窗结构及反映的问题》，《楚文化论集》第三集，湖北人民出版社 1994 年版。

徐士有：《当阳赵家湖楚墓头向的两点启示》，《江汉考古》1999 年第 2 期。

于成龙：《包山二号楚墓卜筮简中若干问题的探讨》，《出土文献研究》（第 5 集），科学出版社 1999 年版。

俞伟超：《楚文化中的神与人》，《民族艺术》2000 年第 1 期。

霍巍：《四川何家山崖墓出土神兽镜及相关问题研究》，《考古》2000 年第 5 期。

李家浩：《鄂君启节铭文中的高丘》，《古文字研究》第 22 辑，中华书局 2000 年版。

黄凤春：《试论包山 2 号楚墓饰棺连璧制度》，《考古》2001 年第 11 期。

李家浩：《包山祭祷简研究》，《简帛研究二〇〇一》，广西教育出版社 2001 年版。

夏晓伟：《从楚墓出土丝织品的色彩看楚人"尚红"》，《江汉考古》2003 年第 3 期。

刘信芳：《新蔡葛陵楚墓的年代以及相关问题》，《长江大学学报》2004 年第 1 期。

贾连敏：《新蔡葛陵楚墓中的祭祷文书》，《华夏考古》2004 年第 3 期。

于成龙：《释𥝤——新蔡楚简中的衅礼》，《故宫博物院院刊》2004 年第 4 期。

王滢：《山东江苏汉画像榜题研究》，《中国汉画学会第九届年会论文集》，中国社会出版社 2004 年版。

李家浩：《包山卜筮简 218—219 号研究》，《长沙三国吴简暨百年来简帛发现与研究国际学术研讨会论文集》，中华书局 2005 年版。

晏昌贵：《楚卜筮简所见神灵杂考（五则）》，《简帛》第 1 辑，上海古籍出版社 2006 年版。

沈培：《从战国简看古人占卜的"蔽志"》，《古文字与古代史》第一辑，台北中研院历史语言研究所，2007 年。

崔仁义：《试析与郭店楚简共存的木片俑》，《文物》2007 年第 9 期。

（四）考古资料

湖南省文物管理委员会：《长沙广济桥第 5 号战国木椁墓清理简报》，《文物参考资料》1957 年第 2 期。

高至喜：《长沙烈士公园 3 号木椁墓清理简报》，《文物》1959 年第 12 期。

湖南省博物馆：《湖南常德德山战国墓葬》，《考古》1959 年第 12 期。

周世荣、文道义：《57 长·子·17 号墓清理简报》，《文物》1960 年第 1 期。

甘肃省博物馆：《甘肃武威磨嘴子汉墓发掘》，《考古》1960 年第 9 期。

湖南省博物馆：《湖南常德德山楚墓发掘报告》，《考古》1963 年第 9 期。

河南省文化局文物工作队：《洛阳西汉壁画墓发掘报告》，《考古学报》1964 年第 2 期。

湖南省博物馆：《长沙浏城桥一号墓》，《考古学报》1972 年第 1 期。

湖南省博物馆：《长沙子弹库战国木椁墓》，《文物》1974 年第 2 期。

湖南省博物馆、湖南省文物考古研究所：《长沙马王堆二、三号汉墓发掘简报》，《文物》1974 年第 7 期。

张其海：《山东苍山元嘉元年画像石墓》，《考古》1975 年第 2 期。

重庆市博物馆、合川县文化馆田野考古工作小组：《合川东汉画像石墓》,《文物》1977 年第 2 期。

河北省文管处:《蒿城台西商代遗址》,文物出版社 1977 年版。

四川省博物馆、郫县文化馆:《四川郫县东汉砖墓的石棺画像》,《考古》1979 年第 6 期。

扬州市博物馆:《扬州西汉"妾莫书"木椁墓》,《文物》1980 年第 12 期。

淅川县博物馆、南阳地区文物队:《淅川县毛坪楚墓发掘简报》,《中原文物》1982 年第 1 期。

高应勤、王光镐:《当阳赵家湖楚墓的分类与分期》,《中国考古学会第二次年会论文集》,文物出版社 1982 年版。

益阳地区文物工作队:《益阳羊舞岭战国东汉墓清理简报》,《湖南考古辑刊》第 2 集,岳麓书社 1982 年版。

湖北省荆州地区博物馆:《江陵天星观 1 号楚墓》,《考古学报》1982 年第 1 期。

济宁地区文物组、嘉祥县文管所:《山东嘉祥宋山 1980 年出土的汉画像石》,《文物》1982 年第 5 期。

安徽省文物工作队:《安徽长丰杨公发掘九座战国墓》,《考古学集刊》第 2 集,中国社会科学出版社 1982 年版。

湖南省博物馆:《湖南资兴旧市战国墓》,《考古学报》1983 年第 1 期。

岳凤霞、刘兴珍:《浙江海宁长安镇画像石》,《文物》1984 年第 3 期。

中国社会科学院考古研究所:《殷墟妇好墓》,文物出版社 1984 年版。

南阳地区文物工作队、方城县文化馆:《河南方城县城关镇汉画像石墓》,《文物》1983 年第 4 期。

南阳市文物工作队、方城县文化馆:《河南方城县城关镇汉画像石墓》,《文物》1984 年第 3 期。

湖北省荆州地区博物馆:《江陵雨台山楚墓》,文物出版社 1984 年版。

李发林:《山东苍山元嘉元年画像石墓题记试释》,《中原文物》1985 年第 1 期。

荆州博物馆:《江陵李家台楚墓清理简报》,《江汉考古》1985 年第

3 期。

河南省文物研究所：《信阳楚墓》，文物出版社 1986 年版。

河南省文物研究所：《郑州市向阳肥料社汉代画像砖墓》，《中原文物》1986 年第 4 期。

南阳地区文物工作队、南阳县文化馆：《河南南阳十里铺画像石墓》，《文物》1986 年第 4 期。

荆州地区博物馆：《江陵马山砖厂二号楚墓发掘简报》，《江汉考古》1987 年第 3 期。

驻马店地区文化局、正阳县文化局：《河南正阳苏庄楚墓发掘报告》，《华夏考古》1988 年第 2 期。

杨鸠霞：《长丰战国晚期楚墓》，《文物研究》1988 年第 4 期。

詹汉清：《固始发掘一座大型战国木椁墓》，《中国文物报》1988 年 3 月 8 日。

济南市文化局文物处、平阴县博物馆筹建处：《山东平阴新屯汉画像石墓》，《考古》1988 年第 7 期。

河南省文物研究所、长江流域规划办公室考古队河南分队：《淅川下王岗》，文物出版社 1989 年版。

甘肃省文物考古研究所、天水市北道区文化馆：《甘肃天水放马滩战国秦汉墓群的发掘》，《文物》1989 年第 2 期。

南京市博物馆：《江苏高淳固城东汉画像砖墓》，《考古》1989 年第 5 期。

睡虎地秦墓竹简整理小组：《睡虎地秦墓竹简》，文物出版社 1990 年版。

荆沙铁路考古队：《包山楚墓》，文物出版社 1991 年版。

河南省文物研究所、河南省丹江库区考古发掘队、淅川县博物馆：《淅川下寺春秋楚墓》，文物出版社 1991 年版。

绵阳博物馆：《四川绵阳何家山 1 号东汉崖墓清理简报》，《文物》1991 年第 3 期。

宜昌地区博物馆、当阳市博物馆：《湖北当阳半月东汉墓发掘简报》，《文物》1991 年第 12 期。

湖北省宜昌地区博物馆、北京大学考古系：《当阳赵家湖楚墓》，文物出版社 1992 年版。

河南省文物研究所：《上蔡砖瓦厂四号战国楚墓清理简报》，《华夏考古》1992年第2期。

河南省文物研究所、南阳地区文物研究所：《淅川和尚岭春秋楚墓的发掘》，《华夏考古》1992年第3期。

山西省考古研究所：《山西离石马茂庄东汉画像石墓》，《文物》1992年第4期。

河南省文物研究所、淅川县博物馆：《河南淅川大石头山楚墓发掘报告》，《华夏考古》1993年第3期。

河南省文物研究所、南阳地区文物研究所、淅川县博物馆：《河南淅川吉冈楚墓发掘简报》，《华夏考古》1993年第3期。

河南省文物研究所：《密县打虎亭汉墓》，文物出版社1993年版。

湖北省文物考古研究所：《江陵九店东周墓》，科学出版社1995年版。

湖北省文物考古研究所：《江陵望山沙冢楚墓》，文物出版社1996年版。

河南省文物考古研究所：《信阳长台关四号楚墓的发掘》，《华夏考古》1997年第3期。

陕西省考古研究所、榆林地区文物管理委员会：《陕西神木大保当第11号、第23号画像石墓发掘简报》，《文物》1997年第9期。

贵州省文物考古研究所：《贵州金沙县汉画像石墓清理》，《文物》1998年第10期。

湖北省文物考古研究所：《湖北钟祥市冢十包楚墓的发掘》，《考古》1999年第2期。

湖北省文物考古研究所：《江陵雨台山楚墓发掘简报》，《江汉考古》1999年第3期。

湖北省文物考古研究所：《湖北荆州纪城一、二号楚墓发掘简报》，《文物》1999年第4期。

荆门市博物馆：《湖北荆门市四冢一号楚墓》，《文物》1999年第4期。

微山县文物管理研究所：《山东微山县西汉画像石墓》，《文物》2000年第10期。

河南省文物考古研究所、信阳市文物工作队：《河南信阳长台关七号楚墓发掘简报》，《文物》2004年第3期。

荆门市博物馆：《湖北荆门黄付庙楚墓发掘报告》，《江汉考古》2005年第1期。

湖北省宜昌博物馆：《当阳岱家山楚汉墓》，科学出版社2006年版。

张家山二四七号汉墓竹简整理小组：《张家山汉墓竹简［二四七号墓］》，文物出版社2006年版。

刘海旺：《首次发现的汉代农业闾里遗址：中国河南内黄三杨庄汉代聚落遗址初识》，《法国汉学》丛书编辑委员会《考古发掘与历史复原》，中华书局2006年版。

洛阳市文物工作队：《河南洛阳市唐城花园西周墓葬的清理》，《考古》2007年第2期。

后 记

本课题的研究有幸获得教育部人文社会科学研究 2006 年度立项资助，题目是《后"屈原时代"的宋玉与两汉文学：荆楚文学神话浪漫主义的承传、变异与发展》。按照项目立项的要求，研究工作应该在 2009 年完成，但由于研究内容较多，范围较大，尤其涉及战国秦汉出土简牍文献和其他考古资料的运用，导致研究进程放缓。这中间东北师范大学社会科学处处长刘建军教授、魏琳娜老师为项目的正常研究、延期申请等工作提供了热情而有效的帮助，本人深深感激。

该项目是我在东北师范大学文学院任教时所获立项。项目研究过程中，部分内容如"荆楚传统巫灵文化与巫灵艺术"、"战国楚简与屈原文学创作"、"宋玉赋与荆楚古典浪漫主义文学的发展"等，曾作为"讨论议题"纳入博士和硕士的教学工作中，收到了较好的效果，其中博士研究生吉林省教育学院张玉新教授参加了"战国楚简与屈原文学创作"部分的讨论和研究工作，他在具体问题的研究中所取得的成绩值得肯定和赞赏。

我于 2007 年调入深圳大学文学院工作，之后，又作为交换教授到韩国诚信女子大学任教。诚信女子大学历史悠久，位于首尔城北区东仙洞的山上，校园面积虽然不大，但建筑紧凑而和谐，校园宁静而优美。那是一段令人难忘的美好时光。教学环境的优美，工作条件的优越，教授有尊严的地位和待遇，系主任丛成义教授的关心和帮助，能够使得该项目后半部分的研究和前半部分的润色、斟酌工作得以顺利进行。借此机会向诚信女子大学中文系主任丛成义教授和中文系诸位教授表达深深的敬意。

本书的出版得到深圳大学教材建设基金的资助，同时，又纳入深圳大学"广东省高等学校教学团队"项目基金资助的范围，实属荣幸。

正如本书绪论所言，以"浪漫"或"浪漫主义"来评论或诠释中国古代楚汉时期的文学，或将阻碍研究者对楚汉文学创作方法和创作风格的民族性与民族化的研究和探索。源于此，课题在相关问题的研究中力求以荆楚传统"巫灵信仰"和"巫灵文化"的诠释，来寻找荆楚艺术和文学之独特的一面，并在秦汉时期相关文学创作中发现其承袭与发展的痕迹与表现，但是在相关问题的具体研究中仍然囿于"浪漫"或"浪漫主义"的樊篱，而上述问题在本课题的研究中并没有很好地解决，实为遗憾。

本课题的研究运用了战国秦汉时期简牍文献和考古资料，力求从新的视角来审视和探寻楚汉相关文学的创作、承传和发展，因此，上述研究不论是材料的运用、问题的提出和讨论，还是观点的得出和进一步思考，都带有极大的风险，可商榷或存在问题之处在所难免，恳请大家帮助和批评。本书引用文献较多，在战国秦汉简牍文献的释读和考古诠释等方面，参考、借鉴和引用了诸多学者的研究成果，行文中均予以说明并注明出处，又在"正文"后以"参考文献"的形式一一列出，如有遗漏当为本人疏忽，希望有心者指出，或在本书再版时予以更正。本书"英文目录"承蒙深圳大学外国语学院王宇教授翻译，源于"中文目录"文字晦涩艰深，为翻译工作带来极大困难，本人为王宇教授谨严的学风和深厚的学养所钦佩，并感谢他的无私帮助。

在本课题研究即将结束时，本人的另一研究课题"考古新材料与秦汉文学研究新视野"已获国家社会科学基金项目批准立项，目前项目研究工作已经开始，期待以自己的努力为中国古代文学研究作出一点贡献。

李　立

2013 年 5 月 6 日